Première édition Novembre 2020
© Cherry Publishing
71-75 Shelton Street, Covent Garden, Londres, UK.

ISBN 978-1-80116-025-4

La Dernière Muse

Tome 2 : La Prophétie

Elle Catt

Cherry Publishing

Pour recevoir gratuitement le premier tome de Sculpt Me, la saga phénomène de Koko Nhan, et toutes nos parutions, inscrivez-vous à notre Newsletter !
https://mailchi.mp/cherry-publishing/newsletter

Prologue

Raphaël :

Il y a comme un trou béant dans ma poitrine.

Mon amour m'a quitté.

Elle est partie sans se retourner. Sans même me regarder. Et depuis, son absence me ronge de l'intérieur.

J'ai encore le goût de ses lèvres sur ma bouche, la saveur de sa peau sur ma langue. Je la revois qui s'abandonne dans mes bras, sublime, telle une divinité descendue des cieux.

Mes mains se rappellent parfaitement les contours de son corps comme si elles n'avaient connu que lui. Le mien garde l'empreinte de ses étreintes et se languit de son absence.

Dès que je ferme les paupières, les souvenirs reviennent me hanter. Son visage à la beauté parfaite. Ses yeux de chat qui se révulsent lorsque je lui donne du plaisir. Sa bouche magnifique qui s'ouvre sur un cri que je viens étouffer de mes lèvres.

J'aurais pu faire l'amour à cette femme pendant l'éternité. Goûter la moindre parcelle de son être et m'enivrer de son parfum jusqu'à en perdre la raison.

Je n'oublierai jamais l'image de son corps abandonné sous le mien. Elle m'a dompté. Moi, le démon impitoyable. Elle m'a fait succomber comme un adolescent. Je ne pensais pas pouvoir goûter au paradis… et là, on vient de m'en priver. Je viens de m'en priver…

Son départ est un gouffre dans mon âme. Une plaie béante qui m'engloutit dans une spirale de colère et de rage.

Contre elle. Contre moi. Contre ce putain de sentiment qui m'enserre le cœur dans un étau et me laboure les entrailles.

L'amour…

Je ne devais pas ressentir ça. Plus jamais. Je m'en étais fait la promesse. Je devais rester vide de tout sentiment. Et pourtant…

Je n'imaginais pas à quel point l'amour était puissant. Il surpasse tout. Anéantit le reste du monde. Et vous laisse complètement démuni lorsque l'être aimé s'en va…

Pourtant, c'était écrit.

La Sibylle l'avait annoncé depuis le début.

« Quand tu auras fait renaître la Muse et qu'elle aura pris ton cœur, tu devras la laisser s'envoler avec l'archer pour qu'elle achève sa fusion. Si tu ne le fais pas, nous perdrons tout espoir de libération. »

La rage m'étouffe et j'ai envie de tout détruire. J'ai envie de laisser parler ma colère. De laisser libre cours à mes pulsions les plus viles.

Mais je sais que cela n'empêchera pas la douleur. Lorsque je fixerai les corps sans vie de mes victimes, je ne serai pas en paix.

Je serre les poings.

Et je décide de trouver un dérivatif qui va peut-être alléger un peu ma peine.

Avec un sourire mauvais, je pars à la recherche de Mégane.

**

Kataline :

J'avance dans la nuit sans vraiment savoir où je vais, des larmes de rage plein les yeux.

Marcus est sur mes talons. Il ne dit rien, se contentant de rester à quelques pas derrière moi. Et c'est tant mieux parce que je n'ai pas envie de parler.

Je ne suis que colère. Une colère sourde et intense, faite de haine et de ressentiment, me tenaille.

J'ai l'impression que je vais étouffer.

Je me répète la scène dans ma tête. Encore et encore. Comme une tragédie. Et chaque fois, la douleur monte d'un cran. Les larmes coulent, mais ne me soulagent pas. Elles ne sont que le reflet de ma rancœur.

J'ai mal… Comme jamais. Rip m'a brisée. Et cette douleur est en train de me ronger. Je peine à contenir ma rage et j'ai l'impression que je vais imploser.

Mes mains fourmillent, ma nuque me brûle et mes muscles sont envahis de spasmes. Le voile rouge devant mes yeux m'empêche de distinguer le chemin qui s'ouvre devant moi. Mais je continue d'avancer, le corps tendu comme un arc prêt à décocher sa dernière flèche. N'importe où, à l'aveuglette.

J'ai envie de tout détruire, réceptive à la colère qui coule dans mes veines.

C'est une sensation nouvelle. Parce que, avant, le voile rouge me faisait perdre connaissance et je ne découvrais les résultats de ma folie qu'à mon réveil.

Mais maintenant, c'est moi, l'actrice principale. Moi qui mène la danse, pleinement consciente de la force nouvelle qui m'habite. La muse, c'est moi et je suis la muse. Nous sommes un tout.

Je me sens indestructible. Prête à abattre des montagnes pour me libérer de tout ce merdier qu'est devenue ma vie.

Les picotements deviennent de petits courants électriques, et je ne suis même plus étonnée de les voir crépiter au bout de mes doigts. Plus je ressasse les événements, plus ils prennent de l'ampleur.

Je ne parviens pas à me concentrer sur autre chose que sur le souvenir de Rip me confirmant sa trahison. Je revois son regard torturé, j'entends sa voix rauque… Je revis le coup de poignard que j'ai ressenti lorsque j'ai compris qu'il ne nierait pas mes accusations.

J'ai envie de hurler ma douleur. Mais je serre les dents en pressant le pas. Il me faut fuir. Fuir loin de tout ça. Loin de Rip et de son clan maudit.

Lorsque je tourne au coin d'une rue, je ne vois pas la voiture qui arrive dans ma direction à toute allure. Les phares m'aveuglent pendant une fraction de seconde et je reste figée, spectatrice inerte de l'accident qui s'apprête à survenir. Mon inconscient se prépare au choc… qui ne vient pas.

— Kat ! Attention !

La voix de Marcus est comme un déclencheur. Avec une rapidité que je ne me connaissais pas, je lève les mains devant moi alors qu'un éclair fend la noirceur de la nuit.

Au même moment, je sens qu'on m'attrape par la taille. Et me voilà projetée dans un tourbillon qui n'en finit pas.

***

Je reprends mes esprits quelques secondes plus tard, étourdie, mais bien consciente. Je cligne des yeux plusieurs fois afin de m'habituer à la pénombre. C'est avec un certain étonnement que je découvre les lieux. Marcus m'a téléportée au Dôme.

Il me tient par la taille et me serre contre lui comme s'il craignait que je m'effondre. Je me dégage avec rage. Les larmes sur mes joues ont séché, mais la colère est toujours présente, sourde, prête à jaillir.

— Putain, Marcus ! Comment est-ce que tu peux te permettre de m'amener ici ?

Il me fixe avec un regard froid.

— C'est le meilleur endroit que j'ai trouvé pour te défouler. C'est bien ce que tu veux, n'est-ce pas ?

Je lui lance un regard noir. Son attitude est tellement différente de celle que j'ai l'habitude de voir. Il n'attend pas ma réponse et poursuit.

— Évacuer toute cette haine qui t'empêche de respirer ? Faire sortir cette énorme boule de rancœur qui est en train de te bouffer de l'intérieur… C'est bien ça que tu veux, n'est-ce pas ?

Il écarte les bras.

— Alors, vas-y ! Fais-toi plaisir ! C'est le moment et l'endroit rêvés pour laisser éclater ta hargne !

J'écarquille les yeux. Il est devenu fou ou quoi ? Pourtant, au fond de moi, je sais qu'il a raison. Il a très bien perçu mon état d'esprit. Oui, je suis en rogne. Oui, j'en veux à la terre entière au point de souhaiter tout détruire sur mon passage.

Pourtant, je reste immobile devant lui, les bras ballants.

— Quoi ? Qu'est-ce qu'il te faut de plus pour réagir ? Ça ne te suffit pas de savoir que tout le monde t'a trahie ? De savoir que Rip te manipule depuis le début ?

Je serre les poings.

— Arrête, Marcus !

— Non ! Non, je ne m'arrêterai pas. Tu penses pouvoir contenir toute cette colère encore longtemps ? dit-il en pointant ma poitrine.

Je lève un sourcil.

— Combien de temps résisteras-tu à tes pulsions, Kataline ? Combien de temps te faudra-t-il pour enfin lâcher prise ?

Il s'approche de moi et me prend par les épaules pour plaquer mon dos contre lui.

— Sens. Sens cette puissance qui t'habite. Laisse-la t'envahir…

Je ferme les yeux et me laisse bercer par sa voix hypnotique.

— Elle prend sa source dans ta colère et s'insinue dans toutes les parties de ton corps et de ton esprit. Elle envahit chaque pore, chaque veine, et noircit ton cœur. Tu dois la libérer pour te sauver toi-même… Laisse monter la pression.

À ces mots, je sens comme une chaleur prendre vie dans mes bras et mes jambes. Mentalement, je suis cette vague brûlante qui progresse dans mes veines pour atteindre ma tête. Mes tempes tambourinent au rythme des battements de mon cœur.

— Vas-y, princesse, libère-toi de ta haine…

La pression continue de monter, devient presque intenable.

— Tu es une Muse, Kataline. Montre-moi ce dont tu es capable… Fais sortir ce qu'il y a de pire en toi ! Rip t'a trahie. Il t'a fait souffrir… Montre-moi à quel point il t'a fait mal.

À cet instant, la vague me submerge, m'entraînant dans un déferlement de violence que je n'arrive plus à contrôler. Mon corps se cabre, et toute la puissance qui m'habite explose littéralement hors de moi, projetant Marcus à plusieurs mètres.

Avec un cri libérateur, je me décharge de toute cette fureur que je ne parviens plus à contenir.

La puissance de ma colère balaie tout sur son passage. Elle m'inonde et irradie dans tout mon corps.

Alors, dans un hurlement, je m'effondre sur le sol, inconsciente.

1
P.L.S.

La voix rauque de Rip envahit mes tympans et je me recroqueville sous la couette comme un animal blessé.

Trois jours.

Ça fait maintenant trois jours que je me morfonds au fond de mon lit. Trois jours que je me transforme lentement en une véritable loque humaine. Refusant de voir ou de parler à qui que ce soit. Même à mon père.

Après l'épisode du Dôme, Marcus m'a ramenée chez lui alors que j'étais encore inconsciente. Depuis, je reste fermée comme une huître. C'est la seule façon que j'ai trouvée de me protéger et de me reconstruire physiquement et moralement.

Mais cet isolement, au départ bénéfique, est en train de se transformer en une vraie torture. Je souffre comme jamais.

Putain ! Mais où est passée la guerrière volontaire qui voulait en découdre avec les méchants ? Cette vengeresse sans peur qui se sentait prête à sauver le monde et qui explosait tout dans le Dôme ?

Elle est loin, désormais…

Oui, cette garce a laissé place à une espèce de larve impotente, qui est à peine capable de s'extraire de son lit pour aller pisser !

Grrr… Je suis tellement mal que j'ai envie de me mettre des claques pour me faire réagir. Mais je suis incapable de lever la main.

La fusion avec la muse a des effets secondaires. L'union de mes deux personnalités a laissé des séquelles. Et ma petite expérience de Grande Guerrière Destructrice et Impitoyable m'a vidée de toute énergie. Chaque partie de mon corps n'est que souffrance. Mes bras pèsent des tonnes, et j'ai du mal à bouger. J'ai l'impression d'être passée sous un rouleau compresseur.

La couette en plumes s'est transformée en une véritable chape de plomb, et le moindre mouvement me coûte. Chacun de mes gestes m'arrache des grimaces de douleur. C'est comme si on avait étiré mes muscles jusqu'à ce qu'ils se déchirent.

D'après Marcus, c'était juste une petite réaction qui devait passer en quelques heures. Mais là, ça fait exactement trois jours que je galère.

Quant au moral...

Eh bien, essayez d'imaginer votre cœur en miettes, gisant sur le sol, écrasé par l'homme que vous aimez le plus au monde ! L'homme à qui vous avez offert votre amour et qui l'a bafoué. L'homme...

C'est bien là le problème. Parce que Raphaël n'est pas un homme. C'est un démon ! Avec tout ce qu'on peut imaginer de plus démoniaque.

Un être diabolique que j'aime plus que moi-même et qui s'est servi de moi comme d'une poupée articulée.

Avec sa trahison, j'ai perdu confiance. Et j'ai perdu l'envie...

Maintenant, je ne souhaite qu'une chose : me morfondre en ruminant mon désespoir.

J'augmente le volume de mon enceinte Bluetooth, en essayant de me persuader que je ne souffre pas d'un masochisme proche de la perversion.

Depuis que j'ai atterri dans la chambre d'amis de Marcus, les chansons de Rip tournent en boucle depuis ma playlist. Je n'arrive pas à passer à autre chose. Ça peut paraître débile, mais j'en ai besoin. J'y vois une forme de thérapie.

Et alors que la voix de Rip se fait plus douce dans le haut-parleur, je me laisse une nouvelle fois envahir par la signification de ces paroles qui me renvoient à une triste réalité.

« Tu crois que c'est pour ton bien,
Mais tu es dans l'erreur.
Tu penses que c'est le destin,
Mais ce n'est qu'une rumeur.
Je suis un mauvais garçon,
Bébé, protège-toi.
Je suis un démon, bébé,
Protège-toi de moi. »

Un sourire qui ressemble plus à un rictus étire mes lèvres. C'est incroyable. Cette chanson aurait pu être prémonitoire si j'y avais prêté attention avant. Elle aurait même pu passer pour une mise en garde...

Mais là, à cet instant, c'est surtout un moyen de me convaincre que ce qui s'est passé est réellement arrivé.

Et elle tombe à pic. Parce que j'ai besoin de marteler la vérité pour l'imprimer dans mon esprit vaseux. Oui. J'ai encore du mal à digérer les dernières heures qui se sont écoulées.

Ma colère m'a totalement quittée et elle a laissé place à une léthargie dépressive qui m'ensevelit lentement. Je me repasse les événements de la soirée en continu. Je les ressasse sans cesse. En essayant de me persuader que je n'ai pas rêvé.

« Mon âme sœur, tu es ma muse, mon idéal.
Tu m'as donné ton cœur, mais je dois lever le voile.
Je suis un venin qui s'immisce sous ta peau de velours,
Prends garde aux prémices de ma trahison en retour.
Mon amour, fuis le danger, épargne ta peine,
Car je suis mauvais, je détruis tout ce que j'aime. »

Je serre les dents. Non, je ne pleurerai pas. Désormais, je refuse de verser la moindre larme pour lui.

J'attrape mon oreiller et me pelotonne contre lui avec un goût amer dans la bouche. La chanson a joué son rôle. Elle est en train de graver la réalité dans mon cerveau à grands coups de cutter !

Blessée, je m'oblige à me concentrer sur la musique qui finit par m'emporter vers un autre monde.

***

Un bruit de ferraille retentit dans la pièce et me réveille en sursaut. J'ouvre les yeux en grand et pousse un cri lorsque je découvre Marcus, qui me domine de toute sa hauteur. Il a jeté plusieurs armes par terre et il les tapote du bout du pied, les mains sur les hanches.

— Allez, debout, guerrière ! Il est temps de se bouger maintenant. Ça fait trois jours que je te laisse roupiller, mais malheureusement pour toi, c'est terminé !

Il désigne les armes de la tête.

— Laquelle est-ce que tu choisis ?

Je n'en crois pas mes oreilles. Il plaisante, là ? Je soupire profondément avant de laisser tomber ma tête sur l'oreiller en fermant les yeux.

— Laisse-moi tranquille, Marcus. Je ne suis pas d'humeur pour ces trucs.

Je lève une paupière lorsqu'il éteint la musique. Le guerrier se tourne vers moi et croise les bras sur sa poitrine en me toisant avec mépris.

— Alors, c'est ça ? C'est ça, la grande muse ? dit-il d'une voix dans laquelle pointe le mépris.

Il marque une pause et je me recouvre le visage avec l'oreiller en geignant. Mais Marcus ne me laisse aucun répit et poursuit :

— Quelle déception ! Tu es pathétique, ma pauvre fille !

Je trouve juste la force de lui signifier avec mon majeur levé qu'il commence à m'énerver avec sa morale à deux balles.

— Ah ! Enfin une réaction ! J'ai cru que tout espoir était perdu.

Il tire un grand coup sur la couette, et je me redresse par réflexe. Mais la douleur me rappelle à l'ordre et me fait grimacer. Je frissonne alors qu'un courant d'air froid s'infiltre à travers mon pyjama.

— Alors ? Qu'est-ce qui t'arrive ? Tu as perdu la niaque ? Avec ce que tu as fait au Dôme, je croyais pourtant que tu étais une *warrior*…

Je fais la moue en fronçant les sourcils.

— Pfff… Ça ne sert à rien. Je ne suis pas assez forte. Je n'ai pas le mental pour supporter tout ça… Tu peux le constater par toi-même, non ?

Mais Marcus ne lâche pas l'affaire devant mon scepticisme.

— Dis-moi, Kat, ce n'est pas toi qui disais haut et fort que tu allais affronter le Boss toute seule comme une grande ? Est-ce que tu as perdu ta belle détermination ?

Je me mords la lèvre.

Oui, c'est bien moi qui ai dit ça. Mais c'était avant de me retrouver seule dans une aventure qui me semble maintenant insurmontable… Avant de découvrir que je me faisais manipuler par tous ceux en qui je croyais. Et avant de me rendre compte que mon corps avait du mal à supporter la fusion.

L'amertume me fait serrer les dents. Je me redresse en grimaçant.

— Je ne peux plus bouger. J'ai mal partout. Alors, je me vois mal aller me frotter à des dizaines de mercenaires surentraînés !

Marcus ne cille pas. Mon état ne semble pas lui importer. Il continue de me fixer avec un air sombre. Puis il croise de nouveau les bras sur sa poitrine et achève d'une voix glacée.

— Ce n'est pas toi qui voulais libérer ta mère de ses souffrances, Kataline ?

C'est comme un coup de poignard en pleine poitrine. Les images de ma mère clouée sur son appareil de torture me font l'effet d'une gifle. Je siffle entre mes dents serrées.

— C'est dégueulasse, Marcus !

Il sourit méchamment.

— Non, Kat. Ce n'est pas dégueulasse. C'est la vérité.

Il s'approche de moi et s'assied sur le bord du lit en poursuivant d'une voix radoucie.

— Tu sais… je t'aime bien, muse. Et je ne te dis pas ces choses pour te faire du mal. Non. Je le fais parce que tu mérites que je t'aide. Et aussi parce que je suis persuadé que tu m'en voudrais si je ne te poussais pas à agir. Le temps est compté, désormais. Et tu as déjà perdu trois jours…

Je fronce les sourcils. Marcus a raison. Je le sais au fond de moi. Il est temps que je réagisse. Je ne peux pas laisser ma mère entre les griffes d'un alchimiste psychopathe entouré de morts-vivants.

L'idée fait lentement son chemin. Comme si un petit fil lumineux éclairait mon esprit tourmenté. Comment ai-je pu remettre en question mon objectif ? Comment ai-je pu me laisser envahir par le désespoir au point d'en oublier l'essentiel ? La seule chose qui compte désormais, c'est sauver ma mère.

Je jette l'oreiller dans un coin de la pièce, en ignorant la douleur qui irradie dans mon épaule.

— O.K ! Alors, maintenant ? C'est quoi la prochaine étape ?

Marcus se relève, un large sourire étirant ses lèvres.

— On termine ta formation.

Je hausse un sourcil. En fait, cette idée ne m'enchante pas vraiment. Devant mon hésitation, Marcus soupire avant de reprendre la parole.

— Tu avais une armée, Kat. Désormais, il n'y a que toi et moi. Contre une troupe entière de mercenaires aguerris.

O.K. ! Dis comme ça, ça fiche la trouille. Un frisson me parcourt alors que je prends conscience du merdier dans lequel je suis en train de me fourrer.

— Il va nous falloir être habiles et rusés si on veut espérer réussir. Mais il ne faut pas perdre de temps. Ta mère est résistante, mais d'après ce que je sais, le Boss l'exploite à outrance. J'ai bien peur qu'elle ne tienne plus encore très longtemps.

Cette information s'insinue sournoisement dans mon cortex cérébral en laissant une empreinte glacée. Ma voix se serre lorsque je prends la parole.

— Tu crois qu'on a des chances ? Je veux dire… Tu crois qu'on peut espérer la sauver… sans l'aide du clan Saveli ?

C'est la première fois que je fais allusion à Rip et aux autres depuis la soirée d'intégration. Malgré ma rancœur, ça me fait tout drôle de penser que je ne peux plus compter sur eux.

Marcus m'adresse un clin d'œil.

— Maintenant, tu es une muse à part entière, Kat. Ton corps résiste à cette intrusion, certes, mais la muse fait partie de toi. Et tu n'as aucune idée de ce dont tu es capable !

À cet instant même, j'ai du mal à croire que je puisse faire autre chose que m'affaler sur un lit. Comme s'il lisait dans mes pensées, Marcus fouille dans sa poche et en retire un petit sachet.

— Tiens. Plonge ces herbes dans l'eau bouillante quelques secondes et bois l'infusion. Ça te remettra sur pied en un rien de temps.

J'attrape le petit sac et le renifle, méfiante. Je recule aussitôt.

Pouah ! On dirait de l'absinthe ! Je ne vais jamais arriver à boire ça ! Je plisse le nez de dégoût.

— Tout ce qui est mauvais est bon ! C'est ce que disent les sages. Je te promets qu'après une tasse de ce truc, tes courbatures seront un lointain souvenir.

Il se lève et se dirige vers la porte alors que je me demande pourquoi il ne m'a pas donné ce sachet plus tôt.

— Je t'accorde encore une demi-heure. Choisis une arme et viens me rejoindre dans la salle d'entraînement du sous-sol.

Je bougonne dans ma barbe.

— Je n'ai pas vraiment le choix, à ce que je vois…

Avant de sortir de la pièce, Marcus me lance avec un sourire sadique :

— Il est temps de voir ce que la muse a dans le ventre !

***

De nouveau seule dans la chambre, je me retrouve face à mes doutes qui reviennent en force.

Est-ce que j'ai vraiment une chance de réussir à sauver ma mère ? Est-ce que, sans Rip et son clan, il y a un espoir, même infime, d'y arriver ?

Je n'en ai pas la moindre idée. La seule chose qui est claire, c'est que le temps de la réflexion est terminé. Il me faut agir. Je dois prendre le dessus et me recentrer sur mon unique objectif.

Avec un pincement au cœur, j'attrape la bouilloire et verse de l'eau chaude sur les herbes de Marcus. Une forte odeur me pique aussitôt les narines.

Après avoir laissé infuser les herbes quelques secondes, je retire le sachet et avale le contenu de la tasse en me pinçant le nez.

Beurk ! C'est vraiment infect !

Je frissonne de dégoût et laisse passer quelque temps pour que la potion agisse.

Au bout de dix minutes seulement, les premiers effets se font sentir, à ma plus grande surprise. J'arrive à me mouvoir presque normalement et les douleurs ont disparu.

Alors, je reprends confiance et je me dirige vers l'armoire pour en retirer un ensemble de sport que Marcus a récupéré dans le dressing de Jennifer. Après l'avoir enfilé, j'attache mes cheveux en une tresse haute et observe mon visage quelques secondes dans la glace.

C'est cette coiffure que je faisais lorsque je m'entraînais avec Rip… À l'évocation de ce souvenir, mon cœur se serre. Mais je force mon esprit à se fermer à tout ce qui peut me rappeler le démon.

Je ne dois plus laisser mes émotions prendre le dessus.

Avec une détermination nouvelle, j'attrape ma clé USB restée sur l'enceinte Bluetooth et la jette dans la poubelle.

Puis je m'empare d'un long bâton qui gît parmi les armes laissées par terre. Je le fais tournoyer plusieurs fois entre mes mains avec l'aisance d'un ninja.

Oui ! Il est temps pour moi de passer à autre chose…

2
Jō

C'est incroyable ! La douleur a complètement disparu.

Je remue les bras et les jambes pour m'assurer que ce n'est pas qu'une impression.

Non, c'est bien vrai ! Je n'ai plus mal nulle part !

La potion que m'a fait boire Marcus a eu un effet magique sur mon état de santé. Je ne ressens plus rien, à présent. Moi qui étais au bord de la paralysie, je pourrais désormais faire des bonds de gazelle dans les couloirs !

Je me sens même une envie soudaine de me défouler. Il y a une énergie nouvelle qui coule dans mes veines et qui me procure un bien-être inespéré. Je commence à me demander si la potion que m'a donnée mon hôte n'est pas une drogue. De celles qui vous font vous sentir invincible…

Je chasse cette pensée saugrenue et poursuis mon chemin à la recherche de la fameuse salle d'entraînement.

La maison de Marcus est un vrai labyrinthe, qui s'étend sur trois étages. Je profite du trajet pour découvrir la propriété et tenter d'en apprendre un peu plus sur l'archer.

Finalement, je ne sais pas grand-chose de lui. Mon Dieu ! Et dire que j'ai passé les trois derniers jours dans la chambre d'amis d'un mec qui m'est presque inconnu ! Ma psy dirait que je suis complètement inconsciente de m'en être remise à un type que je connais à peine. Quant à ma mère… elle s'arracherait les cheveux si elle savait ça.

Pourtant, j'ai l'impression qu'en ce moment, je ne pourrais pas être plus en sécurité qu'avec lui. Il y a quelque chose de protecteur dans son attitude et son aura. On dirait un ange gardien ou un être de ce genre.

Je suis certainement influencée par l'impression que j'ai eue lorsque je l'ai vu la première fois. Quand il a débarqué chez moi pour me protéger de l'attaque des mercenaires… On aurait dit Robin des Bois avec son arc et ses flèches ! En beaucoup plus moderne, bien évidemment.

Toujours est-il qu'il est actuellement la seule personne avec qui je me sens en confiance. Le seul qui ne m'ait pas trahi ou menti…

Je traverse un petit salon cosy aux couleurs d'automne. Waouh ! La déco est digne d'un grand créateur. Comme tous les membres du clan Saveli, Marcus dispose d'un logement à faire pâlir d'envie les meilleurs architectes du moment.

À croire que les démons sont tous canon, riches et stylés. Le monde est injuste !

Son appartement est une parfaite alliance entre l'ancien et le moderne.

J'avoue que ça lui sied à merveille. Sous ses airs de jeune trentenaire se cache la maturité d'un vieux sage.

Je continue mon chemin et m'arrête devant une lourde porte sur laquelle est gravé un petit arc. Poussée par la curiosité, je tourne la poignée et pénètre dans ce qui semble être une suite parentale… Enfin, elle n'a de parental que le nom. Apparemment, Marcus vit seul à en croire la décoration très masculine du lieu. Il n'y a aucune trace de présence féminine dans les parages.

Mal à l'aise, je sors rapidement de la pièce avec précaution, en veillant à ne laisser aucun signe de mon passage.

Lorsque j'arrive au rez-de-chaussée, je découvre une immense double porte en bois massif, au centre de laquelle est peint un immense symbole japonais : le yin et le yang. C'est la salle d'entraînement, à n'en pas douter.

J'y pénètre discrètement et je suis immédiatement accueillie par le bruit rythmé de coups. Marcus est déjà en train de taper sur un sac de frappe. Je reste quelques secondes à le regarder se déplacer avec souplesse autour de l'accessoire et le bourrer de grands coups de poing et de pied.

L'archer est torse nu et porte un bas de survêtement qui tombe parfaitement sur ses hanches étroites. Ses muscles roulent sous sa peau au rythme de ses mouvements et témoignent de sa puissance. Il est sacrément bien bâti, je dois dire.

Alors que je l'observe, un détail retient mon attention.

Un papillon tatoué sur sa nuque attire mon regard comme un aimant. Instinctivement, je passe ma main à la base de ma chevelure.

Je sens sous mes doigts l'imperceptible boursouflure laissée par la marque de Rip.

Rip…

Mes pensées m'entraînent immédiatement vers lui et les souvenirs de nos ébats passionnés. Aussitôt, je suis parcourue de frissons que je parviens difficilement à contrôler.

Bizarrement, savoir que je porte le sceau de Raphaël provoque en moi des émotions contradictoires. Je suis partagée entre la colère et une sorte de fierté malsaine. Je ne devrais pas ressentir ça. Mais c'est plus fort que moi. En mon for intérieur, je me gargarise d'avoir été choisie par le démon le plus sexy et le plus dangereux qui soit. C'est très étrange. Mais plus étrange encore est la question qui me traverse l'esprit.

Suis-je la seule à avoir été marquée de la sorte ? Est-ce que Rip a déjà apposé son emblème sur la peau d'une autre femme en dehors de ses disciples ?

Je ne peux empêcher mon cœur de se serrer à cette simple hypothèse. La jalousie laisse rapidement place à la colère. Contre lui. Contre moi.

J'ai d'autant plus envie de me défouler maintenant que je suis remontée à bloc à cause de cette idée malsaine. Avec détermination, je m'avance vers Marcus qui, en me voyant, attrape le sac de frappe pour l'immobiliser.

— La tisane a fait son effet à ce que je vois. C'est bien.

Puis il me fixe avec un petit sourire en coin. C'est dingue ! Il n'est même pas essoufflé !

— Jō… Excellent choix.

Je lève un sourcil, sans comprendre. Alors il désigne ma main d'un mouvement de tête.

— Ton bâton. C'est un jō. Utilisé pour les arts martiaux. Celui-ci est très maniable et très efficace quand on sait s'en servir.

Je baisse les yeux sur mon arme que j'avais presque oubliée.

— C'est ce qui m'a semblé le plus approprié. Et puis c'est avec ça que j'ai commencé à m'entraîner avec Raph…

Je me mords la lèvre. Rien à faire. Je n'arrive pas à le tenir à l'écart de mes pensées. Marcus s'aperçoit de mon trouble et s'approche de moi en attrapant une serviette au passage.

— Tu penses à lui ?

Je baisse la tête, sans répondre. À qui d'autre ? De toute façon, c'est certainement écrit sur mon visage.

19

— Oublie Rip et les autres, Kat. Tu as un objectif. Et tu dois t'en tenir à ça. Si tu te laisses submerger par tes sentiments, tu n'arriveras à rien. Tu dois te blinder, petite. Sinon, tu seras vulnérable et tu échoueras.

Sa voix est calme, mais déterminée. Il a raison. Je sais que je dois laisser mes problèmes avec Rip de côté. De toute façon, je lui ai dit que je ne voulais plus qu'il m'approche, alors je suis tranquille pour un moment…

Je ne sais pas pourquoi, mais cette affirmation a quelque chose de ridicule.

Je secoue la tête pour chasser ces pensées. Si la petite voix était là, elle se moquerait de moi, c'est certain. Eh ! C'est qu'elle commencerait presque à me manquer, cette chipie !

Je me redresse et me mets à sautiller d'un pied sur l'autre en soufflant.

— O.K. ! Alors ? On commence ?

Marcus sourit à pleines dents.

— Parfait ! Je n'en attendais pas moins de toi. Enlève ton peignoir et on s'y met tout de suite.

Je m'exécute sans réfléchir et ôte mon kimono. Mais au moment où je me retrouve face à lui, le regard de Marcus se fixe sur ma poitrine qui se soulève au rythme de ma respiration.

Il reste quelques secondes immobile, comme hypnotisé, alors que je m'aperçois avec horreur que je suis à moitié à poil devant lui.

Merde !

Mon top est bien trop transparent et il laisse tout deviner de ma poitrine serrée dans ma brassière de sport. Rouge de honte, je place mes mains devant mes seins dans un geste puéril.

— Putain, Marcus ! Qu'est-ce que tu regardes ?

Les yeux de mon interlocuteur remontent lentement vers les miens. Sa bouche s'ouvre et se referme plusieurs fois. Avec un grognement, il me lance sa serviette à la figure.

— Tu devrais enfiler autre chose pour t'entraîner, petite fille ! J'ai l'âge d'être ton père. Je ne voudrais pas être accusé d'inceste et devoir rendre des comptes à Rip.

Je reste coite sous le coup de la surprise et mon visage devient cramoisi. Je plaque la serviette contre moi, et sans répondre, je fais volte-face pour aller enfiler un autre tee-shirt.

Marcus pourrait être mon père ? Merde ! Mais quel âge a-t-il exactement ?

***

Mon entraîneur s'affale sur le ventre au milieu des tapis en poussant un râle de douleur. Il se redresse péniblement sur un coude et se tourne vers moi.

— C'était parfait, Kat…

Je reste immobile, à l'observer. C'est incroyable ! J'ai du mal à réaliser que c'est moi qui ai mis au tapis ce guerrier surentraîné de quatre-vingt-dix kilos. D'un simple geste, j'ai réussi à l'envoyer valser à plusieurs mètres. Et tout ça, avec une facilité déconcertante.

Je me sens comme habitée par une force surhumaine et je manie le Jõ avec une dextérité que je ne me connaissais pas. C'est presque flippant de découvrir que je suis capable de faire ça.

Et dire qu'il y a à peine deux heures, j'étais en train de me tortiller de douleur dans mon lit.

Gênée, je m'avance vers mon adversaire.

— Je suis désolée Marcus. Ça va ?

— Oh, ne t'en fais pas pour moi ! J'en ai vu d'autres, et de bien pires !

Il attrape son poignet et tire dessus d'un coup sec pour le faire craquer. Je fronce les sourcils alors que je comprends tout à coup ce qu'il vient de faire.

Merde ! C'est horrible ! Il vient de remettre son articulation qui devait être déboîtée.

Marcus se relève et fait craquer sa nuque cette fois.

— Je savais que ce bâton était fait pour toi, Kat.

Je baisse les yeux sur mon arme et comme pour vérifier ses dires, je fais tournoyer le jō autour de moi avec une fluidité qui m'étonne moi-même.

Marcus a raison ! J'arrive à manipuler ce truc comme si c'était le prolongement de ma main. Ça paraît si simple maintenant.

— La fusion a du bon, intervient mon entraîneur en me regardant faire avec un air amusé. Tu es beaucoup plus habile pour te défendre.

Je souris à mon tour.

Oui, c'est certain. Le mariage avec ma muse m'a procuré une force et une agilité qui me faisaient cruellement défaut avant. Maintenant, je me sens beaucoup plus armée pour affronter ce qui m'attend.

21

Si seulement j'avais eu ce talent au moment où je m'entraînais avec Rip, j'aurais pu lui donner une bonne correction.

Cette pensée me serre le cœur, mais je me reprends instantanément. J'ai décidé de mettre Rip de côté même si, apparemment, ça s'avère plus difficile que ce que je pensais.

Je reporte mon attention sur mon adversaire et me place en position de combat en face de lui, en brandissant mon bâton.

— Assez bavardé, coach ! Montre-moi comment on tue quelqu'un avec ça.

***

Au bout de deux heures d'assauts, Marcus met fin à l'entraînement. Je suis littéralement en sueur et je me sens vidée par l'effort.

Oui, la fusion m'a donné la force, mais je dois encore parvenir à maîtriser cette nouvelle énergie qui m'habite.

— Tu dois arriver à contrôler ton effort, Kat. Sinon, tu vas t'épuiser. Ta muse t'a donné sa puissance, mais ton corps reste celui d'une humaine. Tu dois le ménager. Il faut travailler ton endurance maintenant.

Oui, je veux bien le croire. Je me laisse tomber sur le sol en soufflant comme un bœuf. Une question me traverse l'esprit.

— Suis-je la seule ?

Marcus s'installe à côté de moi et je sens sur moi son regard inquisiteur.

— Suis-je la seule à avoir fusionné avec une muse ?

— Tu es unique, Kataline. Le seul être hybride qui ait jamais existé en ce monde.

— Tu veux dire que toutes les autres ont des démons pour géniteur ? Comment est-ce possible?

Marcus hoche la tête et sa réaction me fait soupirer. Il y a des moments où je me demande encore si tout ceci est vrai…

— Tu ne devrais même pas être vivante, Kat. Les muses ne sont pas censées se reproduire avec d'autres êtres que les démons… Ça fait de toi une créature exceptionnelle. C'est ta force, mais c'est aussi ta faiblesse. Parce que si le Boss apprend ton existence, il n'aura de cesse de te traquer pour t'avoir dans son cercle.

Je fronce les sourcils. Je n'ai jamais demandé, moi, à devenir exceptionnelle !

— Est-ce que tu crois qu'il est au courant ? Est-ce que tu penses que c'est pour cela qu'il détient ma mère ?

Marcus se relève et me tend la main.

— Je n'en ai aucune idée.

J'attrape son poignet et me redresse à mon tour.

— Et la tisane ? Ça sert à quoi au juste ?

Il m'adresse un coup d'œil gêné.

— C'est censé canaliser ta muse. La rendre plus… docile. Pour que ton corps puisse s'habituer à sa présence.

Ouh là ! J'ai dû louper un épisode, moi !

— Attends ! Tu veux dire que la fusion n'en est pas vraiment une ?

Marcus grimace.

— Non. Si. Enfin… je suppose. Le fait que tu sois le seul exemplaire vivant d'hybride ne nous facilite pas la tâche. Nous ne faisons que des suppositions. En te donnant la tisane, j'ai fait le pari que ça calmerait ton côté muse. Ce qui ne veut pas dire que vous ne constituez pas un tout…

Je me pince l'arête du nez. Je n'y comprends plus rien.

— O.K. ! Donc, tu es en train de me dire que je suis schizophrène, en clair !

Il esquisse une grimace et un geste d'excuse.

— Génial !

Il ne manquait plus que ça !

— Ne t'en fais pas. J'ai fait appel à une amie pour nous aider à y voir plus clair. Elle arrivera d'ici quelques jours. J'espère qu'elle pourra nous apporter des réponses et qu'elle pourra t'aider.

Je ferme les yeux.

— Je l'espère aussi…

Intermède

Le brouillard se dissipe peu à peu et Rip apparaît dans la noirceur. Le voir en face de moi me brise le cœur. J'ai envie de courir vers lui et de fuir en même temps. Mais l'image se précise et je reste interdite. C'est une scène que j'ai déjà vue…

Je cligne plusieurs fois des yeux pour m'habituer à la pénombre. Je reconnais alors le Dôme avec son toit immense et son ring de combat.

Rip se tient face à moi, en position d'attaque. Il a un rictus moqueur et semble bien s'amuser à en croire son regard ironique. Je me souviens…

Maintenant, j'ai le cœur battant, le corps en sueur et une folle envie d'écraser mon poing sur son visage d'ange déchu.

— Tu es tellement prévisible, bébé. Je pourrais faire de toi ce que je veux.

Cette scène a comme un arrière-goût de déjà-vu…

Mais je n'ai pas le temps de m'appesantir sur ce sentiment. Je fonce sur mon adversaire avec rage. Au moment où je pense l'atteindre, Rip m'attrape le haut du corps et me fait basculer en arrière.

Ma tête atterrit si lourdement sur le sol que j'en ai des étoiles devant les yeux. Mais non content de m'avoir fait tomber, Rip me domine de toute sa hauteur avec un air méprisant.

— Regarde-toi, Kataline. Si prude, si innocente…

Ces paroles sont comme un déclic. Je me revois, plusieurs années en arrière, dans une cabane au milieu des bois. Au-dessus de moi, il y a Robin et Miguel, l'air mauvais, un sourire diabolique aux lèvres, les poings encore serrés après m'avoir frappée…

Je me souviens…

Tout ce sang qui vient s'agglutiner devant mes yeux. Ce voile rouge sombre qui m'engloutit…

Mais cette fois, il ne me submerge pas. Non. Cette fois, c'est différent. Le rideau pourpre qui cache ma vision est comme une libération. Je me sens envahie par une puissance phénoménale qui s'insinue dans mes veines comme un poison mortel. Mon corps se tend comme un arc et je bondis sur mon adversaire avec la rapidité d'un cobra.

J'atteins Rip au moment où la surprise se dessine sur ses traits. Le choc est violent et nous envoie valser chacun d'un côté du ring. J'ai une longueur d'avance sur lui et je me prépare aussitôt à une nouvelle attaque.

Il se redresse rapidement et se met en position de défense. Mais j'ai un avantage… La colère. La colère qui m'habite est plus forte que tout et guide mes gestes. Je me jette sur Rip, la laissant prendre le dessus.

Le bâton virevolte dans les airs avec un sifflement strident. Je le manie avec une dextérité qui m'étonne moi-même. Mais chacune de mes attaques est magnifiquement parée. Rip est un adversaire redoutable, usant et abusant d'esquives toutes plus rapides les unes que les autres. Il se déplace à la vitesse de la lumière et parvient à éviter tous mes coups.

Mais plus il résiste, plus la colère monte. Elle va crescendo jusqu'à devenir une fureur incontrôlable. Je me mets à réaliser des figures de combat que je ne connaissais même pas. Le bâton fuse dans tous les sens et j'ai presque du mal à suivre mes mouvements des yeux. J'agis à l'instinct et je laisse mes pulsions guider mes mouvements.

Rip garde sa défense. Mais jamais il ne m'attaque. Il se contente de parer les coups sans faire le moindre geste à mon encontre. Et contrairement à ce qu'on pourrait croire, son attitude m'énerve encore plus.

— Putain, démon ! Défends-toi !

J'ai du mal à reconnaître ma voix. Elle est rauque et caverneuse, comme venue du plus profond de mon être.

— Je t'interdis de refuser de te battre !

Je me jette sur lui de plus belle et nous nous lançons dans un échange de coups et d'esquives synchronisés semblable à une danse de salon. Le combat dure plusieurs minutes et mon corps tient la cadence comme si j'avais fait ça toute ma vie. J'ignore la sueur qui coule sur ma peau, ma respiration saccadée, la douleur qui irradie dans mes muscles à chaque mouvement. Je me sens invulnérable.

Je poursuis le rythme de mes attaques jusqu'à ce qu'enfin, je finisse par atteindre Rip de plein fouet. Avec une force incroyable, je parviens à l'envoyer s'écraser contre un poteau du ring.

Le bruit assourdissant du choc résonne dans tout le Dôme. Un éclair de compassion traverse mon esprit, furtif, et disparaît presque instantanément pour laisser place à une satisfaction perverse. Je jubile intérieurement.

Rip secoue la tête pour reprendre ses esprits. Son arcade saigne, mais ce n'est pas ce qui m'interpelle à cet instant précis.

Son visage a pris les traits du démon. Sa peau rouge sombre et ses petites cornes sont les signes de sa transformation.

Il fronce les sourcils et me fixe de ses yeux argentés, durs et froids comme la pierre.

— O.K., Muse ! On s'est bien marrés, mais maintenant, il est temps pour toi de retourner dans ton antre…

Il feule et laisse apparaître ses canines proéminentes entre ses lèvres charnues. Bizarrement, cette vision provoque au plus profond de moi des sentiments contradictoires. Comme une attraction malsaine qui me donne des frissons.

Mais le démon ne me laisse pas le temps d'analyser mes émotions. Il apparaît subitement à mes côtés et m'attrape dans ses bras pour m'immobiliser. La puissance de son étreinte est hallucinante. J'ai l'impression d'être littéralement enserrée dans un étau d'acier.

— Reviens, Kat ! C'est un ordre !

Je tente de me débattre comme je peux. Mais il est beaucoup trop fort et je n'arrive qu'à le faire serrer davantage.

— Bébé, je t'en prie… Reviens-moi.

Sa voix est maintenant beaucoup plus douce et me touche au plus profond de mon être. C'est comme s'il pinçait une petite corde sensible, là, directement dans mon cœur. Ma colère s'amenuise et je relâche la pression. Je me sens étrangement fébrile, tout d'un coup.

Puis c'est comme si je me disloquais de l'intérieur. Une vive douleur traverse mon corps et me transperce de part en part. Je perds connaissance pendant un quart de seconde et lorsque je reviens à moi, mon hurlement me surprend moi-même. Perçant, sorti tout droit d'un autre monde.

Je suis toujours debout, face à Rip qui a repris un visage normal. Il me tient dans ses bras et me serre comme s'il voulait m'empêcher de fuir.

Je suis en nage et j'ai mal partout.

— Kat, tu es revenue, dit-il en relâchant légèrement son étreinte, l'air soulagé.

Je me réveille en sursaut, le corps en sueur et le cœur battant. Je comprends alors que tout ceci n'était qu'un rêve. Et pourtant, il me laisse un goût étrangement amer dans la bouche…

3
Le gardien

Au bout de trois jours d'entraînement, j'ai l'impression d'avoir fait ça toute ma vie.

Marcus ne me laisse pas une minute de répit et s'attelle à faire de moi une véritable machine de guerre. Et son entraînement est pour le moins efficace, car je progresse à vue d'œil. Le jō fait partie de moi désormais, et je manie le bâton avec une dextérité incroyable. Mais surtout, j'arrive maintenant à contrôler mon effort et à ménager suffisamment mon corps pour tenir un combat de plusieurs dizaines de minutes.

Quant à ma partie muse, elle est en sommeil, mais je m'attends à ce qu'elle refasse surface à un moment ou à un autre. Il y a certains signes qui me font dire qu'elle est là, tout près, à la surface.

Selon Marcus, ce ne sont que des suppositions. Moi, je suis certaine que ces drôles de rêves que je fais depuis la fusion me font revivre des instants de vie qui m'ont échappé… Et c'est elle qui provoque ça !

— Pause !

Je m'affale sur le sol, en sueur, épuisée, mais satisfaite. Marcus m'a donné du fil à retordre, pourtant, j'ai fini par le toucher. Il me rejoint et s'allonge sur le dos à côté de moi en haletant. Sa respiration saccadée prouve que je ne l'ai pas ménagé non plus.

— Bien. Je crois que tu es prête à passer à l'étape supérieure, maintenant.

J'écarquille les yeux. Quoi ? L'étape supérieure ? Mais il plaisante ! J'ai l'impression d'être au taquet et d'avoir tout donné. Je ne vois pas ce que je pourrais faire de plus !

Je me tourne sur le côté et pose ma tête sur ma main, en tentant d'apaiser mon rythme cardiaque.

— Qu'est-ce que tu veux dire exactement ?

Marcus place ses bras derrière sa nuque avec un détachement qui ne me dit rien qui vaille.

— Je veux dire qu'il te faut maintenant affronter quelqu'un de plus puissant.

Ça y est ! Je le vois venir… le petit malin !

— Et tu as un nom à proposer, j'imagine ?

La réponse ne se fait pas attendre et confirme mon pressentiment.

— Rip.

Je manque de m'étouffer et tousse pour reprendre ma respiration. Même si je le voyais arriver gros comme une maison, l'entendre de vive voix me sidère.

— Quoi ? C'est une blague ?

Mon interlocuteur continue de fixer le plafond comme si je n'étais pas là. Son indifférence a le don de m'agacer proprement.

— Est-ce que j'ai l'air de plaisanter ?

Marcus se redresse pour me faire face.

— Ceux que tu t'apprêtes à affronter ne sont pas des enfants de chœur, princesse. Tu vas te mesurer à des mercenaires confirmés et même à pire encore. Si tu veux espérer réussir, il te faut un adversaire puissant pour t'entraîner et continuer à progresser. Quelqu'un de beaucoup plus fort que moi.

Mouais…

Il n'attend même pas que j'intervienne pour poursuivre.

— Et Rip est le plus puissant déchu que je connaisse. Il est le meilleur de sa catégorie. Avec lui, tu apprendras à te défendre contre n'importe quel être démoniaque.

Je me lève et attrape ma serviette en inspirant bruyamment. Je crois que j'en ai assez entendu.

— Je suis désolée, Marcus, mais c'est hors de question !

Je fais demi-tour et commence à partir lorsqu'il me retient par le bras.

— Kataline, je sais que tu as des différends avec lui. Mais il faut que tu comprennes qu'il est ta seule chance de sauver ta mère… Sans lui, ton projet est voué à l'échec.

Je m'arrête et lui lance un regard noir.

— Comment peux-tu imaginer que je puisse accepter de me faire aider par quelqu'un qui m'a trahie ? Comment peux-tu croire que je vais pardonner ce qu'il m'a fait sous prétexte que j'ai besoin de lui ?

— Je sais que c'est difficile, et que c'est beaucoup te demander…

— Non… Tu n'as aucune idée de ce que c'est que de découvrir que la personne en qui tu avais placé ta confiance t'a manipulée pour arriver à ses fins. Il m'a utilisée, Marcus ! Par pur égoïsme !

Il secoue la tête. Son visage change, et j'ai l'impression d'avoir touché un point sensible. Je le vois serrer les poings et se tendre comme s'il était prêt à attaquer. Puis son expression se radoucit, et lorsqu'il prend la parole, sa voix est d'un calme olympien, mais froide comme la pierre.

— Je ne peux pas te laisser dire ça, Kataline. Si Rip a fait tout ça, ce n'est pas par égoïsme. Ce n'est pas pour lui qu'il agit de la sorte. C'est pour lib…

Il ne termine pas sa phrase, et j'attends une suite qui ne vient pas. Nous restons plusieurs secondes à nous fixer, sans que ni l'un ni l'autre ne prononce le moindre mot. Puis je vois passer une ombre dans ses yeux. Une sorte de regret… Ses épaules s'affaissent légèrement, et il me fixe d'un air étrange, presque nostalgique.

— Si tu penses cela de Raphaël, alors, c'est que tu ne le connais pas. Et si tu doutes de sa valeur, c'est que tu ne le mérites pas et que tu n'es pas faite pour lui.

Sa remarque me pique plus que je ne le voudrais. Mon cœur se serre en entendant ses paroles. J'apprécie la franchise de Marcus, même si elle me blesse. Et pourtant, au fond, il a certainement raison. Peut-être que Rip et moi, c'était perdu d'avance.

Je reste muette, et Marcus s'avance vers moi comme pour me réconforter. Il pose sa main sur mon épaule.

— Kataline, je sais que je t'ai dit de l'oublier et de passer à autre chose. Mais j'ai bien réfléchi, et il n'y a pas d'autre solution pour parfaire ton entraînement. Je ne te demande pas de répondre tout de suite. Mais de réfléchir à ce que je viens de te proposer. S'il y a une personne qui peut t'aider à réussir, c'est bien Rip. Crois-moi. En cinq cents ans d'existence, je n'ai jamais vu un démon comme lui…

Euh… J'ai dû mal entendre. Il a bien dit cinq cents ans ? Il n'a pas l'âge d'être mon père, mais plutôt celui d'un lointain ancêtre ! Je capitule devant son air de chien battu.

— Hum… C'est d'accord. Je vais y réfléchir…

— C'est bien. J'espère que tu prendras la bonne décision.

Je dois faire une drôle de tête parce que son visage se détend et il finit par éclater de rire.

— Arrête de me regarder avec ces yeux de merlan frit ! On dirait que tu as vu un fantôme !

Je lève les yeux au ciel. Ben, c'est un peu ça, en fait…

***

Pendant le dîner, la tension qui nous a habités lors de l'entraînement est retombée. Je retrouve le Marcus enjoué et volontaire que j'ai côtoyé jusqu'à présent.

Et il a décidé de me gâter en commandant mon plat préféré : des spaghettis au saumon !

Malheureusement, contrairement à lui, mon humeur n'est pas au beau fixe. Je ne suis pas dans mon assiette et je n'ai franchement pas faim. Je n'arrête pas de penser à sa proposition et je n'arrive pas à prendre de décision. Ça me préoccupe parce que je sais qu'il a raison, et que l'aide de Rip ne serait pas un luxe…

Si j'étais honnête, je dirais même qu'avoir Rip avec moi me rendrait plus forte et plus confiante.

D'un autre côté, j'ai du mal à me faire à l'idée de devoir lui demander de l'aide. Parce que si je l'avais devant moi, à cet instant précis, je ne voudrais qu'une seule chose : défoncer sa belle gueule de démon ! Le goût amer de la trahison est encore trop présent dans ma bouche pour que je puisse envisager quoi que ce soit d'autre…

Alors que je picore ma nourriture du bout des lèvres, Marcus s'installe à califourchon sur une chaise face à moi. Il place une assiette pleine de spaghettis bolognaise devant lui et me lance un coup d'œil méfiant.

— Tu as réfléchi ?

Et voilà ! Je m'en doutais ! Je fais la moue.

— Oui. Mais je n'ai pas encore fait mon choix. Ce n'est donc pas la peine d'exiger une réponse. Je ne prendrai pas de décision ce soir. La nuit porte conseil à ce qu'il paraît.

Marcus plisse les yeux et s'attaque à ses spaghettis comme s'il s'agissait d'ennemis à trucider.

— Si tu le dis… Mais ne tarde pas trop. Le temps commence à être précieux.

Je grimace en le regardant engloutir une grosse bouchée de pâtes dégoulinantes de sauce.

— *Dixit* le mec qui prétend avoir un demi-millénaire !

Marcus suspend son geste et m'adresse un regard de rapace. S'il croit qu'il va s'en tirer comme ça… J'attrape mon verre et avale une grande rasade d'eau fraîche avant de demander :

— Dis-moi Marcus, comment peux-tu être aussi âgé ?

Il recommence à mâcher méticuleusement ses pâtes sans me lâcher des yeux. Son silence pique ma curiosité et m'encourage à le cuisiner. Il faut que je sache !

— Tu es quoi, exactement ? Un démon, comme Rip ou un ange, comme Maxime ?

Enfin, il repose sa fourchette sur la table. Puis, avec une lenteur calculée, il repousse son assiette et m'adresse un coup d'œil amusé en s'essuyant méticuleusement la bouche.

— Tu n'y es pas du tout. Je ne suis ni l'un ni l'autre.

Dieu qu'il m'énerve ! Il veut vraiment que je lui tire les vers du nez, c'est ça ?

Je décide de jouer la carte de la provocation.

— O.K., un elfe peut-être ? Ou un troll ? Non ! Ne dis rien ! Tu es un vampire !

Je mime des crocs en approchant mes doigts de ma bouche. Me moquer de lui finit par payer. Marcus laisse échapper un petit rire.

— Toujours pas ! Laisse tomber, tu ne trouveras jamais. Je suis… un gardien.

Il gonfle le torse, comme si cette simple annonce avait une quelconque signification pour moi. Mais voyant que je ne réagis pas plus que cela, il soupire.

— D'accord ! Tu ne sais pas ce qu'est un gardien, on dirait.

Il se renfrogne. J'ai l'impression que mon absence de réaction l'a vexé. Il s'attendait peut-être à ce que je me prosterne devant lui ?

— Non, je n'en sais fichtrement rien. Explique-moi. C'est quoi exactement… un gardien ?

Marcus se redresse comme un paon qui fait la roue.

— C'est un mentor et un protecteur.

Je lève un sourcil. Alors, il ressent le besoin de donner des explications, en soupirant de plus belle.

— Ignorante que tu es ! Je suis un maître de l'ordre, figure-toi !

Toujours rien…

— Un garant de l'équilibre entre le bien et le mal… Un gardien, quoi !

O.K. ! Encore un nouveau personnage dans le paysage surnaturel qu'est devenue ma vie. Voyant qu'il a affaire à une vraie novice, Marcus finit par me donner les explications que j'attendais.

— Pour tout démon qui quitte les enfers, il y a un ange qui contrebalance les forces. Comme Raphaël et Maxime. Les gardiens sont missionnés pour garantir l'équilibre naturel entre les deux. Nous veillons à ce que chacun tienne sa place. Lorsqu'ils reviennent, les démons sont perturbés par leur nouveau statut. Il faut quelqu'un pour les accompagner et les encadrer.

— Oh ! Et ce n'est pas le rôle des anges ?

— Non. Les anges sont là pour… jouer leur rôle d'ange.

Ah, parfait ! C'est très clair, maintenant ! Je secoue la tête, mais n'insiste pas.

— Donc, c'est toi qui t'en charges. Tu es une sorte de tuteur ?

— On peut dire ça. Mais notre rôle est d'apprendre aux déchus à se maîtriser. Pour qu'ils ne perdent pas complètement leur humanité.

Marcus me laisse quelques secondes pour réfléchir. C'est vrai qu'il m'arrive parfois de me demander si Rip a gardé quelque chose d'humain. Surtout lorsque je le vois prendre plaisir à écarteler un ennemi sans éprouver la moindre compassion.

— Les démons sont tellement torturés en enfer que lorsqu'ils reviennent sur la Terre, ils ont perdu la plupart des sentiments humains, comme l'amour, la tristesse ou l'empathie. Ils sont comme des machines. Des machines à tuer, qui ne réfléchissent même plus à ce qu'elles font. Il faut leur réapprendre à avoir des émotions et à contrôler leurs pulsions.

Merde… C'est horrible ! On dirait qu'il décrit un lavage de cerveau. Pourtant, il y a quelque chose qui cloche dans tout ça. Quelque chose qui ne me semble pas logique.

— J'ai du mal à comprendre. Pourquoi transformer les démons en machines si c'est pour les canaliser ensuite ? Ils sont envoyés sur Terre pour nourrir le Maître, c'est bien ça ?

Marcus hoche la tête, surpris par ma question.

— Alors, pourquoi envoyer des gardiens pour les brider ? Il ne vaudrait pas mieux qu'ils laissent libre cours à leur vraie nature ? Ils seraient plus efficaces, non ?

Il me fixe pendant plusieurs secondes, puis un sourire en coin étire ses lèvres.

— Tu es perspicace, petite. Et ton raisonnement est on ne peut plus logique. Le passage en enfer est un test. Seuls les plus résistants sont capables de supporter l'entraînement. La plupart périssent au bout de quelques jours. Les plus puissants résistent, un mois, deux mois, trois mois pour les plus forts, comme Rip. Il est un des rares à être resté aussi longtemps.

Je garde le silence alors que la signification de ses paroles parvient à mon cerveau en alerte.

— Après ce qu'ils ont subi, si on n'apprenait pas aux démons à se maîtriser, ils deviendraient incontrôlables. Et il n'y aurait pas assez d'anges pour contrebalancer les forces. L'équilibre serait menacé, et ce serait le chaos. Crois-moi, il ne leur faudrait pas beaucoup de temps pour transformer tous les humains de cette planète en zombies.

Je frissonne à cette idée et je ne peux empêcher mes pensées d'aller vers Rip. Je sais qu'il a souffert de son passage dans l'antre de Satan. Je m'en rends compte encore plus maintenant que Marcus m'a donné des explications. Une vague de compassion s'échappe de mon cœur et remonte jusqu'à mon esprit.

Mais je secoue vivement la tête pour la faire disparaître.

Non ! Il est hors de question que j'éprouve autre chose que de la colère envers Rip !

Marcus semble s'apercevoir de mon état d'esprit, car il reprend :

— Tu sais, Kat, lorsque j'ai récupéré Rip, il était tellement détruit qu'il se serait jeté sur n'importe qui pour en faire de la bouillie. J'ai dû user de toute ma force pour le maîtriser. J'ai même dû l'emprisonner pendant une longue période avant qu'il n'arrive à se contrôler. Rip est dur… Il est le démon le plus fort que je connaisse. Son cœur est un roc et il raisonne comme une véritable machine à tuer. C'est un être rationnel, qui ne s'encombre pas de sentiments. Il sait que ressentir des émotions nous rend faibles et vulnérables. Alors quand il est revenu, il les a bannies de son esprit. Et pourtant…

Mon cœur s'arrête.

— Pourtant, quand il s'agit de toi, tout est différent…

Le coup de grâce !

Je me mords la lèvre inférieure.

Marcus plonge ses yeux dans les miens, et je reste quelques secondes à le fixer, sans vraiment le voir. Puis une idée fait tilt dans un coin de mon cerveau.

— Marcus ! N'essaie même pas de me convain…

À ce moment-là, une explosion retentit, faisant trembler la vaisselle sur la table. Marcus saute de sa chaise.

— Merde ! Le bouclier !

4

Sphinx et bouclier

Un long frisson me parcourt alors que je sens Marcus se tendre comme un arc. Aussitôt, comme par magie, son armure apparaît autour de lui, et son casque se referme sur son visage.

Sans plus attendre, il se précipite dans le couloir, bousculant au passage sa chaise, qui tombe sur le sol en se brisant. Sans réfléchir, je me lance à sa suite.

Une brume noire s'échappe de l'escalier, à l'autre bout du couloir. Marcus se dirige tout droit vers elle.

— Reste en arrière, Kat…

Il se place devant moi pour me protéger et descend au sous-sol. Alors que nous pénétrons dans le garage avec précaution, une épaisse fumée noire s'insinue dans ma gorge et m'empêche de respirer normalement. Je tousse, et mes yeux se mettent à me piquer.

Mais je me force à rester derrière Marcus et le suis dans la salle d'entraînement.

L'appel d'air provoqué par l'ouverture de la porte dissipe la fumée. Elle finit par disparaître complètement pour laisser place à une silhouette blanchâtre en forme d'œuf.

On dirait une sorte de cocon duveteux.

Marcus rétracte son masque et avance prudemment vers la forme. Je reste sur ses talons, le cœur battant, et les yeux encore larmoyants.

Mais au moment où nous arrivons près de lui, l'œuf se met à bouger et s'ouvre…

Ce n'était pas un cocon ! Mais un homme. Ou plutôt un ange, caché par ses immenses ailes blanches recroquevillées.

L'être divin se redresse en criant et déploie ses plumes, qui prennent maintenant tout l'espace dans la pièce. Presque aussitôt, il se met à tituber et s'écroule sur le sol.

— Maxime…

Marcus se précipite vers lui, et moi, je reste immobile à regarder le corps inerte, cloué au sol.

Maxime… ?

Je ne parviens pas à le reconnaître. Il est presque entièrement dénudé et ne porte qu'un jean déchiré. Son corps est littéralement décharné, entièrement recouvert de coupures sanguinolentes. Comme si quelqu'un s'était amusé à le lacérer à coups de cutter. Son visage n'est pas épargné et présente de nombreuses plaies, qui m'empêchent de bien discerner ses traits.

Un sentiment de panique m'envahit alors que je m'aperçois que mon ami a perdu connaissance et qu'il est peut-être en danger de mort. Poussée par mon instinct, je me jette à terre.

— Mon Dieu, Max ! Mais qu'est-ce qui s'est passé ?

Mes yeux se remplissent de larmes lorsque je constate que ses magnifiques ailes sont criblées de taches rouge vif. Elles sont même déchirées par endroits et poisseuses de sang.

Je passe ma main sur ses plumes avec délicatesse, espérant naïvement que mon geste atténuera les blessures.

Marcus se tourne vers moi, les yeux exorbités.

— Il a forcé le bouclier !

Je ne comprends pas un traître mot de ce que ça signifie, mais à voir sa tête, cela doit être important.

— Mais qu'est-ce qui lui est arrivé ? Il va s'en sortir ?

Je n'ose même pas imaginer ce qui pourrait se passer si Marcus répondait par la négative. Heureusement, il se contente de me fixer d'un œil hagard.

— Putain, il a réussi à détruire la barrière ! C'est incroyable !

Puis il tombe mollement sur ses fesses comme s'il avait vu un fantôme. Son attitude m'inquiète autant qu'elle m'énerve, alors je me mets à lui secouer le bras violemment.

— Qu'est-ce qui se passe, Marcus ? Dis-moi ce qui est arrivé à Max !

Il tourne les yeux vers moi. Puis il se remet à cligner des paupières comme s'il découvrait seulement ma présence.

— Kataline… Ça va aller. Ne t'inquiète pas pour lui. Il est costaud. Il faut juste qu'on l'aide un peu.

Je hausse les épaules dans un geste impuissant.

— Ah oui ! Et comment ?

Marcus se pince l'arête du nez quelques secondes. Puis il cherche dans sa poche et en retire une petite pierre qu'il place sur le torse de Maxime.

— Va dans ma chambre et apporte-moi la fiole rouge qui se trouve sur la cheminée.

Moi… La chambre de Marcus…

Les informations arrivent péniblement à mon cerveau.

— Kat ! S'il te plaît !

Pas de problème !

Je me redresse, les jambes encore tremblantes à cause de l'adrénaline.

— O.K. ! Je fais au plus vite.

***

Je n'ai aucun mal à retrouver la chambre de Marcus. J'ai déjà vu sa suite quand j'ai visité sa maison l'autre jour. Lorsque j'y pénètre, j'aperçois immédiatement la fiole rouge, qui trône sur la grande cheminée qui me fait face.

Mais alors que je m'apprête à la prendre, une étrange sensation me serre la gorge. Je recule d'un pas, surprise et mal à l'aise. Quelque chose attire mon attention. Une bague, posée sur un écrin de velours. Poussée par mon instinct, je m'en empare pour la regarder de plus près. C'est un anneau en argent serti d'une pierre blanche. Et sur cette pierre est gravé un énorme sphinx de bronze. Identique à l'emblème de Rip.

Je reste quelques secondes à le regarder, en me demandant quel lien il peut y avoir entre le totem de Rip et cette bague. Et surtout qu'est-ce qu'elle fout dans la chambre de Marcus ?

Un léger bruissement me fait sursauter, et je repose la bague sur son écrin, avec la rapidité d'une personne prise en faute.

Un miaulement dévoile l'auteur du bruit, et un petit chat couleur d'ébène vient se frotter contre mes jambes. D'abord surprise, je me baisse pour caresser l'animal qui feule et s'écarte de moi.

Tiens ! Je ne savais pas que Marcus avait un chat.

— Eh… N'aie pas peur, mon beau ! Je ne vais pas te faire de mal…

Bizarrement, le félin revient vers moi en miaulant et en me lançant un regard langoureux. Ses yeux vert émeraude m'examinent, et il se met à

38

ronronner si fort que je ressens toutes ses vibrations. Mince ! On dirait qu'il essaie de me séduire… Je lui adresse un sourire sardonique.

— Désolée, je n'ai pas de temps à te consacrer… J'ai une urgence.

Puis, sans plus attendre, je sors de la pièce et retourne au sous-sol, en me demandant quels mystères je viens encore de soulever…

Lorsque je retourne dans la salle d'entraînement, Marcus a allongé Maxime sur un sofa, dans un coin de la pièce.

Mon inquiétude grandit lorsque je constate que mon ami est toujours inconscient.

— Est-ce qu'il va se réveiller ?

Marcus grimace et me tend la main pour que je lui passe la petite fiole rouge.

— Oui. Il ne va pas tarder à reprendre connaissance grâce à ça.

Il ouvre le récipient laissant échapper une petite fumée rougeâtre, qui pénètre dans les narines de Max. Ce dernier grimace dans son sommeil.

— Avec ça, il devrait aller mieux dans peu de temps.

La curiosité me pousse à demander :

— Qu'est-ce que c'est ?

— Un mélange d'herbes rares. Ça réveillerait un mort !

Euh… Le jeu de mots n'est pas franchement approprié. Je fais la moue pour le lui faire remarquer, mais Marcus a déjà reporté son attention sur son patient.

Effectivement, au bout de quelques minutes seulement, Maxime reprend connaissance. Il grimace encore, remue, râle et finit par ouvrir les yeux.

Le soulagement de le voir se réveiller laisse bientôt place à une nouvelle vague d'inquiétude lorsque je m'aperçois à quel point il est souffrant. Son visage est crispé par la douleur, ses traits sont tirés et son corps complètement meurtri.

Lorsque ses yeux tombent sur moi, son regard s'éclaire pourtant d'une lueur nouvelle.

— Kat…

Il se redresse, mais Marcus l'oblige à se rallonger.

— Doucement, bonhomme ! Tu auras tout le temps de discuter avec elle lorsque tu seras remis sur pied. Mais quelle idée est-ce que tu as eu de vouloir briser le bouclier ?

Je ne peux m'empêcher d'intervenir.

— Eh… Ne l'agresse pas comme ça ! Regarde dans quel état il est, le pauvre…

Marcus lève un sourcil et m'adresse un regard moqueur.

— Du calme, princesse ! Dans deux minutes, il sera de nouveau comme neuf !

Il ne croit pas si bien dire. À peine a-t-il terminé sa phrase que Maxime blêmit et se tord dans tous les sens en hurlant.

Je me précipite vers lui, mais Marcus me retient pour m'empêcher de l'approcher.

— Laisse faire la potion…

Je m'arrête net et observe mon ami se tortiller comme un ver. La souffrance doit être horrible…

Je me bouche les oreilles, ne supportant pas de l'entendre crier de douleur. Pourtant, je n'arrive pas à détacher mes yeux de son corps qui lutte contre… je ne sais même pas quoi au juste.

Brusquement, il arrête de bouger et se tend comme un ressort. Ses traits se figent et ses yeux se révulsent. Je vois ses veines enfler dangereusement sur son cou et ses muscles tant se contracter qu'il paraît près d'imploser. Ça ne dure pourtant que quelques secondes, mais lorsque l'effet se dissipe, le visage de Maxime reprend ses couleurs naturelles.

Il semble apaisé.

Abasourdie, je regarde ses blessures se refermer les unes après les autres, et, bientôt, son corps est complètement guéri des nombreuses coupures qui le zébraient.

— Merci, Gardien, dit Maxime en se redressant comme si rien ne s'était passé.

Bordel ! On dirait qu'il n'a jamais été blessé… Je le retrouve tel qu'il était lorsque je l'ai quitté quelques jours plus tôt. Il semble n'avoir aucune séquelle.

— Désolé pour le bouclier, Marcus, mais il fallait que je… Je devais absolument voir Kat.

— Mauvaise réponse, cher ange ! Ce que tu as fait était dangereux et inconscient. Non seulement tu aurais pu te blesser, mais maintenant, tu as dû attirer l'attention de toute la sphère obscure sur cette baraque.

Le regard de Maxime se porte sur moi.

40

— Je sais que je n'aurais pas dû agir ainsi, reprend-il, mais il fallait que je te parle, Kataline. En urgence. Et je n'avais pas d'autre moyen pour te joindre.

Mince ! Ça sent mauvais tout ça.

— Que se passe-t-il ?

— Nous avons embauché un nouveau fureteur. Et il nous a rapporté que, grâce au sang de ta mère, le Boss a pu créer de nouveaux mercenaires. Il est en train de former une putain d'armée ! Avec des sbires bien plus puissants encore… Si tu vas là-bas seule, tu périras…

Mon sang se glace, mais je n'ose prononcer un mot. Marcus se tourne vers moi.

— Ce qui veut dire que tu n'as plus le choix, princesse. Tu dois faire appel à Rip…

Dans tes rêves !

Je fronce les sourcils et me tourne vers Maxime. Mais au lieu de me soutenir, celui-ci va dans le sens de Marcus.

— Il a raison. Et crois-moi, ça me déchire le cœur de devoir te le dire. Mais, sans Rip, tu n'y arriveras jamais, Kataline.

Je ferme les yeux quelques secondes pour réfléchir. Mais lorsque je les rouvre, je ne sais plus où j'en suis. Est-ce que Maxime me dit la vérité ? Est-ce que ce n'est pas encore une supercherie pour me manipuler ?

Je soupire bruyamment.

— Comment est-ce que je peux te faire confiance, Max ? Comment croire que ce que tu me dis est vrai ? Tu m'as déjà trahie une fois…

Maxime se lève et s'approche de moi d'un air grave. Il pose ses mains sur mes épaules pour me forcer à le regarder.

— Oui. Et j'en suis profondément désolé. Je connaissais les intentions de Rip, c'est vrai. Mais j'ai essayé de te mettre en garde, Kat…

Il laisse sa phrase en suspens, et je me mords la lèvre pour l'empêcher de trembler. Oui, je ne peux le nier. Plusieurs fois, il m'a dit de me méfier de son frère. Mais je pensais que c'était par jalousie… Quelle prétentieuse ! J'étais totalement à côté de la plaque !

Je reste une longue minute, les yeux plongés dans ceux de Maxime. J'y vois de la sincérité. De la tristesse. De l'amertume aussi. Et autre chose qui m'effraie et que je balaie d'un revers de la main.

41

Je soupire profondément et finis par faire tomber mes barrières. Je me jette sur lui et me pelotonne contre son torse. D'abord surpris, mon ami m'entoure de ses bras puissants.

— Je suis désolée, Maxime. Je sais que tu n'es pour rien dans les agissements de ton frère. Je ne devrais pas t'en vouloir à cause de ce qu'il m'a fait.

Sa chaleur m'envahit alors qu'il m'enveloppe de ses ailes majestueuses.

— C'est moi qui suis désolé, Kat. Si je ne t'avais pas ramenée à la maison, jamais mon frère ne t'aurait fait de mal.

Maxime me berce pendant quelques minutes, et je sens son aura bienfaitrice imprégner chaque parcelle de mon corps. Son contact agit comme un baume magique. Soudain, tout me semble plus léger, plus facile…

Je me recule pour le regarder tandis qu'une idée saugrenue me traverse l'esprit.

— Il y a quelque chose que j'aimerais te demander, Max.

Il lève un sourcil interrogateur, et je sens son inquiétude au son de sa voix.

— Vas-y, je t'écoute.

— Pourquoi, lorsque je suis près de toi, j'ai l'impression que tout est plus simple, plus doux. C'est… Je ne sais pas. C'est comme un calmant qui m'apaise. Est-ce parce que tu es un ange ?

Il marque un temps d'arrêt avant de répondre, comme s'il cherchait les mots justes.

— Il se peut que ma présence agisse sur ton état d'esprit, en effet. Mais c'est indépendant de ma volonté. Je suis un ange. Et ma seule présence interfère sur ton mental. C'est dans ma nature. Mon aura apaise les maux. Mais ne crois pas que j'agisse sur tes décisions si c'est ce que tu crains.

Je reste silencieuse. Le temps de bien comprendre ce que cela implique.

Maxime est comme un baume apaisant, alors. Une sorte de « pansement » qui soigne ma douleur. Cette idée me fait presque sourire.

— Je vois que tu n'es pas fâchée…

— Non. Au contraire. Qu'est-ce que tu dirais si je faisais de toi mon doudou ?

Il me fixe avec des yeux ronds, avant d'éclater de rire. Mais Marcus interrompt ce moment de complicité.

— Euh… Je ne voudrais pas gâcher vos émouvantes retrouvailles. Mais nous avons du pain sur la planche.

Je toussote.

— Oui, tu as raison, Marcus. Mais d'abord, explique-moi. C'est quoi cette histoire de bouclier ?

Marcus et Maxime se lancent un coup d'œil furtif. Puis mon hôte m'offre un immense sourire diabolique.

— O.K. ! Tu veux savoir ? Alors, je vais te dire. Mais autant te prévenir, ça ne va pas te plaire, princesse !

5
Visite inattendue

Encore ce brouillard blanc…

La brume se dissipe lentement pour laisser apparaître une photo entre mes doigts tremblants.

Une boule grossit dans mon ventre alors que mes yeux examinent le cliché. J'ai peur de ce que je découvre.

L'image d'une femme squelettique à la peau blanche et aux cheveux sombres se matérialise entre mes doigts. Elle est attachée à une croix, avec des perfusions sur tout le corps qui la vident de son sang. Elle semble tellement faible qu'on dirait qu'elle se meurt lentement…

Cette scène d'horreur, je la reconnais parfaitement.

Parce que c'est le dernier tableau que j'ai peint…

Un éclair rouge vif passe devant mes yeux, et la douleur me fait crier.

La photo tombe sur le sol. Et moi, je me laisse envahir par la souffrance. Elle m'emporte, m'éloigne de la réalité et me transporte vers les profondeurs du néant. Lentement.

J'ai l'impression d'avoir des poids énormes qui m'entraînent dans les abîmes de l'inconscience. Mais à l'instant même où je sens que je perds connaissance, je suis frappée par un séisme, qui me propulse vers la lumière.

C'est comme un raz de marée qui me percute de plein fouet. Une sorte de fureur incontrôlable s'empare de moi et me ramène vers la conscience. Au plus profond de mon être, je sais ce qui m'attend. Je le sens et je l'appréhende.

J'essaie de contrôler mes pulsions, mais elles sont plus fortes. Je n'ai plus qu'une envie : celle de tout détruire.

La vague d'énergie, qui naît au creux de ma poitrine, grossit, jusqu'à devenir incontrôlable. Je suis tendue, les bras en croix, laissant mes émotions prendre le dessus.

Jess s'avance vers moi, et je peux lire dans son regard la peur que je lui inspire. J'ai envie de la protéger. De moi. De cette chose à l'intérieur qui me pousse et m'oblige à faire des choses que je ne maîtrise pas.

— Kataline ! Bébé, regarde-moi… Essaie de garder le contrôle.

La voix de Rip attire mon attention. J'ai envie de l'écouter, d'aller vers lui et de me recroqueviller contre son torse pour qu'il me protège. J'ai peur. Peur de ma réaction. Peur de leur faire du mal.

Je m'approche de lui, en essayant de repousser ma colère, luttant intérieurement contre mon autre moi.

J'arrive peu à peu à me contrôler et je sens que ma fureur s'amenuise.

Mais au moment où je pense avoir repris le contrôle, Royce se met en travers de mon chemin et tente de me barrer la route. La menace qu'il représente me fait réagir, et mon instinct reprend le dessus.

Ma vue se brouille, et la colère que j'avais réussi à contenir jusque-là finit par exploser. Sans réfléchir, je dirige ma main vers celui qui me fait face pour l'écarter de mon passage. Mais ce simple geste libère l'énergie qui bouillonnait dans mes veines.

Un éclair s'échappe de mes mains. Mon hurlement résonne dans mes oreilles, et je vois à travers le voile rouge de mes yeux, l'onde de choc dévastatrice qui balaie tout sur son passage. La lumière atteint Royce en plein visage. Son corps est propulsé dans les airs et s'écrase lourdement sur la table basse.

Les chaises volent en éclats, les meubles se brisent, les vitrines explosent, et tous ceux qui m'entourent se retrouvent projetés à plusieurs mètres.

Jess, Kris, et même Rip…

Je ne sais pas ce qui s'est passé ni comment j'ai fait ça. Mais la déflagration m'a libérée d'un poids énorme, me laissant fébrile et vide de toute énergie…

J'aimerais aider ma tante, qui est coincée sous un canapé, mais je n'en ai pas la force. Mes jambes ne me portent plus. Alors je tombe.

Sur les genoux, puis au sol… Inconsciente.

— Kataline ! Bébé…

Cette voix… Sa voix. Elle me tire lentement du néant. Je plisse les yeux et passe la main sur mon front.

J'ai l'impression de sortir d'un rêve. Ou plutôt d'un cauchemar.

J'ai la tête comme une pastèque qui serait passée au mixeur et j'ai la nausée.

— Kat… Reviens avec moi… Je suis là.

45

L'odeur de Rip m'emplit les narines. Cette odeur, je la reconnaîtrais entre mille. Elle m'apaise. Me rassure. Me ramène à la vie. Je la respire à pleins poumons comme si c'était la seule façon de revenir dans le monde réel. Au bout de quelques secondes, j'ouvre enfin les yeux.

***

Marcus avait raison. Ses explications ne m'ont pas plu… Pas du tout.

Il avait créé un bouclier autour de sa maison sans me le dire. Un écran virtuel prétendument impénétrable et indestructible. Enfin, jusqu'à ce que Maxime risque sa peau en l'explosant en mille morceaux !

J'ai failli me jeter sur le gardien en apprenant ça. Je suis furieuse de découvrir qu'il me tenait prisonnière de sa maison à mon insu. Avec ce bouclier, personne ne pouvait entrer en contact avec moi. S'il était arrivé quelque chose, mon père, ma tante, personne n'aurait pu me prévenir…

Marcus m'a encore plus énervée lorsqu'il a rétorqué :

— Je n'ai fait qu'accéder à ta requête, princesse ! Tu ne voulais pas être dérangée, non ? Alors, en installant cet écran protecteur, je t'ai rendu service !

Excepté que, détail non négligeable, je ne pouvais pas non plus sortir de chez lui. J'étais cloîtrée sans même le savoir.

Bon, si j'étais un tant soit peu honnête, je dirais que, finalement, demeurer isolée du reste du monde m'a aidée à me remettre du choc de la trahison de Rip et de son clan. Mais quand même ! Encore une fois, je me sens dupée. On a fait des choses dans mon dos sans me prévenir. Et ça m'horripile !

La bonne nouvelle c'est qu'avec l'arrivée de Maxime, le bouclier a disparu. La mauvaise, c'est qu'apparemment, son intrusion n'est pas passée inaperçue. Selon Marcus, tous les êtres surnaturels ont dû sentir l'aura de Max quand il a percé l'écran. Et s'ils s'intéressent à cette demeure, ils sentiront aussi ma présence…

Je risque d'être la cible de tous les mercenaires chasseurs de têtes à plus de cent kilomètres à la ronde.

Mais bizarrement, ce n'est pas la chose qui me tracasse le plus. Eh oui ! Il y a pire encore.

J'ai accepté que Rip vienne m'entraîner… Et là, je dois dire que c'est une autre paire de manches. J'appréhende réellement de le revoir. Ça fait une semaine que j'ai appris ses manigances, et la soirée est encore excessivement présente dans mon esprit. J'ai toujours la même envie de le trucider que le soir où il m'a avoué sa trahison.

Et pourtant, je sais, au fond de moi, que lui seul peut m'aider à réussir. C'est comme si c'était écrit, quelque part, dans mon esprit. Seul Rip pourra m'apporter la force…

Je dois accepter qu'il me vienne en aide et mettre mes sentiments de côté. Il le faut. C'est inéluctable.

Deux coups frappés à la porte de ma chambre me sortent de ma rêverie.

— Entrez.

La tête de Maxime passe par l'entrebâillement.

— Je peux ?

Je hoche la tête juste assez pour qu'il entre complètement dans la pièce. Le voir me fait du bien. Après l'avoir trouvé si mal en point la veille, je suis rassurée qu'il soit finalement indemne.

— Je voulais prendre de tes nouvelles.

Je lève un sourcil et lui adresse un sourire en coin.

— Ce serait plutôt à moi de prendre de tes nouvelles, non ? Tu étais vraiment dans un sale état, hier…

— Les anges sont de bonne composition. Et les potions de Marcus font des miracles.

Il s'approche et reprend, plus sérieusement.

— Comment tu te sens ?

— Je vais bien.

— Tu es sûre ?

— Je vais bien, Maxime. Je t'assure.

Il s'assied à côté de moi sur le rebord du lit. Sa voix se fait plus sombre.

— Je suis désolé, Kataline. Si j'avais su tout ce qui se serait passé, jamais je…

— Arrête de t'excuser, Maxime. Tu n'es pour rien dans ce qui m'arrive.

Il entremêle ses doigts et garde les yeux fixés sur ses phalanges, qui se mettent à blanchir.

— Si. Beaucoup plus que tu ne le crois. Quant à mon frère…

— S'il te plaît, évite de jouer l'avocat de la défense, Max ! J'ai accepté qu'il vienne m'entraîner, certes ! Mais en dehors de ça, je n'aurai pas d'autres relations avec lui. Que les choses soient claires ! Il vient, on s'entraîne et il repart.

Maxime relève la tête et me fixe avec une sorte d'incrédulité. J'ai l'impression qu'il ne croit pas plus que moi à mes paroles. Il plisse les yeux et m'observe par la fente de ses paupières.

— Tu as changé, Kat. Tu sembles plus… dure.

Je grimace.

— Exact. J'en ai marre de passer pour la pauvre fille qu'on malmène. Ça fait bien longtemps que j'ai décidé qu'on ne profiterait plus de moi. Il est grand temps que j'applique ce mantra.

— O.K., je comprends.

Il se redresse et fait le tour de la pièce, en examinant les différents bibelots qui ornent les meubles. Je regrette déjà d'avoir été si sèche avec lui. Mais je n'aurais pas supporté de l'entendre défendre son frère. Je décide de changer de sujet.

— J'ai une question, Max... C'est quoi le lien entre Marcus et le clan Saveli ?

Il s'arrête, une statuette en marbre à la main.

— Qu'est-ce que tu entends par là ? Il fait partie du groupe…

— Non ! Je parle de la bague sur laquelle je suis tombée. Celle avec un sphinx gravé dessus. Il n'est pas un disciple ni un membre originel du clan. Alors quoi ? Pourquoi un gardien porte-t-il le même tatouage que les membres de votre tribu ?

Maxime repose lentement la statuette sur la commode et se tourne vers moi.

— Rip lui a sauvé la vie.

Quoi ?

— Oui, tu as bien entendu. Rip a sauvé la vie de Marcus. Depuis, il lui est fidèle et fait partie du clan, comme Royce ou moi. Il est comme notre frère.

Je réfléchis pendant quelques secondes. J'avais cru comprendre que c'étaient les gardiens qui sauvaient les démons… En leur permettant de canaliser leurs pulsions. Alors, comment Maxime peut-il dire que Rip a sauvé Marcus ?

Je n'ai pas le temps de poser la question qui me brûle les lèvres parce que Maxime se fige soudain. Puis il se détend et se dirige vers la porte.

— Viens. On a de la visite.

***

Mes yeux s'emplissent de larmes lorsque je découvre mon père et ma tante installés dans le salon avec Marcus. À mon entrée, Jess se jette sur moi en poussant un cri de souris effrayée.

— Oh, mon Dieu, Kat ! Ma chérie ! Je suis tellement contente de te voir... si bien.

Elle me serre contre elle avec force puis se recule pour me regarder.

— Oh, tu vas bien ! répète-t-elle en me caressant les cheveux, des larmes plein les yeux.

Je secoue la tête. Trop d'émotions, ça me perturbe. Je ravale un hoquet avant de répondre.

— Oui, je vais bien, Jess. Je suis contente de te voir...

Je lui fais un câlin et pose ma tête sur son épaule en fermant les yeux. Ça fait du bien de pouvoir la serrer contre moi. Lorsque j'ouvre les paupières, je croise le regard de mon père, resté en retrait près du canapé.

Il me fixe comme s'il avait vu un fantôme, l'air grave et apeuré en même temps. Je m'écarte de Jess pour lui faire face et m'approche de lui.

— Papa...

Ses lèvres tremblent légèrement, puis, avec un grognement, il m'attrape par le bras pour me serrer contre lui.

— Oh, ma fille ! Ma chère petite. Je suis tellement désolé de ce qui arrive... D'abord ta mère. Puis toi. J'ai eu si peur de te perdre lorsque j'ai appris que tu étais partie.

Je le serre un peu plus pour le réconforter. Avec tous ces événements, je n'ai pas mesuré que lui aussi devait souffrir de la situation. Après tout, sa femme était retenue prisonnière depuis de nombreux mois et il venait d'apprendre que sa fille était une sorte d'alter ego d'un démon. C'était beaucoup pour un seul homme.

Je le garde contre moi pendant une longue minute, puis m'écarte pour le regarder. Il a encore maigri, on dirait. Et ce constat me serre le cœur.

— Papa. Tu vas bien ? Je te trouve fatigué...

49

— Oh, ne t'inquiète pas pour ton vieux père ! Je suis plus solide qu'il n'y paraît. Et puis je ne suis pas venu ici pour parler de moi. Explique-nous plutôt ce que tu as l'intention de faire maintenant.

Je marque un temps d'arrêt et jette un regard inquisiteur à Marcus. Est-ce que je dois expliquer mon plan à mon père et à ma tante ? Est-ce qu'ils vont comprendre mes choix ?

Je décide de leur dire la vérité.

— Nous partons dans trois jours, papa.

Je comprends à sa tête qu'il sait déjà ce que j'ai l'intention de faire. Pourtant, lorsqu'il s'assied sur le sofa et pose ses mains sur ses genoux, il semble avoir encore pris dix ans. Son inquiétude est visible sur ses traits.

— Toi et Marcus ? Seuls ?

Je vois bien où il veut en venir.

— Moi, Marcus…

— Et moi, intervient Maxime.

Je lui lance un regard étonné et il hoche lentement la tête en signe de réponse à ma question muette. Je ne peux m'empêcher d'être soulagée de savoir qu'il sera avec nous.

— Merci, dit simplement Jess en posant sa main sur le bras de Maxime.

On dirait qu'elle aussi est rassurée de savoir qu'il nous accompagne. Mon père, en revanche, fronce les sourcils.

— Est-ce que vous serez prêts ?

Tout le monde se tourne vers lui.

— Je veux dire, je ne sais pas à quoi vous vous attaquez, et je ne veux même pas le savoir. Tout ce foutu merdier me dépasse. Mais est-ce que tu es prête à affronter ce qui t'attend, Kataline ? Est-ce que tu seras assez forte ? Tu sembles si… fragile.

Sa voix se brise, et je reste silencieuse, ne sachant pas comment le rassurer. Moi-même, je suis la première à douter de ma capacité à réussir. Pourtant, il y a une chose dont je suis certaine, c'est que je ferai tout pour sauver ma mère… Et là, ma détermination est sans faille.

Marcus vient à mon secours et s'adresse à mon père d'une voix rassurante.

— Votre fille est une battante, monsieur. En trois jours, elle a plus progressé que n'importe qui sur cette planète. Et elle va encore parfaire sa formation d'ici notre départ.

Ma tante s'approche de moi, et je peux voir un voile d'inquiétude traverser son regard.

— Combattre des mercenaires est une chose, mais des démons…

— Rip va lui apprendre, répond Maxime à ma place.

Cette annonce fait l'effet d'une bombe. Jess manque de s'étouffer. Elle me fixe avec étonnement, puis sa bouche s'élargit dans un sourire moqueur.

— Eh bien, je te souhaite bon courage, ma chérie ! Parce qu'il est encore plus exécrable que d'habitude. Et il n'y a aucun doute sur le fait que tu y es pour quelque chose…

Gênée par ces paroles, je fais mine de ne pas m'attarder sur les raisons qu'elle sous-entend.

— Marcus m'a dit qu'il pourrait m'aider à m'entraîner et à progresser…

Jess se tapote le menton.

— Oui. C'est sûr qu'il aura des choses à t'apprendre sur les techniques de combat. Et il pourra aussi t'aider à comprendre le fonctionnement des mercenaires et des démons. Mais prépare-toi ! Ce ne sera pas une partie de plaisir… cette fois !

Le double sens de ses paroles n'échappe à personne. Je me renfrogne et sens le rouge me monter aux joues.

— Ça tombe bien. Ce n'est pas ce que je lui demande.

Ma tante s'approche de moi et me tourne autour avec un air suspicieux.

— Mouais. En tout cas, moi, je pense que tu devrais l'emmener avec toi. Il te serait d'une bien meilleure aide qu'en se terrant chez lui et en passant son temps à se torturer l'esprit.

Non, mais il l'a payée pour dire ça ou quoi ? Qu'est-ce qui lui prend de le défendre ? Ils font tous ça ! C'est pénible à la fin !

— Écoute, Jess. Tout ce que je demande à Rip, c'est de m'entraîner. Le reste, je ne veux pas en entendre parler.

— O.K., si tu veux… En tout cas, je te conseille de faire attention, chérie. Il est vraiment impitoyable !

J'ai envie de hurler que je suis parfaitement au courant que Rip est un connard de la pire espèce et que je lui en veux à mort pour ce qu'il m'a fait. Mais je me ravise.

Maxime se laisse tomber sur le canapé comme s'il ne supportait plus son propre poids.

— Jessica a raison, Kat. Depuis ton départ, Rip a changé. Il est encore pire que d'habitude, ce qui n'est pas peu dire. J'espère vraiment qu'il saura contenir ses pulsions. En tout cas, tu dois rester sur tes gardes si tu t'entraînes avec lui.

Je pousse un soupir à fendre l'âme.

— Ai-je vraiment le choix ?

6
Entre rêve et réalité

Des bruits dans ma tête…

Il y a des bruits qui martèlent mes tempes comme des marteaux-piqueurs.

J'ai tellement mal que j'ai envie de pleurer. Mes yeux me brûlent, et un voile rouge sombre me brouille la vue. Je suis assise sur le rebord de mon lit et je fixe avec une haine incontrôlée mon reflet dans le miroir.

Maman m'a encore punie… Le jour de mon anniversaire.

Tout avait pourtant bien commencé.

Maman avait prévu que nous dînerions dans la grande salle à manger pour l'occasion. Elle avait cuisiné de la dinde et avait préparé mon gâteau préféré, celui avec du chocolat et des cerises confites.

Je savais que ce soir, papa ne rentrerait pas tard pour fêter mes dix ans. J'étais tellement contente à l'idée de cette soirée que j'avais mis ma plus jolie robe pour l'occasion. J'avais voulu me faire belle… pour lui.

Alors, je suis allée dans la salle de bains. Je me suis coiffée et j'ai mis un peu de parfum derrière mes oreilles. Puis, exaltée par le désir de faire plaisir à mon père, j'ai poussé l'audace jusqu'à fixer une jolie barrette dans mes cheveux.

Et alors que je refermais doucement le tiroir de la coiffeuse, mes yeux sont tombés sur le rouge à lèvres de maman. La tentation était trop forte. J'ai attrapé le tube et je l'ai ouvert délicatement, comme s'il s'agissait de l'écrin d'une pierre précieuse qui risquait de se briser.

La couleur était si belle ! Comme celle que mettent les filles qui sont dans les magazines que je lis en cachette quand maman n'est pas là.

J'ai voulu appliquer un peu de baume avec mon petit doigt. Juste un petit peu. Pour donner une jolie couleur rosée à ma bouche. Une couleur assortie à ma robe. Mais à l'instant même où je passais mon doigt sur mes lèvres, maman est entrée dans la salle de bains.

Lorsqu'elle a vu ce que je faisais, elle est devenue toute blanche et s'est jetée sur moi.

Elle m'a arraché le bâton des mains et elle l'a jeté dans la poubelle. Puis elle a pris mon visage entre ses paumes pour le lever vers elle. J'entends encore son cri lorsqu'elle a plongé ses yeux apeurés dans les miens.

— Mon Dieu, ma fille ! Mais qu'est-ce que tu fais ?

Puis, sans explication, elle m'a prise par le bras et m'a traînée jusque dans ma chambre. Elle n'a pas voulu me faire de mal, mais elle a marché tellement vite que j'ai dû courir derrière elle pour la suivre.

Puis elle m'a conduite vers mon lit et m'a demandé de m'asseoir. Elle m'a demandé de lever la tête et, sans crier gare, elle m'a serrée contre elle. Si fort que j'ai failli étouffer.

Sa voix me semblait pleine de colère lorsqu'elle a parlé.

— Écoute, Kataline. Tu ne dois jamais refaire ça, tu m'entends ? Jamais !

Elle a marqué un temps d'arrêt. Puis elle a secoué la tête pour chasser les larmes qui perlaient au bord de ses cils. Je devais vraiment avoir fait quelque chose de grave parce que c'était la première fois que je voyais ma mère aussi émotive. Son visage s'est fait plus dur lorsqu'elle a repris.

— Il est formellement interdit de se faire belle ou de se maquiller. C'est mal, tu comprends ?

Non, je ne comprenais pas. J'avais peur… Mais je ne comprenais pas. Pourtant, j'ai quand même réussi à hocher la tête.

— Tu dois rester invisible aux yeux des autres. Les gens ne doivent jamais s'apercevoir que tu es là ! Jamais ! Tu es suffisamment voyante comme ça. Ce sera déjà difficile de te camoufler, alors ne provoque pas le destin en te faisant remarquer…

Elle m'a regardée pendant quelques secondes. Puis, après un long soupir, elle s'est levée. Son regard s'est éclairé d'une lueur rouge vif, si fugace que je me suis demandé si je n'avais pas rêvé.

— Je suis désolée, mais on ne fêtera pas ton anniversaire cette année. Tu es consignée dans ta chambre.

Les poings serrés, elle est sortie de la pièce sans plus m'adresser un regard.

Maintenant, je suis punie et je me sens horriblement seule. Les larmes finissent par se tarir et laissent place à quelque chose de plus profond.

Le voile rouge devant mes yeux s'épaissit. Se fait plus dense. Et je sens monter en moi la colère. De celle qu'on ressent lorsque l'injustice nous frappe.

Oui, c'est injuste. Parce que je n'ai rien fait de mal. J'ai seulement voulu me faire jolie pour mon père.

J'observe mon reflet dans la glace. Je me trouve laide. Insignifiante. Et ma colère s'accentue encore alors que la culpabilité me ronge. La rage me prend à la gorge et menace de m'étouffer. La pièce tout entière devient rouge…

Je sens que je vais encore sombrer dans les abîmes.

Mais non. Cette fois encore, c'est différent.

Je ne perds pas connaissance et je reste parfaitement consciente de ce qui se passe.

Je me redresse avec détermination, sans prêter attention à ma table de chevet qui explose littéralement. Guidée par mes pulsions, je m'approche du miroir, détruisant une chaise et mon bureau au passage.

Je reste quelque temps à fixer la fillette qui me fait face. Je reconnais à peine le reflet que me renvoie le miroir. Cette fille aux cheveux longs hirsutes et au visage à la peau nacrée. Et ces yeux démoniaques, rouge sang, qui semblent lancer des éclairs.

Je hais cette fille !

Ma haine prend le dessus et, avec une rage incontrôlée, je frappe le reflet de toutes mes forces, faisant exploser le miroir en mille morceaux.

***

Je me redresse en criant, les joues inondées de larmes. Mon cœur bat la chamade et bourdonne dangereusement à mes oreilles. Désorientée, je mets plusieurs secondes à comprendre où je suis.

J'essaie de me calmer, mais le voile rouge devant mes yeux ne me facilite pas la tâche. Au bout de quelques secondes, je m'oblige à respirer profondément pour ralentir mon rythme cardiaque.

Mais alors que je pense avoir repris le contrôle, un courant d'air frais me fouette brusquement le visage et me fait sursauter. Quelqu'un m'attrape pour m'enlacer. L'esprit encore perturbé, je tente de repousser l'intrus en me débattant. En vain. Deux bras puissants me maintiennent fermement. J'étouffe un cri.

— Chut… Kataline. Je suis là. Tout va bien…

Je connais cette voix.

Aussitôt, mes muscles se détendent et je me laisse aller contre le torse de Maxime. Il me serre contre lui en me caressant les cheveux, lentement, dans un geste apaisant.

Mes larmes coulent de plus belle, alors je m'accroche à ses épaules comme à une bouée de sauvetage en pleine tempête. Presque instantanément, je me sens envahie d'une sensation de bien-être.

Maxime me berce longuement, jusqu'à ce que mes larmes se tarissent. Et je me laisse aller contre lui, soulagée d'avoir quelqu'un qui me soutienne.

Je repense à ce qui vient de se passer. J'ai fait un cauchemar. Encore.

Ça fait plusieurs jours que je fais le même genre de rêve étrange. Au début, ce n'était qu'une succession d'images floues. Comme des flashs que je n'arrivais pas vraiment à comprendre. Puis c'est devenu plus précis. Les images se sont reliées les unes aux autres et les puzzles se sont lentement mis en place pour devenir des scènes entières. Mais cette nuit, c'était différent. L'événement était sorti tout droit de mon enfance.

Mes mains se mettent à trembler lorsque je commence à ressasser la scène. J'ai beau creuser, la seule chose dont je me souvienne c'est d'avoir perdu connaissance au moment où ma vue s'est brouillée de rouge. Je n'ai gardé aucun souvenir de ce qui s'est passé ensuite.

Alors, comment est-ce possible ? Comment puis-je rêver à des choses que je ne me souviens pas avoir vécues ?

À chaque fois que j'essaie de me rappeler ce qui s'est passé, il n'y a que le voile rouge, puis le néant… Ce trou noir dans lequel je tombe et duquel je me réveille, longtemps après.

— Ça va aller, Kat ?

Je m'écarte un peu de la chaleur de Maxime pour le regarder à travers ma vue brouillée. Je hoche la tête, sans prononcer un mot.

Je n'arrive pas à lui avouer mes tourments. J'ai peur de ce que je vais dire. Comme si j'appréhendais sa réaction.

— Tu n'es pas obligée de te confier, tu sais. Mais si tu as besoin, sache que je suis là. Je serai toujours là pour toi…

Ses paroles sont lourdes de sens. Je sais que je peux compter sur son soutien. Et, à cet instant précis, j'ai vraiment envie de lui faire confiance. Il y a cette lueur dans son regard qui m'invite à lui parler.

Après quelques minutes, je trouve la force nécessaire.

— Je fais des rêves… Ou plutôt des cauchemars depuis plusieurs jours. C'est comme des souvenirs… Mais ce n'en est pas vraiment.

Il lève un sourcil et continue de me fixer sans mot dire, comme s'il attendait que j'en dise plus. Alors je poursuis.

— Je vois des choses que je ne me rappelle pas avoir vécues… Seulement, je suis presque sûre qu'elles se sont réellement passées. Je suis désolée, je sais que ce n'est pas très clair…

Je marque une pause, en prenant le temps de choisir mes mots pour bien me faire comprendre.

— C'est assez perturbant parce que je n'ai aucun souvenir de ces événements, à part dans mes rêves.

Oh là, là… À voir la tête de Maxime, mon récit ne semble pas très explicite.

— Est-ce que tu peux m'en dire plus ?

Je me mords la lèvre inférieure. Je suis partagée entre l'envie de me confier à lui et la réticence que je ressens à lui raconter mes rêves. Je suis presque gênée de lui expliquer ces moments de mon enfance. C'est très étrange.

— C'est assez difficile à expliquer. C'est un mélange de songes et de souvenirs. Comme si je revivais des événements passés, mais dont je n'ai gardé aucune trace dans ma mémoire. La seule chose qui m'est familière, c'est « l'avant ». Je me rappelle exactement ce qui s'est passé avant la scène de chaque cauchemar. Et lorsque j'essaie de me remémorer ces faits, tout ce dont je me souviens s'arrête au moment où je perds connaissance.

Maxime pose sa main sur la mienne, et ce simple contact m'apaise et me met en confiance.

— Je vais te donner un exemple. Une fois, j'étais avec ma nouvelle nurse. Et elle m'a fâchée parce que j'avais fait tomber mon bol de céréales sur la table. Elle a tellement crié contre moi que j'ai perdu le contrôle… Dans mon rêve, je me suis vue exploser tous les bols d'un simple geste. Alors que dans mon souvenir, j'avais simplement perdu connaissance…

Je marque une pause et triture mes doigts avec gêne.

— Et cette nuit ?

Je cligne des paupières en tournant la tête vers Maxime.

— Cette nuit, c'était le jour de mon anniversaire. Pour mes dix ans. J'étais punie parce que j'avais fait quelque chose de mal. J'étais tellement triste de ne pas pouvoir souffler mes bougies avec mon père. Mais j'étais surtout en colère d'être punie alors que j'avais le sentiment de ne rien avoir fait de grave...

— Qu'est-ce qui s'est passé ?

— J'ai détruit les meubles de ma chambre et explosé mon miroir.

Je m'arrête et prends ma tête entre mes mains. Découvrir comment s'est déroulée la suite de l'événement m'a complètement chamboulée. J'ai l'impression d'être devenue folle.

— Eh ! Ce n'est pas si grave que ça, non ? me dit Maxime pour me rassurer.

— Putain, Max ! Tu ne comprends pas ! C'est comme si je me remémorais des choses que j'avais oubliées ! Excepté que je n'en ai jamais eu aucun souvenir. À chaque fois, je perdais connaissance et me réveillais lorsque tout était complètement détruit ! Mais là... j'arrive à voir ce qui s'est passé !

L'éclair traverse de nouveau le regard de Maxime.

— Tu fais ces rêves depuis longtemps ? demande-t-il, me sortant de ma torpeur.

Je me ferme comme une huître, parce qu'à ce moment-là, la réponse m'effraie.

— Depuis la soirée, c'est ça ? dit Maxime à ma place.

Je me mords la lèvre et cligne des yeux. Non, je n'ai pas envie de découvrir qu'il y a un lien entre ces cauchemars et la soirée...

Je soupire profondément pour faire disparaître les frissons qui envahissent mon corps. Mais Maxime poursuit.

— Je ne sais pas ce qui se passe, Kat. Tu es la seule personne que je connaisse à avoir muté. Mais je crois que les rêves que tu penses avoir inventés sont en fait de véritables souvenirs...

Il attrape ma mèche de cheveux dépigmentée entre ses doigts et la fait tournoyer, en la fixant avec attention.

— Les souvenirs de ta muse...

7
Reste…

Je me fige.

Merde ! Merde et re-merde !

Je reste quelques secondes, la bouche ouverte, à regarder Maxime sans vraiment le voir. Je savais que toute cette histoire avait un lien avec la muse. Mais l'entendre à haute voix me fiche la trouille.

Le soupir de Maxime caresse ma joue lorsqu'il relâche ma mèche de cheveux.

— J'imagine que les cauchemars ont commencé après la fin de ta mutation ?

Je secoue la tête lentement, effrayée par l'indéniable vérité.

Non, c'est impossible ! C'est même plus que ça ! Je réfute cette possibilité !

Je me lève un peu trop brusquement et commence à faire les cent pas dans la pièce, indifférente au fait de me promener en petite tenue devant mon ami. J'ai l'impression qu'un pétage de plombs est imminent. Alors, comme pour exorciser les pensées absurdes qui se bousculent dans mon esprit, je me mets à parler à toute vitesse.

— C'est complètement ubuesque. Comment est-ce que je pourrais me souvenir de choses que je n'ai pas vécues ? C'est insensé ! Je sais très bien que j'ai perdu connaissance lorsque ces événements se sont produits. Je m'en souviens parfaitement ! Mais ces rêves paraissent tellement réalistes ! Comment ne pas y croire ? Je pense que je suis en train de devenir complètement folle ! Tu le penses aussi ?

Maxime continue de me fixer en fronçant les sourcils. Il semble démuni devant ma dénégation. Alors, il poursuit sa réflexion à haute voix, comme s'il se parlait à lui-même.

— La muse et toi formez un tout à présent. Ton esprit s'est mêlé au sien et, maintenant, tu as accès à des événements qui relèvent de sa mémoire. À elle…

J'attrape mes cheveux à pleines mains et tourne en rond comme un lion en cage. Ça me donne chaud. Et pourtant, je n'arrive pas à arrêter de marcher.

— Eh, Kat, ça va aller… dit Maxime en s'approchant.

Voyant que je ne réagis pas, il vient se poster devant moi. Lorsque ses yeux plongent dans les miens, j'y vois une petite lueur amusée, qui m'énerve proprement.

Il se fout de ma gueule, là, non ?

Je lui lance un regard noir en l'écartant sans ménagement. Puis, au bord de l'hystérie, comme un automate, je reprends mes allers-retours.

— Non ! Ça ne va pas aller du tout, m'écrié-je, frénétiquement. Je suis en train de devenir complètement schizophrène ! D'abord, on me dit que j'ai fusionné avec une espèce d'alien qui vit en moi depuis ma naissance. Et maintenant, tu veux me faire croire que cette chose est en train de prendre le contrôle de mon inconscient ? Mais où est-ce que ça va s'arrêter, bordel ? Quand elle aura pris ma place et qu'elle m'aura fait disparaître complètement ?

Le silence qui s'installe dans la pièce refroidit l'atmosphère comme un iceberg dérivant en plein été entre les bouées et les matelas gonflables.

Le visage de Maxime s'assombrit alors qu'il m'attrape par les épaules pour me forcer à le regarder.

— Kat, excuse-moi. Je sais que c'est difficile. Mais je vais t'aider à comprendre ce qui se passe. Je te le promets.

Il a saisi que la situation ne m'amusait pas du tout. La douceur de sa voix et le contact de ses mains sur mes épaules suffisent à faire fondre ma colère comme un iceberg.

Je sais qu'il utilise son aura pour m'apaiser. Et même si je ne cautionne pas cette manipulation psychologique, je lui en suis tout de même reconnaissante.

Je reste de longues secondes les yeux dans les siens à essayer de sonder ses pensées pour décider si je peux lui faire confiance ou non. Je sais que j'aurais beaucoup de mal à me fier aux autres après ce qui s'est passé lors de la soirée d'intégration.

Et Maxime doit sentir mon hésitation, car il donne une légère pression à ses doigts, qui s'enfoncent dans ma peau.

Lentement, ses mains remontent pour encercler ma nuque. Il place ses pouces sur mes joues et me caresse doucement la mâchoire en me relevant la tête vers lui. Sa peau est chaude et douce, et le réconfort que je ressens à son contact finit de me convaincre.

— Kataline, je suis loin d'avoir été honnête depuis notre rencontre. Mais je peux t'assurer que je serai toujours là pour toi. Tu peux me faire confiance. Je ne te laisserai jamais tomber.

La sincérité que je lis dans son regard a raison de mes derniers doutes. Je sais que je peux compter sur lui.

Je soupire et attrape ses mains pour le forcer à me libérer.

— Merci…, dis-je simplement.

Lorsque je me rassois sur le lit, Maxime s'installe près de moi. Avec une douceur infinie, il prend ma main dans la sienne.

— Je suis certain qu'on finira par trouver des réponses, Kat. Mais ce soir, tu dois te reposer.

Je le laisse faire lorsqu'il me bascule doucement sur le lit pour me glisser sous la couette. Il tapote mon oreiller et remonte mes couvertures sur mon corps, comme le ferait un père avec sa fille. Ou un frère avec sa sœur.

— Il faut dormir, maintenant. Demain… les entraînements vont être éprouvants.

L'entendre évoquer ce qui m'attend ravive mon appréhension. Et lorsqu'il se lève pour partir, un sentiment étrange s'empare de moi. Mon cœur se met à pulser dans ma poitrine, pris d'une soudaine panique à l'idée de me retrouver seule avec mes questions sans réponse.

J'ai peur. Peur de m'endormir et de replonger dans les souvenirs douloureux de ce passé que je redécouvre à travers les yeux de ma conscience…

Poussée par une pulsion irrépressible, j'attrape la main de mon ami.

— Reste…

Ce simple mot, murmuré du bout des lèvres, suffit à l'arrêter.

Maxime tourne lentement la tête vers moi, les sourcils arqués par la surprise.

— Reste avec moi. S'il te plaît…, ajouté-je d'une voix à peine audible.

Je lève vers lui un regard suppliant, mais je n'ai pas à donner plus d'explications. Je vois dans les yeux de mon ami qu'il a compris que j'avais besoin de sa présence.

Sans un mot, il lâche ma main et fait le tour du lit. Ses chaussures tombent au sol, et le bruissement de ses vêtements m'indique qu'il se déshabille. Je serre la couette contre moi, partagée entre le soulagement et l'appréhension.

Le silence qui s'installe ajoute une tension dans l'atmosphère déjà lourde qui règne dans la pièce. Maxime semble hésiter, car il reste un moment sans bouger, sans faire le moindre bruit. Puis, au bout de ce qui me semble une éternité, le lit grince sous son poids. Je ferme les yeux, dos à lui, le cœur battant. Lorsque je sens ses bras qui m'enserrent de leur chaleur, un sentiment d'apaisement me submerge aussitôt.

Il cale mon dos contre son torse et me serre contre lui. Alors, comme par magie, mon esprit se vide lentement et une douce plénitude s'insinue dans chaque pore de ma peau.

— Merci…

Ma voix n'est plus qu'un souffle dans le silence de la nuit.

Et le baiser que pose Maxime sur mes cheveux, aussi léger qu'une plume.

— Dors, Kataline…

Je sens tous mes muscles se relâcher doucement. La présence de l'ange est magique. Bienfaitrice.

Mon esprit se vide peu à peu de toute pensée. Et au bout de quelques minutes seulement, je sombre lentement dans les bras d'un Morphée aux ailes d'ange.

***

Un courant d'air frais passe sur mon visage. Je frissonne et tente de retrouver la chaleur disparue en cherchant à tâtons le matelas avec ma main. En vain.

J'ouvre un œil. Le lit est vide.

Je m'étire.

Pour la première fois depuis bien longtemps, j'ai dormi comme un bébé. D'un sommeil sans rêves, réparateur. J'ai la sensation d'être reposée, sereine. Comme si j'avais récupéré de la fatigue accumulée de ces derniers jours.

Un coup d'œil sur mon réveil confirme cette impression. Huit heures quarante-deux.

Je me frotte les yeux avant de relire les chiffres lumineux.

Merde !

Huit heures quarante-trois !

Marcus va me tuer !

Je me lève d'un bond et me précipite dans la salle de bains. La fraîcheur de la douche finit de me réveiller et j'en ressors revigorée. Un regard dans la glace confirme cette sensation de bien-être. J'ai le teint frais et reposé comme si j'avais pris des semaines de vacances. C'est dingue ! Ça faisait longtemps que je ne m'étais pas sentie aussi détendue !

Je remercie intérieurement mon ami l'ange de m'avoir permis de récupérer aussi vite.

En tout cas, ça montrera à Rip que sa trahison ne m'a pas affectée plus que ça. Il va me trouver fraîche et dispose comme une jeune fille !

Malheureusement, à la simple évocation du démon, mon cœur se serre. Merde ! Si je commence à partir dans cette voie, ça risque de produire l'effet inverse.

Je chasse Rip de mes pensées en me concentrant sur le choix de ma tenue. Un survêtement fera l'affaire. Pour ce qu'on va faire, pas la peine de se pomponner.

Malheureusement, lorsque je descends au rez-de-chaussée, l'appréhension commence à se faire un chemin insidieux dans mon esprit. Je la repousse difficilement dans un coin en me concentrant sur l'odeur alléchante du café, qui fait frémir mes narines.

Je retrouve Marcus et Maxime dans la cuisine, en train de discuter devant une tasse fumante.

En me voyant arriver, les deux hommes arrêtent de parler et redressent la tête.

— Tu es en retard, princesse ! Pourtant, il me semble que tu as dormi assez longtemps…, dit Marcus d'une voix sans équivoque en regardant sa montre.

Mon regard croise celui de Maxime, et un sentiment de gêne m'envahit instantanément. Je baisse les yeux, incapable de soutenir l'intensité de ses prunelles grises.

Je ne devrais pas réagir de la sorte. Ce qui s'est passé cette nuit n'a rien de condamnable. C'était simplement un lit partagé par deux amis. De manière totalement platonique.

Et puis j'avais besoin de la présence de l'ange pour me réconforter et me rassurer. Et lui avait gentiment accédé à ma demande. Son attitude avait été tout à fait correcte et courtoise.

Il n'y avait pas de mal à ça. Je me mords la lèvre inférieure.

Parce que dormir à moitié à poil collée contre un corps de dieu grec est tout à fait respectable, bien évidemment ! Espèce d'hypocrite, va !

Je suffoque en entendant ces paroles qui envahissent mon esprit.

La voix ! Elle est revenue !

J'ai du mal à en croire mes oreilles. Je me concentre pour voir si je n'ai pas rêvé.

T'as pas rêvé, pauvre tache !

Oh, putain ! je ne sais pas si c'est une bonne ou une mauvaise chose, mais je serais presque contente de l'entendre, cette chipie. Et surtout, je me dis qu'avec son retour, j'aurai peut-être des réponses à mes questions.

Devant mes yeux ronds comme des soucoupes, Marcus et Maxime s'enquièrent de ce qu'il m'arrive.

— Quelque chose te tracasse, Kat ? me demande le gardien en fronçant les sourcils.

J'hésite et finis par secouer la tête. Non ! Je ne peux pas leur avouer que je discute avec mon hôte maléfique, tout de même ! Ils vont vraiment me prendre pour une folle si je leur dis ça !

Je tente de cacher mon trouble du mieux que je peux et je me force à mentir.

— C'est juste que je me disais que je me sentais en super forme ce matin, affirmé-je en attrapant une banane.

Mine de rien, je commence à l'éplucher méticuleusement en tentant de retenir les tremblements de mes mains.

Les yeux plissés de Marcus m'indiquent qu'il n'est pas dupe. Il a senti que quelque chose s'était passé. Pourtant, il a la délicatesse de ne rien dire.

— Tant mieux ! Tu auras besoin d'énergie pour ce premier cours.

Maxime, lui, semble plus inquiet de ce qui va suivre. Il se lève et s'approche de moi pour poser sa main sur mon épaule.

— Est-ce que ça va aller, Kat ? Tu te sens prête à affronter ça ?

« Ça » est le bon mot pour parler de son frère. Quand je repense au roman de Stephen King, je trouve que la comparaison est très bien choisie. Je ricane nerveusement.

— Si tu fais allusion au fait que je me sente d'attaque pour écraser du démon, alors oui, je suis prête.

Mentir aux autres et à moi-même est devenu tellement simple ces derniers temps. Je sais pourtant au fond de moi que je suis loin d'être prête. Autant physiquement que moralement. Je vais me retrouver en face de Rip. Rip ! Le salaud qui vient de me briser le cœur et de le piétiner comme une vieille pelure !

Et je n'ai aucune idée de ce que sera ma réaction lorsque je le reverrai...

Pourtant, ai-je le choix ?

J'ai besoin de lui pour avoir une chance de sauver ma mère. Alors, je suis prête à sacrifier ma fierté et à bannir mes sentiments pour y arriver.

— O.K., princesse ! C'est ce qu'on va voir dans quelques minutes, intervient Marcus en attrapant une pomme. Rejoignez-moi au sous-sol dès que vous avez terminé tous les deux.

La phrase de Marcus est lourde de sens et, lorsqu'il quitte la pièce, un silence gêné s'installe.

Je décide de le briser rapidement. Je ne veux pas qu'il y ait de malentendus entre Maxime et moi.

— Merci... pour cette nuit, dis-je d'une voix sincère.

Les yeux de mon ami plongent dans les miens et je me mords la lèvre lorsque j'y lis toute l'affection qu'il me porte.

— Je te l'ai dit, Kat. Je ferai tout pour toi. Tu peux me faire confiance.

Ses paroles me vont droit au cœur. Mais je ne veux pas qu'il se berce d'illusions.

— Je sais, Max.. Mais je veux que tu saches que...

Il me coupe la parole en posant son doigt sur ma bouche.

— Chut ! Ne t'inquiète pas pour moi. Je peux gérer ça.

J'espère qu'il dit vrai. Je m'en voudrais de le faire souffrir en lui donnant de faux espoirs. Pourtant, son attitude chaleureuse m'indique qu'il sait à quoi s'en tenir et ça me rassure un peu.

Ses yeux se posent sur l'horloge, et je soupire en suivant son regard.

— Je crois qu'il est temps d'y aller, dit-il en me prenant la main.

Sans attendre ma réponse, il m'entraîne vers le sous-sol où Marcus nous attend déjà près d'un gros 4 x 4 noir.

Au moment où je monte dans la voiture, la boule d'angoisse que j'avais retenue jusque-là s'installe confortablement au creux de mon ventre.

8
Confrontation

Poum poum… Poum poum.

Les battements effrénés de mon cœur résonnent dans ma poitrine alors que la voiture de Marcus s'engage sur le parking. La tension monte comme la chaleur un jour de canicule et je sens une énorme boule de stress se former dans ma gorge.

Lorsque le véhicule s'arrête enfin, j'ose un coup d'œil à travers la fenêtre.

Comme pris au piège, mon regard reste bloqué sur les motos stationnées près de la porte du Dôme. Mes yeux partent instinctivement à la recherche de celle de Rip. La H2R est là, rutilante, et sa présence augmente encore mon angoisse.

La main de Maxime serre doucement la mienne.

— Ça va aller ? s'enquit-il avec douceur.

Ça ne fait pas moins de quatre fois qu'il me pose la question depuis que nous avons mis le cap sur le Dôme. Et ça fait quatre fois que je hoche la tête sans répondre, incapable de prononcer le moindre mot. Malgré l'aura bienfaitrice de l'ange, je n'arrive pas à me détendre. Au bout de plusieurs minutes passées à tenter de contrôler ma respiration, j'ai abandonné tout espoir de me calmer.

Il est temps de se jeter dans la fosse aux lions, princesse ! dit ma petite voix en imitant Marcus.

J'ouvre la portière et me décide enfin à poser un pied tremblant à terre.

Le soleil m'inonde de la chaleur de ses rayons, mais ils ne parviennent pas à me réchauffer. Je frissonne, plissant les yeux pour découvrir le bâtiment qui me fait face. Je n'imaginais pas à quel point le Dôme pouvait être minuscule, vu de l'extérieur. Qui pourrait croire qu'une immense grotte aménagée de plusieurs dizaines de mètres de haut se cache en dessous de cette petite bâtisse en béton ?

Je soupire profondément alors que les souvenirs de mes premiers combats refont surface. Mes premiers corps-à-corps avec Rip me reviennent en mémoire comme un boomerang, et un long frisson me parcourt l'échine.

J'appréhende plus que tout le moment où je vais revoir le démon.

Pourtant, je sais que je ne devrais pas. Ma colère n'a pas diminué et j'ai toujours la même envie de lui crever les yeux.

Alors, pourquoi cette inquiétude à l'idée de me retrouver en face de lui ?

Parce que j'ai peur. J'ai peur de ma réaction lorsque je croiserai de nouveau son regard. Peur de son attitude à lui aussi. Est-ce qu'il va me provoquer, comme il aime si bien le faire ? Va-t-il m'ignorer ou pire, me mépriser ?

J'avoue que je ne sais pas trop à quoi m'attendre. Ni de sa part ni de la mienne.

Je n'ai aucune idée de la manière dont je vais réagir face à lui. Et si ma muse prenait le dessus ?

La petite voix est revenue. Alors, qui me dit qu'elle ne va pas s'enhardir au contact de Rip ?

Merde ! Je me pose beaucoup trop de questions !

Marcus s'approche de moi et pose sa main dans mon dos pour m'encourager à avancer.

— Allez, princesse ! Il est temps d'affronter ton démon…

Je lui lance un regard noir.

Très drôle !

L'escalier du Dôme me semble interminable. Plus je descends et plus mon stress augmente. Arrivée en bas, j'ai les jambes qui flageolent, et mon regard sonde les moindres recoins du grand hall avec appréhension.

Ouf ! Il n'y a personne.

Le soulagement que j'éprouve en constatant que Rip n'est pas encore dans la grande salle est vraiment incompréhensible. C'est dingue ! Je devrais être en colère contre lui et là, je ressens comme une sorte de culpabilité débile. Comme si je devais me sentir coupable de l'avoir laissé en plan le soir de l'intégration !

Je secoue la tête pour chasser ce sentiment lorsque Maxime pose sa main sur mon épaule. J'ai l'impression qu'il sait exactement dans quel état d'esprit je suis. On dirait qu'il lit en moi comme à livre ouvert.

— Ne t'en fais pas, Kat. Je suis sûr que ça va bien se passer.

Ouais ! Alors, pourquoi cette lueur d'inquiétude qui traverse ses pupilles ?

— Menteur !

Je n'ai pas pu m'en empêcher. Les yeux de Maxime s'arrondissent de surprise. Il me fixe pendant quelques secondes, puis sa bouche s'étire dans un imperceptible sourire d'excuse.

— O.K., je suis désolé. Je ne sais absolument pas comment ça va se passer. Et je suis tout aussi inquiet que toi. Rip est…

Il s'arrête, comme s'il cherchait les mots justes pour caractériser son frère.

Un gros connard ? propose ma petite voix en ricanant.

La quiche ! Elle a failli me faire exploser de rire.

— Rip est imprévisible, reprend Maxime. Et j'ignore dans quel état d'esprit il se trouve. J'espère seulement qu'il tiendra parole et fera ce qu'on attend de lui.

Oui, je l'espère aussi.

Mon ami se tourne vers moi pour me serrer contre lui. Dès que ses mains se posent sur mes épaules, je sens aussitôt monter en moi une sensation de bien-être. Comme une douce caresse qui m'envahit. Il me lisse les cheveux tout en me murmurant des conseils avisés.

— Toi, tu dois te concentrer sur ton objectif et faire abstraction du reste ! Tu es là pour apprendre à maîtriser la force de ta muse. Sers-toi de tes émotions pour gagner en puissance. Nourris-toi de tes sentiments. L'amour. La colère. Tout ce qui t'anime doit te servir de carburant.

Il s'écarte de moi.

— Et s'il te plaît, Kataline, fais-lui bouffer la poussière pour ce qu'il t'a fait !

Les paroles de Maxime résonnent à mes oreilles comme un doux mantra. Je l'adore, ce mec !

Il a raison. C'est le moment pour moi de montrer à Rip de quoi je suis capable.

— C'est exactement ce que je vais faire, Max. Je te jure qu'il va morfler. Merci !

Je lui donne une rapide accolade et, avec une motivation nouvelle, je me dirige vers les vestiaires.

***

Lorsque je me retrouve seule avec moi-même, dans l'immense pièce, je fais le vide dans mon esprit et me concentre sur mon objectif. Je profite des bienfaits de l'apaisement que m'a procuré Maxime et ça m'aide à me détendre.

Et pour bien me préparer à la confrontation, j'applique les techniques inculquées par Marcus et fixe mon attention sur ma respiration. Au bout de quelques minutes, je me sens déjà plus sereine.

Tout en restant concentrée sur les battements ralentis de mon cœur, j'ôte mon survêtement et je commence à frotter vigoureusement mes bras et mes jambes. Puis je fais quelques exercices et j'étire mes muscles pour les échauffer.

Une fois que je me sens prête, j'enfile une tenue basique d'entraînement : un legging noir et un simple débardeur blanc.

Avec précaution, j'attrape mon jō et l'ôte délicatement de son étui. Je passe lentement ma main sur le bois lisse et soyeux du bâton comme s'il s'agissait d'une sculpture précieuse.

Cet instrument peut paraître vraiment insignifiant pour combattre un démon. Et pourtant, j'ai toute confiance en sa puissance pour mettre à mal mon adversaire.

— Un bâton de Muso… Ça te va bien.

Je sursaute.

Cette voix rauque qui envahit la pièce a le don d'arrêter les battements de mon cœur.

Elle a une profondeur telle qu'elle ferait vibrer n'importe quelle âme.

Mon sang quitte mes joues, et je reste figée sur place, incapable de faire le moindre mouvement. Tous les efforts mis en œuvre pour me calmer s'effondrent comme un château de cartes.

Je n'ose même pas me retourner, complètement paralysée par la peur de me retrouver face à lui.

Je le sens qui approche derrière moi, et la boule d'appréhension qui grandit dans ma poitrine menace de m'étouffer.

La main de Rip se pose sur le jō, et il en caresse le bois d'un geste lent et sensuel. Son odeur emplit mes narines et me plonge irrésistiblement dans des souvenirs que je voudrais enfouir au plus profond de moi. Ces images de

69

lui, de son corps, de nos ébats passionnés qui ressurgissent par vagues… Je voudrais tant les sortir de ma tête. Mais toujours, elles ressurgissent, indestructibles.

Putain, Kat ! Réagis !

Je garde les yeux fermés quelques secondes pour chasser ces souvenirs et me redonner contenance. Il est hors de question que je lui montre le moindre signe de faiblesse.

J'avale péniblement ma salive et parviens enfin à me retourner. Mais le voir devant moi, sombre, puissant, si proche, me procure des sensations incontrôlables. Je m'éloigne pour garder une distance de sécurité.

— C'est un choix audacieux.

Je réprime un frisson lorsque mes yeux tombent sur son corps à demi nu, simplement couvert par un bas de survêtement. Sa beauté démoniaque me frappe en plein visage, comme si je le découvrais pour la première fois.

Il y a quelque chose dans son regard qui m'attire inexorablement. Quelque chose de plus sombre. Plus glacial encore que d'habitude. À croire que je suis masochiste !

Je prends le temps de remettre mes idées en place avant de répondre. Et lorsque mon cœur se remet à battre plus lentement, je parviens enfin à parler.

— Raphaël…

Son regard descend lentement sur moi, comme s'il prenait son temps pour examiner mes courbes moulées dans mes vêtements. Puis ses yeux s'éclairent pendant un quart de seconde, pour s'éteindre tout aussi rapidement. Une question stupide me traverse l'esprit.

— Ça fait longtemps que tu es ici ?

Il m'adresse un sourire qui en dit long.

— Assez longtemps pour me délecter du spectacle.

Salaud !

Je pince les lèvres sans répondre et je recule encore d'un pas. Je ne vais pas lui donner le plaisir de perdre mes moyens devant lui. Il lève un sourcil.

— Je ne pensais pas que tu accepterais ce deal aussi facilement.

Ce deal ? Quel deal ?

— Il n'y a pas de deal. On m'a proposé de m'entraîner avec toi. J'ai accepté. Rien de plus. Toi, tu n'as rien à gagner dans l'histoire.

— Si, dit-il d'une voix sourde. Ça me donne l'occasion de te reluquer…

Non, mais quel con !

Repoussant mes sentiments au fin fond de mon être, je me forge une barrière mentale en croisant mes bras sur ma poitrine. Je ne veux surtout pas qu'il devine à quel point sa présence et ses paroles me perturbent. Alors, je revêts un masque de froideur avant de répondre d'un ton sec.

— Tu as de la chance que je fasse ça uniquement par intérêt.

Ma réponse le fait sourire de plus belle. Il se met à arpenter la pièce d'un pas lent, sans cesser de me regarder.

— Tu avais pourtant juré de ne plus jamais me revoir.

Merde ! Il commence à m'énerver à me provoquer comme ça !

— Si j'ai accepté, c'est uniquement parce que Marcus m'a convaincue que c'était la seule solution. Je n'avais guère le choix !

Je tente de rester la plus froide possible. Pourtant, à l'intérieur, je bous comme une marmite sur le feu.

Rip secoue la tête avec ce petit sourire en coin qui a le don de m'énerver. Je suis certaine à ce moment-là qu'il ne croit pas un mot de ce que je lui dis.

— On a toujours le choix, bébé.

Mes poils se hérissent et je siffle entre mes dents serrées.

— Je t'interdis de m'appeler comme ça !

Il lève aussitôt les deux mains en l'air dans un geste de capitulation.

— O.K., O.K. ! Loin de moi l'idée de te blesser…

Ma voix n'est qu'un murmure lorsque je réponds du tac au tac.

— Ça, tu l'as déjà fait, figure-toi !

Mais il semble ne pas entendre ma réponse, ou il fait mine de ne pas l'avoir entendue, et s'appuie nonchalamment contre un casier. Ses yeux couleur argent se plissent pour m'observer longuement.

— Je me demande ce que la fusion a réellement changé chez toi…

Je serre machinalement le jō dans ma main, comme une menace.

— Tu vas bientôt le découvrir, ne t'en fais pas.

Rip passe sa langue sur ses lèvres, et son regard métallique m'enveloppe comme une seconde peau.

— J'ai hâte de voir ça…

Le sous-entendu ne m'échappe pas ! Je secoue lentement la tête. Non, mais il hallucine, là ! Il pense qu'après ce qu'il m'a fait, il peut se permettre ce genre d'allusion ? Non, mais qu'est-ce qu'il imagine ?

Je sens la colère monter en moi comme la lave d'un volcan.

Mais un coup frappé à la porte éteint subitement le brasier et m'empêche de l'envoyer paître.

— Kat ? Tu es prête ?

L'inquiétude dans la voix de Maxime se ressent même à travers la cloison. Mon regard croise celui de Rip qui s'assombrit. Nous nous mesurons quelques secondes, mais alors que je m'apprête à répondre, Maxime ouvre la porte.

Quand il découvre la présence de son frère, l'ange blêmit.

— Kat, est-ce que tout va bien ?

Son inquiétude est manifeste, et il s'accroche au chambranle de la porte comme pour empêcher son frère de quitter la pièce.

Le visage de Rip se ferme et ses traits se durcissent. Ses yeux passent de Maxime à moi avec une lenteur calculée. Son calme apparent ne laisse rien transparaître et pourtant, je sens qu'il fulmine à l'intérieur.

— T'inquiète, Fly ! Je ne vais rien lui faire. Enfin, rien de plus que ce qu'elle désire sans se l'avouer…

Putain ! Je n'en crois pas mes oreilles ! Comment ose-t-il faire ce type de sous-entendus !

Ma colère éclate et prend le dessus.

— Arrête ça, Raphaël ! Je suis venue pour que tu m'entraînes. Pas pour que tu t'amuses à me provoquer. Je suis prête à me battre ! Alors, maintenant, on va dans ce putain de ring et tu fais ce pour quoi tu es ici ! C'est clair ?

Rip se tourne vers moi, surpris par mon attitude. Vexé aussi.

Il s'approche, tel un prédateur, et s'arrête à quelques centimètres de moi, ignorant son frère qui s'est avancé en essayant de s'interposer.

Le démon saisit ma mèche de cheveux décolorée entre ses doigts. Il l'approche de son visage et la respire quelques secondes en fermant les yeux.

Puis, lorsqu'il les rouvre, ses ailes jaillissent dans son dos, provoquant une énorme bourrasque dans la pièce. Son visage prend alors les traits du monstre qui l'habite, et je ne peux m'empêcher de fixer ses crocs proéminents qui dépassent de ses lèvres rouge vif.

Ses iris couleur mercure se posent sur moi, et il me regarde avec une telle intensité que j'en ai des frissons. Ma mèche de cheveux glisse lentement de ses doigts, contrastant avec sa peau sombre.

— Tu veux te battre, Muse ? Alors, allons-y ! Je suis impatient de voir ce que tu as dans le ventre…

Sans attendre ma réponse, il fait volte-face et quitte la pièce en bousculant son frère au passage.

9
Dix minutes

Je me tiens droite, les jambes écartées alors que les battements de mon cœur rythment une cadence régulière dans mes oreilles.

Sans baisser ma garde, je me concentre sur cette pulsation, semblable à celle d'un métronome avant les premières notes d'une chanson.

Je resserre mes doigts autour de mon jō et pose mon regard sur mon adversaire.

Rip se tient face à moi, à l'autre bout du ring, ombre ailée et menaçante dans la pénombre. Nous sommes à présent seuls dans le Dôme, Marcus, Maxime et les autres ayant été sommés de partir, le temps de l'entraînement.

Le démon me fixe d'un œil sombre, immobile, prêt à bondir.

Mais ni lui ni moi n'esquissons un geste. Et bientôt, une attente presque insoutenable s'installe dans l'immense salle. L'atmosphère se charge d'électricité mêlée d'une tension presque palpable.

Je n'arrive pas à cerner l'attitude de Rip. Il est censé m'apprendre à me défendre contre ses semblables. Et là, il se contente de me dévisager comme s'il cherchait à percer les secrets de mon âme. Son visage fermé m'indique qu'il est toujours en colère depuis l'intrusion de Maxime dans les vestiaires.

Je me demande bien pourquoi…

Je me redresse alors qu'on fond de moi une petite alarme se met à retentir. Il est temps d'en finir !

Mais lorsque je m'apprête à intervenir, Rip s'avance vers moi, me laissant interdite.

Ses lèvres s'étirent en une sorte de grimace qui dévoile ses crocs acérés, et il s'approche avec assurance, tel un prédateur assuré de capturer sa proie.

Lorsqu'il arrive à ma hauteur, je suis de nouveau subjuguée par sa prestance. Il a tout du démon. Son aura, sa majesté, la puissance qui se dégage de son corps… Tout en lui respire le danger, et son apparence diabolique semble le rendre invincible.

Tandis que je me fais cette réflexion, au fond de moi, le doute s'installe sournoisement. Pas sûr que j'arrive à l'atteindre si facilement…

— J'ai besoin de savoir ce que Marcus t'a enseigné, dit-il en me prenant au dépourvu.

Je lâche un soupir d'impatience.

— Il me semblait que tu étais venu pour te battre, pas pour parlementer…

Ma voix sèche démontre mon agacement et voir le sourire qui étire les lèvres de Rip ajoute encore à mon exaspération. Pourtant, ses yeux ne rient pas lorsqu'il me balance au visage :

— Oh, mais c'est qu'on est devenue une dure à cuire, depuis la fusion ! Brrrrr…

Mon Dieu ! Ce qu'il peut m'énerver !

Je reste stoïque, comme pour lui prouver que son ironie ne m'atteint pas. Pourtant, je sens comme des fourmis dans mes jambes, qui témoignent de mon impatience à le remettre à sa place. Ignorant ses sarcasmes, je commence à sautiller sur place et à faire tourner le bâton autour de moi.

— Parler est ce que tu sais faire de mieux, n'est-ce pas Raphaël ? Raconter des mensonges, profiter des gens, les trahir… C'est le résumé de ta vie, ça, non ?

Rip se renfrogne. Touché !

— O.K., si tu insistes ! dit-il en me regardant avec un soudain intérêt. Mettons-nous au travail sans plus tarder.

Il se recule et prend une posture de combat, face à moi, les genoux pliés, le buste penché vers l'avant.

Le voir dans cette position intimidante avec ses ailes déployées et son visage diabolique est impressionnant. Je commence à comprendre la crainte que peuvent ressentir ses ennemis face à son allure de démon sanguinaire.

Je ralentis, sentant poindre en moi une certaine appréhension. Rip reste statique, mais ses iris métalliques me mettent au défi de lancer le premier assaut.

Alors, sans plus attendre, je lui donne satisfaction. D'un mouvement leste, je me jette en avant, bâton tendu devant moi. Mais, malheureusement, mon coup atterrit dans le vide. Et avant que je ne puisse comprendre ce qui se passe, Rip s'est déjà envolé. Il apparaît brusquement derrière moi et me pousse en avant d'un coup sec.

Sous la violence du choc, je tombe sur les genoux.

Merde ! Je jure entre mes lèvres pincées. Cette première humiliation a le mérite de tester ma détermination. Je me redresse rapidement en sautant sur mes deux pieds.

Rip, lui, s'est déjà remis en position de défense.

À ce moment-là, les paroles de Maxime s'invitent dans ma tête.

« Sers-toi de tes émotions pour gagner en puissance. Nourris-toi de tes sentiments. »

Ces simples mots ravivent ma colère contre le démon. Les souvenirs affluent et mon esprit se retrouve envahi de tout ce qui m'a blessée. La déception, l'hypocrisie, la manipulation… La trahison.

Poussée par un regain de fureur, je me redresse et me lance dans une nouvelle attaque. Cette fois, le jō virevolte dans les airs avec une vitesse décuplée.

Mes gestes sont fluides et rapides. Mais Rip l'est encore plus. Il parvient à parer tous mes coups avec une aisance déconcertante. Le voir me résister si facilement décuple ma hargne. Sans résultat.

Au bout de plusieurs minutes de cet échange musclé, je m'arrête pour reprendre mon souffle. Lâchant le bâton, je pose mes mains sur mes genoux pour récupérer.

C'est indéniable, le démon est beaucoup plus fort que Marcus. Il est rapide, puissant, précis… C'est un vrai prédateur. Conçu pour se battre.

— Joli… Je vois que tu as fait des progrès. Avant, tu te serais déjà vautrée lamentablement sur le sol, dit le démon d'une voix moqueuse.

Je lui lance un regard noir alors qu'il prend une pose décontractée, les bras croisés sur le torse. Bordel ! Il ne montre même pas un petit signe de fatigue. C'est injuste !

Alors que je redresse la tête et le fustige des yeux, son visage se durcit.

— Mais c'est loin d'être suffisant.

Je lève un sourcil.

— Tes mouvements ne sont pas assez précis et tes coups sont beaucoup trop prévisibles. Et tu sais pourquoi ?

Je me redresse et récupère mon jō, curieuse d'entendre ses explications.

— Tu n'es pas stratégique. J'aurais pu te tuer facilement à chacun de tes assauts. Si j'avais été un mercenaire, tu serais déjà morte à l'heure qu'il est.

Tes attaques sont brouillonnes parce que la colère qui bout en toi est en train de prendre le dessus ! C'est elle qui te guide.

Alors là, je me fige carrément ! La moutarde me monte au nez.

— La faute à qui ? Je te le demande !

Ces paroles m'ont échappé, et je regrette instantanément de m'être dévoilée de la sorte. Je n'ai pas envie de lui montrer le moindre signe de faiblesse. Et encore moins les séquelles que ma relation avec lui a laissées. Il s'en servira à coup sûr contre moi à un moment ou à un autre.

Rip m'observe, les sourcils froncés. Une sensation de gêne s'est installée dans la pièce, et moi, j'ai envie de me cacher dans un trou de souris pour qu'il ne voie pas mon trouble.

Le petit claquement qu'il fait avec sa langue résonne dans l'immensité du Dôme.

— Il faut qu'on règle ce problème avant de continuer. Sinon, on n'arrivera à rien.

Ma poitrine se soulève au rythme de ma respiration saccadée, et mon stress n'échappe pas au démon. Rip s'avance pour poser sa main sur mon épaule, mais je recule pour esquiver. Je refuse qu'il me touche.

Sa main retombe mollement le long de son corps. Ses pupilles s'assombrissent et sa voix se fait encore plus grave.

— En devenant un démon, je suis devenu un monstre, Kataline. Et j'agis comme tel. Je l'ai toujours fait.

J'en reste bouche bée. C'est quoi ces explications merdiques ?

— Écoute, je t'ai blessée. J'en suis conscient. Et ta colère est parfaitement justifiée. Mais aujourd'hui, elle constitue un obstacle dans ta progression. Elle t'empêche d'agir objectivement. Si tes ressentiments guident ta conduite pendant les entraînements, je n'arriverai pas à t'inculquer les bonnes techniques. Les conditions doivent être optimales si tu veux apprendre.

Il marque une pause, comme pour me laisser le temps d'assimiler ses paroles, puis il poursuit.

— Les meilleurs combattants sont les plus durs psychologiquement. Ce sont ceux qui laissent leurs émotions de côté et qui n'agissent que de sang-froid. Pour apprendre à devenir une guerrière, tu dois arriver à faire le vide et laisser de côté tout ce que tu ressens envers moi…

J'ai du mal à en croire mes oreilles. En clair, il me conseille carrément d'oublier ce qu'il m'a fait ? C'est impossible.

L'incrédulité doit se peindre sur mon visage.

— Je vais t'aider à y parvenir…

Un petit rire nerveux m'échappe.

— Ça me semble difficile.

Alors que je me demande s'il n'est pas devenu fou, le démon reprend un visage normal dans un craquement sinistre. Ses ailes sombres se rétractent lentement et finissent par disparaître dans son dos.

Je crois que je ne me ferai jamais à la vue de ses membres qui s'atrophient pour s'enfoncer entre ses omoplates.

Maintenant, Rip est tout proche et je peux sentir les effluves de son parfum qui m'enveloppent. Le voir si près de moi, avec son apparence normale, provoque chez moi un certain émoi. Et je dois me concentrer pour ne pas être submergée par mes émotions. Lorsqu'il reprend la parole, je me rends compte à cet instant que j'avais arrêté de respirer.

— Je t'accorde dix minutes…

Je lève un sourcil. Quoi ?

— Dix minutes pendant lesquelles tu pourras faire de moi ce que tu veux. Je ne me défendrai pas. Tu peux me frapper, me griffer, me mordre, m'arracher les yeux… C'est *no limit* ! Tout est permis.

Je crains de ne pas comprendre…

— Oui, tu as bien entendu. Tu meurs d'envie de me trucider pour t'avoir fait du mal, pas vrai ? Tu veux te venger de ce que je t'ai fait ? Alors, fais-le ! Je te donne carte blanche… Pendant dix minutes.

— Non, mais t'es complètement malade…

Je ne peux pas m'y résoudre, même si j'avoue que j'adorerais pouvoir lui faire autant de mal qu'il m'en a fait.

— C'est le seul moyen, Kat, je t'assure. Fais-moi confiance.

Euh… Ce n'était pas la meilleure chose à dire, ça.

— Je t'ai déjà fait confiance et vois où ça m'a menée…

— Tu es en colère… Alors, laisse-la éclater. Dirige-la contre moi. Libère-toi de cette haine que je t'inspire…

C'est vraiment très tentant. Mais quelque chose au fond de moi m'empêche d'accepter. Est-ce que, pour assouvir ma vengeance, je dois me transformer en monstre, moi aussi ?

Voyant que j'hésite encore, Rip change de tactique.

— Qu'est-ce qui t'arrive ? Tu as peur de faire ressortir ta rage ? Peur de perdre le contrôle ? Putain, tu étais bien plus téméraire quand t'étais dans mon lit, bébé !Mon cœur se contracte. Il n'a pas osé dire une chose pareille, si ?

Alors, c'est comme s'il avait appuyé sur un interrupteur directement à l'intérieur de moi. La colère monte comme une vague avant un tsunami et mon sang bouillonne dangereusement dans mes veines.

Un léger voile rose me brouille la vue. Mais Rip continue de me provoquer.

— Pense à ce que tu as ressenti quand Mégane t'a avoué mon plan… Tu voulais m'arracher la tête, n'est-ce pas ? Cette garce aurait pu mentionner que coucher avec toi était un petit plus dans toute cette histoire. Mon cadeau surprise… Et quel cadeau ! Je crois que je n'ai jamais eu une fille aussi… investie que toi. Ou alors est-ce ta muse qui venait pimenter nos échanges ?

Le salaud !

À ce moment-là, une explosion se produit à l'intérieur de mon être, et mon corps s'arque sous la violence du choc. La voix se met à hurler dans ma tête…

On va le défoncer, ce salaud !

Je serre les dents et attrape fermement mon jō.

— Dix minutes !

Rip m'adresse un sourire satisfait, attendant, immobile, l'impact du premier coup.

10
Pleure, bébé

C'est comme un déferlement de haine. Puissant, irrépressible, qui prend le contrôle de mon être pour le guider vers son seul but : anéantir Rip.

Mon bâton devient le prolongement de ma main, et je le fais virevolter si vite que je n'arrive même plus à le distinguer. Je me sens habitée par une force qui me propulse vers le démon pour le détruire.

Avec un soulagement manifeste, je la laisse m'emporter dans un tourbillon dévastateur. Ma vue se brouille alors qu'un voile grenat s'installe devant mes pupilles. Seule ma cible reste parfaitement nette dans ce flou artistique couleur de sang.

Comme une furie, je me jette sur Rip avec toute la violence qui m'habite. Sans plus réfléchir, sans même savoir ce que je fais, je le frappe de toutes mes forces, bâton tendu vers l'avant.

Mon jō s'enfonce lourdement dans son abdomen. Pourtant, alors que son corps se plie en deux sous le choc, Rip n'émet aucun son. Pas même un geignement. Lentement, il se redresse et se repositionne face à moi, m'encourageant à lui asséner un nouveau coup.

— C'est ça… Recommence ! m'ordonne-t-il.

Ce que je fais…

Cette fois, ce sont ses jambes que je vise. Je tape violemment sur son tibia droit pour le faire flancher. Rip pose un genou à terre. Et comme précédemment, il accuse le coup sans broncher.

Mon étonnement laisse place à une satisfaction malsaine.

Je renouvelle mon attaque avant même qu'il ne se relève. La frénésie procurée par le soulagement de pouvoir enfin l'atteindre me transforme lentement, irrémédiablement en une véritable machine, dénuée d'empathie et de compassion.

Mes attaques se mettent à pleuvoir et, comme il l'avait promis, Rip se laisse faire, encaissant chaque choc avec la force d'un roc. Il me laisse littéralement le labourer de coups sans esquisser le moindre geste pour les éviter. Au contraire, il accueille chaque attaque en me regardant dans les yeux, comme s'il souhaitait que je le martyrise.

Je devrais m'arrêter de frapper. Ma conscience devrait m'obliger à stopper mes attaques contre quelqu'un qui ne se défend pas… Mais je n'y arrive pas.

Il y a quelque chose en moi qui me pousse. Quelque chose de mauvais et de violent. La force de ma douleur…

C'est elle qui me guide. Elle qui m'intime de faire de Rip le réceptacle de ma souffrance.

J'entends dans ma tête les paroles de Mégane qui ravivent ma colère.

« Rip a l'intention de te livrer au Boss et de t'échanger contre sa liberté ! »

Je revois le visage de Raphaël lorsque j'attendais son démenti… et le poids de son silence. Je repense à son regard empli d'un fatalisme puant qui m'a détruite.

Tous ces souvenirs viennent alimenter mon tourment. À chaque nouvelle pensée, chaque nouveau souvenir, j'augmente la puissance de mes coups.

Et Rip encaisse, à chaque fois. Encore et encore.

Et bientôt, à travers ma vue brouillée, je ne vois plus que du sang. Beaucoup de sang.

— Libère-toi, Kataline…

La voix brisée de Rip me sort brusquement de ma léthargie. Mes yeux se posent sur lui et, cette fois, je le vois. Vraiment. Clairement.

C'est à cet instant précis, alors qu'il est dressé devant moi, les bras écartés, attendant son châtiment, que je découvre, horrifiée, le résultat de ma folie.

J'ai du mal à réaliser que l'homme qui est devant moi puisse être encore debout. Et j'ai encore plus de mal à croire que c'est à cause de moi.

Cette vision de Rip, le visage et le corps en sang, me serre le cœur, et le remords commence à s'insinuer dans mon esprit, insidieusement. Je ferme les poings sans cesser de le regarder, droit comme une statue et offert à mes attaques.

J'aimerais le détester pour ce qu'il m'a fait. Le haïr et continuer à le détruire pour apaiser mon âme. Lui, le démon qui m'a causé tant de mal. L'homme qui m'a trahie.

Mais je n'y arrive pas.

Je n'y arrive pas parce que…

Tu l'aimes…

Cette fois-ci, la petite voix dans ma tête est calme et douce. Sans jugement. Résignée.

Et alors que j'analyse ces paroles, je m'interroge sur cette affirmation. Est-ce que réellement… ?

Mes épaules s'affaissent tandis que dans mon cœur la vérité s'installe comme un ancrage. Une vérité qu'il m'est impossible de nier, sans me mentir à moi-même. C'est fini. Inutile de lutter.

Je l'aime. Et cet amour est encore plus grand que toute la douleur qui m'habite. Encore plus fort que tout ce que Rip a pu me faire subir.

C'est une réalité. Indéniable et irrémédiable.

J'ai beau lui en vouloir, je ne peux cesser de l'aimer.

Cette révélation me regonfle le cœur et m'anéantit à la fois. Je me sens terriblement mal, tout à coup.

— Il te reste trois minutes…, répète Rip.

Entendre sa voix déformée par sa lèvre ouverte finit de me faire culpabiliser. Le voile rouge disparaît aussi brusquement qu'il est apparu.

Mes yeux plongent dans les iris de Rip, irrésistiblement attirés par leur couleur métallique. Sans cesser de le fixer, je m'approche de lui, et mon cœur part en miettes alors que je constate ce que je viens de faire.

Le démon présente des hématomes sur tout le corps. Il a l'arcade ouverte, la lèvre inférieure fendue et certainement le nez cassé. Son visage et son torse sont couverts de sang.

J'arrive tout près de lui et le voir dans cet état m'est maintenant insupportable. Je m'en veux terriblement.

Les yeux de Rip marquent son étonnement, et une ombre inquiète passe dans sa pupille.

Il m'observe, les bras toujours ouverts. Il ne se doute absolument pas de ce qui se passe à l'intérieur de moi.

Je reste une longue minute sans savoir quoi faire, face à lui, qui ne bronche pas, attendant patiemment que je me défoule encore et encore.

Je me sens vide, sale, monstrueuse.

Mes mains se mettent à trembler et mon jō tombe sur le sol dans un bruit mat. Alors, sans que je puisse me contrôler, je me mets à pleurer.

Je reste devant Rip, le corps littéralement secoué de sanglots. Je sais que c'est ridicule, mais je n'arrive pas à m'arrêter. Je pleure comme une enfant.

Raphaël me fixe pendant quelques secondes sans réagir. Puis, le front plissé par l'inquiétude, il m'attrape par la main.

— Allez, viens par là, bébé.

Il m'attire contre lui et me serre dans ses bras.

Dans un hoquet bruyant, je m'accroche à son corps meurtri comme à une bouée de sauvetage. C'est moi qui devrais le consoler. Et pourtant, c'est lui qui me serre contre son torse et m'entoure de ses bras réconfortants.

— Chut… Ça va aller. Tu verras, tout va bien se passer maintenant. Pleure, pleure toutes les larmes de ton corps si ça te soulage.

En entendant ces paroles apaisantes, mes larmes redoublent. Sans cesser de pleurer, je reste blottie contre le démon qui me berce tout en me caressant doucement les cheveux.

Le flot salé qui s'écoule de mes yeux est comme un torrent qui lave mes blessures. Libérateur. Et à mesure qu'il inonde mes joues, je me sens plus légère.

Je ne sais pas combien de temps je reste ainsi, blottie dans les bras de Raphaël. Mais son réconfort et son soutien finissent par avoir raison de mes derniers tourments.

Lorsque, enfin, je reprends le contrôle de moi-même et que je lève les yeux vers lui, je constate, stupéfaite, que ses blessures ont déjà cicatrisé.

**

En passant la porte de la maison des Saveli, j'ai la boule au ventre. Je ne suis pas revenue ici depuis longtemps et pénétrer dans le territoire de Rip me met mal à l'aise.

Et pourtant, j'ai accepté de revenir m'installer dans l'hôtel particulier de Vincennes sans me poser de questions. Le côté pratique, peut-être ?

Après la première séance, l'apprentissage avec Rip a été beaucoup plus facile. Il avait raison. Me défouler sur lui m'a libérée de toute colère. Après ça, j'ai pu vraiment commencer l'entraînement.

Le démon m'a ensuite offert un vrai déjeuner de sportif. Avec des protéines, des fruits, des produits laitiers et des céréales. Et après, nous avons repris tranquillement la séance d'entraînement avec Marcus.

Cette fois, j'ai abordé le cours beaucoup plus sereinement. Parce que Raphaël m'avait démontré que mettre mes sentiments de côté au moment du combat me rendait plus performante.

Garder la tête froide. Me concentrer sur un objectif précis. Anticiper mes attaques. Définir une véritable stratégie de combat. Tous ses conseils m'ont permis de progresser à vitesse grand V.

Ajoutées à cela, de nouvelles techniques de combat, et mon évolution a été une fois de plus spectaculaire. À la fin de l'après-midi, j'avais l'impression d'avoir appris encore davantage de choses qu'en une semaine avec Marcus, ce qui l'a fait grogner, bien évidemment.

Rip et son gardien ont été parfaits pendant toute la séance. Me donnant des conseils avisés, comme de vrais mentors. Ils avaient vraiment à cœur que je progresse. Et j'avoue que ça m'a motivée.

Moi, de mon côté, j'évitais de penser à ce qui s'était passé le matin. Et j'ai réussi à vraiment faire le vide dans mon esprit.

Mais à présent, alors que je traverse le hall d'entrée de l'immense demeure, mes doutes reviennent s'installer sournoisement dans ma tête. C'est incroyable. Je n'arrive pas à déterminer dans quel état d'esprit je me trouve. C'est comme si une partie de moi était libérée d'un poids, mais que l'autre restait prisonnière de ses tourments.

Ma colère contre Rip a bizarrement disparu. Et pourtant, je sais que je lui en veux encore, mais différemment. Il y a une sorte de rancune qui perdure au fond de moi. Mais je ne ressens plus de haine. C'est très étrange.

Je ne sais plus quoi penser. L'être humain est fait de contradictions. Et j'en suis une preuve vivante.

Je sursaute lorsqu'une paire de bras fins et bronzés m'intercepte.

— Oh ! Kataline, vous avez accepté de revenir. Je suis tellement contente.

Rosa me fixe d'un air plein de gentillesse. Son accent chantant me met aussitôt du baume au cœur, et je suis ravie de la revoir.

Mais je suis aussi un peu gênée par toutes ces histoires avec Rip et j'appréhende un peu son jugement.

Je lui rends son sourire timidement.

— Arrête de la serrer comme ça, Rosa ! Tu vas l'écraser, intervient Rip d'un air morne en passant devant moi.

Elle lève les yeux au ciel en l'ignorant.

— Vous avez raison d'être venue vous installer ici. Ce sera plus simple d'être sur place. Et puis vous serez protégée de cette manière, vu que le bouclier de Marcus a volé en éclat.

Elle marque une pause et regarde quelques instants dans le vide, comme si elle réfléchissait. Puis elle change carrément de sujet et m'annonce en souriant :

— J'ai fait des pancakes, si vous voulez. Ils sont encore tièdes.

Je ne peux retenir un petit sourire. Rosa et la cuisine ! C'est une grande histoire d'amour.

J'avoue qu'en temps normal, je me serais jetée sur ses crêpes. Mais là, j'ai bien peur que la fatigue ait raison de ma gourmandise.

— Oh non ! C'est gentil, Rosa. Mais je suis épuisée et je ne rêve que d'aller prendre une douche pour me glisser dans un lit.

Elle lance un regard noir à Rip.

— J'espère que tu ne l'as pas trop épuisée, la pauvre chérie. Elle va avoir besoin de forces…

Le démon s'appuie contre le mur et dit d'une voix rauque :

— Kataline est pleine de ressources. Elle doit juste apprendre à gérer deux ou trois trucs. Et ensuite, elle sera parfaite.

Son regard brille d'une étrange lueur qui m'enveloppe de chaleur. Je n'arrive pas à cerner à quoi il pense. Depuis l'épisode du combat, il garde une distance toute professionnelle. Ce qui, au demeurant, devrait me convenir. Mais étrangement, il y a quelque chose qui sonne faux dans son attitude.

— Ouais, ben, va falloir faire vite. Il te reste trois jours pour faire d'elle une championne, intervient Marcus qui entre à son tour.

La lèvre supérieure de Rip dessine un demi-sourire sadique.

— Trois jours et trois nuits.

Je lève un sourcil. Non ? Il n'est pas sérieux ?

Voyant mon mutisme, il poursuit.

— Ce soir, il y a un combat au Dôme. Tu vas y assister et voir à quoi ressemble un vrai duel de démons.

Je le regarde, surprise.

85

— Tu pourras observer les techniques que je t'ai apprises. Et surtout, tu pourras voir de quoi sont capables les êtres de l'ombre. Ça te donnera une idée de ce qui t'attend demain.

Le pervers ! Il a dit ça avec un sadisme apparent qui me file des frissons. On dirait bien que cette idée lui plaît fortement.

Moi, je suis moins enthousiaste, partagée entre l'envie de voir ce spectacle et l'appréhension de me confronter à la réalité de ce que pourrait être mon futur. Mais vu que je n'ai jamais assisté à un tel combat, je n'ai pas vraiment le choix si je veux me faire une idée du déroulement d'un tel spectacle.

Je hoche la tête, malgré la fatigue qui tente vainement de me pousser sous une couette moelleuse et chaude.

— Et qui sont les combattants ?

— Celui qu'on nomme Black Angel… et moi !

Mon cœur se contracte et mes yeux papillonnent à cette annonce.

O.K., alors, je vais voir Rip se battre ! Pour de vrai ! Waouh !

J'ai pourtant déjà assisté à son combat contre Mirko Waner sous sa forme humaine. Et c'était déjà quelque chose à voir. Mais alors là, regarder Rip se battre en tant que démon ! Ça va être un vrai massacre !

Le sourire démoniaque qui s'affiche sur son visage me prouve que je suis dans le vrai. Rip est égal à lui-même, cruel et impitoyable. Il aime faire mal. Dans ce genre de combat, il doit être redoutable !

— Est-ce que j'ai le temps de prendre une douche et de me reposer un peu avant de partir ?

Un éclair furtif traverse les pupilles du démon avant qu'il se renfrogne et reprenne sa froideur apparente.

— Évidemment. Tu sais où est ta chambre… Il y a encore tes affaires.

Ma chambre… Ça me fait tout drôle de voir qu'il m'a automatiquement attribué la chambre à côté de son appartement. Comme la dernière fois.

J'évite de montrer mon trouble et me dirige vers le grand escalier sans plus lui prêter attention. Malgré la fatigue, mon cerveau bouillonne. Il est hors de question de laisser croire à Rip que je lui ai pardonné quoi que ce soit. Parce que ce n'est pas vrai !

Mon ressentiment est toujours présent, même si ma colère s'est envolée. Pour autant, je ne veux pas qu'il s'imagine que nous sommes devenus les meilleurs amis du monde. Non. Je suis là uniquement parce que j'ai besoin de lui et de ses compétences. Rien de plus !

Il veut que je devienne comme lui ? Froide et distante ? Eh bien, je le serai !

Alors que je m'approche de la porte de la chambre, la fatigue m'envahit de nouveau. Je me languis mentalement de la baignoire pleine de mousse qui m'attend dans quelques minutes. Je m'imagine déjà buller dans un état semi-comateux.

Mais au moment de tourner la poignée de la porte, quelque chose attire mon regard à l'autre bout du grand couloir…

Une silhouette qui me fait face, dans l'ombre.

Il y a quelque chose de familier dans son apparence… Je l'observe plus attentivement, intriguée. Mais mon cœur se serre brusquement lorsque, enfin, je distingue son visage.

Mégane… !

11
Sans vie

Je fixe la silhouette, estomaquée par cette apparition imprévue.

Merde ! J'ai du mal à y croire.

Mégane !

Qu'est-ce qu'elle fout là ?

Peut-être qu'elle a repris son rôle officiel de « petite amie » de Rip ?

Mes mains se crispent d'elles-mêmes à cette idée, mais je m'oblige à les desserrer.

Je ne vais pas me laisser bouffer par la jalousie. Je le refuse ! Certes, ça me fait mal de savoir que Raphaël reste fidèle à lui-même. Égoïste, sans cœur, macho… Pour autant, je n'ai aucune envie de lui montrer à quel point je suis énervée de voir sa copine parader sous mon nez. Parader ?

Non… Pas tout à fait. Parce que là, Mégane reste étrangement immobile, tapie dans l'ombre.

Et moi, je ne sais pas comment agir.

C'est bizarre parce que je m'attendais à une réflexion de sa part. Du genre : « Oh, regarde comme j'ai bien repris ma place au côté de Rip, alors que toi, tu n'es plus rien pour lui ! » Mais non. Elle est immobile… Comme si elle n'avait pas remarqué ma présence.

À moins qu'elle ait décidé de m'ignorer complètement !

J'ai envie de lui arracher les yeux. Mais il y a quelque chose chez elle qui me retient. Un truc dans son attitude qui me semble bizarre.

— Mégane ?

Pas de réponse. Pas même un mouvement me signifiant qu'elle a entendu son nom.

Poussée par la curiosité, je laisse tomber mon sac sur le sol et m'approche prudemment. Le plafonnier diffuse une lumière feutrée sur la mezzanine, et je n'arrive pas à distinguer nettement les traits de la fille qui me fait face. Je commence à douter.

Est-ce vraiment elle ? Ou quelqu'un qui lui ressemble, peut-être ?

Mais lorsque j'arrive à quelques mètres d'elle et que je distingue nettement le visage de ma rivale, je reste sans voix.

Mégane est tout bonnement méconnaissable.

Son teint blafard me fait penser à celui d'un cadavre et ses joues creuses sont mangées par de grands cernes bleutés. Ses lèvres généralement roses et pleines sont sans couleurs, pincées dans un rictus étrange. Mais ce qui me choque le plus, ce sont ses yeux, qui fixent un point invisible loin devant elle.

— Mégane ?

Cette fois, je répète son nom en la secouant doucement par le bras, et elle finit par tourner la tête vers moi.

Mon cœur se contracte lorsque son regard se pose sur moi. Ses iris, habituellement d'un vert profond, sont complètement délavés, presque translucides. Quant à ses pupilles, elles sont carrément vides, sans vie.

Le choc me fait reculer.

Ce n'est pas Mégane que j'ai devant moi, mais une espèce de zombie qui semble complètement lobotomisé.

— Kat, je te cherch…

Je sursaute alors que la phrase de Maxime reste en suspens. Incapable de détourner les yeux du zombie, je reste immobile, attendant que mon ami s'approche de nous.

— Qu'est-ce qui lui est arrivé ?

Ma voix n'est qu'un souffle et, au fond de moi, grandit la peur de connaître déjà la réponse.

Maxime tousse d'un air gêné.

— Rip… Il a…

Il n'ose même pas me dire ce qu'il a fait. Alors, je l'oblige à parler d'un regard.

— Il lui a pris son âme, dit l'ange en soupirant.

Je ferme les yeux sous le choc de cette révélation. Mon Dieu ! J'espérais vraiment au fond de moi qu'il dirait autre chose. Que la vérité ne serait pas aussi terrible !

Mais comment Rip a-t-il pu être aussi cruel ? Comment a-t-il pu infliger ça à celle qui a été sa petite amie ?

Un démon reste un démon…

Ma petite voix est de retour et je n'ai pas la force de la contredire. Je suis même soulagée de l'entendre m'aider à encaisser cette vérité.

89

Oui, un démon reste un démon. Et à plusieurs reprises, Rip a prouvé qu'il comptait parmi les plus cruels d'entre eux.

Ma voix se fait murmure lorsque je passe ma main devant les yeux de Mégane.

— Comment est-ce possible ?

Aucune réaction…

— Les démons ont le pouvoir de capturer l'âme des humains. Ils peuvent alors la garder prisonnière autant qu'ils le souhaitent. Et pendant tout le temps où ils la conservent dans leur conscience, le corps de leur victime reste à errer comme un mort-vivant, en attendant de la récupérer.

Waouh ! Rien que ça !

Comment croire une chose pareille ? Pourtant, je revois nettement Rip lors de la soirée d'intégration, passant d'une personne à une autre pour absorber une partie de son essence vitale… Était-ce un morceau de leur âme que le démon a emprunté aux élus ce soir-là ?

— Et il a l'intention de la laisser comme ça indéfiniment ?

Maxime soupire.

— Je ne cherche pas à le défendre. Tu es bien placée pour connaître mes relations avec mon frère et tu sais que je ne cautionne pas toujours ce qu'il fait. Mais Mégane l'a trahi. Et ça, Rip ne le supporte pas. C'était le prix à payer pour sa trahison.

Je suffoque de surprise et de colère mêlées.

— Comment peut-il reprocher à quelqu'un de faire ce que lui-même fait subir aux autres ?

Je sursaute légèrement en sentant les mains de Maxime se poser sur mes épaules. La douce chaleur qui m'envahit m'indique qu'il essaie de m'apaiser. Pourtant, il se garde de répondre à ma question.

— Les démons offrent à leurs disciples de nombreux avantages. Et ils attendent en retour une loyauté sans faille. Totale. Inconditionnelle. Mégane a bafoué la règle suprême. Elle devait être punie. Si Rip n'avait rien fait, il aurait remis en cause sa position et son autorité. Il le fallait…

Mes yeux retombent alors sur Mégane qui n'a pas réagi pendant tout notre échange. Mon cœur se serre un peu plus devant son visage amaigri et fatigué. Qu'importe le crime, je ne pense pas qu'un être humain mérite de subir ce genre de choses !

— Est-ce qu'elle va rester comme ça… longtemps ?

Maxime hoche lentement la tête, comme s'il s'agissait d'une triste fatalité.

— Quand il estimera qu'elle a assez payé, Rip lui rendra sa liberté.

Je serre les poings. Je sais que je ne devrais pas éprouver de pitié pour celle qui m'a fait tant de mal. Et pourtant, je n'arrive pas à me dire qu'elle mérite son sort.

— Mais pourquoi ? Pourquoi est-ce qu'il la garde ici ?

L'ange laisse échapper un rire presque sadique.

— Les disciples restent avec leur maître. Quoi qu'il arrive.

Je lève un sourcil lorsqu'il poursuit ses explications.

— Mégane est ici pour que personne n'oublie que Rip a pouvoir de vie et de mort sur ses hommes. En entrant dans son clan, ils se sont donnés à lui, corps et âme. Il peut faire usage de leur vie à sa guise.

Le sort de Mégane n'est donc qu'un exemple pour le reste de la tribu. C'est horrible de se servir d'elle comme ça.

— Ce démon est vraiment…

— Impitoyable. Oui, il l'est. Tu ne dois jamais en douter, Kataline.

Oh, non ! Ça, je n'en doute pas une seule seconde.

***

Allongée sur le lit, je me concentre sur les lignes gris clair qui ornent le plafond. Elles forment une arabesque qui ressemble à un mandala, identique à ceux qu'on me demandait de colorier pendant mon enfance.

J'essaie de garder mon attention fixée sur ces traits gracieux mais, au bout de quelques minutes, mes pensées divaguent vers des choses beaucoup moins artistiques.

Moi qui voulais me reposer, c'est fichu. Impossible de fermer l'œil sans que mon cerveau se mette à fumer !

Je repense à mon combat avec Rip. À la manière dont je me suis acharnée sur lui comme une furie. J'ai du mal à me reconnaître dans cette tigresse assoiffée de vengeance, capable de défigurer un démon à la seule force de son bâton.

Rip n'a pas levé le petit doigt pendant tout le temps qu'a duré mon acharnement. Comme il l'avait promis, il n'a pas cherché à se défendre, me laissant le maltraiter à ma guise. J'admire sa maîtrise de soi et sa capacité à encaisser les coups, et en même temps, cela me questionne.

Que cherchait-il au juste en se laissant martyriser de la sorte ?

Voulait-il que j'accomplisse ma vengeance ou cherchait-il tout simplement à se punir lui-même ? Je n'arrive toujours pas à comprendre. Et c'est très perturbant.

Certes, me défouler sur lui m'a soulagée d'un poids. Et pourtant, c'est la culpabilité qui revient systématiquement lorsque je repense à la scène. J'ai l'impression que, depuis le début de cette aventure, je suis lentement en train de me transformer en monstre.

Que cette chose tapie au fond de mon âme depuis mon enfance est en train de ressortir et de faire de moi un être cruel et sans pitié !

— Je n'ai pas envie de devenir comme lui !

Ma voix me fait sursauter. Je ne pensais pas réfléchir tout haut. Mais quand je repense à ce dont Rip est capable, quand je le revois trucider un mercenaire ou régler son compte à Mirko d'une façon si dure, ça me fait peur. Et si je devenais un être maléfique, moi aussi ?

Rip m'a demandé de participer à son duel de ce soir pour que je puisse voir à quoi ressemble un combat entre démons. Et j'avoue que j'ai la boule au ventre rien que d'imaginer ce qui va se passer. Le spectacle qui m'attend risque fort de me refroidir.

D'ailleurs, je me demande bien contre quel genre de créature il va se battre ce soir. Il a parlé d'un certain Black Angel, je crois… Et à la manière dont il a accueilli la nouvelle de son combat, je suis persuadée qu'il a déjà eu maille à partir avec ce mec.

Je me rends compte brusquement que cette séance de détente se transforme en torture intellectuelle et je finis par me redresser. Mais, bon sang, il faut que je sache !

Saisissant l'ordinateur portable qui trône sur le bureau, je tape le nom de l'adversaire de Rip dans la barre de recherche. Rien. Uniquement quelques dessins de livres fantastiques et des photos d'un groupe de rock américain du même nom.

J'affine ma recherche en agrémentant mon texte d'un « combat démons ». À tout hasard.

Et là ? Surprise ! Dans la troisième page de résultats, je tombe sur un site de fanatiques qui mentionne l'existence de duels clandestins entre êtres surnaturels. Incroyable de trouver cette info sur le Net !

J'explore les différents onglets du site et finis par tomber sur ledit « Black Angel » dans la liste des duellistes. Mais comment toutes ces choses peuvent-elles être librement affichées sans que personne s'en inquiète ?

Mon sang se glace lorsque je découvre l'armoire à glace qui porte son nom tatoué sur son torse – au cas où il l'oublierait. Il est littéralement monstrueux !

Je clique sur la photo pour faire apparaître sa fiche d'identité.

Billie Jekins, dit Black Angel, un mètre quatre-vingt-dix-huit, cent vingt-quatre kilos de muscles.

J'écarquille les yeux lorsque je lis qu'il a… cent trente-sept ans ?

Comment peut-on écrire ça sur un site public ? Ça ne choque que moi ?

Je poursuis ma lecture : originaire d'Australie, maître dans la pratique des arts martiaux, quatre-vingt-seize victoires à son actif. Quarante-neuf par K.-O. ultime.

K.-O. ultime ? Je frissonne en imaginant ce que ça peut vouloir dire.

— C'est une victoire par décès de l'adversaire.

Je sursaute en poussant un cri. Rip se tient derrière moi et fixe l'écran de l'ordinateur. Je ne l'ai même pas entendu entrer dans la pièce.

Non, mais pour qui il se prend d'entrer ici sans y être invité ? Et s'il t'était venu l'envie de te balader nue dans la pièce ?

La petite voix manifeste clairement sa colère, et je ne peux que l'approuver. Décidément, on est relativement raccord en ce moment !

Je referme l'écran du portable d'un geste vif afin de bien signifier à Rip qu'il n'a pas à regarder ce que je fais. Puis je pivote sur le lit pour lui faire face.

— Je peux savoir ce que tu fais ici, et comment tu as pu entrer sans être invité ?

Ma voix froide comme la glace ne semble pas l'intimider. Bien au contraire.

Rip m'observe avec ce petit sourire qui m'énerve autant qu'il me fait fondre. Et je maudis intérieurement les frissons qui m'envahissent à la simple vue du démon.

— Tu es dans ma chambre d'amis…

93

Et alors ?

— Ce n'est pas une raison pour débarquer sans prévenir. Et si je sortais de la douche ?

Un éclair argenté passe dans ses prunelles grises et son sourire s'élargit encore plus.

— Ce ne serait pas la première fois que ça arrive… J'ai d'ailleurs adoré la manière dont l'histoire s'est terminée, la dernière fois.

J'ignore volontairement sa réponse. Je n'ai pas envie de me bagarrer avec lui. D'autant que mon corps tout entier se rappelle parfaitement cette fameuse nuit.

— Arrête, Raphaël. J'ai droit à un minimum d'intimité. Je ne veux plus que tu entres ici sans y avoir été convié.

Devant ma détermination, le démon redevient sérieux.

— O.K… Je ne le ferai plus. Tant que tu ne m'inviteras pas, ajoute-t-il avec un clin d'œil.

Argh ! Il est incorrigible !

Il dit ça comme s'il était persuadé que je l'inviterais bientôt. Et ça me vexe d'autant plus que je ne suis pas du tout sûre de moi, finalement. Alors, je change de sujet avant qu'il remarque mon trouble.

— Black Angel… C'est qui ?

Bingo ! Je vois à son air que j'ai tapé dans le mille. Mais contrairement à ce que j'aurais cru, il répond sans hésiter.

— Un Djinn.

J'attends qu'il m'en dise plus, mais Rip me fixe toujours en fronçant les sourcils.

— Tu le connais ? insisté-je.

Son œil noir est une réponse à elle seule.

— J'ai eu quelques petits démêlés avec lui.

Je m'en serais doutée. Une intuition subite me pousse à le questionner encore.

— Une femme ?

Rip plisse les yeux, puis acquiesce sans se répandre en explications. Voyant qu'il n'a pas l'intention d'en dire plus, je n'insiste pas. Pourtant, en mon for intérieur, j'essaie en vain de faire disparaître cette petite main invisible qui s'amuse à pincer les cordes sensibles de ma jalousie.

Mais allez savoir pourquoi, j'ai toujours cette fâcheuse envie de le provoquer ! Je l'attaque donc sous un autre angle.

— Et Mégane ? C'est normal qu'elle rôde dans les couloirs comme un fantôme ?

Là, le regard de Rip devient carrément mauvais. Il accuse le coup et pince les lèvres avant de se décider à répondre.

— C'est le prix à payer.

Je lève les sourcils.

— Le tarif n'est pas un peu excessif ?

Rip se renfrogne, et ses yeux viennent transpercer les miens comme des épées en acier trempé.

— Ce n'est rien comparé à ce que j'avais en tête. Cette garce méritait beaucoup plus encore pour avoir détruit ce qui m'était le plus cher.

Oh, merde ! Je ne m'attendais pas à ça !

La réaction de Rip me laisse sans voix. Est-ce qu'il parle réellement de moi ?

Malheureusement, je n'ai pas le temps d'en savoir plus. Au moment où je m'apprête à poser la question qui me brûle les lèvres, Rip me devance.

— Assez de questions ! Maintenant, il faut que tu manges… Sinon, tu ne tiendras jamais le temps du combat.

Rip se redresse et me lance un signe de tête en direction de la porte. On dirait un père de famille en train de rameuter la fratrie pour le repas.

Je ne vois pas vraiment pourquoi je devrais absolument manger pour pouvoir assister à un spectacle, mais devant son air déterminé, je ne peux que m'exécuter.

Lorsque nous sortons sur le palier, Mégane a disparu.

12

Intrusion

Le Dôme est plein à craquer.

Au moins six mille personnes sont entassées dans la grande salle pour assister au spectacle.

Du grand spectacle ! *Dixit* Royce qui s'en frotte déjà les mains d'avance.

J'ai du mal à réaliser qu'il s'agit de la même salle que celle où je me suis mesurée à Rip quelques heures plus tôt. Avec le monde et l'impatience sauvage que je ressens parmi les spectateurs, j'ai l'impression d'être transportée dans une scène de *Mad Max*.

Ce n'est pas moi qui vais me battre ce soir. Pourtant, mon cœur bat à deux cents à l'heure. L'adrénaline coule dans mes veines comme si j'allais me produire devant cette salle pleine de monde.

C'est dingue !

Depuis le carré VIP, près de l'arène, j'arrive à avoir une vue d'ensemble de la zone de combat. C'est stratégique, selon Marcus. D'ici, je vais pouvoir profiter du meilleur angle de vue pour m'imprégner des techniques de Rip.

Royce s'est installé près de moi et il guette du coin de l'œil la moindre de mes réactions. Depuis que je l'ai revu un peu plus tôt dans la soirée, il semble m'épier. Avec ses sens super aiguisés, il doit parfaitement percevoir mon stress, et je le soupçonne d'être assez tordu pour s'en amuser.

À ma gauche, Maxime paraît aussi tendu que moi. Il passe son temps à frotter ses mains sur son pantalon et à éviter mon regard. Depuis que je suis sortie du Dôme avec Rip, il a dû m'adresser une dizaine de mots en tout et pour tout.

Pourtant, lorsque Marcus apparaît derrière nous, l'ange se redresse en même temps que moi.

— Kat, il faut que tu viennes. On doit aller dans les loges avant que le combat ne commence.

Je dois mettre un peu trop de temps à réagir parce que le gardien me presse de le suivre. Je me demande bien pourquoi il est si stressé lui aussi. Alors, avec un regard vers Maxime, je demande calmement.

— Un problème ?

— Non, t'inquiète ! Mais si on veut que cette séance de formation soit efficace, il faut qu'on prenne certaines dispositions.

Je grimace, mais finis par me lever. Je sais qu'il est inutile de parlementer avec Marcus. Il a toujours le dernier mot.

Au moment où je m'apprête à le suivre, Maxime m'attrape par le bras. Son regard en dit long sur son état d'inquiétude.

— Ne fais rien que tu regretterais, Kat.

Je lève un sourcil. Est-ce qu'il est au courant de quelque chose ?

Je ne le saurai jamais parce que Marcus m'attrape par le bras et m'entraîne fermement avec lui vers les vestiaires.

À mesure que nous nous approchons des loges, mon stress augmente d'un cran. Rip doit être en train de se préparer. Et j'appréhende de le voir dans son short de combat, le torse nu et luisant…

— Raphaël m'a demandé d'aller te chercher. Il dit qu'il faut qu'il puisse entrer en contact avec toi pendant le duel. Pour t'expliquer sa stratégie en direct.

Je marque un temps d'arrêt en pensant que Marcus est l'une des rares personnes à appeler Rip par son vrai prénom.

— Tu veux dire qu'il va me coller des oreillettes et me parler pendant qu'il se bat ?

Marcus m'adresse un sourire qui ne me dit rien qui vaille et ouvre la porte de la loge du démon.

— Hum… pas tout à fait.

Rip est assis dans la pénombre, sa tenue de boxeur sur le dos. L'entrebâillement de son peignoir laisse entrevoir ses abdominaux, et mes yeux glissent d'eux-mêmes sur les nombreux tatouages qui ornent sa peau. Ma gorge devient sèche tout à coup, et je dois m'obliger à relever la tête pour rester concentrée.

Hors de question de succomber à son attraction diabolique !

Lorsqu'il nous voit, les yeux du démon s'illuminent d'un éclat argenté. Pourtant, il ne dit rien et se contente de me fixer alors que nous entrons dans la pièce. Je soutiens son regard en tentant de cacher mon trouble.

Je savais que c'était risqué de le voir dans cette tenue !

Heureusement, Marcus brise la glace avant que l'atmosphère ne s'alourdisse encore plus.

— Le combat commence dans dix minutes. Nous n'avons pas beaucoup de temps, Rip.

Avec un froncement de sourcils, le démon se lève. Ses effluves viennent m'entourer d'un nuage euphorisant qui me rend étrangement faible.

— Comment tu te sens ?

L'entendre s'enquérir de mon état me surprend. À tel point que je mets un certain temps à répondre.

— Euh… Bien ! Je vais bien. Si ce n'est que je me demande ce que tu veux faire de moi…

Le sourire en coin qui relève sa lèvre supérieure vient contredire la lueur sombre qui traverse ses iris métalliques.

— Si je m'écoutais, tu serais déjà au courant…

Pour bien marquer le sens de ses paroles, il passe sa langue sur ses lèvres.

Bordel ! Il vient de me tuer…

Marcus s'esclaffe, et je sens mes joues s'empourprer sous le coup de l'allusion. Mais le démon ne tient pas compte de mon émoi et continue d'un air plus sérieux.

— O.K., tu es venue pour apprendre à te battre contre un démon, pas vrai ?

J'acquiesce en me demandant ce qu'il va encore m'annoncer.

— Bien. Alors, voici ce que je te propose. J'aimerais que tu me laisses entrer en contact avec toi pendant le combat.

Devant mon absence de réaction, Marcus prend la parole.

— Rip pourrait t'expliquer les techniques qu'il utilise, les mouvements, les coups, les parades… Ce serait beaucoup plus efficace pour toi. Et indispensable si tu veux espérer te mesurer à ceux qui détiennent ta mère.

Les deux hommes semblent prendre beaucoup de précautions pour m'expliquer un truc, somme toute, assez banal. Mais je sens bien qu'il y a un loup derrière tout ça. Et ça ne me dit rien qui vaille.

— Vous voulez vraiment que je porte des oreillettes ?

J'ai volontairement joué la cruche pour voir leur réaction. Et quand Rip lance un regard entendu au gardien, je sais que je ne me suis pas trompée.

— Pas exactement. Je veux que tu me laisses pénétrer dans ton esprit.

Sérieusement ! Il n'a pas dit ça ! Si ?

— Hors de question.

— C'est le seul moyen, Kat. Les systèmes de communication sont interdits pendant les combats et il y a des brouilleurs. Et puis, si on fait ça, ça mettra un tel bordel dans le championnat que le Boss sera immédiatement informé de ce qui se trame. Je ne veux pas courir le risque qu'il s'intéresse à moi de trop près pendant que tu es installée au domaine.

Je me mords la lèvre, comme chaque fois que je suis indécise.

— C'est vraiment le seul moyen, Kat. Je t'assure, renchérit Marcus.

Ai-je vraiment le choix ?

— Et comment est-ce qu'on fait ça ?

Rip s'approche de moi et plonge ses yeux dans les miens. Il pose ses mains sur mes épaules pour me forcer à lever la tête vers lui. Les frissons qui parcourent mon corps à son contact m'exaspèrent. Pour autant, je ne fais rien pour me dégager.

Masochiste, va !

J'ignore la petite voix qui s'est manifestée dans ma tête alors que celle du démon se fait plus douce.

— Tu me laisses gérer et tu n'essaies pas de résister.

Mouais… Ça paraît simple, dit comme ça ! Mais ça me fait flipper grave !

Voyant que je n'acquiesce pas tout de suite, Rip poursuit.

— Fais-moi confiance, Kat. J'ai promis de t'aider malgré nos… différends. C'est pour t'apprendre à combattre que tu as fait appel à moi. Tu savais que j'étais le meilleur pour ça. Alors, laisse-moi tenir ma promesse et te montrer comment on tue un être maléfique.

Là, mon cœur s'arrête carrément.

— Tu veux dire…

Les yeux de Rip deviennent froids comme la glace, et un sourire diabolique se dessine sur sa bouche lorsqu'il hoche la tête.

— Oui, tu as bien entendu. Le duel de ce soir est un combat à mort.

***

99

J'ai marché sans même prêter attention à ce qui m'entourait. Je ne sais même pas comment j'ai réussi à aller jusqu'à ma place sans flancher. Peut-être grâce à Marcus qui m'a soutenue jusqu'à mon siège.

Maintenant, je suis là, assise sagement dans mon fauteuil, à attendre que démarre le massacre.

Ça me dégoûte, et l'appréhension commence à prendre énormément de place en moi.

— Ça va ? demande doucement Maxime en posant sa main sur la mienne.

La douce chaleur habituelle irradie aussitôt dans mon bras. Sans répondre, je hoche la tête en ravalant ma salive.

Marcus, qui s'est installé juste derrière moi, se penche à son tour.

— Détends-toi, Kataline. Tout va bien se passer…

Je me retourne pour lui lancer un regard noir.

— Tu plaisantes, j'espère ? Parce qu'un type va mourir devant tout le monde, je te rappelle. Je ne pense pas qu'on puisse dire que ça va bien se passer.

Une idée inquiétante me traverse alors l'esprit.

— Et si… Et si l'autre démon était plus fort ? Si c'était Rip qui… ?

Je n'arrive même pas à prononcer le mot à voix haute.

Royce manque de s'étouffer avec sa bière. Il me fixe comme si j'avais dit la connerie du siècle.

— Non, mais tu crois vraiment que Rip risque sa peau face à Black Angel ?

Un rire cruel le secoue alors qu'une lueur assassine traverse ses pupilles.

— Nan… Impossible. Il va le pulvériser, dit-il en portant le goulot à ses lèvres.

Effrayée par la haine que je lis sur son visage, je lance un regard inquisiteur à Marcus.

— Rip attend ce combat depuis de nombreux mois. Et je te promets qu'il va lui faire regretter d'être venu sur Terre. Tu vas avoir droit au meilleur cours de combat de toute une vie, princesse.

Je ne peux empêcher un gloussement nerveux de sortir de ma gorge. Sans réfléchir, j'attrape la bière dans la main de Royce et j'en avale une longue gorgée, sans me préoccuper de son râle de protestation.

Comme si l'alcool pouvait me donner la force de supporter tout ça…

— Donc, si je comprends bien, je devrais me réjouir, c'est ça ?

À ce moment-là, les deux combattants montent sur le ring, sous les acclamations de la foule, coupant court à la discussion.

Rip est froid et impassible, comme à son habitude. Il ignore complètement les groupies hystériques qui hurlent son nom comme si elles vivaient le meilleur orgasme de leur vie.

La capuche de son peignoir couvre la moitié du visage du démon, mais j'arrive à percevoir la lueur argentée qui illumine ses yeux au moment où il monte sur le ring.

Poussée par la curiosité, je porte mon attention sur le deuxième combattant, vêtu du même vêtement, mais d'une couleur dorée.

Mon sang quitte mes joues lorsque je découvre que l'homme qui fait face à Rip est bien l'armoire à glace que j'ai vue sur Internet. Il semble même plus grand que sur les photos !

Le satin de son peignoir est tendu par son imposante musculature.

Mon cœur se serre d'appréhension quand le silence s'abat sur la salle, comme par magie. Une voix s'élève alors dans les haut-parleurs, caverneuse, comme venue d'un autre monde.

« Chers amis de l'ombre,

Vous êtes ici ce soir pour assister au combat qui sera certainement le clou de ce championnat. Une lutte sans merci qui s'achèvera par le trépas de l'un de nos adversaires ici présents… »

Ma peau se recouvre de frissons alors que l'animateur poursuit sa présentation. Mais je ne l'écoute plus. J'ai la tête qui tourne et les oreilles qui bourdonnent. Les mêmes symptômes que lorsque je vais perdre connaissance.

Le voile rosé familier apparaît alors devant mes yeux, brouillant ma vision.

Non… Non, ce n'est pas le moment de perdre le contrôle…

Je concentre mon attention sur Rip pour tenter de garder la maîtrise de mes émotions. Et comme s'il entendait mon appel muet, le démon redresse la tête et retire sa capuche.

Aussitôt, ses yeux capturent les miens et ne les lâchent plus. C'est comme s'il savait déjà où je me trouvais, malgré les milliers de spectateurs présents dans la salle.

À cet instant, alors que je me voyais une fois de plus sombrer dans le néant, une voix s'invite dans ma tête. Sa voix…

— *Kataline…*

Je me fige quelques secondes, crispée par l'effet produit par cette intrusion non désirée.

— *Kataline… Détends-toi.*

Sa voix est plus chaleureuse, plus profonde. C'est comme une caresse dans ma tête. Ce timbre rauque, éraillé qui vient jouer avec mes pensées.

Je ferme les yeux pour me concentrer sur lui.

— *Ne résiste pas. Lève tes barrières et laisse-moi pénétrer ta conscience.*

La chaleur qui irradie dans ma tête me fait frissonner de plus belle. Je me mets à trembler légèrement.

— *C'est ça. Respire profondément. Laisse-toi aller au son de ma voix. C'est très bien.*

Je suis son conseil et je sens mon esprit s'ouvrir lentement.

— *Maintenant, concentre-toi sur ce que je dis et ce que je fais. Tu vas apprendre beaucoup, ce soir…*

La foule se remet subitement à crier. Je rouvre les yeux et là, je découvre, horrifiée, l'apparence de l'adversaire de Rip.

13
Combat à mort

Un être monstrueux ! Effroyable ! Une bête horrible qui vous file des sueurs froides !

Je n'ai même pas de mots pour qualifier la chose terrifiante qui vient de retirer sa capuche !

Et pourtant, je n'arrive pas à détacher mes yeux de lui.

Il n'a plus rien d'un être humain…

Ses yeux ne sont que deux globes noirs qui parcourent la salle de droite à gauche, comme fous. Deux dents démesurément grandes et dégoulinantes de bave déforment l'ouverture de sa bouche. Et son visage… Son visage est complètement carbonisé et semble proche de la décomposition.

Je m'attarde quelques secondes sur son nez. Ou plutôt les deux trous qui lui servent de nez. C'est incroyable ! On dirait que les petits morceaux de peau qui recouvrent les orifices font office de clapets, qui s'ouvrent et se referment pour lui permettre de respirer…

Pouah ! C'est dégueu…

— À force de rester dans leur forme démoniaque, certains démons finissent par ne plus reprendre leur apparence originelle, souffle Marcus à mon oreille. Ce Djinn a beaucoup trop abusé des transformations.

« Black Angel, le Djinn, mes chers amis. Le grand, le vrai, l'unique ! Ce duelliste est un véritable roc et on va voir si, ce soir, il est à la hauteur de sa réputation ! »

J'avale péniblement ma salive en regardant le type ouvrir son peignoir, sous les cris du public. Le guerrier laisse apparaître un corps musclé et athlétique. Et en y regardant de plus près, on peut voir qu'il porte les stigmates de quelqu'un qui a combattu de nombreuses fois. Sa peau présente de grandes cicatrices et des marques rougeâtres, semblables à des brûlures.

Mais ce qui m'interpelle le plus, ce sont les tatouages qui ornent son torse. On dirait un dénombrement.

— Ce sadique s'amuse à graver le nombre de ses victimes sur sa peau, souffle Royce.

J'écarquille les yeux en voyant le nombre de bâtons encrés sur son épiderme. J'espère que ce soir, sa collection morbide sera terminée.

Aussitôt, sans que je m'explique pourquoi, je ressens une certaine animosité pour le Djinn.

« Face à lui, notre grand *Rest in Peace*, qui, je le rappelle, a gagné tous les combats de ces dernières années ! »

Rip enlève son peignoir à son tour, et les voix féminines qui s'élèvent dans la salle montrent parfaitement vers quel combattant va leur préférence.

Forcément ! En comparaison avec l'autre horreur ! C'est facile, me dis-je avec un certain agacement pour toutes celles qui reluquent Rip sans vergogne.

Mes yeux parcourent son corps, et je ne peux m'empêcher de frissonner à la vue de ses muscles parfaitement sculptés. Mes doigts se souviennent encore de la douceur de sa peau…

Merde ! Pense à autre chose, Kat !

Je me morigène tout en me disant que jamais je ne pourrai m'empêcher de réagir à sa vue.

La voix marque une pause, puis reprend d'un ton plein de suspense.

« Mais ce soir, mes amis… Ce soir, c'est un duel à mort qui vous attend ! Seul l'un d'entre eux sortira vivant de cette arène. Alors, qui de ces deux magnifiques adversaires sera le vainqueur ? Les paris sont ouverts ! »

Aussitôt, des mains pleines de billets se tendent dans la foule avec des cris de liesse. Des filles à moitié nues parcourent les allées et encaissent l'argent en gratifiant chaque parieur d'un grand sourire.

— Les paris ?

Je me renseigne auprès de Royce. Celui-ci me décoche un regard qui signifie : « Mais tu t'attendais à quoi, pauvre cruche ? »

— L'argent est le moteur de ce monde…

Je me renfonce dans mon siège et reporte mon attention sur l'arène. Rip et le Djinn sont maintenant installés chacun d'un côté du ring et attendent que les mises se terminent. Des filles, un peu trop dénudées à mon goût, s'affairent autour d'eux, certaines les massant, d'autres leur passant une serviette chaude sur le torse.

Mes doigts se crispent sur mon jean. Pourquoi ai-je la soudaine envie de les envoyer promener loin du démon ?

La chaleur d'un regard me fait tourner la tête, et je croise les yeux de Royce, qui m'adresse un sourire amusé.

Quoi ?

À cet instant, un bruit de métal fracassant retentit, me faisant grincer les dents. Une immense cage en fer sort lentement du sol pour entourer la zone de combat.

Je sens Maxime se crisper à côté de moi, et son inquiétude me gagne immédiatement. Lui non plus n'est pas tranquille…

Et quand j'examine les barreaux qui entourent les combattants, je me dis qu'ils n'auront aucun moyen d'échapper à leur sort. Ils sont désormais pris au piège.

— *Tu es toujours là, Kataline ?*

Je suis tellement à cran que je sursaute en entendant la voix de Rip résonner dans ma tête.

Lorsque je m'apprête à ouvrir la bouche pour lui répondre, une idée me traverse l'esprit. Est-ce que je dois lui répondre à voix haute ou est-ce que je peux simplement « penser » mes réponses ?

— *Tu peux répondre mentalement.*

Je hoche la tête sans le quitter des yeux. Son regard perçant capture le mien, et, aussitôt, la confiance revient.

Je me concentre pour lui répondre.

— *Promets-moi que tu vas gagner ce combat, Rip.*

J'ai exprimé ce que j'avais sur le cœur. Directement, sans réfléchir. Et je vois à son expression que mon intervention l'interpelle. Sa bouche s'étire et son sourcil se lève, moqueur. Ses yeux glissent alors sur moi pour m'envelopper de chaleur.

— *Est-ce à dire que tu t'inquiètes pour moi, bébé ?*

— *Ne m'appelle pas bébé.*

— *O.K., mais alors, n'agis pas comme si tu avais toujours des sentiments.*

Argh ! Touché !

Je m'arrête juste au moment où je formule une réponse dans ma tête. Ça devient compliqué cette histoire de télépathie.

105

Des sentiments. Oui, j'en ai encore. Inutile de le nier. Mais de là à les lui étaler sous le nez…

Rip est toujours connecté avec moi, ignorant la fille qui lui passe langoureusement une serviette chaude sur les épaules, en frottant sa poitrine contre lui. Je sens le rouge me monter aux joues alors que je m'imagine faire les mêmes gestes. Mais je me reprends aussitôt, bien trop craintive à l'idée qu'il capte les images choquantes qui tournent dans ma tête.

— *Ce n'est pas le moment de parlementer, Rip ! Je suis ici pour apprendre comment battre un démon. Tu l'as dit toi-même. Alors, apprends-moi. Défonce ce monstre et fais en sorte de rester en vie pour me donner ma prochaine leçon !*

Rip écarquille les yeux comme si j'avais déballé un chapelet de jurons.

Et toc ! Je dois dire que parfois, je suis assez fière de moi.

« Messieurs ! Il est temps. »

La voix off annonce le début du combat. Mon cœur se crispe aussitôt, et l'adrénaline déferle dans mes veines.

À cet instant, Black Angel s'étire, puis se recroqueville sur lui-même en grognant. Mais lorsqu'il se redresse, quelle n'est pas ma surprise en constatant que des écailles sont apparues sur tout son corps et que d'immenses piquants noirs ont jailli le long de sa colonne vertébrale, lui donnant l'allure d'un lézard géant ! Mais le plus étonnant, ce sont ses jambes qui disparaissent littéralement dans un nuage de poussière tourbillonnant. Le guerrier s'élève dans les airs, comme porté par un vent qu'il semble lui-même provoquer.

Je suis en plein film fantastique ! On dirait un génie sorti d'une lampe magique. Moche, peut-être, mais un génie quand même.

Alors que je fixe la métamorphose du démon, l'animosité que j'ai ressentie au départ envers lui se transforme. Bizarrement, c'est maintenant une véritable haine que j'éprouve pour le Djinn. Je réprime une envie folle de le voir souffrir tandis que mes ongles s'enfoncent de plus en plus dans mes paumes.

— *C'est l'heure du châtiment…*

La voix de Rip dans ma tête détourne mon attention sur lui. Un craquement sinistre se fait entendre au moment où il prend sa forme démoniaque sous les acclamations de la foule. Ses ailes couleur d'ébène se déploient de toute leur majesté dans l'arène. Son visage se métamorphose, et lorsqu'il pose de nouveau son regard sur moi, ses iris ont pris la couleur des étoiles luisant dans la pénombre.

Je le trouve magnifique…

Marcus se penche vers moi, un sourire aux lèvres.

— Prépare-toi à voir du grand spectacle, princesse.

Avant que je ne puisse lui répondre, les haut-parleurs annoncent :

« Que le combat commence ! »

***

— *Esquive… Blocage… Contre-attaque !*

La voix de Rip énumère les explications de façon méthodique.

Le combat n'a lieu que depuis quelques minutes et les coups s'enchaînent déjà à vitesse grand V. J'ai vraiment du mal à suivre les mouvements des deux adversaires tant ils sont rapides.

Aucun des combattants n'a encore réussi à atteindre l'autre depuis le début de l'affrontement. Il n'y a qu'un échange d'attaques et de parades qui transforment le duel en ballet, parfaitement synchronisé. Rip est sur la défensive et ne fait que contrer les assauts du Djinn. On dirait qu'il se contente d'esquiver les coups de son adversaire.

Ça revêt un côté frustrant qui me fait bondir plusieurs fois de mon fauteuil.

Pourtant, je sens en moi une sensation étrange qui me suggère que le démon se contient. Il y a cette colère sourde qui continue d'enfler dans ma tête.

Je ne comprends pas pourquoi Rip n'attaque pas, et ça a le don de m'agacer fortement. Je commence à me tortiller sur ma chaise et m'oblige à suivre ses explications en serrant des dents.

Mais au moment où le démon manque de se prendre un coup, je ne peux m'empêcher de réagir.

— *Bordel, Rip ! Qu'est-ce que tu fous ?*

La réponse ne se fait pas attendre.

— *Leçon numéro un, bébé. Comprendre ton adversaire avant d'attaquer. Tu dois savoir anticiper ses mouvements et appréhender sa manière de procéder.*

107

À mesure qu'il me donne des explications, Raphaël met sa tactique en application. Mais au bout d'un moment, le Djinn montre des signes d'agacement.

— Qu'est-ce qui te prend, démon ? Tu as si peur que tu n'oses pas m'attaquer de front ? Tu préfères esquiver comme une fillette ?

Sa voix est horrible, extrêmement rauque. Encouragés par ses propos, les spectateurs commencent eux aussi à scander leur impatience.

Mais Rip reste de marbre, se contentant de lui adresser un sourire en coin en sautillant pour éviter une nouvelle attaque. Le Djinn s'énerve de plus belle, et la foule se met à huer.

— On m'avait promis un tueur, on m'a refilé une mauviette !

Un éclair passe dans les yeux de Raphaël, et sa voix se durcit dans ma tête.

— *Une fois que tu as compris le fonctionnement de ton ennemi, tu peux commencer à frapper.*

À ce moment précis, il se retourne vers le Djinn et, à la vitesse de la lumière, lui assène un grand coup en plein ventre. Tout mon corps est secoué de frissons alors que le monstre se plie en deux. Passé l'instant de surprise, le public laisse exploser sa liesse, poussé par ses pulsions les plus primaires.

Rip continue de sautiller sur place avec un air satisfait, ses ailes recroquevillées dans son dos. Black Angel crache au sol en se redressant. Il essuie sa bouche d'un geste rageur, puis adresse un sourire diabolique à la foule, les dents pleines de sang, les bras en croix.

— Ahhhh, enfin ! Le démon se réveille. Le spectacle va enfin pouvoir commencer.

À peine sa phrase terminée qu'il s'élève dans les airs et s'accroche à un coin du grillage. Puis, avec un cri bestial, il fonce sur Rip comme une fusée.

Ma respiration s'arrête alors que je le vois arriver en piqué sur le démon, le poing tendu.

Mais Rip pare facilement l'attaque et attrape les mains du Djinn au moment où il va atteindre sa cible. L'impact le fait reculer de plusieurs mètres, mais Raphaël tient fermement son adversaire.

— *Leçon numéro deux : les démons ne sont pas fins. Ils attaquent toujours de front. À l'instinct. Sans réfléchir. C'est leur plus grande faiblesse, car il est facile d'anticiper leurs assauts.*

Je ne sais pas comment il fait pour garder un tel sang-froid alors qu'il est en pleine confrontation avec le Djinn.

Je concentre mon attention sur les gestes de Rip qui, d'un seul mouvement, envoie valser Black Angel à l'autre bout du ring.

S'enchaîne alors une nouvelle série d'attaques pendant lesquelles le démon me prodigue des conseils que je m'oblige à imprimer dans ma mémoire. Il m'enseigne quels sont les points sensibles des êtres surnaturels, leurs défauts, leurs points forts aussi…

J'apprends que leurs cornes et leurs yeux sont ce qu'ils ont de plus vulnérable.

Je découvre aussi que la plus grande force d'un guerrier est sa vitesse. Black Angel est une armoire à glace, certes. Mais il est aussi beaucoup plus lent que Rip. Ce dernier parvient à se mouvoir à la vitesse de la lumière, et ça lui donne une longueur d'avance pour anticiper tous les coups de son adversaire.

Les démons ont la possibilité de se téléporter à loisir, et les deux adversaires apparaissent et disparaissent régulièrement en enchaînant les attaques. Ils sont tellement rapides qu'au début j'ai du mal à les suivre des yeux.

— *Coin en haut à gauche, annonce Rip dans ma tête.*

Bingo ! Le Djinn apparaît exactement où il l'avait prédit.

La voix du démon continue de me guider et, à force de concentration, je découvre que les démons agissent souvent de manière cyclique, reproduisant les mêmes attaques à intervalles réguliers, comme s'ils appliquaient un mode opératoire précis.

En observant bien le jeu de Black Angel, je finis par anticiper les endroits où il va apparaître. Un peu comme dans un jeu de stratégie.

— *Au centre.*

Mes pensées fusent, et Rip suit mes indications. Il se téléporte au milieu du ring, et lorsque le Djinn surgit, il est là à l'attendre. Il lui assène alors un grand coup sur l'épaule pour parer son attaque.

Lorsqu'il se redresse, sa pensée prend un ton plus déterminé.

— *Bravo, bébé. On attaque le dernier chapitre.*

À peine a-t-il terminé sa phrase que son apparence se modifie en une fraction de seconde. Ses yeux se mettent à produire une lumière aveuglante, et tout son être s'embrase, comme s'il brûlait de l'intérieur.

Mon sang se glace alors que je mesure la portée de ses propos. Rip a terminé le cours. Il est temps pour lui d'en finir.

Alors, tout se passe très vite.

Le démon attrape le Djinn par la gorge et se téléporte avec lui en haut de la cage. Et pendant qu'il plaque son ennemi contre le grillage, une forte odeur de cramé envahit le dôme.

Comment les mains du démon peuvent-elles devenir ces brasiers incandescents qui brûlent tout sur leur passage ?

Les ailes de Rip se déploient, majestueuses. Elles semblent presque trop fragiles pour faire partie de la scène. Et pourtant, elles le maintiennent fermement dans les airs.

Avec une rage insoupçonnée, Rip commence à se défouler sur son adversaire et, malgré tous ses efforts, le Djinn ne peut rien faire pour éviter les coups. Il est totalement impuissant face aux assauts du démon, qui semble devenu incontrôlable.

Alors que j'ai l'impression que le combat n'en finit plus, Rip marque une pause, la main sur la gorge de Black Angel.

— Rosa, ça te dit quelque chose, connard ?

Mais au lieu de répondre, le Djinn profite de la situation en essayant de planter Rip avec l'un de ses immenses piquants.

Mais c'était sous-estimer le démon, qui l'attrape au dernier moment et le lui arrache d'un coup sec. Le monstre pousse alors un hurlement de douleur qui se répercute dans le Dôme comme un bruit funeste.

Les spectateurs s'enflamment, portés par la cruauté de Rip, qui continue de malmener son adversaire. Il frappe, sans relâche, comme s'il était animé par une haine indicible qui lui ordonnait d'anéantir le monstre qui lui faisait face.

Et à mesure qu'il se transforme en véritable bourreau, une frénésie malsaine s'empare de moi.

J'aimerais détourner mes yeux de tout ce sang qui gicle des blessures du Djinn, j'aimerais ne pas le voir se transformer lentement en loque sanguinolente…

Mais je ne le peux pas. Comme si on m'obligeait à voir à travers les yeux de Rip…

Le Djinn tombe sur le sol dans un bruit sourd et lorsque je le vois dans un tel état, j'ai presque pitié de lui.

Mais mon empathie disparaît quand la voix de Rip se fait entendre dans ma tête.

— Ordure ! C'est tellement plus facile de s'en prendre à des êtres sans défense. Torturer un humain devant sa femme en sachant très bien qu'ils ne pourront rien faire contre toi…

Je jette un regard paniqué à Royce pour qu'il m'aide à comprendre. Mais il a les yeux rivés sur la scène, la mâchoire serrée, comme s'il vivait ce moment en communion totale avec son ami.

Rip a parlé de Rosa. Et à présent, j'ai peur de faire le lien entre le Djinn et elle.

Le visage défiguré par la haine, il attrape la tête de son adversaire, qui semble au bord de l'évanouissement. Lentement, il se penche vers lui et l'oblige à le regarder droit dans les yeux.

— Tu vas rejoindre l'enfer, ce soir, dit-il d'une voix dénuée d'émotion.

À cet instant, le Djinn blêmit, comme s'il se retrouvait face à ses plus grandes peurs.

— *Dernière leçon, bébé. Comment tuer un démon…*

Mon cœur se serre instantanément en entendant ces mots.

Sans lui laisser le temps de réagir, Rip enfonce violemment son poing dans la poitrine de Black Angel, et sous les yeux horrifiés de la foule, le ressort, dégoulinant de sang.

— *Étape 1 : le toucher en plein cœur.*

Il jette un morceau d'organe encore palpitant et, d'un revers de main, tranche la gorge du Djinn de ses griffes acérées.

Le sang gicle, éclaboussant Rip au passage.

— *Étape 2 : le faire taire.*

Rip place ensuite ses deux mains contre les tempes du monstre et redescend brusquement sur le sol.

Au même moment, mes propres mains se mettent à crépiter, comme la fois où Marcus m'a emmenée dans le Dôme pour me défouler. J'ai peur de ce qui va se passer… Je ne sais pas si je supporterai une nouvelle scène d'horreur.

Et alors qu'une fumée sombre s'échappe de sa peau, Black Angel se met à hurler de douleur.

Brusquement, la foule se tait.

Merde ! Il n'est même pas encore mort ! Je commence à me détourner, ne supportant plus la vision du Djinn souffrant le martyre.

— *Reste avec moi, bébé...*

La voix de Rip se fait hypnotique et aussitôt, je ressens une connexion que je n'avais jamais ressentie jusqu'alors. C'est comme si j'étais avec lui. Comme si j'agissais avec lui.

Lentement, le visage du Djinn commence à fondre sous la chaleur incandescente qui se dégage des mains du démon.

Mes paumes me brûlent, comme si c'était moi qui provoquais ce feu destructeur. Captivée, je regarde la peau du monstre partir en lambeaux de chair carbonisée.

Mais le plus fascinant, c'est de sentir l'adrénaline couler dans mes veines à mesure que je le vois dépérir. Je suis presque euphorique de lire la souffrance sur chacun de ses traits. Et je jubile littéralement en voyant dans ses yeux la peur inéluctable qui accompagne l'imminence de la mort.

Puis c'est l'écœurement. Le dégoût de voir la tête du Djinn se transformer lentement en un amas de viande carbonisée. Et pourtant, je ne parviens pas à détourner les yeux.

Le hurlement de Black Angel restera longtemps gravé dans ma mémoire. Un cri d'agonie qui s'élève dans le silence pendant de longues minutes.

Et alors que le dernier souffle s'échappe de ce qui reste du Djinn, les cris s'estompent dans la nuit. Et je me sens soulagée.

— *Étape 3 : cramer ce salopard !* dit Rip dans ma tête d'une voix froide, sans plus de détours.

Le pouvoir de Rip se renforce brusquement, et les restes de Black Angel se transforment en tas de cendres.

Ne reste dans le Dôme que le silence. Un silence de mort qui me prend aux tripes.

Personne ne réagit.

Une larme roule sur ma joue et, dans ma tête, la voix de Rip met un point final au combat.

— *Te voilà vengée, Rosa...*

14
Connard ! Avec un grand C !

Coincée entre Maxime et Royce, je garde mes yeux posés sur mes mains. Marcus est au volant du fourgon, et Parker tapote sur le tableau de bord d'un geste mécanique.

Un silence pesant règne dans l'habitacle du Vito.

Je ne sais pas pourquoi Rip n'est pas rentré avec nous. Il a disparu après la fin du combat. Mais j'en suis presque soulagée…

Le voir si cruel, si dur… Cela m'a retournée.

Pourtant, je sais de quoi il est capable, mais là, je dois dire que cette expédition punitive a été un peu raide.

Et il n'y a pas que moi qui ai trouvé ce duel éprouvant.

La salle est restée silencieuse jusqu'à ce que des hommes de main évacuent les restes de Black Angel. Même les gagnants des paris sont restés muets, semblant indifférents au plaisir de remporter leurs gains.

Rip, lui, est resté froid et impassible et a quitté le ring sous le regard presque gêné des spectateurs.

De mon côté, je n'arrive pas à chasser les images qui défilent dans ma tête. Le visage carbonisé de Black Angel s'impose dans mon esprit, et j'entends encore ses cris résonner dans le Dôme. Quand j'y repense, j'en ai des frissons.

Et pourtant, je ressens au fond de moi une satisfaction proche du sadisme. Comme un sentiment de devoir accompli…

Est-ce ma muse qui me fait me sentir ainsi ?

J'ai du mal à y croire.

Parce que je suis persuadée que ce qu'a fait le Djinn était à la hauteur du châtiment de Rip.

D'après ce que j'ai compris, Black Angel a tué le compagnon de Rosa… Et même si je ne sais pas dans quelles circonstances, ça m'a l'air d'avoir été terrible.

La curiosité me pousse à rompre le silence.

— Quelqu'un peut m'expliquer ce qui s'est passé ?

Tous les visages se tournent vers moi.

— De quoi tu parles ? Du combat ou de ce qui s'est passé avec Rosa ? demande Marcus en me lançant un coup d'œil dans le rétroviseur.

Je n'ai même pas à réfléchir…

— Les deux.

Maxime soupire profondément, comme s'il était chargé du fardeau de tous les maux du monde.

— Le mari de Rosa travaillait au domaine. Il faisait aussi partie de notre clan.

Je fronce les sourcils.

— Mais Rosa m'a toujours dit que vous étiez sa seule famille…

Royce et Maxime échangent un regard entendu.

— C'est un sujet qu'on n'aborde plus depuis longtemps. Rosa préfère dire qu'elle n'a jamais été mariée plutôt que d'expliquer ce qui s'est produit…

Oh non ! C'est tellement triste.

— Et Black Angel ?

— Tu as entendu. C'est lui qui a tué Carlos, dit Royce, sans une once de pitié.

Je baisse la tête sur mes mains et commence à les triturer. Je ne suis pas certaine d'être prête à entendre la réponse, mais je pose quand même la question.

— Comment ça s'est passé ?

Je redresse la tête, et Royce détourne le regard pour se concentrer sur le paysage. On dirait qu'il n'est pas chaud pour donner des explications. Maxime, lui, se renfrogne, mais finit par répondre.

— Nous étions partis pour un combat. En Allemagne. Rosa et Carlos étaient restés s'occuper du domaine, comme à leur habitude. Mais nous avons été attaqués par un démon à peine sorti de l'enfer.

Mon sang quitte mes joues. Marcus m'a expliqué de quoi étaient capables les jeunes revenants. Je n'ose même pas imaginer ce qu'ont pu vivre Rosa et son mari.

— Rip pense que c'est à cause de lui que Carlos est mort, intervient froidement Royce.

Quoi ?

Maxime tourne la tête vers son ami.

114

— Il se sent coupable de ce qui est arrivé, répète le démon.

— Arrête, Royce, intervient Parker pour la première fois depuis que nous avons quitté le Dôme.

— Il s'est toujours senti coupable de ce qui s'est passé ce soir-là, et on le sait tous. Rip pense que c'est sa faute. Et tu sais très bien pourquoi.

— Il ne pouvait pas prévoir ces choses-là. Qui aurait cru qu'un originel oserait attaquer un autre clan ? demande Parker.

Je ne l'ai jamais vu aussi sérieux. Preuve que le sujet est grave. Marcus, qui était resté silencieux, intervient à son tour.

— Rip savait que c'était dangereux. C'est pour cela qu'il s'en veut. Quand un démon en crée un autre, il y a toujours un risque qu'il vienne retrouver son créateur…

Merde ! Je ne m'attendais pas à ça !

— Mais… Il ne semble même pas se souvenir de Rip !

Marcus me lance un nouveau coup d'œil dans le rétroviseur.

— Les originels ne se souviennent de rien lorsqu'ils reviennent sur Terre. Le passage auprès du Maître laisse des séquelles. C'est le rôle des gardiens de les aider à se souvenir.

— Et le gardien de Black Angel ? Qu'est-ce qu'il a foutu, bordel ?

Je suis moi-même étonnée par le son de ma voix qui est montée dans les aigus. Royce me fixe en grimaçant.

— Eh ! Du calme, la Muse !

— Black Angel a aussi tué son gardien, répond Marcus d'une voix pleine d'émotion.

Merde de merde ! Je comprends pourquoi Rip se sent coupable. C'était un véritable monstre, ce type ! Je ne sais même pas comment il a pu rester aussi longtemps sur le ring sans le découper en morceaux.

— Et en parlant de Rip ? Vous savez où il est passé ?

Oh non ! À peine ai-je prononcé cette phrase que je le regrette déjà… Ils vont croire que je m'inquiète pour le démon !

Un silence gêné me répond et, cette fois, c'est Royce qui le brise en me fixant avec un air provocateur.

— Il est certainement en train de se détendre, si tu vois ce que je veux dire…

S'il pensait me rassurer ! Mon Dieu, qu'il m'énerve ! Je ne sais pas pourquoi, mais j'ai une furieuse envie de lui faire bouffer son perfecto, tout d'un coup. Au lieu de cela, je reporte mon attention sur la route et reste silencieuse jusqu'à notre arrivée au domaine.

Lorsque je pénètre dans la grande maison, mes yeux se tournent machinalement vers la cuisine. Je n'arrive pas à me sortir cette histoire de la tête.

Rosa est appuyée contre le plan de travail, les yeux dans le vague, l'air hagard. Je réprime l'envie d'aller la prendre dans mes bras pour la consoler.

Je ne sais pas vraiment comment est mort son mari, mais à voir son visage, je comprends combien cela a été dur. La pauvre !

Maxime passe devant moi pour aller la rejoindre, et je l'entends lui murmurer des paroles réconfortantes. Il doit certainement user de ses capacités pour la soulager.

Je m'apprête à monter en douce à l'étage lorsqu'un tourbillon déplace l'air dans la pièce. Rip apparaît au milieu du nuage de poussière, les ailes déployées. Il semble bouleversé.

Sans même me regarder, il passe devant moi pour aller se planter devant la porte de la cuisine.

Il hésite un instant, fixant Rosa dont les yeux commencent à s'embuer. Ils se regardent pendant une longue minute, partageant en silence leur douleur commune.

Puis, comme un automate, Rip avance dans la pièce en titubant, ses grandes ailes sombres repliées sur son dos. Alors, avec un sanglot, Rosa s'effondre dans ses bras.

— Merci…

Je reste quelques minutes à les observer. Puis, gênée d'assister à ce moment d'intimité, je décide de quitter la pièce et de monter m'isoler dans ma chambre.

Lorsque j'arrive près de mon lit, je m'effondre dessus, épuisée tant physiquement que moralement. La journée a été éprouvante et je n'ai plus la force de penser.

Machinalement, je me glisse lentement sous la couette et me laisse emporter dans un sommeil sans rêves.

***

Je me réveille avec l'étrange sensation d'avoir à peine fermé les yeux. Mes paupières sont encore lourdes de sommeil, et j'ai l'impression de ne pas avoir dormi du tout.

Un coup d'œil sur le réveil m'indique qu'il est encore tôt. J'ai le temps de dormir avant qu'il sonne.

Malheureusement, c'est sans compter sur mon cerveau qui a déjà commencé à travailler. Au bout de quelques minutes, je finis par être complètement réveillée.

Ressassant les événements de la veille, j'abandonne vite l'idée de me rendormir. Alors, je repousse ma couette et je découvre avec agacement que je suis toujours habillée.

Merde ! C'est vrai que je n'ai même pas pris le temps de me laver, hier soir. J'étais bien trop fatiguée pour penser à autre chose qu'à dormir.

Je renifle mes vêtements avec dégoût.

Pouah ! On dirait que j'ai passé des heures à courir dans ces fringues !

Il est temps d'aller ôter cette horrible sensation de saleté.

Je m'extirpe rapidement de mon lit, poussée par l'envie soudaine de me plonger dans l'eau chaude d'un bon bain.

Ça fait maintenant une bonne dizaine de minutes que je médite, la tête posée sur le rebord de la baignoire lorsque je perçois le bruit d'une guitare à travers la cloison.

Quelqu'un joue dans l'atelier attenant à ma chambre, et, malgré l'insonorisation de la pièce, j'entends une mélodie triste qui passe à travers les murs.

Attirée par ce son captivant, j'enfile rapidement mon kimono et sors dans le couloir pour assouvir ma curiosité.

La porte du studio est entrouverte. En la poussant discrètement, je découvre sans surprise l'auteur de la musique.

Rip est assis sur un tabouret, la tête baissée sur sa guitare. Ses doigts pincent les cordes avec dextérité, laissant échapper la magnifique plainte de l'instrument.

À mon arrivée, il lève la tête et son regard me pétrifie. La douleur qui transpire de ses yeux est comme un poignard qui s'enfonce dans ma poitrine. J'en ai le souffle coupé.

Au bout de plusieurs minutes à nous mesurer du regard, Rip finit par arrêter de jouer, nous laissant dans un silence lourd et tendu. Lentement, il pose sa guitare sur le sol, et je suis contente de l'entendre briser enfin la glace. Parce que moi, j'en suis incapable.

— Tu as dormi ?

Ses yeux glissent sur moi, laissant derrière eux une empreinte brûlante. Je croise mes bras sur ma poitrine, comme si son regard me mettait à nu.

— Hum… Et toi ?

Il a ce petit rire nasal mi-ironique, mi-fataliste qui m'indique qu'il n'est pas d'une humeur très joyeuse.

— Encore inquiète pour moi ?

Je grimace. Ça y est, il a décidé une fois de plus d'être désagréable. Mais je suis bien décidée à couper court à sa mauvaise humeur, alors je fais mine de ne pas relever son sarcasme.

— C'était quoi cette chanson ?

Il lève un sourcil, comme étonné que je m'intéresse à sa musique.

— Un truc que j'ai dans la tête depuis un petit moment déjà.

Je le regarde.

— Oh, je vois ! Et elle porte un nom cette mélodie ?

Il grimace à son tour.

— Je pense que je l'appellerai *Litanie d'un démon en détresse*.

Voyant que j'écarquille les yeux de plus belle, il ajoute :

— Ou alors, *Complainte d'un ange égaré*.

O.K, c'est clair ! Il se fout de moi. ! Je secoue la tête et m'installe sur le tabouret à côté de lui.

— Arrête de te moquer, Rip. Raconte. Ça parle de quoi ?

Brusquement, il redevient sérieux.

— Ça parle d'un être maléfique qui n'arrive plus à être lui-même depuis qu'il a trouvé son âme sœur.

Oh !

Ma gorge se serre et je plonge des yeux inquisiteurs dans les siens.

Belle erreur ! La lueur chaude que je vois luire dans ses pupilles m'attire comme un aimant. Ma bouche s'ouvre toute seule.

Rip se redresse et vient se poster devant moi, si près qu'il vient s'immiscer entre mes jambes.

— Cette histoire te dit quelque chose, Kataline ?

Mes mains se font moites alors que je fixe bêtement sa langue qui vient humidifier ses lèvres magnifiques.

Merde ! Je suis en train de m'engager sur un terrain glissant où je perds toute volonté.

Je me morigène alors que, dans mon esprit, les paroles de Royce refont lentement surface.

« Il est certainement en train de se détendre… »

Comme s'il lisait dans mes pensées, Rip devance ma question.

— Pourquoi, Kataline ?

Sa main s'avance pour attraper une mèche de mes cheveux. Ses sourcils se froncent et sa mâchoire se serre.

— Pourquoi est-ce que je n'arrive plus à baiser quelqu'un d'autre que toi ?

Hein ? Quoi ?

Mon cœur s'arrête de battre, et ma gorge s'assèche comme une fontaine en plein désert. Son langage cru me remue les entrailles et, une fois de plus, je maudis mon corps d'être si réceptif à son attraction diabolique.

Je n'arrive pas à trouver la force de reculer lorsqu'il s'approche un peu plus de moi.

— Aucune autre fille n'arrive à me distraire de toi. Pourtant, j'ai essayé, crois-moi. Mais c'est impossible. Tu es toujours là !

Il relâche ma mèche de cheveux et frappe sa tempe avec son index. Sa voix se fait plus dure. Cependant, je ne perçois aucun reproche lorsqu'il poursuit :

— Là, à l'intérieur. Tu as élu domicile dans ma tête, et je n'arrive pas à te faire sortir… Dès que je ferme les yeux, c'est ton visage que je vois. Dès que je touche la peau d'une autre, c'est ton corps que je cherche…

Ses yeux se plissent alors qu'ils se posent sur ma bouche.

— Tu as fait de moi un… esclave, complètement asservi et totalement impuissant.

Son visage s'approche dangereusement du mien. Je sais que je dois fuir. M'écarter du danger. Mais c'est plus fort que moi. Je n'y arrive pas. Je reste figée sur ce putain de tabouret, à attendre qu'il me donne ce que j'attends.

Parce qu'on ne va pas se mentir, hein ? Même si j'affirme haut et fort que je ne veux plus de lui, tout mon corps le réclame…

Ma bouche s'ouvre, et mes yeux commencent à se fermer d'eux-mêmes. Mais alors que je pense qu'il va m'embrasser, Rip se redresse d'un coup et soupire bruyamment.

— Enfin ! C'est comme ça. C'est bien ce que tu voulais, non ? Que je m'éloigne de toi… Eh bien, tu as gagné ! Je ne te toucherai plus qu'en rêve. Même si je dois faire abstinence.

Il attrape sa guitare et m'adresse un regard froid comme la glace.

— Maintenant, je t'invite à retourner te reposer avant de me rejoindre dans la salle d'entraînement. On commence dans trente minutes.

Aussi étrange que ça puisse paraître, il fait demi-tour et me laisse plantée sur mon tabouret, à le regarder partir, la bouche encore offerte.

Je ne me rends vraiment compte de ce qui vient de se passer que lorsque la porte du studio se referme sur Rip, qui m'adresse un petit sourire en coin à travers la vitre.

Hors de moi, j'attrape les partitions restées sur le présentoir et les balance en direction de la sortie en hurlant :

— Connard !

Son rire qui résonne à travers la porte finit de m'achever.

15
Retour sur le ring

Raphaël :

Elle est là, dans ma tête. Partout. Tout le temps.

Depuis que j'ai croisé son regard, Kataline n'a plus quitté mes pensées. Ma vie tourne autour d'elle.

Je n'ai pas menti. Chaque fois que j'essaie de la faire disparaître de mon esprit, elle revient me hanter, avec encore plus de force. Elle est partout. Dans ma chair, dans mon cœur, dans mon âme.

Et parmi toutes les femmes qui sont passées dans mon lit, aucune n'a réussi à me faire oublier ma muse. Aucune n'a pu assouvir le besoin que j'ai d'elle.

Elle a fait de moi son esclave… dénué de volonté et totalement impuissant.

Et là, à cet instant précis, alors qu'elle me tend ses lèvres magnifiques, je lutte pour ne pas succomber.

Je vois dans son regard suppliant qu'elle m'attend. Et c'est une véritable invitation à la luxure. Tout en elle me renvoie ce signal. Ses yeux embrumés, assombris par le désir. Sa bouche aux lèvres pleines qui me promet monts et merveilles. Ses petits seins qui se tendent vers moi pour m'inviter au plaisir.

C'est une vraie torture…

J'ai des images d'elle qui surgissent dans ma tête comme à chaque fois que j'essaie de lutter. De son corps nu abandonné dans mes bras, totalement soumis à mes moindres désirs. De mes mains qui parcourent la moindre parcelle de sa chair, sa peau douce comme la soie.

J'arrive même à sentir son odeur, subtil mélange de vanille, d'ambre et… d'elle.

Mes yeux suivent les courbes de son visage, descendent lentement sur son corps aux proportions parfaites, puis reviennent sur sa bouche qui s'ouvre dans l'attente d'un baiser.

Je me penche, inexorablement attiré par cet appel muet contre lequel j'ai du mal à lutter.

Je sais que dès que nos lèvres vont se rejoindre, je perdrai pied. Je m'abandonnerai au désir de la faire mienne. Encore et encore.

L'idée même de la posséder me fait perdre l'esprit. J'ai l'impression que je vais exploser rien qu'à imaginer la sensation de sa peau sur la mienne, la douceur de son intimité qui m'enserre…

Mais au moment où je commence à sombrer, un éclair de lucidité traverse mes pensées impures. Les paroles de la Sibylle me reviennent alors en mémoire, comme un couperet.

« Si ton choix se porte sur l'amour de ta Muse, alors tu devras en payer le prix fort… »

« Le bonheur demande des sacrifices, Raphaël. Et tu n'échappes pas à cette règle. Chaque don exige une contrepartie. »

« C'est elle la clé de notre libération. Elle est la Dernière Muse. Celle qui mettra fin à cette ère de soumission. La préserver est essentiel. Et c'est ta mission. »

Bordel ! Non, je ne peux pas. Je dois la garder loin de moi si je ne veux pas qu'on souffre tous les deux.

Alors, à contrecœur, je fais appel à mes dernières volontés pour m'écarter d'elle. Je recule, les yeux toujours fixés sur sa bouche offerte et ses paupières à demi closes.

Lorsque je m'éloigne d'elle, elle rouvre les yeux. Son étonnement et sa déception sont visibles sur son beau visage. Je prends sur moi pour mettre un terme à ce jeu dangereux. Et quel meilleur moyen que de la blesser pour arriver à mes fins ?

— Enfin ! C'est comme ça. C'est bien ce que tu voulais, non ? Que je m'éloigne de toi… Eh bien, tu as gagné. Je ne te toucherai plus qu'en rêve. Même si je dois faire abstinence.

J'attrape ma guitare et lui adresse un regard froid comme la glace.

— Maintenant, je t'invite à retourner te reposer avant de me rejoindre dans la salle d'entraînement. On commence dans trente minutes.

Avec un pincement au cœur, je fais volte-face et la laisse plantée sur son tabouret. Un sentiment de dégoût envahit ma bouche, mais je me force à aller jusqu'au bout de ma démarche.

Alors que je ferme la porte du studio, je lui adresse un petit sourire en coin. Était-ce vraiment nécessaire ?

Sa réaction se ne fait pas attendre.

— Connard !

Pour pousser le vice jusqu'au bout, je me force à émettre un rire sonore.

Et alors que je m'éloigne, la voix de Kat résonne longuement à mes oreilles. Elle est blessée. J'ai atteint mon but. Je me dégoûte.

***

Kataline :

Une bonne odeur de bacon et de pain grillé m'accueille lorsque je descends au rez-de-chaussée.

Mon ventre se met à gargouiller, me rappelant avec force que je n'ai rien mangé depuis la veille. Comme à son habitude, Rosa est aux fourneaux et s'affaire à retourner des tranches de lard dans une poêle fumante.

J'hésite avant d'entrer, comme si le simple fait de pénétrer dans la pièce allait bousculer une sorte d'équilibre naturel.

— Vous pouvez venir, Kataline. Le petit déjeuner est prêt.

La voix de Rosa me fait sursauter. Je pénètre dans la cuisine d'un pas hésitant.

— Ne soyez pas mal à l'aise. Asseyez-vous.

Je me souviens du premier jour où j'ai rencontré cette femme, à la fois forte et douce. Son regard perçant était alors très intimidant. Aujourd'hui, je me sens plutôt gênée par ce que j'ai découvert. Hier soir, j'ai vu en elle quelqu'un de fragile, qui a beaucoup souffert… Je réprime l'envie soudaine d'aller la réconforter.

Mais comme si elle avait lu dans mes pensées, elle coupe court à mon élan d'affection en soupirant.

— Le passé est le passé, jeune fille. Ne revenons pas sur les événements qui nous ont blessés, voulez-vous ? Consacrons-nous plutôt à l'avenir…

Elle m'invite à m'asseoir d'un mouvement de tête, puis me fixe en fronçant les sourcils, les mains sur les hanches. Je déglutis devant son allure

123

de matrone autoritaire, en parfaite contradiction avec ce que je pensais quelques secondes plus tôt.

— Raphaël a encore été désagréable avec vous, n'est-ce pas ?

Mon sourire ressemble plus à une grimace qu'autre chose. C'est vraiment pénible cette impression que tout le monde peut lire en vous à livre ouvert !

— On ne peut rien vous cacher…

Rosa attrape sa poêle d'une main rageuse et se poste devant moi, en prenant un air outré.

— Il est vraiment incorrigible, celui-là !

Je ne peux décemment pas la contredire. Ce serait mentir, à elle et à moi-même. Oui, Rip a encore dépassé les bornes ! Oser me provoquer de la sorte… pour mieux me repousser.

Quel connard ! Quand je pense que je suis restée devant lui, à baver, la bouche ouverte, en attendant qu'il pose ses putains de lèvres sur les miennes ! J'en ai encore des frissons. Comment est-ce que j'ai pu tomber dans le panneau, bordel ? Après tout ce qu'il m'a déjà fait.

Je m'étais pourtant promis que PLUS JAMAIS… plus jamais je ne tomberais dans ses filets. Et là ? À peine me fait-il les yeux doux cinq minutes que je suis prête à succomber comme une midinette… Que l'être humain peut être faible lorsqu'il s'agit de sentiments !

Le simple fait de me remémorer le coup que le démon vient de m'infliger me fait bégayer.

— Il est tellement… Il m'énerve à tel point… On dirait qu'il prend plaisir à me mettre hors de moi.

Rosa se mord la lèvre quelques secondes, puis finit par laisser échapper un petit rire cristallin. Je ne m'attendais vraiment pas à cette réaction. Je pensais qu'elle serait aussi énervée que moi. Mais non. Ses yeux expriment maintenant toute l'affection qu'elle éprouve pour Rip.

— C'est exactement ça, ma chérie. Vous pouvez être certaine que vous voir en colère est sa meilleure satisfaction.

Là, je n'en crois pas mes oreilles ! Elle vient de dire que Rip se gargarise de me mettre en rogne ! Pauvre sadique !

Je m'apprête à lui exposer ce que je pense de son protégé, mais je me ravise devant son expression empreinte d'une soudaine inquiétude.

— Il est tellement perturbé qu'il ne sait pas comment gérer ce qui lui arrive. Et ça le pousse à faire n'importe quoi… Dans ces cas-là, c'est son cœur qui dirige ses actes. Au détriment de sa tête.

Je lève un sourcil en me demandant où elle compte m'emmener avec ses explications. Elle croit que je vais mordre à l'hameçon, comme ça, sans me poser de questions ?

— C'est la première fois qu'une fille le repousse depuis…

Elle s'arrête, hésitante. Merde !

Encore une fois, je suis complètement abasourdie par ce que j'entends. Elle me compare à… Non !

Je n'ai pas envie d'être mise dans le même sac que celle qui l'a rejeté et trahi… Parce que c'est bien d'elle qu'il s'agit, n'est-ce pas ? Alors, pour en avoir le cœur net, je termine sa phrase à sa place, la gorge soudain nouée.

— Molly ?

Rosa hoche la tête, et mon moral descend six pieds sous terre.

— Je sais que vous en voulez encore à Raphaël. Que vous avez le sentiment qu'il vous a trahie. Oh ! Vous avez tout à fait le droit de penser qu'il est exaspérant, énervant et tout ce que vous voulez. Et il l'est, je vous l'accorde. Mais il restera toujours fidèle à la promesse qu'il vous a faite.

Elle s'arrête quelques secondes.

— Il a juré de vous aider à libérer votre mère ? Il le fera. Parce que c'est un homme de parole. Vous pouvez me croire.

Rosa aurait pu être avocate. Elle défend son petit protégé à la perfection. J'ai envie de lui répondre qu'elle n'est pas objective, mais je me ravise alors qu'elle poursuit, en me fixant de son regard franc et déterminé.

— Bien sûr, ça n'excuse en rien les erreurs qu'il a commises.

Oh non ! Ça ! Rien n'excusera jamais ce qu'il a fait. Mais loin de l'avouer ouvertement, je me contente de hocher la tête. Car même si je ne cautionne pas toute sa théorie, je dois avouer qu'elle a raison sur un point.

— Je sais qu'il tiendra sa promesse. Comme il l'a fait pour vous, hier soir…

Elle ne répond pas, les yeux soudain brillants. Puis, comme si de rien n'était, elle dépose des œufs brouillés au bacon dans mon assiette.

— Vous devriez manger un peu plus. Vous avez maigri ces derniers temps.

Alors que je me faisais un plaisir de prendre ce petit déjeuner, j'ai maintenant perdu l'appétit. Mais pour rien au monde, je n'oserais faire l'affront à Rosa de ne pas faire honneur à son plat. Et alors que je mastique avec effort ma viande grillée, plongée dans mes sombres pensées, quelqu'un entre dans la cuisine en coup de vent.

Marcus fait irruption dans la pièce et, après nous avoir saluées d'un petit geste affectueux, il prend place en face de moi.

— Hum… Rosa ! Je crois que je vais finir par te kidnapper et t'emmener chez moi ! Tu es une vraie mère poule pour ces jeunes ingrats !

La dame de maison a subitement retrouvé sa bonne humeur, à en croire le large sourire qui étire ses lèvres.

— Hors de question ! Je n'ai pas envie de me retrouver dans ta garçonnière !

Je manque de m'étouffer avec mon jus de fruits.

— Oh ! Je suis choqué ! Surtout que je suis certain que tu t'y plairais !

— Dans tes rêves, Marcus !

Euh… C'est moi ou ils se taquinent comme de jeunes ados ?

— O.K., je prends note ! Mais tu ne sais pas ce que tu perds.

Je me tortille sur ma chaise. Cette petite joute verbale commence à me mettre mal à l'aise.

— Assurément, du temps et des ennuis…

Marcus lève les yeux au ciel et reporte son attention sur moi en soupirant.

— Kat… Tu te souviens de la personne dont je t'ai parlé et qui pourrait t'aider à mieux contrôler ton côté muse ?

Je hoche la tête, soudain plus attentive.

— Elle souhaite te voir ce soir. Dans un club qui s'appelle le Triptyque.

Ah… D'accord. Et j'imagine que je n'ai pas mon mot à dire, une fois de plus ? Effectivement. Sans me laisser le temps de répondre, Marcus change de sujet.

— Alors, comment tu te sens ? On dirait que tu as repris du poil de la bête, non ?

Difficile de répondre à cette question ! Physiquement, je ne me sens pas trop mal. Moralement, c'est toujours le bordel dans ma tête. Avec tous ces événements qui surviennent dans ma vie, j'ai de plus en plus de mal à suivre. Je préfère donc ne parler que du physique dans un premier temps.

— Je te dirai ça tout à l'heure. Rip a demandé que je sois sur le ring d'ici trente minutes.

Un coup d'œil sur l'horloge fait monter le stress.

— Enfin, plus que dix maintenant…

— Oh ! C'est bien. Je suis curieux de savoir ce que votre petit tour de passe-passe aura comme conséquence.

Je repousse mon assiette d'un geste. Cette allusion au combat d'hier soir a raison de ma détermination à finir mon plat. Je me lève pour laver ma vaisselle sale.

— Moi, j'espère qu'il n'y aura aucune conséquence ! Parce que je n'ai vraiment pas envie de me retrouver dans la tête de ce… pervers !

Marcus lève un sourcil intéressé.

— Tu veux dire que tu étais dans sa tête ? Il ne me l'a pas dit…

Je grimace.

— Moi, dans la sienne, lui, dans la mienne, je ne sais plus vraiment. Mais ce dont je suis sûre, c'est que je ne veux plus jamais que ça se reproduise.

Marcus se cale sur sa chaise, un large sourire aux lèvres.

— Eh bien, je pense qu'on va bien s'amuser !

***

Bordel de merde !

Oui, désolée, j'ai de plus en plus de mal à contenir ma vulgarité.

Mais en entrant dans le Dôme quelques minutes plus tôt, j'ai bien cru que mon cœur allait arrêter de battre.

Rip est appuyé nonchalamment contre le grillage qui entoure le ring, torse nu. Simplement vêtu d'un bas de survêtement qui est juste assez large pour lui permettre de se mouvoir sans être gêné. Mes yeux sont comme hypnotisés par ses muscles aux lignes parfaites.

La vision de son corps d'Apollon me fait toujours le même effet, et je jure intérieurement tout en continuant de le reluquer sans vergogne. J'ai honte. Il m'attire toujours autant. Malgré la trahison, les coups bas, les querelles…

Je l'ai dans la peau et je sais qu'il en sera toujours ainsi.

Le démon garde la tête baissée, mais son regard d'acier me transperce alors que je pénètre dans la zone de combat.

127

— J'ai failli attendre, Derbies.

Tiens, ça faisait longtemps qu'il ne m'avait pas appelée par ce surnom débile ! Signe qu'il doit être de bonne humeur ! Qu'il peut être lunatique quand même ! Pourtant, c'est moi qui devrais être en rogne contre lui, non ?

Encore une fois, le démon inverse les rôles.

Je lui adresse un regard noir pour bien lui signifier que je lui en veux encore.

Marcus, qui a tenu à m'accompagner, s'avance à son tour. Il adresse un petit signe de tête au démon avant de s'installer sur un banc, à côté du ring.

— Ne l'abîme pas trop. Nous sortons ce soir…

— T'inquiète ! Je vais simplement lui montrer deux ou trois trucs. Ça ne va pas la tuer !

— Mais ce n'est pas à toi que je parle, Raph'.

Je tourne brusquement la tête vers le gardien. Qu'est-ce qui lui prend de dire ça ?

Marcus m'adresse un clin d'œil malicieux et reporte son attention sur le démon, qui le fixe, aussi surpris que moi. Un sourire étire sa bouche alors qu'il se redresse pour s'approcher du centre de l'arène.

— Eh bien, voyons voir ça…

Je secoue la tête. Minute papillon ! On doit d'abord éclaircir certaines choses.

— Avant, j'aimerais qu'on reparle de ce qui s'est passé hier soir.

Rip marque un temps d'arrêt en entendant la froideur de ma voix.

— Qu'est-ce que tu veux savoir ?

Mes yeux n'arrivent pas à se détacher des siens alors que je m'avance vers lui. C'est comme un duel qui se joue entre nos pupilles rivées l'une à l'autre.

— Pendant le combat, j'ai eu la sensation qu'on… fusionnait. J'aimerais savoir si c'était juste une impression ou si ça s'est réellement passé.

Rip fronce les sourcils comme chaque fois qu'il réfléchit. J'adore ce petit pli qui se forme entre ses yeux.

Putain, mais tu fais quoi, là ? Recentre-toi, Kat !

— Oui, on a fait ça. Je ne pensais pas que c'était possible.

— Et tu as choisi la mise à mort pour faire un truc pareil ?

— Oui. Et toi, tu as aimé ça !

Je m'arrête net, et sa voix se fait plus suave, presque sensuelle.

— Avoue ! Tu as aimé donner la mort avec moi, pas vrai ?

Touché ! Merde !

Je ne peux cacher la sensation que j'ai ressentie lorsque Rip a tué Black Angel. Le sentiment de puissance et de justice accomplie qui m'a envahie à cet instant précis où la vie a quitté le Djinn était grisant.

Je me mords la lèvre inférieure.

— C'est vrai. Je ne peux pas le nier.

— Tu es une guerrière, Kataline. Que tu le veuilles ou non, tu as ça dans le sang ! Depuis ta naissance. La seule chose que nous faisons, c'est de te révéler ta vraie nature et t'apprendre à la maîtriser.

Marcus, qui a assisté à l'échange, s'approche à son tour.

— Rip a raison, Kat. Nous sommes là pour t'aider, rappelle-toi.

Je soupire.

— O.K., et la muse dans tout ça ? J'ai l'impression qu'elle est… endormie.

Rip attrape ma mèche dépigmentée entre ses doigts.

— Maintenant, c'est toi la muse, Kat.

La détermination que je perçois dans sa voix ne suffit pas à me convaincre. Alors, sentant que je continue à douter, il poursuit.

— Et nous allons en avoir la preuve tout de suite. Prends ton bâton et reviens sur le ring. On a déjà trop perdu de temps.

***

Au bout d'une heure d'entraînement, je commence un peu à fatiguer. Rip ne me ménage pas et enchaîne les exercices sans me laisser de répit.

Comme d'habitude, j'ai l'impression qu'il a décidé de me pousser dans mes retranchements et qu'il s'affaire à dépasser les limites.

Pourtant, cette fois, c'est un peu différent.

Je suis beaucoup plus forte désormais. Mon jō est comme le prolongement de ma main et j'arrive plusieurs fois à atteindre le démon. Même si je commence à montrer des signes de fatigue, je m'accroche à mon objectif, appliquant à la lettre ce que m'ont enseigné Rip et Marcus.

Voyant que j'arrive à tenir la barre, Rip finit par arrêter le combat.

— C'est bien. Tu as bien progressé. On va pouvoir passer aux choses sérieuses.

Je lâche mon bâton, qui tombe sur le sol dans un bruit mat. Je reprends mon souffle.

— Qu'est-ce que tu veux dire par « choses sérieuses », Rip ?

Il m'adresse un petit clin d'œil.

— On passe en mode démon !

À peine a-t-il prononcé ces mots que son apparence prend sa forme démoniaque. Aussitôt, il déploie ses ailes et s'élève dans les airs.

Je recule instinctivement.

Je crois que je ne m'y ferai jamais à ces trucs !

La créature qui me fait face plane maintenant à quelques mètres du sol. Malgré moi, je me surprends à admirer les traits anguleux de Rip. Son visage à l'apparence menaçante. Ses yeux qui ont pris la couleur du mercure… Son aura est tellement magnétique que ça me rend toute chose.

— *Tu es avec moi, bébé ?*

Ses mots dans ma tête me font l'effet d'une douche froide. J'attrape mon jō et je fronce les sourcils en prenant une posture de défense.

— Je t'interdis de revenir dans ma tête, Démon !

***

Au bout d'une heure de combat acharné, Rip tombe lourdement à terre. Il reste quelques secondes sur le sol, le corps secoué de spasmes.

Stupéfaite, je fixe mes mains qui crépitent comme des charbons ardents. Une force que j'ai du mal à contrôler a envahi tout mon être. La respiration haletante, je tente de maîtriser ce trop-plein d'énergie. Une lumière bleu électrique irradie de mon jō et, prise de panique, je le jette à l'écart.

J'entends Rip jurer entre ses crocs serrés. Il a l'air complètement paralysé.

— Alors ? Tu es convaincue, maintenant ?

Marcus entre sur le ring et s'approche de moi avec un sourire satisfait. Il n'a pas vraiment l'air de s'inquiéter pour son ami.

Les éclairs finissent par disparaître et je m'aperçois que la transformation de Rip a soudain décuplé ma force. Est-ce un lien de cause à effet ?

Avantagé par sa vitesse de guérison, le démon finit par se relever et s'approche de nous en reprenant une apparence normale. Puis il adresse au gardien un regard entendu et annonce d'une voix sombre.

— Elle est prête. Prépare le départ. Dans deux jours, on dégage.

16
Une armée

Deux jours ?

— Tu as bien entendu, Kat. Ta fusion est terminée. Tu es prête pour le départ. Dès qu'on aura vu la Sibylle, on commencera à se préparer.

— La Sibylle ? C'est quoi une Sibylle ?

Marcus m'adresse un regard en coin alors que nous avançons côte à côte en direction de son fourgon. Je résiste à l'envie de me prendre la tête entre les mains et de m'arracher les cheveux. Encore un nouveau truc dans la merveilleuse et fantastique vie pourrie de Kataline du Verneuil !

— C'est une prêtresse du monde de la nuit, explique-t-il. Elle va te permettre de comprendre comment fonctionne ton côté muse. C'est une chance qu'elle ait demandé à te voir, tu sais.

J'ai des doutes. Je ne vois pas comment qui que ce soit pourrait m'aider à gérer l'alien qui a élu domicile dans mon subconscient. Mais bon ! je ne m'étonne plus de rien, désormais.

— Et où est-ce qu'on la trouve, cette Sibylle ?

— Elle se produit dans un club privé. C'est là qu'on a rendez-vous ce soir.

Ah oui ! Le Triptyque.

Génial ! Je m'en réjouis d'avance. Je vois déjà à quoi ça va ressembler… Stripteaseuses à gogo et pervers dans tous les coins !Je me glisse sur le siège passager du Vito sans grand enthousiasme. Et lorsque Marcus prend la place du conducteur, je garde les yeux sur le tableau de bord. Eh oui, je ne suis pas d'humeur… La perspective de cette soirée me déplaît fortement.

— Je suis heureux de voir de quelle manière tu as évolué. J'étais sceptique, au début. Mais maintenant, j'ai confiance. Je sais que tu peux réussir.

J'admire la ténacité de Marcus à faire la conversation malgré mon air bougon. Mais ce qu'il dit me rappelle qu'il y a quelque chose dans tout ça que je ne m'explique toujours pas.

— Pourquoi Marcus ? Pourquoi est-ce que tout le monde tient tant à ce que j'aille sauver ma mère ? Qu'est-ce que vous avez à y gagner, vous autres ?

Le fourgon commence à reculer, mais Marcus l'arrête pour me regarder droit dans les yeux.

— Je vais être cash avec toi, Kat. Le Boss est un tyran. Il tient toute la communauté démoniaque par les couilles. Alors, si toi ou quelqu'un d'autre n'avez ne serait-ce qu'une chance de diminuer son emprise, je l'aiderai autant que faire se peut.

Son regard franc me pousse à le croire.

— Et ce que je te dis vaut pour tout le clan Saveli. On t'aidera. Pas seulement parce que tu nous es sympathique ni même que Rip ou Max en pincent pour toi. Mais parce que tu es la seule chance pour nous de reprendre notre liberté.

Euh… Est-ce que j'ai bien entendu ?

Je blêmis. Comment peut-il sous-entendre des choses pareilles ?

— Mégane t'a dit la vérité. Au départ, Rip voulait t'échanger contre notre liberté. Mais, au fur et à mesure, les plans ont changé. Et ça, cette salope s'est bien gardée de te le dire.

— Et c'est quoi les nouveaux plans, alors ?

— C'est de t'aider à sauver ta mère… et combattre la Ligue.

Marcus redémarre.

— Tu sais, princesse, c'est la première fois que je vois Raphaël changer ses projets pour quelqu'un.

Il accélère sans m'en dire plus, me laissant plongée dans mes pensées tout le long du trajet.

**

Lorsque nous arrivons au domaine de Vincennes, il y a une euphorie totalement inhabituelle dans l'air. C'est comme si la grande demeure avait repris vie.

De nombreuses motos et voitures en tous genres sont garées dans la cour. Je me demande bien à qui sont tous ces véhicules. Mais je me garde bien de poser la question. Je n'ai qu'une envie, c'est m'éclipser discrètement dans ma chambre.

Heureusement, Marcus a la même idée que moi.

133

— Monte dans ta chambre, prends un bain et fais une sieste. La soirée risque d'être longue. Je vais demander à Rosa de t'apporter un plateau-repas.

Je m'exécute sans mot dire devant son ton autoritaire, presque soulagée que Marcus prenne des initiatives à ma place. Je me précipite dans le bâtiment, ravie de pouvoir enfin m'isoler. Mais au moment où je franchis la porte d'entrée, je manque de m'affaler sur Maxime.

— Kat !

Je me retrouve brusquement plaquée contre son torse solide. En à peine quelques secondes, les bienfaits de son pouvoir apaisant envahissent tout mon être alors qu'il me retient dans ses bras. Je respire à pleins poumons l'odeur relaxante de l'ange, et cette plénitude m'arrache un soupir d'aise. Après l'entraînement et ma conversation avec Marcus, je ne pouvais rêver mieux pour me revigorer.

Il me fait l'effet d'un baume, et je dois avouer que son surnom de « doudou » est on ne peut plus approprié. Sa chaleur, sa douceur, son aura… Tout en lui me rassérène et me trouble à la fois.

Mais rapidement, je me rends compte que mon attitude peut porter à confusion. Alors, je m'écarte avec précaution de mon ami, comme à regret.

— Je suis désolée, Max..

Il m'adresse un sourire bienveillant, mais je vois à la lueur sombre de ses yeux qu'il est troublé par notre proximité. Une idée sournoise fait son chemin dans mon esprit. Et si Marcus avait raison ?

— Ne le sois pas. Si je peux t'aider en quoi que ce soit, n'hésite pas à faire appel à moi.

Je lève un sourcil en me demandant si sa proposition ne va pas bien au-delà de son seul pouvoir d'apaisement.

Le rire de Marcus, qui résonne derrière moi, finit de me mettre mal à l'aise. Je sens le rouge me monter aux joues à mesure que la moutarde me monte au nez.

— Ta gueule, Marcus !

Je bouscule Maxime et me dirige vers l'escalier sans plus prononcer un mot. Au moment où j'arrive sur le palier, j'entends l'ange demander d'une voix désolée :

— Qu'est-ce que j'ai dit ?

Sans plus prêter attention à eux, je me précipite dans ma chambre et m'appuie sur la porte fermée, le souffle court, le cœur battant.

Je crois que je n'ai jamais été aussi soulagée de me retrouver seule.

Cette étreinte avec Maxime, aussi fugace fût-elle, m'a perturbée. Est-ce que réellement il éprouve quelque chose pour moi ? Et moi ? Pourquoi ai-je réagi de la sorte à son contact ?

Merde ! Mais pourquoi est-ce que je me pose toutes ces questions ?

Tout est la faute de Marcus avec ses idées débiles et ses insinuations.

Il dit que les frères Saveli ont des sentiments pour moi. Maxime, peut-être… Mais Rip ! Certainement pas. Il n'a fait que se servir de moi pour assouvir ses désirs. Il a profité de ma naïveté et de ma faiblesse pour me mettre dans son lit.

Et pourtant, je n'arrive pas à l'effacer de mon esprit. Chaque fois que je suis en sa présence, il y a cette force magnétique qui me pousse dans ses bras. Tout en lui m'attire. Son corps, son odeur, sa voix, ses yeux hypnotiques… Et même son caractère de merde ! À croire que je suis une irrécupérable masochiste.

Comme un automate, je me dirige vers la partie sanitaire en soupirant et ouvre les robinets pour me faire couler un bain.

Un bain, une sieste et un repas. Voilà ce qu'il me faut pour me remettre les idées en place.

La vapeur qui s'échappe de la baignoire, mêlée à l'odeur du bain moussant, me procure déjà une sensation de bien-être. Je me déshabille et étire mes muscles endoloris par les heures d'entraînement.

Mais alors que je passe devant le miroir, mon reflet m'interpelle. Je n'ai aucune marque, aucun bleu qui témoignerait des coups échangés avec Rip le matin même. C'est comme si mon corps s'était paré d'une carapace et que rien ne pouvait m'atteindre. Je fais bouger mes bras. Ils paraissent plus fermes, plus musclés.

Je soupire.

Je suis une Muse à part entière, maintenant. Pourtant, j'ai l'impression qu'à part ma nouvelle force, rien n'a changé en moi. Je suis toujours la même. Avec mes qualités et mes défauts.

Je ferme machinalement les robinets et me plonge avec délice dans l'eau chaude. Aussitôt, mes muscles se décontractent.

Marcus avait raison. J'avais bien besoin de me détendre.

***

L'eau froide me réveille.

Bordel ! Je me suis endormie dans mon bain !

Les frissons qui parcourent ma peau me forcent à sortir de la baignoire.

Je ne sais pas combien de temps j'ai dormi, mais la température de l'eau m'indique que cela doit faire plusieurs dizaines de minutes. J'ai les cheveux complètement trempés et si je ne fais pas quelque chose, je vais tomber malade. Je file sous la douche pour me réchauffer sous un jet d'eau chaude.

Lorsque je retourne près de mon lit, emmitouflée dans un peignoir douillet, je suis surprise de découvrir un plateau-repas et une tenue propre posée dessus. J'attrape le billet qui accompagne le vêtement.

« Pour ce soir… Marcus. »

Je ricane en voyant la petite fleur dessinée à côté de son prénom.

Mes yeux passent de l'écriture penchée du gardien à la robe et aux accessoires qui trônent sur mes draps. Et mon sourire s'efface aussi sec.

Hors de question que j'enfile ça !

La panoplie est composée d'une robe faite d'un corset rouge sombre et d'une jupe asymétrique noire en dentelle. Pour parfaire la tenue, Marcus a pris soin d'ajouter des gants noirs, des bottes hautes à talons et un masque pour cacher mon visage.

C'est quoi ce délire ? On va à une soirée déguisée ?

Au moment même où je me pose la question, mon téléphone se met à vibrer.

C'est Marcus.

— Allô ?

— Tu as trouvé mes petits cadeaux pour ce soir ?

— Je ne mettrai jamais ces fringues ! C'est hors de question ! dis-je du tac au tac.

— Tu n'as pas le choix, Kat. Le Triptyque est un club privé. Et pour y entrer, tu dois revêtir le code vestimentaire imposé. Tout le monde sera vêtu dans ce style.

Je secoue la tête et reporte mon attention sur la robe.

— Nan. Impossible !

— Ne me dis pas qu'une simple tenue va t'arrêter dans ta quête, princesse ?

Je me mords la lèvre. Putain qu'il m'énerve à avoir toujours raison ! Je soupire bruyamment avant de répondre.

— O.K., je mettrai ta pu… robe.

— Eh ! Mais t'as failli être vulgaire ! Ça commence à devenir une habitude !

— La ferme, Marcus !

Je m'apprête à raccrocher dans un excès d'humeur lorsqu'il m'interpelle de nouveau.

— Maintenant, il faut que tu manges. Parce que, après, on a une surprise pour toi…

***

Et quelle surprise !

Je me précipite au rez-de-chaussée le cœur battant la chamade comme une ado qui arriverait à sa fête d'anniversaire.

Marcus m'attend en bas des marches avec Maxime.

— Ah, te voilà ! dit-il en m'apercevant. Max ? Est-ce que tout le monde est là ?

L'ange hoche la tête et le sourire qui illumine son visage en dit long sur la fameuse surprise. Mes yeux passent de l'un à l'autre, en cherchant à déceler un indice sur leur visage.

— Allez, viens avec moi, Kat ! Tu vas adorer !

Max m'attrape par la main et m'entraîne dans la maison sans plus prononcer le moindre mot. À mesure que nous avançons dans le couloir, je perçois des voix et de la musique.

Mais ce n'est que lorsque je pénètre dans l'immense salon de réception que je découvre la teneur de la surprise. La pièce est bondée.

Je m'arrête à l'entrée et parcours la salle des yeux. Certains visages me disent quelque chose, et je suis sûre de les avoir déjà vus quelque part.

Mais oui, c'est ça ! La pièce est remplie de jeunes disciples fraîchement transformés qui discutent par petits groupes autour d'un verre.

Les enceintes colonnes diffusent une musique douce qui ajoute une touche de mystère à l'ambiance déjà étrange.

Lorsque je m'avance dans le salon, les bruits cessent et tout le monde tourne la tête vers moi. L'atmosphère se charge d'électricité.

Mes yeux scrutent l'assistance alors que j'ai du mal à comprendre ce que font tous ces gens ici. Mais lorsque mon regard s'arrête sur l'un des renfoncements, je ne peux retenir un cri de joie.

Mon père, Jess et Kris sont assis sur un canapé, devant un cocktail. Non loin d'eux, perchés sur des tabourets, Justine, Samantha, Mat et Marco me fixent, une bière à la main.

Mes yeux s'emplissent de larmes tandis que je regarde ces personnes que j'aime et qui me sont chères. Je reste immobile pendant quelques secondes, en tentant de graver cette image dans ma mémoire à l'encre indélébile.

Lorsqu'il m'aperçoit, mon père se lève et vient à ma rencontre, dans un silence quasi religieux.

— Kataline, petite. Je suis tellement heureux de te revoir.

Notre étreinte m'apporte un tel réconfort que j'ai du mal à retenir mes larmes. Il ne peut même pas imaginer combien il m'a manqué ces derniers temps. Combien ils m'ont tous manqué.

Les autres s'approchent à leur tour, et bientôt nous ne formons plus qu'une grande mêlée qui s'étreint affectueusement. Les sentir contre moi me fait un bien fou. C'est comme si je revenais d'un long et périlleux voyage et que je rentrais enfin à la maison.

Excepté que le voyage périlleux ne commence que dans deux jours, et que je ne sais pas si j'en reviendrai…

Lorsque nous nous séparons enfin, les yeux humides et le cœur battant, les conversations reprennent. Je m'écarte et désigne le reste des convives d'un mouvement de tête.

— Mais tous ces gens ? Qu'est-ce qu'ils font là ?

Maxime, qui était resté derrière moi, m'attrape par la taille et me serre contre son torse. Son souffle chaud caresse mon oreille lorsqu'il murmure :

— C'est ton armée, Kat.

***

Incroyable !

Une armée ! Des dizaines de disciples prêts à mourir pour moi et ma cause ! Mais comment est-ce possible ?

J'ai du mal à me faire à cette idée. Et pourtant, Marcus m'a affirmé que tout était vrai. Rip a formé cette armée pour me soutenir dans ma quête. Et il vient de la mettre à mon service.

Alors que je sirote un Virgin mojito avec ma famille, je n'arrive toujours pas à réaliser.

— Il y a un truc que j'aimerais savoir !

Jess se tourne vers moi.

— Quoi ?

— Rip ne ferait jamais une chose pareille s'il n'avait pas un intérêt à le faire… Qu'est-ce qu'il va me demander en échange de tout ça ?

Ma tante pose sa main sur mon bras.

— Laisse tomber, chérie. Si Rip a décidé de te donner une armée. Prends-la.

Kris se penche à son tour.

— Rip est un démon. On ne peut pas comprendre ce qui se passe dans sa tête. Profite de cette occasion. Avec eux, tu multiplies tes chances de sauver ta mère.

Ces arguments font mouche. Oui, c'est sûr que j'aurai plus de chances. Mais au fond de moi, il y a une petite alarme qui retentit. Rip ne donne rien sans contrepartie.

Et puis il y a quelque chose qui me dérange dans cette histoire.

— Mais s'ils viennent avec moi, ils risquent leur vie. Et ça, je ne veux pas !

Kris soupire en levant les yeux au ciel.

— Putain, Kat ! Ce sont des disciples. Je te rappelle qu'ils sont à moitié démons et que leur force les rend presque invincibles.

— Aux yeux des humains, oui ! Mais pas pour des démons.

— La Ligue est principalement composée d'êtres humains, intervient Marcus.

— Qui sont aussi des mercenaires, je te rappelle. Ils ne sont plus tout à fait innocents et fragiles.

— On les aura ! dit le gardien en balayant l'air de ses mains.

Je soupire. Pas la peine d'essayer d'argumenter ! Je n'aurai pas gain de cause. Mais je garde ça dans un coin de mon esprit. J'en parlerai directement à l'intéressé. Il finira bien par m'avouer ce qu'il attend de moi en retour.

Nan, le connaissant, il ne me dira rien.

— Alors, Kat ? Raconte ! Comment se sont passés tes entraînements ?

La curiosité de Justine transpire dans sa question. Je sais très bien ce qu'elle cherche à savoir. Et je n'ai pas vraiment envie d'aborder le sujet. Qui plus est devant mon père.

— Très bien. J'ai appris plein de choses, dis-je d'un ton innocent, en prenant une gorgée de mojito.

— Tu m'étonnes, renchérit Sam. Rip est un maître en la matière. C'est bien connu. Il excelle dans tous les domaines.

Je recrache le contenu de ma bouche dans mon verre. Elle a dit ça avec une telle sensualité que tout le monde a deviné à quoi elle faisait allusion.

— Hum… très élégant, Kat, vraiment ! intervient Kris, feignant d'être offusqué. Je vois que ta maîtrise de toi a bien progressé aussi.

Je lui lance un regard noir.

— C'est qu'entendre « Rip » et « excelle » dans la même phrase, ça fait bizarre.

— Il va venir avec toi, pas vrai ?

L'intervention de mon père jette un froid.

— Oui, apparemment, il y tient.

— Et c'est une bonne idée ? demande-t-il en se renfrognant.

— Sans lui, je n'ai aucune chance.

C'est la première fois que j'avoue ouvertement avoir besoin du démon, et mon père me fixe pendant une longue minute, en triturant ses doigts. Puis, avec un soupir, il hoche la tête.

— Bon, mais il a intérêt à bien se conduire avec toi.

Tiens, quand on parle du loup…

Rip, Royce et Parker font une entrée remarquée dans le salon. Mais des trois, c'est Raphaël qui capte toute l'attention. Comme toujours…

Tous les yeux se tournent vers lui alors qu'il s'avance dans la pièce avec une assurance tapageuse… une fille à chaque bras !

Rip le connard est de sortie !

17
Burlesque

Mon cœur se serre alors que mon amie la jalousie fait son grand retour.

Vêtu d'un costume trois-pièces, le démon s'approche lentement dans notre direction sans me quitter des yeux. Je ne contrôle plus rien et suis littéralement subjuguée par son allure et son attitude dominatrice.

Sa tenue lui donne un air séducteur et dangereux qui semble ne laisser personne indifférent. À commencer par les deux greluches qui trottinent à côté de lui comme des toutous bien élevés.

Alors qu'il s'installe dans un fauteuil en face de moi, je le toise en essayant de faire passer toute mon animosité dans mes yeux.

Mais contrairement à l'effet escompté, mon hostilité apparente le fait sourire. Ce petit sourire en coin qui m'horripile et me fait craquer…

Les deux groupies s'asseyent sur les accoudoirs du fauteuil, laissant voir leurs cuisses à travers l'échancrure de leur robe.

Quel cliché !

Je les plains intérieurement en pensant qu'elles ont l'air tout droit sorties d'un bordel. Elles ont une telle couche de maquillage que je doute qu'elles parviennent à se reconnaître après avoir enlevé tout ce qu'elles ont sur la tronche.

Rip attrape une bouteille de vodka et la lève dans ma direction avant de la porter à sa bouche.

— Vu que nous allons au Triptyque ce soir, j'ai pensé à emmener des accessoires plus haut de gamme… J'en avais marre des breloques.

Mon père tousse pour masquer son embarras, et moi, j'accuse le coup en me raidissant. J'ai le sang qui bouillonne dangereusement dans mes veines. Comment Rip peut-il oser dire une chose pareille et me comparer à ces deux poules de luxe ? Et devant mon père, qui plus est ?

Prenant une grande inspiration, je décide de feindre l'indifférence pour ne pas lui donner l'occasion de me ridiculiser encore plus.

Ignorant le démon, je me tourne volontairement vers Maxime pour lui chuchoter à l'oreille :

— Je ne savais pas que le thème de la soirée, c'étaient les maisons closes.

Max éclate de rire, mais se reprend immédiatement devant le regard noir que nous lance son frère. On dirait que me voir plaisanter avec l'ange déplaît fortement au démon. En tout cas, c'est ce que laissent entendre sa mâchoire crispée et ses poings serrés. Eh bien, c'est vraiment dommage !

Je redresse le menton et pousse la provocation en me rapprochant imperceptiblement de mon ami. Je sais, ce n'est pas cool d'utiliser Max pour régler mes comptes avec son frère... Mais qui a dit que je n'avais aucun défaut ?

Rip n'est pas dupe de mon petit manège et, au rictus qui déforme sa jolie bouche, je sais qu'il se retient de venir m'étrangler sur place. Satisfaite de moi, je détourne le regard.

Et toc ! Un partout, prince des ténèbres !

Je sais, c'est nul. Mais c'était plus fort que moi. Je n'y peux rien.

— Alors, Kat ? Prête pour le départ ?

Royce détourne mon attention et me décoche un petit sourire que je ne parviens pas à déchiffrer. Pourtant, je peux lire dans ses yeux qu'il est réellement intéressé par ma réponse.

— Il faut croire. Pourtant, j'ai l'impression que j'ai encore des tas de choses à apprendre.

— Si Rip dit que tu es prête, c'est que tu l'es. Et puis tu seras bien accompagnée, non ? Cet escadron de jeunes disciples sera un véritable avantage pour toi.

— Oui, j'en suis consciente. Mais j'ai bien peur que tout ça ait un prix. Et je ne sais pas si je suis prête à le payer.

— Qu'est-ce que tu veux dire ?

Je secoue la tête comme s'il s'agissait d'une évidence.

— J'imagine que je devrais rembourser ma dette une fois ma mère libérée, n'est-ce pas ?

Rip se penche alors vers moi, bousculant au passage les deux pimbêches qui se vautrent déjà sur lui comme des sangsues. À voir le niveau de la bouteille de vodka, il semble avoir déjà bu pas mal d'alcool.

— Quelle perspicacité, Derbies ! D'ailleurs, je voulais justement t'en parler… Qu'est-ce que tu comptes me donner en échange de mon aide ?

Le salaud. Je ne pensais pas qu'il oserait… Je sens Maxime se figer à côté de moi.

— Raph…

Je l'arrête de la main.

— Non, non, Max. Laisse. Je m'en charge. Dis-moi plutôt ce que tu souhaites, Rip, et je te dirai si je peux te le donner ou non.

L'intéressé se renfonce dans son fauteuil avec un petit air satisfait que je me ferais un plaisir d'effacer à grands coups de bâton si je le pouvais.

— Tu sais déjà ce que je désire, Kat, n'est-ce pas ?

Me voilà prise à mon propre piège ! Quoi que je réponde, je sais qu'il va retourner la situation à son avantage et m'humilier. Devant mon embarras, Rip met un point final à la conversation.

— Mais je doute que tu sois à même de me le donner… Alors, rassure-toi, je ne te demanderai rien.

Ce revirement de situation m'étonne encore plus. Rip qui abandonne aussi vite ? Étrange…

Il n'y a d'ailleurs pas que moi que son attitude surprend. Parce que Royce se tourne vers lui à son tour.

— Eh bien, mon ami, ta sagesse m'épate ! J'espère que ce ne sont pas les entraînements qui t'ont ramolli.

Sur ces mots, il attrape une bouteille de bière et la cogne sur la bouteille de vodka de Rip, désormais à moitié vide.

— En attendant, je propose que nous fêtions comme il se doit la vengeance de Rosa. À la mort de Black Angel ! Il ne méritait que de retourner en enfer. Eh bien, qu'il y pourrisse maintenant !

— Qu'il pourrisse en enfer ! répondent en chœur les autres démons.

Rip approche sa bouteille de vodka de sa bouche, et sans cesser de me fixer, la vide d'un trait.

***

— Allez, Kat ! Il est temps de se préparer pour sortir.

Jess m'attrape par le bras pour m'entraîner vers ma chambre. Oh non ! J'avais presque oublié.

Je n'ai vraiment pas la tête à aller dans un bal masqué ce soir, et ces échanges avec Rip m'ont mis les nerfs en pelote. J'appréhende la soirée.

Surtout qu'après notre petite querelle, le démon n'a pas cessé de boire en tripotant ses deux groupies à la vue de tout le monde. C'était carrément déplacé.

À un moment, même Royce a fini par lui faire une réflexion. Qu'il n'a pas apprécié d'ailleurs, vu le regard qu'il lui a lancé. Mais loin de se préoccuper de son avis, il a continué de plus belle, passant d'une bouche à l'autre sans aucune pudeur.

Ça m'a démangé plusieurs fois de lui balancer mon verre à la figure. Afin qu'il se décolle de ses jouets.

Et maintenant, je n'ai pas vraiment envie de me déguiser pour ressembler à ces filles. Pourtant, lorsque ma tante, Justine, Sam et Jennifer m'entraînent dans mon espace privé, je me sens presque soulagée de pouvoir m'éloigner enfin de ce maudit démon.

— Quel connard, ce mec, franchement !

Je n'ai jamais entendu ma tante parler de Rip de la sorte. Mais je l'approuve d'un hochement de tête.

— Il l'a toujours été. Ce n'est pas maintenant qu'il va changer… Depuis que je le connais, il passe son temps à me provoquer.

— En fait, je pense qu'il prend plaisir à te faire sortir de tes gonds, dit ma tante en penchant la tête sur le côté, comme si elle réfléchissait à voix haute. Ça doit être son côté sadique…

Je soupire profondément.

— T'es la deuxième personne qui me dit ça en deux jours. Mais qu'est-ce qui cloche chez lui, à la fin ?

— Je crois que quelque part, il souffre de devoir s'éloigner de toi, intervient Sam d'un air compatissant.

Non, mais on ne va pas le plaindre non plus ? C'est quand même sa faute si on en est arrivés là, non ?

— En tout cas, il trouve facilement les moyens de se consoler, dis-je d'une voix amère.

— Pfff ! Ces filles ne sont que de pâles substituts. Il n'en trouvera jamais une qui t'arrive à la cheville.

Je ris sans joie.

— En attendant, je dois mettre mes différends avec lui de côté pour me concentrer sur le sauvetage de maman. Le reste passe au second plan. J'appréhende de la retrouver et surtout, j'ai peur que nous ayons attendu trop longtemps.

Jess pose une main sur mon bras.

— Sage décision ! Quand tu auras vu la Sibylle, je sais que tu trouveras des réponses à tes questions et que tu pourras partir sereine.

— Si tu le dis.

Ma réponse manque de conviction, et je vois à l'air soucieux de ma tante qu'elle-même doute de ses propos.

— Et tes entraînements ? Ça s'est passé comment ? Rip n'a pas été trop dur avec toi ?

Un petit rire ironique s'échappe de mes lèvres alors que je me remémore ma première passe d'armes avec le démon.

— Disons qu'au début, j'ai un peu galéré. Mais après, une fois qu'on a eu réglé nos désaccords, ça a été.

— Oh, bordel ! Qu'est-ce que je n'aurais pas donné pour apprendre à me défendre avec Rip ! Il est tellement sexy quand il se bat, intervient Samantha.

Oh oui ! Je confirme. Rien qu'au souvenir de son corps en sueur et de ses muscles qui se contractent pendant l'effort, ça me donne des suées. Rip est une vraie bombe, impossible de le nier.

— Eh, Sam ! Arrête de baver. Je te rappelle qu'il peut être aussi très cruel quand il s'y met, répond Justine en s'asseyant sur le lit.

À ce moment-là, alors qu'elle s'était faite on ne peut plus discrète, Jennifer intervient d'une voix pleine d'émotion.

— Il n'y a qu'à voir ce qu'il a fait de Mégane…

Son intervention plombe littéralement l'ambiance. Je fronce les sourcils en me remémorant l'allure de zombie de l'ex de Rip. Elle avait l'air complètement vidée de toute énergie, réduite à un état végétatif effrayant.

— Oui, c'est horrible de lui avoir pris son âme. Elle ne méritait pas tant.

— Tu plaisantes ? hurle presque Sam. Cette garce méritait pire ! Il aurait dû l'envoyer dans l'autre monde.

— Arrête, Sam. Tu ne penses pas ce que tu dis.

— Vous ne connaissez pas Még comme je la connais. J'étais amie avec elle avant, je vous rappelle.

145

Tiens, première nouvelle !

— C'est la pire garce que j'aie jamais connue. Si elle avait pu, elle aurait complètement détruit la vie de Kat. C'est une vipère pour qui seule sa propre personne compte.

Elle se tourne vers moi, et j'entrevois comme une lueur de folie dans son regard, qui commence à me faire flipper.

— Tu as brisé son rêve, Kat. Elle t'aurait détruite, si elle l'avait pu.

— Eh bien, maintenant, elle ne peut plus rien faire ! dit Jennifer avec un air de pitié.

Merde ! Je vais finir par culpabiliser si ça continue.

— Oublions Mégane pour l'instant. Tiens, enfile-moi cette tenue ! dit Justine en me tendant la robe qui attendait sagement sur mon lit.

Quinze minutes plus tard, après un passage éclair entre les mains expertes des filles, je suis fin prête.

Lorsque je fixe mon reflet dans le miroir, j'ai l'impression que je m'apprête à monter sur une scène de cabaret. Comme Christina Aguilera dans le film *Burlesque*. Si seulement Cam Gigandet était de la partie, je me sentirais un peu plus motivée.

Je lisse ma robe tout en m'observant d'un œil critique. C'est court devant, et mi-long derrière. Il y a des froufrous et de la broderie. Et un corset qui enserre ma taille dans un étau et dont le décolleté est beaucoup trop plongeant à mon goût. Tout ce que j'aime !

— On dirait une meneuse de revue, dit Justine en me tendant le loup en dentelle qui est censé cacher mon visage.

Je le place devant mes yeux, puis le retire vivement.

— Sérieux ? Je dois vraiment mettre ça ?

Quatre paires d'yeux se lèvent au ciel en même temps. Je crois bien que oui.

— Putain, tu déchires, ma chérie ! dit ma tante en se reculant pour m'admirer. Tout le monde n'aura d'yeux que pour toi…

Si elle pense me rassurer en me disant ça. Bien sûr qu'elle adore. C'est son style de prédilection ! Alors, qu'est-ce qu'elle fiche dans son ensemble en cuir ? Une idée soudaine me traverse l'esprit et me glace le sang alors que je regarde tour à tour les quatre filles.

— Mais au fait ? Vous ne venez pas ?

Ma tante grimace.

146

— Ce club est hyper sélect. Je pense que seuls le clan restreint et toi pourrez y aller.

O.K !

— Donc, je vais me retrouver toute seule avec les garçons…

— J'en ai bien peur, Kat, annonce Jennifer d'une voix douce. Mais si ça peut te rassurer, Royce m'a dit qu'il veillerait bien sur toi.

Oh non ! Je suis complètement démotivée. Pourquoi devrais-je me retrouver seule fille du groupe dans un endroit que je ne connais pas et pour rencontrer une inconnue qui me fait déjà flipper ?

— Allez, courage, ma chérie ! Tu vas assurer, comme d'habitude.

Sans grande conviction, je laisse ma tante me conduire vers la porte pour m'entraîner au rez-de-chaussée où le fameux « clan restreint » m'attend.

Je reste quelques secondes en haut de l'escalier, à me répéter mentalement des mantras d'encouragement. J'ai plus envie de me jeter à la mer que de descendre affronter le regard de l'assistance.

— Ça va bien se passer, ma belle, dit doucement ma tante en me caressant le dos. Tu n'as pas à craindre quoi que ce soit.

Ma tante pense que ma rencontre avec la Sibylle est à l'origine de mon inquiétude. Comment lui avouer que c'est plutôt l'idée de passer une soirée entière avec Rip qui m'angoisse le plus ?

Je commence à descendre les marches comme un automate. Et alors que je sens sur moi la brûlure du regard de Rip, je sais d'ores et déjà que cette soirée ne va pas bien se passer…

18
Entrevue sibylline

Raphaël :

Elle est comme une déesse sortie de nulle part. L'héroïne d'une histoire steampunk qui se serait évadée de son univers.

Je n'avais jamais été jaloux d'un vêtement jusqu'à présent. Mais en voyant son corps de nymphe emprisonné par le tissu, j'ai envie de lui arracher sa robe et de lui montrer combien elle me rend dingue !

Je pourrais le faire là, devant tout le monde, à même le sol. Comme un animal poussé par ses pulsions les plus viles. Des images de corps en sueur s'invitent dans ma tête alors que je n'arrive pas à me détacher de cette vision enchanteresse.

Je me tortille. Mon pantalon me semble beaucoup trop serré, d'un coup. Il faut vraiment que je me calme.

Mais comment rester de marbre alors que tous les regards sont sur elle ? J'ai envie d'arracher la tête à tous ceux qui osent poser leurs yeux indignes sur sa beauté. Je serre les poings avant de ne plus pouvoir me maîtriser.

Bordel ! Mais qu'est-ce qui me prend ?

Je jette un œil sur les deux godiches qui sont pendues à mes bras en espérant que leur banalité me calmera.

Oh putain ! La soirée va être longue… très longue.

***

Kataline :

Mon malaise grandit à mesure que je descends les marches qui me rapprochent du rez-de-chaussée.

Je le sens qui m'observe. Scrutant le moindre de mes mouvements. Ses yeux se posent sur moi. Puis ils descendent, telle une langue brûlante, et suivent les lignes de mon corps.

J'évite de regarder Rip et me concentre sur les marches. Mes bottes à talons hauts gênent mes pas, et je maudis intérieurement celui qui m'a choisi cet accoutrement.

Franchement, pour le côté pratique, Marcus repassera !

Lorsque j'atteins enfin la dernière marche, personne n'a prononcé le moindre mot.

C'est très gênant.

Alors je lève la tête et je constate avec horreur que tous les garçons me fixent, immobiles, la bouche ouverte.

Oh, bordel ! Mais qu'est-ce qui m'a pris d'enfiler ce déguisement ?

Il faut attendre plusieurs secondes pour que Marcus finisse enfin par rompre le silence en se raclant la gorge.

— O.K. Ben… C'est bon. On peut y aller.

Rip fronce les sourcils, les yeux soudain figés sur ses compagnons comme s'il allait leur arracher la tête.

— Ouais. Dépêchons-nous d'en finir avant que je ne pète un câble. J'ai besoin de me distraire. Et vu comme la soirée s'annonce, il me faudra beaucoup de distractions pour arriver à me détendre.

Puis, changeant brusquement d'attitude, il s'approche de ses deux « amies ».

— En plus, il ne faudrait pas faire attendre ces demoiselles. Elles ont l'air très pressées de me faire plaisir. N'est-ce pas, les filles ?

Il attrape les demoiselles en question par le cou, et elles se mettent aussitôt à glousser nerveusement.

— Mais je croyais… ?

Je m'arrête en me mordant la lèvre. Mauvaise idée cette intervention ! Après tout, je n'en ai rien à faire de ce que peut trafiquer le démon. Et encore moins avec ce genre de filles.

Marcus secoue la tête en me lançant un coup d'œil d'avertissement.

— Hum ! Il est temps de partir. Il va y avoir du monde ce soir, et je ne voudrais pas faire patienter notre hôte trop longtemps.

Le gardien a opté pour un Mercedes Sprinter Limo, cette fois, et je n'ose même pas imaginer combien doit coûter la location de ce machin.

Mais il faut avouer que le confort luxueux de ce fourgon limousine est le bienvenu. D'autant qu'avec l'aménagement de ses banquettes et fauteuils, je peux m'installer le plus loin possible de Rip et de ses amies.

Le trajet se déroule donc sans encombre jusqu'au fameux Triptyque. Sans encombre, mais non sans embarras. Rip a passé son temps à tripoter ses admiratrices et à boire de l'alcool comme s'il s'agissait de vulgaires grenadines. M'est avis qu'à ce rythme-là, il risque de ne pas profiter beaucoup de la soirée.

Le club est comme je l'imaginais. Sombre, mystérieux et pourvu d'une décoration d'un autre temps. Jess adorerait ce style années 30 qui donne tout son charme à l'établissement. Les velours sombres, les pampilles et les meubles laqués en font un parfait décor de film baroque.

Au moment où nous nous apprêtons à entrer dans la salle de spectacle, Maxime m'attrape la main.

— Tu permets ?

Je n'ai même pas le temps de réagir qu'il saisit déjà mon masque de dentelle et s'applique à le fixer sur mon visage. Ses doigts agiles attachent les liens derrière ma tête et se posent ensuite sur mes épaules qu'il masse délicatement. L'effet délassant est immédiat et je le remercie du regard.

— Ça va aller, Kat.

Oui, je suppose que je n'ai rien à craindre de cette soirée. Si ce n'est le démon furax qui lui sert de frère et qui me dévisage comme s'il allait m'arracher les yeux.

Je passe devant lui sans même lui accorder un regard. S'il croit qu'il me fait peur…

Lorsque je pénètre dans la pièce principale, je suis surprise par les regards des personnes déjà présentes qui se retournent sur mon passage. Elles me reluquent comme si j'étais une bête de foire.

Forcément, avec cet accoutrement, je ne pouvais pas m'attendre à autre chose.

J'essaie de les ignorer en me dirigeant vers la table que m'indique Maxime de la main.

— Qu'est-ce qu'ils ont tous à me regarder comme ça ? soufflé-je à l'attention de l'ange.

Il repousse ma chaise avec galanterie quand je prends place à la table VIP réservée exprès pour nous.

— Disons que tu ne passes pas inaperçue, dit-il en s'asseyant à mes côtés. Mais ne t'occupe pas d'eux ! Profite plutôt du spectacle.

À peine a-t-il terminé sa phrase que les lumières s'estompent pour laisser place à un spot unique, qui éclaire la scène de son faisceau lumineux. Une musique lente, sensuelle emplit alors la salle.

Intriguée, je chuchote à l'oreille de mon voisin.

— Attends ? C'est un spectacle ?

Max hoche la tête en silence, et je reporte mon attention sur l'estrade maintenant envahie par une dizaine de danseuses à moitié nues.

J'ai du mal à comprendre ce que je fais là. J'étais censée rencontrer une prêtresse pour qu'elle m'aide à comprendre ce que je suis devenue. Et me voilà en train d'assister à une soirée de cabaret…

Je prends mon mal en patience en refoulant les paroles acerbes qui me viennent à l'esprit. Et alors que je sirote le soda que Marcus m'a commandé, je sens de nouveau sur moi la chaleur d'un regard.

Je n'ai pas besoin de tourner la tête pour connaître l'identité de celui qui me couve d'une telle attention. La brûlure laissée sur ma peau parle d'elle-même.

Rip !

Il m'observe avec une telle intensité que des frissons s'emparent instantanément de mon corps.

Oh, non !

Ce salaud vient d'appuyer sur l'interrupteur de mes émotions. Et une fois de plus, je ne maîtrise plus rien. Ni la pression insoutenable qui s'est installée au creux de mon ventre ni mes joues qui s'empourprent de désir.

Bordel ! Je mords ma langue avec force en fixant avec envie le seau de glace posé devant moi. Si je pouvais me le verser sur la tête pour me refroidir !

Mais comment puis-je réagir de la sorte alors que je n'ai qu'une envie : le trucider ? Peut-on aimer et haïr autant une seule et même personne ?

Machinalement, je passe ma main sur ma nuque. Je suis certaine que sa marque y est pour quelque chose.

— Quelque chose ne va pas, Kat ?

La voix de Marcus me fait presque sursauter. Je n'ai pas envie de lui avouer les vraies raisons de mon état. Alors, je me rabats sur la seule excuse qui me paraît crédible.

— Je me demande juste ce que je fais là. On ne devait pas rencontrer une Sibylle ?

— Un peu de patience, souffle-t-il. Regarde…

À ce moment-là, les danseuses arrêtent de se mouvoir, et la musique passe en sourdine. Le lourd rideau rouge qui masquait le fond de la pièce se lève lentement.

Une femme fait son apparition.

Ou devrais-je plutôt dire, une créature féerique à la beauté surnaturelle.

Elle s'avance lentement vers le devant de la scène d'un pas chaloupé, et son corps aux proportions parfaites se balance au rythme d'une musique aux sonorités surréalistes. Je reste figée à l'observer se mouvoir dans ce ballet hypnotique qui attire tous les regards.

Ses cheveux sont comme des fils de soie aux reflets blancs, sa peau noire luit tel du satin, et ses yeux vous envoûtent de leurs reflets dorés. Elle porte un costume fait entièrement de dentelle fine qui met en valeur ses formes sensuelles. Mais ce qui me frappe le plus, ce sont les deux cornes de bélier qui jaillissent de son front pour s'enrouler majestueusement dans sa chevelure.

Waouh…

Comment ne pas être subjugué par tant de beauté ?

Mais alors que je la contemple, un énorme python albinos apparaît, me faisant sursauter.

Le reptile s'enroule lentement autour des jambes de la danseuse, provoquant des cris de stupeur dans la salle. Sa couleur pâle, presque blanche, contraste avec la peau sombre de la jeune femme. L'animal évolue le long de son corps, par ondulations lascives, pour arriver jusqu'à ses épaules.

Le ballet sensuel se poursuit jusqu'à ce que la danseuse saisisse brusquement la tête de l'animal d'une main ferme. Elle approche lentement le serpent de son visage et le regarde droit dans les yeux, comme si elle voulait le charmer.

Puis, sans aucune crainte, elle pose sa bouche sur celle de l'animal.

Alors, dans un nuage de fumée, le serpent se transforme brusquement en un magnifique jeune homme aux cheveux blonds, presque blancs. Son corps, entièrement nu et quasi imberbe, est d'une pâleur étonnante à côté de celui de la danseuse.

Complètement fascinée par la scène, j'en oublie la raison de ma venue et me mets à frapper dans mes mains, comme tous les spectateurs dans la salle. La salle se lève pour les ovationner.

Un sourire provocant aux lèvres, l'artiste et son compagnon se penchent vers nous en guise de salut, puis finissent par se retirer au fond de la scène.

Alors que je les regarde s'éloigner, Marcus se penche vers moi et murmure :

— C'est elle… la Sibylle.

***

— Kat, elle t'attend.

Mon cœur se contracte.

J'attrape la main que me tend Marcus et instinctivement, je lance un regard à Rip. Encore une fois, j'ai l'impression que mon inconscient me force à lui demander son approbation. C'est dingue !

Il me couve d'un regard insistant, ses deux « amies » à moitié couchées sur lui, en train de lui lécher le cou.

Beurk ! Ce déballage lubrique m'écœure, et l'attitude de Rip m'énerve encore plus.

Je me lève un peu trop précipitamment à mon goût et, sans plus les regarder, je suis le gardien vers une arrière-salle.

— Ne prête pas attention à Rip. Il n'a pas l'air dans son assiette, ce soir ! m'avertit Marcus alors que nous zigzaguons entre les tables.

Ben voyons ! Il n'a qu'à changer de vaisselle !

L'humour de la petite voix me laisse de marbre. Je n'ai pas envie de rire et encore moins de me préoccuper de Rip. J'ai beaucoup mieux à faire ce soir. À commencer par comprendre pourquoi cette maudite voix me persécute sans arrêt.

Lorsque le gardien me pousse dans sa loge, la Sybille est en train de se démaquiller.

Je reste sur le pas de porte, ébahie par l'étrangeté des lieux.

La vache ! On dirait la tente d'une diseuse de bonne aventure !

L'ambiance sombre qui règne dans la pièce nous enveloppe immédiatement de mystère, et il y a comme un air de magie noire qui plane au-dessus de nos têtes.

Des bâtons d'encens brûlent sur une étagère murale et ne font qu'accentuer cette impression mystique.

À ma vue, la danseuse arrête son geste et se tourne vers moi.

Ses yeux dorés, étincelants m'examinent longuement. Puis elle me désigne le fauteuil crapaud dans un coin de la pièce et reprend son activité, comme si de rien n'était.

Marcus m'encourage d'un geste et s'éclipse en refermant la porte derrière lui.

Oh non ! Mais pourquoi est-ce qu'il me laisse seule avec… ? Je ne sais même pas son nom.

Intriguée, j'observe mon hôte alors qu'elle retire ses faux cils, portant une attention particulière aux longues cornes en spirale qui s'enroulent jusque derrière ses oreilles. C'est très réaliste et on dirait vraiment qu'elles font partie d'elle.

D'un noir brillant, elles présentent des reflets argentés qui leur donnent un aspect presque métallique.

Je me demande si elle a autant de prestance lorsqu'elle les enlève.

— Le démon t'a laissée venir seule… C'est une bonne chose. Je voulais te voir en tête à tête.

Je lève un sourcil. Je ne m'attendais pas à ce qu'elle évoque Rip.

— Rip n'a rien à dire. Je suis libre.

Elle arrête son geste alors qu'elle s'apprêtait à passer un coton sur ses yeux pour ôter son trait de khôl.

— Vraiment ? dit-elle en me jetant un regard de biais. Ne t'a-t-il pas marquée ?

Oh, merde ! Mais qui le lui a dit ?

Avant que je ne puisse répondre, elle se dresse face à moi et hume l'air comme si elle voulait s'assurer de ses dires. Je remarque alors seulement le petit anneau argenté qui brille entre ses narines.

Je me renfrogne. L'entendre évoquer ce… problème que j'avais enfoui dans un coin de ma tête ravive ma colère contre le démon.

— Ce n'est pas parce qu'il m'a collé son emblème sur le dos que je suis à sa merci. Je fais ce que je veux. Si Rip veut jouer au chef avec ses potiches, qu'il le fasse ! Mais moi, jamais il ne me commandera !

Le petit rire cristallin de la Sibylle résonne comme une musique de conte de fées.

— J'aime les personnes qui ont du caractère. Mais maintenant, venons-en aux raisons de ta venue, Muse.

154

Elle plonge ses yeux dorés dans les miens, et son intrusion dans ma tête est tellement soudaine que je la repousse vivement hors de mon esprit.

— Eh !

Ses yeux écarquillés marquent sa surprise. Elle semble interloquée par mon geste. C'est bien dommage ! Non, mais à quoi est-ce qu'elle s'attendait à violer mes pensées de la sorte ?

— Ouh… Tu es beaucoup plus forte que tu ne le laisses imaginer. C'est la première fois que quelqu'un me vire de son esprit comme ça. C'est intéressant et… intrigant.

— Je suis désolée, mais je n'ai pas pour habitude de laisser entrer des inconnus sans invitation.

Elle plisse le nez, et le septum qui orne sa cloison nasale brille de plus belle. À voir ses sourcils froncés et ses poings serrés, j'ai l'impression qu'elle ne va pas beaucoup m'aimer. Pourtant, au bout de quelques secondes, son visage se détend et ses mains aussi.

— Oui, tu as raison. Je ne me suis même pas présentée. Je m'appelle Phaenna et je suis la Sibylle érythréenne du signe du Bélier.

D'où les cornes…

— Marcus t'a conduite à moi pour que je puisse t'aider, Kataline, reprend-elle d'une voix plus douce. Il m'a expliqué ton petit… problème. Et je pense que je peux faire quelque chose pour toi.

Sa main tendue et son sourire bienveillant sont une invitation que je ne peux refuser.

— Enchantée, dis-je à mon tour.

— Bien. Maintenant que les présentations officielles sont faites, nous pouvons reprendre.

Je recule instinctivement, sachant maintenant ce qui m'attend. Je n'ai pas envie qu'elle revienne dans ma tête ! La Sibylle hésite en voyant ma réaction, puis elle retourne devant sa coiffeuse, comme si elle avait changé d'avis.

— Mais avant, j'aimerais savoir ce que toi, tu veux.

Sa question me déroute quelque peu. Cependant, la réponse est tellement évidente…

— Je veux savoir qui je suis.

Elle s'assied dans son fauteuil et penche la tête sur le côté, comme si cette position lui permettait de mieux comprendre.

— Tu es née Muse. Et pourtant, lorsque je te regarde, tu n'en es pas vraiment une. Il y a quelque chose en toi qui est… brisé. Qu'est-ce qui te fait douter de ce que tu es ?

Je me sens étrangement bien en sa présence et je n'ai aucun mal à me confier à elle.

— Lorsque je suis en colère et que je ne me contrôle plus, je perds connaissance. Mais quand je reprends mes esprits, je me rends compte que j'ai fait des choses horribles pendant mon malaise. Et je n'ai aucun souvenir de ce qui s'est passé.

— Continue.

— Récemment, j'ai commencé à faire des rêves. Et les scènes dont je n'avais aucun souvenir sont revenues dans ma mémoire. Comme si ma fusion avec la muse m'avait donné accès à ses souvenirs… à elle.

La Sibylle se masse le menton en réfléchissant.

— Je vois. Ton inconscient a été divisé. Tu as dû subir une thérapie qui a dissocié ta partie Muse de ta personnalité. Et ce, depuis ton plus jeune âge. C'est même étonnant que tu puisses avoir fusionné aussi facilement. Peut-être parce tu n'es pas issue d'une union entre un démon et une Muse… Oh, je vais noter ça dans mon livre…

Waouh ! Mais comment est-ce qu'elle a pu deviner l'essence même de mon problème aussi rapidement ?

Elle attrape une espèce de gros livre poussiéreux et commence à griffonner des notes en se mordant la lèvre. Puis elle le ferme en le claquant et revient se poster devant moi, le regard piqué d'intérêt.

— Je peux t'apprendre à la maîtriser. Je peux t'aider à contrôler la puissance de ta Muse. Est-ce que tu as déjà pris conscience qu'elle était en toi ?

Je hoche la tête.

— Il y a cette voix, dans ma tête, qui me parle comme si elle avait sa propre conscience…

La Sibylle m'adresse un sourire, puis s'empare de mes mains.

— Et est-ce que tu me laisserais entrer pour que je puisse te montrer ?

Je n'ai jamais compris comment les gens pouvaient parfois faire confiance à de parfaits inconnus. Mais à présent, alors que Phaenna me fixe avec son regard vif et franc, je réalise combien il est facile d'accorder une foi pleine et entière à une personne qui respire l'honnêteté.

156

Alors, d'un simple geste de la tête, je l'invite à pénétrer dans mon esprit.

19
Provocation

Lorsque je rouvre les yeux, ceux de Phaenna scrutent ma réaction avec une lueur inquiète.

— Est-ce que tout va bien ?

Des dizaines d'étoiles papillonnent devant mes pupilles et m'obligent à me concentrer pour garder les yeux ouverts. Je suis complètement chamboulée par ce qui vient de se passer. Ma gorge se serre, empêchant toute parole de s'échapper de mes lèvres entrouvertes.

Bon sang ! C'est incroyable ! Je n'aurais jamais cru qu'une chose pareille était possible !

La Sibylle est entrée dans ma tête comme on entre dans une bibliothèque. Avec une aisance remarquable, elle a arpenté les allées à sa guise pour chercher l'histoire qu'elle voulait trouver. Et lorsqu'elle a mis la main dessus, elle m'a montré la voie…

Les souvenirs ont afflué dans mon cerveau, m'apportant les explications qui me manquaient. Ma gorge se dénoue enfin.

— La psy… Ashley... C'était une Sibylle.

— Oui. Et elle a aidé ta mère à camoufler ton côté muse. Je dois dire que cette femme m'impressionne. Elle a presque réussi à étouffer complètement ton inconscient. Elle doit être très douée pour avoir réussi cette prouesse.

Je sais maintenant pourquoi j'ai été victime d'un dédoublement de la personnalité. Toute mon enfance a été consacrée à neutraliser l'aspect « muse » de ma nature.

Et là, Phaenna vient tout bonnement de me libérer.

Elle a ouvert la porte de ma prison intrinsèque, et tout s'est enfin éclairé dans mon esprit. Le souvenir des séquences d'hypnose avec Ashley a ressurgi d'un coup. Laissant, je dois dire, un sentiment d'amertume, qui aura du mal à passer.

Ses interventions n'étaient destinées qu'à brimer mes pulsions. Et sans Phaenna, je ne m'en serais jamais souvenue.

Encore une étape de ma vie qui demandera des explications lorsque j'aurai retrouvé ma mère…

Maintenant, tout est clair comme de l'eau de roche. Je sais comment contrôler ce côté muse qui surgit parfois contre ma volonté. L'Érythréenne a pénétré les recoins de mon esprit pour me guider. Elle m'a aidée à découvrir ce nouveau « moi ». Et à présent, je me sens libérée de ce qui m'empêchait d'avancer.

Mon esprit s'ouvre sur de nouvelles perspectives. C'est comme si le brouillard qui avait assombri ma vue pendant toutes ces années s'effaçait d'un coup.

Phaenna m'attrape les mains.

— Tu es vouée à accomplir de grandes choses, Kataline. Mais je dois te prévenir, tes sacrifices seront à la hauteur de ta tâche.

Je fixe son visage assombri d'un air inquiet. Je n'aime pas vraiment les mystères. Et encore moins quand ils empestent la tragédie.

— Qu'est-ce que vous voulez dire ?

La Sibylle me relâche et pousse un soupir à fendre l'âme. Génial ! Si elle voulait me faire flipper, elle n'aurait pas pu mieux dire.

— Tu devras faire des choix. Et ces choix auront des conséquences. Mais si tu prends le bon chemin, l'issue te sera favorable.

Merde ! Qu'est-ce qu'elle a à me balancer des trucs comme ça ? Elle se prend pour le père Fouras ?

— Vous ne pourriez pas être un peu plus précise ?

Ses iris dorés m'inondent de leur lumière triste.

— Impossible ! Je ne peux intervenir sur l'avenir au risque de perturber l'équilibre naturel de notre monde. Mais sache qu'il existe une Prophétie qui annonce de grandes choses. Ton Destin est lié au nôtre, à celui des êtres de l'ombre. C'est écrit. Et tu découvriras bientôt ce à quoi tu es vouée…

Ces énigmes ont le don de m'agacer, mais je me retiens de le lui faire savoir. À la place, je me mords la lèvre.

— Raphaël sera ton allié, poursuit-elle, et il t'aidera à mener ta quête. Tu peux lui accorder ta confiance. Si vous suivez votre Destin, vous avez des chances de réussir…

Ouah ! Mais qu'est-ce qu'il vient faire dans la conversation, lui ? C'est quoi, le rapport ?

Je me ravise et ne lui déballe pas tout le bien que je pense du démon, de peur de la choquer.

— Votre avenir ne fait qu'un, Kataline. C'est écrit dans le Livre du Destin. Mais vous devez rester prudents. Rip a déjà trop changé à ton contact et il a une faiblesse désormais…

Voyant que je continue à la fixer bêtement, elle se sent obligée de préciser.

— Vous êtes unis par la Destinée. Lui et toi. Le démon et la Dernière Muse. Et on ne peut rien y changer. Quoi que vous fassiez, il en sera toujours ainsi.

Alors là, impossible de ne pas réagir. C'est au-delà de ce que je peux entendre.

— Lui et moi ? Mais il n'y a pas de « lui et moi » ! Et je peux vous assurer qu'il n'y en aura jamais.

Elle sourit, comme si ce que j'avais dit le truc le plus farfelu de la terre.

— Tu peux nier, ma belle, cela n'a aucune importance. Le fil du Destin est plus fort que ta volonté. Alors, agis selon ton cœur, mais ne laisse pas tes sentiments occulter ta raison.

Je me redresse si rapidement que le fauteuil recule dans un crissement strident. J'en ai assez de ces échanges sortis tout droit d'un film de Spielberg.

— Bien ! Je vous remercie de m'avoir aidée. Vraiment. J'apprécie ce que vous avez fait. Mais maintenant, il faut que j'y aille. J'ai une « quête » à mener, craché-je en reprenant ses propos.

Elle ne fait rien pour me retenir, mais au moment où je passe la porte, la Sibylle m'interpelle une dernière fois.

— Rappelle-toi, Muse : le Livre du Destin est la clé. C'est en lisant ses lignes que l'on découvrira notre chemin....

Lorsque je sors de la pièce, son éclat de rire résonne dans la loge à la manière de milliers de cristaux qui s'entrechoquent.

Mais pourquoi faut-il que cela m'arrive ? À moi ?

Est-ce que je suis maudite ? Est-ce que j'ai fait quelque chose de mal dans une autre vie qui mérite que je sois punie ?

Je rumine toute cette rancœur en essayant de faire baisser la tension qui m'habite. En vain. Et lorsque j'arrive aux côtés de Marcus, mon tourment doit se lire sur mon visage parce qu'il fronce les sourcils.

— Alors ? Tu as tes réponses ?

Je le soupçonne d'avoir toujours su ce que la Sibylle allait m'annoncer. Mais sans preuve, je garde pour moi mes propos acerbes.

— Oh oui ! C'est plus que je n'espérais. J'ai appris énormément de choses.

Le gardien m'adresse un petit clin d'œil qui confirme mon intuition et il m'entraîne dans la salle principale.

— Donc, maintenant, tu es fin prête…

Oui, certainement. Alors, pourquoi ce petit pincement dans ma poitrine ? Est-ce l'appréhension ? La peur de l'échec ? Ou celle de revoir ma mère ?

— Ai-je vraiment le choix ?

Marcus me regarde, et je vois bien à son visage qu'il peut sentir mes inquiétudes.

— Non, effectivement, tu n'as pas le choix. Nous partons demain à midi pile. Alors, je te conseille de profiter de cette dernière soirée… Amuse-toi.

Oh oui ! J'espère bien en profiter.

Et pourtant, à mesure que j'approche de notre table, je sais que quelque chose ne va pas. Je le sens, au plus profond de mon être. Mon intuition m'intime une nouvelle fois de me tenir sur mes gardes.

***

Maxime me fait sursauter en me tendant un verre de soda alors que j'étais en train de contempler la démonstration de débauche de son frère sur la piste.

— Tiens, Kat. Ça va te faire du bien…

Je me tourne vers lui et suis surprise par son air désolé. Le pauvre semble culpabiliser à cause du comportement de Rip. Encore une fois. La gentillesse de l'ange me dépasse. Je secoue la tête en repoussant le gobelet.

— Je ne pense pas. Tu n'aurais pas quelque chose d'autre à me proposer ? Un truc… plus fort ?

Son visage surpris me fait lever les yeux au ciel.

— Quoi ? Tu penses que je ne vais pas tenir le choc ?

— Eh, notre jolie muse a envie de s'amuser pour son dernier soir ?

Parker ! Tiens, il tombe à pic pour une fois.

J'attrape son verre et avale d'une traite le mélange vodka-Monster qui me brûle instantanément la gorge.

— Mais… C'était mon verre ! crie-t-il les bras en croix.

J'ignore ses protestations et je reprends ma contemplation là où elle en était.

Rip est sur la piste, une bouteille à la main, et se balance lentement d'un pied sur l'autre. Il doit en être au moins à sa troisième bouteille. Et pourtant, il tient encore debout.

C'est dingue !

Quel mec peut ingurgiter autant d'alcool sans tomber dans un coma éthylique ?

Ben, un démon, pardi ! répond illico ma petite voix.

Je l'ignore et reporte mon attention sur les deux groupies qui accompagnent Rip et qui se collent à lui en se mouvant sur *Sweet Dreams*, version Marilyn Manson. Elles ondulent en se frottant effrontément contre son corps alors que lui continue de les ignorer, le visage baissé, les yeux rivés au sol. Voir ces filles se vautrer sur le démon et faire autant d'efforts pour rien me fait presque pitié.

Je désigne les danseurs d'un geste de la tête.

— Ça lui arrive d'être bourré à ton frère ?

Maxime suit mon regard et soupire.

— Non. C'est un démon originel. Il n'y a pas grand-chose qui peut agir sur lui. Drogue ou alcool ont peu d'effets. Il lui faudrait encore beaucoup plus de bouteilles pour être ivre. Avec ce qu'il a bu, au pire, il multiplie l'intensité de ses émotions. Mais je t'assure qu'il est loin d'être saoul. D'ailleurs, ça faisait longtemps que je ne l'avais pas vu ingurgiter autant d'alcool. Mais si tu t'inquiètes pour lui…

Ma véhémence le fait reculer.

— Non ! Je ne m'inquiète pas pour lui. C'était à titre d'information, c'est tout !

Mauvaise foi !

Je culpabilise aussitôt de lui parler comme ça. Ce n'est pas sa faute si son frère se conduit comme un connard ! Je me radoucis et lui attrape la main.

— Désolée, Maxime. Je suis un peu tendue. S'il te plaît, fais-moi danser… J'ai besoin de me vider la tête.

Je ne devrais pas jouer à ce jeu. Son regard sombre devrait me servir de mise en garde. Et pourtant, je ne peux pas m'en empêcher. J'ai besoin du pouvoir de Maxime pour me sentir mieux.

Je l'entraîne sur la piste, le plus loin possible de Rip, attentive à la tension qui l'habite. Je ne sais pas si c'est à cause de son frère ou si c'est moi qui provoque ça, mais je m'en moque. J'ai envie qu'il me fasse oublier les épreuves qui m'attendent. Je veux que, le temps d'une soirée, il me permette de m'échapper dans une autre vie. Une vie on ne peut plus normale où une fille et un gars dansent sans se soucier du lendemain.

Les mains de Maxime enserrent ma taille dès que les premiers accords de *I Feel Like I'm Drowning* se font entendre. Le contact de l'ange me procure aussitôt le bien-être libérateur auquel j'aspirais. Je m'agrippe à ses épaules alors que nous commençons à nous mouvoir sur le rythme langoureux de la musique.

Sa proximité agit sur mon état émotionnel comme si j'avais fait des heures de méditation. Je me sens légère, l'esprit libre de toute tension. Baignée par son aura apaisante, je ferme les yeux et me laisse aller contre Maxime sans plus penser à rien.

Lorsque la chanson s'arrête, c'est presque à regret que je m'écarte de mon ami.

— Merci, Maxime… C'était ce dont j'avais besoin.

Il plonge ses yeux dans les miens et s'éclaircit la voix avant de répondre :

— À ton service, beauté. On remet ça quand tu veux…

Je lève un sourcil. C'est bien la première fois que Maxime m'appelle comme ça. Je comprends la raison de son comportement lorsque je sens le regard de Rip posé sur nous.

Si ses yeux avaient été des revolvers, je serais morte depuis longtemps. Rip me fusille du regard comme s'il me reprochait ce qui venait de se passer. Ce n'est pas croyable !

Alors que lui ne se gêne pas pour fricoter avec deux filles sorties d'on ne sait où, moi, je n'ai pas le droit de danser avec son frère ?

Nous nous mesurons du regard pendant une bonne minute, sans que ni lui ni moi ne cillions. Mais alors que je m'apprête à faire volte-face, une étrange chaleur se répand sur mon épaule.

Merde !

La marque ! C'est comme si la marque que Rip avait posée sur ma peau me rappelait à l'ordre. Comme si elle me rappelait que j'étais la propriété du démon et que je lui appartenais.

Raphaël plisse les yeux méchamment. Je suis certaine qu'il a senti que quelque chose s'était passé, lui aussi. Pourtant, contrairement à ce que j'aurais pensé, il ne bouge pas. Non, il se contente de me fixer avec insistance, les sourcils froncés.

— *Tu es à moi, Kataline. Tu auras beau tout faire pour t'éloigner, je serai toujours là...*

Sa voix dans ma tête est calme et posée. Comme s'il annonçait une vérité immuable. Et bizarrement, une brûlure aussi vive qu'éphémère sur mon épaule vient conforter ses propos. Je me frotte machinalement l'omoplate, comme pour effacer l'encre invisible de son sceau.

Dans tes rêves ! pensé-je en mon for intérieur.

— *Ça, c'est ce que tu crois, bébé. J'ai hâte de venir hanter tes nuits pour te prouver que j'ai raison.*

Brusquement, la bouteille qu'il tenait dans la main éclate en mille morceaux, éparpillant des tessons de verre sur toute la piste.

Sans même y prêter attention, Rip repousse les deux sangsues encore collées à ses basques et passe devant nous en m'adressant un sourire carnassier.

Bordel !

Je crois que j'ai provoqué le démon. Et qu'il va se faire un plaisir de me prouver que j'ai tort !

20
Mise au point

Raphaël :

Putain !

Pourquoi est-ce que je fais ça ? Pourquoi est-ce que je la provoque comme ça tout le temps ?

Parce que j'aime par-dessus tout voir ses jolies joues rosir sous la colère ? Parce que je sais qu'elle va bouillir de l'intérieur et que sa bonne éducation l'empêchera de venir m'en coller une ? Parce que je suis sadique au point de faire souffrir celle que j'aime ?

Quel salaud je fais !

J'avais promis de la laisser tranquille. J'avais juré de la faire sortir de ma tête pour ne pas la mettre en danger. Et pourtant, elle est toujours là. Bien installée dans les recoins de mon esprit, à surgir sans cesse. Sans me laisser le moindre répit.

La voir, ce soir, était une vraie torture. Ses courbes magnifiquement sublimées par sa tenue baroque… C'était une invitation à la luxure. Invitation à laquelle j'ai eu du mal à résister.

Je me suis retenu plusieurs fois de lui sauter dessus comme un loup affamé.

Et quand elle s'est mise à danser trop près de Max, j'en ai voulu à mon frère. Terriblement. Pour la première fois de ma vie, j'avais envie de lui faire du mal. J'aurais voulu prendre sa place pour pouvoir apaiser Kataline comme il l'a fait.

Je sais que je dois la laisser tranquille. Et au lieu de ça, je fais quoi ? J'active la marque ! Je la rappelle à l'ordre, comme une chienne que je sifflerais pour qu'elle m'obéisse ! C'est ignoble. Mais je le referai sans la moindre hésitation si c'est pour lui faire comprendre qu'elle m'appartient. À moi et moi seul !

Complètement obnubilé par ma muse, j'en oublie les deux filles qui tentent en vain de me faire réagir à leurs caresses. Simplement vêtues de leur string, elles balancent leur poitrine proéminente devant moi. Elles sont loin d'être laides. Et pourtant, elles ne me font aucun effet. C'est comme si elles n'existaient pas.

Les voir agenouillées à mes pieds, le visage maquillé à outrance, en train de s'affairer sur ma virilité me laisse de marbre. J'ai presque de la peine pour elles…

Sans que je puisse les maîtriser, mes pensées s'envolent vers la chambre juste à côté de la mienne. Qu'est-ce qu'elle fait ? Est-elle endormie ? Ou en train de se détendre dans un bain ?

Oh, merde ! Je l'imagine sous la douche…

J'imagine ses doigts délicats glisser sur ses épaules, descendre le long de ses bras pour remonter vers sa poitrine qui se dresse fièrement pour me narguer. Ses mains continuent leur course le long de son ventre plat, suivent ses courbes de déesse pour descendre… plus bas.

Bordel !

Ces pensées agissent sur mon corps comme un aphrodisiaque. Je me retrouve maintenant avec une érection monstrueuse qui arrive même à choquer les deux traînées qui la fixent avec des yeux ronds.

Non ! Il est hors de question que je baise ces filles en pensant à Kataline.

Dans un excès de colère, je les repousse de la main. Les deux idiotes semblent ne pas comprendre ce qui me prend et reviennent à la charge en riant comme s'il s'agissait d'un jeu érotique. Ce qui a le don de m'énerver encore plus.

Alors, sans aucune pitié pour elles, je prends mon air le plus démoniaque pour les effrayer en hurlant :

— Dehors !

***

Kataline :

Je tourne en rond dans ma chambre.

Depuis que nous sommes rentrés du club, impossible de fermer l'œil.

Je suis tourmentée par ce que j'ai appris ce soir. Ma mère aurait orchestré tout ça avec son amie dans le seul but de me protéger. Je sais qu'elle agissait pour mon bien, mais moi, j'ai vraiment l'impression de m'être fait manipuler depuis mon plus jeune âge.

Je n'arrive toujours pas à comprendre dans quel but elle voulait cacher mon côté muse. Connaissait-elle déjà la Ligue et le Boss ? Savait-elle que je courrais un danger si on apprenait mon existence ?

J'attrape un verre d'eau et le vide d'un trait. Comment tout cela a pu avoir lieu sans que je m'aperçoive de quoi que ce soit ?

Et Ashley... J'étais persuadée de l'avoir rencontrée pour la première fois après ma mésaventure avec Miguel et Robin.

Alors qu'elle me « soignait » depuis mon enfance ! Maintenant, j'ai tous ces nouveaux souvenirs qui affluent dans ma tête et qui encombrent ma mémoire. C'est à devenir complètement folle !

Je recommence à marcher de long en large dans la pièce. Cette histoire d'hypnose va certainement m'empêcher de trouver le sommeil.

Pfff ! S'il n'y avait que ça !

La petite voix fait un retour soudain dans ma tête et me fait sursauter. Pourtant, je suis presque contente de l'entendre. Parce qu'elle est la seule à pouvoir me remettre les idées en place.

Maintenant que je sais que nous formons une seule et même entité, je suis plus encline à écouter ses conseils, même si ça me fait passer pour une schizophrène.

Elle a raison, une fois de plus. Je dois être honnête. Il n'y a pas que mes échanges avec Phaenna qui m'empêchent de dormir. Il y a aussi – et surtout – mon altercation mentale avec le démon.

Je l'ai provoqué. Et je sais qu'il va tenir sa promesse. Il va se faire un plaisir de venir me prouver que j'ai tort. Comme il me l'a dit clairement. Et maintenant j'appréhende de me coucher.

Je frissonne rien qu'à l'idée d'une nouvelle confrontation.

La tension qui règne entre nous à chaque rencontre est électrique. Mélange de colère et de désir... Mais il faut que cela cesse. Pour notre bien à tous les deux.

Pourtant, nous avons plusieurs fois tenté de discuter et de mettre les choses au point. Mais à chaque fois, notre attirance mutuelle a fait voler en éclats nos belles résolutions. Maintenant que le départ est imminent, il est temps pour nous d'arrêter de nous provoquer. Nous partons en guerre ! Alors, il n'y a plus de place pour ce petit jeu du chat et de la souris.

« Vous devez rester prudents. Rip a déjà trop changé à ton contact et il a une faiblesse désormais… »

« Agis selon ton cœur, mais ne laisse pas tes sentiments surpasser ta raison. »

La Sibylle a été parfaitement claire avec sa mise en garde. Et malgré la colère qu'elle a déclenchée en disant cela, malgré le fait que je ne la connaisse que depuis quelques heures, je la crois sur parole.

C'est décidé. Demain, je parlerai au démon pour mettre un terme à nos querelles.

— Dehors !!!!

Le hurlement de Rip résonne à travers la cloison et me surprend alors que je m'apprêtais à me glisser sous la couette. Oh là ! À entendre cette voix sortie d'outre-tombe, il n'a pas l'air content.

Poussée par la curiosité, j'entrebâille discrètement ma porte pour voir les deux filles de la soirée sortir précipitamment de sa chambre, à moitié nues. Elles tiennent leurs vêtements contre elles et semblent terrorisées. Comme si elles avaient vu le diable.

Merde ! C'est peut-être le cas…

J'attends quelques minutes qu'elles disparaissent dans l'escalier pour me lancer. Si je veux mettre les choses au clair avec Rip, c'est le moment !

Je frappe à sa porte un peu trop timidement à mon goût.

— Entrez !

Sa voix claque dans le silence nocturne. Je commence à me demander si j'ai bien fait de venir… Mais je m'oblige à prendre une posture assurée avant d'entrer dans le salon.

Rip est avachi dans un fauteuil, la chemise débraillée, son jean ouvert sur son boxer qu'il est en train de réajuster.

Génial !

Ses cheveux en bataille et la bouteille qu'il tient à la main m'indiquent que le démon a continué à boire. J'espère que Maxime n'a pas exagéré en me certifiant qu'il était peu sensible aux effets de l'alcool.

Les yeux de Rip se plissent de surprise, puis un sourire démoniaque étire lentement sa bouche. Je frissonne en essayant de ne pas focaliser mon attention sur sa belle gueule de démon.

Si tu fais ça, tu es perdue ! m'intime la petite voix.

Oh oui ! Je ne le sais que trop !

— Kataline, dit-il d'un ton sensuel. Quelle surprise !

Il y a comme une lueur diabolique dans les yeux de Rip lorsqu'il me scrute de haut en bas. Je referme lentement la porte et m'appuie contre afin de garder une distance raisonnable avec lui.

— Que me vaut cet honneur ?

Je me racle la gorge en fermant mes bras sur ma poitrine, comme si ce simple geste pouvait constituer un rempart.

— Il faut qu'on parle, Rip.

Il penche la tête sur le côté et continue de m'observer, un petit sourire aux lèvres.

— Ah ! Le fameux : « il faut qu'on parle »… C'est bien ce que disent les amants qui veulent se séparer, non ?

— Arrête ! Je ne suis pas là pour plaisanter.

Avec un petit rire de gorge, il me tend la bouteille de vodka.

— Je peux te proposer un verre, alors ?

Je secoue la tête en grimaçant, et, le voyant porter le goulot à sa bouche, je ne peux m'empêcher de jeter :

— Tu devrais arrêter, Rip.

— Une gorgée de plus ne changera pas grand-chose. De toute façon, je n'arrive à rien ce soir. Pas même à me saouler…

Ses paroles font leur chemin dans mon esprit.

— Ah…, dis-je bêtement.

Il pose la bouteille au sol et lentement, il rattache son pantalon, pour bien me montrer ce à quoi il faisait allusion.

— Ouais… Alors, dis-moi ce qui t'amène.

Je soupire profondément. Le voir à moitié nu ne m'aide pas. Ses muscles me font de l'œil et j'ai du mal à me concentrer.

— Nous partons demain.

J'ai dit ça comme si cette phrase se suffisait à elle-même. Mais en voyant la tête de Rip, je me rends compte que ce n'est pas très explicite.

— J'aimerais… Enfin, je voudrais qu'on puisse prendre la route en toute tranquillité. Je veux dire… Il faut qu'on arrête ces petits jeux de provocation entre nous. On doit pouvoir aller de l'avant… nous deux.

Lentement, sa bouche se relève sur ce sourire maléfique qui me donne des suées. Putain ! Si c'est comme ça, je ne vais jamais y arriver. Je me mords l'intérieur de la lèvre si fort qu'un goût métallique envahit aussitôt ma bouche.

Rip garde ses yeux sur moi pendant quelques secondes. Puis, à la vitesse de la lumière, il me fonce littéralement dessus, s'arrêtant à seulement quelques centimètres de moi. Aussitôt, ses effluves aphrodisiaques m'enveloppent tout entière, mettant tous mes sens en alerte.

— Je suis déçu, Kataline. Je pensais que tu venais vérifier ma capacité à hanter tes nuits…

J'avale difficilement ma salive.

Et voilà que je recommence à perdre toute volonté.

— Non…

Ton « non » sonne comme un putain de gros OUI. Bordel !

Oh, bon sang ! Je me mettrais des baffes !

— Non ?

Rip pose son index sur ma joue et le fait descendre le long de ma gorge.

Le voir passer langoureusement sa langue sur ses lèvres me donne le tournis. Les yeux rivés sur sa bouche, je me retiens de la dévorer comme une fraise Tagada.

— Je le savais, dit-il avec un soupçon de fierté mal placée. Aucune volonté…

Son arrogance me fait l'effet d'une douche froide.

Dans un sursaut de fierté, j'attrape sa main avec force pour l'écarter. Puis je le repousse en m'appuyant sur son torse. Et sans que je comprenne pourquoi ni comment, mes paumes s'illuminent de faisceaux électriques bleutés.

Rip recule aussitôt, l'air surpris.

Et moi, je regrette instantanément mon geste.

Non, mais c'était quoi, ça ?

Mes mains s'éteignent aussi rapidement qu'elles se sont allumées, et mes bras retombent mollement le long de mon corps.

— Désolée… Je ne pensais pas que ça ferait…

— Ne le sois pas, me coupe le démon sans cesser de me regarder. C'est une bonne chose. Je vois que la Sibylle a bien fait son job.

Je secoue la tête.

— Je ne sais pas. C'est perturbant et il faut que je m'habitue à… tout ça, dis-je en regardant mes mains. Elle… Elle m'a aussi dit que je pouvais te faire confiance, et que tu serais mon allié.

Il fronce légèrement les sourcils.

— Et ? C'est tout ?

Je hoche la tête. Mais je ne dis rien de plus.

— Je sais parfaitement ce qu'elle t'a dit, répond finalement Raphaël au bout de quelques secondes. Nous devons nous concentrer sur la mission. Le reste n'a pas d'importance… Bla bla bla… C'est bien pour me dire ça que tu es venue, n'est-ce pas ?

Je hoche la tête de nouveau, les yeux plongés dans les siens.

Finalement, c'est mieux que ce soit lui qui le dise.

Rip m'observe un instant, avant de faire volte-face pour se diriger vers un petit chiffonnier en bois. Je ne suis même pas surprise de le voir prendre du matériel pour se rouler un stick de marijuana.

Je reste immobile, à l'observer créer une flamme au bout de son index pour allumer son joint. La pièce s'emplit de l'odeur de l'herbe grillée.

— Pourquoi est-ce que tu fumes si les drogues n'ont pas d'effet sur toi ?

Il stoppe son geste.

— Parce que j'aime l'odeur de l'herbe… et cette légère sensation que mon esprit plane au-dessus de ma tête. Tu devrais goûter. Ça pourrait te détendre, dit-il en reprenant place sur le grand canapé.

Il me tend le stick après en avoir pris une grosse bouffée.

Je secoue la tête et ma réaction le fait sourire.

— Pas d'alcool, pas de joint… Sérieuse jusqu'au bout. J'imagine que tu préfères utiliser les capacités de Fly pour apaiser tes tourments plutôt que de faire des trucs illicites.

Et vlan ! Je ne m'y attendais pas à celle-là.

Ignorant son sarcasme, je m'avance pour prendre place à côté de lui.

— Premièrement, ce sont mes affaires et ça ne te regarde pas. Et deuxièmement, ton frère est mon ami. Il agit comme tel. Je ne vois pas où est le mal.

Mon Dieu que je suis mauvaise ! Non seulement je lui mens, mais Rip le sait très bien. Comme si je ne m'étais jamais posé la question de mes sentiments pour le bel ange.

— Le mal serait que tu deviennes accro…, répond Rip d'une voix sourde, presque à regret.

Sans répondre, j'observe la danse voluptueuse des volutes de fumée à la lueur des lampes tamisées. C'est comme un ballet sensuel où s'entremêlent les lignes vaporeuses qui s'élèvent vers le plafond. Rip bascule la tête en arrière et commence à faire des ronds qui rejoignent lentement les rayures.

Au bout d'un moment, je finis par briser le silence presque serein qui s'était installé.

— Rip…

— Hum ?

— Est-ce que tu penses qu'on a des chances de sauver ma mère ?

Il arrête de cracher sa fumée et se tourne vers moi, l'air soudain plus grave.

— Je te promets qu'on va faire tout notre possible pour la ramener.

La sincérité que je sens dans sa voix me fait chaud au cœur. Comment peut-il être aussi con et gentil à la fois ?

— Mais… j'ai peur qu'on arrive trop tard. Et si on avait trop attendu… ?

— Non. Le dernier fureteur a dit que le Boss la préservait. Il a besoin d'elle. Il n'y a aucune raison pour que ça ait changé depuis.

— Tu crois ?

Le démon écrase le mégot de son joint directement sur la table basse et se tourne vers moi.

— Je ferai tout pour qu'on y arrive, tu m'entends ? Tout pour vous ramener, toi et ta mère, saines et sauves.

L'entendre me dire ces choses me réconforte. Je sais que je peux lui faire confiance. Rip est peut-être un démon, mais je sais qu'il n'a qu'une parole.

— Merci, dis-je dans un souffle, le cœur battant.

Il tend la main et glisse une mèche de mes cheveux derrière mon oreille.

— Ah, et une dernière chose, bébé ! commence-t-il en se relevant. J'ai décidé de te libérer.

— Quoi ?

QUOI ? hurle ma voix intérieure.

— Oui. Tu as bien entendu. Je vais ôter ta marque.

Merde… !

Je mets quelques secondes à comprendre ce qu'il vient de dire.

Rip va me libérer.

Je devrais être contente…

Alors, pourquoi ce sentiment d'abandon qui m'enserre la poitrine ?

21
Prête ?

Il est bientôt onze heures.

Plongée dans mes pensées, je fixe mes bagages, sans vraiment les voir. Dans une heure, c'est le départ…

L'adrénaline monte d'un seul coup, et je me mets à faire les cent pas dans la chambre. Mon esprit bouillonne et, ne tenant plus en place, je file dans la salle de bains pour me passer encore une fois de l'eau sur le visage. Je suis partagée entre l'excitation du départ et la crainte de ce qui m'attend.

Mais par-dessus tout, il y a cette étrange sensation de vide. Comme un trou béant qui ne demande qu'à être comblé.

Machinalement, je passe ma main sur mon épaule.

Rien ! Il n'y a plus rien… Pas même une petite boursouflure…

Je n'ai jamais autant touché la marque de Rip qu'à partir du moment où j'ai découvert qu'il me l'avait enlevée. Je soupire profondément en essayant d'évacuer le sentiment de manque qui menace de m'engloutir.

C'est bien ce que tu voulais, non ? Alors, arrête de te plaindre maintenant et passe à autre chose.

Ça y est ! Voilà la petite voix qui recommence à m'énerver. D'une pichenette, je claque la porte de mon esprit à son petit nez de rabat-joie. Bien fait ! Elle n'avait qu'à ne pas me gonfler !

Je sais. La petite peste n'a pas vraiment tort. Je dois l'admettre. Mais, depuis ce matin, je me sens comme un amputé dont le membre disparu le démange.

C'est horrible !

Rip a tenu parole. Et moi, je regrette amèrement de lui avoir demandé de retirer son emblème de ma peau. Je ne sais pas ce que je veux, me direz-vous ? Eh bien, Il n'y a que les imbéciles qui ne changent pas d'avis

Au début, j'ai cru que Raphaël bluffait et qu'il ne faisait que me taquiner, comme à son habitude. Mais ce matin, en me réveillant, force était de

173

constater qu'il me manquait quelque chose. Et je n'aurais jamais pensé que la disparition de la chose en question me laisserait aussi démunie.

Je ne sais même pas à quel moment il a fait ça ni comment.

Lorsqu'il a annoncé : « Je vais ôter ta marque », je suis restée sans voix. J'étais tellement abasourdie par ce qu'il venait de dire que, sur le coup, je n'ai pas réagi. Et Rip a pris mon mutisme pour un assentiment. Ce qui est normal, vu que je lui avais demandé à plusieurs reprises d'enlever le sphinx de ma peau.

Je devrais être satisfaite. Non seulement Rip a fait ce qu'il a dit, mais en plus, il m'a proposé une trêve. Au moins le temps que durera la quête, a-t-il dit. Et j'ai accepté parce que c'était exactement pour cette raison que j'étais venue dans sa chambre.

La tension qui régnait entre nous est alors retombée, comme par magie.

Rip m'a invitée à prendre place sur son canapé et je me souviens parfaitement de ce qu'il m'a dit :

« Viens par là, Kat. J'aimerais que tu me parles de toi et de ta mère. J'ai besoin de comprendre certaines choses. C'est important pour ce qui va suivre. Et je suis aussi curieux de découvrir la petite fille qui se cache derrière ces magnifiques yeux de biche apeurée. »

Lorsque j'ai pris place, il a ajouté, ses yeux plantés dans les miens.

« Je veux tout connaître de toi… »

Je me suis demandé quel intérêt il pouvait avoir à connaître ma vie. Surtout que le tableau n'était pas très réjouissant. Pourtant, nous avons passé une bonne partie de la nuit à discuter. J'ai parlé de mon enfance, puis de mon adolescence, en taisant les événements traumatisants de ces dernières années. Rip m'a donné l'impression de boire mes paroles, ponctuant parfois mes phrases de nouvelles questions. Et quand je lui ai confié que de nouveaux souvenirs avaient fait leur apparition dans mon esprit, il a semblé encore plus intéressé.

« C'est une bonne chose. Cela signifie que la fusion est terminée. »

J'ai gardé pour moi mon manque d'enthousiasme et j'ai préféré l'interroger à mon tour.

« Et toi, Rip, elle était comment ton enfance ? »

Là, bizarrement, il s'est tu. À la place, il a pris sa guitare et s'est mis à jouer. Ses doigts dansaient doucement sur les cordes, leur arrachant des plaintes d'une mélancolie à vous briser le cœur. J'aurais écouté pendant des heures les sons rauques de sa voix qui racontait les histoires tristes de héros au destin tragique. Mais la fatigue a eu raison de moi et la musique a fini par m'emporter dans le néant d'un profond sommeil.

Quand je me suis réveillée ce matin, j'étais dans mon lit, et la marque avait disparu.

Quelle merde !

J'attrape ma tête dans mes mains et me frotte vigoureusement le visage avec de l'eau fraîche. Lorsque j'aperçois mon reflet dans le miroir du lavabo, je me trouve une mine encore plus affreuse.

Je suppose que c'est Rip qui m'a portée jusque dans ma chambre après que je me suis endormie. C'est lui qui m'a déshabillée et glissée dans les draps. Lui qui a ôté la marque…

Je fronce les sourcils. Il y a un truc qui cloche. Parce que j'ai l'impression qu'il s'est passé quelque chose.

Alors que je me concentre sur mes pensées, un vague souvenir ressurgit, dans lequel je vois Rip à travers un brouillard épais, qui altère ma vision. Un souvenir se précise peu à peu alors que je plonge plus profondément dans le reflet de mes pupilles.

Je me rappelle… Raphaël penché au-dessus de moi. Ses lèvres qui effleurent les miennes, aussi légères que les ailes d'un papillon. Et son murmure, comme une caresse contre ma bouche.

« Je te libère, mon amour… Que ton esprit soit délivré de toute contrainte ! Que nos liens se dissipent et t'affranchissent de mon emprise ! »

Puis cette sensation de fraîcheur dans ma tête. Ce souffle gelé qui s'échappe de mes lèvres comme tiré du plus profond de mon âme. Et encore la voix de Rip, rauque, emplie d'émotion.

« Maintenant, tu peux faire tes choix, en ton âme et conscience, bébé. Tu es libre… »

Bordel ! Je n'ai pas rêvé !

***

— Kataline ! Tu es là ?

La voix de mon père à travers la porte me fait sursauter.

— Oui, papa, entre !

Le voir entrer dans la pièce est la meilleure chose qui puisse m'arriver à cet instant. Son visage bienveillant, aimant est comme un baume sur mon âme tourmentée.

— Je suis contente de te voir.

— Je ne pouvais pas te laisser partir sans passer un peu de temps avec toi. Seul à seul. Juste toi et moi.

Je lui adresse un petit sourire triste. J'aurais tellement voulu faire beaucoup plus avec lui. Lui parler de tout, de rien, de nous. De maman. J'ai encore tant de questions sans réponses… Mais le temps est cruel. Chaque minute qui passe est perdue. À jamais.

— C'est bien que tu sois venu.

Il m'adresse un sourire triste. Ses yeux, eux, ne rient pas et je vois bien à ses traits marqués qu'il est soucieux. Avec un soupir, il s'assied sur mon lit, en tapotant les draps à côté de lui pour m'inviter à prendre place.

— Tu as encore changé, petite, dit-il d'une voix résignée.

Il désigne ma mèche du menton. Oui, elle est encore plus blanche qu'avant. Je plisse le nez en attrapant mes cheveux qui ont pris la couleur de la neige fraîchement tombée.

— J'ai rencontré une personne qui m'a permis de comprendre qui je suis vraiment. Elle m'a aidée à découvrir ma vraie nature.

Il hoche la tête.

— C'est bien. Je suis content que tu aies pu progresser.

Un léger malaise s'installe lorsqu'il marque une pause.

— Tu te sens prête ? finit-il par demander au bout de quelques secondes de silence.

Difficile de répondre franchement à cette question alors que je n'en ai aucune idée moi-même.

— Rip et Marcus m'ont donné l'enseignement nécessaire pour que je le sois. Maintenant, si tu parles de mon mental, eh bien, je dois avouer que j'ai quelques doutes ! Je m'aventure dans l'inconnu et je n'ai aucune idée de ce à quoi je m'attaque.

— Le départ est imminent.

— Oui. Nous partons à midi…

Mon père passe sa main sur son visage, comme s'il mesurait seulement maintenant que j'allais partir.

— Je regrette… tellement de ne pas avoir pu passer plus de temps avec toi, petite. Mais je ne pouvais pas perturber ta préparation. Ta tante m'a expliqué que c'était essentiel que tu puisses te consacrer à ton entraînement.

Le pauvre, il se sent coupable alors qu'il n'est qu'une victime dans toute cette histoire. Je lui attrape la main pour le réconforter.

— Ce n'est pas ta faute, papa. C'était impossible. Moi-même, j'aurais aimé que cela soit différent. Mais, c'est ainsi…

Il fronce les sourcils tout en souriant, ce qui donne à son visage un air étrange.

— Ta mère… Elle voulait tellement t'épargner tout ça. Depuis toute petite. Elle aurait voulu que tu aies une vie normale.

Ouais… Eh bien, on va dire que c'est raté sur toute la ligne, n'est-ce pas ?

— Tu veux dire sans séance d'hypnose pour effacer mon côté muse ?

Il accuse le coup sans broncher. C'est cruel ce que je fais, mais je ne peux m'en empêcher. Tout aurait pu être différent si ma mère n'avait pas fait ça…

— Ta mère n'a pas fait les bons choix… Et je m'en veux de l'avoir laissée faire. De ne pas avoir pu la convaincre de te laisser vivre ta vie normalement. Mais tout ça, ça me dépassait complètement. Je suis un scientifique, rationnel, et tout ce qui va avec. Ce monde de la nuit me faisait peur. Je ne voulais pas que tu te retrouves avec les monstres qu'elle me décrivait…

Lorsque mes yeux se posent sur mon père, j'ai du mal à le reconnaître. On dirait qu'il a pris dix ans en quelques secondes. Les rides qui marquent son visage se sont creusées et les cernes sous ses yeux ont foncé. Il me semble si fragile, à cet instant… Je réfrène l'envie de le consoler et, à la place, je serre sa main plus fort.

— Il est inutile de ressasser le passé, papa. Ce qui est fait est fait. Maintenant, il me faut me concentrer sur mon objectif. Et mon objectif, c'est délivrer maman et éliminer ses tortionnaires. Je n'ai aucune idée de ce à quoi je vais me confronter, mais ce dont je suis sûre, c'est que ma volonté de la ramener surpasse tout le reste.

— Tu ne lui en veux pas ?

— Elle reste ma mère…

Il me regarde comme s'il me voyait pour la première fois, et les larmes que je vois poindre au bord de ses cils me serrent le cœur.

— J'ai peur, petite… Tellement peur de te perdre, toi aussi…

— Je vais revenir, papa. Et je la ramènerai. Je t'en fais la promesse.

— Mais tu t'engages dans une guerre qui risque de te dépasser complètement. Les démons sont des êtres cruels et…

— C'est pour cette raison que je suis avec le meilleur d'entre eux. Fais-moi confiance, papa.

Les paroles sont sorties toutes seules de ma bouche. Parce que j'en suis absolument convaincue. Rip est le seul démon qui puisse m'aider à réussir. Je l'ai vu à l'œuvre et j'ai toute confiance en lui pour ce qui concerne cette mission.

— Tu as raison, petite. Je te fais confiance. Tu es bien plus forte que je ne l'aurais jamais imaginé et j'admire ta détermination et ton courage.

Il ne pouvait pas me faire plus beau compliment. Je m'apprête à lui répondre lorsqu'un coup frappé à la porte m'en empêche.

— Kat ! C'est l'heure…

***

Alors que je suis Marcus jusque dans le grand salon, j'attends l'arrivée de l'habituelle boule au ventre, signe de mon appréhension. Pourtant, il n'y a rien. Je me sens étrangement sereine, prête à entamer cette guerre dont j'ignore l'issue, et même le commencement. Mes échanges avec mon père m'ont fait du bien, on dirait… Et ceux avec Rip peut-être encore plus.

Je ne sais pas si la marque influençait ma manière de penser, mais son absence n'a pas altéré la confiance que j'ai en lui. Je sais qu'il m'aidera.

Que la bataille commence !

Ce matin, j'ai revêtu la combinaison noire donnée par Jennifer et j'ai enfilé un gilet à capuche par-dessus. Je me suis dit que ce serait beaucoup plus pratique. Bizarrement, le vêtement moulant ne me dérange plus. Je n'ai plus de temps à accorder à ces préoccupations vestimentaires qui me pourrissaient la vie.

Et puis c'est tellement plus facile de se mouvoir dans ce genre de fringues, surtout en cas d'attaque. On peut se déplacer facilement pour donner le coup de grâce.

Écoutez-la qui parle comme si elle était un soldat passé maître dans l'art de la guerre !

Pfff ! Je n'ai pas le temps de répondre à ma petite voix intérieure parce que nous arrivons justement dans le salon.

Royce et Parker sont installés devant le bar géant et examinent des papiers qui jonchent le plateau de marbre. Non loin d'eux, il y a ma famille et mes amis. Jess, Kris, Justine, Sam, Mathieu et Marco… Mon cœur se serre en pensant qu'ils vont peut-être risquer leur vie à cause de moi… Comme tous les autres présents dans cette salle.

Mes yeux parcourent la pièce et embrassent les dizaines de personnes qui attendent, prêtes à partir au front pour ma cause. Je ne peux empêcher mon cœur de battre plus vite alors qu'un sentiment de culpabilité commence à poindre dans mon esprit. Je tente de le réfréner, mais tandis que je continue d'explorer la pièce, une ombre attire mon attention, à l'écart de tous. Une fille immobile, aux cheveux noirs et au regard vide, semble avoir été placée là, comme une statue, sans que personne ne fasse attention à elle.

— Kat ! Viens par là…

La voix de Marcus détourne mon attention, m'obligeant à le suivre vers le bar. À peine l'ai-je rejoint que Jess se jette sur moi et me serre dans ses bras avec force.

— Viens me faire un câlin, ma puce !

— Doucement, Jess, tu vas m'étouffer…

Elle soupire et s'écarte pour me regarder.

— Désolée, chérie. Mais j'en avais besoin. Tu vas bien ?

— Hum, hum…

Je secoue la tête devant son air sceptique. Elle est toujours inquiète pour moi, quoi que je fasse, alors là, je ne vous raconte même pas ! Kris l'attrape par la taille pour l'attirer contre lui et m'adresse un petit clin d'œil, du style : « Tu me remercieras plus tard ! »

— Kat, tu vas partir en premier, avec nous, dit alors Royce d'un ton autoritaire. On fait traditionnel. Fourgon et motos. Pour les autres, ils vont glisser et nous rejoindre à certains points stratégiques du parcours. Ici, ici et encore ici.

Il désigne du doigt des lieux sur une carte routière que je ne parviens même pas à identifier.

179

Ouh là ! J'ai l'impression de tomber dans un film de braquage ! Genre *Ocean's Eleven*… Il se prend pour Danny Ocean ou quoi ?

— Et pourquoi je ne peux pas… glisser, moi aussi ?

Le démon m'adresse un regard noir.

— Parce que ce connard de Rip a décidé de t'enlever sa marque ! Voilà pourquoi !

— Mais…

Je ne comprends pas ce que cela a à voir… Merde ! Ça veut dire que tout le monde est au courant ? Sympa, le respect de la vie privée !

— Un humain peut être téléporté à quelques dizaines de mètres, voire quelques centaines. Mais avec la distance que nous allons parcourir, c'est impossible, Kat.

— Je croyais que les muses le pouvaient…

— Mais tu n'es qu'à moitié Muse. Crois-moi, si tu ne veux pas te retrouver explosée en millions de particules, il vaut mieux que tu prennes la voiture…

— Non ! La moto…

Rip s'avance dans la pièce, un casque de moto dans chaque main. Sa combinaison de cuir épouse son corps à la perfection et son allure de *biker* façon *bad boy* me coupe littéralement le souffle. Quoi que je fasse, je sais que ce démon me fera toujours le même effet. Et ce, jusqu'à la fin de mes jours.

Derrière lui, Maxime ressemble à… un ange. Avec ses cheveux aux reflets clairs, brûlés par le soleil, sa peau mate, ses yeux bleus et ses vêtements clairs, il paraît tout droit sorti d'un film de surf.

Mon Dieu ! Comment ces deux mecs peuvent-ils être frères ?

Rip fonce droit sur moi, et son regard sombre et protecteur m'enveloppe comme une seconde peau.

— On ne peut pas prendre l'avion comme tout le monde ? suggéré-je, par respect pour mon esprit de contradiction.

— Trop repérable ! La Ligue surveille quasiment tous les vols, répond Marcus.

Ah, mince !

— Tu es prête ? demande-t-il en me tendant un casque.

Je hoche vivement la tête afin d'effacer les images torrides de lui qui envahissent mon esprit.

— Oui.

À ce moment-là, mes yeux croisent par hasard le regard vitreux d'une ombre, tapie au fond de la pièce. Et ce regard me fait réagir. Sans plus réfléchir, je m'adresse à Rip.

— Mais avant, je veux que tu fasses quelque chose pour moi, Raphaël.

Rip lève un sourcil, attentif à ma réponse.

— Je veux que tu libères Mégane.

22
Départ en croisade

Les yeux de Rip sondent les miens, comme s'il voulait fouiller au plus profond de mon âme. Il semble perturbé par ma demande.

— J'ai du mal à comprendre, Kat. Tu veux que je libère la seule personne ici qui crève d'envie de t'arracher le cœur pour son propre plaisir ?

J'avale péniblement ma salive.

Oui, je sais. Mégane ne m'apprécie pas. Et au fond de moi, je peux le comprendre. Mais est-ce une raison pour la transformer en zombie ?

Je hoche la tête lentement, avant que le doute ne s'insinue plus profondément dans mon esprit. Maxime se place à mes côtés et sa présence me rassure.

— Kat a raison, Rip. Cette sanction a déjà trop duré…

Son intervention ne semble pas faire plaisir au démon. Mais alors pas du tout !

Voir que son frère se rallie à ma cause a l'air de lui poser un sérieux problème. Et il ne se gêne pas pour nous le faire comprendre, nous enveloppant d'un regard noir, intimidant. Puis il pose les casques sur le bar si brusquement que je ne peux m'empêcher de sursauter.

— Voyez-vous ça ! Vous êtes trop mignons tous les deux… avec votre empathie, votre sentimentalisme… Merde ! Vous êtes pathétiques et ça me donne envie de gerber !

Et voilà que Rip le connard est de retour. Reste à savoir si c'est une bonne ou une mauvaise nouvelle.

L'entendre se moquer de nous et nous provoquer de la sorte m'agace à mon tour. Mais avant que je ne lui réponde, Rip s'approche de moi. Tout près. Trop près.

Ses yeux pleins de colère sondent les miens, et je me sens soudain si insignifiante devant sa présence démoniaque que je recule d'un pas. Mais il se rapproche encore et son souffle balaie mon visage lorsqu'il me balance :

— O.K., je vais te faire plaisir…, bébé !

Il exagère en insistant sur le dernier mot pour bien me provoquer. Mais encore une fois, il n'attend pas ma réaction et me laisse en plan pour partir en direction de Mégane.

Je ronge mon frein en serrant les poings. Hors de question de rentrer dans son jeu et de me laisser déborder par ma colère.

Ce mec est tellement lunatique que j'ai de plus en plus de mal à le suivre. Il est capable de passer du type sympa au plus odieux des hommes en quelques minutes. J'en ai le tournis !

— Bordel, mais y a pas quelqu'un qui pourrait me donner la notice, là ? Parce que je n'arrive plus à suivre ses changements d'humeur, moi !

Je sens la main de Maxime se poser doucement sur mon épaule.

— Rassure-toi, je la cherche encore et toujours depuis notre enfance. Et je crains de ne jamais la trouver…

— Il a dû la laisser traîner en enfer, intervient Parker en ricanant comme une hyène.

Je me tourne vers lui, l'air outré.

— Et c'est censé m'aider, ça ?

Le sourire amusé de Parker s'efface d'un coup, en même temps que ma colère. Je secoue la tête. Il a le don pour dédramatiser toutes les situations, celui-là.

— T'inquiète ! Je pense qu'il est tout simplement jaloux…

Mes paupières clignent toutes seules. Jaloux… de Max ? Ouais ! Ce ne serait pas la première fois.

Les joues en feu, je reporte mon attention sur Rip qui a rejoint Mégane dans le renfoncement. Il se tient maintenant en face d'elle. Très près. Trop près…

La femme zombie sait qu'il est là. Elle sent sa présence. Indéniablement. Car elle lève la tête vers lui et attend je ne sais quoi, comme un geste divin. C'est dingue ! Elle semble toujours aussi subjuguée par le démon. Même après ce qu'il lui a fait subir.

À croire qu'elle est complètement sous l'emprise de son aura. Comme une fanatique qui perdrait toute objectivité et toute raison.

Rip s'approche encore et lui attrape la nuque pour relever son menton vers lui. La distance m'empêche de comprendre ce qu'il lui dit, mais je devine qu'elle apprécie ses paroles parce que, aussitôt, Mégane pose son visage dans les paumes de Raphaël. Elle ferme les yeux. Et s'en remet à lui, en toute confiance.

Hypnotisée par leurs gestes, je sens comme un léger pincement dans ma poitrine. Cette douleur, je la connais. C'est la jalousie, qui est en train de me bouffer, petit à petit.

Et elle prend encore de l'ampleur lorsque le démon baisse la tête jusqu'à effleurer la bouche de Mégane.

Lentement, un léger brouillard bleuté s'échappe des lèvres de Rip pour regagner celles de la jeune femme.

Le temps s'arrête et ma respiration aussi.

J'aimerais me détacher de ce spectacle. J'aimerais ignorer la pulsion qui me pousse à garder les yeux sur eux, sans pouvoir m'en détacher. Mais je n'arrive pas à détourner le regard.

Masochiste que tu es !

Un grand coup de faucille décapite mentalement ma petite voix, la réduisant instantanément au silence. Elle croyait certainement me faire réagir en disant cela ? Elle n'a réussi qu'à me plomber un peu plus…

Je me mords la lèvre pour empêcher mon cœur de sortir de ma poitrine. J'ai envie de pleurer…

Merde ! Mais qu'est-ce qui me prend ? La main de Marcus, qui se pose sur mon bras, semble vouloir détourner mon attention.

— Eh, Kat ! Il ne fait que la libérer…

Alors que je m'aperçois du ridicule de ma réaction, l'air s'échappe de mes poumons d'un seul coup avec un sifflement de Cocotte-minute.

Mégane, de son côté, prend une grande inspiration et son visage se pare d'un nouvel éclat. C'est comme si elle reprenait vie. Son teint s'illumine, et ses yeux pétillent à nouveau comme avant. Ayant repris un aspect normal, la jeune femme fixe Rip comme s'il s'agissait d'un dieu vivant.

— T'inquiète ! répète le gardien à mon oreille. Il n'y a aucun risque que Rip retourne avec elle. Ni avec aucune autre fille, d'ailleurs.

Ça, j'ai vraiment du mal à y croire ! Le connaissant, Rip serait incapable de faire vœu d'abstinence.

Mais bon, ce n'est pas comme si ça m'inquiétait… Qu'est-ce que j'en ai à faire après tout ?

Ouais, je sais, c'est l'hôpital qui se fout de la charité. Mais j'ai les nerfs en pelote de voir que je me suis fait prendre à mon propre piège. Maintenant, je ne peux plus rien dire. Rip a fait ce que j'ai demandé, non ? Alors, pourquoi je me mets dans un état pareil ?

Je croise les bras sur ma poitrine d'un geste boudeur.

En fait, pour tout avouer, voir le démon aussi proche de cette mégère me rend dingue. Mais jamais je n'avouerai que la peur de le revoir avec elle me dévore.

Même à la petite voix. C'est dingue d'être aussi hypocrite avec sa propre conscience.

Alors que je m'apprête à détourner enfin les yeux, Mégane s'effondre en larmes.

Certainement le contrecoup de l'épreuve qu'elle vient de subir.

Mais loin d'être attendri, le démon reste froid comme le marbre. Sans plus la regarder, il lève la main en direction d'un groupe de jeunes disciples.

— Lucie ! Viens t'occuper d'elle et dégage-la d'ici ! Je ne veux plus la voir…

Lucie… Je n'avais même pas vu qu'elle était là celle-là ! La petite rousse sort de nulle part et accourt pour soutenir son amie qui continue de pleurer toutes les larmes de son corps.

Lorsque Rip revient vers nous et se retrouve en face de moi, il ne peut s'empêcher de me défier du regard.

— J'ai fait ce que tu voulais, dit-il d'une voix tranchante. Maintenant, on s'arrache. Tu nous as assez fait perdre de temps.

Mégane pousse un cri et tente d'échapper à l'étreinte de Lucie qui la retient comme elle peut.

— Rip ! Non… Ne me laisse pas…

Sans prêter attention à elle, il attrape un casque et me le met dans les bras avec force.

— Prends ton blouson et enfile ça, m'ordonne-t-il.

— Et moi ? Je fais quoi maintenant ? hurle Mégane. Qu'est-ce que je deviens ? Rip… Je t'aime.

Le démon se tourne vers elle, le regard dur et méprisant.

— Toi, tu dégages de ma vie !

***

L'appréhension est comme la houle… Elle se retire. Loin. S'efface. Pour toujours revenir. Et alors que je m'accroche au torse de Rip, la poitrine écrasée contre son dos, elle est là. Bien au chaud, logée dans ma gorge.

La peur de l'inconnu est la pire des choses. Quand on ne sait pas à quoi s'attendre, on peut tout imaginer. Le meilleur comme le pire. Moi, j'ai tendance à me focaliser sur le pire. Et ça me file des palpitations.

Merde ! J'ai envie de faire pipi.

Pourtant, je me garde bien de le dire et je fais comme si de rien n'était. J'attendrai la pause.

Ça fait presque trois heures que nous roulons en direction du Sud-Est. Et Rip n'a toujours pas prononcé le moindre mot. C'est bien la peine d'avoir des casques dernier cri avec système de communication intégré si c'est pour ne rien se dire !

Depuis qu'il a mis les gaz, le démon est resté muet. Il avale les kilomètres d'autoroute comme des litres d'eau, avec une facilité déconcertante, dans un silence absolu. Et moi, je m'accroche à l'arrière, essayant de limiter au maximum les prises d'air entre nos corps. Je suis collée à lui, comme une huître à son rocher. Si près que j'arrive même à sentir sa chaleur à travers nos vêtements.

Cette proximité me procure un mélange de gêne et d'autre chose que je sais parfaitement qualifier, mais dont je tairais la nature.

Alors, pour oublier la présence obsédante du démon, je préfère me concentrer sur les paysages qui défilent sous mes yeux, la tête posée sur son dos. Je compte les kilomètres, en prenant conscience que chacun d'eux me rapproche un peu plus de mon destin. Qu'est-ce qui m'attend au quartier général de la Ligue ? Je n'en ai pas la moindre idée. Et les autres ne semblent pas plus le savoir. Pourtant, j'ai la désagréable sensation de me jeter dans la gueule du loup. Ou plutôt du diable…

Les paroles de Jess me reviennent en mémoire :

« Tu dois rester sur tes gardes, ma chérie. Promets-moi de ne pas quitter Rip d'une semelle. »

C'est étrange. On dirait qu'il n'y a qu'en lui que ma tante place sa confiance.

Mes pensées divaguent vers l'instant où nous avons quitté la demeure de Vincennes. La séparation d'avec mon père et ma tante a été difficile. Je

186

pars, et je ne sais pas quand ni même si je reviendrai. Nos au revoir ont sonné comme des adieux et je n'aime pas du tout le sentiment que ça m'a laissé.

Je soupire bruyamment et, à ce moment-là, la voix grave de Rip résonne dans mon casque, me faisant presque sursauter.

— On va s'arrêter à la prochaine station.

Ouh là ! Je suis ravie d'apprendre que le démon a toujours les cordes vocales en état de marche ! Je me mords la lèvre pour ne pas lui balancer une remarque acerbe, et me contente d'un simple :

— O.K. !

Lorsque la moto s'arrête sur le parking de l'aire de repos, je ne suis pas mécontente de pouvoir descendre de l'engin. Ça fiche mal aux jambes de rester agrippée comme ça.

J'ai l'impression d'être un énorme boulet que Rip doit traîner derrière lui. Et pourtant, j'essaie de me faire toute petite, je vous assure. Mais à force de faire des efforts, j'en attrape des crampes.

J'ôte mon casque et détache rapidement ma natte avec un soupir satisfait. Quel bonheur d'enlever ce truc et de sentir l'air frais sur mon cuir chevelu ! Je secoue la tête en essayant de démêler mes cheveux avec les doigts.

Lorsque je me redresse, je croise le regard assombri de Rip. Il me fixe avec un air de prédateur, qui me donne des frissons. Mon corps se met immédiatement au garde-à-vous et mes poils se hérissent sur ma peau.

Non, mais il faut que ça cesse ! Pourquoi ça me fait toujours ça quand le démon me regarde de la sorte ?

J'avale péniblement ma salive en sachant très bien la réponse.

À ce moment-là, le Hummer de Royce et la moto de Parker se garent à côté de nous, rompant notre échange silencieux. Rip tousse et m'adresse un signe de la tête.

— Tu devrais mettre ta capuche. Tes cheveux sont beaucoup trop voyants pour qu'on passe inaperçus.

Je secoue la tête, exprès. N'importe quoi !

Lorsque je ressors des toilettes, cinq minutes plus tard, je retrouve Maxime et les autres à l'extérieur, près d'une table haute. Machinalement, je cherche Rip des yeux, mais je ne le vois nulle part.

Étrange…

À mon arrivée, Maxime me tend un gobelet de café fumant.

— Merci. C'est gentil, soufflé-je.

Une fois mon breuvage terminé, j'étire mes muscles encore endoloris.

— Tu as des courbatures ?

Je grimace.

— Hum… La moto n'est pas ce qu'il y a de plus confortable pour un passager. Je me demande si je ne ferais pas mieux de monter dans le 4 x 4 de Royce.

Le démon m'adresse un regard amusé.

— Han, han ! Désolé, mais je ne crois pas que Rip me laisserait t'emmener.

— Ah ouais ? Et depuis quand Rip décide de ce que je peux faire ou non ?

— Depuis que j'ai pris la décision de t'accompagner.

Oh, bordel ! Il m'a fait sursauter. Mais d'où sort-il comme ça ?

— Et que j'ai promis à ta tante de veiller sur toi. Je ne peux le faire que si je suis avec toi, continue Rip sans se soucier de mon regard noir.

J'hallucine. Mais qu'est-ce qu'il s'est mis dans la tête ?

— Donc, tu as vraiment l'intention de rester avec moi H 24 ?

Le sourire en coin que m'adresse le démon ne me dit rien qui vaille et me retourne les tripes.

Non… Il n'a pas l'intention de passer ses jours et ses nuits avec moi ? Si ?

Oh… Tu es dans la merde, ma vieille !

Ma petite voix intérieure a l'air de bien s'amuser de cette situation. Mais moi, ça ne me fait pas rire du tout. Et à voir le sourire sadique de Rip, je sais que j'ai raison de m'inquiéter.

Le démon me tend mon casque. Autant dire qu'il a bien l'intention de me coller aux basques pendant toute l'aventure.

— Viens ! On doit voir Marcus avant de repartir.

Marcus ? Mais il n'est pas parti en même temps que nous…

Rip m'entraîne à l'écart, vers un point d'observation niché sur les hauteurs de la station-service. Je me demande bien pourquoi il nous emmène ici. L'endroit est désert.

Pourtant, il s'assied tranquillement sur un banc et commence à discuter avec Royce.

— Euh… On attend quoi là, exactement ?

188

— Un peu de patience, ma belle.

Oh là, réponse on ne peut plus laconique ! Je ronge mon frein en observant la table d'orientation installée devant moi, qui décrit le relief de la région.

Le panorama est splendide ici et on voit l'horizon à perte de vue.

Le soleil honore cette journée d'automne par sa présence et, grâce à la clarté du ciel, j'arrive à voir la plupart des sites désignés sur la fresque peinte à la main.

Je suis plongée dans ma contemplation lorsqu'une bourrasque détourne mon attention. Marcus apparaît à côté de nous, affublé de son costume de combat.

— Ah, on a failli attendre ! dit Rip en se levant.

Je peux percevoir une once de reproche dans sa voix. Mais cela ne semble pas perturber l'archer, qui m'adresse un petit signe en faisant disparaître son masque de fer. Mais moi, je ne parviens pas à lui rendre son sourire.

C'est dingue ! Je n'arrive toujours pas à me faire à l'idée que la téléportation existe réellement ! Une part de mon inconscient réfute cette réalité.

— Tout est O.K., Rip. On a le premier étage de l'hôtel pour nous.

Oh ! Il a dû partir en éclaireur.

— J'ai pu voir notre ami. Il exige de te parler en direct. Je sais que ça ne va pas te plaire, mais il veut te voir ce soir dans son repaire habituel. À Genève. Il nous attend pour 20 h 30.

Rip fronce les sourcils quelques secondes avant de répondre d'une voix agacée.

— Je n'ai pas pour habitude qu'un fureteur me donne des directives.

Puis, brusquement, il change d'attitude et pose ses yeux sur moi.

— Mais je ne suis pas contre un peu de distraction, alors je vais faire une exception pour ce soir…

Il jette un œil à sa montre et m'adresse un signe de tête.

— Ça nous laisse quatre heures pour terminer le trajet. Il ne faut pas qu'on traîne.

***

189

Lorsque, au bout de trois heures trente, nous arrivons enfin à l'hôtel de la Paix, je suis littéralement éreintée. Je n'ai même pas la force de parler lorsque Rip échange avec le maître d'hôtel. Pas plus que je n'ai la force de protester lorsque je constate que Rip nous réserve une suite commune…

Je n'ai qu'une envie, manger un truc rapide et me coucher. Pourtant, lorsque nous pénétrons dans l'appartement qui nous est réservé, je suis subjuguée par la beauté des lieux. Un immense salon nous accueille avec ses canapés en cuir marron et son tapis moelleux.

Cette pièce est chaleureuse et cosy à souhait. Digne d'un grand magazine de décoration.

La pièce est pourvue de grandes baies vitrées qui donnent directement sur le lac Léman.

Je m'approche des fenêtres pour admirer la vue et les lumières de la ville qui se reflètent sur la grande étendue d'eau. C'est juste magnifique.

La suite se compose de deux grandes chambres identiques qui s'opposent, avec chacune leur salle de bains et leur dressing à la décoration parfaite. Je me précipite dans l'une d'elles pour vérifier qu'il y a bien une baignoire. J'ai tellement besoin de me détendre…

Rip pose ses affaires près de la seconde porte, et la réalité me rattrape brusquement lorsque je me rends compte que l'autre chambre lui sera bien destinée.

— Tu comptes dormir là ?

Oui, je sais… Question idiote !

— À ton avis ?

Ces simples mots résonnent comme une menace.

Mais au moment où je m'apprête à répondre, quelqu'un frappe à la porte. Je me précipite sur la poignée, heureuse d'avoir un prétexte pour détourner mon attention.

Un garçon d'étage, droit comme un I, se tient dans l'encadrement. Lorsqu'il m'aperçoit, son visage s'empourpre subitement et ses yeux passent rapidement sur mon corps.

Il se met à bégayer.

— Mademoise… Mada… Hum… Voici la tenue qui a été… commandée. Pour vous… Enfin, je suppose…

Le démon s'aperçoit de la gêne du jeune homme et s'avance avec un air agacé. Il lui arrache la housse des mains et répond d'une voix coupante.

— Merci. Vous pouvez disposer.

Après lui avoir glissé un gracieux pourboire dans la poche, Rip lui claque presque la porte au nez.

Il se tourne alors vers moi, l'air renfrogné.

— Comme tu l'as entendu tout à l'heure, on sort. Va prendre une douche et enfile ça. On se retrouve ici dans trente minutes.

Avec un geste rageur, j'attrape la housse et me précipite dans ma chambre sans répondre.

Pour la soirée détente, c'est fichu !

23
Casino

Mes yeux s'écarquillent lorsque je découvre la tenue qui se cache sous la housse. La robe noire !

Je cligne plusieurs fois des paupières pour bien m'assurer que je n'ai pas rêvé. C'est la robe noire que j'ai achetée avec Jess lors de ma virée shopping.

La coupe parfaite, la taille cintrée, le décolleté idéalement dessiné et le tissu fluide qui glisse entre mes doigts. Il n'y a aucun doute. C'est bien elle.

Merde ! Mais il est hors de question que je sorte là-dedans !

Pourtant, je sais que je n'ai pas le choix. Rip ne me laissera jamais ici toute seule. Il m'a bien fait comprendre qu'il ne me lâcherait pas d'une semelle. Alors je sais qu'il ne sert à rien de me révolter.

Et puis, tel que je le connais, il serait capable de me balancer lui-même sous la douche et de m'habiller de force pour que je le suive.

Pfff !

Je jette la housse sur le lit avec rage et file dans la salle de bains à contrecœur. J'ai l'impression de ne plus rien maîtriser depuis que le démon a décidé de m'aider. Il contrôle tout. Et ça m'énerve !

Pourtant, je sais au fond de moi que je dois m'en remettre à lui. Il connaît la Ligue, il connaît le boss et il sait parfaitement comment m'aider à retrouver ma mère. Alors, je dois mettre ma rancœur de côté et le laisser diriger les opérations. Et même si ça m'oblige à me bouffer les lèvres pour endurer la situation, je dois me résigner à lui laisser les commandes. Enfin, pour le moment.

Vingt minutes plus tard, je retourne dans le salon commun de la suite. Rip m'y attend, assis sur le canapé, un verre de whisky à la main. Lorsque je pénètre dans la pièce, il se lève d'un bond. Le bruit de son verre claquant sur la table résonne dans le silence de plomb qui s'est abattu sur nous. Je reste bouche bée dans l'embrasure de la porte, à le fixer bêtement. On dirait l'icône d'une grande marque de parfum.

Le démon a revêtu un costume noir et ça lui donne l'allure d'un businessman diablement sexy. La coupe parfaite de ses vêtements souligne sa puissante carrure et la couleur sombre du tissu fait ressortir sa peau hâlée et ses yeux de glace. Seuls ses tatouages, ses piercings et ses cheveux en bataille dénoncent son côté mauvais garçon.

Putain !

Je suis certaine qu'aucune femme sur cette terre ne pourrait résister au sex-appeal du démon. Ce type pousserait à la débauche n'importe quelle représentante de la gent féminine.

Moi, la première.

J'avale péniblement ma salive, autant à cause de l'effet qu'il me fait qu'en raison de son regard sombre rivé sur moi. Ses yeux me parlent... Ils me promettent le septième ciel, le nirvana et toutes les étoiles de l'univers.

À ce moment-là, s'il était possible de me faufiler dans un trou de souris, je sauterais dedans à pieds joints. Malheureusement, je ne peux que rester immobile, à me liquéfier sur place devant les pupilles dilatées par le désir qui glissent maintenant sur mon corps. Lentement. Telle une lame de feu qui me lèche, laissant sur son passage une délicieuse sensation de brûlure.

Le temps semble s'arrêter alors que mon souffle se fait court. Le regard de Rip continue son exploration, chaud, enivrant, provocant... et moi, je ne parviens pas à me détacher de son visage, guettant la moindre de ses réactions. Son corps se crispe, et je vois ses mâchoires se serrer. Et il y a ce petit muscle qui se contracte nerveusement sur sa joue et qui montre la tension qui l'habite.

L'atmosphère se charge d'électricité.

— Bordel, Kataline !

Avec la rapidité de l'éclair, il apparaît devant moi et ses doigts saisissent mon menton pour me relever la tête vers lui.

Je reste hypnotisée par l'intensité de ses prunelles d'argent qui s'illuminent d'une lueur nouvelle. Sauvage. Dangereuse. Et qui semble incontrôlable.

La tension monte. À une vitesse vertigineuse. Nous entraînant malgré nous dans un tourbillon de sensualité qui menace de nous faire chavirer.

Les yeux de Rip capturent les miens, et nos âmes se lient entre elles, retrouvant avec bonheur leur connexion perdue.

L'attente se prolonge et, avec elle, la tension sexuelle qui devient insoutenable.

Mon corps s'avance naturellement vers le sien, comme une invitation muette. À ce moment-là, le regard du démon plonge vers mon décolleté et une lueur métallique le traverse. Son index descend le long de ma mâchoire, aussi léger qu'une plume et aussi brûlant que la lave en fusion. Il dessine les contours de ma gorge et s'arrête juste à l'encolure de ma robe. Alors Rip passe lentement sa langue sur ses lèvres, s'attardant quelques secondes sur son piercing.

Putain, j'ai terriblement envie de mordre à pleines dents dans cette bouche parfaite ! Sentir sa langue se battre avec la mienne. Ses doigts s'enfoncer dans ma chair.

Mon pouls s'accélère et je lève la tête, bouche ouverte, dans l'attente d'un baiser.

Mais au moment où je crois qu'il va céder à la tentation, ses pupilles se rétrécissent et son regard se dirige vers la porte. Quelques secondes plus tard, quelqu'un frappe.

Rip s'écarte d'un bond et reprend une attitude normale.

— Entre, Royce !

Le démon pénètre dans la suite et s'arrête sur le seuil. Son regard passe de Rip à moi, et à voir son expression, je le soupçonne de savoir parfaitement ce qu'il vient d'interrompre. Mais il a la décence de ne rien dire et se tourne vers Raphaël, le plus naturellement du monde.

— Il est l'heure.

— Ouais. On y va.

Sans un regard vers moi, Rip sort de la pièce.

Merde ! Je ne sais même pas si mes jambes tremblantes vont réussir à me porter jusqu'à la voiture.

***

Le bruit des machines à sous tambourine dans ma tête. Le repaire du fureteur n'est pas un restaurant tranquille comme je l'imaginais, mais un casino. Immense. Et rempli de monde.

Sur la porte du bâtiment, il est écrit « soirée privée » en lettres dorées. Normal que le *dress code* soit si strict.

Je n'ose même pas imaginer qui a les moyens de privatiser un casino tout entier. Pourtant, il a fallu que Royce montre un laissez-passer pour que l'on puisse accéder à l'intérieur.

— Veuillez m'accompagner, je vous prie. Votre table vous attend.

Un majordome nous prend en charge et nous guide à travers le bâtiment.

Les différents étages sont bondés. Des dizaines d'hommes et de femmes, tous plus chics les uns que les autres, s'agglutinent autour des tables de jeu.

Quand je vois leur tenue, je ne regrette pas d'avoir mis cette robe, finalement. J'aurais eu l'air cruche si j'avais porté l'un des vêtements qui sont dans ma valise. Je comprends mieux la raison pour laquelle Rip a voulu que nous soyons sur notre trente-et-un.

Rip…

Il est à quelques mètres devant moi et pourtant, il me semble si loin. Nous ne nous sommes pas adressé la parole depuis notre départ de l'hôtel.

Après l'épisode dans la suite, j'ai eu du mal à redescendre sur terre tellement j'étais chamboulée. Pourtant, je ne regrette pas. Notre attirance est réelle et je ne peux pas la nier. Et puis je n'ai plus envie de lutter contre mes désirs. Non, ce qui me perturbe, c'est l'attitude du démon, après l'arrivée de Royce.

Le démon était assis juste à côté de moi, dans l'immense limousine que Royce avait louée. Et pourtant, j'avais l'impression qu'il faisait tout son possible pour ne pas me toucher. Peut-être regrettait-il déjà cet instant de faiblesse ? J'ai passé le trajet, la tête contre la vitre, à me poser des questions.

Alors que mes yeux fixent son dos, je n'arrive toujours pas à imaginer ce qu'il se serait passé sans l'arrivée de Royce.

Menteuse ! Tu sais très bien que tu l'aurais violé sur place, ton démon !

Oui, c'est certain. Notre affaire se serait sans aucun doute terminée au lit, les cheveux défaits et le cœur au bord de l'explosion.

Un frisson me parcourt alors que je visualise mentalement nos corps nus se débattant dans l'immense lit de la suite.

Merde ! Pense à autre chose, Kat !

Les joues rosies par cette vision scabreuse, je reporte mon attention sur les nombreux joueurs qui nourrissent les machines à sous comme des volailles. Il y en a tellement que je ne sais même pas où regarder. Alors que nous traversons le hall principal, Maxime vient bouleverser mes pensées.

— Tu m'as semblé lointaine pendant le trajet, Kat. Tu as pu te reposer un peu ?

Je souris devant la gentillesse de l'ange. Il est toujours là, à s'inquiéter pour moi. C'est adorable.

— Pas vraiment. Mais la douche m'a fait du bien.

Son regard s'assombrit et sa voix se fait plus basse.

— Écoute, Kat. Je suis désolé que tu doives supporter la présence de mon frère dans la suite. Mais Rip veut absolument garder un œil sur toi. Quand j'ai osé soumettre l'idée que tu pourrais avoir ta chambre seule, j'ai cru qu'il allait m'arracher la tête. Il n'a rien voulu entendre. Mais si ça t'ennuie, peut-être que…

Je secoue la tête.

— Laisse tomber, Max. Je vais m'en accommoder.

Tu parles ! S'il finissait dans ton lit… sur un malentendu !

Si la petite voix avait des c..., je vous jure qu'elle aurait une voix de crécelle à l'heure qu'il est ! Je vais finir par regretter le temps où elle s'était mise en sourdine.

Maxime m'observe quelques secondes, mais ne proteste pas.

— En tout cas, si tu as besoin, n'hésite pas à faire appel à moi. Je suis ton ange gardien, je te rappelle.

Je pose ma main sur son bras en lui rendant son sourire.

— Je sais très bien que je peux compter sur toi, Max. C'est très gentil de t'inquiéter. Mais je vais gérer Rip.

Ses yeux tombent sur ma main, toujours posée sur lui, et il change de sujet.

— J'ai l'impression que tes cauchemars ont disparu, non ?

L'once de regret dans sa voix ne m'a pas échappé. À croire qu'il déplore de ne plus venir me rassurer…

— Non, il m'arrive encore d'en faire. Mais je parviens à les canaliser à présent. Et puis, souvent, je suis trop fatiguée pour rêver. Tous ces entraînements ont été épuisants.

— Ton côté humain reste fragile. Il a besoin de plus de temps pour récupérer. Et pourtant, j'ai l'impression qu'il est aussi une force.

Je lève un sourcil.

— Ah bon ? Et qu'est-ce qui te fait dire ça ?

— C'est comme si ta partie humaine pouvait camoufler ta partie muse. Les êtres de la nuit peuvent détecter leurs semblables à des centaines de mètres. Et toi, par moment, il est presque impossible de sentir ta présence. Tu as comme une carapace qui te rend indétectable.

Tiens ! C'est un phénomène que je n'avais pas perçu.

— Pour une fois que j'ai quelque chose qui me donne un avantage ! Si ça peut m'éviter de me faire repérer par des mercenaires, alors, tant mieux ! Je pourrai attaquer la Ligue par surprise.

Maxime fronce les sourcils et porte son index à sa bouche.

— Chut ! Il ne vaut mieux pas évoquer la Ligue en public. On ne sait pas qui peut être en train de nous épier.

— Tu veux dire que, parmi toutes ces personnes, il pourrait y en avoir qui nous veulent du mal ?

Ses yeux parcourent rapidement les alentours.

— C'est un fureteur qui a organisé la soirée. La plupart des gens ici sont des humains. Mais parfois, ce sont eux les pires…

Il marque un temps d'arrêt au moment même où Parker se place derrière moi et pose ses deux bras sur mes épaules.

— Alors, tu te sens prête, guerrière ?

Je tourne la tête sur le côté pour lui lancer un regard provocateur.

— À quoi ? À affronter ces ordures ? Oui.

— J'admire ta détermination, Kat. Tu es forte et je suis certain que ça jouera à ton avantage. Rip avait raison.

Je lève les yeux vers lui. Qu'est-ce qu'il veut dire par là ?

— Il a toujours cru en toi et en ta force de caractère. Il a été le premier à voir que tu avais quelque chose de spécial qui ne demandait qu'à être révélé.

Ces paroles me rappellent les différents échanges avec Rip. Des échanges intimes pendant lesquels il me disait que j'étais spéciale, et qu'il voulait mettre au jour ce qui bouillonnait en moi…

Je réprime un frisson à ces pensées alors que le majordome nous guide enfin vers la table qui nous est réservée. Il nous installe dans un espace à la lumière tamisée, un peu à l'écart du reste de la salle. Aussitôt, Maxime me présente ma chaise. Et tous se placent autour de moi.

Tous, sauf Rip, qui s'avance et s'adresse à moi en me regardant à peine.

— Royce et moi allons voir le fureteur. Vous, vous restez ici.

La dureté de sa voix est à l'opposé du brasier qui brûlait dans ses yeux une demi-heure plus tôt. On dirait qu'un iceberg s'est glissé entre nous. Mon sang quitte mes joues devant autant de froideur.

Rip se tourne alors vers Maxime et lui glisse :

— Je te la confie, Fly. Je veux que tu veilles sur elle comme si elle était la prunelle de tes yeux.

Maxime soutient son regard et lui répond avec autant de solennité.

— Tu sais très bien que même si tu ne me le demandais pas, je le ferais, Rip.

Le démon hoche la tête d'un air entendu, puis s'éloigne sans même me regarder.

Bordel ! Mais on dirait que j'ai fait quelque chose de mal ! Je blêmis et me laisse tomber sur ma chaise sous le coup de l'incompréhension.

— T'inquiète, Kat ! me glisse Maxime à l'oreille, en prenant place à côté de moi. Il est simplement vigilant. Depuis qu'il t'a enlevé sa marque, il n'a plus aucune prise sur toi.

Mes yeux s'écarquillent à mesure que l'incrédulité grandit dans mon esprit.

— Qu'est-ce que tu veux dire ?

— Il ne peut plus entrer en contact avec toi et il ne peut plus te localiser. En te libérant, il a perdu tout moyen de te protéger.

Je reste bouche bée. Je n'avais pas imaginé ça. C'est donc pour cette raison qu'il m'a marquée ? Pour me protéger ? Et moi qui pensais que c'était un geste de pur machisme. Un moyen de prouver que je lui appartenais… que j'étais sa chose. Quelle idiote !

Je regarde le démon s'éloigner alors que, dans ma tête, les informations se fraient un chemin. Décidément, j'ai encore tellement de choses à découvrir sur le démon…

Et ces choses me plaisent de plus en plus. Pour mon plus grand désarroi !

24
Entretien avec...

Raphaël :

Surtout, ne pas la regarder...

Ignorer son corps de rêve qui se balance lentement au rythme de ses pas. Sa poitrine mise en valeur par le décolleté de sa robe. Et ses longues jambes fines au galbe parfait...

Faire comme si elle n'était pas là, près de moi. Comme si je ne sentais pas son odeur si désirable qui vient chatouiller mes narines en alerte.

Je dois la sortir de ma tête. Au moins le temps de l'entrevue avec le fureteur.

Je martèle ces phrases dans ma tête pour tenter d'effacer l'image de celle qui hante mon esprit depuis qu'on est sortis de la chambre d'hôtel. Mais comment ne pas me rappeler ses lèvres offertes ? Son corps qui, quelques heures plus tôt, s'avançait vers le mien en me promettant monts et merveilles ? Comment oublier son magnifique visage tendu, offert comme le plus irrésistible des cadeaux ?

Je me rappelle parfaitement ses yeux qui me suppliaient de la posséder sauvagement, là dans l'encadrement de la porte. Il aurait fallu quelques secondes à peine pour que j'accède à sa supplique et la cueille comme un fruit mûr.

Je crois que je n'ai jamais maudit quelqu'un autant que Royce lorsqu'il est venu frapper sur cette putain de porte. S'il n'était pas arrivé, j'aurais plaqué ma belle muse contre le mur et je me serais perdu en elle comme un naufragé en pleine tempête. J'aurais pu m'oublier dans les limbes de son paradis...

Mais à présent, il me faut garder la tête froide. Ignorer mon amour pour ne pas sombrer. Et ça me déchire le cœur d'entendre sa voix pleine d'incompréhension alors que je m'obstine à l'ignorer. De la voir se crisper quand je me conduis comme le connard que je suis !

Je sais que je la blesse. Encore une fois. Mais je n'ai pas le choix. Si je veux garder le contrôle et ne pas la mettre en danger, je dois faire comme si elle ne représentait rien à mes yeux.

Même si je sais que je la perds un peu plus à chaque instant…

***

Kataline :

Le petit bonhomme qui a pris place à côté de moi a une tête de fouine et me fixe avec des yeux de rapace prêt à fondre sur sa proie.

Depuis qu'il est arrivé, il ne cesse de me reluquer d'un air intéressé qui me file des suées. J'ai l'impression d'être une curiosité qu'il prend plaisir à observer dans les moindres détails. Ça me met mal à l'aise.

S'il n'arrête pas d'ici deux minutes, je vais finir par lui jeter mon cocktail à la tronche !

Lorsque Rip est revenu à notre table, accompagné de ce type, je n'aurais jamais deviné qui il était. Petit et très menu, il semble perdu dans son costume beige de grand couturier.

Son visage émacié, ses petits yeux pétillants de malice, son nez retroussé et ses dents légèrement en avant lui donnent vraiment l'allure d'un petit rongeur.

C'est en voyant ses gardes du corps se poster aux quatre coins de notre emplacement que j'ai compris qu'il s'agissait du fureteur.

— Alors, c'est elle… dit le petit bonhomme d'une voix posée, en me désignant avec sa coupe de champagne.

Putain, j'ai horreur qu'on parle de moi à la troisième personne ! C'est déplacé et malpoli, connard !

Maxime me donne un petit coup de genou sous la table. Il a dû sentir que l'approche de notre hôte ne me plaisait pas.

Le hochement de tête de Rip est presque imperceptible. Le démon installé en face de moi continue de m'ignorer et je ne comprends toujours pas son attitude. Malgré mon insistance à le regarder, il s'obstine à ne pas poser ses yeux sur moi. À croire qu'il a décidé de me mettre de côté comme un vulgaire objet.

Étrangement, cette idée me ramène à Mégane, qui errait dans la maison comme un bibelot qu'on déplace d'une pièce à l'autre…

Mon attention se reporte sur le fureteur, qui s'adresse alors à moi, les sourcils froncés, comme s'il était en pleine réflexion avec lui-même.

— C'est incroyable ! Je n'avais même pas senti sa présence jusqu'à présent. C'est tellement dingue.

Je lève un sourcil. Et ? Je devrais m'en réjouir ou m'en inquiéter ? Puis, brusquement, sa main se tend vers moi alors qu'un sourire se dessine sur ses lèvres minces. Mes yeux se fixent quelques secondes sur le chiffre romain qui est tatoué entre son pouce et son index. Un six, gravé à l'encre noire.

— Je suis Césarius Francillon. Votre serviteur pour la soirée, ma chère. Et vous êtes…

Il marque un temps d'arrêt, comme pour chercher ses mots. Alors, poussée par un automatisme inconscient, je lui serre la main, supposant bêtement qu'il attend que je me présente à mon tour.

— Kat du Ver…

— Vous êtes magnifique. Fantastique. Et tellement parfaite.

Je sursaute sur mon siège.

Ouah ! Ce type est carrément cinglé !

Son exaltation soudaine me prend au dépourvu. Il change d'attitude aussi vite qu'un opportuniste en plein débat contradictoire, passant d'un comportement calme à une euphorie incontrôlée et injustifiée.

À présent, l'adoration que je perçois dans ses prunelles sombres finit par être franchement gênante. Son pouce caresse le dos de ma main, que je retire d'un geste vif.

Avec un air surpris, Césarius finit par reprendre son calme.

— Vous devez me trouver un peu étrange. Mais je dois avouer que vous l'êtes encore plus à mes yeux. Une mutante… Vous êtes la première muse hybride. Et là, je n'arrive pas à réaliser que vous êtes là, en face de moi.

Il lève sa coupe et avale une gorgée de champagne comme s'il voulait célébrer sa découverte.

— Césarius, nous ne sommes pas venus ici pour que tu te pâmes devant elle.

Rip le rappelle à l'ordre d'un ton sec, et le fureteur suspend son geste. Pour quelqu'un qui m'a ignorée toute la soirée, le démon semble drôlement possessif tout à coup.

Césarius tourne ses yeux vers le ciel, comme s'il réfléchissait aux paroles de Rip. Puis son sourire s'élargit alors que ses paupières, elles, se plissent.

— Ne peut-on pas joindre l'utile à l'agréable ? C'est pourtant bien ce que tu fais, démon… Je me trompe ?

À cet instant, il se penche vers moi pour humer mon parfum de son petit nez pointu.

— Elle porte ton odeur…

C'est confirmé, ce type est dingue ! Royce pousse un petit sifflement, Parker se met à gigoter dangereusement sur sa chaise, et Maxime se crispe à mes côtés. La provocation du fureteur a jeté un froid. Et tout le monde semble craindre la réaction de Rip.

Le muscle qui tressaute sur la joue du démon est un signe révélateur. Césarius Francillon vient de taper à l'endroit où ça fait mal.

Pourtant, hormis ce petit détail physique, le démon reste calme. Apparemment, il se contient.

Mais lorsqu'il prend la parole, sa voix est tellement tranchante qu'elle pourrait fendre le granit.

— Si tu ne veux pas que je te transforme en torche vivante, je te conseille de t'écarter immédiatement, Césarius.

Rip n'a pas bougé, mais, au bout de ses doigts, de petites étincelles explosent en crépitant. La menace semble faire son effet, car le fureteur perd un peu de son assurance.

— Bien sûr, dit le petit homme en reprenant sa place. De toute façon, ce n'est pas pour cette raison que je vous ai fait venir…

Sans en dire plus, il adresse un léger signe de tête à l'un de ses gardes du corps qui se dirige vers un tableau de commande. En actionnant une manette, le type fait sortir une cloison directement du plafond. Devant mes yeux ébahis, des panneaux se déploient tout autour de notre table et nous nous retrouvons bientôt isolés du reste de la salle.

Césarius croise alors les mains et s'adresse à nous d'un air grave.

— Bien. Maintenant que nous sommes à l'abri des oreilles indiscrètes, nous allons pouvoir parler librement.

Rip semble satisfait, et les étincelles disparaissent aussitôt de ses doigts. Le fureteur jette un regard à droite et à gauche, comme pour s'assurer que personne d'autre ne peut entendre ce qu'il va dire. Ses yeux se voilent d'une lueur folle, et il se met à chuchoter en tendant son index vers moi.

— J'ai vu…, commence-t-il d'une voix étrange, comme s'il était possédé. La Ligue. Des centaines de mercenaires prêts à combattre. Ils savent. Ils savent que la dernière muse s'est révélée au monde. Et ils se préparent à l'accueillir…

Rip attrape vivement le doigt de Césarius et plaque sa main sur la table avec une violence qui fait blêmir le fureteur.

— Arrête ton cinéma. Qu'est-ce que tu veux dire ?

Le petit homme secoue la tête et reprend un air normal. Il se met alors à parler à toute vitesse, craignant sans doute de se faire malmener par le démon.

— Je suis allé dans le berceau du Boss pour trouver les informations que tu m'as demandées. La femme qu'il détient est épuisée et presque inexploitable… Mais maintenant, il connaît l'existence de la Dernière Muse. L'hybride. Et il la veut…

Un grondement sourd s'échappe de la gorge de Rip, et la table se met à trembler dangereusement. Le fureteur se recroqueville sur son siège, comme s'il craignait de devenir la victime du courroux du démon.— Qui ? Qui lui a donné l'information ?

Royce pose une main apaisante sur l'épaule de son ami.

— Attends, Rip. Laisse-le terminer.

Le démon se calme aussitôt et passe nerveusement la main dans ses cheveux. Et là, pour la première fois de la soirée, ses yeux se posent sur moi et me transpercent de leur intensité. Je vois une ombre inquiète traverser ses prunelles d'acier. Pire que ça. Je sens… la peur.

Le démon a peur pour toi.

La petite voix n'est qu'un murmure dans ma tête, mais je ne peux l'ignorer.

Mon cœur se serre alors que mon cerveau décortique les informations. La muse est épuisée… Ma mère est épuisée !

— Je ne sais pas qui a dit au Bo…

— Est-ce que vous l'avez vue ?

Ma question reste en suspens pendant quelques secondes alors que le fureteur réfléchit à qui je peux bien faire allusion. Puis il penche la tête sur le côté et m'observe en plissant ses petits yeux de fouine.

203

— Vous lui ressemblez beaucoup.

— Est-ce que vous l'avez vue ? répété-je en ignorant son intervention.

Bon sang ! S'il ne répond pas, je vais lui éclater sa tête de rongeur !

Césarius se rassoit au fond de son siège en se frottant le ventre. À présent, son expression est pleine d'empathie.

— Oui, je l'ai vue. Elle est mal en point.

Je ferme les yeux. Merde !

Un sentiment de culpabilité m'envahit. J'aurais dû partir beaucoup plus tôt. Ne pas passer tous ces jours à m'entraîner. C'était une perte de temps. À cause de ça, il est peut-être déjà trop tard…

Lorsque mes paupières se soulèvent, les yeux de Rip sont toujours posés sur moi, empreints d'une lueur indéfinissable. Je m'accroche à son regard comme à une bouée de sauvetage. Non, je ne peux me résoudre à imaginer le pire.

J'avale péniblement ma salive.

— Vous pensez qu'elle va… ?

Ma phrase s'étouffe dans ma gorge.

— Non. Elle est forte et le Boss a besoin d'elle, explique Césarius. Il a arrêté les prélèvements, mais il la garde près de lui. Il sait qu'il peut s'en servir pour vous récupérer…

Mon soupir de soulagement est à peine audible. Pourtant, un énorme poids vient de libérer ma poitrine comprimée par l'inquiétude.

Il faut… Est-ce qu'on arrivera à la sauver ? Je cherche la réponse dans les yeux de Rip, et son hochement de tête me rassure un peu. Il a compris mon message muet.

— Tu ne t'es pas fait repérer ?

Royce s'adresse au fureteur d'un air suspicieux. On dirait qu'il n'a pas confiance en lui.

— Je ne suis pas un novice, Royce. Je sais me faire aussi discret qu'une ombre.

— Autre chose ? intervient Rip d'une voix grave.

— Oui. Vous devrez vous méfier. Les nouvelles vont vite et beaucoup paieraient cher pour mettre la main sur la Dernière Muse.

Rip serre la mâchoire, mais ne répond rien. Il hoche la tête en direction de Royce qui donne un petit paquet au fureteur, non sans une once de regret dans le regard. Le petit homme s'empresse de prendre le colis et le donne à l'un des gardes du corps, qui le glisse dans un sac.

— C'est un plaisir de faire affaire avec vous, messieurs. Maintenant, à mon tour de vous honorer…

Il frappe deux coups dans ses mains et aussitôt, l'un des panneaux s'ouvre pour laisser passer trois serveuses d'origine asiatique. Leurs vêtements traditionnels détonnent avec le décor très moderne du casino.

— J'ai opté pour un repas japonais… J'espère que vous aimez, dit le fureteur qui a retrouvé sa bonne humeur.

Les serveuses déposent devant nous des assiettes remplies de sushis en tous genres.

À la vue des différents plats, mon estomac se soulève. Comment pourrais-je avaler quoi que ce soit après ce que j'ai entendu ? Je vide ma coupe pour me donner une contenance et me lève. Mais les regards qui se posent sur moi m'obligent à me justifier.

— Désolée, je… Il faut que j'aille me rafraîchir.

Le froncement de sourcils de Rip montre qu'il n'est pas dupe. Lorsque j'atteins les panneaux de séparation, les effluves de son parfum m'indiquent qu'il s'est précipité à ma suite.

— Je t'accompagne, souffle-t-il d'une voix rauque.

— Non, ce n'est pas nécessaire, Rip. Je peux me débrouiller toute seule.

— Hors de question.

Je soupire. Comment lui faire comprendre qu'il ne peut pas être constamment avec moi ?

— Rip, je vais seulement aux toilettes. Et je ne veux pas que tu m'accompagnes. Je suis une grande fille, et puis il ne peut pas m'arriver grand-chose ici, tu ne crois pas ?

— Je m'en occupe.

Royce est apparu à mes côtés sans que je le voie arriver. Constatant que son ami ne répond pas, il insiste en baissant le ton.

— Écoute, Rip, si tu continues à t'inquiéter comme ça pour Kat, tu vas vraiment filer des doutes à notre amie, la fouine ! Alors, s'il te plaît, arrête de lui donner l'occasion de revendre des informations qui pourraient nous nuire à tous.

L'argument ne pouvait pas être plus imparable. Le démon réfléchit à peine et finit par soupirer.

— Fais attention à elle, frère.

Après un dernier regard, il retourne à la table en maugréant.

***

— Ne t'inquiète pas, Kat. Je suis persuadé qu'on arrivera à la ramener.

La voix de Royce est anormalement douce alors que nous arpentons les immenses allées au sol moquetté du casino. Le démon est étrange ces derniers temps. Il me donnerait presque l'impression que le regard qu'il porte sur moi a changé.

— Je l'espère sincèrement. S'il lui arrivait quoi que ce soit, je crois que je ne me le pardonnerais pas…

— On t'aidera, Kat. Du mieux qu'on peut.

Je ralentis le pas.

— Royce, il y a quelque chose qui m'intrigue dans tout ça et j'aimerais savoir. Qu'est-ce que vous avez à y gagner, toi et les autres ?

— Tu doutes encore, hein ?

Il a vu juste. Oui, je doute encore. Comment pourrait-il en être autrement ?

— Comment ne pas douter, Royce ? Vous aviez tous l'intention de m'échanger contre votre liberté, non ?

Il hausse les épaules, comme si cette information n'était qu'un détail.

— Ouais. Mais c'était avant.

— Et avant quoi ?

— Avant que Rip ne change les plans. Il te l'a dit lui-même.

Le silence retombe pendant quelques minutes. Mais lorsque nous parvenons aux sanitaires, Royce m'attrape par le bras.

— Le soir où tu as découvert la vérité, Rip avait prévu d'envoyer des filles à ta place en contrôlant leur esprit. Il avait décidé de t'épargner. Et ce, à ses risques et périls. En remettant en question tout ce que nous avions échafaudé pour retrouver notre liberté. Alors, tu ne devrais vraiment pas douter de l'attachement qu'il te porte, Kat !

Je m'arrête au moment de saisir la poignée.

— Je n'en doute pas, Royce. Mais est-il attaché à Kataline du Verneuil ou à la Muse qui l'habite ?

Sans attendre de réponse, j'entre dans les sanitaires et m'adosse à la porte quelques secondes pour reprendre mon souffle.

Les toilettes sont à la hauteur du casino. Immenses, modernes et décorées avec raffinement. De grands miroirs habillent les murs et renvoient des dizaines de reflets qui donnent l'impression de pénétrer dans un palais des glaces.

Des clientes s'affairent devant les lavabos pour perfectionner leur maquillage sophistiqué. À ce moment, j'envie leur insouciance. Elles ont l'air tellement loin de mes préoccupations. J'ai l'impression que ma vie s'est transformée en un gigantesque cauchemar qui n'en finit pas.

Tout ce qui m'arrive est teinté de noir et de gris, comme si je naviguais en plein film d'horreur. Et j'ai bien peur de ne jamais en voir la fin.

Je m'asperge le visage d'eau fraîche pendant une longue minute, en espérant qu'elle soulagera mon mal de tête. Le champagne et tous ces événements ne font pas bon ménage, assurément. Lorsque je me redresse, les clientes ont disparu.

Mais je ne suis pas seule…

Dans le miroir du lavabo, un visage me fait face. Un visage qui me hante depuis longtemps et que je pensais ne jamais revoir.

Mon sang quitte mes joues.

Dans la glace, Miguel me regarde, un petit sourire aux lèvres.

25
Cauchemar

Il y a des moments où le présent vous paraît suspendu. Des instants qui s'éternisent et que vous vivez au ralenti. Comme si un petit grain de sable venait bloquer les rouages de la grande horloge. Le temps s'arrête.

La douleur fait partie de ces moments. Elle vous paralyse et met sur pause vos moindres faits et gestes. Et là, à l'instant même où mes yeux dévisagent Miguel, elle me tétanise.

Je reconnaîtrais ces yeux entre mille. Cette lueur sadique qui luit dans les pupilles dilatées par le plaisir de faire mal. Les yeux de mon bourreau...

Un voile rouge sombre s'abat devant moi, en réponse à la tempête qui fait rage dans mon esprit. Sans m'en rendre compte, je commence à fredonner mentalement ma chanson. Mais cette fois, elle n'a aucun effet.

Le tremblement qui agite alors mes mains est si fort que mes poings serrés ne parviennent pas à l'arrêter.

Je fais volte-face, poussée par l'envie irrépressible de détruire l'homme qui se trouve derrière moi. Mais ma colère s'effondre comme un château de cartes lorsque je constate que je suis seule dans les sanitaires.

Il n'y a plus personne d'autre que moi dans la pièce.

Je cligne plusieurs fois des paupières, dissipant du même coup le brouillard grenat de mon champ de vision.

Merde !

Est-ce que j'ai rêvé ? Est-ce mon imagination qui m'a joué des tours ?

Mais si tel est le cas, comment une image issue d'un souvenir peut-elle être aussi précise ? Aussi réaliste ?

Non. C'est impossible. Ou alors j'ai sombré définitivement dans la folie...

Me frotter les yeux n'y change rien. Je ne vois que ma tête ahurie qui se reflète dans les dizaines de miroirs qui placardent les murs.

Les battements de mon cœur résonnent méchamment dans mes oreilles.

Croiser le regard de Miguel m'a ramenée quatre ans en arrière, et le sentiment de panique cède la place à la douleur, intacte, malgré les années. Ma vengeance inassouvie n'a laissé qu'un vide immense qui ne demande qu'à être comblé. Un sentiment d'inachevé, et toute la frustration qui va avec.

Les larmes menacent, et je déglutis pour tenter de faire passer le traumatisme provoqué par la vision de mon tortionnaire. Il me faut plusieurs secondes pour m'apercevoir que le goût de ferraille qui a envahi ma bouche provient de ma lèvre inférieure, que j'ai mordue jusqu'au sang.

Reprends-toi, ma vieille ! Rester accrochée à ce lavabo ne va pas t'aider...

La porte qui s'ouvre brusquement met fin à mon combat intérieur. Deux jeunes femmes entrent en riant dans la pièce.

En me voyant, leur visage redevient sérieux.

— Tout va bien ? demande l'une d'elles d'une voix inquiète.

J'inspire profondément en me redressant.

— Oui. C'est… certainement le champagne qui a du mal à passer.

Je vois dans leurs yeux qu'elles ne sont pas dupes. Alors, sans plus prêter attention à leurs regards pleins de pitié, je me précipite vers la sortie.

Royce m'accueille avec un air bougon.

— Ah, te voilà quand même ! J'étais à deux doigts de venir te chercher. Remarque, avec les deux bombes qui viennent de rentrer, j'aurais pu passer un bon moment…

Je secoue la tête d'un air pathétique.

Hors de question de lui expliquer ce qui vient de se produire. Je ne veux pas impliquer les démons dans cette histoire qui ne regarde que moi.

J'affiche un petit sourire de convenance sur mon visage et tente de camoufler la bataille qui se livre à l'intérieur de moi.

— Désolée ! J'avais besoin de me refaire une beauté. D'ailleurs, tu aurais dû en faire de même, toi aussi !

Il m'emboîte le pas en ricanant.

***

Alors que je m'obstine à scruter la salle de jeux, quelque chose attire mon attention. La chaleur d'un regard…

Rip a les yeux rivés sur moi, et une ride inquiète barre son front. Il sait que quelque chose me perturbe. Pas besoin de parler. Le démon lit en moi comme dans un livre ouvert.

Depuis une bonne demi-heure, j'observe la salle, en restant sur mes gardes. Et ça ne lui a pas échappé.

Après le dessert, Césarius a insisté pour que nous puissions jouir des tables de jeux et des nombreuses machines à sous.

Moi, je n'avais qu'une envie : quitter cet endroit et rentrer à l'hôtel. Rip s'est aperçu que l'idée ne me plaisait pas et il s'est approché de moi.

« Une heure, pas plus… », a-t-il soufflé.

Le démon ne fait jamais rien par hasard. C'est une chose que j'ai apprise depuis que je le connais. Alors, j'ai pris sur moi et je l'ai suivi jusqu'à une table de poker où il s'est installé en face de sept autres joueurs.

Royce, Parker et Maxime ont préféré s'éclipser vers les machines à sous et j'ai décliné poliment leur invitation parce qu'il faut l'avouer, c'est auprès du démon que je me sens le plus en sécurité. Alors, je me suis installée face à lui, dans un coin stratégique.

Je n'ai pas vraiment fait attention au jeu. Obnubilée par la vision de Miguel, j'ai plutôt passé mon temps à scruter les alentours à la recherche de mon bourreau.

Parce que j'en suis persuadée maintenant. Je n'ai pas rêvé ! C'était bien lui dans les toilettes, qui m'observait avec son regard de sadique. J'en suis certaine à présent.

Et depuis, dans chaque silhouette, chaque visage, je cherche les traits caractéristiques de l'Hispanique. En vain. Je m'attendais à quoi ?

Tout à mes réflexions, je n'entends pas Césarius arriver près de moi, et sa voix fluette me fait sursauter.

— Alors, beauté ? Vous vous amusez bien ?

Sa question reste en suspens pendant quelques secondes.

— Je ne suis pas adepte des jeux d'argent…

Le petit bonhomme lève sa coupe de champagne dans ma direction.

— C'est tout à votre honneur. Moi-même, j'ai arrêté de jouer au casino quand j'ai compris que le seul gagnant serait toujours le propriétaire.

Il m'adresse un sourire auquel je ne réponds pas. J'ai beau essayer, mais je n'arrive pas à être aimable avec lui. Il y a quelque chose qui me dérange dans ce personnage, et je ne lui fais pas confiance.

Il désigne Rip d'un geste de la tête.

— Votre ami semble faire l'unanimité auprès des dames, on dirait. Cela ne vous dérange pas ?

Le démon est effectivement entouré de plusieurs femmes qui rivalisent de mièvreries pour attirer son attention. Comme partout où il passe, Rip attire les convoitises de la gent féminine. À chaque fois, c'est pareil. On dirait des mouches agglutinées sur un morceau de sucre. Mais là, il ne semble guère sensible aux attentions qui lui sont portées.

— Ce n'est pas… mon ami.

Le fureteur me fixe longuement, comme s'il voulait vérifier la véracité de mes propos.

— Ah non ?

Je ne sais pas ce qu'il cherche à savoir exactement, mais son attitude m'agace. Je lui réponds d'un ton sec que ce n'est effectivement pas le cas. Il m'adresse alors un regard salace qui me donne envie de lui en coller une.

— J'aurais pourtant juré qu'il y avait quelque chose entre vous. Mais je ne vais pas m'en plaindre. Peut-être que nous pourrions…

J'attrape la main qu'il a posée sur ma taille et lui tords le poignet d'un geste vif.

Le fureteur grimace en se tordant pour limiter la douleur.

— N'essayez plus jamais de poser vos sales pattes sur moi, Césarius ! dis-je avant de le relâcher avec mépris.

Son air surpris me ferait presque sourire, et je suis soulagée lorsqu'il s'éloigne avec un air pincé, en se frottant le poignet.

Et voilà ! Il m'a énervée, ce con ! Et maintenant je bous littéralement en fusillant des yeux les greluches qui se pavanent devant Rip.

Lorsque je reporte mon attention sur le jeu, je m'aperçois que Rip est encore en train de m'observer. Mais fort heureusement, il ne semble pas avoir vu la scène avec Césarius. Je pense qu'il l'aurait étranglé s'il l'avait vu poser sa main sur moi.

Ses yeux m'enveloppent d'un cocon protecteur, qui me fait frissonner.

Pas étonnant que le fureteur ait émis des suppositions sur notre relation. Dès que Rip me regarde ou dès qu'il me frôle, je me transforme en une énorme boule de sensations.

Quand la partie se termine, Rip pose ses cartes sur la table et rassemble ses gains dans un petit sac en tissu, prévu à cet effet.

Ouah ! Je n'avais pas fait attention au pactole qu'il vient d'amasser. Il a littéralement plumé ses adversaires. Se moquant des protestations des joueurs, il se dirige vers moi et m'attrape par la main.

— Viens. On s'en va.

Je le suis avec empressement, ignorant les picotements qui envahissent mes doigts à son contact. Il ne pouvait pas me faire plus plaisir qu'en me faisant quitter cet endroit.

Il m'entraîne à travers les différents couloirs en silence, avec une sorte d'urgence que je ne m'explique pas. Quand enfin il s'arrête devant une porte, je suis presque essoufflée.

— Accorde-moi deux minutes, dit-il simplement en lâchant ma main.

Sans attendre de réponse, il ouvre la porte d'un coup d'épaule. Surprise, je le vois foncer droit sur Césarius Francillon, qui semble en pleine affaire avec une belle blonde décolorée.

Le petit homme relève le nez de la poitrine de la fille en prenant un air outré.

— Qu'est-ce que… ?

Le démon lui colle dans les mains son sac rempli des gains de sa partie de poker.

— Tiens ! Un petit plus pour que tu fermes ta gueule de fouine. Mais je te préviens, Césarius. Si j'apprends que tu as dit quoi que ce soit, je te retrouve et je te fais vivre l'enfer. Et tu sais parfaitement que je tiens toujours ce genre de promesse…

Césarius déglutit péniblement. Son visage livide se tourne vers moi, et je peux lire dans ses yeux la peur que lui inspire le démon.

— Je… Je ne dirai rien.

Rip hoche la tête et sans plus attendre, il me reprend la main pour m'entraîner vers la sortie.

Je n'ai pas compris ce qui vient de se passer. Au départ, les deux hommes semblaient sur la même longueur d'onde, alors que là… J'ai du mal à cerner la situation. Pour y voir plus clair, je demande :

— Tu ne lui fais pas confiance ?

Rip me serre la main un peu plus.

— On ne peut jamais faire confiance à ces bestioles !

***

La chambre d'hôtel est comme une oasis dans mon désert de fatigue. Attirante et salvatrice.

Il est plus de minuit, et je suis épuisée rien que de savoir qu'on doit reprendre la route demain matin. Je n'ai qu'une hâte, me glisser sous les draps et m'en remettre à Morphée.

À peine entrée dans le salon de la suite, je me dirige en mode « zombie » vers mon espace privé. Un sentiment de soulagement m'envahit. Je suis tellement contente que la soirée se termine enfin. J'espère simplement que je vais pouvoir oublier Miguel et Césarius et me laisser emporter par le sommeil.

— Kataline…

La voix de Rip m'arrête dans mon élan. Il m'attrape la main et me ramène près de lui. Lentement, ses doigts viennent remettre une mèche de mes cheveux derrière mon oreille.

Sa voix est douce lorsqu'il demande :

— Kataline, je sais que tu ne me le diras pas de ton propre chef, alors je te pose la question. Qu'est-ce qui s'est passé quand tu étais aux toilettes ?

Merde ! Je me doutais qu'il avait deviné quelque chose, mais je ne m'attendais pas à cette question ! Et je ne peux l'éluder maintenant, alors je ferme les yeux une seconde pour mieux trouver les mots.

— J'ai cru voir… quelqu'un que je n'avais pas vu depuis longtemps.

Le démon lève un sourcil.

— Quelqu'un qui t'a fait du mal ?

Je pince les lèvres et me tais. Impossible de lui avouer.

— Bordel ! Je m'en doutais ! s'écrie Rip en frappant dans le mur à côté de moi, me faisant sursauter.

— Mais je ne suis même pas sûre de moi. J'ai cru le voir dans le miroir et quand je me suis retournée, il avait disparu… J'ai certainement rêvé, tout simplement. Et puis j'étais avec Royce, je ne craignais rien !

Mon mensonge me ronge, mais je n'ai pas le choix si je ne veux pas l'inquiéter encore plus. Mais les sourcils froncés de Rip m'indiquent qu'il n'est pas dupe. Il m'attrape par les épaules pour me tourner vers lui.

— Écoute, Kataline… Des gens comme Césarius sont pourris jusqu'à la moelle. Ils sont capables de tout pour de l'argent. Même te vendre comme un vulgaire morceau de viande. Je ne peux pas te protéger si tu caches des choses aussi graves. Il faut… J'ai besoin de savoir que tu es en sécurité quand tu n'es pas avec moi. Mais sans la marque…

Mon cœur se serre, et je termine à sa place d'une voix à peine audible.

— C'est impossible.

— Oui, c'est impossible. Alors, dorénavant, je ne veux plus que tu t'éloignes à plus de dix mètres de moi, tu m'entends ?

Sa voix est le reflet d'une angoisse que je ne mesurais pas. J'ai du mal à me dire que c'est bien le démon qui me fait face. Il semble tellement inquiet pour moi que ça me touche profondément.

Serait-ce qu'il tient un peu à moi ?

Parce que tu en doutes encore ?

Oui, je sais, la voix ! Tu as encore raison ! Pas la peine d'en rajouter.

J'accepte son compromis, et Rip semble aussitôt soulagé de voir que je ne me rebelle pas face à son autorité. Il prend ma main et la presse contre ses lèvres, le regard soudain beaucoup plus sombre.

— Essaie de te reposer, maintenant. Nous aurons pas mal de route demain. Tu crois que ça va aller ?

Je hoche la tête, hypnotisée par son regard métallique. Son parfum m'envoûte comme une drogue. Ma tête se lève d'elle-même vers lui et ma bouche s'ouvre, offerte. Mais lorsqu'il se penche, c'est pour déposer un baiser léger comme une plume sur mes lèvres.

Puis, sans mot dire, il ouvre la porte de ma chambre.

— Maintenant, il faut aller dormir, bébé.

Oh, mon Dieu ! La douche froide !

Mais qu'est-ce qui m'a prise encore de m'offrir à lui comme ça ? Ce doit être la fatigue et le cumul de tout ce qui m'arrive qui me font faire n'importe quoi.

Pourtant, à chaque fois, c'est pareil. Dès qu'il prononce le mot « bébé », j'ai des milliers de papillons qui s'envolent dans mon ventre.

Rip me pousse doucement vers ma chambre.

— Je te réveille vers huit heures.

Je soupire. C'est plus sage en effet. Je suis bien trop fatiguée pour laisser mes désirs surpasser ma raison. Il faut que je dorme si je veux tenir le coup.

Lorsque je me glisse enfin dans mon lit, Rip accompagne mes pensées. Même si ça me frustre et que j'aurais préféré qu'il cède à mes désirs, j'apprécie que le démon respecte notre accord. Il n'a pas profité de la situation et c'est encore la preuve que je peux me fier à lui.

Et pourtant, j'ai encore du mal à me confier, parfois. Comme pour ce qui s'est passé dans les toilettes. Quand j'y repense ! C'est dingue que Rip ait senti que quelque chose s'était produit. J'ai vraiment l'impression d'être connectée à lui. Et malgré la suppression de la marque, il arrive à sentir les choses.

Est-ce que cela signifie que le lien existe toujours entre nous, malgré tout ?

Mes yeux se ferment avant que je puisse trouver une réponse…

***

« Merde ! Un maudit »

La nuit se dissipe lentement pour laisser place à une lumière faible, mais bienfaisante. À travers mes paupières à demi ouvertes, des silhouettes se dessinent dans le brouillard écarlate qui inonde ma vue.

Elles bougent, se déplacent à un rythme effréné. Je n'arrive pas à distinguer leurs visages, mais un sentiment étrange de bien-être m'envahit.

Rendre l'image plus nette à travers mes cils me demande des efforts de concentration. Mais, malgré toute ma volonté, je n'y parviens pas. Je suis trop faible.

J'ai mal…

Mes oreilles bourdonnent, et les sons qui m'entourent ne forment plus qu'un brouhaha cacophonique qui m'empêche de réfléchir.

Alors, je laisse la profondeur des abîmes m'ensevelir et m'entraîner dans une bulle de désolation. Ne reste que la douleur. Une douleur lancinante qui me laboure les entrailles et que j'essaie d'ignorer. En vain.

C'est comme des dizaines de poignards qui viennent me torturer au plus profond de mon être.

Je ne suis que souffrance.

Une souffrance indicible… Dans mon corps. Dans mon âme. Dans la moindre cellule qui me compose.

L'amertume me laisse un goût de bile dans la bouche et j'étouffe un sanglot en fermant les paupières pour éloigner les images morbides des souvenirs qui défilent dans ma tête. Le traumatisme se propage sous ma peau comme un cancer incurable dont l'issue est fatale. Il imprègne chaque parcelle de mon corps et de mon esprit.

Jamais je n'oublierai.

Mon corps se cabre à mesure que les sensations renaissent. Le souvenir des coups qui pleuvent, le déchirement dans mon ventre, la détresse ressentie lorsque j'ai compris que j'étais perdue…

Je n'arrive pas à arrêter les larmes qui roulent sur mes joues. Alors, je les laisse inonder mon visage, impuissante face à la fatalité.

J'aimerais tellement qu'elles me lavent de ma souffrance. Mais tout est rouge… Rouge sang.

Je sens que je sombre.

Et alors que je crois que tout est perdu, une main fraîche se pose sur mon front, et un infime faisceau de lumière apparaît dans la noirceur de mon esprit. La lueur éloigne le sang, tel un bouclier divin.

Elle me sort de ma torpeur, provoquant un sentiment d'apaisement qui agit comme une caresse.

L'ombre s'est approchée, et ses doigts glissent à présent sur mes joues en feu, laissant sur leur passage une empreinte bienfaitrice.

Il efface les larmes, et son contact agit comme un baume sur mon âme meurtrie.

La fraîcheur s'étend, envahit mes tempes et s'étire sous ma peau jusqu'à mon cuir chevelu pour atteindre mon cerveau embrumé.

Au fur et à mesure que le bien-être s'installe, la lumière s'intensifie et finit par inonder complètement mon esprit. Le voile écarlate se dissipe enfin pour ne laisser plus qu'une petite lueur rose pâle. La douleur s'efface. Peu à peu. Jusqu'à ne devenir qu'un picotement insignifiant.

J'ouvre les yeux et attrape instinctivement la main qui me soigne. Je découvre mon sauveur, son regard lumineux et… ses deux grandes ailes blanches.

Un ange… Un ange dont les ailes immaculées, si belles, m'enveloppent d'une douceur infinie.

Mais lorsque je lève la tête vers son visage qui respire la bienveillance, je me réveille en sursaut.

— Maxime !

26
Le baiser de l'ange

Mon ami me fixe comme s'il avait vu un fantôme. Mais avant qu'il ne puisse réagir, je lui saute dessus et me blottis dans ses bras comme si ma survie en dépendait.

Sentir sa chaleur bienfaitrice me ramène à mon rêve et à cet instant où, inconsciemment, j'ai su que j'étais sauvée.

Qu'il m'avait sauvée ! Lui. L'ange protecteur.

Maxime pose ses mains sur mes épaules pour m'écarter doucement de lui.

— J'ai cru que tu avais encore fait un cauchemar.

Il est apparu à l'instant même où j'ai prononcé son nom. Comme à chaque fois que je fais un mauvais rêve. Mon regard encore plein de larmes s'accroche au sien avec une sorte d'adoration complètement ridicule.

— C'était toi…

Ma voix n'est qu'un souffle, mais je sais que mes yeux parlent pour moi. L'expression de Maxime passe de la surprise à la réflexion, puis enfin à la résignation. Ses pupilles se dilatent et il me ramène contre lui pour me serrer à son tour.

— Oui, dit-il simplement.

Je ferme les yeux. Comme pour marquer cet instant à jamais dans ma mémoire. Je devrais certainement être blessée ou en colère contre lui de ne m'avoir rien dit. Mais le seul sentiment qui m'habite est une immense gratitude. C'était lui le « maudit ». Lui qui a fait fuir mes détracteurs. Lui qui m'a prise dans ses bras pour m'emmener loin de ce cauchemar…

Mais pourquoi ? Pourquoi s'est-il gardé de me dire qu'il m'avait sauvée ?

Je ne peux m'empêcher de poser la question, la tête lovée contre son torse.

— Depuis tout ce temps… Pourquoi n'as-tu rien dit ?

Je le sens soupirer contre mon oreille. Alors, je me redresse.

— Maxime, lorsqu'on s'est rencontrés, tu savais parfaitement qui j'étais, n'est-ce pas ?

Il hoche la tête, avec ce regard qui signifie combien il est désolé. Ses épaules s'affaissent et il baisse les yeux, comme quelqu'un qui est pris en faute. J'en étais sûre…

— Depuis le début, je sais, Kataline.

Ses bras s'ouvrent en un geste d'excuse.

— Comment pourrais-je oublier les yeux de la fille que j'ai sauvée ce soir-là ? Tu étais meurtrie, blessée au plus profond de ton être, mais ton regard… Quelque chose dans ton regard continuait de lutter. Il y avait cette petite flamme insignifiante, mais bien réelle, qui prouvait combien tu étais forte… À cet instant, je me suis dit : « Cette fille… Rien ne pourra jamais la mettre à terre ! »

Son discours me transperce comme une flèche et me laisse sans voix.

— Et quand, quatre années plus tard, je t'ai vue entrer dans la salle de cours et t'installer à côté de moi, je me suis dit que c'était le destin qui te ramenait à moi. Je n'avais alors aucune idée de qui tu étais vraiment…

Je ne sais pas quoi répondre. Ces révélations sont tellement inattendues.

— J'ai eu envie de te connaître davantage. Mais je l'ai regretté très vite. Quand Royce nous a dit qu'il avait des doutes sur ta vraie nature, j'ai commencé à comprendre pourquoi tu m'avais paru si particulière à l'époque. J'ai décelé la raison pour laquelle tes bourreaux n'avaient pas réussi à te détruire. Tu n'étais pas seulement une muse, mais aussi la dernière d'une lignée ancestrale en voie d'extinction. J'ai réalisé alors que j'aurais dû te préserver. J'aurais dû t'éloigner de notre clan et de Rip parce qu'il risquait de s'intéresser à toi en découvrant tes origines… Mais il était déjà trop tard… Rip avait déjà compris que tu étais quelqu'un d'exceptionnel.

Je me mords la lèvre inférieure, comme à chaque fois que je suis contrariée. Je me souviens parfaitement de ces conversations durant lesquelles Maxime me conseillait de m'éloigner de son frère. Je ne l'ai pas écouté. Peut-être aurais-je dû être plus attentive à ses conseils…

— Je m'en suis terriblement voulu de t'avoir emmenée au domaine de Vincennes, Kat. Parce que ce soir-là, j'ai apporté à mon frère le plus beau défi de sa vie. Quand il a découvert qui tu étais, il a imaginé le plan de sa vie. Il s'est mis en tête que tu serais le moyen de nous libérer de la Ligue et du Boss.

Une bonne fois pour toutes. Pour lui, tu étais la clé de notre salut. J'ai tenté de le dissuader de se servir de toi pour arriver à ses fins. Mais tu le connais…

Oh oui ! Ça, je ne le sais que trop. Rip m'a utilisée, manipulée… et moi, je suis tombée tête la première dans ses filets démoniaques. L'amertume est toujours bien présente.

— Mais après…

Maxime s'arrête alors que je reste suspendue à ses lèvres.

Non, non, non ! Il ne peut esquiver et suspendre ses explications comme ça. Il en a trop dit. Ou pas assez. Je l'encourage à poursuivre.

— Après ?

— Après, il a changé. Je crois qu'il ne s'attendait pas à s'attacher à toi. Il a fait marche arrière. Et moi, pendant tout ce temps, je ne pouvais rien te dire parce que… c'est mon frère et que je me suis promis de tout mettre en œuvre pour réparer le mal que je lui ai fait.

Le pauvre ! Il a l'air complètement tiraillé entre son amour pour Rip, sa culpabilité et son affection pour moi.

Affection ? Tu parles ! Il n'a qu'une envie, c'est de te coucher sur le lit !

Mais pourquoi elle intervient toujours au moment où je m'y attends le moins, celle-là ? Je lui balance un bon coup de pied retourné circulaire, qui l'envoie valdinguer à une centaine de mètres.

Je checke avec moi-même.

Bon sang ! Ça a du bon les cours de défense avec Rip ! Je m'améliore. Même mentalement.

Pourtant, lorsque le regard de mon ami s'assombrit, je dois me rendre à l'évidence. La petite voix a une nouvelle fois visé juste.

— Je regrette, Kat. Je regrette tellement de t'avoir menti et de t'avoir entraînée dans ce monde pourri…

— Chuuuttt ! Tu n'es pour rien dans ce qui m'est arrivé, Maxime. Tu ne peux pas te sentir coupable des actes de ton frère. Et puis, si tu n'avais pas été là, je serais probablement morte à l'heure qu'il est. Tu m'as sauvée. Et je t'en serai éternellement reconnaissante.

Il tend le bras, et sa main glisse lentement sur mes cheveux.

— J'aurais tellement voulu…

Je baisse les yeux alors qu'une douce chaleur envahit mes joues.

— Je sais. Moi aussi…

Je ne peux pas être plus honnête. Envers lui et envers moi-même. J'aurais voulu que tout soit différent. Que je ne tombe pas sous le charme de Rip…

Les doigts de Maxime descendent doucement sur ma joue, et sa caresse laisse une empreinte satinée et chaude sur ma peau. Mes yeux remontent vers les siens, et la lueur que je perçois dans ses pupilles dilatées est une véritable déclaration d'amour. Je sais ce qu'il veut. Je le sens. Et bizarrement, je le laisse faire.

Et si tout était différent ? Si on pouvait provoquer le destin ?

Son visage descend vers moi, comme au ralenti. Lorsqu'il n'est plus qu'à quelques centimètres, ses yeux s'accrochent aux miens, cherchant un assentiment que je lui donne d'un battement de cils.

Embrasser quelqu'un pour la première fois procure toujours une sorte d'appréhension. La nouveauté, la crainte de l'inconnu, la peur de décevoir… Tous ces sentiments qui alimentent une petite pointe de doute au moment où les lèvres se rejoignent. Mais, là, à cet instant, je n'éprouve aucune inquiétude.

C'est comme si je m'étais déjà résignée à ce que cela se passe. Comme si cet instant était une évidence depuis le début.

Je ferme les yeux et laisse les lèvres de l'ange se poser sur les miennes, épousant parfaitement ma bouche, comme une pièce de puzzle s'imbriquant dans une autre.

Son baiser est doux, léger comme un nuage. Et alors qu'il m'attrape par la taille pour me rapprocher un peu plus de lui, sa main enserre ma nuque. Je le laisse faire, attentive aux sensations provoquées par notre étreinte.

Sa bouche se fait plus pressante et sa langue finit par rejoindre la mienne, d'abord timidement, puis de manière plus appuyée.

C'est une sensation étrange, et j'attends patiemment le moment où le déclic se produira… En vain.

Je me fige, imperceptiblement.

Et au bout de quelques secondes à peine, Maxime me libère et s'éloigne de moi. La déception que je lis sur son visage est comme un coup de poignard en pleine poitrine.

Oh non ! Je ne voulais pas que ça se passe comme ça…

— Je suis désolée, Maxime.

Oui, sincèrement désolée de ne rien ressentir d'autre qu'une profonde affection. Le baiser de l'ange m'a laissée complètement insensible, et même si ni lui ni moi ne sommes responsables de la situation, je ne peux m'empêcher de culpabiliser.

J'aurais tellement voulu que ce soit différent…

Éprouver du désir, me languir de ses caresses… Mais non, il a fallu que seul son frère éveille en moi ce genre d'émotions. À cette pensée, les souvenirs de mes baisers avec Rip refont surface, et je tente de les effacer de mon esprit tourmenté.

Ça serait tellement plus simple si je n'étais pas folle du démon !

Maxime m'adresse un petit sourire qui n'en est pas vraiment un.

— Tu n'as pas à être désolée, Kat. Je savais pertinemment que mes sentiments pour toi n'étaient pas partagés.

— Mais non… Je… Il y a…

— Rip… Ouais, je sais. Comment ne pas voir qu'il y a ce lien entre vous ? Je n'aurais jamais dû t'embrasser, Kat. Même si je ne regrette pas ce qui s'est passé.

Je ne sais même pas quoi répondre. Alors, je baisse les yeux sur mes mains que Maxime recouvre des siennes.

— Merci. Merci de m'avoir permis de garder au moins le souvenir d'un baiser. Ce moment unique partagé avec toi pendant lequel j'ai pu espérer qu'il y ait autre chose que de l'amitié entre nous… Merci de me permettre de conserver cette belle image dans ma mémoire.

Ses paroles me serrent le cœur. J'aimerais tellement pouvoir lui offrir plus que ça.

— Savoir renoncer à l'être aimé est la plus belle preuve d'amour, paraît-il…

Je déglutis. Que puis-je répondre face à cette résignation que je lis sur son visage ?

— Max...

— Laisse tomber, Kat. Oublions ce qui vient de se passer. Je ne veux pas que cet épisode change quoi que ce soit dans notre relation.

Il inspire un grand coup et s'installe sur le lit, les bras croisés derrière la tête.

— Ça ne t'ennuie pas si je reste un peu avec toi ?

Quel soulagement de voir qu'il ne m'en veut pas ! Je m'allonge à côté de lui et pose ma tête sur ma main pour lui faire face.

— Merci Maxime. Tu es le meilleur ami qu'on puisse rêver.

221

Putain, si tu veux l'achever, t'es sur la bonne voie, ma grande !

Oups ! À voir la tête de l'ange, la voix n'a pas tort. Mais le voile de déception dans le regard de Max s'efface rapidement. Il me donne un léger coup de coude.

— Mouais, dis plutôt que tu ne peux plus te passer de mon côté doudou, n'est-ce pas ?

Ouais, c'est ça…

***

Des coups frappés à la porte me réveillent.

— Kataline… Si tu ne veux pas que je vienne te retrouver dans ton lit, tu as intérêt à te lever.

La voix de Rip résonne derrière la cloison. En un quart de seconde, un sentiment de panique s'empare de moi et je me redresse comme s'il y avait le feu dans mon lit.

Merde ! Maxime !

Je tourne la tête pour constater que la place à côté de moi est vide. Ouf ! Quel soulagement ! Je n'ose même pas imaginer la tête du démon s'il avait surpris son frère dans mon lit !

Je retombe mollement sur mon oreiller.

Je ne sais même pas à quelle heure Maxime est parti. Nous avons parlé jusqu'à ce que l'épuisement m'emporte dans le monde des rêves. Et là, je sais déjà que je vais payer le prix de cette nuit quasiment blanche.

Je me frotte les yeux pour finir de me réveiller. Pourtant, je ne regrette pas. J'ai adoré parler avec mon ami et j'ai même eu l'impression d'avoir retrouvé notre complicité d'avant…

Avant. Oui. Dorénavant, il y aura un AVANT et un APRÈS ce fichu baiser. Je ne peux m'empêcher de m'en vouloir d'avoir été si insensible à son étreinte. Et je me prends à me demander si tout cela aurait été différent sans… Rip. Est-ce que j'aurais pu être amoureuse de Maxime ? Est-ce que j'aurais ressenti les mêmes choses qu'avec son frère ?

Arrête de te torturer… Tu sais très bien qu'il n'y a que ce fichu démon qui puisse te faire grimper aux rideaux !

Ta gueule, la voix ! C'est sûrement à cause de toi, tout ça ! Cette attirance pour le plus dangereux des prédateurs ! C'est le destin des Muses !

222

Quand je repense à la peine que j'ai lue sur le visage de mon ami, j'ai un pincement au cœur. Mais malheureusement, je ne peux aller contre mes sentiments.

Je me lève à contrecœur et rejoins le salon après avoir pris une douche et enfilé un ensemble jean-sweater.

Rip m'y attend patiemment sur le canapé en fumant une cigarette. À mon arrivée, il balaie mon corps des yeux.

— Je vois que tu as pris goût aux vêtements conventionnels.

Je fais la moue en glissant mes mains dans les poches arrière de mon jean.

— C'est difficile de faire de la moto en jupe longue.

La bouche du démon s'étire en un petit sourire moqueur. Pourtant, ses yeux demeurent étrangement froids. Je connais cette lueur singulière qui présage de sa mauvaise humeur. Ce n'est pas bon signe…

— J'imagine que ta nuit a été suffisamment calme pour que tu récupères de ta fatigue.

Je déglutis péniblement et me contente d'un léger hochement de tête. Qu'est-ce qu'il cherche à savoir exactement ? Est-ce qu'il aurait des doutes ?

— Tu as dû dormir comme un bébé… continue-t-il, ses yeux métalliques plantés dans les miens.

Je soupire.

— Si on veut.

Avec provocation, il écrase sa cigarette directement sur le dos de sa main, sans broncher, comme s'il ne ressentait pas la moindre douleur. Le regard qu'il m'assène alors est comme un coup de poignard.

— Tu ne sais pas mentir, Kataline.

Mon sang quitte mes joues. Mais je n'ai pas le temps de protester que, d'un bond, le démon est déjà près de moi.

— Je sais parfaitement que tu n'étais pas seule cette nuit.

Il attrape une mèche de mes cheveux et la porte à son visage pour en humer le parfum.

— Tu portes encore l'odeur de l'ange sur toi…

Merde ! Mais à quoi ça sert de prendre une douche dans ces conditions ? Ce n'est pas équitable, bordel !

Rip me tourne autour, et son nez vient chatouiller ma nuque. Il respire à pleins poumons pour capter les traces de son frère. Le voir agir ainsi, comme si je lui appartenais, m'agace. Je m'écarte de lui et me retourne pour lui faire face.

— Je ne te dois rien, Rip ! Je dors avec qui je veux.

Ses yeux ont viré couleur mercure, et je me résous à me justifier.

— Il ne s'est rien passé, si tu veux savoir !

— Je ne te crois pas.

Je me mords la lèvre, même si je sais que ce geste me trahit.

— Il m'a embrassée, c'est tout, craché-je avec véhémence.

Les poings de Rip se ferment en même temps que sa bouche s'ouvre laissant apparaître ses deux canines qui s'allongent inexorablement.

Sa voix est comme un feulement lorsqu'il s'écrie :

— Je vais le tuer…

Je l'attrape par le bras pour le retenir et m'empresse de continuer.

— Mais il n'y a rien eu d'autre.

Avec une force incroyable, le démon me traîne dans la pièce comme si je ne pesais pas plus qu'un sac de plumes.

Mais arrivé vers la porte, il s'arrête. Je perçois le doute sur son visage déformé par la colère.

— Ah ouais ?

— Ouais ! Et tout ça, à cause de toi !

— Moi ? Mais je n'ai rien à voir là-dedans, explose-t-il à son tour. Qu'est-ce qui s'est passé, Kataline ? Il n'était pas assez viril pour te faire de l'effet ? Pas assez… mauvais ?

Je me tais. Mais comment lui répondre sans trahir ce que je ressens ? Comment ne pas lui avouer qu'il n'y a que lui qui provoque en moi ces sensations étourdissantes ? Alors que mon esprit est torturé, Rip se rapproche de moi et commence à me tourner autour, tel un oiseau de proie, le regard sombre.

— Maxime n'arrive pas à attiser ton désir ? Il ne sait pas comment éveiller le feu qui brûle en toi ?

Ça me démange de lui en coller une, mais je sais que ça ne servirait à rien de rentrer dans son jeu. Il s'arrête dans mon dos et découvre ma nuque pour la picorer de petits baisers électriques. Aussitôt, mon corps réagit et je me mets à frissonner comme si on m'avait placée dans une chambre froide.

Pourtant, à l'intérieur, je ne sens que l'embrasement imminent de mes sens. Sans crier gare, Rip me retourne violemment pour me plaquer contre lui. Ses yeux emprisonnent les miens, et j'y découvre un mélange de rage et de désir.

— Pauvre Max ! Il s'est pris dans tes filets. Je ne peux pas lui en vouloir d'avoir succombé à ton charme ensorcelant. Moi-même, je n'y ai pas résisté…

Sans plus attendre, sa bouche fond sur la mienne avec une violence qui me fait gémir. Nos dents s'entrechoquent et nos corps se plaquent brutalement l'un contre l'autre. L'ardeur de Rip est à la hauteur de sa colère et me fait l'effet d'un volcan en pleine éruption. Il m'embrasse comme s'il voulait marquer son empreinte à jamais… Comme s'il voulait me prouver que je lui appartenais. À lui et à lui seul.

Sa langue défonce les barrières de mes lèvres et vient se mesurer à la mienne avec passion.

Au bout d'un long baiser qui me laisse pantoise, Rip me relâche, et je manque de perdre l'équilibre.

Il me fait tourner la tête, ce con !

Un sourire ravageur aux lèvres et un feu nouveau brûlant dans ses prunelles d'acier, le démon s'écarte de moi et me désigne la porte.

— C'est bien ce que je pensais… On peut partir, maintenant !

27
Chat perché

Après trois jours, nous nous retrouvons dans un nouvel hôtel. Notre voyage suit un tracé précis, et je comprends bientôt que chacune de nos étapes est un point de rendez-vous avec un fureteur ou une autre créature du monde de la nuit. Marcus et Royce enchaînent les rencontres pour nous fournir des informations sur la Ligue et le Boss.

Ils sécurisent le trajet, disent-ils.

Je me demande si je suis bien informée de tout ce qui se passe autour de ce projet…

Là, nous avons fait étape à Budapest où Marcus doit rencontrer un nouveau démon.

Comme à chaque fois, je suis époustouflée par le luxe de l'établissement. À chaque étape, plusieurs chambres et une suite nous sont réservées, et je commence à m'apercevoir à quel point les Saveli sont pleins aux as.

Qui peut faire ce genre de choses si ce n'est en étant millionnaire ? Ça doit leur coûter une fortune !

Les chambres sont exceptionnelles et le service digne d'un grand palace. J'ai l'impression que le démon qui partage ma suite tente de rendre plus supportable la fatigue qu'il me fait endurer avec les trajets. Il ne lésine pas sur la qualité de nos installations et de mon confort, et je dois dire que je ne m'en plains pas.

Même si je me suis habituée à la moto et que je n'ai presque plus de courbatures, Rip met les moyens pour que je puisse continuer à prendre place sur son bolide. Je dois aussi avouer que j'apprécie de plus en plus les voyages, accrochée au dos du démon. En même temps, qui se plaindrait de faire corps avec un mec aussi sexy ?

Je vois bien les regards envieux des femmes lorsque nous nous arrêtons dans les aires de repos. Elles me lancent des yeux qui semblent dire : « Putain de chanceuse ! J'aimerais trop être à ta place ! »

Quelque part, ça flatte mon ego de m'afficher avec un homme de son envergure. Et quand je dis « m'afficher », ce n'est pas peu dire.

Rip a mis son plan à exécution : il ne me lâche plus d'une semelle.

J'ai essayé de négocier avec lui, mais pas moyen. Il n'a jamais voulu que je fasse ne serait-ce qu'un bout de trajet dans la voiture de Royce.

Impossible de m'éloigner à plus de cinquante mètres ! Il n'y a que pour aller aux toilettes que j'ai le droit de me soustraire à son champ de vision.

Bizarrement, cela ne me dérange pas plus que ça. Ce côté protecteur a quelque chose de romantique qui me touche plus que je n'aurais pensé. Même si je sais qu'au fond il a tout intérêt à me garder près de lui et surtout en vie.

Pour autant, nos relations sont toujours aussi ambiguës, entre attirance et ressentiment. Il garde une certaine distance avec moi, mais quelquefois, il semble perdre le contrôle et son désir prend le dessus.

L'épisode du baiser avec Max n'a pas arrangé les choses, au contraire. Et le démon m'a une nouvelle fois estomaquée quand j'ai eu le malheur d'évoquer ce baiser avec lui. Il m'a alors balancé avec un air moqueur :

« Je voulais juste vérifier ! »

Argh… La douche froide !

Quel salaud ! Et quel menteur, aussi !

Parce que moi, je sais très bien ce que j'ai lu dans ses yeux. Et même si le démon a voulu me faire comprendre qu'il m'avait embrassée uniquement pour vérifier que je n'avais pas de sentiments pour son frère, je ne suis pas dupe !

On ne peut pas tromper quelqu'un à ce point.

En tout cas, je ne regrette pas ce que j'ai fait. Ce qui est pris est pris, et j'ai décidé de ne plus me battre avec mes sentiments.

Je sais, j'ai dit que je devais garder mes distances et tout… Mais essayez donc de passer vos journées et vos nuits avec une bombe sexuelle !

Un corps de dieu grec, une bouche sensuelle, un regard de braise et une aura sexuelle à faire fondre les petites culottes !

J'ouvre la baie vitrée en chassant ces pensées qui me font frissonner. La fenêtre de la suite s'ouvre sur une immense terrasse qui surplombe les hauteurs de Budapest. Les lumières de la ville m'appellent, et je m'avance pour admirer la vue.

Mais au moment où je m'apprête à poser le pied dehors, une voix que je ne connais que trop m'interpelle.

— Je préférerais que tu restes à l'intérieur, Kataline.

Je me retourne en soupirant.

— Arrête ! Je ne vois pas ce qui peut m'arriver sur ce balcon. À moins que tu aies peur qu'une créature ailée ne débarque de nulle part pour m'enlever… ? Ah, ah, ben non ! La créature en question est déjà là !

Il a ce petit rire démoniaque qui le caractérise lorsque je le provoque. Mais son regard s'assombrit presque aussitôt. El Diablo n'a pas l'air de vouloir rigoler, ce soir !

— Tu n'as aucune idée de ce qui peut t'arriver à l'extérieur. Tu l'as entendu toi-même, le Boss sait maintenant que tu existes. Les mercenaires n'auront de cesse de vouloir te traquer et te capturer. Rappelle-toi ce qui s'est passé chez Jess… et ils étaient peu nombreux. Là, c'est la Ligue tout entière qui doit être partie à ta recherche.

Je secoue la tête et récite, comme un mantra.

— Je sais. Et c'est pour ça qu'on ne reste « jamais deux jours au même endroit ». Mais qu'est-ce qu'ils y gagnent, les mercenaires ?

Il s'approche de moi et attrape ma mèche de cheveux décolorée.

— On nous a rapporté que le Boss te voulait dans sa… collection. Et il serait très généreux si on lui amenait ce qu'il convoite… Tu es inestimable, ma chère. Inestimable et beaucoup trop reconnaissable.

Quoi ?

Je lève des yeux exorbités vers lui.

— Je pense qu'il faut qu'on fasse quelque chose avec… ça.

Il lève ma mèche de cheveux devant mes yeux. Je commence à comprendre ce qu'il veut dire et je secoue la tête en m'écartant de lui, horrifiée par son sous-entendu.

— Hors de question, Rip ! On ne touche pas à mes cheveux.

Son visage se fait plus dur et ses sourcils se lèvent.

— Je crois que tu n'as pas encore compris…

— Hors… de… question !

Ma voix est sans appel. Alors, une fois n'est pas coutume, le démon semble abandonner son idée. Enfin, pour le moment.

— O.K., on verra ça plus tard. Maintenant, il est l'heure d'aller dîner. Je suis affamé !

Son regard se couvre d'un voile de désir alors qu'il glisse sur mon corps. Aussitôt, mon cœur se contracte, et je déglutis péniblement.

Ce mec finira par me tuer !

Je le suis en soupirant. Je ne sais pas ce qui me retient d'effacer ce sourire pervers d'un crochet du droit.

***

Marcus doit récupérer des informations auprès d'un nouveau contact ce soir et il nous a rejoints pour dîner. J'apprécie énormément la compagnie de l'archer. Il apporte comme une bouffée d'air frais qui me fait un bien fou.

Enfin tout se passait bien jusqu'à ce que l'archer aborde aussi la question de mes cheveux, juste après le dessert.

— Kat ! Cette couleur est improbable et tes cheveux sont beaucoup trop longs pour que tu passes inaperçue. C'est comme si on t'avait collé un gyrophare sur la tête qui dirait : hou, hou ! Je suis la muse ! Venez m'attraper !

Oh, merde ! Je le vois venir, lui aussi. À croire qu'ils se sont passé le mot.

— Non ! Je refuse qu'on touche à mes cheveux.

— Mais tu es trop reconnaissable ! Ta mèche blanche ! Personne n'a une mèche blanche comme ça au milieu de la chevelure ! Tous les mercenaires doivent chercher une fille aux cheveux auburn jusqu'à la taille avec une mèche décolorée et des yeux d'or. Tu en connais beaucoup d'autres, toi, des filles comme ça ?

À ce moment-là, je n'ai qu'une envie : enlever le sourire caustique qui se dessine sur le visage de Rip ! Je lui lance un regard noir, qui n'a malheureusement aucun effet sur lui.

— Tu proposes quoi ? Un relooking ? demande alors Royce d'un air amusé.

— Au moins une coupe plus courte que tu pourrais cacher sous un bonnet, répond l'archer à mon attention.

— Ah ouais ! Un carré ! dit Parker en me scrutant, les sourcils froncés. Ça t'irait bien un carré !

Oh, bordel ! Les voilà qui se mettent à jouer les visagistes.

— Non, mais vous n'avez pas des sujets plus graves à aborder ? Laissez mes cheveux tranquilles et réfléchissez plutôt au moyen de contrer les mercenaires ! Je ne vous demande pas de vous laisser pousser la barbe, moi !

229

— C'est pour ta protection, Kat, souffle Maxime, qui tente d'apaiser ma colère.

— Oh, arrête ! J'ai déjà assez de Rip à supporter vingt-quatre heures sur vingt-quatre !

Et vlan ! Petite vengeance personnelle : ça, c'est fait ! Le démon change de couleur et me décoche un regard de tueur.

— C'est une proposition pour que je passe aussi mes nuits avec toi, Kataline ?

Je reste coite ! Suffoquée par cette répartie mesquine devant toute l'assistance. Inconsciemment, mes yeux se portent sur Maxime. Il ne bronche pas.

— Ça pourrait peut-être empêcher certains de s'inviter dans ton lit...

Oh, putain ! Il a osé !

Marcus échappe sa tasse de café sur sa soucoupe et Parker s'étouffe avec son Get 27. L'ange, à côté de moi, se crispe et pour éviter que les choses ne s'enveniment, je m'exclame :

— O.K. ! Je vais le faire !

— Quoi ? demande Marcus, interloqué par mon changement d'attitude subit.

Je me lève et pose ma serviette sur la table d'un geste rageur.

— Je vais me couper les cheveux !

Et voilà ! Encore une fois, Rip a gagné.

Je me dirige d'un pas rageur vers l'ascenseur, mais bien évidemment, lorsque j'appuie sur le bouton, l'odeur du démon m'enveloppe de son parfum suave.

Tentant de l'ignorer, je me précipite dans la cage vide et croise les bras sur ma poitrine, comme une gamine qui afficherait sa mauvaise humeur. Rip appuie sur le bouton de notre étage et se positionne en face de moi dans une posture nonchalante.

Son regard me brûle lorsqu'il dessine les contours de mon corps et la tension commence à monter.

— C'est dégueulasse ce que tu as dit ! dis-je d'une voix pleine de reproches.

Le démon reste de marbre.

— J'ai abandonné l'idée de le tuer. Ce n'est pas pour autant que je vais laisser passer ce qu'il a fait.

Je m'apprête à protester, mais en un quart de seconde, il est sur moi, me plaquant violemment contre la paroi de l'ascenseur. Avec une lenteur insoutenable, son pouce vient écraser ma lèvre inférieure.

— Ce qui est à moi n'est à aucun autre…

Son souffle sur ma joue est comme une délicieuse torture et la proximité de sa bouche me donne envie de me jeter sur lui comme une bête affamée. Mais je ravale mes pulsions et redresse la tête dans un geste de défi.

— Je n'appartiens à personne, Rip.

Un éclair passe dans ses pupilles.

— Tu es bien sûre de ça, Kataline ? Est-ce que tu crois qu'un autre que moi pourrait te faire ressentir les mêmes sensations ? Rien qu'en t'effleurant ?

Non… Oh, mon Dieu, non…

Il s'approche encore et ses lèvres frôlent les miennes, sans vraiment les toucher. Puis il s'écarte légèrement pour me permettre de reprendre mon souffle.

Alors, il attrape violemment mon visage pour dégager ma gorge. Sa langue suit ma carotide de la base de mon cou jusqu'à un point sensible, sous mon oreille. Les millions de frissons qui parcourent mon corps à cet instant sont autant de décharges électriques qui anéantissent toute forme de protestation.

À ce moment-là, il peut faire de moi ce qu'il veut. J'ai abandonné tout contrôle.

Mais l'ascenseur s'arrête brusquement et avant que je reprenne mes esprits, Rip a déjà retrouvé sa place à l'autre bout de la cabine. Les portes s'ouvrent pour laisser entrer un couple de personnes âgées.

Sauvée par le gong !

Je fais une grimace à la petite voix. Pas parce qu'elle vient encore m'enquiquiner, mais parce que je commence à douter de vouloir être sauvée… Et ça me fait peur.

***

La tension est toujours présente lorsque nous pénétrons dans la suite.

Rip jette sa veste en cuir sur le sofa et m'adresse un regard de prédateur traquant sa proie. Mon rythme cardiaque avoisine les deux cents pulsations lorsqu'il s'approche de moi.

Mais au moment où il se penche, je l'arrête de la main. Autant mettre les choses au point tout de suite.

— On avait dit qu'on arrêtait de jouer, Rip.

— Je ne joue pas, Kataline.

Sa voix lorsqu'il prononce mon prénom est comme le chant des sirènes. Irrésistible ! Son regard métallique m'hypnotise de manière si intense que j'ai du mal à respirer. Pourtant, j'arrive à articuler.

— Nous avions un accord…

Ignorant mon intervention, Rip attrape ma main et la porte à sa bouche. Il picore ma peau de petits baisers, puis sa langue vient jouer avec le bout de mes doigts. Quand il attrape mon index entre ses lèvres, mon cœur s'arrête de battre, suspendu à son geste…

Bordel ! Je ne vais jamais pouvoir résister !

La sensation est si forte que je lutte pour garder les yeux ouverts. Voyant mon trouble, le démon m'attire contre lui.

— Oui. C'est bien ce qu'on avait dit…

Je n'arrive pas à me détacher de ses yeux. Pas plus que je n'arrive à maîtriser les battements affolés de mon cœur. J'ai des bourdonnements dans les oreilles et je sais pertinemment que s'il décide de m'embrasser de nouveau, je vais sombrer.

Mais Rip s'écarte de moi et je m'aperçois que le bourdonnement en question n'est autre que son portable qui vibre sur la table basse.

— Je dois répondre, c'est Marcus, dit Rip avec un regard d'excuse. Ne bouge pas, je reviens.

Il se dirige vers sa chambre, me laissant seule et frissonnante.

J'inspire profondément en fermant les paupières. Il me faut quelques secondes pour reprendre mes esprits.

Mais bientôt, la culpabilité refait surface.

— Merde ! Merde ! Merde !

Jurer toute seule ne soulage pas la colère que j'éprouve contre moi. La Sibylle avait pourtant été claire. Pour mener à bien la mission, il faut qu'on arrête ce jeu du chat et de la souris !

Mais comment résister à l'attraction que Rip exerce sur moi ? Il est comme un aimant et moi, je suis le pauvre petit trombone qui vient se coller à lui dès qu'il s'approche d'un peu trop près. Aucune volonté !

Je décide de prendre l'air pour me calmer et remettre de l'ordre dans mes idées. À peine sortie sur le balcon, l'odeur de la pluie envahit mes narines. La ville est endormie, et j'observe pendant de longues minutes les faisceaux lumineux qui inondent les rues désertes, en tentant d'apaiser la tension qui m'habite.

Mais un mouvement sur le côté attire mon regard et une ombre se détache dans la nuit.

C'est un chat qui joue à l'équilibriste sur la rambarde du balcon. En me voyant, l'animal s'approche d'une démarche nonchalante. À voir son petit gabarit et la finesse de sa tête, il s'agit certainement d'une femelle. Elle descend de son perchoir et vient se frotter contre mes jambes. Bizarrement, je lui trouve un air familier.

Ce pelage couleur nuit, ces yeux vert émeraude, et ce ronronnement particulièrement fort… Lorsque je me baisse pour la caresser, cela ne fait aucun doute. C'est le chat qui était chez Marcus lorsque Maxime a forcé le bouclier.

Mais comment est-ce possible ?

Tout à mes réflexions, je ne vois pas Rip se jeter sur moi. Et je hurle lorsqu'il m'écarte violemment et attrape l'animal par la gorge.

La petite chatte se débat en feulant avec force, mais la poigne de fer de Rip l'empêche de se libérer.

— Mais qu'est-ce...

— Écarte-toi, Kataline !

Horrifiée, je le regarde malmener le félin. Mais il est devenu fou ?

— Laisse ce chat tranquille, Rip !

— Ce n'est pas un chat !

— Quoi ?

Je suis abasourdie ! Il est vraiment devenu cinglé !

Rip tourne la tête vers moi. Son visage a pris la forme du démon et ses yeux argentés sont empreints de colère.

— C'est un fureteur !

Il secoue la petite chatte d'un mouvement brusque et sa main s'embrase comme de la lave en fusion. Alors, sous mes yeux incrédules, le félin commence à se contorsionner et son apparence devient floue.

Au bout de quelques secondes, l'animal laisse la place à une magnifique femme d'origine africaine, qui fixe le démon d'un œil mauvais.

28
Comme un poignard dans le cœur

Ce n'est pas un, mais une fureteuse.

— Isis, déclare Rip d'un ton plein de ressentiment.

La femme reste figée et son regard passe du démon à moi. J'aperçois alors les dessins qui ornent son visage, comme des peintures de guerre.

— Qu'est-ce que tu fais là ?

La voix du démon semble sortir des profondeurs de l'enfer. Mais la femme ne se laisse pas démonter. Elle trouve la force de relever la tête dans un geste de défi.

— Ça ne te regarde en rien, démon ! Va crev…

La réponse ne semble pas plaire à Rip. Il resserre son étreinte autour du cou gracile de la jeune femme, l'empêchant de poursuivre.

Un éclair de panique passe furtivement dans les yeux de la beauté noire. Elle se met à gigoter et tente vainement de se libérer alors que Rip la soulève au-dessus du sol, à la force d'un bras.

— Qu'est-ce que tu fais sur le balcon de ma suite, alors ? insiste-t-il.

Je suis incapable de réagir, encore sous le choc de la scène qui vient de se dérouler devant moi. Je regarde les échanges comme la spectatrice d'un film. Tout ça me paraît tellement surréaliste.

Merde ! Il y a une femme à moitié nue qui est en train de se faire étrangler sous mes yeux ! Et pas moins de deux minutes plus tôt, c'était une gentille petite féline qui ronronnait dans mes jambes…

Rip serre encore sa poigne et la fureteuse commence à suffoquer.

— Dis-le ! crie-t-il.

Réagis, bordel ! Ou elle va lui claquer entre les doigts !

La petite voix dans ma tête remet mon cerveau en marche, et je finis enfin par m'écrier :

— Rip… Arrête.

Mon intervention atteint son but, car Raphaël tourne subitement la tête vers moi. Profitant de ce moment d'inattention, Isis parvient à se libérer. Avec une agilité surprenante, elle assène un grand coup de genou dans le ventre de Rip, qui se plie en deux sous le choc.

Horrifiée, je commence à regretter d'être venue au secours de la fille.

Mais mon inquiétude s'efface lorsque le démon riposte et envoie valser la fureteuse contre le mur.

Ouch ! Ça doit faire mal.

Malgré la puissance du coup, elle se relève facilement et se précipite de nouveau sur Rip. Les deux adversaires se lancent alors dans un corps-à-corps digne d'un combat de catch. Isis est puissante et rapide, et les coups qu'elle donne n'ont rien à envier à ceux du démon.

Les deux combattants se retrouvent bientôt à escalader les parois et évoluer entre les différents balcons de l'immeuble, tels des acrobates. Je me penche par-dessus la rambarde pour les regarder s'acharner l'un contre l'autre. La force de la fille et son agilité sont incroyables. Rip est un tueur. Le meilleur de tous, mais là, il semble avoir une adversaire à sa taille.

Je n'ai aucune idée de ce qui se joue, mais j'ai bien peur qu'ils soient partis pour s'étriper. Poussée par mon instinct, je me précipite à l'intérieur pour récupérer mon jō. Mais au moment où j'atteins la porte, un courant d'air balaie le balcon et me fait frissonner. Marcus apparaît brusquement dans un nuage de poussière.

À peine pose-t-il les pieds sur le sol qu'il se fige, les yeux fixés sur la scène de combat qui se poursuit sur le toit de l'immeuble d'à côté.

— Isis…, dit-il dans un souffle.

Il reste quelques secondes, toujours tétanisé. Puis il répète, en criant cette fois :

— Isis !

La voix de l'archer, forte et autoritaire, met aussitôt fin au combat. Rip fronce les sourcils et crache en direction de la fille :

— Ouais… Isis !

En voyant l'archer, la jeune femme se redresse, le regard fier et le menton relevé. Le visage de Marcus s'assombrit et un voile passe devant ses yeux.

— Pourquoi es-tu ici, Isis ? demande-t-il d'une voix sourde en secouant la tête d'un air étonné. On devait se voir à l'Akvarium…

La fureteuse bondit dans les airs pour venir juste devant moi.

— Je suis venue la voir. Elle !

Moi ?

Rip atterrit à son tour à mes côtés et fixe la jeune femme d'un air qui semble dire : « si tu la touches, je te tue ! »

Isis est toujours à moitié nue et ça ne semble pas la gêner le moins du monde. La voir comme ça me met soudain mal à l'aise. À moins que ce ne soit sa proximité avec Rip qui me dérange…

Je fronce les sourcils en la désignant du menton.

— Euh… Ça ne vous dirait pas de rentrer pour parler ? Vous allez choper la mort ici. Et moi aussi…

La fureteuse me toise de toute sa taille. Elle est grande. Au moins une tête de plus que moi, et son corps dénudé n'a rien à envier à ceux des top models.

Sans un mot, elle se dirige vers le salon, avec la dignité d'une princesse.

***

Après avoir montré la salle de bains à Isis et lui avoir donné de quoi se couvrir, je retrouve l'archer et le démon dans le salon.

L'humeur massacrante de Rip se lit sur son visage. Il alterne cigarettes et whisky depuis que nous sommes rentrés.

Quant à Marcus, il a l'air carrément en état de choc.

Je ne sais pas qui est cette jeune femme capable de se transformer en chat noir, mais elle ne laisse personne indifférent. Et j'espère bien en apprendre davantage sur elle.

— Alors ? dis-je en m'installant sur le sofa. Je suppose que vous allez m'expliquer qui est cette fille et ce qu'elle me veut.

Le regard dans le vague de Marcus en dit long sur son état d'esprit. Je n'ai jamais vu l'archer aussi préoccupé que depuis qu'il a vu cette fille sur le toit. Il soupire profondément avant de s'affaler à son tour dans un fauteuil.

— C'est une fureteuse.

Nonnn… Sans blague !

Je croise les bras sur ma poitrine.

— Tu en as d'autres des évidences comme ça, Marcus ? Je ne suis pas une imbécile. Je sais bien que c'est une fureteuse.

L'archer lève les sourcils comme si je venais de le sortir d'un rêve. Il ouvre la bouche pour parler, mais se ravise et se renferme à nouveau. Rip vient à son secours.

— Isis est une… vieille connaissance. C'est quelqu'un de dangereux, fourbe et impitoyable.

— Et elle se transforme… en chat ?

Le démon s'assied à côté de moi et tire longuement sur sa cigarette avant de répondre :

— Les fureteurs sont des métamorphes.

Alors là ! Je suis choquée de l'apprendre.

— Tous ?

Il hoche la tête en prenant une gorgée de whisky comme si le sujet de notre conversation était des plus banals.

— Ça veut dire que Césarius Francillard est…

— Une saleté de fouine ! crache Marcus, qui semble enfin sortir de sa léthargie.

Ben, ça alors ! C'est vrai qu'il avait la tête d'un petit rongeur. Mais de là à imaginer que c'en était vraiment un ! C'est incroyable ! La curiosité me pousse à poser plusieurs questions à la fois.

— C'est dingue ! Il y en a beaucoup ? Ils peuvent se transformer en quoi ? Est-ce qu'il y en a qui peuvent devenir des… poissons ?

Oh, mon Dieu ! Chaque fois que je suis stressée, je raconte n'importe quoi ! Je me mettrais des claques !

— Il y en a de moins en moins, répond Rip en ignorant ma question idiote. Ils sont généralement exploités par la Ligue pour leur talent d'espionnage. Mais beaucoup se sont fait tuer ces derniers temps. Quant à ceux qui restent, en général, ils prennent la forme de petits animaux, ce qui leur permet de se faufiler sans être vus. Pas de poisson…

— Vous pensez qu'Isis a été envoyée par la Ligue ?

Marcus se redresse.

— Isis ne travaillerait jamais pour la Ligue. Non. Elle est là pour autre chose.

C'est ce moment que choisit la fureteuse pour refaire son apparition dans le salon. Elle a revêtu le peignoir en satin qui était mis à disposition dans la salle de bains. Lorsqu'elle s'avance vers nous de sa démarche féline, le temps semble suspendu à ses pas. Le tissu fluide et argenté épouse les courbes de son corps à mesure qu'elle avance, et ça lui donne l'allure d'une déesse.

Cette fille est d'une beauté à couper le souffle avec ses yeux sombres, sa peau brune et sa bouche pulpeuse. Seule la dureté de son regard assombrit la douceur de ses traits.

Elle se dirige tout droit vers Marcus et pose sa main sur son torse avec une familiarité surprenante. J'aperçois alors le tatouage encré entre son pouce et son index.

Un quatre, en chiffres romains.

L'archer est littéralement hypnotisé par la jeune femme. Mais au bout de quelques secondes, elle s'écarte de lui pour se tourner vers moi.

— Marcus a raison. Je suis venue pour autre chose. Une chose qui te concerne, Muse.

Merde ! Elle sait qui je suis.

— Te trouver n'a pas été chose facile. Les démons te protègent bien et ils ont réussi à te garder secrètement pendant tout ce temps. J'ai eu un mal fou à te localiser.

Elle jette un regard presque amusé à Marcus. C'est grâce à lui qu'elle m'a retrouvée, et l'archer semble mal à l'aise.

— Le dernier fureteur qui a été mis sur ta piste a trouvé la mort il y a plusieurs semaines… C'est pour cela qu'on a fait appel à moi.

— C'est qui « on » ? demande Rip d'une voix tranchante.

Mais je n'attends pas la réponse. Il y a une chose qui résonne dans ma tête et qui me pousse à questionner la jeune femme.

— Mort ? Tu veux dire mort… à cause de moi ?

Isis attrape la bouteille de Rip et se sert un verre. Elle avale une grande gorgée d'alcool avant de répondre avec un rire mauvais.

— Oui. Il a fini cloué sur un mur, après avoir été éventré…

À ce moment-là, un déclic se produit dans ma tête. Mes souvenirs me ramènent quelques semaines en arrière le jour où, horrifiée, j'ai découvert un chat crucifié au-dessus de mon lit.

Les images reviennent par vagues successives et je revois nettement la scène. Le pauvre animal mort, cloué au mur, les entrailles pendantes. Je cligne plusieurs fois des paupières pour effacer ces visions d'horreur.

Merde ! Était-ce… ?

Un coup d'œil vers Rip m'apprend que je ne me suis pas trompée.

— Le chat… cloué au-dessus de mon lit…, c'était…

— L'un de mes frères, termine Isis d'une voix sombre. Numéro Cinq, ajoute-t-elle en montrant son tatouage.

Mon Dieu !

Mon sang quitte mes joues et des frissons de dégoût parcourent mon corps.

— Je suis… désolée.

Mais la fureteuse lève un sourcil, le visage impassible.

— Tu ne le connaissais pas, alors ne le sois pas. Il a échoué dans sa mission. Il est mort. C'est notre lot à nous, fureteurs.

Waouh ! Une vraie sentimentale, celle-là !

— Dis-nous pourquoi tu es ici, Isis, demande froidement Rip.

La jeune femme délaisse Marcus pour s'installer sur un fauteuil. Elle croise ses longues jambes tout en sirotant son verre et en nous observant avec intérêt. On dirait qu'elle fait exprès de maintenir le suspense.

— Je suis venue prévenir la Muse que… le Boss est au courant de sa venue.

Je lève un sourcil.

— Ça, on le sait déjà, répond le démon en faisant craquer les jointures de ses doigts. Autre chose ?

La fureteuse lui adresse un regard noir et se tourne vers moi. Sa voix se fait un peu plus douce.

— Vous devez changer vos plans si vous ne voulez pas tomber dans les filets de la Ligue.

J'en ai marre que tout le monde ne parle que par énigmes. Je me redresse en soupirant.

— Écoutez ! Pas la peine de tourner autour du pot. Dites-moi pourquoi vous êtes ici et ce que vous avez à me dire. Qu'on en finisse !

Je vois à son petit sourire qu'elle apprécie mon franc-parler.

— C'est tout ce que je peux vous dire. Si vous voulez en savoir plus, vous devez venir avec moi.

Quoi ?

— Je suis venue pour vous chercher.

Rip éclate la bouteille vide entre ses doigts, éparpillant des dizaines de morceaux de verre sur le sol. Son visage est froid comme la pierre.

— Hors de question ! Kataline ne va nulle part.

239

Isis porte son verre à ses lèvres, peu impressionnée par l'intervention du démon.

— Tu as peur pour ta petite protégée, on dirait ? Rassure-toi. Ceux qui m'envoient ne lui veulent aucun mal. Au contraire. Ils seraient ravis de vous aider, elle et toi.

Sans prévenir, Rip se jette sur elle et l'attrape par le cou, ignorant l'archer qui tente de s'interposer.

Oh non ! Il ne va pas encore essayer de l'étrangler !

— Qui t'envoie ? Dis-le-moi, ou je te jure que…

À cet instant, un éclair victorieux passe dans les yeux d'Isis.

— Molly ! C'est Molly qui m'envoie…

Le temps s'arrête.

Pour la première fois depuis que je le connais, je vois Rip blêmir. Il desserre son étreinte et s'éloigne de la fureteuse, comme si elle lui avait donné un coup de poignard dans le cœur.

Le mien se brise… Je sens que la suite ne va pas me plaire.

***

Couchée sur mon lit, j'observe les lumières de la nuit qui dessinent des arabesques sur les moulures du plafond. Ça fait une bonne demi-heure que je tente de remettre de l'ordre dans mes idées, mais je n'y parviens pas. Mes pensées sombres tournent en boucle et perturbent mon esprit.

La fureteuse nous a appris que Molly l'avait chargée de me retrouver et de me ramener jusqu'à elle. Mais elle n'a rien dit de plus sur les raisons de sa mission.

Après avoir digéré la nouvelle, Rip a commencé à faire les cent pas dans la pièce, le visage livide. Il semblait complètement bouleversé.

Molly… SA Molly.

La femme qu'il a aimée plus que tout et qui lui a brisé le cœur en s'enfuyant avec son meilleur ami… Molly réapparaît subitement dans sa vie.

Je tente de maîtriser les battements saccadés de mon cœur.

Et maintenant ? Qu'est-ce qu'il va se passer ? Elle me propose de la rejoindre pour m'aider… Mais pourquoi ?

— Elle peut vous aider à sauver ta mère.

Je me mords la lèvre. La fureteuse avait raison. Son argument est imparable. Si je veux en savoir plus, je sais que je dois aller rejoindre l'ancien amour de Rip.

Mais pourquoi se manifeste-t-elle maintenant ? Et pourquoi veut-elle m'aider, moi ? Quel est son rôle dans toute cette histoire ? Est-ce pour elle un moyen de refaire surface ? De revenir définitivement dans la vie de Rip ?

Oh ! Il y a trop de questions qui tournent dans ma tête !

J'ai encore en mémoire le visage du démon, marqué par la douleur, lorsqu'il a entendu le nom de celle qui l'a bafoué. Il s'est fermé comme une huître tout le temps qu'Isis a passé à nous donner des explications.

Je ne sais pas ce qu'il pense, et ça me fait peur.

Pourtant, la seule chose dont je suis sûre, c'est que je dois aller voir Molly si je veux en savoir plus. Mais je sais aussi que si nous nous rendons auprès d'elle, je risque de perdre Rip…

Elle est l'amour de sa vie. Et même si elle l'a fait souffrir, il a encore des sentiments. Sinon, pourquoi vouloir tatouer son visage sur sa peau ?

Mon cœur se serre un peu plus à cette pensée. Demain, je serai fixée.

Nous rejoindrons Molly et je saurai si Rip est encore attaché à elle. Si c'est le cas, je m'effacerai.

J'inspire profondément pour tenter de faire disparaître la boule qui grossit dans mon ventre. Si je le perds demain, il ne saura jamais quels sont mes sentiments pour lui.

Je ne lui ai jamais avoué ce que je ressentais. Jamais vraiment.

La peur de le perdre me prend à la gorge, comme une main invisible qui serre et qui m'empêche de respirer.

Non ! Je ne peux pas. Je ne peux pas risquer de le perdre sans lui avoir dit que je l'aimais.

Alors, qu'est-ce que tu attends ? Cette nuit, c'est ta dernière chance …

Je me relève. Oui, c'est peut-être ma dernière nuit avec lui.

29
Quand les barrières tombent…

Raphaël :

Je tourne dans ma chambre comme un lion en cage.

Je sais que ce n'est pas la peine de me coucher, car je ne pourrai jamais dormir. Mon esprit en ébullition me tourmente et je n'arrive pas à me calmer.

Bordel !

Molly est revenue.

Molly…

Celle que je croyais être la femme de ma vie. Celle qui m'a arraché le cœur pour le donner en pâture à Satan. La voilà qui refait surface après tant d'années. Mais pourquoi ?

Lorsque Isis a prononcé son nom, j'ai cru que mon cerveau me jouait des tours. J'ai d'abord pensé à une machination de la fureteuse. Isis est assez vile et cruelle pour inventer une chose pareille. Mais il n'y avait aucune trace de mensonge dans son regard.

Pourtant, comment faire confiance à cette femme ?

Je me passe la main dans les cheveux tout en continuant d'arpenter la pièce. Je n'ai aucun moyen de vérifier les dires d'Isis. À part..

Non, impossible !

Je ne peux pas laisser la fureteuse emmener Kataline auprès de Molly. Elle n'en ferait qu'une bouchée.

Mais au fond de moi, je sais pertinemment que c'est la seule solution qui s'offre à moi. À elle. À nous.

Molly dit avoir des informations capitales à nous donner pour que Kataline puisse sauver sa mère. Mais je la connais bien assez pour savoir qu'elle ne fera rien sans contrepartie. Elle a toujours réclamé d'être payée pour ce qu'elle fait. Mais là ? Que va-t-elle exiger en retour de son aide ?

Et qu'est-ce qu'elle a à gagner en aidant Kataline ?

La liberté ? Foutaises !

J'arrache ma chemise avec rage, faisant voler les boutons dans la pièce.

Merde ! Quand je pense que Kat ne sait même pas que c'est à cause de Molly que je suis devenu un démon.

Je me laisse tomber sur le lit et attrape le croquis fait par Kataline, que je garde toujours plié dans le fond de ma poche de jean. J'observe la photo de Molly, agrafée sur le coin du dessin. Cette époque me semble tellement lointaine. Sur le cliché, le visage de mon premier amour me fixe avec cet air de défi qui la caractérise.

Je parcours des yeux ses traits fins, ses cheveux blond platine, ses yeux beaucoup trop clairs pour pouvoir les regarder en face… Et sa bouche rouge et ronde comme une cerise mûre.

Elle est belle. Une beauté insolente, imposante. Qui intimiderait n'importe quel mâle sur cette planète.

— Molly t'a choisi. Elle savait que tu serais parfait pour devenir le plus puissant démon qui soit…

Lorsque Phaenna m'a expliqué qui était réellement Molly, j'ai cru devenir fou. Elle s'est servie de moi comme d'un pantin. Elle m'a manipulé avec une telle facilité, profitant de mon attachement et des sentiments que j'avais pour elle.

Et moi, connard que je suis, j'ai reproduit exactement le même schéma avec Kataline.

Kataline…

Son image vient remplacer celle de Molly et efface aussitôt ma rancœur. Elle est tellement différente. Tellement plus belle à mes yeux. À l'extérieur comme à l'intérieur. Kataline est tout le contraire de Molly. Sincère, honnête, déterminée, vraie.

Sa beauté n'a d'égal que sa force et son intégrité.

Mon cœur se gonfle alors que les souvenirs de ma muse envahissent mon esprit. Ces visions apaisent ma colère et me font ressentir un sentiment tout autre.

Cette fille a changé ma vie. Elle est devenue mon rayon de soleil. Ma raison de vivre. Et à côté de ce qu'elle représente pour moi, Molly paraît totalement insignifiante.

J'aime Kataline. À en crever.

Même si je lui donne l'image d'un connard sans cœur. Même si je la pousse sans cesse dans ses retranchements. Même si j'ai tout fait pour qu'elle me déteste.

C'est désormais une certitude. Cette fille fait partie de moi. De mon cœur et de mon âme. C'est comme si, depuis toujours, nous étions destinés l'un à l'autre. Et il n'y a que lorsque je me perds en elle que je me sens vivre.

Mes pensées cheminent rapidement vers une autre vision de ma muse. La vue de son corps qui se tortille sous moi alors que je m'oublie dans les méandres de sa féminité. Elle est tellement belle lorsque sa bouche s'ouvre de plaisir.

Mon corps commence à réagir à ces pensées sensuelles. Mais un léger coup frappé à la porte m'arrache à ces beaux souvenirs… et me fait grogner.

— Ouais !

La porte s'ouvre lentement, comme si on hésitait à entrer. Mais lorsque je découvre la personne qui apparaît dans l'encadrement, mon cœur se contracte.

— Kataline…

Je crois que, de toute ma vie, je n'ai jamais rien vu d'aussi beau. Ma muse, sublime. Enveloppée dans un drap de satin noir, elle me fixe avec une sorte d'appréhension et un je-ne-sais-quoi qui me laboure les entrailles.

***

Kataline :

Lorsque je frappe à la porte de Rip, mon cœur avoisine les deux cents pulsations minute. J'ai peur. Peur de ce que je vais lui dire. Peur de sa réaction.

Mais ma détermination me pousse à aller jusqu'au bout de ma démarche.

Si je ne lui dis pas cette nuit ce que je ressens, je n'aurai plus l'occasion de le faire. Jamais.

— Ouais !

Sa voix rauque me fait sursauter et j'ouvre la porte, le cœur battant. Il est là, sur son lit, et la vision qu'il me renvoie est digne des plus belles gravures de mode.

Simplement vêtu de son jean, les cheveux en bataille, le regard sombre. Il est adossé contre la tête de lit et son regard me cloue sur place par son intensité.

— Kataline…

244

Mon Dieu ! Comment résister à l'effet que sa voix produit sur moi ? Mon ventre se serre rien qu'en l'entendant prononcer mon prénom. Les syllabes roulent sensuellement sur sa langue et viennent épouser ses lèvres avec un érotisme outrancier.

Rip se redresse et la pression de son regard m'intimide encore plus. Mais je ne peux plus faire marche arrière, alors je m'avance dans la chambre d'un pas hésitant.

— Rip... Je...

Je me pensais assez forte pour pouvoir dire les choses. Je croyais que je pourrais lui avouer ce que je ressens comme ça, facilement. Mais je me suis trompée.

Et alors que je cherche mes mots, je sens mes nerfs qui lâchent.

Ma tête retombe lourdement sur ma poitrine au moment où les larmes commencent à perler au bord de mes cils. Je ferme les yeux quelques secondes. Mon Dieu, donnez-moi le courage qui me fait défaut ! Mais Rip anéantit mes efforts pour rester digne.

— Bébé... dis-moi ce qui ne va pas.

Ses yeux sont empreints d'inquiétude et le voir si attentionné me suggère que... peut-être ? Je fonds en larmes.

Libère-toi de ce que tu as sur le cœur. Tu n'as rien à perdre...

Je resserre le drap sur ma poitrine pour me rassurer et réussis enfin à parler à travers mes sanglots.

— Raphaël, je suis désolée... Profondément... Je n'ai pas pu...

Troublé par mon attitude, Rip se précipite vers moi pour me prendre dans ses bras. Il me berce contre lui, en me caressant les cheveux, et son étreinte est tout ce qu'il me fallait. Sentir la chaleur de son corps, son odeur si reconnaissable...

J'inspire son parfum comme s'il s'agissait d'une drogue dont j'avais été trop longtemps privée. Puis je me laisse aller contre son torse pendant que les larmes inondent mes joues.

— Arrête, bébé. Je ne veux pas que tu pleures.

Je m'écarte de lui et il essuie mes joues de ses pouces, avec une douceur que je ne lui connaissais pas. Il semble bouleversé de me voir dans cet état. Je déglutis avec difficulté et me force à continuer.

— Non, Rip, tu ne comprends pas. La Sibylle. Elle m'avait dit de rester à distance. De mettre de côté mes sentiments... et tout.

Ses yeux cherchent des réponses dans les miens.

— Mais c'est impossible !

Rip secoue la tête, comme s'il cherchait à comprendre ce message codé que je suis en train de lui délivrer.

— Qu'est-ce qui est impossible, Kataline ? Dis-moi....

Ma voix se brise lorsque je réponds.

— Je ne peux pas ne pas t'aimer.

Mes paupières se ferment alors que je tente de lui expliquer ce que j'ai sur le cœur. Lorsque je les rouvre, le visage de Rip affiche sa perplexité. Mes larmes recommencent à couler.

— J'ai essayé, Raphaël. Je te jure que j'ai essayé de toutes mes forces. J'ai même tenté de te détester à certains moments. Mais je n'y arrive pas et je n'en peux plus de me battre contre moi-même.

Je prends sa main et la pose sur ma poitrine.

— Tu es là, tout le temps. Et je ne peux pas te chasser de mon cœur. Je suis à toi, Rip, tu m'entends ? Rien qu'à toi. Tu peux faire de moi ce que tu veux…

L'incrédulité dans son regard me pousse à aller jusqu'au bout.

— Je t'aime, Raphaël. Je t'aime comme il ne m'a jamais été donné d'aimer. Et ça me terrifie.

Le temps s'arrête et mon cœur avec lui. Le démon reste immobile, le regard rivé au mien.

L'attente est insoutenable. Et ces quelques secondes d'incertitude sont les plus longues de toute ma vie.

Puis, comme au ralenti, Rip prend mon visage dans ses mains.

Il commence à embrasser mes yeux, attrapant au passage les perles salées qui menacent de s'échapper. Puis sa bouche descend sur ma joue, suit la ligne de ma mâchoire et rejoint enfin ma bouche.

Avec une douceur infinie, Raphaël goûte mes lèvres, les caresse comme s'il s'agissait de fleurs fragiles. Je le laisse faire, immobile. Savourant l'instant comme si c'était le dernier.

Lorsque mes larmes se tarissent, mon démon se redresse et son expression est comme un arc-en-ciel dans la noirceur de mes doutes.

— Si tu savais depuis combien de temps j'attends ce moment.

Le soulagement que je ressens à cet instant me ferait presque chanceler. Mais Rip s'avance et m'attrape par la taille pour me rapprocher de lui.

— Je t'aime, Kataline. Je t'aime tellement que ça me fait mal.

Il dégage mes cheveux de mon visage et ce que je lis dans ses yeux, à ce moment-là, balaie toutes mes craintes, tous mes doutes. L'amour qu'il me porte est écrit. Je le vois. Dans le reflet de son âme.

— J'ai peur de te perdre…, dis-je dans un souffle en repensant soudainement à Molly.

Rip secoue lentement la tête.

— Tu ne me perdras pas. Je suis à toi, Kataline. Rien qu'à toi. Pour toujours et à jamais. Tu peux faire de moi ce que tu veux, dit-il dans un souffle en répétant mes paroles comme un serment.

Il se penche pour s'emparer de nouveau de mes lèvres et, au moment où sa bouche touche la mienne, mon cœur implose dans ma poitrine. C'est comme un volcan d'émotions qui entre en éruption. Nos dents s'entrechoquent sous la violence de notre étreinte alors que nos langues se rejoignent avec une urgence qui nous dépasse.

J'ai la tête qui tourne tellement j'ai envie de lui. Je veux qu'il scelle notre amour au plus profond de nos êtres. Là, à même le sol.

Je m'accroche à lui en gémissant et le drap de satin glisse, me laissant presque nue entre ses bras. Rip s'écarte, essoufflé, et son regard descend lentement sur mes courbes.

— Tu es la plus belle femme du monde, Kataline. Tu es à moi.

Ses paroles me font rougir, mais il ne me laisse pas le temps de répondre.

Avec une violence qui me laisse pantoise, il me retourne et ma poitrine vient s'écraser contre la porte. La froideur du bois m'arrache un cri. Rip attrape alors ma mâchoire pour me ramener la tête vers lui et lorsqu'il plonge sa langue dans ma bouche, je me sens défaillir.

Ses mains sont partout et la douce brûlure du désir commence à me consumer de l'intérieur. J'en veux plus… Tellement plus.

Je gémis dans sa bouche et commence à me tortiller d'impatience. Mon corps tout entier l'appelle. Et je manque de m'évanouir lorsque j'entends le tissu de ma petite culotte se déchirer dans un bruit sec. Rip la jette au sol et m'écarte violemment les jambes avec son genou.

Sa voix est comme un souffle brûlant lorsqu'à mon oreille, il murmure :

— Désolé, bébé ! Ça va être violent et rapide. Mais je n'en peux plus d'attendre.

Oh, bordel !

Sans crier gare, il entre en moi d'un violent coup de reins. Ma bouche forme un o muet et mon ventre se crispe sous la brutalité de cette intrusion soudaine.

Bon sang ! Je vais mourir…

Mon corps se cambre et Rip m'attrape les mains pour les maintenir en l'air. Il multiplie les assauts tel un guerrier sur un champ de bataille, et ses grognements rauques m'emportent vers des mondes inconnus.

Sa main libre qui glisse sur ma poitrine, descend sur mon ventre, caresse la cambrure de mes reins, me fait haleter.

Ses doigts, qui courent sur ma peau, virevoltent sur mes courbes pour finir leur course sur le point sensible. D'une simple pression, Raphaël m'envoie voler au-delà des étoiles.

Il attrape mes cheveux et tire ma tête en arrière pour m'embrasser, m'obligeant à me cambrer un peu plus.

— Dis-le, bébé. Dis-le-moi encore…

Mes yeux se révulsent. L'orgasme monte du plus profond de mon être et enfle jusqu'à exploser dans un feu d'artifice qui m'anéantit. Totalement. Irrévocablement.

Alors, mon cri fuse dans le silence de la nuit.

— Je t'aime !

***

Lorsque je reprends vie, je suis allongée sur le lit de Rip. Il est à côté de moi et m'observe dormir d'un regard sombre et attentionné.

— Salut, bébé.

Je m'étire paresseusement alors que sa main caresse ma joue avec une douceur infinie.

— Salut.

Je ne sais plus où j'en suis. Il fait encore nuit et je n'ai aucune idée de l'heure qu'il est. Les images de notre étreinte refont surface avec une telle violence que je sens le rouge me monter aux joues.

— J'adore quand tu rougis, dit Rip d'une voix rauque.

Instinctivement, je resserre le drap contre moi. Mais avec un regard de prédateur, il tire sur le tissu d'un coup sec pour me découvrir.

— Han, han. Je te l'ai déjà dit. Ne te cache pas devant moi. Jamais.

Il se redresse et s'avance au-dessus de moi, me dominant de toute sa hauteur. Ses piercings brillent dans la pénombre et ses tatouages forment un tableau presque vivant. Il est magnifique et je sais que je ne me lasserai jamais de l'admirer.

— Ça devrait être interdit d'être aussi belle.

Je souris et, poussée par une pulsion soudaine, je commence à dessiner les contours de ses tatouages avec les doigts. Rip suit mon geste du regard et je le vois se crisper lorsque j'atteins un point sensible. Il attrape ma main d'un geste brusque.

— Si tu continues, je ne réponds plus de rien, bébé. Tu n'as aucune idée de ce que j'ai envie de te faire, là, maintenant.

Je lève un sourcil et me mords la lèvre. Puis une lueur de défi dans les yeux, je me redresse pour lui susurrer à l'oreille :

— Montre-moi, démon… Je suis impatiente de voir ça.

Il me repousse violemment sur le lit, un voile de désir dans ses pupilles dilatées. Ensuite, sans plus attendre, il se jette sur moi comme un loup affamé.

30
Prends garde, démon

Une lumière vive traverse la peau fine de mes paupières, m'obligeant à ouvrir les yeux. Les rayons du soleil m'éblouissent et je grimace sous l'agressivité de cette soudaine clarté.

Il me faut un moment pour reprendre mes esprits et comprendre où je suis. Mais à mesure que la brume du sommeil se dissipe, les souvenirs de la nuit refont surface. Mon cœur fait un bond dans ma poitrine alors que les paroles de Rip reviennent par bribes dans ma tête.

Il m'a dit qu'il m'aimait… Et il me l'a prouvé. De nombreuses fois et de toutes les façons.

Lucie avait raison. Ce démon est une vraie bête de sexe ! Insatiable, il sait parfaitement comment combler une femme. Mon corps en garde d'ailleurs de délicieuses courbatures en guise de souvenirs.

Avec un frisson, je me retourne pour lui faire face. Mais la déception entache ma ferveur lorsque je constate que la place à côté de moi est vide. Je tâte d'une main l'empreinte du corps de Rip sur le lit. Les draps sont froids et je ne peux empêcher la boule d'appréhension qui envahit mon estomac comme une gangrène tenace. Il a dû partir il y a déjà un moment.

Et s'il ne revenait pas ?

Je secoue la tête en me morigénant. Je n'ai pas le temps de m'apitoyer. Il faut que je me prépare pour le petit déjeuner.

On devait quitter l'hôtel à 9 heures. Mais à voir la lumière qui inonde la pièce, j'ai l'impression qu'il est beaucoup plus tard que ça.

Merde ! Mais quelle heure est-il, bon sang ?

Je cherche un réveil des yeux et je dois m'y prendre à trois reprises pour déchiffrer les symboles lumineux du cadran encastré dans le mur, qui indiquent 10 h 43.

10 h 43 ?

Bordel !

Prise de panique, je saute hors du lit.

Mais où est donc passée cette maudite culotte ?

Je cherche sous les draps et finis par la trouver par terre, au pied du lit. J'attrape le morceau de tissu et j'examine, dépitée, la dentelle déchirée.

L'empressement de Rip aura eu raison d'elle...

Comment faire ?

Je teste l'élasticité du tissu et décide de faire un petit nœud sur le côté fendu. Maintenant, reste à voir si j'arrive à entrer dedans. J'enfile le sous-vêtement avec précaution. Puis je me tortille pour tester la résistance de mon système D. C'est un peu serré, mais ça fera l'affaire.

Mais un problème en remplace vite un autre. Je suis venue dans la chambre de Rip simplement vêtue d'un drap. Quelle idiote !

Qu'est-ce que je vais bien pouvoir mettre maintenant ?

Je ne vais quand même pas me trimbaler à moitié à poil dans la suite ! Et si les autres se trouvaient dans le salon à attendre ?

Mes yeux tombent par chance sur la chemise de Rip, posée en boule à même le sol. Je l'attrape et enfouis machinalement mon visage dedans.

Hum... Cette odeur. L'odeur de Rip. Savoureux mélange de cuir, de tabac et de musc. Et une note de fond qui n'appartient qu'à lui, son parfum, indéfinissable et irrésistible. C'est terrible ! Je pourrais me droguer avec ce simple bout de tissu.

J'enfile rapidement la chemise, mais je constate avec désarroi qu'elle n'a quasiment plus de boutons. Comme si quelqu'un les avait arrachés...

Tant pis ! Je vais devoir faire avec.

Je tente de démêler rapidement mes cheveux avec mes doigts lorsqu'une voix rauque me fait sursauter.

— Je regrette de ne pas avoir brûlé cette chemise... J'aurais pu profiter de ce magnifique spectacle plus longtemps.

Un sentiment de soulagement mêlé d'appréhension m'envahit.

Rip est accoudé contre la porte et me fixe avec une expression faite de désir et d'une pointe d'amusement. Je crois que je ne me ferai jamais à l'effet que cet homme produit sur moi. Chaque fois que je le vois, je suis toujours aussi subjuguée. Pour moi, il est la perfection faite homme.

Si Adam devait être réincarné, il choisirait à coup sûr le corps du démon. Ses épaules larges, son torse aux muscles parfaitement dessinés, son visage qui ferait pâlir d'envie même les dieux... Il est tout simplement superbe.

251

Le voir là qui m'observe me met mal à l'aise. Après ce qui s'est passé la nuit dernière, je ne sais pas trop comment agir. Je rapproche les pans de la chemise pour couvrir ma poitrine, mais voyant mon intention, Rip s'avance vers moi. Il attrape mes bras pour les écarter.

— Tu n'as pas besoin de te cacher de moi, Kataline. Je connais ton corps à tel point que je pourrais en dessiner la moindre courbe les yeux fermés…

Je déglutis et lève la tête pour le regarder dans les yeux. Le voir qui me domine de toute sa hauteur lui donne une sorte d'aura qui agit sur moi comme un aphrodisiaque.

Son regard passe de mes yeux à ma bouche, puis descend sur ma poitrine qui se soulève au rythme de ma respiration. Il humecte ses lèvres en appréciateur esthète, mais alors que je pense qu'il va m'embrasser, il fait demi-tour et m'entraîne hors de la chambre.

Oh, bon sang ! J'ai des palpitations !

Je trottine derrière lui sans savoir où il m'emmène et c'est avec un léger soulagement que je constate que nous sommes toujours seuls dans l'appartement.

— Où est-ce qu'on va ?

Rip ne ralentit pas et me regarde par-dessus son épaule.

— On va se laver. J'ai fait couler un bain…

Oh…

Il m'emmène jusque dans l'immense salle de bains que je découvre pour la première fois. Elle est tout simplement magnifique avec sa double vasque en marbre noir et ses carreaux blancs. Mais le plus bel objet est sans aucun doute la baignoire ovale aux proportions hors norme, adossée à une baie vitrée, qui donne sur la terrasse.

Une bonne odeur de monoï me chatouille les narines et, en voyant la mousse qui déborde, je constate que Rip n'a pas lésiné sur le savon.

À peine est-il entré dans la pièce que le démon se tourne vers moi pour me débarrasser de ma chemise, sans mot dire. Et alors que le vêtement tombe sur le sol, il m'attrape le menton pour lever ma tête vers lui.

— J'ai envie de t'embrasser.

En guise de réponse, je passe ma langue sur mes lèvres. Encouragé par mon geste, Rip fond sur moi avec un grognement et s'empare de mes lèvres. Son baiser ressemble à un tsunami, plein de passion et de possessivité, et lorsqu'il me relâche, je peine à retrouver mes esprits.

252

Quand je le vois attraper une brosse à cheveux, j'ai du mal à comprendre ses intentions.

— Maintenant, tourne-toi, dit-il d'une voix sourde.

Je lève les sourcils. Il n'a quand même pas l'intention de me brosser les cheveux ? Si ?

Devant son expression soudain autoritaire, je finis par me retourner avec la docilité d'une petite fille. Rip prend beaucoup de précautions à démêler mes longues mèches et je suis étonnée par la douceur de ses gestes.

— Je ne savais pas que tu étais aussi expert dans ce domaine…

— J'aime tes cheveux, répond-il d'une voix étrangement rauque. Ils sont extraordinaires.

— Et bien sûr, c'est pour cette raison que tu voudrais les couper ?

C'est terrible ! Je ne peux pas m'empêcher de le provoquer. Rip repose la brosse et m'attrape par les épaules pour me retourner face à lui.

— Exactement. Je ne les aime pas au point de risquer ta vie.

Ah…

— Mais on verra ça plus tard. Pour l'instant, on va s'occuper de bichonner ce joli corps de rêve… et de fermer cette magnifique bouche.

Il m'embrasse pour m'empêcher de répondre, puis, sans que je m'y attende, il se baisse à mes pieds.

Quand il voit ma culotte rafistolée, il lève la tête vers moi avec un petit sourire.

— Astucieux… dit-il simplement avant de la faire descendre lentement le long de mes jambes.

Mon pouls s'accélère aussitôt. Cette vision de lui, agenouillé devant moi, est d'un érotisme à couper le souffle. J'arrête de respirer.

Lorsqu'il attrape mes pieds l'un après l'autre pour retirer le morceau de tissu, il accompagne son geste de petits baisers mouillés sur mes cuisses.

Putain ! Il voulait que je me taise ? Mais là, je suis carrément devenue muette !

Je me mords la lèvre et c'est avec déception que je vois mon démon se relever pour ôter son jean et son boxer.

— L'eau va refroidir, bébé, dit-il en déposant un léger baiser sur ma bouche.

Lorsqu'il s'écarte de moi, il a ce petit sourire d'excuse qui me frustre encore plus. J'ai envie de râler, mais je me tais quand il me soulève par la

253

taille, comme si je n'étais pas plus lourde qu'une plume. Il me fait entrer dans la baignoire, et la sensation de chaleur est d'une volupté telle qu'elle m'arrache un soupir. Tous mes muscles se décontractent à mesure que je me glisse dans l'eau chaude.

Rip prend place derrière moi et commence à me frotter doucement avec une éponge.

— Je savais que ça te plairait, murmure-t-il dans mon dos.

La plénitude qui m'envahit me donnerait presque des remords. Je me retourne pour me placer face à lui lorsqu'il se savonne à son tour.

— On ne devait pas partir tôt ce matin ? demandé-je, suivant l'éponge qui glisse sur ses muscles.

Rip me lance un petit regard entendu.

— Ouais. Mais j'ai décidé de te laisser dormir pour que tu puisses récupérer… de la nuit dernière.

Aussitôt, les images de nos ébats refont surface et je me sens rougir malgré moi. Mon démon s'approche de moi pour poser un baiser léger sur mes lèvres.

— J'ai adoré t'emmener au bord de l'épuisement.

Oh oui ! Moi aussi.

— Mais comment allons-nous rattraper le retard pour rejoindre... Molly ?

J'ai encore du mal à prononcer le prénom de son ex.

— On prendra un moyen plus rapide que la moto.

Je lève un sourcil.

— Ça me semble difficile… Tu penses à quoi ? L'avion ?

Rip se redresse et attrape une serviette. Ma mâchoire se décroche en le voyant, ruisselant et tellement viril.

— Non, ma belle. Je vais te faire glisser.

Oh, merde ! Je ne suis pas très fan de la téléportation.

Je l'accompagne des yeux alors qu'il sort de la baignoire et profite pleinement du spectacle. Je me retiens de lui sauter dessus. Parce que la frustration que je ressens, là, à cet instant, va me rendre dingue.

Oh là, là... Doucement ! Tu vas finir nymphomane, à force !

Oh oui, ma chère petite voix ! Avec lui, c'est sûr que je vais devenir accro au sexe !

Je me lève à mon tour et m'approche de Rip, le corps dégoulinant. Je suis en train d'inonder le sol de la salle de bains, mais je m'en fiche royalement. J'ai envie de cet homme. Ici. Et tout de suite.

C'est un besoin impérieux, une force indicible qui me poussent à faire des choses que je n'aurais jamais imaginées.

Rip me regarde avancer, la serviette à la main et une expression étrange sur le visage. Mais lorsque je me colle contre lui, les bras autour de son cou, son étonnement laisse place au désir.

Le cœur battant, je m'approche de son oreille pour lui susurrer :

— Prends garde, Raphaël Saveli. Tu n'as aucune idée de ce que j'ai envie de te faire…

Je le sens tressaillir et sans plus attendre, je pose mes lèvres sur son cou. Il me rend folle. Je veux goûter sa peau, connaître sa saveur sous ma langue.

Je me baisse en m'agrippant à sa taille, suis les lignes de son buste avec ma bouche, descends sur son ventre… J'explore des contrées inconnues qui me font perdre la tête. J'ai envie de le faire vibrer. De le sentir à ma merci, complètement abandonné.

Il se crispe et lorsque j'atteins enfin mon but, il s'accroche si fort au bord du lavabo que ses doigts blanchissent sous la pression. L'entendre haleter résonne magnifiquement à mes oreilles. Je me sens comme une magicienne, capable de le transporter au-delà du réel.

Et quand il se perd enfin entre mes lèvres, j'ai l'impression d'être une déesse. Jamais je n'oublierai son visage marqué par le plaisir, sa tête renversée en arrière, ses doigts enroulés dans mes cheveux. Cette image restera gravée dans ma mémoire jusqu'à ma mort.

Je me redresse, satisfaite, et voir son regard rempli de reconnaissance est ma plus belle récompense. Il enfouit sa main dans ma chevelure pour me rapprocher de lui, les yeux plongés dans les miens.

— Tu viens de me tuer, bébé…

Sans plus attendre, Rip m'attrape par la taille et pose mes fesses sur la vasque. La fraîcheur du marbre m'arrache un cri, mais le démon n'en a que faire. Il m'embrasse goulûment avec un grognement bestial.

— Tu me rends complètement dingue…, dit-il d'une voix rauque en me relâchant.

Il m'attrape alors la nuque et me renverse en arrière. Sa bouche et sa langue sont partout sur moi à la fois. Il me dévore comme un affamé qui n'aurait pas mangé depuis des mois. Avec une vigueur et un empressement qui me laissent pantelante.

Je me retiens péniblement à ses épaules, mais la tête commence à me tourner. Est-ce possible de s'évanouir de plaisir ?

Je n'ai pas le temps de trouver une réponse. Rip me redresse, et les yeux rivés aux miens, entre en moi avec une vigueur renversante. Sa fougue m'emporte loin... bien plus loin que notre monde. Dans des contrées irréelles remplies d'étoiles aux couleurs de l'arc-en-ciel.

***

Une heure et une douche plus tard, nous retrouvons le clan Saveli dans la salle de restaurant.

Lorsque nous arrivons vers la table qui nous est réservée, tous les regards se lèvent pour nous accueillir. Mais un léger malaise s'installe quand les yeux se posent sur nos mains entrelacées.

Parker se redresse d'un bond, un immense sourire aux lèvres.

— Putain, vous avez niq...

— Ta gueule, Parker !

La voix de Rip n'est pas des plus joviales et son ami se rassoit rapidement. Heureusement, parce que j'ai failli lui en coller une.

— Hum, hum..., toussote Royce. Je suppose que vous avez bien dormi ?

Rip me présente ma chaise pour que je m'asseye et son attitude ajoute encore à la perplexité de ses amis. Ce n'est pas dans ses habitudes d'être galant.

— Kat avait besoin de se reposer. Et moi aussi.

Ouais... Mauvaise réponse. On voit bien que personne n'est dupe ! Pour autant, ils ne font plus de réflexions.

— O.K., dit Marcus en tendant un verre de Jack Daniel's à son ami. Et c'est quoi le programme du jour ? Isis attend de connaître votre décision.

Pouah... Mais comment fait-il pour boire ça maintenant ?

— On va voir Molly, répond Rip en buvant une gorgée du liquide brun.

Sa réponse laisse un blanc dans l'assistance.

— Non ? T'es sérieux ? demande Parker d'une voix si aiguë que tout le monde tourne la tête vers lui.

256

— Elle a des informations. Allons voir ce qu'il en est. Et après, on avisera.

Royce fait la moue.

— Je ne lui fais pas confiance.

— Mais moi, j'ai confiance en Isis, intervient Marcus. Si elle dit que Molly est fiable sur ce coup-là, alors, elle l'est.

— Tu parles de la même Isis qui t'a trahi, archer ? intervient Royce d'une voix tranchante.

Merde ! Je savais bien qu'il y avait quelque chose entre la fureteuse et Marcus.

— Cette Isis-là n'existe plus, Royce. La fureteuse s'est repentie.

— Et si elle nous ment, elle sait ce qu'elle risque, dit Rip d'une voix menaçante.

— Je pense qu'on peut se fier à elle, intervient alors Maxime pour la première fois. J'ai pu me connecter à elle. Et il n'y a aucune onde négative dans son esprit…

Rip tourne la tête vers son frère et les deux hommes se mesurent du regard. Puis le démon finit par hocher la tête et cligner des yeux.

— Je n'ai pas confiance en Isis, mais j'ai confiance en mon frère.

Un silence pesant s'invite à notre table et, pendant quelques secondes, les respirations semblent s'arrêter. Oh là ! J'ai l'impression qu'on vient d'assister à une sorte de « on fait la paix » ?

Quelle surprise de voir le démon donner le premier coup de pelle pour enterrer la hache de guerre !

Encore une fois, c'est Parker qui finit par rompre le silence.

— O.K. ! Alors, on décolle ? Qui prend le Hummer ?

— Personne, le coupe Rip. On opte pour le mode furtif, aujourd'hui…

Tous les yeux se tournent alors vers moi.

— Quoi ? Mais elle n'est pas… ? Elle ne pourra jamais… ? bégaye Parker.

— Je m'en occupe.

Je lève les sourcils et me tourne vers le démon.

— Tu t'en occupes ? Mais de quoi ?

Le regard sombre, Rip répond d'une voix sourde :

— Je vais devoir t'apposer une nouvelle marque, bébé…

31
L'envol du papillon

Lorsque nous remontons dans le salon de la suite, j'ai la tête pleine de questions. Et la première n'est pas des moindres.

On dirait que, depuis hier, le démon est devenu une autre personne. Il est doux, attentionné, presque prévenant. Et ça ne lui ressemble pas. J'ai tellement l'habitude de le voir désagréable, énervant et provocateur que je suis perturbée par son attitude.

Est-ce le fait de lui avoir avoué mes sentiments qui l'a fait changer aussi rapidement ?

À peine suis-je entrée dans l'appartement que je lui pose la question, déterminée à obtenir des réponses.

— J'ai besoin de savoir certaines choses avant qu'on parte, Rip. Je sais qu'on est pressé par le temps, mais il faut que je sache à quoi m'en tenir.

Il se tourne vers moi, interpellé par le ton de ma voix. Son regard grave et son visage fermé sont les signes qu'il a compris l'importance de ma demande. Après avoir déposé un petit baiser sur ma bouche, il me tend la main pour m'inviter à prendre place sur le canapé.

— Je sais que la situation n'est pas simple pour toi. Et il est légitime que tu veuilles des réponses. Alors, je t'écoute, bébé. Pose-moi tes questions.

Waouh ! Vous comprenez mon inquiétude ? Ce n'est pas dans son habitude d'être si bienveillant ! Non. Le Rip que je connais se serait déjà moqué de moi ou m'aurait balancé une allusion salace pour me déstabiliser. Alors que là, il est doux comme un agneau...

Mais rendez-moi mon loup, bordel !

Je me mords la lèvre alors que ma petite voix réclame haut et fort celui qui l'a domptée.

Je cherche mes mots, prenant soin de réfléchir à la meilleure manière de poser les choses. Malheureusement, ceux qui sortent de ma bouche sont légèrement différents de ce que j'avais l'intention de dire.

— J'aimerais savoir... à quoi m'attendre avec Molly.

Il lève un sourcil alors que je poursuis.

— Je… J'ai besoin de connaître ta position.

— Ma position ?

Ma grimace ne va certainement pas l'aider à comprendre où je veux en venir…

Sois plus directe, putain !

Le coup de pied aux fesses de la voix m'oblige à aller droit au but.

— Que se serait-il passé si je n'étais pas venue dans ta chambre hier soir, Rip ? Est-ce que les choses seraient différentes aujourd'hui ?

Le démon m'attrape le visage pour plonger ses yeux dans les miens. Je n'arrive pas à décrypter son expression et une boule d'appréhension se forme dans mon ventre, sans que je puisse l'en empêcher. Au bout de quelques secondes, il finit par répondre enfin d'une voix sourde.

— Avant que tu entres dans cette chambre, j'étais complètement déboussolé. Apprendre le retour de Molly… Découvrir qu'elle savait des choses à propos de toi et qu'elle voulait te voir… Je ne vais pas mentir, Kataline. Ça m'a retourné.

Nous y voilà… La boule prend rapidement de l'ampleur et manque de m'asphyxier.

— Pas parce qu'il s'agit d'elle. Mais parce qu'il s'agit de toi, ajoute-t-il dans un souffle, étouffant du même coup mon angoisse. J'étais à deux doigts de devenir fou. Partagé entre l'envie de venir te rejoindre et l'envie de te préserver.

Je cherche une explication dans ses yeux, car honnêtement, j'ai du mal à voir où il veut en venir.

— Écoute-moi, bébé. Lorsque j'ai accepté d'ôter ta marque, j'avais une bonne raison. Ce n'est pas uniquement parce que tu me l'as demandé que je l'ai fait. C'est aussi pour te protéger.

Alors là, c'est encore plus incompréhensible !

— Attends, je ne te suis plus. Je pensais que c'était justement cette marque qui te permettait de me protéger ?

— Oui, en partie, répond-il d'une voix dénuée d'émotion. En te marquant, je peux savoir exactement où tu es, je peux sentir si tu es en danger, si tu as besoin de moi… Et je peux plus facilement entrer en contact avec ton esprit. Mais ce n'est pas de cela que je veux te parler.

Ah ?

— Non. Ce que je veux dire, c'est que mes sentiments pour toi nous mettent en danger. Et à l'heure actuelle, je ne peux plus les cacher. Si je te marque de nouveau, je fais de toi une cible, Kataline. Ceux qui voudront m'atteindre n'auront qu'à s'en prendre à toi.

Mince… Je n'avais jamais vu cela sous cet angle.

— La Sibylle m'avait prévenu que notre union était risquée. Et c'est pour cette raison qu'elle m'a convaincu de ne pas laisser mes sentiments suppléer mon devoir. Tu es ma faiblesse, Kataline. Avec toi, je deviens vulnérable.

Je reste quelques secondes à réfléchir à ce qu'il vient de dire et je ne peux m'empêcher d'être envahie par un sentiment de culpabilité.

Rip caresse mes joues de ses pouces.

— Mais je ne peux plus cacher ce que je ressens… C'est plus fort que moi.

Le dilemme face auquel il se trouve semble le laisser parfaitement indécis.

— Qu'est-ce qui a changé, Rip ? demandé-je, en guise de réponse. Avant, tu étais… si…

— Énervant ?

Il sourit de ce petit mouvement de bouche qui me fait tant craquer.

— J'ai passé ma vie à être un connard de première, Kat. À mépriser les gens et à faire du mal. Mais avec toi…

Des étoiles métalliques s'allument dans ses yeux.

— Avec toi, c'est tellement différent. Je suis l'ombre et tu es ma lumière. Tu provoques en moi des sentiments contradictoires, et je n'ai pas l'habitude de perdre le contrôle. C'est déroutant. J'ai tout le temps envie de te provoquer et, en même temps, j'éprouve un besoin impérieux de te protéger. Même si le sombre connard que je suis te malmène, j'ai envie de me dire que tu m'aimeras assez pour me supporter.

Ma poitrine se gonfle d'émotion face à cette étrange déclaration. Quelle masochiste je fais ! Pourtant, il reste un point d'ombre qu'il me faut éclaircir.

— Et Molly ? Est-ce qu'il y a quelque chose que je dois savoir à propos d'elle ?

Rip fronce les sourcils.

— Molly fait partie des êtres de la nuit.

Ah ? Première nouvelle !

— Tu ne me l'as jamais dit…

Une ombre passe dans l'éclat métallique de ses iris.

— Ce n'était pas nécessaire.

Je réponds du tac au tac.

— Parce que tu pensais ne plus jamais la revoir ?

— Parce que je voulais te préserver. Je n'avais pas imaginé que tu pourrais être confrontée à elle un jour.

Il doit être contrarié par la situation parce que son visage se ferme subitement. Il semble tellement mal que je retiens la réplique acerbe qui me brûle les lèvres.

— Tu dois te méfier d'elle comme de la peste… Mais il y a une chose dont tu peux être certaine, Kataline : je ne la laisserai jamais te faire du mal.

— Elle est si terrible que ça ?

Le simple fait qu'il ne réponde pas rajoute encore à mes doutes. Je sens qu'il me cache des choses. Et j'ai l'étrange sentiment que tout ça finira par me péter à la figure un jour ou l'autre.

— Autre chose, bébé ? demande le démon.

Sa question résonne comme un point final. J'aimerais en savoir plus. Le questionner encore sur le rôle de Molly dans toute cette histoire, mais il y a quelque chose qui m'en empêche. Je me contente donc de répondre :

— Non. Pas pour l'instant.

— Alors, il est temps…, dit-il en se levant.

***

Je ne me souviens pas de la première fois où Rip m'a marquée. D'ailleurs, je ne sais même pas exactement à quel moment ni comment il l'a fait.

La seule chose que je connaisse du « marquage », c'est ce que j'ai vu lors de la soirée d'intégration. Les futurs disciples, hypnotisés par le chant de Rip, attendaient que le démon virevolte entre leurs âmes pour les aspirer comme de la fumée de cigarette.

Je n'ai aucune idée de la sensation que cela peut procurer. Alors, c'est avec une pointe d'appréhension que je me place en face de lui.

La Dernière Muse aurait peur d'un petit marquage de démon ?

Parfois, j'aimerais être assez folle pour pouvoir m'immerger dans mon esprit et faire sa fête à la voix qui me malmène. Malheureusement, je ne peux que m'imaginer en train de lui botter les fesses. Et même si ça me soulage sur le coup, je sais pertinemment que ça ne l'empêchera pas de revenir me harceler ! La garce !

Rip semble s'apercevoir de mon trouble.

— Ça va aller, bébé. Détends-toi.

J'ai une totale confiance en lui. Pourtant, je sens qu'il est encore indécis. Moi-même, je m'interroge toujours sur les mises en garde de la Sibylle. Et si elle avait raison ? Si cette marque nous nuisait plus qu'elle nous liait ?

— Est-ce vraiment nécessaire ?

— Oui. Pour que tu puisses glisser sans risque, tu dois être marquée. Sauf si tu ne veux pas et que tu me demandes de ne pas le faire…

Je secoue la tête pour repousser cette idée et décide de prendre la décision à sa place.

— La question n'est pas là, Rip. Tu le sais très bien. Je veux que tu le fasses.

Son sourire me rassure.

— Jamais je ne laisserai qui que ce soit t'approcher. Je t'ai dit que je te protégerai. Et tu sais combien je peux être cruel lorsque l'on s'en prend à toi.

Les images de la tête arrachée de Sebastian me reviennent en mémoire. Oui, Rip peut être impitoyable.

— Tu me fais confiance ? demande-t-il d'une voix ferme.

Je hoche la tête, les yeux levés vers lui. Alors, il attrape ma main et la pose sur son torse, à l'endroit où son cœur bat plus vite.

— Kataline Anastacia Suchet du Verneuil, Dernière Muse, je te promets de te servir et de te protéger. Je serai le rempart contre tous ceux qui s'en prendront à toi. Je serai l'arme qui défendra ta vie et ton honneur. Je serai le châtiment qui vengera tes offenses. Prends ma loyauté et accepte ma parole devant l'Éternel. Je la tiendrai jusqu'à la mort… Consens-tu à accueillir en ton sein le sceau de mon clan ?

Il y a tellement de détermination et d'émotion dans sa voix que je me sens complètement dépassée. Et lorsque je plonge mes yeux dans ses prunelles d'argent, les paroles sortent toutes seules de ma bouche, comme une cascade incontrôlable.

— Je t'aime, Raphaël. Et ce, depuis que j'ai entendu le son de ta voix, le soir de notre rencontre. Je t'aime même quand tu me contraries. Même quand tu t'acharnes à me provoquer avec toutes ces filles. Je continue de t'aimer à en perdre la raison. Alors, si tu me demandes si je te fais assez confiance pour que tu graves ton emblème sur ma peau, je ne peux que te répondre OUI.

Rip reste un moment à me regarder, les yeux brillant d'une flamme incandescente. Sa mâchoire se crispe et ses doigts lâchent ma main pour venir se poser sur mon visage. Il caresse ma joue et descend lentement vers ma lèvre inférieure qu'il entrouvre d'un geste sensuel.

— Cette fois, ce sera irréversible…

Ma respiration se coupe alors que sa phrase sonne comme une douce menace à mes oreilles. Je hoche la tête, presque imperceptiblement, mais assez pour que le démon le prenne comme la confirmation de mon engagement.

Alors, avant que je puisse respirer de nouveau, il s'approche et commence à caresser mes lèvres avec les siennes. La fraîcheur de sa bouche me surprend et je ferme les yeux pour profiter pleinement de cette sensation euphorisante.

C'est tellement doux. Aussi léger que le battement d'ailes d'un papillon. Je me concentre sur les frissons qui balaient ma peau comme la brise couche l'herbe au printemps. Mon esprit s'ouvre sur de nouvelles perceptions. J'ai l'impression que Rip est partout à la fois. Je ressens sa présence contre moi et à l'intérieur de moi. Dans mon corps, dans ma tête. Et cette communion parfaite me donne les larmes aux yeux.

Instinctivement, je m'accroche à lui. J'ai besoin de plus.

Rip répond à ma supplique muette et sa main glisse derrière ma nuque pour me basculer en arrière. Alors, la voix du démon s'invite dans ma tête. Il se met à chanter. D'une voix dont la résonance ressemble à l'écho d'un orgue de cathédrale. Sa chanson au langage inconnu m'attire fatalement à la manière du chant des sirènes ensorcelant les humains.

Dans ma tête se forme l'image d'une muse et d'un démon en train de valser sur le rythme envoûtant de la voix de Rip. C'est beau. Tellement beau que les larmes coulent toutes seules sur mes joues !

Le baiser de mon amant se fait plus profond et j'accueille avec délice sa langue qui vient jouer avec la mienne. Son odeur m'enveloppe d'effluves grisants, et je me laisse aller contre le corps du démon, avec une impatience assumée.

Mais au bout de quelques minutes, Rip s'écarte de moi, m'arrachant un cri de protestation. Lorsque mes yeux croisent les siens, je suis surprise d'y découvrir une lueur surréaliste. Un éclat argenté qui donne l'impression que ses pupilles brillent.

Je tente de ralentir les battements effrénés de mon cœur. Je ne sais pas si c'est son baiser ou si c'est l'appréhension de ce qui va suivre qui me fait réagir de la sorte. Mais je me sens fébrile comme quelqu'un qui vient de fournir un effort.

Quand Rip m'attrape la main pour me relever, je suis encore plus perturbée. Et alors que mon cerveau recommence à se poser tout un tas de questions, il m'entraîne devant le grand miroir qui trône dans le salon.

Lorsqu'il m'oblige à me tourner pour me regarder dans la glace, je cherche désespérément une explication dans son regard. Mais je n'y vois aucune réponse. Il entrelace alors ses doigts aux miens et se met à réciter d'une voix grave.

— Tu es mon autre. Mon âme sœur. Ma Muse…

Lentement, il écarte le devant de ma combinaison pour dégager ma gorge et lorsque mes yeux se posent sur ma poitrine, je découvre, sidérée, un magnifique papillon gravé à la base de mon cou. Lorsque mes yeux détaillent le sphinx qui orne le haut de ma poitrine, une boule se forme dans ma gorge.

C'est magnifique. Les traits du dessin sont tellement fins et précis qu'on dirait qu'il a été créé par une main divine. Le papillon semble posé sur ma peau comme prêt à s'envoler. Les ailes sont fines et le corps de l'insecte est si détaillé qu'on croirait qu'il est vrai.

— Ma plus belle œuvre, souffle Rip dans un murmure.

Et avant même que je puisse répondre, sa voix revient dans ma tête pour chanter.

« *Tu es mon existence, ma Muse, mon évidence.*
Mon âme s'unit à la tienne pour faire de toi ma reine.
Le sphinx est signe d'appartenance,
Seule la mort en sera la délivrance. »

Mon regard passe du dessin à Rip. Et alors que son regard se pose sur son œuvre, sa bouche s'ouvre sur ses deux canines proéminentes. La satisfaction se lit sur son visage et c'est le torse gonflé d'orgueil qu'il annonce :

— Tu es à moi, désormais. Pour toujours et à jamais…

Merde !

Le doute m'envahit comme un poison alors que j'effleure le dessin du bout des doigts. Parce que je ne sais pas s'il s'agit d'une promesse ou d'une menace.

32

Escale à Rome

Quand je pénètre dans le parking souterrain de l'hôtel aux côtés de Rip, mon sentiment de malaise s'accroît. C'est sombre, froid, et l'odeur d'humidité vient déranger mes narines.

Les voitures de luxe sont parfaitement alignées et forment une sorte d'allée oppressante, glaciale et menaçante.

À mesure que nous avançons, nos pas résonnent comme le glas, rendant l'atmosphère encore plus glauque qu'elle ne l'est déjà. J'ai l'impression de me retrouver dans un mauvais film d'horreur. On s'attendrait presque à voir des monstres sortir de derrière les bolides.

Mais finalement, ils nous attendent patiemment près d'un Hummer rutilant.

La sensation de gêne ne fait qu'empirer quand je perçois le voile triste qui passe dans le regard de Maxime alors qu'il me scanne comme un rayon laser. Je ne mets pas longtemps à comprendre la raison de son amertume lorsque ses yeux se fixent sur le haut de ma poitrine.

Il sait !

C'est écrit sur son visage.

Et vu comment les autres me regardent, Maxime n'est pas le seul à percevoir la marque de Rip à travers le tissu de ma combinaison.

Royce, Marcus, Parker et Isis m'observent également de leurs yeux perçants. Et même si nous sommes encore assez loin d'eux, leur expression en dit long.

C'est comme s'il était écrit en lettres scintillantes sur mon visage que Rip m'avait gravé son papillon sur l'épiderme.

Je savais que les êtres de la nuit n'avaient pas besoin de voir le sceau du démon pour le sentir. Ils perçoivent ces choses-là. Alors, je ne devrais pas être surprise par leur attitude. Pourtant, je vois bien à leur visage qu'il y a quelque chose qui les perturbe.

Je découvre la raison de leur étonnement lorsque Rip me glisse à l'oreille.

— Regarde-les. On dirait qu'ils ont vu la Vierge ! Je pense qu'ils ne s'attendaient pas à ce que je te marque de cette façon.

Effectivement, pour la discrétion, on repassera ! J'ai l'impression que mon démon s'est fait un malin plaisir de mettre son empreinte sur un endroit bien visible, comme s'il avait voulu marquer son territoire.

— Tu aurais pu faire ça ailleurs, grommelé-je en remontant le haut de ma combinaison.

Rip m'adresse un petit sourire d'excuse.

— C'est la marque des muses. C'est son emplacement.

Son regard se pose sur Maxime qui se renfrogne encore plus. L'attitude du démon me dérange, alors je lui fais remarquer.

— Si tu voulais blesser ton frère, ce n'était pas nécessaire d'aller aussi loin, dis-je, d'un air pincé.

— Je ne l'ai pas fait pour ça, et tu le sais très bien. Mais cela dit, c'est assez intéressant de voir la souffrance se peindre sur son visage.

Je soupire profondément.

— Tu es vraiment…

— Un connard ?

Je fulmine en hochant la tête.

— Mais c'est comme ça que tu m'aimes, bébé…

Je lève les yeux au ciel. Il ne croit pas si bien dire !

Rip entrelace ses doigts aux miens.

— La marque que tu portes est plus puissante que les autres. Elle symbolise notre union. Avec elle, je pourrai désormais te protéger…

— Mais qui te protégera, toi ?

Il secoue la tête.

— Ne t'inquiète pas pour moi. La seule personne que je crains sur cette Terre, c'est moi-même.

Il resserre la pression autour de mes doigts et m'attire vers lui.

— J'ai confiance et je veux que tout le monde sache que tu es à moi, désormais. Rien qu'à moi.

Il attrape ma mèche de cheveux, comme il en a pris l'habitude, et la porte à son visage pour en respirer le parfum. Je me mords la lèvre. Il est vraiment insupportable quand il a ces excès de possessivité. Et en même temps, ça me fait fondre comme une glace en plein soleil…

— Viens, il est temps de passer aux choses sérieuses, maintenant.

***

— Molly vous attend dans sa demeure, dit Isis avec une solennité qui me ferait certainement rire si la situation n'était pas si dramatique.

— Et on peut savoir où elle se situe, cette demeure ? réplique Rip d'un ton sec.

La fureteuse hoche la tête et s'approche de lui. Comme s'il s'agissait du geste le plus banal qui soit, elle pose ses paumes sur les tempes du démon.

Rip se fige une fraction de seconde, puis finit par secouer la tête.

— Sérieusement ? demande-t-il avec incrédulité.

Isis sourit d'un air mauvais et Rip se tourne alors vers son clan avec la tête de quelqu'un qui va lâcher une bombe.

— Nous partons pour Rome.

Un ange passe.

— Juste à côté du Vatican, précise-t-il ensuite.

— Quoi ? C'est une blague ? s'écrie Parker.

Malheureusement, le démon n'a pas l'air de plaisanter et décoche à son ami un regard assassin.

— Molly n'a jamais aimé la simplicité, soupire Royce.

— Ouais ! Elle est culottée quand même ! Faire venir des démons juste à côté du Saint-Siège. C'est carrément de la provoc.

— Les hommes se méfient rarement de ce qui se trouve sous leurs yeux, intervient Isis d'une voix toujours aussi impérieuse.

Marcus s'approche de la fureteuse.

— On n'a pas le temps de tergiverser. Il faut y aller, dit-il. Nous avons prévenu les disciples de notre retard. Mais nous ne pouvons pas les faire attendre indéfiniment.

Sans plus attendre, il l'attrape par la taille et la plaque contre lui. La jeune femme ne semble pas gênée par cette soudaine proximité. Au contraire, à voir son sourire provocateur, on dirait même que ça lui plaît.

— On vous attend, annonce-t-elle en s'accrochant aux épaules de l'archer.

À l'instant même où elle termine sa phrase, ils disparaissent sous nos yeux, dans un nuage de poussière.

Sans un mot, Parker et Royce font de même et je me retrouve seule avec Rip et Maxime. L'ange semble avoir mis de côté son ressentiment.

— Ça va aller, Raph' ? demande-t-il avec une pointe d'inquiétude dans la voix.

La grimace de Rip laisse poindre ses canines proéminentes.

— J'espère…

Maxime s'approche et pose sa main sur le bras de son frère.

— Ne laisse pas ta colère prendre le dessus, Rip. Je sais les dégâts qu'elle peut faire. Attends de voir ce que Molly a à dire, murmure-t-il d'une voix sourde. Et s'il te plaît, tiens-la à l'écart de Kat.

C'est la première fois que je le vois parler à Raphaël de la sorte. Et contrairement à ce que je pensais, la réaction du démon est tout aussi inhabituelle.

Rip attrape son frère pour lui donner une brève accolade.

— Si ça dérape, je sais pouvoir compter sur toi, Fly. Et pour Kataline, sois assuré que je veillerai à ce que personne ne lui fasse de mal.

Maxime s'écarte, et avec un dernier regard sur moi, il disparaît à son tour. Alors, le démon m'attire vers lui.

— C'est à nous. Tu n'appréhendes pas trop ?

— Tu veux parler de la téléportation ou de la rencontre avec ton ex ?

Je ne sais pas ce qui m'a pris de dire ça. C'est complètement nul et ce n'est franchement pas le moment de laisser la jalousie s'immiscer dans la conversation. Mais c'est presque étonnée que j'entends Rip répliquer :

— Les deux.

Je déglutis et m'efforce de répondre franchement.

— Je n'aime pas glisser. J'ai l'impression que mon corps se décompose… Quant à Molly, je suis vraiment impatiente de la rencontrer. Mais peut-être que la vraie question, c'est : est-ce que toi, tu es prêt ?

Rip reste quelques secondes à me fixer, sans mot dire. Ma détermination doit le surprendre. Pourtant, je suis honnête avec lui. Je ne suis pas inquiète à l'idée de me confronter à celle qu'il veut voir gravée sur sa peau. J'éprouve plutôt une curiosité malsaine. Parce que je ne peux m'empêcher de la considérer comme une adversaire. Et j'appréhende la réaction de Rip en sa présence.

Je suis aussi impatiente de savoir ce qu'elle a à me dire, et le rôle qu'elle joue dans cette aventure. Je sais au fond de moi que je n'ai pas fini de découvrir de nouvelles choses complètement ahurissantes. Cette rencontre en fait partie.

Sans plus attendre, Rip me plaque contre lui avec force. Son odeur m'enveloppe comme une étole de félicité, et instinctivement, je m'agrippe à ses épaules.

— Accroche-toi, bébé.

Je serre les dents et hoche la tête alors qu'il nous propulse dans le néant.

***

Je n'ai été téléportée que de rares fois. Mais j'ai toujours vécu cela comme quelque chose de désagréable. À chaque expérience de ce type, j'ai eu l'impression que mon corps se disloquait en une multitude de particules pour se reformer à l'endroit exact de la destination. Et entre l'instant où je disparaissais et celui où mes pieds retombaient sur le sol, il y avait un énorme trou noir dans lequel je me retrouvais bringuebalée dans tous les sens.

Mais là, la sensation est tout autre. Je me sens comme aspirée dans une sorte de tunnel multicolore qui m'entraîne dans une dimension parallèle.

Pour la première fois, je reste parfaitement consciente de ce qui se passe. Et c'est, époustouflée, que je regarde défiler les faisceaux lumineux provoqués par les paysages des villes que nous traversons à un rythme effréné. Accrochée à mon démon, je profite de ce spectacle incroyable qui se déroule sous mes yeux.

Le temps semble ne plus avoir d'emprise sur nous et la vitesse à laquelle nous nous déplaçons est tout bonnement incroyable. Pourtant, j'ai l'impression de rester immobile au centre de cette galerie dynamique, comme si c'était le décor qui se déplaçait tout seul.

Au bout de quelques minutes, le voyage prend fin.

Rip ne m'a pas quittée des yeux pendant tout ce temps, et lorsque nous nous retrouvons suspendus au-dessus des pavés d'une impasse, il m'attrape par la taille pour me maintenir contre lui et amortir la chute.

Nous atterrissons en douceur dans un cul-de-sac, à l'abri des regards.

— C'est incroyable, soufflé-je en levant les yeux vers lui.

J'ai encore des étoiles plein les yeux et je dois cligner plusieurs fois des paupières pour me remettre les idées en place.

— Je savais que ça te plairait, dit Rip avec un clin d'œil.

Mais son sourire disparaît lorsque Marcus s'avance vers nous, accompagné d'Isis. La magie est rompue et mon démon se ferme comme une huître.

— Venez, suivez-moi. Je vais annoncer votre venue, dit la fureteuse avec un signe de tête.

— Pas la peine de faire tout ce cinéma, Isis. On n'est plus au Moyen Âge, réagit Royce avec humeur.

On dirait que l'ami de Rip ne porte pas Molly dans son cœur. Et pour cause…

La belle métisse pince des lèvres et lui répond sèchement.

— Molly tient à ce que l'on respecte le protocole. Alors, je vais la prévenir que vous êtes là.

Royce secoue la tête avec agacement alors qu'Isis prend sa forme féline sous mes yeux ébahis.

Waouh ! J'aimerais tellement pouvoir faire une chose pareille ! Elle est si majestueuse, tant dans sa forme animale qu'humaine… Et je vois au regard que Marcus porte sur le petit chat, qui se faufile entre les maisons, que je ne suis pas la seule à être subjuguée par sa beauté.

Nous suivons Isis jusqu'à une grande bâtisse en pierres qui ressemble plus à un hôtel particulier qu'à une maison. Le bâtiment est impressionnant par son imposante majesté et son immense porte en bois brut.

— La Casa Nera, annonce fièrement la fureteuse. En hommage à la rareté de son marbre.

Malgré la proximité avec les lieux touristiques, je suis étonnée de constater que la zone est quasiment déserte. Isis grimpe sur le rebord d'une fenêtre et se glisse entre les barreaux pour pénétrer dans la maison.

Et au bout de quelques minutes seulement, la grande porte s'ouvre dans un grincement à vous briser les tympans.

Mon cœur s'emballe alors que je pose le pied sur un sol de marbre noir d'une qualité exceptionnelle.

***

Nous retrouvons la fureteuse dans sa forme humaine, vêtue d'une longue robe blanche de vestale qui fait ressortir sa peau sombre.

Je n'ai pas le temps de me demander comment elle arrive à se changer aussi vite qu'elle nous entraîne déjà à travers de longs couloirs aux murs ornés de toiles de maître. L'austérité des lieux alourdit l'atmosphère et lorsque Isis emprunte un escalier menant au sous-sol, l'appréhension pointe sournoisement son nez au creux de ma poitrine.

Il règne un silence de mort dans la grande bâtisse et cela ajoute encore au sentiment de malaise qui m'oppresse.

Le dédale débouche sur un patio menant à un salon décoré avec goût. La pièce, aux proportions confortables, est chaleureuse et meublée de fauteuils aux tissus bariolés. Au centre, une grande table ovale en bois d'olivier et résine ressemble à une œuvre d'art. L'ensemble du mobilier offre un contraste saisissant avec la froideur du reste de la maison.

Une dizaine de personnes discutent calmement autour d'un verre.

À peine avons-nous franchi la porte que Rip attrape ma main et m'attire contre lui. Isis nous devance et annonce, d'une voix solennelle :

— La Muse.

À ces mots, le silence devient chape de plomb, chacun retenant sa respiration dans l'attente de ce qui va suivre.

Je balaie la pièce du regard, et c'est seulement à ce moment-là que je remarque le trône doré, posé au fond de la salle sur une petite estrade. Et, assise sur ce fauteuil royal, la jeune femme aux cheveux presque blancs qui nous fixe d'un œil curieux.

Molly…

Isis s'efface, nous laissant à la merci de ce regard de glace. L'aura de Rip se renforce à mes côtés, comme s'il voulait me protéger. Je sens ses doigts se crisper autour des miens. Il n'est pas tranquille et je le comprends. Il n'a pas revu Molly depuis longtemps. Ça doit être un choc pour lui de se retrouver après tant d'années face à celle qu'il a tant aimé.

Molly se lève, majestueuse dans sa longue robe de dentelle blanche.

— Ah ! Enfin ! dit-elle d'une petite voix enfantine.

Lorsqu'elle s'avance, un courant d'air froid vient me glacer les os. À cet instant, je me rends compte que la photo de Rip est loin de rendre hommage à la beauté de la jeune femme. Elle est littéralement sublime. Son visage, à l'ovale parfait et au port altier, se redresse fièrement pour nous faire face. Ses yeux, d'un bleu presque gris, pétillent d'intelligence, et sa bouche, rouge comme les cerises, s'étire sur un sourire qui fait apparaître une fossette sur sa joue.

Il se dégage d'elle une force impressionnante qui tranche avec la fragilité de son apparence. Vu de l'extérieur, on dirait une petite poupée de porcelaine qu'on a envie de protéger pour ne pas la briser. Et pourtant, dans ses prunelles d'argent, brille une détermination incroyable. C'est extrêmement déroutant.

Quand elle arrive à notre hauteur, tout le monde est suspendu à ses gestes comme si l'univers tout entier tournait autour d'elle.

Elle s'arrête à quelques mètres à peine, et avec une lenteur calculée, ses yeux passent de Rip à moi. Et lorsqu'il se pose sur lui, son regard s'illumine d'une lueur que je ne parviens pas à identifier. Est-ce du regret ? De l'affection ?

Raphaël et Molly se mesurent pendant plusieurs minutes et leur confrontation fait grimper la tension comme le mercure d'un thermomètre laissé en plein soleil. Leur duel muet teinte l'atmosphère d'un mélange de rancœur, de désillusion et de douleur presque suffocant.

À cet instant, je n'ai aucune idée de ce que peut ressentir le démon, mais je sais que le combat qu'il se livre intérieurement est difficile. Et ça me fait mal de penser que peut-être il souffre de se retrouver en face d'elle, qu'il regrette de l'avoir perdue… qu'il l'aime encore un peu…

Sans mot dire, la jeune femme s'approche de lui et tend la main pour la poser sur sa joue.

Rip lâche la mienne à son contact et le sentiment d'abandon qui m'envahit me laisse fébrile. J'ai peur. J'ai peur qu'avec un seul geste, il succombe à nouveau.

Les doigts de Molly caressent sa peau, lentement, comme si elle cherchait le souvenir des sensations provoquées par son contact.

Et moi, je me fais violence pour ne pas lui retirer sa main et l'écarter de lui.

Tout doux, ma belle… Aie confiance en ton démon.

La petite voix dans ma tête se fait apaisante, mais à cet instant, je suis complètement irrationnelle et mes sentiments prennent inévitablement le contrôle de mon esprit.

Comme dans un rêve, je vois Molly lever la tête vers celle de mon amant. Et mon cœur cesse de battre lorsque sa bouche frôle sa joue. Je serre les poings, prête à lui sauter dessus pour la dégager.

Mais Maxime m'attrape le bras pour m'empêcher de perdre mon sang-froid. Son regard semble me dire : « Chut ! Kat, attends… »

Rip reste immobile, mais sa mâchoire se crispe lorsque Molly s'écarte et souffle d'une voix douce.

— Je suis heureuse de te revoir, Raphaël. Tu as été parfait , comme toujours.

Il ferme les yeux, comme si entendre la voix de son premier amour était trop dur à supporter.

Hypnotisée par la scène qui se déroule sous mes yeux, je ne prête même aucune attention aux paroles qu'elle vient de prononcer. Je me concentre sur une seule chose : leurs deux corps si proches. Trop proches…

La jalousie est une gangrène sournoise qui m'empêche de raisonner normalement. Elle me paralyse.

Et je ne réagis même pas lorsque Molly se tourne vers moi et me transperce de son regard gris. Pas plus que je ne réagis quand elle tend la main pour attraper ma mèche dépigmentée.

— Kataline. La Dernière Muse. Je suis heureuse de faire enfin ta connaissance, dit-elle avec sa voix de petite fille.

Je m'apprête à répondre lorsque Rip attrape sa main et l'écarte de moi avec violence. Son visage prend sa forme démoniaque, et la colère qui anime son regard est comme un orage qui gronde au loin.

— N'essaie même pas de la toucher ! dit-il d'une voix pleine de menaces.

Waouh ! Je ne m'attendais pas à une telle réaction. Molly lève un sourcil, surprise d'être rabrouée de la sorte. Elle plisse les yeux quelques secondes et les pose sur moi, à hauteur de ma poitrine. Puis elle reprend le contrôle et s'écarte de nous.

— Oh ! Bien ! Je vois; dit-elle simplement.

Mais je sais bien à son regard qu'elle n'en pense pas un mot.

33
Dangereux tête-à-tête

La voix de Molly est si enfantine que c'en est presque ridicule. On dirait une gamine qui serait restée coincée dans un corps de femme.

— Je vois que tu as apposé ta marque. C'est bien. La Dernière Muse n'en est que plus précieuse, désormais, dit-elle en me fixant avec une telle intensité que cela en devient gênant.

L'entendre parler de moi à la troisième personne m'horripile et je ne peux m'empêcher de le lui faire remarquer.

— Arrêtez de parler comme si je n'étais pas là ! Je ne suis pas une chose…

Mon intervention ne semble pas la déranger. Au contraire. Ses lèvres s'ouvrent sur un sourire sarcastique et elle joint ses deux mains.

— Parfait. J'aime les personnes de caractère.

Son attitude n'est pas naturelle et je suis persuadée qu'elle fait des efforts pour rester courtoise. Comme si elle jouait un mauvais rôle.

Rip m'a dit de me méfier d'elle. Mais elle est à l'opposé de ce à quoi je m'attendais. J'avais imaginé une personne froide, dure et à la voix autoritaire. Mais Molly est tout le contraire. Pourtant, je sens au fond de moi que quelque chose cloche dans son apparence douce et frêle. Et mon instinct me souffle combien elle peut être dangereuse.

Je l'observe d'un œil méfiant. Elle fait partie de ces personnes à qui on ne peut pas donner d'âge. Son visage est celui d'une jeune femme et pourtant, on sent qu'elle est plus vieille qu'elle en a l'air. L'âge de quelqu'un qui a vécu et qui traîne derrière lui des années difficiles.

Et comme avec toutes les personnes dont je me méfie, je garde mes distances. Parce qu'elle ne m'inspire qu'une profonde antipathie.

Tu parles ! Elle a couché avec ton démon, alors forcément…

Faut encore qu'elle la ramène, celle-là ! Ça me démange de balancer un méga coup de massue mental à la petite voix pour la faire taire. Mais je me retiens. Parce que, pour l'heure, j'ai envie de découvrir ce que Molly a de si intéressant à me dire.

— Je ne pensais pas que tout le clan se déplacerait pour toi, dit-elle en levant les sourcils.

Ça t'en bouche un coin, pétasse ! réagit la voix dans ma tête.

Cette fois-ci, je me mords la lèvre pour ne pas éclater de rire.

— Je n'irai pas jusqu'à mentir en te disant que je suis contente de te revoir, Royce, dit Molly en lui adressant un léger signe de tête.

Le démon lui lance un regard noir, mais elle l'ignore et se tourne déjà vers Maxime.

— Mon bel ange. Ce rôle te va à ravir… Tu es tellement gentil.

Elle se place ensuite devant Marcus pour le saluer d'une petite révérence.

— Une fois de plus, tu nous prouves que tu es un gardien fidèle et investi, Marcus. Ta loyauté m'impressionne.

L'archer s'incline légèrement, tout en la fusillant des yeux. Abasourdie, je balaie le clan du regard. Ils sont tendus comme des arcs et pour la première fois depuis le début des échanges, je perçois l'immense tension qui règne parmi mes compagnons d'aventure. J'ai l'impression qu'ils se retiennent de sauter sur la jeune femme pour lui arracher la tête.

Leur nervosité finit par me gagner à mon tour. J'ai bien peur que les échanges ne se terminent en bagarre. Et ça m'inquiète. Je suis venue pour apprendre des choses, par pour déclencher une guerre ou régler des comptes.

Molly finit son petit tour de piste en revenant vers moi.

— Tu te demandes pourquoi je t'ai fait venir ici, peut-être.

Pourquoi lui cacher, alors que ça doit être écrit comme une évidence sur mon visage ?

— Très perspicace. J'espère que ce que vous avez à me dire vaut la peine d'avoir perturbé notre voyage… Je n'ai guère de temps à perdre.

La sécheresse de ma voix semble l'ébranler légèrement. Ses yeux se plissent et je perçois une petite lueur meurtrière dans ses iris glacés. Surtout lorsque Rip s'approche de moi comme pour montrer qu'il me soutient. M'est avis que la carapace toute construite de Molly commence à se fissurer.

— Je parie que Rip ne t'a pas beaucoup parlé de moi. Et de nous, répond-elle d'une voix mielleuse.

— Il m'en a dit suffisamment.

J'ai toujours su mentir, mais là, je me trouve franchement mauvaise. Certainement parce qu'elle a touché un point sensible…

— Non, ce n'est pas possible. Il ne t'a pas tout dit, quand même ! Ce serait gênant.

— Il n'y a plus de nous ! s'écrie alors Rip d'une voix glaciale.

Molly prend une mine offusquée.

— Oh ! Pourtant, il me semblait qu'à une époque, nous étions unis… comme les doigts de la main.

— C'était il y a bien longtemps. Avant que tu…

Le démon ne termine pas sa phrase. Mais la rancœur que je perçois dans la voix de Rip est comme une lame qui entaille ma peau. Il lui en veut encore de l'avoir quitté. C'est certain. Mais est-ce qu'il regrette ? Est-ce qu'il souffre de la revoir et de ne plus être avec elle ? Je me crispe à cette idée.

— Certains sentiments ne s'effacent jamais. Ils sont ancrés dans notre âme et notre cœur. Et on a beau chercher à les nier, ils restent en nous, pour l'éternité.

Molly tourne la tête vers moi.

— Tu n'es pas d'accord, Kataline ?

La garce ! Elle commence à montrer les facettes de sa personnalité. Elle a découvert ma faille et elle est en train de retourner le couteau dans la plaie. Je suis persuadée qu'elle va se servir de ma faiblesse sans modération.

Mes ongles s'enfoncent dans mes paumes pendant que mes yeux l'observent s'approcher de Rip. Elle a le regard d'une nymphomane qui aurait passé des années sur une île déserte. Et cette lueur folle contraste avec la candeur de ses traits.

— Molly, arrête ça tout de suite, prévient Rip d'une voix sourde quand elle s'apprête à lui caresser le bras.

Il a repris son apparence normale, mais son visage est tout aussi machiavélique. Molly suspend son geste avec une grimace, mais poursuit, comme s'il n'était pas intervenu. Sa voix est douce, mais pleine de nostalgie, lorsqu'elle reprend :

— Raphaël. Mon très cher démon. Tu es si… prévisible et vulnérable. Tu laisses parler tes émotions avant ta raison. Ça a toujours été une difficulté chez toi. Tes sentiments altèrent ton raisonnement.

Un petit muscle se met à tressaillir méchamment sur la mâchoire du démon. Sous ses airs innocents, Molly cherche à le provoquer et elle sait parfaitement comment s'y prendre. J'ai moi-même toutes les peines du monde à ne pas lui sauter dessus !

— Molly, intervient alors Marcus. Nous sommes venus parce que tu dis avoir des informations pour Kat. Pas pour que tu passes ton temps à provoquer Rip. Alors, dis ce que tu as à dire et finissons-en rapidement.

Après quelques secondes où elle semble prendre sur elle pour digérer l'intervention du gardien, Molly capitule.

— Soit ! dit-elle en se tapotant le menton. Allons à l'essentiel alors !

Le sourire qu'elle adresse à Marcus n'en est pas vraiment un. Mais elle finit par m'inviter à prendre place dans un fauteuil de velours sombre, les yeux plissés et la bouche pincée.

Je m'installe en face d'elle à contrecœur, en croisant les bras, le visage fermé.

— J'ai demandé à te voir. Mais j'aimerais pouvoir parler avec toi… seule à seule, dit-elle en posant les yeux sur Rip d'un air provocant.

— Hors de question ! répond le démon du tac au tac.

Molly lève les yeux au ciel.

— Aurais-tu peur pour ta petite protégée ?

— Je ne te fais pas confiance.

Molly penche la tête sur le côté innocemment, ce qui me donne envie de la secouer.

— Tu devrais. Je suis dans le même camp que vous. Mais pour cette fois, je vais me passer de ton autorisation, mon cher Rip, termine-t-elle avec un sourire diabolique.

À peine a-t-elle prononcé sa phrase qu'elle se jette sur moi à la vitesse de l'éclair. Rip tente de s'interposer, mais il est trop tard.

Molly m'a déjà téléportée avec elle dans une autre pièce.

***

Lorsque mes fesses rencontrent la dureté du sol, la voix de Rip résonne encore ma tête comme un cri de détresse.

— Kataline !

Malheureusement, je n'ai aucun moyen de lui répondre. C'est comme si j'avais envie de crier, mais que ma voix restait coincée au fond de mon esprit.

Je me retrouve par terre, dans une petite pièce sombre et austère. Seule avec Molly, qui me regarde d'un air satisfait.

— Ce n'est pas la peine d'essayer d'entrer en contact avec lui. Ce boudoir est protégé par un sortilège. Je suis la seule à pouvoir y entrer.

Sa voix est beaucoup plus dure, tout d'un coup. Je me redresse en grimaçant, et sans réfléchir, je me jette sur elle.

Mais au moment où je pense l'atteindre, une force invisible me repousse en arrière et je me retrouve à nouveau sur le carrelage froid.

Le rire cristallin de Molly résonne alors comme autant de petits cristaux qui s'entrechoquent et me brisent les tympans.

— Ma pauvre chérie ! Si tu crois que tu peux m'atteindre aussi facilement.

Je me relève aussitôt et renouvelle ma tentative. Mais le résultat est le même. On dirait qu'un bouclier magique protège Molly des attaques et met à terre quiconque essaierait de l'atteindre. L'humiliation et la colère me poussent à me relever. Si elle croit que je vais capituler aussi facilement. Sans réfléchir, je fais apparaître des étincelles au bout de mes doigts tandis que je laisse le voile rose familier inonder ma vue.

Molly fixe alors son attention sur mes mains et sa réaction ne se fait pas attendre.

— Je vois que le clan a parfait ta formation. C'est bien.

— Comment êtes-vous au courant de tout ça ? dis-je en me préparant à l'attaque.

Mais Molly tend ses mains devant elle, en signe d'apaisement, me stoppant net dans mon élan.

— Je ne suis pas ton ennemie, Kataline. Depuis le début, j'attends que tu sois prête à me rejoindre.

Je ne comprends pas de quoi elle parle, alors je l'invite à poursuivre d'un geste de la tête.

— Nous n'avons pas les mêmes motivations, mais notre but est identique. Nous voulons toutes deux libérer notre famille.

Elle marque un temps d'arrêt de quelques secondes, durant lesquelles je continue de l'interroger du regard.

— Je t'ai fait venir parce que j'ai une information qui te concerne et qui risque de changer tes intentions, dit-elle en me fixant droit dans les yeux.

Je lève un sourcil. Ma patience a atteint ses limites.

— Alors, parlez ! dis-je d'un air menaçant.

— Cela concerne ta mère…

Mon sang quitte mes joues. Le voile et les étincelles disparaissent aussitôt, me laissant démunie et étrangement fatiguée.

Merde ! Je ne m'attendais pas à ça.

Sa révélation est comme une lame chauffée à blanc qui viendrait s'enfoncer lentement dans mes entrailles. La jeune femme observe ma réaction avec attention.

Et alors qu'un goût amer remonte dans ma gorge, je mets plusieurs secondes avant de pouvoir parler de nouveau.

— Est-ce qu'elle… ?

Ma voix se brise. Mais Molly ne répond pas à ma question.

— Je t'ai fait venir pour te proposer mon aide, Kataline. Pour que tu puisses retrouver ta mère.

La stupéfaction doit se lire sur mon visage parce qu'elle poursuit.

— Ton étonnement me surprend…

— Je ne comprends pas pourquoi vous voulez m'aider. Quel est votre rôle dans toute cette histoire ? Et qu'est-ce que vous avez à y gagner ?

— Tu es celle qui libérera les démons de l'emprise de la Ligue.

Quoi ? Mais qu'est-ce qu'elle raconte ?

Pourtant, à y réfléchir, ce n'est pas la première fois que j'entends ce genre de discours. Phaenna m'avait elle-même prédit de grandes choses…

— Les Sibylles sont unanimes. La Dernière Muse sera celle qui sauvera les serviteurs de l'ombre.

Encore ces phrases énigmatiques… Mais c'est une habitude chez eux ? Je sens la moutarde revenir piquer mon nez.

— Attendez. Vous pouvez m'expliquer ? Parce que la seule chose que je souhaite pour l'instant c'est sauver ma mère. Vos serviteurs de je ne sais quoi, je n'en ai rien à foutre ! Alors, déballez ce que vous voulez me dire et qu'on en finisse !

Molly semble piquée par la manière peu avenante avec laquelle je parle. Mais je m'en moque. J'ai besoin d'explications et je n'ai plus de temps à perdre à tourner autour du pot.

— La Ligue se sert des Muses pour contrôler et exploiter les démons, dit-elle.

— Ça, je le sais déjà ! Vous n'avez pas quelque chose de plus croustillant ?

— Et tu n'es pas sans savoir que les démons ont été créés pour assainir l'humanité, poursuit-elle comme si je n'étais pas intervenue.

Ma petite voix hurle dans ma tête :

Oui, on sait ça, bordel !

Mais ma bouche reste close comme si j'avais peur des paroles qui en sortiraient.

— Ils jouent un rôle primordial pour maintenir l'équilibre entre le bien et le mal.

Si elle n'était pas si sérieuse, je pourrais certainement croire qu'elle se moque de moi. Pourtant, son regard sombre et ses lèvres pincées prouvent qu'elle ne plaisante pas.

— Le monde dans lequel nous vivons est gangrené par la folie des mortels. Les démons alimentent les croyances populaires et sont perçus comme des monstres assoiffés de sang. Ce sont des nuisibles qu'il faut détruire pour protéger les hommes de leur cruauté. Mais les humains sont parfois bien pires que le plus terrible des maudits. Leur esprit est faible, altéré par la soif de pouvoir, la cupidité, le vice… Et ils sont capables des pires bassesses pour obtenir ce qu'ils souhaitent.

Je lève un sourcil, bizarrement absorbée par son discours.

— Les démons existent depuis que l'homme est assez fou pour se détruire lui-même. Mais les Muses… Elles ne sont apparues que bien plus tard pour donner aux humains un moyen de contrôler les démons.

Ah ! Enfin quelque chose d'intéressant.

— Il y a plusieurs siècles de cela, quand les hommes ont découvert qu'ils pouvaient se servir d'elles pour maîtriser les démons, ils se sont mis à les traquer comme de vulgaires animaux. Ce sont eux qui leur ont donné le nom de « Muses », en référence aux Muses originelles de la mythologie.

Elle s'arrête quelques secondes en m'observant attentivement.

— Mais une lignée était plus forte que les autres : la Lignée souche. Celle de la Première Muse dont tu fais partie, Kataline. Comme ta mère, ta grand-mère et toutes les femmes de ta famille depuis sa création. Chacune d'elles est née d'une Muse et d'un Démon. Sauf toi… Ta naissance a cassé le cycle. Et c'est ce qui fait que tu es si précieuse.

Je reste silencieuse. Cette histoire, je ne la connaissais pas. Et j'ai l'impression que Molly peut m'en apprendre bien davantage sur tous les mystères qui entourent ma famille.

La jeune femme s'approche de moi. Curieusement, je la laisse faire lorsqu'elle attrape mes cheveux et les rabat sur le côté pour libérer mon cou.

— Sais-tu comment cela se passe, Kataline, lorsque les hommes capturent une Muse ?

Je fronce les sourcils.

Non, je n'en ai aucune idée. Et à cet instant précis, je ne suis pas certaine de vouloir connaître la vérité. Lorsque le souffle de Molly caresse mon oreille, des frissons d'effroi me parcourent l'échine.

— Le Maître de la Ligue puise le sang de la Muse, dit-elle calmement alors que de l'index, elle suit une ligne invisible sur ma nuque. Puis il prélève le liquide cérébro-spinal de son otage pendant des jours, des semaines, parfois même des années. Le mélange extrait de ces deux essences devient l'Élixir. La quintessence des Muses. Les hommes de la Ligue tueraient mère et enfants pour se l'approprier. Mais seul celui qu'on appelle le Boss détient le droit de se nourrir de cette substance. Et le pouvoir qui en ressort lui permet de contrôler la communauté démoniaque et de l'asservir comme une vulgaire chienne.

— Et qu'est-ce qu'il gagne à contrôler les démons ?

— Du pouvoir, de l'argent… Énormément d'argent. Les combats sont une source inépuisable, et les démons, des athlètes hors norme. Les milliardaires paient des fortunes pour assister à ces combats à mort.

Incroyable ! Le puzzle continue de se mettre en place et je comprends maintenant la raison des combats de Rip organisés par la Ligue. Le Boss oblige les démons à se battre pour gagner de l'argent grâce aux paris. Les duels à mort entre démons attirent les foules d'adeptes des forces obscures. Et l'argent amassé pendant ces combats doit se compter par dizaines de milliers d'euros.

— Mais ce n'est pourtant pas cela qui rend l'Élixir si précieux aux yeux des humains. Non ! Ce que gagne le Maître de la Ligue en buvant l'Élixir des Muses, c'est ce que cherchent les hommes depuis que le monde est monde : l'immortalité.

34
Pacte avec l'ennemie

L'immortalité…

Je n'arrive même pas à imaginer que cela puisse être possible. Que dans mon organisme coulent des substances qui offrent l'éternité aux hommes ! C'est tellement surréaliste. Et pourtant…

— Les mercenaires créés par le Boss deviennent presque invincibles lorsqu'ils prennent de l'Élixir. Quelques gouttes suffisent à faire d'eux de véritables machines de guerre.

À cet instant, un long frisson me parcourt l'échine lorsque les images de ma mère accrochée à son pilier de torture refont surface. Cette vision fait naître une autre question dans mon esprit. Bien plus difficile encore.

Et lorsque je la pose, l'appréhension me serre le cœur.

— Et la Muse ? Qu'est-ce qu'elle perd lorsqu'il la saigne comme un animal ?

— La vie, répond Molly avec une froideur à vous glacer le sang.

Mon cœur s'arrête et mes jambes se transforment en deux bandes cotonneuses qui ne parviennent plus à me porter.

Molly sourit d'un air presque satisfait en voyant ma faiblesse. Elle qui voulait toute mon attention, elle l'a désormais.

— Kataline, ton destin est lié à celui des démons. Et rien ne pourra changer cela. Que tu le veuilles ou non. Tu es la Dernière Muse. Celle qui nous délivrera. Et si je t'ai fait venir ici, c'est pour te proposer un pacte. En échange de notre libération, nous t'aiderons à sauver ta mère.

— Nous ?

Avant de répondre, Molly se dirige vers une porte en bois sombre que je n'avais pas remarquée jusque-là.

— Moi. Et eux…

Elle pousse les deux battants qui s'ouvrent en grand sur une immense salle, remplie de démons.

Je reste sans voix.

Ils sont des dizaines, rassemblés par petits groupes, à attendre sagement notre venue. D'un même mouvement, ils se tournent vers nous, inclinant légèrement la tête dans notre direction, en signe de respect.

Lorsque Molly m'invite à pénétrer dans la pièce, un étrange malaise s'installe.

— Regarde, Kataline. Ils sont prêts à se battre pour toi. Prêts à défier le Maître de la Ligue pour t'aider. En échange, ils ne demandent que la liberté.

Elle me tend la main et, sans réfléchir, je la prends.

Sa peau est fraîche et douce, mais bizarrement, j'ai l'étrange sensation que sa main pourrait tout aussi bien se transformer en serres acérées pour m'écorcher vive.

— Est-ce que tu acceptes ? demande Molly alors que mes yeux balaient la foule de démons.

J'ai du mal à me concentrer. Tous ces êtres surnaturels qui me fixent comme si j'étais un messie envoyé par les dieux pour les sauver. Je sens sur moi la pression de leur regard. L'espoir qu'ils placent en moi. Suis-je en droit de leur refuser mon soutien ? Et d'un autre côté, ai-je vraiment le choix de renoncer à cette aide inespérée ?

— J'accepte, dis-je dans un souffle en serrant la main de Molly dans la mienne.

Aussitôt, une brûlure irradie dans ma paume, comme si le contact avec la jeune femme m'avait marquée au fer rouge. Je retire vivement ma main et, lorsque je regarde l'intérieur, ma peau présente une petite marque rouge en forme de croissant de lune, à l'endroit même de la brûlure.

Molly m'adresse alors un sourire radieux. Comme si je venais de lui offrir le plus beau cadeau de sa vie.

— Isis, ma chère, dit-elle en se tournant vers la fureteuse qui vient de faire son apparition. Tu seras le témoin de notre accord. Kataline a accepté de s'allier à notre cause. Tu vas pouvoir la raccompagner auprès des Saveli. Je suis sûre qu'ils ont hâte de retrouver leur Muse saine et sauve.

Puis elle se tourne vers moi et son visage s'éclaire d'une lueur mauvaise.

— Et tu peux faire préparer les appartements de l'aile ouest. Kataline va devoir rester ici quelques jours, ajoute-t-elle à l'attention d'Isis.

— Comment ? demandé-je. Mais pourquoi ?

À cet instant, sa bouche s'arrondit en signe de désolation.

— Oups ! dit-elle d'une voix mièvre, en portant sa main à sa bouche. Je crois que j'ai omis de te donner une information importante, on dirait. Quelle étourdie je fais !

Hein ? Quoi ?

Un frisson glacé me traverse, de part en part alors que le visage de Molly se ferme en un masque de pure noirceur.

— Ta mère n'est plus au sanctuaire de la Ligue.

Ses paroles s'insinuent dans mes oreilles, tel un sifflement de serpent, pour remonter jusqu'à mon cerveau, laissant sur leur passage le goût amer de la trahison.

Molly savait et a sciemment omis de me donner cette information pour que j'accepte sa proposition d'alliance avec les démons.

Elle s'est moquée de moi. Elle m'a manipulée comme une vulgaire marionnette. Avec sa voix de petite fille, calme, hypnotique. Elle a réussi à ce que je m'engage dans un combat qui n'est pas le mien.

J'aurais dû écouter Rip et me méfier de cette femme. Mais au lieu de cela, j'ai plongé tête la première dans son projet d'alliance pour libérer les démons.

Merde ! La garce !

Pourquoi ai-je autant de mal à retenir cette envie soudaine de lui arracher les yeux ? Ce désir de lui serrer la gorge au point de voir son visage se déformer sous le coup de la douleur ?

La frustration qui me ronge est comme une onde de choc dans mon esprit. Mais pire est la colère que je ressens à mon encontre. Encore une fois, je me suis fourvoyée en accordant ma confiance à cette femme.

Si mes yeux injectés de sang pouvaient tuer, Molly serait déjà morte à l'heure qu'il est. Et ma voix, rauque et pleine de colère l'aurait déjà transpercée de milliers de petits pics empoisonnés.

— Où est-elle ? Où est ma mère ?

Quand elle penche sa tête sur le côté, j'ai l'impression qu'elle cherche à évaluer ma dangerosité.

— Nous sommes sur le point de le découvrir.

— Vous le saviez et vous n'avez rien dit ! lancé-je du tac au tac.

— Mais si je t'avais donné cette information, jamais tu n'aurais accepté de t'allier à notre cause.

— Notre accord est caduc ! Vous m'avez trompée. Ce putain de pacte n'a aucune valeur.

Et voilà ! Elle m'énerve tellement que je deviens vulgaire ! Mais loin d'être déstabilisée, Molly secoue la tête avec une assurance qui me met hors de moi.

— Han, han ! Je t'ai dit que je t'aiderais à retrouver et à sauver ta mère. Et c'est ce que je vais faire. Certes, je n'ai pas précisé qu'elle n'était plus à la solde du Boss. Mais qu'importe ? L'essentiel, c'est que l'on puisse t'aider à la rejoindre. Et puis si je t'avais tout avoué, jamais tu n'aurais engagé ta parole pour nous libérer.

Là, c'est la goutte d'eau qui fait déborder le vase. Elle avoue clairement sa manipulation ! Elle me prend pour une débile ou quoi ?

Qu'est-ce qu'elle croit d'ailleurs ? Que je suis celle qui libérera la communauté démoniaque de l'emprise de la Ligue ? Mais merde ! On n'est pas dans un Marvel, là !

Je ne peux m'empêcher de lui dire ma façon de penser.

— Parce que vous croyez vraiment que je suis une sorte de messie venu vous libérer, vous et les autres démons ? Mais il y a à peine six mois, je ne savais même pas qui j'étais !

Elle fronce les sourcils, comme si je venais de blasphémer.

— Tu minimises les pouvoirs de la Muse, Kataline. Et je te l'ai dit, les Sibylles…

— Merde ! Arrêtez de penser que je suis exceptionnelle ! Je ne suis là que pour retrouver ma mère et la ramener avec moi ! Je ne ferai rien d'autre !

À l'instant même où je prononce ces mots, la brûlure dans ma paume s'accentue, comme une menace.

— Impossible de revenir sur ta parole, Muse. Le sceau du pacte en est la preuve et il ne s'effacera que lorsque nos obligations respectives seront accomplies. Si tu romps notre accord, les conséquences te seront fatales…

Un frisson traverse mon corps telle une vague gelée. Impossible de faire marche arrière ! Je plisse les yeux, comme si ce simple geste allait me permettre de voir l'intérieur de son esprit.

— Alors, c'est comme ça que vous procédez ? Vous manipulez les gens pour qu'ils finissent par faire ce que vous souhaitez ?

La bouche de Molly se relève en un petit sourire perfide.

— Cette méthode a déjà fait ses preuves plusieurs fois… Pourquoi en changer ?

Non, mais j'ai vraiment envie de lui crever les yeux à cette garce ! Mais à ce moment-là, une porte explose dans un bruit fracassant, me faisant sursauter.

Mon cœur se contracte lorsque Rip entre dans la pièce comme un boulet de canon. Avant que quiconque ne puisse réagir, il se transforme avec un rugissement et fond sur Molly comme une comète incandescente, toutes canines dehors.

— Rip ! Non…

La voix de Marcus reste en suspens alors que le démon attrape Molly par la gorge avec une violence inouïe. Sans ménagement, il la retourne pour la plaquer contre lui. La puissance et la rapidité avec lesquelles il la contrôle ne lui laissent aucune chance. Elle est secouée comme une poupée de chiffon et ne peut rien faire d'autre que subir cet assaut.

Je vois la panique se dessiner sur le visage de la jeune femme et, avant même qu'elle en donne l'ordre, les démons présents dans la salle se précipitent d'un même mouvement vers nous pour nous encercler.

— Saleté de garce ! Je t'avais dit de ne pas la toucher ! Comment as-tu osé ? siffle Rip à son oreille en la maintenant contre lui avec force.

Sa voix est déformée par une rage contenue, qui sonne comme une menace de mort. Son visage, aux traits déformés par la colère, prouve qu'il a du mal à se maîtriser.

Et lorsque sa main s'embrase autour du cou gracile de sa victime, je m'attends à voir Molly cramer sous mes yeux, comme le mercenaire dans ma chambre.

L'instinct de survie pousse la jeune femme à se figer. Seuls ses yeux légèrement agrandis parcourent la salle comme à la recherche de soutien.

Le cercle des démons se resserre et des dizaines de paires d'yeux attendent le moindre signe de leur hôtesse pour passer à l'attaque. La tension est à son comble et je sens que les choses pourraient dégénérer d'un simple battement de cils de Molly.

— Raphaël, dis-je d'une voix suppliante, comme si ce simple mot pouvait le forcer à relâcher sa proie.

Mais le visage du démon reste froid comme la pierre. Je peux bien dire ce que je veux, il n'a pas l'intention de la lâcher. Bien au contraire ! Et à voir la folie meurtrière qui inonde son regard, j'ai bien peur qu'il ait décidé de laisser parler son côté le plus sombre.

Marcus s'approche avec précaution, comme s'il voulait tenter de raisonner son ami. Mais avant qu'il arrive à la hauteur de Rip, quatre démons l'encerclent pour l'empêcher d'avancer.

Instinctivement, mes yeux font le tour de la salle et je constate que Royce, Maxime et Parker sont eux aussi encadrés par des démons au visage peu avenant.

Oh là… Cette histoire va partir en cacahuète !

Je ne comprendrai jamais les traits d'humour de ma petite voix à chaque fois que la situation devient compliquée. Comment peut-on faire preuve d'une telle ironie dans des moments pareils ?

Le regard de Rip croise le mien.

— Tu n'as rien, bébé ?

Molly se fige un peu plus. J'ai rêvé ou c'est de la jalousie qui commence à poindre dans ses prunelles glacées ?

J'adresse un léger signe de tête en direction de Rip pour lui signifier que je vais bien. Et aussitôt, je vois le soulagement se peindre sur son visage. On dirait qu'il a eu peur. Peur pour moi.

Je suis moi-même soulagée lorsque je le vois relâcher légèrement la pression autour du cou de Molly, qui se détend instantanément. Mais subitement, les yeux de Rip s'agrandissent et une lueur d'effroi traverse ses pupilles.

Je me retourne pour voir ce qui provoque cette réaction lorsqu'une main m'attrape la gorge et m'entraîne en arrière, manquant de m'étouffer. La surprise m'empêche de réagir, et je me retrouve à mon tour plaquée contre un torse imposant, exactement dans la même position que Molly.

Je cherche difficilement mon souffle tandis que des doigts puissants s'enfoncent dans ma gorge. La panique me pousse à me débattre. En vain. La pointe d'une griffe placée sur ma carotide me paralyse. Je suis prise au piège.

Alors que je comprends que la situation est en train d'empirer, la voix de Rip claque comme un coup de fouet.

— David !

Bordel ! Mais où ce cauchemar va-t-il s'arrêter ?

— Raphaël…

La voix de mon tortionnaire résonne aussi gravement que celle de Rip. Et la force de sa poigne est tout aussi impressionnante. Je sens l'oxygène se raréfier et je me tortille pour me dégager. Mais David renforce sa prise, sa griffe s'enfonce un peu plus dans ma gorge.

— Lâche-la ! crache Rip avec une haine apparente. Ou je broie la nuque de ta chère Molly.

Ses yeux sont comme fous, et j'ai peur qu'il ne mette ses menaces à exécution. Mais loin de produire le résultat attendu, sa phrase fait l'effet inverse. L'étau des mains de David se resserre inexorablement.

Je tente de le frapper avec les pieds, mais je ne parviens qu'à le pousser à m'étrangler davantage. La douleur devient insupportable et je serre les dents.

On est dans une impasse. De laquelle Molly et moi sommes les murs.

Mais la muse à l'intérieur de moi en a décidé autrement. Elle bouillonne et, bientôt, l'éclat écarlate devant mes yeux annonce les prémices de sa colère.

Mes paumes crépitent et, contre toute attente, je parviens à attraper les poignets de mon agresseur. Il pousse un cri et la surprise le fait lâcher prise. Aussitôt, je me tourne vers l'inconnu, prête à en découdre.

C'est un démon. Immense et athlétique. À la peau brune et aux yeux blancs. Il est d'une beauté à couper le souffle. Mais ce qui m'étonne le plus, ce sont ses cornes. Impressionnantes tant par leur taille que par leur beauté. Elles s'étirent au-dessus de sa tête telles de longues torsades luisantes.

Il m'observe avec une certaine curiosité en se massant le poignet. Son corps est tendu, comme prêt à parer l'attaque. Mais étrangement, son visage démoniaque n'est pas menaçant. Non. Il est plutôt attentif et concentré. On dirait qu'il attend qu'on lui donne des ordres.

Le voir ainsi, résigné, obéissant comme un chien bien dressé me perturbe et je ne sais plus trop comment agir. Tout le monde dans la pièce est suspendu à nos faits et gestes, dans l'attente insoutenable d'une confrontation. Si on s'affronte, c'en est fini. Ce sera la guerre entre le clan Saveli et celui de Molly…

— David. Ne la touche pas.

L'étonnement se lit sur les visages alors que la voix de Molly s'élève dans la pièce. Les démons retiennent leur souffle et David reprend un visage normal.

Merde ! Il est magnifique !

— À tes ordres…, dit-il en s'inclinant légèrement.

Mais ? Il n'était pas censé être son mec ? Depuis quand on s'incline devant sa copine ?

Je me redresse et me masse le cou à l'endroit où les doigts de David se sont enfoncés dans ma peau. Je ne peux m'empêcher de lui adresser un regard plein de reproches.

— J'espère que vos marques seront plus longues à disparaître que les miennes.

Sa bouche se relève en un petit sourire.

Je sens qu'il va me plaire celui-là…

35
Attente impossible

Raphaël :

— Il n'y a pas de hasard, Raphaël. Il n'y a que des vies qui s'entrecroisent pour écrire l'histoire de notre monde.

Je me souviens des paroles de Phaenna comme si c'était hier. Et putain ! Elle avait raison. Jamais je n'aurais imaginé que des morceaux de ma vie viendraient s'emboîter comme ce foutu puzzle géant qui m'explose en pleine gueule.

Ce que j'ai vu dans l'esprit de Molly est parfaitement clair. Pourtant, la garce a essayé de me chasser de sa tête. Elle a tenté de bloquer mon intrusion. Mais j'ai été plus fort qu'elle. Et ce que j'ai vu m'a suffi pour comprendre la machination.

Je pensais seulement que j'étais devenu un démon à cause d'elle. Mais j'étais loin du compte. Elle a tout manigancé depuis le début. Tout organisé.

J'ai l'impression d'être un pauvre pion qu'une main céleste déplace sur le grand échiquier. Une sorte de chevalier servant qui doit défendre la reine afin qu'elle puisse renverser l'ennemi. Et j'ai horreur de me sentir manipulé de la sorte.

Bordel ! Toute ma vie n'a été qu'un grossier mensonge. Une mise en scène orchestrée par des forces obscures qui nous dépassent. Et beaucoup trop de personnes en subissent les conséquences aujourd'hui.

Le clan. Mon frère. Kataline…

Kataline. Ma guerrière. Ma raison de vivre.

En pensant à elle, mon cœur se déchire.

Molly nous doit des explications. Et j'ai bien l'intention de la forcer à parler. Quel que soit le moyen que j'utiliserai, elle me dira ce que je veux savoir.

Alors même que je brûle d'envie de lui briser le cou, je la relâche à contrecœur.

***

Kataline :

Isis nous conduit à travers les couloirs en direction de l'aile ouest, où nous attendent nos appartements. Comme prévu, Molly nous offre le gîte et le couvert le temps que nous puissions mettre un plan en place. D'après elle, ses hommes sont sur le point de localiser où ma mère a été transférée.

Je ne sais pas si je dois me réjouir qu'elle ne soit plus la fournisseuse d'Élixir du Boss ou si je dois m'en inquiéter. Mais bizarrement, mon instinct me dit que je dois m'en remettre à Molly et aux démons.

Enfin, il faut dire que ses arguments sont pour le moins imparables. Si je n'accepte pas son aide, je n'aurai aucun moyen de retrouver ma mère.

Je lui en veux encore de m'avoir menti et manipulée. Et je ne lui fais pas confiance. Mais sur ce coup-là, je n'ai pas d'autre choix que de m'appuyer sur elle. Il faut que je laisse de côté mon amour-propre et que je sois stratégique. Une fois que je serai certaine que ma mère est saine et sauve, alors j'aviserai. Je pourrai toujours décider de rompre le pacte d'une manière ou d'une autre. Je suis sûre qu'il y a un moyen.

Je sens l'ombre de Rip derrière moi alors que nous arrivons devant une immense porte en bois clair. Il n'a pas dit un mot depuis qu'il a relâché Molly dans la grande salle. Mais je vois bien à sa mâchoire crispée qu'il est en colère et qu'il essaie de se contenir comme il peut.

Lorsque Isis nous invite à entrer, Rip s'arrête près d'elle.

— J'espère que ce que Molly a dit est vrai et qu'elle ne nous mène pas en bateau. Sinon, je transformerai la Casa Nera en brasier… et tous ses habitants en tas de cendres, dit-il d'une voix sourde.

La fureteuse cligne des yeux quelques secondes, comme si la menace du démon l'ébranlait. Mais rapidement, elle se reprend et finit par secouer la tête.

— Molly aurait plus à perdre qu'à gagner en trahissant sa parole. Tu peux être rassuré sur ses intentions.

Rip plisse des yeux, comme s'il sondait son esprit. Puis, brusquement, il se détourne d'elle pour entrer dans la pièce, sans un mot.

Lorsque nous nous retrouvons seuls, dans l'immense salon de l'appartement, Parker se laisse tomber sur le canapé en cuir qui trône dans la

292

pièce. Il sort un joint de la poche de sa veste et le secoue pour tasser le mélange d'herbe et de tabac.

— Oh, putain ! Je ne sais pas vous, les gars, mais j'ai grave besoin de me détendre après tout ça.

Marcus s'assied à côté de lui alors que Royce se dirige immédiatement vers le bar pour sortir des bouteilles. Non, mais ils pensent vraiment que c'est le moment de s'amuser, là ?

— La garce ! Elle a bien caché son jeu…, dit-il en servant plusieurs verres. David est toujours son petit toutou. Ça me dégoûte de le voir comme une lavette à obéir à tous ses ordres. Je parie qu'elle avait tout prévu depuis le début.

Je vois la mâchoire de Rip se contracter à l'évocation de son ancien ami. Revoir David et Molly a dû raviver la douleur de la trahison.

— Vous croyez qu'elle dit vrai ? Pour la mère de Kat ? demande alors Parker, en allumant son joint.

Aussitôt, l'odeur de la marijuana envahit la pièce.

— Elle a dit vrai, intervient Rip d'une voix sombre.

Il attrape un verre de whisky et avale le liquide brun d'une seule gorgée.

— Je suis désolée, dis-je en me laissant tomber dans un fauteuil.

Les démons tournent la tête vers moi d'un air surpris.

— Je suis désolée d'avoir fait ça. Je n'aurais jamais dû conclure ce pacte avec elle…

— Tu n'y es pour rien, me coupe Maxime d'une voix douce. La manipulation, c'est la spécialité de Molly.

— Molly est une garce ! s'écrie Royce avec violence. Elle arrive toujours à ses fins. Ce n'est pas ta faute, Kat.

C'est bien la première fois que le démon prend ouvertement ma défense et je le remercie d'un mouvement de tête. Mais lorsque je le regarde, le sentiment de culpabilité refait surface. Il est complètement fermé. Et j'ai bien peur que le deuxième verre d'alcool qu'il ingurgite cul sec ne change rien à son état d'esprit.

— Je me demande pourquoi le Boss a décidé de transférer la mère de Kat… dit alors Marcus en se frottant le menton. Quel est son intérêt de se séparer d'une source d'Élixir ?

— Peut-être en avait-il assez d'elle ? répond Parker en tirant une grande bouffée d'herbe. Elle n'était plus très fraîche…

Royce donne une tape sur la tête de son ami, qui ronchonne en guise de protestation.

— T'en as d'autres des conneries à sortir ?

— Mais si le Boss n'a plus ma mère, comment fait-il pour l'Élixir ? demandé-je.

— D'après ce qu'on sait, il y a deux autres Muses séquestrées au sanctuaire de la Ligue. Cela permet au Boss et aux mercenaires d'avoir toujours de l'Élixir en quantité suffisante. Ils gardent leurs sources de vie bien soigneusement et en cas de besoin…

Cela signifie que ce sont peut-être des membres de ma famille.

Marcus ne termine pas sa phrase. Je vois bien qu'il prend des précautions en me donnant ces explications. Je crains que la réalité ne soit bien plus sombre que ce qu'il expose.

Et je m'inquiète encore plus sur les raisons qui ont poussé le Boss à délocaliser ma mère.

— Peut-être que la mère de Kat n'était plus assez productive, intervient alors Parker. Alors, ils l'ont virée…

— Ou alors, son Élixir n'était plus de bonne qualité, émet Royce à voix haute.

Non, mais on dirait qu'ils parlent d'une vulgaire tête de bétail. C'est de ma mère qu'il s'agit, là ! Je ne sais pas si j'ai vraiment envie de connaître la réponse lorsque je demande d'une voix étouffée par l'émotion.

— Et que se passe-t-il dans ce cas ?

Marcus m'adresse un regard désolé.

— La Ligue s'en débarrasse.

Mon sang quitte mes joues.

Je ne supporte pas d'entendre que ma mère est peut-être encore plus en danger qu'elle ne l'était lorsqu'elle était branchée de partout sur sa croix.

— Mais alors… pour quelle raison l'ont-ils transférée ?

— Aucune idée, Kat. Je suis désolé, répond Marcus d'une voix sourde.

Je me lève d'un bond.

— Alors, il faut agir, m'écrié-je. On ne peut rester ici à attendre que Molly daigne nous donner des informations. On doit partir à sa recherche.

— Impossible. On ne sait pas comment la localiser, dit Maxime avec un geste impuissant.

Mauvaise réponse ! Je sens que je vais péter un plomb !

— Alors quoi ? On va rester là à attendre que cette folle nous donne des infos ? Je n'ai pas besoin d'elle ! Et si elle change d'avis ?

— Tu as conclu un pacte avec elle. Elle ne peut pas revenir sur sa parole, dit Royce en sirotant son whisky comme si de rien n'était. Et toi non plus d'ailleurs…

Le reproche que je sens dans le ton de sa voix m'énerve, alors je me mets à hurler contre lui.

— Mais je n'en ai rien à foutre de son pacte ! Elle peut se le carrer où je pense ! Je refuse de rester ici à attendre alors que ma mère est… Bordel !

Je me dirige à grands pas vers la sortie lorsque Rip m'attrape dans ses bras pour m'empêcher de prendre la porte. Sa voix est beaucoup plus douce lorsqu'il s'adresse à moi.

— Eh ! Du calme, Guerrière… Ça ne sert à rien de se précipiter. Agir sous le coup de la colère n'a jamais aidé personne. Il faut qu'on réfléchisse à un plan. Je suis d'accord avec toi, on ne peut pas rester là à dépendre de Molly. Mais avant, il nous faut plus d'informations.

Je lève les yeux vers lui, et lorsque je vois la ride d'inquiétude qui barre son front, je me calme instantanément. Il dégage lentement mes cheveux de mon visage avec une douceur qui m'émeut.

— Fais-moi confiance, bébé. Je vais trouver le moyen pour qu'elle nous lâche des infos. Et après, on avisera ensemble de ce qu'on fait.

Je sais que je peux me fier à lui. En revanche, j'ai peur d'imaginer quel moyen il va trouver pour obtenir ce qu'il veut. Il y a cette petite voix à l'intérieur qui insuffle une brise de jalousie dans mon esprit. Je me raidis et m'écarte de lui.

— Excusez-moi. Je… J'ai besoin de m'isoler un peu.

Je sens sur moi les yeux des démons qui me fixent alors que je me dirige vers la chambre la plus proche. Et quand je referme la porte, le regard de Rip m'accompagne, indéfinissable.

***

L'immense lit à baldaquin m'accueille comme un cocon bienfaiteur. Soudain, j'ai une terrible envie de me laisser tomber sur l'édredon moelleux et d'oublier les dernières heures.

Je suis lasse d'un coup. Presque désabusée. J'étais venue avec l'espoir de sauver ma mère, mais à présent, le doute reprend le dessus. Mes espérances s'envolent à mesure que les heures défilent. J'ai l'impression que le sort s'acharne et que tout est fait pour que je n'atteigne pas le but que je me suis fixé.

Ça pourrait être tellement simple. Je suis accompagnée par une horde de démons capables de se téléporter et de déplacer des objets à distance… Ça devrait être facile de retrouver une simple femme affaiblie, prisonnière d'une bande de tarés.

Et pourtant, je découvre des trahisons et des manipulations au fur et à mesure de mon périple. Et pour couronner le tout, la magie s'en mêle et nous empêche d'avancer.

Pour une raison que j'ignore, l'image de mon père et de ma tante revient hanter mon esprit. Les pauvres ! Ils sont à des lieues d'imaginer ce qui se passe. S'ils savaient…

Mais je ne dois pas laisser mes états d'âme diriger mes actes. Et même si la tentation de sombrer dans l'inconscience du sommeil est forte, je dois résister.

Mon esprit continue de ressasser les informations que je viens d'apprendre. Si rapidement que j'ai peur de me laisser submerger.

Après un dernier coup d'œil sur le lit, je me dirige vers la salle de bains pour tenter de me remettre les idées en place.

Alors que l'eau tiède ruisselle sur mon visage, je me dis que c'est peine perdue. J'aurai beau faire ce que je veux, rien ne sera efficace. Les idées les plus sombres continuent de gangrener mon cerveau.

Je sais que c'est impossible. Impossible que je reste ici à attendre que Molly fasse quelque chose. Et si jamais ses hommes ne retrouvaient pas la trace de ma mère ? Si jamais ils ne parvenaient pas à la localiser ? Qu'est-ce qui se passerait ?

Je ne peux pas prendre ce risque…

Mais comment faire ? Je n'ai aucune idée de l'endroit où elle peut être ni de qui pourrait m'aider à la retrouver.

À moins que…

Une petite lumière s'allume dans les méandres obscurs de mon cerveau.

Isis ! Isis doit savoir. Elle semble très proche de Molly et pourtant, il y a quelque chose chez elle qui me fait douter de sa loyauté.

J'ai l'impression que ce qui unit les deux jeunes femmes est plus une forme de contrat qu'une véritable amitié. Je suis presque persuadée que la fureteuse est elle aussi liée par un pacte. Et qu'elle subit la pression de ce lien.

Mais pour en avoir le cœur net, il faut que je la trouve.

Instinctivement, mes yeux parcourent la chambre jusqu'à une porte à l'opposé de celle par laquelle je suis entrée. Je me précipite pour voir où elle mène. Par chance, elle n'est pas fermée à clé et je constate avec soulagement qu'elle donne sur un couloir.

Je vais pouvoir sortir d'ici sans que personne ne me voie. Mais avant, il me faut quelque chose pour me camoufler.

En fouillant le dressing, je trouve une espèce de grande cape sombre que j'enfile par-dessus ma combinaison. En rabattant la capuche, j'arrive à masquer complètement ma chevelure.

Rip avait raison. Il faut vraiment que je fasse quelque chose avec mes cheveux si je veux passer inaperçue.

Une fois affublée de la cape, je soulève un autre problème. Je ne peux pas m'aventurer dans cette maison pleine de démons sans arme.

Mes yeux tombent sur un portemanteau en bois. Prise d'une idée folle, je le démonte et fais tourner l'un des pieds devant moi à la manière de mon jō. C'est un peu plus lourd, mais ça fera l'affaire…

Poussée par mon instinct, je m'aventure en douce dans le couloir à la recherche de la fureteuse.

***

— Raphaël… Tu es et resteras ma plus belle réussite.

Cette voix de petite fille… reconnaissable entre mille. Elle me donne la chair de poule.

Je m'arrête à l'angle du couloir, le cœur battant, alors que mon intuition sait déjà ce que je vais découvrir de l'autre côté du mur. J'ose un regard sur la scène qui se déroule à l'abri des regards.

Molly se tient face à Rip, appuyé contre le mur. Elle a posé sa main sur son torse et se tient si près de lui qu'il n'a aucune échappatoire.

Le démon fixe la jeune femme, le regard sombre, la mâchoire serrée. Je ne sais pas si c'est la proximité de Molly qui le met à cran, mais j'ai l'impression qu'il est nerveux de se retrouver en face d'elle.

Pourtant, lorsque la jeune femme se dresse vers lui, il ne fait aucun geste pour lui échapper. Elle passe lentement la main sur sa poitrine et attrape son tee-shirt pour le rapprocher d'elle.

— Tu m'as terriblement manqué, démon, tu sais ça ? souffle-t-elle tout près de lui. J'ai eu beaucoup de difficultés à rester à l'écart. Et te voir t'enticher de la Muse m'a passablement contrariée.

Rip reste immobile, les yeux plongés dans les siens.

— Tu sais que David a eu beaucoup de mal à me faire oublier que tu étais avec elle. Et pourtant, Dieu m'est témoin qu'il a beaucoup d'atouts pour faire tourner la tête à une femme. Mais savoir qu'elle, elle pouvait te faire oublier…

Son visage se fige dans une expression mauvaise qui est à l'opposé de ce qu'elle nous a montré jusqu'alors.

— Est-ce que tu l'aimes ? demande-t-elle soudain.

Rip reste muet et son silence est pire que tout. Pourquoi ? Pourquoi ne répond-il pas ? Doute-t-il de ses sentiments maintenant qu'il est en face d'elle ? Éprouve-t-il réellement quelque chose ? Ou avait-il seulement l'impression de tenir à moi à cause de la Muse ?

Mes yeux s'écarquillent lorsque je le vois attraper le visage de Molly entre ses mains. Sa bouche est si près de la sienne…

Je me mors la lèvre. J'en ai assez entendu. Assez vu pour me convaincre que, encore une fois, Rip jouait la comédie. Que, encore une fois, il m'a attrapée dans les filets de ses mensonges. Il s'est joué de moi, me faisant croire que j'étais la seule.

Mais la différence, c'est que maintenant, je ne me laisse plus faire. Je suis lasse de ses manigances. La fille fragile qui s'émouvait à la moindre vacherie du démon a disparu. Je suis plus forte. Et je vais mettre de côté cette nouvelle déception pour me concentrer sur ce qui est essentiel.

Alors, j'efface la larme qui s'échappe entre mes cils, et sans plus porter attention à la suite des échanges, je fais demi-tour pour partir à la recherche d'Isis.

36
Escapade

La Casa Nera n'est qu'un immense labyrinthe au sol noir dans lequel tous les couloirs se ressemblent. J'ai l'impression de tourner en rond depuis vingt bonnes minutes sans vraiment savoir où je vais.

Je parcours les pièces, les unes après les autres, en essayant de ne pas trop me faire remarquer. Et surtout en tentant de ne pas trop penser à ce que je viens de voir.

Il y a des démons dans tous les coins. Mais heureusement, avec ma cape, je passe presque inaperçue. Ils sont tous trop occupés à se peloter ou à se droguer pour faire attention à moi. J'ai l'impression d'être tombée dans le palais de la débauche.

Et au bout d'une vingtaine de minutes, je commence à désespérer de trouver Isis.

La porte suivante s'ouvre sur une pièce qui a des allures de bar à chicha. Elle est divisée en plusieurs espaces, séparés par de petits paravents en bois sombre, dans lesquels des groupes de démons fument des narguilés. L'air est tellement enfumé que je dois agiter les mains devant moi pour ne pas tousser en respirant.

Sans prêter attention à la forte odeur d'herbe qui plane dans l'atmosphère, je fais le tour de la pièce à la recherche d'Isis. Mais lorsque je passe à côté d'un groupe de démons, vautrés sur des canapés aux couleurs vives, l'un d'eux m'arrête en attrapant ma cape. D'un geste brusque, il tire sur ma capuche, découvrant ma chevelure, qui tombe lentement sur mes épaules.

Je me fige, le cœur battant. Les cinq démons, trois hommes et deux femmes, me toisent, la bouche ouverte par la surprise.

Leur attitude négligée et leurs yeux cernés m'indiquent qu'ils ont dû légèrement forcer sur la drogue. Et la poudre blanche qui macule la table en verre prouve qu'ils ne se sont pas contentés de fumer de l'herbe.

En les observant, je me rends compte qu'ils sont d'âge différent, malgré leur look similaire très rock, fait de jean, de clous et de cuir. Tout ce qu'il faut pour créer un bon stéréotype.

Lorsque je reporte mon attention sur celui qui me tient maintenant le bras d'une main ferme, je suis frappée par son regard inquisiteur. Ses iris sont si noirs qu'on distingue à peine sa pupille. Sans me laisser impressionner, je me dégage d'un mouvement brusque.

Mais ses yeux glissent sur mes cheveux et se colorent d'un éclat argenté, caractéristique de son espèce. Puis ils descendent sur le bâton, que je tiens toujours fermement.

— Tu as perdu quelque chose, Muse ? demande-t-il d'une voix sombre en se levant devant moi.

Le démon qui me fait face est le plus âgé du groupe. Sa barbe et ses cheveux poivre et sel lui donnent un faux air de George Clooney. Mais malgré toute l'adoration que je porte à l'acteur, je ne me laisse pas démonter et redresse le menton d'un geste déterminé.

— Peut-être que vous pouvez m'aider… Je suis à la recherche d'Isis. La fureteuse.

— Je sais qui est Isis. Pourquoi la cherches-tu ?

Je n'aime pas la manière dont il me parle. On dirait qu'il s'adresse à sa fille !

— Cela ne vous regarde pas…

La femme à côté de lui se redresse si vite que je n'ai même pas le temps de la voir fondre sur moi. Mais le démon réagit tout aussi rapidement et la retient d'un geste lorsqu'elle s'apprête à me prendre à la gorge.

— Giulia ! Si tu ne veux pas t'attirer les foudres de Molly, je te conseille de rester à ta place.

La jeune femme m'adresse un regard meurtrier et, tout en pinçant des lèvres, retourne s'asseoir calmement.

— Tu n'es qu'une lavette, Roberto, dit-elle, la voix pleine d'amertume.

— Et toi, une conne ! réplique le démon du tac au tac. Tu seras morte avant de l'avoir touchée.

Sans plus prêter attention à sa compagne qui le foudroie du regard en serrant les poings, le dénommé Roberto plante ses yeux dans les miens.

— Désolé pour ce… petit incident. Georgia a encore du mal à accepter la mort de son frère.

Je ne vois pas ce que j'ai à voir là-dedans. S'apercevant de mon étonnement, le démon se sent l'obligation de préciser :

— Black Angel était son créateur, dit-il simplement.

Je me souviens parfaitement de lui. Black Angel, le démon tué par Rip lors de son dernier combat… Celui qui était responsable de la mort du mari de Rosa. Comment oublier son corps qui fondait littéralement entre les mains de Raphaël ?

Incrédule, je reporte mon attention sur la jeune femme, qui, pendant une fraction de seconde, prend son apparence démoniaque. Le même visage à la peau brûlée, les mêmes yeux rouge vif, les mêmes dents démesurément grandes… J'éprouve la même sensation de dégoût en voyant son corps que devant celui de son frère en décomposition.

Mes yeux s'écarquillent d'effroi alors que la femme reprend aussitôt son apparence normale.

— Ne fais pas attention à elle ! Elle s'en remettra. Je ne peux malheureusement pas t'aider pour Isis. Mais tu devrais t'en remettre à Molly. Je suis persuadé qu'elle serait ravie de te rendre service.

Je sais très bien ce que Roberto a derrière la tête. Il me manipule pour savoir ce que je compte faire. Alors, je décide de rentrer dans son jeu.

Je me renfrogne. Le silence tombe sur la pièce et je sens la pression peser sur mes épaules. Notre petite altercation a attiré l'attention des autres démons. Tout ce que je cherchais à éviter.

— Merci, je vais suivre ton conseil, dis-je simplement en me dégageant pour me diriger vers la sortie.

Mais alors que je m'apprête à quitter les lieux, le démon m'interpelle une dernière fois.

— Prends garde, Muse. Notre hôtesse n'est pas friande des imprévus. Elle a horreur quand ses plans rencontrent des obstacles. Et elle serait certainement contrariée de savoir que tu n'es plus sous la protection de ton clan.

Je hoche la tête d'un air entendu et finis par sortir en remettant ma capuche.

Merde ! Il a bien compris que les Saveli ignoraient tout de ma petite escapade. J'espère qu'il ne va pas les prévenir.

Bon ! Eh bien, je ne suis pas plus avancée, si ce n'est que maintenant, les démons savent que j'erre dans les couloirs à la recherche de la fureteuse. Et que mon clan ne sait absolument pas ce que je suis en train de faire.

***

Je ne sais pas si c'est ma confrontation avec les démons, mais j'ai l'impression que depuis que j'ai quitté la pièce, tous ceux que je croise me regardent bizarrement.

Pire ! Il me semble même que certains m'épient et me suivent de loin, l'air de rien. Marcus m'avait déjà expliqué que les démons pouvaient communiquer par la pensée. Et là, j'ai bien peur que Roberto ait prévenu toute la communauté démoniaque que la Muse se baladait librement dans le bâtiment à la recherche d'Isis. Et sans la protection du clan Saveli, de surcroît !

J'ignore pourquoi, mais j'ai le sentiment que plus d'un aimerait me tomber dessus. Et je n'arrive pas à comprendre. Ne sont-ils pas censés m'aider ?

Pourtant, à chaque fois que je les croise, je peux sentir la tension qui les habite. Comme s'ils s'attendaient à ce que la situation dégénère d'une minute à l'autre. Ils sont comme à l'affût d'un incident qui paraît inéluctable.

Instinctivement, je commence à me déplacer plus rapidement, en longeant les murs et en essayant de passer inaperçue. Lorsqu'en ouvrant une énième porte, je découvre un escalier, je mets avec soulagement le pied sur la première marche et me précipite jusqu'en haut.

Mais arrivée sur le palier du deuxième étage, au moment où je me crois enfin tranquille, je me retrouve nez à nez avec un homme, caché sous une cape similaire à la mienne.

Poussant un petit cri, je fais un bond de côté et me tiens aussitôt sur la défensive, le bâton tendu devant moi.

— Chut ! souffle alors l'inconnu d'une voix étouffée.

Sans rien ajouter, il attrape ma main libre. À ce moment-là, mes yeux se posent sur le tatouage qui orne sa peau, entre le pouce et l'index. C'est un chiffre romain.

Le six.

Un long frisson de dégoût me parcourt l'échine alors que je me dégage de l'emprise de l'intrus.

— Césarius…, dis-je dans un souffle.

L'homme qui me fait face se penche en avant dans une révérence des plus grotesques. Puis il ôte sa capuche et m'intime de me taire en posant son index sur sa bouche.

Merde ! Mais qu'est-ce qu'il fait là, celui-là ?

Sans prononcer un mot, le fureteur m'invite à le suivre.

J'hésite. Ma raison m'intime de ne pas lui faire confiance, mais mon instinct me pousse à lui obéir, sans que je sache pourquoi. Il y a une pulsion au fond de moi. Quelque chose de puissant qui me force à agir contre ma volonté. Je fixe le chiffre gravé sur sa main, comme si la réponse à mes questions se trouvait dans les traits parfaitement dessinés de son tatouage. C'est un fureteur… Il doit pouvoir m'aider à trouver Isis.

Alors, étouffant la petite alarme qui envoie des signaux de détresse dans mon cerveau, je le suis jusqu'à une pièce isolée dans laquelle il nous enferme à double tour.

Lorsque nous nous retrouvons seuls, Césarius se dépêche de vérifier portes et fenêtres pour s'assurer que personne d'autre ne puisse entrer. Je le regarde prendre ces précautions inutiles avec une pointe d'irritation.

— Ça m'étonnerait que les démons s'arrêtent à une simple serrure…

Mais il continue à inspecter tous les recoins, puis revient vers moi en retirant sa cape.

— Kataline, je suis heureux de vous revoir… saine et sauve, dit-il à voix basse.

On dirait qu'il est presque étonné de me découvrir entière. Attrapant ma main, il l'approche de sa bouche comme s'il voulait y déposer un baiser. Mais je la retire d'un geste vif.

— Qu'est-ce que vous faites là, Césarius ? demandé-je, sur la défensive.

— Je suis venu vous aider.

Ses petits yeux de fouine me sondent comme s'ils voulaient me passer au crible. Les miens s'écarquillent de surprise.

— Quoi ? M'aider ?

— Oui. Je suis venu vous mettre en garde. Contre Molly. Elle vous a attiré ici en vous promettant son aide. Mais elle vous a menti. Elle sait parfaitement où votre mère est enfermée.

Je lève un sourcil.

— Elle est ici. Sur les ordres mêmes de celle qui vous a promis son aide.

À ces mots, mon esprit se met à tourner à toute vitesse. L'incrédulité me fait ouvrir la bouche, puis la refermer à plusieurs reprises.

Je suis partagée. À qui dois-je faire confiance ? Molly, l'ex-maîtresse de Rip dont il m'a dit de me méfier et qui m'a déjà manipulée ? Ou Césarius, le fureteur avare qui ne m'inspire que de l'animosité et de la défiance ?

Je plisse les yeux en essayant d'en savoir plus.

— Et pourquoi est-ce que je vous croirais ?

— Parce que vous savez que Molly n'est pas digne de confiance. Vous avez vous-même constaté que vous ne pouviez pas vous fier à elle. D'ailleurs, je parie qu'elle vous a déjà fait accepter son fameux pacte, je me trompe… ?

Bordel ! Il est au courant de ça !

— Et pourquoi ? Pourquoi pensez-vous qu'elle me ment ?

— Molly est la reine de la manipulation. Elle passe son temps à mentir à tout le monde. Sa vie même n'est qu'un mensonge. Si elle vous avait dit que votre mère était ici, auriez-vous accepté d'aller dans l'antre de la Ligue pour libérer les démons ?

Je secoue la tête d'un air suspicieux. Je ne peux nier ce qu'il vient de dire, mais est-ce pour autant une raison de croire en ses bonnes intentions ?

— Elle aurait pu me faire du chantage et m'obliger à accepter.

Césarius sourit.

— Pas avec Raphaël dans votre camp. Il l'aurait détruite.

Oui, il a certainement raison.

— Et vous ? Pourquoi est-ce que vous m'aidez, Césarius ? Quel est votre intérêt dans tout ça ?

— L'argent, répond-il d'une voix dénuée d'émotion.

Bien sûr… Quoi d'autre ?

— Les Saveli sont immensément riches. Et je suis certain que Rip saura se montrer généreux lorsqu'il apprendra que je vous ai aidée. Il est très… attentif lorsqu'il s'agit de vous.

D'un geste vif, il écarte mon col pour examiner ma gorge qui arbore fièrement l'emblème du démon.

— Oui… Vous êtes très précieuse à ses yeux.

J'écarte sa main plus brutalement que je ne l'aurais voulu.

— Vous êtes à la hauteur de votre réputation. L'argent… Vous êtes pathétique.

304

— Vous ne pouvez pas imaginer ce qu'on peut s'offrir avec beaucoup d'argent. Des voitures de luxe, des bijoux… des femmes. Mais il y a quelque chose d'encore plus précieux que l'argent peut m'offrir… La liberté.

Ses paroles sont lourdes de sens et j'ai l'impression qu'il ne porte pas la communauté démoniaque dans son cœur. M'est avis que les fureteurs sont plus des esclaves que des êtres libres de faire ce que bon leur semble. Mais je n'ai pas le temps de m'apitoyer sur leur sort.

— Où est-elle ? demandé-je.

La lueur sardonique qui brille dans le regard de Césarius ne me dit rien qui vaille.

— À l'heure même où je vous parle, votre mère est enfermée dans le sous-sol de cette maudite baraque.

Après quelques secondes, l'information arrive à mon cerveau et déclenche un mécanisme réflexe auquel je ne peux échapper. Mon cœur se gonfle d'émotion et, sans réfléchir, je me précipite vers la porte.

Mais au moment où je tourne la clé dans la serrure, Césarius me retient.

— Il ne sert à rien de se précipiter. Vous ne feriez que vous jeter dans la gueule du loup.

— Parce que vous croyez que je vais rester ici à faire la causette avec vous alors que ma mère croupit au sous-sol ? m'écrié-je en ouvrant la porte.

Mais Césarius se jette dessus et la claque avant que je n'aie pu sortir.

— Vous êtes folle ? Cette maison est pleine de démons ! Et à l'heure qu'il est, Molly doit être au courant de votre petite fugue. Elle ne va pas tarder à lâcher ses monstres pour qu'ils vous retrouvent. Vous vous ferez prendre comme une souris dans un piège à fromage.

— Je ne peux pas attendre ici sagement alors que…

— Je n'ai jamais dit que vous deviez rester ici. Simplement, je vais vous faire prendre un chemin plus sûr.

Je me mords la lèvre. Le doute revient s'insinuer dans mon esprit tandis qu'au fond de moi, il y a de nouveau cette pulsion qui me pousse à agir.

Suis-le…

La lueur malicieuse qui brille alors dans le regard de Césarius jette un froid en moi, mais alors que je m'apprête à le questionner de nouveau, un bruit se fait entendre dans le couloir, précipitant ma décision.

— D'accord. Je vais vous suivre. Emmenez-moi vers ma mère, soufflé-je avec émotion.

Satisfait, Césarius hoche la tête et aussitôt son image devient floue. À peine ai-je le temps de retenir ma respiration que je me retrouve en compagnie d'une petite fouine au pelage brun qui m'entraîne bientôt à travers les couloirs vides du dernier étage.

***

Certains me croiront folle, d'autres, masochiste. Mais à cet instant, je suis sûre d'une chose : je dois suivre Césarius Francillon.

Je ne devrais peut-être pas lui faire confiance. Et pourtant, alors même que je marche à pas rapides derrière le petit rongeur, je suis persuadée que c'est le bon choix. Le seul qui me semble essentiel à cet instant précis.

Depuis le début où il m'a entraînée dans la pièce, la petite voix m'encourage.

Suis-le. Tu dois le suivre… Il faut que tu ailles avec lui…

C'est comme si elle savait l'importance de cette décision. Comme si le destin m'obligeait à le faire. Je ne peux pas me soustraire à cette force qui me pousse à agir. C'est plus fort que moi.

Et pourtant, lorsque nous arrivons au bout du bâtiment, le sentiment de défiance qui m'envahit alors me coupe dans mon élan. La sensation qu'il va se passer quelque chose. Quelque chose de fort. Et je suis certaine que c'est précisément ça qui me forçait à suivre Césarius.

Tu arrives au bout du chemin… Vengeance…

Je ne comprends pas ce que me dicte ma conscience. Ses paroles sont incohérentes et énigmatiques. Peut-être est-elle perturbée elle aussi à l'idée de revoir ma mère ?

La petite fouine m'entraîne sous les toits, jusqu'à une porte en bois close. Puis elle se faufile alors à travers les trous creusés dans le mur et réussit à déverrouiller la serrure de l'intérieur.

Une immense pièce m'accueille. Un espace gigantesque qui doit bien faire toute la longueur de la grande maison. J'ai l'impression de pénétrer dans le squelette de la Casa Nera. De tous les coins surgissent de grandes poutres en chêne qui viennent s'entrelacer pour former la charpente de la bâtisse. Les poteaux en bois s'ornementent de rais de lumière filtrés par de multiples ouvertures sur le toit. Ce lieu est incroyable de majesté.

En avançant dans cet espace intimidant, mon sentiment de malaise grandit à mesure que je m'approche du centre de la pièce. Le bruit de mes pas accompagne ma progression et résonne sur le sol de bois brut, donnant à la scène une atmosphère inquiétante.

Césarius n'a pas repris forme humaine et il trottine devant moi avec vivacité. Quand enfin il s'arrête, je suis frappée par son expression. Bizarrement, j'ai l'impression que le petit animal me sourit. Ou plutôt non, il se moque de moi.

À cet instant, alors qu'une sueur glacée coule le long de mon échine, une ombre sort de derrière les poutres. Une ombre qui ne m'est pas inconnue. Je l'ai vue, de nombreuses fois dans mes pires cauchemars.

Miguel…

Et tandis que je commence à comprendre la machination, ma petite voix sautille de joie.

L'heure de la vengeance… Enfin !

37
Miguel

L'heure de la vengeance… Enfin !

En entendant cette voix dans ma tête qui jubile d'impatience, je commence à me dire que la Muse en moi attendait ce moment depuis bien longtemps.

Elle savait que je devais suivre Césarius. Pire ! Elle m'a poussée à le faire. C'est comme si elle était déjà au courant de ce qui allait se passer. Comme si elle avait deviné que le jour tant attendu était enfin arrivé.

Une chose est sûre, désormais. Fusion ou non, il y a toujours cette partie de moi qui semble avoir sa propre volonté et qui influence mes décisions.

Et alors que mes yeux se fixent sur mon pire cauchemar, en ce moment même, je la sens prête à assouvir cette soif vengeresse qui fait palpiter mon cœur.

Mais cette fois, ma volonté est tout aussi forte que la sienne, sinon plus. J'ai tellement rêvé de détruire ce visage… Tant de fois, j'ai imaginé mes mains serrant son cou jusqu'à voir ses yeux se révulser. Cela fait plus de quatre années que j'attends de pouvoir lui infliger les pires supplices.

Et maintenant, il est là, devant moi, qui me fixe avec un air tout aussi machiavélique que lorsqu'il m'a…

Je n'arrive même plus à « penser » ce mot. Je l'ai banni depuis bien longtemps. Et pourtant, les images m'assaillent avec une violence que j'ai du mal à supporter. Mes yeux s'embuent de larmes tandis que mon corps se met à frissonner.

Je cherche machinalement Césarius du regard pour vérifier.

Quoi ? Vérifier quoi ? Qu'il t'a emmenée ici volontairement et que tu es tombée dans son piège comme la pauvre naïve que tu es ? À quoi bon, puisque tu connais déjà la réponse...

La fouine se précipite vers Miguel et grimpe le long de son corps comme elle le ferait sur un arbre. Elle vient se placer sur son épaule et me fixe avec un mélange de crainte et de provocation.

Saleté de vermine ! Tu ne perds rien pour attendre.

— Kataline Anastacia Suchet du Verneuil ! dit alors Miguel.

Entendre sa voix aux intonations hispaniques ravive l'horreur de mes souvenirs. Ils reviennent violemment dans mon esprit, par flashs incontrôlés.

Mes oreilles commencent à bourdonner et des impatiences fourmillent dans mes jambes. Et alors que je laisse la rancœur prendre le pas sur ma raison, mes larmes se tarissent comme une flaque d'eau en plein soleil.

— Qu'y a-t-il ? Tu n'es pas contente de me voir ? demande le Portoricain en voyant le changement manifeste de mon attitude.

Mes doigts se serrent machinalement autour du bâton.

— Prépare-toi à crever, Miguel.

La voix à peine reconnaissable, comme tout droit sortie des tréfonds de mon âme, je fixe mon ennemi avec toute la haine qu'il m'inspire.

Mais loin de déstabiliser l'homme qui me fait face, ma réaction le fait rire. Un rire empli de mépris qui décuple mon amertume. N'est-ce pas moi qui devrais le mépriser ?

Alors que je prends une pose de combat, Césarius, en bon pleutre qu'il est, file se cacher derrière une poutre de charpente.

— Je vois que tu n'es plus la jeune fille naïve de la première fois… Devenir une vraie muse t'a forgé le caractère.

La Muse va te faire regretter que tu sois encore en vie, salopard !

Sans répondre, je fais tourner le morceau de bois devant moi. Mon adversaire lève un sourcil et commence à ôter sa veste, lentement, sans me lâcher des yeux, avec une assurance insolente.

— Si j'avais su à l'époque, je ne t'aurais jamais laissée filer… Et dire que j'ai failli te tuer.

Je ralentis mon geste, soudain attentive aux paroles de Miguel. J'ai besoin de l'entendre. Écouter sa version et enfin comprendre les motifs qui l'ont poussé à me faire autant de mal. Alors, je repousse la muse dans ses retranchements et fais taire mes pulsions. Juste le temps des explications.

— Allez-y, expliquez-moi. Je suis curieuse de savoir…, dis-je pour le pousser à parler.

— Quand ce connard de Robin m'a dit qu'il avait trouvé une muse, j'ai cru qu'il se foutait de ma gueule. Il faut dire qu'il n'était pas très fin, celui-là. N'est-ce pas ? Tu aurais mieux fait de le liquider au lieu de le mutiler. Tu nous aurais épargné cette basse besogne.

Mon cœur se contracte.

— Vous l'avez tué ? demandé-je froidement.

Miguel hoche la tête avec, dans le regard, cette folle satisfaction propre aux meurtriers. Savoir que la Ligue m'a volé une partie de ma vengeance me laisse un goût amer. Je sais que je ne pourrai jamais refermer totalement cette page horrible de ma vie…

Malgré le sentiment de déception qui m'envahit, je tente de cacher mes émotions alors que Miguel poursuit son récit.

— Au début, quand il m'a annoncé que tu étais spéciale et qu'il avait des doutes sur toi, je ne l'ai pas cru. Tu semblais être comme toutes les autres filles, même si tu étais quelque peu perturbée. Mais en t'observant de plus près, j'ai rapidement compris que tu ignorais ta vraie nature. Tes crises incontrôlées étaient caractéristiques. Et puis j'ai découvert que tu étais non pas une muse, mais une demi-muse.

Il marque un temps d'arrêt avant de poursuivre.

— Pendant un temps, je me suis demandé ce que j'allais faire de toi. Tu ne valais strictement rien. Une moitié de quelque chose ! C'était comme si on me refilait un Petrus coupé avec de l'eau…

Son arrogance transpire à travers ses propos.

— Mais la curiosité est un vilain défaut. Elle m'a poussée à fouiller dans ta vie. Quelque chose me disait que je devais chercher pourquoi tu ignorais qui tu étais à l'intérieur. J'ai découvert que tu avais eu une existence plutôt difficile. Pas sympa, ta mère. Te renfermer, comme ça, en t'interdisant de sortir… C'est ça qui m'a mis la puce à l'oreille.

Malgré le ton badin qu'il emploie, il essaie de me déstabiliser avec son discours. Je comprends alors qu'il a pris le temps d'enquêter sur ma vie avant la fameuse soirée. Tout ça était prémédité. Et j'ai des frissons de savoir que Robin et lui avaient tout manigancé à l'avance.

Derrière l'attitude désinvolte de Miguel, je me rends compte qu'il est plus intelligent qu'il ne le laisse paraître.

— Et puis j'ai entendu parler d'une Prophétie qui disait qu'une demi-muse serait révélée et libérerait les démons. J'ai pensé que ça ne pouvait être que toi. Et j'ai eu envie de te pousser dans tes retranchements pour voir si tu allais réagir et révéler cette partie de toi qu'on t'obligeait à cacher.

Le rictus qui tord sa bouche démontre tout le mépris que je lui inspire.

— J'ai donc demandé à Robin de t'inviter à la soirée. Mais quand j'ai vu qu'on ne pourrait rien tirer de toi, j'ai décidé qu'il valait mieux t'éliminer. Pour que d'autres ne soient pas tentés de faire la même chose.

J'essaie de faire passer mon dégoût à travers mes prunelles. Mais Miguel m'ignore et poursuit, comme si de rien n'était.

— Mets-toi à ma place, chérie. Je n'allais pas courir le risque que tu racontes ce qui s'était passé... J'ai toujours eu horreur des prisons. On y mange très mal.

Cette fois, j'en suis sûre, ce mec est complètement taré.

— Tu m'as détruite..., soufflé-je.

Ses yeux fous se posent sur moi comme si j'étais une énorme friandise.

— Mais je ne m'étais pas trompé, n'est-ce pas ? Je m'en suis rendu compte après. Ça fait un moment que je te suis, tu sais ? J'ai pu assister à plusieurs événements assez excitants : l'attaque des mercenaires dans l'appartement parisien, l'accident de ta tante et de son mec, la petite course-poursuite à moto... Il s'en est fallu de peu, tu sais.

Je n'en crois pas mes oreilles. Miguel est en train de me dire qu'il m'a épiée pendant tout ce temps et que je n'ai rien vu ! Pire, il y a quelque chose dans son regard qui me fait dire qu'il n'est pas pour rien dans tout ce qui m'est arrivé. C'est effrayant ! Mais malgré l'appréhension, je veux en avoir le cœur net.

— Tu veux dire que tout ça, c'était toi ?

— On peut dire que j'y ai grandement participé, oui. À ça et aussi à tes petites querelles avec ton démon... et sa copine.

Quoi ?

— Mégane, dis-je dans un murmure.

Bordel ! Miguel est un grand malade ! Et comme pour illustrer mon affirmation, le mercenaire frappe dans ses mains en riant.

— Exact. Mégane ! C'est elle qui nous a remis sur ta piste, tu sais. Oh, elle était vraiment dévouée, celle-là ! Malheureusement, il a fallu qu'elle tombe amoureuse du démon. C'est dommage ! J'ai presque regretté de devoir la tuer !

— Mais pourquoi moi ? Qu'est-ce que j'ai fait ?

— Oh, mais rien ! Il n'y a rien de personnel dans tout ça, crois-moi ! C'est juste que maintenant que nous sommes certains que tu représentes un danger pour la Ligue, je dois t'éliminer.

Impossible d'ignorer les battements de mon cœur, qui commence à s'affoler, alors qu'il poursuit avec une voix de névrosé et des yeux déments.

— Tu vois, j'avais raison. Il y avait bien un truc spécial en toi qui dormait en profondeur. Mon sixième sens ne m'avait pas trompé. J'aurais dû l'écouter à l'époque. Parce que cette petite chose infime que j'ai perçue quand je t'ai…

— Ferme ta gueule, espèce d'ordure !

L'intéressé se recule en prenant un air outré.

— Ohhh, mais ne sois pas si désagréable, chérie ! Moi, je garde un très bon souvenir de cette soirée plutôt… sympathique.

Il s'avance vers moi et je me fige, incapable de bouger. Lentement, il suit la fermeture de ma combinaison avec son index et sans que je sache vraiment pourquoi, je le laisse faire, hypnotisée par son regard saturé de perversion. Mais lorsqu'il passe sa langue sur ses lèvres, un goût de bile envahit aussitôt ma bouche.

— Tu me donnes envie de gerber, crié-je en le repoussant de toutes mes forces.

Miguel atterrit violemment contre une poutre en poussant un cri étouffé. Un nuage de poussière tombe sur ses épaules captant mon attention pendant une fraction de seconde.

Quand je la reporte sur mon adversaire, il s'est déjà repris et jette sa veste par terre d'un geste rageur. Son sourire en coin, froid et machiavélique, me glace le sang.

— Je suis un mercenaire, tu sais. Et j'adore quand on me résiste. Il n'y a rien de plus excitant que de faire plier une femme avant de la posséder… Et crois-moi, c'est encore plus jouissif quand il s'agit d'une Muse.

Bordel ! Il me menace maintenant.

— Je t'aurai tué avant que tu puisses me toucher, espèce de malade !

Il penche sa tête sur le côté, et j'ai la triste impression que ma colère l'excite encore plus.

— Je demande à voir, chérie. Mais fais attention ! Cette fois-ci, il n'y aura pas d'ange gardien pour te sauver.

— Je n'ai besoin de l'aide de personne pour te faire la peau !

Je ne lui laisse pas le temps de répondre et, sans prévenir, je lui saute dessus. Le choc est violent. Si violent qu'il nous envoie valser de part et d'autre de la pièce. Mais en quelques secondes, Miguel se remet debout et se rue sur moi. Vite ! Trop vite pour que je puisse l'éviter.

Je n'aurais pas imaginé qu'il ait autant de force. Mais lorsqu'il m'attrape par la gorge et me soulève comme une vulgaire poupée de chiffon, je m'aperçois combien je l'ai sous-estimé.

Je tente de me dégager en lui donnant des coups de pied, mais je ne parviens pas à l'atteindre. Avec un sourire satisfait, Miguel m'entraîne contre un poteau en bois. Il me plaque dos à une poutre et m'écrase de tout son poids pour m'empêcher de me débattre. Son souffle balaie mon visage lorsqu'il susurre :

— Alors ? Tu en veux encore, c'est ça ? Ça te plaît tant que ça de te faire violer ?

Je tente de tourner la tête sur le côté pour ne plus voir ses yeux injectés de sang, mais je ne parviens qu'à l'exciter davantage. Sentir sur ma jambe la dureté de sa virilité m'écœure. Je me débats, ce qui n'a le don que de le faire rire.

— Ton petit séjour avec les maudits t'a réussi, ma belle. Tu es encore plus excitante avec ta petite mèche blanche. Dommage que ton démon ne puisse pas assister au spectacle ! J'aimerais tellement pouvoir te baiser sous ses yeux…

À l'évocation de Rip, je fronce les sourcils.

— Ordure ! sifflé-je entre mes dents

— Que se passe-t-il ? Tu crains que je te donne plus de plaisir que lui ? Tu as peur qu'il te voie aimer ça ? Ou bien, tu redoutes que ton démon te préfère sa Molly ?

À cet instant précis, et sans que je puisse expliquer pourquoi, un flash surgit dans ma tête. Une scène furtive dans laquelle je vois le visage de Molly tout près du mien.

Je la regarde pendant quelques secondes, sans comprendre ce qu'elle fait là. Et alors que je réalise que j'ai été propulsée dans la tête de Rip, la voix du démon résonne dans tout mon être. Une voix sèche, coupante comme un rasoir.

— *Tu n'as aucune idée combien je l'aime, Molly. Ce que je ressens pour Kataline est sans commune mesure avec ce que j'ai pu éprouver pour toi. C'est même bien au-delà des simples mots. Nous sommes unis par un lien indestructible et, quoi que tu fasses, cela n'y changera rien. Kataline est toute ma vie. Et je sacrifierais tout ce que j'ai pour elle, sans aucun regret...*

Molly est méconnaissable, le visage déformé par la colère. Elle attrape un vase et le jette violemment sur le sol, d'un geste rageur. Mais au moment où elle s'apprête à répondre, Rip ne l'écoute plus.

Il se fige. Comme paralysé par la panique que je sens l'envahir. Une sueur froide recouvre sa peau. Ses poils se hérissent et ses narines frémissent, comme pour humer l'air. Il sait que je suis dans sa tête. Et il sait ce que je m'apprête à faire.

— *Bébé...*

Sa voix me percute alors comme la houle et me renvoie dans mon corps avec la force d'un torrent.

Les images s'effacent dans le brouillard et je cligne plusieurs fois des yeux pour reprendre mes esprits. Je ne sais pas pourquoi j'ai plongé dans l'esprit de Rip à cet instant précis. Mais lorsque je reviens à ma propre réalité, Miguel est au-dessus de moi à califourchon.

Sa prise s'accentue autour de mon cou et la pression de son corps contre le mien se fait plus forte. Je commence à manquer d'air.

Il me faut trouver un moyen de me libérer. Frustrée de ne pouvoir faire mieux, je lui crache au visage. Mais alors que dans ses yeux passe une lueur meurtrière, il m'assène une gifle magistrale en plein visage, si violente que mes tempes se mettent à bourdonner.

— Salope, tu vas payer ! crache-t-il en s'essuyant les joues.

Je ferme les yeux sous le coup de la douleur, et lorsque je les rouvre, le mercenaire apparaît derrière un voile couleur grenat. Sombre... tellement sombre que j'ai du mal à distinguer ses traits.

Alors, sans pouvoir me maîtriser, j'éclate de rire. Un rire hystérique que je ne parviens pas à contrôler.

38
Cruelle vengeance

Est-il possible de haïr une personne à ce point ? De n'avoir que l'envie de lui arracher le cœur pour le lui faire bouffer petit à petit, avec toute votre amertume ?

Certainement. Parce qu'à cet instant précis, je ne rêve que de ça. Lui faire mal. Aussi mal que ce qu'il m'a fait.

Et c'est avec une force décuplée que j'attrape les mains de Miguel pour l'écarter de moi. Mes doigts se referment sur ses poignets comme un étau. Voir la surprise se peindre sur le visage du mercenaire me procure une telle sensation de plaisir…

La petite voix dans ma tête se met à ricaner d'un air mauvais.

Tu t'attendais à quoi, connard ?

Je tords les poignets de ma victime et sa grimace de douleur est comme un baume sur mes plaies. Elle apaise momentanément le feu qui brûle en moi et qui ne demande qu'à jaillir. Mais, quand d'un mouvement sec, mon adversaire se dégage de mon emprise, je me sens presque amusée. Le combat n'en sera que meilleur s'il résiste…

— Alors, la voilà, la Muse…, dit Miguel en se frottant les poignets.

Sa voix est un peu moins assurée, et je lui souris froidement sans répondre.

Mais il n'ose même plus me regarder en face. Et c'est avec un air légèrement affolé qu'il tourne la tête à droite et à gauche, comme s'il cherchait quelque chose. Puis il recule à mesure que je m'approche et le voir agir ainsi renforce mon instinct de prédateur traquant sa proie. Il sait qu'il va mourir et, en mon for intérieur, je me délecte de sa peur.

Mais alors que je m'apprête à fondre sur lui comme un faucon, il roule par terre avec souplesse et attrape mon bâton, qui gisait sur le sol. Lorsqu'il se remet sur pied, il brandit son arme avec un regain d'assurance.

— Je suis impressionné, dit-il. La demi-muse s'avère plus puissante que les autres, finalement. Tu es pleine de ressources.

— Tu n'imagines pas à quel point, dis-je d'une voix cinglante.

Sans plus attendre, je me lance à l'attaque. Mais le mercenaire est rapide et aguerri. Il pare mon assaut facilement et je me retrouve devant lui avec pour seul rempart, le bâton. Nous luttons pendant plusieurs minutes, face à face, les mains sur le bois froid de son arme. Dans ma tête, je continue de ruminer.

Quatre ans… Ça fait quatre ans que j'attends de croiser sa route ! Quatre années à revivre cette soirée au cœur de l'horreur. Et maintenant, j'ai enfin l'occasion d'assouvir ma vengeance.

Les paroles trop souvent ressassées reviennent par vagues successives. Des phrases qui hantent mes nuits et qui résonnent sans cesse pour me rappeler la violence de mon traumatisme :

« On te laisse vingt secondes d'avance… La chasse est ouverte… Salope, tu vas payer pour ça » « Saleté de muse vierge »

Cette dernière phrase… je l'ai maintes et maintes fois répétée dans ma tête.

Mais là, à ce moment même, elle est le déclencheur de mon courroux. Alors, je la laisse s'échapper de mes lèvres.

— Saleté de muse vierge…

Ma colère a raison de la résistance de mon adversaire et je parviens à projeter Miguel à plusieurs mètres d'un coup de pied dans le ventre. Le mercenaire accuse le coup, même s'il semble interpellé par ma force. Passé le moment de surprise, il jette le bâton avec violence et fait craquer les jointures de ses doigts.

— Maintenant, on ne joue plus…

— Mais je ne demande que ça ! sifflé-je.

La Muse en moi s'impatiente, me suppliant intérieurement de la laisser libérer sa hargne. Sa puissance afflue dans mes veines, si fort que j'ai du mal à la contenir. Elle tourne dans ma tête comme un lion en cage, s'insinue sous ma peau et cherche frénétiquement un passage qui lui permettrait de s'échapper.

Je sais au fond de moi que je ne devrais pas la libérer. Ne pas lui laisser l'occasion d'exprimer la bestialité et la sauvagerie qui la caractérisent. Non. Je devrais garder le contrôle. Moi seule. Et apprécier chaque instant de cette vengeance qui pansera mes blessures.

Mais Miguel contrecarre mes plans. Sans crier gare, il s'avance en me menaçant :

— Je te jure que je vais te baiser. Et après, je te torturerai. Pendant des heures. Je vais prendre tout mon temps pour te faire vivre l'enfer. Je vais prendre plaisir à te maltraiter jusqu'à ce que t'en crèves.

La violence de ses propos me fait presque pitié. Miguel est un monstre. Un malade qui ne mérite pas de vivre sur cette Terre. Je n'ai plus d'autre choix.

Je vois le visage de Miguel se crisper lorsque je lance le premier assaut.

Le mercenaire est un adversaire de taille. Encore davantage que ce que j'imaginais. Il accuse les coups avec une résistance presque surhumaine. Il les rend aussi. Avec une force égale à la mienne.

Notre combat ressemble presque à une danse dans laquelle nous serions les acteurs d'un ballet parfaitement synchronisé. Nos gestes fluides balaient l'air avec une rapidité incroyable et portent des coups toujours plus violents.

Malgré mon habileté, Miguel m'atteint plusieurs fois. Au ventre et au visage. Mais bizarrement, je ne ressens rien. Mon esprit reste focalisé sur mes attaques, dans l'espoir de l'atteindre.

Pourtant, lorsque son poing s'écrase violemment sur ma tempe et que je tombe lourdement sur le sol, des étoiles se mettent à danser devant mes yeux. Mon corps, ce traître, n'arrive plus à tenir la cadence.

À peine ai-je le temps de me redresser que mon ennemi se laisse tomber sur moi de tout son poids. Le choc me coupe la respiration et je mets quelques secondes avant de reprendre mes esprits.

— Alors, pétasse ? Tu pensais pouvoir me mettre K.-O. ?

Miguel enlève rapidement sa ceinture et m'assène un coup en plein visage avec la bride en cuir. Ma pommette explose sous l'impact.

— Tu vas voir ce que je te réserve, poupée, dit-il en attrapant mes mains.

Il les attache grossièrement et les cale sous ma tête pour m'empêcher de bouger.

Le voir ainsi au-dessus de moi me ramène quatre ans en arrière. Et lorsqu'il commence à défaire les boutons de sa braguette, mon instinct de survie reprend le dessus et je rejette la douleur qui continue de marteler mon crâne. Mes terminaisons nerveuses semblent littéralement anesthésiées par ma simple volonté.

Au moment où les doigts de Miguel s'affairent sur son pantalon, je profite de sa proximité pour attaquer. J'attrape sa tête avec mes mains liées et je la ramène violemment vers moi. La stupeur se lit sur le visage de mon adversaire lorsque, avec une sauvagerie sans limites, je lui mords la joue.

Miguel crie et me repousse de toutes ses forces. Je profite alors de son geste pour l'écarter de moi d'un coup de pied. Le mercenaire titube en se tenant le visage. Il essaie de s'échapper, mais je n'en ai pas fini avec lui. Oh non ! J'en suis loin. Ce n'est que le commencement.

Je me redresse facilement. Et alors que je m'avance à la rencontre de Miguel, les bras en croix, je laisse la puissance de la Muse pénétrer chaque molécule de mon être.

Mes mains se mettent à crépiter et c'est avec un hurlement libérateur que je me précipite sur mon bourreau.

La Muse est là, il est temps de passer aux choses sérieuses.

Avec une euphorie proche de la folie, je laisse libre cours à ce déferlement de haine dans lequel je suis en train de me noyer. C'est comme une force irrépressible qui me pousse à frapper. Mon cerveau ne fonctionne plus. Ma volonté est annihilée. Seul mon instinct dicte ma conduite. Un instinct primitif et bestial.

Les coups pleuvent. Sans cesse. Encore et toujours. Sans que je ne puisse plus rien contrôler.

Et dans cet état second, je perds toute raison, toute notion du temps et de l'espace. Plus rien n'existe d'autre que cette envie insensée de transformer cet homme en bouillie. Le frapper est comme une libération.

Je ne pensais pas éprouver autant de plaisir à faire mal. Et pourtant, alors que mes poings s'abattent sans relâche sur ma victime, alors que mes ongles s'enfoncent en arrachant des lambeaux de peau, j'éprouve un sentiment de satisfaction proche de l'extase.

Je n'entends plus les cris, ne vois plus les blessures béantes qui déversent le sang venant maculer mes mains… Non. Je ne suis focalisée que sur le plaisir que je ressens à mesure que je le transforme en charpie.

Je me libère. À chaque fois, un peu plus. Quand mon poing atteint son but, quand sa peau se déchire un peu plus sous mes griffures, c'est une satisfaction indescriptible qui s'empare de moi, une jouissance extatique. Bientôt, Miguel n'est plus qu'une masse sanguinolente au souffle court.

Pourtant, ma folie meurtrière continue de me dévorer. Et ce n'est que lorsque je croise ses yeux emplis d'une terreur sans nom que je m'arrête, le souffle court.

La terreur que me renvoient ses prunelles est insoutenable.

Et je finis par le voir… Lui. Mon tortionnaire. À travers cette masse informe pleine de sang. Pour la première fois, je le vois vraiment, tel qu'il est. Ce n'est qu'un homme. Faible et influençable. Un être qui s'est laissé emporter par ses démons intérieurs. Un pauvre bougre bouffé par le vice et qui n'a été qu'une arme au poing du Boss.

La vision de son corps meurtri me rebute au point que les larmes perlent au bord de mes cils. Je ne peux plus soutenir son regard terrifié, qui me met face à ma propre cruauté. J'ai agi comme un monstre. Comme lui. Et je ne supporte plus de voir le résultat de cette folie.

Il me faut en finir. C'est inéluctable. Effacer ce regard qui me tétanise. Effacer ces pupilles affolées.

Avec un sanglot, je place mes mains sur le visage meurtri de Miguel.

Et alors que mes pouces s'enfoncent lentement dans ses paupières, les premières larmes glissent sur mes joues. L'horreur de mon geste est à la hauteur des hurlements de ma victime. Je suis écœurée. Et pourtant, je n'arrive pas à détacher mon regard de ce visage qui ne ressemble même plus à un être humain. Mes doigts progressent inexorablement dans la matière tendre de ses globes oculaires.

J'ai envie de vomir.

Quand enfin les cris de Miguel laissent place au silence, je me retrouve seule, au-dessus de lui, le corps tremblant.

***

Je ne sais pas combien de temps je reste là, les yeux fixés sur ma victime sans vie. Je n'arrive pas à bouger. Mon cœur bat toujours la chamade et mon esprit n'arrive plus à raisonner normalement.

Je suis sous le choc. Pétrifiée par l'image du corps mutilé sur lequel je suis toujours agenouillée.

Je ne sais plus où j'en suis ni même les raisons qui m'ont poussée à commettre cet acte odieux. Je suis épuisée, vidée de toute énergie. La Muse est retournée se terrer au plus profond de mon inconscient et la seule chose qui me reste d'elle, c'est le voile rouge qui refuse de quitter mes prunelles.

Je regarde mes mains maculées de sang et d'autres substances que je me refuse d'identifier. J'ai du mal à croire ce qui se trouve devant moi. C'est répugnant.

L'odeur métallique de l'hémoglobine vient chatouiller mes narines et alors que mon cerveau reprend lentement son activité, je me rends soudain compte de ce que je viens de faire. Telle une énorme chape de plomb, la tension tombe sur mes épaules, qui s'affaissent sous le poids de la culpabilité.

Un haut-le-cœur me retourne l'estomac. Non, ce n'est pas moi ! Je ne peux pas avoir fait ça !

Merde, je crois que je vais vomir !

Je porte la main à ma bouche par réflexe. Mais au moment où je sens que je vais défaillir, deux bras puissants m'attrapent et me relèvent. Une odeur caractéristique de cuir, tabac et musc vient rapidement éclipser celle du sang.

Il est là...

Rip me retourne et me maintient face à lui pour m'observer. J'ai du mal à distinguer son expression à travers le brouillard grenat qui continue de m'obstruer la vue. Pourtant, je suis certaine qu'il y a cette petite ride inquiète qui lui barre le front, comme à chaque fois qu'il se fait du souci pour moi.

— Viens là, dit-il en m'attirant contre lui.

Bizarrement, la présence du démon me fragilise encore plus.

Je suis comme une poupée de porcelaine prête à éclater en mille morceaux. Marchant sur le fil du rasoir. Oscillant entre l'envie de rire et celle de pleurer.

Mon cerveau est étourdi. Alors, c'est mon corps qui décide à ma place et qui choisit la seconde option. Je me sens trop honteuse pour me réjouir d'avoir enfin rendu justice.

Une première larme tombe. Suivie d'une autre. Et alors que des dizaines de gouttelettes salées les rejoignent, je m'effondre contre le torse de Rip.

— Ça va aller, bébé. C'est fini, murmure-t-il en me caressant les cheveux.

Il me berce longuement, en murmurant des paroles réconfortantes à mon oreille. Sa voix chaude et apaisante, ses gestes doux et rassurants sont les seules choses dont j'ai besoin. Je m'accroche à lui comme si c'était l'unique façon pour moi de me sortir de la spirale abominable dans laquelle je me suis perdue.

Au bout de ce qui me semble une éternité, Rip m'écarte de lui et essuie les larmes qui continuent d'inonder mes joues. Son regard tombe sur la dépouille de Miguel et sa bouche se tord dans un rictus mauvais.

— Ordure ! Il ne méritait que de crever en souffrant !

Je n'ai même pas la force de répondre. Ni même de protester lorsque Rip me soulève dans ses bras.

— Viens. Sortons d'ici. Je vais demander à Royce de s'occuper de tout ça.

D'un geste de la tête, il désigne la scène de crime et, alors qu'il m'entraîne vers la sortie, mes yeux se posent sur une masse sombre. Au pied d'une poutre en chêne gît le corps sans vie d'une petite fouine, la tête arrachée.

39
Oublie le reste

Lorsque Rip me dépose, je découvre avec stupéfaction qu'il m'a téléportée directement dans ses appartements de la maison de Vincennes. Dans sa chambre, plus exactement.

Je ne me suis même pas rendu compte qu'il m'emmenait aussi loin.

J'ai passé les quinze dernières minutes la tête blottie dans son cou, les yeux fermés, à me nourrir de son parfum pour tenter d'oublier l'odeur putride de la mort. Et je n'ai rien vu.

Au-delà de la surprise, le soulagement libère mes tensions, et je remercie le démon d'un regard. Il a su m'emporter loin de toute cette horreur. Et c'est tout ce à quoi j'aspirais. M'éloigner. Fuir.

Rip m'attrape par la main pour m'entraîner dans la salle de bains et je le suis sans protester, le cerveau encore torturé par les événements. Immobile, je l'observe vaguement alors qu'il ouvre les robinets de l'immense douche et qu'une brume opaque envahit la paroi vitrée.

Mes pensées sont ailleurs, dans un immense grenier devenu le théâtre de ma cruauté. La scène de mon crime est encore trop présente dans ma tête, derrière le voile désormais rosi de mes yeux.

Rip s'approche de moi, l'œil sombre et le visage sérieux. Je vois à son regard qu'il n'ignore rien de mon état d'esprit. Lorsqu'il commence à ouvrir ma combinaison, je lève la tête vers lui, les sourcils froncés.

Mais il balaie ma protestation muette et poursuit ce qu'il a commencé d'un geste doux et précis à la fois.

— Je vais simplement t'aider à nettoyer tout ça, bébé. Rien d'autre.

Sa voix apaisante me convainc de le laisser faire. Et je suis frappée par sa délicatesse alors qu'il me libère de mes vêtements maculés de sang. Il prend toutes les précautions pour ne pas me brusquer, surveillant mes réactions à chacun de ses mouvements.

J'aimerais lui dire toute ma reconnaissance. Le remercier d'être si attentionné. Mais je n'arrive pas à articuler le moindre mot.

Une fois qu'il a ôté ma combinaison, le démon reste devant moi, les yeux plongés dans les miens, guettant un signe de ma part pour continuer.

Il me faut quelques secondes pour comprendre, et je l'invite à poursuivre ce qu'il a commencé en levant les bras. Le démon ôte alors mes sous-vêtements, un à un, et reste quelques instants à me regarder. L'intensité de son regard me brûle la peau.

Lorsqu'il enlève ses vêtements à son tour, ne gardant que son jean, je ne peux réprimer un frisson. Rip vérifie ensuite la température de l'eau avant de me guider sous le jet chaud. Bizarrement, je ne suis plus gênée par ma nudité. J'ai confiance en lui. Sa présence a quelque chose de sécurisant qui, malgré mon état léthargique, me pousse à me laisser aller entre ses mains.

Est-ce de cela que j'ai besoin ? Quelqu'un qui me protège et qui prend soin de moi comme lui le fait ? Quelqu'un d'assez fort et solide pour me défendre face à mes propres démons ?

Rip attrape une savonnette et commence à me laver, méticuleusement. Aussitôt, une mousse onctueuse envahit le baquet de la douche. La bonne odeur d'agrumes qui s'élève de l'eau savonneuse est revigorante. La chaleur de l'eau ravive lentement ma conscience.

Et avec elle, les pensées morbides qui continuent de voguer vers le côté obscur.

J'ai encore du mal à réaliser ce que j'ai fait. Même si les images sont là pour me rappeler la vérité. Elles reviennent avec l'impression étrange de voir un film dans lequel je n'étais que spectatrice. J'en étais pourtant l'actrice principale.

Certains mettraient la responsabilité de mes actes sur le compte de la muse. Ce double maléfique qui a souvent pris le dessus sur ma volonté. Mais moi, je sais que cette fois-ci, je suis la seule à avoir agi. En pleine conscience. Et même si mon côté sombre était bien présent, c'est moi, et uniquement moi, qui ai mutilé mon bourreau et lui ai retiré la vie.

Cette certitude me laisse un goût amer, qu'il m'est difficile d'effacer.

Ce qui m'effraie le plus dans cette histoire, ce n'est pas tant d'avoir tué un homme. Non. Ce qui me fait le plus peur, c'est d'avoir pris plaisir à le faire.

J'ai tellement aimé le frapper. Le réduire en bouillie… Planter mes ongles dans sa peau, abattre mes poings sur son visage. C'était si libérateur que j'en ai oublié l'acte en lui-même. Et je n'ai pas vu que je me transformais lentement en monstre assoiffé de vengeance. Je n'ai pas vu que je devenais l'égale de mon bourreau, cruelle et insensible.

Ce n'est que lorsque j'ai croisé le regard empli d'effroi de Miguel que mon cœur s'est arrêté. J'ai vu l'image que je renvoyais dans ses yeux injectés de sang. J'ai vu la peur incommensurable provoquée par la folie meurtrière dans laquelle j'étais tombée. Et je n'ai pas pu accepter le fait que j'étais l'unique responsable de ces atrocités.

Alors, j'ai fait cette chose affreuse, poussant l'horreur à son paroxysme. Il m'était insupportable de voir mon reflet dans les pupilles de Miguel. Je sais que ça n'excuse pas mon acte, mais il fallait que ça cesse. Je ne pouvais plus subir sa souffrance.

Je n'ose même pas imaginer la douleur qu'a ressentie Miguel lorsque mes doigts ont perforé ses yeux…

Un hoquet me soulève la poitrine et je ravale le dégoût qui menace de jaillir de ma bouche.

Je suis convaincue que la mort de Miguel était inéluctable. Elle était la seule manière pour moi d'ensevelir mon traumatisme. Pourtant, je sais aussi que je ne refermerai jamais complètement mes blessures.

Voyant que je suis sur le point de craquer de nouveau, Rip entre dans la douche et s'approche de moi. Sans prêter attention à l'eau qui commence à détremper son jean, il m'attire dans ses bras.

— Viens par là, bébé…

Comme à chaque fois qu'il dit ça, c'est comme une réaction en chaîne. Mes épaules s'affaissent et je m'accroche à lui comme à une bouée de sauvetage. Ses bras s'enroulent autour de moi et m'enveloppent avec un mélange de douceur et de fermeté. Je sais que je peux me laisser aller. Qu'il sera là pour me soutenir. Quoi que je fasse.

J'ai tellement besoin de le sentir contre moi. Tellement besoin de savoir que je peux compter sur sa force et son soutien.

Je ferme les yeux et penche la tête en arrière, laissant le jet emporter mes larmes et toutes ces atrocités qui continuent de hanter mon esprit. Les mains du démon glissent sur moi. Lentement. Longuement.

Il prend son temps, ponctuant ses gestes de petits massages qui, mêlés à la température de l'eau, finissent par détendre mes muscles et soulager mes tensions. Mes larmes se tarissent et au bout de plusieurs minutes, je me sens plus apaisée.

Lorsque je rouvre les paupières, Rip observe ma réaction, sa ride d'inquiétude lui barre toujours le front.

Dieu, comme j'aime cet homme ! Je l'aime tellement que ça me fait peur.

Il est mon roc. Celui auquel je m'accroche quand je sens que je vais défaillir. Le seul qui sait me relever dans les moments où je trébuche. Et le seul qui saura effacer de ma tête les images du corps mutilé de Miguel.

C'est complètement irrationnel, mais à cet instant précis, j'ai envie de lui. Une envie impérieuse contre laquelle je n'ai pas envie de lutter.

Sans aucune préméditation, je plante mes yeux dans les siens.

— Fais-moi l'amour, Rip.

Il lève un sourcil, interpellé par mes paroles et ma voix tremblante d'émotion.

— Je veux me perdre dans tes bras. M'oublier entre tes lèvres. Je veux que tu effaces toutes ces atrocités de ma tête et que tu m'emportes loin de ce cauchemar…

Rip reste quelques secondes immobile. Comme s'il ne savait pas trop quoi faire ni comment agir. Lorsque je m'approche un peu plus de lui, ses yeux se plissent. Ma voix se fait presque inaudible quand je lui murmure :

— S'il te plaît…

Rip plante un regard sombre et déterminé dans le mien, tel un couteau acéré qui m'entaillerait le cœur. Puis, lentement, il attrape ma nuque pour rapprocher ma tête de la sienne. Alors, avec une douceur infinie qui me chamboule l'âme, il commence à caresser mes lèvres.

***

Il vous est déjà arrivé de rester conscient pendant un rêve ? D'avoir le sentiment de ressentir chaque émotion si intensément que vous vous demandez quelle est la frontière entre le fantasme et la réalité ?

C'est exactement la sensation que j'éprouve alors même que je vis intérieurement les derniers instants avec Rip. J'ai du mal à distinguer ce qui relève de mon imagination de ce qui est authentique. La moindre vibration, le moindre frisson qui balaie mon corps me pousse un peu plus vers la limite. Et alors que le démon répond à ma supplique, je me sens sombrer doucement dans les limbes de mon inconscient.

D'un geste de la main, d'une pression de la bouche, Rip arrive à me faire oublier le reste du monde. Plus rien n'a d'importance que ses doigts qui courent sur ma peau pour venir en taquiner les points sensibles.

Il me transporte dans un univers parallèle. Peuplé d'extase et de volupté. Un lieu où lui seul est maître de mes émotions.

Ses lèvres, telles des lames de lave, viennent embraser mon cœur. Ses gestes, doux et empressés à la fois, éveillent mes sens. Plus rien n'a d'importance que cette chaleur qui monte au creux de mon ventre. L'envie pressante d'assouvir cette soif intense qui me dévore.

J'ai faim de mon démon. Je le veux partout sur moi, à l'intérieur de moi. C'est incroyable de ressentir autant d'émotions à la fois. Le désir, l'envie, l'impatience, l'ivresse… et l'amour. L'amour incommensurable que j'éprouve pour cet homme et qui transforme nos étreintes en émerveillement. Ce sentiment profond qui fait que je me sens en parfaite harmonie avec lui. Comme si nos deux êtres ne formaient qu'un tout. Unique et indivisible.

Lorsque je croise notre reflet dans la glace, je suis frappée par la communion qui règne entre nos deux corps, la beauté de notre couple qui évolue d'un même élan.

Rip est toujours derrière moi et il me maintient fermement contre lui. Ses mains jouent habilement avec mes zones les plus sensibles, taquinant mes terminaisons nerveuses de la plus délicieuse des façons.

Je commence à haleter. Et lorsqu'il s'invite d'un mouvement brusque dans mon intimité, des étoiles explosent derrière mes paupières fermées.

— Tu es avec moi, bébé… Viens.

Ces mots rauques, éraillés, viennent heurter mon esprit de plein fouet et me forcent à rouvrir les yeux. Hypnotiques, ses prunelles d'acier capturent les miennes pour ne plus les lâcher. Le démon me tient prisonnière et je sais que je ne pourrai plus lui échapper.

Alors, tel un magicien, Rip m'entraîne vers des contrées célestes, me transportant très haut dans le ciel, là où plus rien d'autre n'existe que nos corps enlacés. Et dans le rythme effréné de ce voyage sans fin, je finis par oublier la douleur.

Il m'emplit de sa présence, me comble de son aura et arrive à effacer la souffrance jusqu'à la faire disparaître dans le tourbillon de mes émotions.

Je ne suis plus qu'une boule de sensations, prête à imploser sous l'intensité du plaisir. Mais lorsque Rip m'attrape le menton pour venir couvrir ma bouche de la sienne, je me perds sur ses lèvres.

Mon rêve se prolonge alors que mon corps est secoué par le séisme orgasmique qui vient de me percuter. Je replonge alors dans la noirceur de l'inconscience et flotte dans le néant.

Je ne saurais dire combien de temps je reste dans cet état. Mais quand les images reprennent vie dans mon esprit, je m'éveille dans les bras de Rip. Cette fois, nous sommes dans sa chambre et il me dépose délicatement sur son lit dont la fraîcheur des draps m'accueille avec douceur. Il ne dit rien, mais sa voix s'invite dans ma tête.

— *Vide ton esprit, bébé. Concentre-toi sur moi et uniquement moi. Oublie le reste. Éveille tes sens au plaisir et laisse faire la magie...*

Son regard glisse sur mes courbes avec une lueur d'adoration. Avant même que je réalise ce qui se passe, Rip ouvre la bouche et une légère brume s'échappe de ses lèvres. Alors qu'il se penche vers moi, la fumée vient lécher mes jambes, douce et fraîche à la fois. Puis elle remonte lentement le long de mes cuisses, enrobe mon ventre et ma poitrine, en laissant sur son passage une sensation étrange d'apaisement et de bien-être.

Rip accompagne le passage de la brume de baisers, aussi légers qu'une plume, presque imperceptibles. Il m'enveloppe d'une tendresse infinie dont je ne le savais pas capable.

Mon démon se fait ange...

Mais bientôt, sa langue vient rejoindre le ballet sensuel, et la chaleur de sa bouche provoque en moi mille sensations. Il me domine de toute sa hauteur et vient se caler entre mes jambes qui s'ouvrent d'elles-mêmes, comme si elles répondaient à l'appel du plaisir.

Lorsqu'il s'avance au-dessus de moi, le corps conquérant et les yeux emplis d'un désir sauvage, je retrouve la fougue qui me fait chavirer. Je frissonne, attentive au plaisir procuré par son intrusion. Il m'emplit de sa présence et je m'oublie dans ses bras.

Les coudes de chaque côté de ma tête, les yeux plantés dans les miens, Rip mène la danse, m'imposant son rythme, tantôt lent, tantôt rapide. Je suis complètement soumise, dépendante de son emprise sur mon corps et mon cœur.

Mais bientôt, il s'arrête, haletant, le torse en sueur. Je ne peux retenir un râle de protestation alors que je suis aux portes du firmament.

Je m'accroche à ses épaules et l'attire vers moi, pour l'encourager. À cet instant, sans trop savoir pourquoi, je murmure dans sa tête.

— *Je t'aime, Raphaël...*

Son regard me dit toute l'adoration qu'il me porte et cette simple vision me fait basculer. Puis je me laisse aspirer, encore et encore, dans le tourbillon de l'extase.

***

Longtemps après, je me réveille enfin. Pour de bon cette fois. Mais quelque chose me retient d'ouvrir les yeux.

Mon esprit plane, quelque part entre le paradis et les limbes. Je me sens enveloppée d'une brume cotonneuse. Je suis bien. Allongée sur un lit aux draps dont la soie glisse entre mes doigts. C'est doux… chaud.

Je me rends compte que je suis pelotonnée contre le corps brûlant et accueillant de mon amant. Rip. Raphaël.

La tête sur son torse, je me laisse bercer par le rythme de son cœur dont l'allure normale, lente, résonne comme un diapason.

Poum, poum… Poum, poum…

Je pourrais rester des heures, comme ça, à écouter la vie s'écouler dans son corps. Je me demande s'il dort, mais je ne veux pas ouvrir les yeux pour ne pas rompre la quiétude de l'instant.

Rip a réussi. Il m'a fait oublier, l'espace d'une nuit, les horreurs de la veille.

Mais alors que cette idée traverse mon esprit, le brouillard s'épaissit. Il revient, dangereusement, apportant les doutes et les peurs.

Une silhouette frêle se dessine lentement dans la brume. Elle est recouverte d'une grande cape, qui lui donne une allure de faucheuse. Elle s'avance, devient de plus en plus précise.

Et avant même que je la distingue complètement, deux yeux rouges comme des rubis brillent d'une lueur qui vient me percuter de plein fouet. Je me redresse, les yeux écarquillés d'effroi.

— Maman !

40
La Destinée

— Maman ! répété-je, envahie par l'angoisse.

Rip se redresse tout d'un coup et m'attrape dans ses bras pour m'empêcher de me lever. Mais j'ai du mal à me maîtriser, alors je me débats avec force, emportée par la frustration de ne pouvoir agir librement. Instinctivement, j'essaie de le griffer pour qu'il me libère.

— Eh, doucement, bébé ! Calme-toi !

Je continue de m'agiter jusqu'à ce que je réalise enfin qui il est. J'arrête aussitôt de me débattre, déboussolée par ce moment de panique incontrôlable.

Rip desserre sa prise.

— Dis-moi ce qui se passe.

Je soupire profondément en fermant les yeux alors que mon cœur continue de s'emballer dans ma poitrine.

La culpabilité revient en force dans mon esprit.

Merde ! Comment ai-je pu ? Comment ai-je pu me laisser aller tandis que ma mère est quelque part, prisonnière dans la maison de Molly ?

Et cette garce qui a encore menti ! Je n'aurais jamais dû m'abandonner dans les bras de Rip. J'aurais dû courir la délivrer…

Prise d'un nouvel élan de panique, je me dégage des bras de mon amant. Mais, voyant que quelque chose me perturbe, le démon m'attrape par les épaules et me secoue légèrement pour attirer mon attention. Je me fige et cherche dans ses prunelles le réconfort dont j'ai besoin.

— Eh ! répète-t-il. Ça va aller.

— Non, ça ne va pas aller ! Ma mère est… C'est Molly qui la retient ! Il faut que j'aille la retrouver.

Les sourcils froncés de Rip m'obligent à arrêter de parler. Alors, j'inspire de nouveau profondément en m'efforçant de maîtriser les battements effrénés de mon cœur.

— Explique ! m'ordonne le démon d'un ton calme, mais autoritaire.

Le poids des mots affaisse mes épaules lorsque je commence à lui raconter à toute vitesse ce que le fureteur m'a appris.

— Molly a menti. Encore une fois. Elle m'a dit qu'elle était sur le point de retrouver ma mère et que ses hommes étaient à sa recherche. Mais c'est faux. Césarius m'a avoué qu'elle l'avait capturée et qu'elle la gardait enfermée dans les sous-sols.

Rip secoue la tête d'un air sceptique.

— Mais je ne comprends pas… Nous n'avons senti aucune présence de Muse dans la maison. Comment a-t-elle fait pour la cacher ?

— Je n'en sais fichtrement rien et je m'en moque ! Je ne fais pas confiance à cette fille et je suis certaine que Césarius a dit la vérité.

Oui, je ne saurais pas comment l'expliquer, mais j'ai la certitude que le fureteur n'a pas menti. Rip réfléchit en se tapotant le menton, l'air sombre.

— Cette saloperie de fouine était capable de tout pour arriver à ses fins. Elle ne voulait que t'attirer dans le grenier pour te livrer de nouveau à Miguel.

L'entendre reparler de cet événement me glace le sang.

— Et maintenant qu'il est mort…, commencé-je d'une voix rauque.

— Nous n'avons plus aucun moyen de connaître la vérité, termine Rip à ma place.

Je le fixe quelques secondes alors que les images du corps décapité de la fouine me reviennent en mémoire. Rip s'aperçoit de ma perplexité et crache froidement :

— J'espère qu'il crame en enfer, ce salopard !

La question qui me brûlait les lèvres s'en échappe brusquement.

— C'est toi ?

Le sourire diabolique que m'adresse mon démon le dispense de réponse. Et à voir la satisfaction morbide qui se dessine sur son visage, j'en déduis qu'il a pris plaisir à mettre fin à la vie du fureteur.

— J'ai adoré entendre ses os craquer sous mes doigts, dit-il avec une lueur démente dans le regard. J'aurais dû faire ça bien plus tôt.

Je me mords la lèvre alors que Rip tend le bras pour glisser l'une de mes mèches de cheveux derrière mon oreille. Quel contraste entre le côté sombre et cruel du démon, et cette tendre attention dont il fait preuve avec moi !

— On va la retrouver… Ne t'inquiète pas.

Oh, mince ! Il est si gentil ! Et j'ai si peu l'habitude que je ne sais pas comment agir autrement qu'en changeant de sujet.

— Hier, en affrontant Miguel… je suis entrée dans ta tête pendant plusieurs minutes. Et j'ai eu l'impression qu'inconsciemment, je venais te chercher.

Oui, c'était très différent des autres fois. Parce que là, Rip n'était pas à l'origine de notre connexion. Mon démon pousse un petit rire moqueur.

— On est liés, tu te rappelles ? Et ça fonctionne dans les deux sens.

Oui. Un détail que j'avais oublié apparemment.

— Ton esprit a fusionné avec le mien pour me lancer un signal. Dès que tu es entrée en contact, j'ai tout de suite senti que tu avais besoin de moi.

Je me souviens parfaitement de l'étrange impression que j'ai eue lorsque je me suis retrouvée dans sa tête, à entendre à travers lui. Je me rappelle même les paroles qu'il a prononcées. Comment pourrais-je les oublier ?

Tu n'as aucune idée de combien je l'aime, Molly… Je sacrifierais tout ce que j'ai pour elle, sans aucun regret…

Une boule d'émotion me serre la gorge et je vois dans ses yeux que lui aussi se rappelle très bien ce qu'il a dit à ce moment précis. Mais nous n'avons pas le temps de nous appesantir sur le sujet.

— Comment est-ce que l'on va retrouver ma mère si vous ne parvenez pas à la localiser ?

Il faut quelques secondes de réflexion à Rip avant qu'il ne réponde.

— Peut-être que…, commence-t-il.

Puis il se redresse d'un bond, me lance son tee-shirt et enfile son jean.

— Habille-toi, m'ordonne-t-il. Je vais prévenir les autres.

Ces mots à peine prononcés, ses yeux se mettent à briller d'une couleur argent. Aussitôt, sa voix s'invite dans ma tête pour psalmodier des paroles d'un autre langage. Mais maintenant, j'en comprends parfaitement la signification. Il est en train de demander à ses frères de clan de revenir à Paris.

Alors, sans plus attendre, je me précipite dans la salle de bains pour me préparer.

***

Lorsque je reviens dans le salon de l'appartement, Rip m'attend, une cigarette à la main, seul avec Parker. Son regard sombre et son expression dure ne me disent rien qui vaille.

Des frissons parcourent mon corps et mon cœur se serre d'appréhension. Il se passe quelque chose. La petite alarme qui retentit au plus profond de moi est le signe que le danger guette.

Je me précipite vers Parker dont le visage blême est à l'opposé de celui qu'il arbore habituellement.

— Que se passe-t-il ? demandé-je d'une voix si faible que je doute qu'il m'ait entendue.

Le jeune homme se tourne pourtant vers moi et m'adresse un regard sinistre qui ajoute encore à mon angoisse.

— Nous l'avons retrouvée, dit-il simplement.

Il n'a pas besoin d'en dire davantage. Je sais de qui il parle, et l'inquiétude me dévore littéralement pendant que mille questions se bousculent dans ma tête.

Mais j'ai tellement peur des réponses que je n'ose même pas en poser une seule.

— Max a découvert que Molly avait enfermé ta mère dans un caveau de la maison, dit le démon avec précipitation. Ils avaient mis un bouclier, mais il a réussi à le franchir.

Oui, l'ange est devenu spécialiste dans ce domaine…

— Nous l'avons retrouvée, Kat. Mais à l'instant même où je vous parle, Molly est aux prises avec notre clan. Quand Rip nous a appelés, Marcus m'a demandé de venir vous prévenir.

Affolée, je tourne machinalement la tête vers mon amant pour chercher son soutien.

— Je ne sais pas ce qu'il se passe, Rip, mais Molly nous empêche d'entrer dans le caveau et en défend l'accès comme si sa vie en dépendait.

Je remarque seulement à cet instant l'essoufflement dans la voix de Parker. Comme s'il venait de faire un effort physique. Est-ce qu'ils se sont battus là-bas ?

Je ferme les yeux et me mords la lèvre en essayant d'éloigner cette hypothèse de ma tête.

— J'y vais, dit Rip d'un ton ferme et froid, qui me fait aussitôt rouvrir les yeux.

Hors de question qu'il parte seul !

— Pas question que je reste ici à attendre ! Je viens avec vous.

La fermeté de mes paroles rencontre la noirceur de ses yeux. Nous nous mesurons du regard jusqu'à ce que le visage de Rip se détende et qu'il m'adresse un petit signe de la tête.

— O.K., bébé. Je ne peux pas te refuser ça. Il s'agit de ta mère, et tu es parfaitement en droit de venir avec nous.

Euh…, mais on ne te posait pas la question, démon !

Ignorant la remarque acerbe de la petite voix qui refait surface dans ma tête, je m'approche de mon amant et lui attrape la main.

— Je suis prête, dis-je simplement, les yeux plantés dans les siens avec détermination.

— Je ne suis pas sûr que ce soit une bonne idée, intervient alors Parker en se balançant légèrement d'un pied sur l'autre.

Je ne l'ai jamais vu aussi gêné qu'à cet instant. Mais je n'en ai que faire. Ce n'est pas lui qui va m'empêcher d'aller retrouver ma mère. Pourtant, quelque chose dans son regard me pousse à lui poser quand même la question.

— Et pourquoi ça ?

— On ne sait pas ce que cache cette porte, Kat, répond-il avec une sorte d'appréhension dans la voix. Molly dit que… ta mère est changée. Et qu'elle est méconnaissable.

Mon sang quitte mes joues. Et alors que mes doigts s'enfoncent dans le bras de Rip, je le supplie du regard.

— Raphaël ! Il n'y pas plus de temps à perdre. Emmène-moi là-bas. Vite !

Sans un mot, mon démon hoche la tête et m'entraîne avec lui dans le tourbillon lumineux de la téléportation.

Après quelques minutes à peine, nous atterrissons sur un petit balcon, en hauteur, surplombant une immense cave voûtée, de style médiéval, faite de pierres et de chaux. J'ai l'impression de pénétrer dans une crypte démesurée avec des colonnes aux sculptures effrayantes et des renfoncements aux dimensions démesurées, qui abritent des portes en acier martelé.

L'endroit est seulement éclairé par des lanternes et il me faut quelques secondes d'adaptation pour m'habituer à la faiblesse de la luminosité. Mais lorsque mes yeux parviennent à voir distinctement, je suis estomaquée par le spectacle qui se déroule devant nous.

Une dizaine de corps gisent au sol. Sans vie ou tout simplement évanouis, je ne saurais dire. Mais c'est bien la preuve qu'un combat a fait rage en ces lieux quelque temps auparavant.

Molly et ses démons se tiennent devant l'une des lourdes portes en fer, armes en main. En face d'eux, le clan Saveli est posté dans la même position de combat.

Les deux groupes ont pris leur apparence démoniaque et semblent prêts à s'affronter de nouveau. Je m'apprête à sauter par-dessus la rambarde pour me précipiter vers mes amis, mais Rip me stoppe dans mon élan.

— Attends ! On observe d'abord. On agit ensuite.

Je m'arrête sans vraiment comprendre les raisons de cette prudence.

— Si vous ouvrez cette porte, je vous réduirai en pièces, crache Molly de sa voix fluette. Vous n'avez aucune idée de ce que vous êtes en train de faire.

Marcus s'avance vers elle d'un air menaçant.

— Tu as trahi ta parole, Molly. Une fois de plus. Et tu as envoyé tes hommes pour nous attaquer. Comment veux-tu que l'on te fasse confiance ? Tu sais très bien qu'on ne laissera pas la mère de Kat prisonnière ici. Alors, ouvre cette porte et laisse-nous passer.

— Jamais. Je ne prendrai pas le risque que vous fichiez tout en l'air !

— Tout quoi, Molly ?

Elle ne répond pas et reste là, à fixer Marcus comme s'il avait blasphémé. Alors, le gardien répond à sa place.

— Tu avais tout prévu, n'est-ce pas ? Depuis le début…

Le regard de Marcus s'assombrit tandis que celui de Molly s'écarquille, le défiant de poursuivre.

— Kat et Raphaël. La Muse et le puissant démon. C'était planifié depuis toujours, n'est-ce pas ? Tu as organisé ta relation avec Rip. Sa fin. Le pacte de Maxime. Et même la naissance du clan Saveli. Tout ça, c'était toi ? Avoue ! Quand je pense que je t'ai fait confiance…

Marcus a littéralement craché les derniers mots, comme s'il vomissait sa colère contre la jeune femme, qui se fige, mais ne nie pas. Au contraire. Elle confirme les paroles du gardien avec une résignation exaspérante.

— L'histoire doit s'accomplir, Marcus. Coûte que coûte. C'est écrit dans le Livre de la Destinée. Et dans ce gigantesque jeu de rôle, nous ne sommes que des pions. Tous autant que nous sommes.

À ce moment-là, sans que personne ne s'y attende, Maxime se jette sur Molly, toutes griffes dehors.

Mais nous sommes tous tellement abasourdis par les paroles de la démone que personne ne réagit lorsque l'ange déploie ses immenses ailes blanches et l'emporte avec lui dans les airs. Il la plaque brutalement contre la paroi de la crypte, et le choc est si violent que des pierres se détachent du mur et viennent s'écraser sur le sol. Molly accuse le coup, son visage empreint de douleur atteste de la force de l'impact.

— Sale garce ! hurle Maxime. Pendant toutes ces années, j'ai cru que la malédiction de mon frère était uniquement ma faute. Pendant tout ce temps, j'ai été rongé par la culpabilité d'être à l'origine de son sort ! Et là ? J'apprends que c'est toi qui as tiré toutes les ficelles ? Toi qui as dirigé nos vies en te prenant pour le Créateur ?

L'ange est méconnaissable tant la colère déforme ses traits. C'est comme s'il était possédé et qu'il ne pouvait plus se maîtriser. Si bien que je me demande un instant s'il ne va pas finir par lui arracher la tête.

— Pas moi, répond Molly d'un air dramatique. Le Destin… Je n'ai fait que suivre les indications du Livre. Lui seul est le maître de nos vies…

Tout le monde s'est figé, peinant à digérer les révélations de la jeune femme. Et moi, je suis littéralement abasourdie. Tout ça n'est donc qu'une immense machination ? Un scénario fantastique dans lequel nous sommes tous des figurants ?

C'est invraisemblable, et j'ai vraiment du mal à me faire à l'idée que nous avons tous été manipulés. Depuis toujours.

Rip, lui, est le seul à ne rien laisser paraître. Il reste de marbre, les yeux fixés sur la scène. Comme si ces révélations ne le touchaient pas.

Et pourtant… Comment croire que nos vies ont été orchestrées de toutes pièces ? Quand je pense que Maxime, Parker et Royce sont devenus des démons pour ramener Rip à la vie… Et tout ça parce que Molly a fait en sorte que cela arrive ? C'est horrible.

Comme pour illustrer le sentiment d'injustice qui m'habite, Maxime attrape Molly par le cou et commence à serrer. Le visage de la démone blêmit, mais étrangement, elle ne se débat pas. Elle ne cherche même pas à se dégager de l'emprise de l'ange.

Je m'avance, poussée par l'envie de m'interposer. Mais Rip m'arrête dans mon élan.

— Laisse. Il a besoin d'assouvir sa vengeance.

— Mais on ne peut pas le laisser la tuer !

— Je l'arrêterai avant que ça ne tourne mal.

Mais Molly ne reste pas inactive. D'un battement de cils, elle ordonne à ses hommes d'attaquer. Et alors que toute l'attention est focalisée sur Maxime et elle, les démons de Molly se ruent sur le clan Saveli, tels des guerriers en croisade.

Voyant ses amis se faire attaquer, Parker se lance dans le combat pour les aider.

Maxime resserre sa prise et se jette contre une autre paroi, malmenant un peu plus sa victime. Mais, malgré le choc, Molly continue de psalmodier des paroles en langage démoniaque.

— Merde ! Elle est en train de demander du renfort, dit Rip à mon attention.

Oh non ! La situation menace de nous échapper complètement. Je me tourne vers Rip, mais mon démon a compris.

— Reste ! Je vais régler ça, bébé, dit-il d'une voix froide.

Cette fois, il est bien décidé à intervenir. Avec un craquement funeste, il fait apparaître ses magnifiques ailes noires et s'élance dans les airs dans un bruit fracassant.

Son arrivée provoque une telle surprise que tout le monde s'arrête. Les combattants restent campés sur leur position, comme figés dans des postures qui frisent le ridicule. Seuls Marcus, Parker et Royce semblent détendus, soulagés de voir leur chef de clan les rejoindre.

Mais alors que je m'attendais à ce que Rip se lance dans le combat, il reste suspendu dans les airs. Son corps se met à crépiter, comme traversé par des dizaines d'éclairs. Puis, tout d'un coup, ses mains s'embrasent et, tandis que chacun est hypnotisé par le spectacle, il les claque violemment l'une contre l'autre, provoquant une onde de choc qui balaie toute la pièce. La bourrasque vient s'abattre sur les combattants avec une violence inouïe.

Rip a provoqué un véritable tsunami à l'intérieur même de la crypte et, malgré la distance qui me sépare de la scène, je dois me protéger les yeux pour ne pas être aveuglée par la poussière soulevée du sol.

Dans cette tempête de sable, je ne parviens même plus à distinguer ce qui se passe. Seuls les cris des démons me parviennent, comme autant de poignards qui frappent ma poitrine. Je suis complètement aveuglée et je ne peux que subir la tornade jusqu'à ce qu'elle s'arrête.

Après plusieurs minutes, lorsque le calme revient enfin dans la pièce, les guerriers de Molly gisent sur le sol. Inertes.

41
Ma mère

Molly est seule, désormais. Entre les mains de Maxime qui semble toujours aussi en colère.

On dirait que l'ange s'est enfoncé dans une bulle de haine qui l'isole de tout le reste. Il n'a même pas réagi à ce qui vient de se produire.

Pourtant, quand Rip s'approche de lui, le visage de l'ange prend une tout autre expression. Il tourne la tête de côté, comme s'il avait senti la présence de son frère avant même de le voir, et un voile de tristesse passe subrepticement devant ses pupilles assombries par la rancœur.

— Mon frère…, dit Rip d'une voix sourde.

Je saute de la balustrade et, alors que je m'approche discrètement de la scène, l'ange relâche un peu sa prise. Juste assez pour permettre à Molly de reprendre une bouffée d'air. Lorsque j'arrive dans son champ de vision, la démone me fixe avec intérêt, puis reporte son attention sur Rip, toujours suspendu au-dessus du sol. Son expression prend un air béat, à la limite du ridicule.

— Vois comme le Destin s'accomplit, Raphaël. La transformation de la Muse est achevée et ton union avec elle t'a donné la puissance d'un démon suprême. Le processus est terminé et vous pouvez désormais accomplir le Destin. Vous êtes prêts.

Et voilà qu'elle recommence avec ses prédictions débiles et ses discours incompréhensibles.

Mais Maxime la fait taire en la plaquant de nouveau violemment contre le mur, lui arrachant un cri de douleur.

— Pauvre folle ! crache-t-il en s'approchant de son visage devenu blême. Tu veux encore nous manipuler en nous faisant croire à tes conneries ?

La brutalité de l'ange m'étonne encore plus que la crainte que je lis dans les yeux de la jeune femme. J'ai du mal à reconnaître mon ami dans cet être effrayant et empli de rage.

Comme si le poids de la culpabilité porté à tort depuis toutes ces années avait fini par l'écraser complètement. Molly cherche à parler, mais Maxime tient sa gorge si fermement que seul un gargouillement s'échappe de sa bouche.

— Elle dit la vérité, intervient alors Marcus d'une voix résignée.

Tout le monde se fige tandis que le gardien poursuit d'un air tragique.

— Je pensais cette histoire sortie du chapeau d'un colporteur de légendes. Mais les faits sont là. Molly n'a été que le maître d'œuvre de la Prophétie. Et si elle s'accomplit, Kataline sera la clé du Destin des ombres. De notre Destin à tous.

Alors là ! Je suis complètement abasourdie ! Marcus. Le gardien. Celui qui voue une loyauté sans faille au clan Saveli est en train de donner du crédit à celle qui a trahi tout le monde. Je n'arrive pas à le croire !

— Qu'est-ce que tu veux dire ? demande Rip, piqué par la curiosité.

— Je veux dire que nous devons prendre en considération cette théorie. Le Livre de la Destinée est la…

À ce moment-là, aussi étonnant que cela puisse paraître, la voix dans ma tête se manifeste aussi doucement qu'un murmure et épouse les paroles du gardien.

Est la clé… C'est en lisant ses lignes que l'on découvrira notre chemin. Merde !

Et tandis que je commence à douter de ma santé mentale, un souvenir s'impose à moi comme un spot publicitaire. Les paroles de la Sibylle érythréenne résonnent alors dans ma mémoire.

— Phaenna…, soufflé-je, comme pour moi-même.

En entendant le son de ma voix, Maxime baisse la garde et c'est ce moment précis que choisit Molly pour se dégager de son emprise. Avec une force inouïe pour une femme de sa corpulence, elle l'envoie valser à travers la crypte. L'ange vient s'écraser lourdement sur une colonne en pierre dans un bruit mat.

Et avant que Rip ne puisse réagir, Molly bondit aussi facilement qu'un écureuil pour atterrir juste devant moi. C'est incroyable ! Il y a quelques instants à peine, on aurait dit qu'elle était au bord de l'agonie. Et là, elle semble complètement remise. Les démons ne cesseront jamais de me surprendre.

Lorsqu'elle se retrouve face à moi, je me place en position d'attaque, prête à l'affronter. Pourtant, quand la démone se redresse, je ne vois aucune animosité dans son regard. Au contraire ! Une sorte de respect illumine ses pupilles et me perturbe plus que si elle s'était jetée sur moi pour m'arracher les yeux.

— Je ne suis pas ton ennemie, Muse. Je veux simplement que tu accomplisses ton Destin pour nous libérer. Le gardien te l'a dit. Le Livre est la clé. Tu dois retourner voir la Sibylle pour qu'elle t'aide à le comprendre.

J'ouvre la bouche quelques secondes, le cœur battant, sans qu'aucun son ne sorte.

Et alors que les disciples de Molly reprennent lentement connaissance, Rip atterrit à côté d'elle et s'apprête à intervenir. Mais je l'arrête de la main, subitement persuadée qu'il faut laisser s'expliquer la démone.

— Alors, prouve-moi que je peux te faire confiance, Molly. Arrête tes manigances et libère ma mère.

Une ombre passe dans ses pupilles et elle s'écarte de moi. Les démons se relèvent lentement, mais ne manifestent plus aucune animosité, comme s'ils s'adaptaient automatiquement à l'état d'esprit de leur maîtresse.

— Je vais le faire. Mais je dois te prévenir. La muse enfermée dans cette pièce n'est plus tout à fait elle-même. Tu risques de ne pas trouver celle que tu es venue chercher…

Je fronce les sourcils alors que l'appréhension s'empare sournoisement de moi tel un virus invisible et destructeur. Molly semble sincère et je n'ai pas rêvé en voyant la crainte transparaître dans ses yeux.

Mais au lieu de me freiner, ce constat me pousse à agir. Alors, je lui ordonne d'une voix plus sèche que je le voudrais.

— Ouvre cette porte, Molly.

Voyant qu'elle hésite encore, Rip s'approche et finit par la bousculer sans ménagement.

— Fais ce qu'elle te demande.

L'hostilité de mon démon est palpable et il ne fait aucun effort pour la masquer. Pas plus que Maxime qui s'est redressé comme s'il voulait encore en découdre avec elle.

— Comme vous voulez, dit Molly, le visage empreint d'une certaine lassitude.

— J'espère pour toi que tu nous dis la vérité, souffle Rip lorsqu'elle passe près de lui.

340

La jeune femme lui lance un regard noir et se dirige vers l'une des portes en fer. La tension monte d'un cran et, comme un seul homme, les démons de Molly viennent se placer autour d'elle. Le dispositif d'ouverture, composé de plusieurs cadenas au système complexe, est digne des prisons les mieux sécurisées.

À croire que cette porte renferme un véritable monstre !

Lorsque le cliquetis des rouages retentit, mon cœur se serre. L'impatience remplace la peur. J'ai attendu ce moment depuis tellement longtemps. Cet instant où je vais retrouver ma mère.

Je ne sais pas ce qui m'émeut le plus, est-ce le fait de la revoir ou d'obtenir enfin des réponses à mes questions ? Mais à cet instant, je vois la lumière poindre au bout du tunnel. Et j'espère bien que la vérité sortira au grand jour et éclairera enfin mon futur.

La porte grince. Et je ne comprends pas vraiment pourquoi tous les démons se mettent en position de défense. Pas plus que je ne sais pourquoi ils reprennent une apparence démoniaque à mesure que l'ouverture s'agrandit.

Quand j'aperçois la silhouette sombre assise sur un fauteuil en pierre, je ne comprends toujours pas…

Une silhouette squelettique se cache sous un capuchon gris foncé, à la manière des lépreux. Je n'arrive pas à distinguer ses traits et je me demande comment elle arrive à se tenir assise alors qu'elle paraît si frêle.

Tandis que je la détaille, je ne peux m'empêcher de penser à la Mort. La faucheuse qui vient décapiter nos âmes pour nous entraîner dans les ténèbres… Elle ressemble à la Mort.

La silhouette est immobile, comme résignée à son sort. Mais peut-être attend-elle patiemment son heure ?

Ma théorie se confirme lorsque la faible lumière des lanternes se projette sur elle et que la Mort s'anime brusquement, me faisant sursauter.

Elle lève la tête vers moi et son capuchon tombe en arrière révélant son visage à la lumière. Mon Dieu !

Ce n'est pas une femme. Et encore moins ma mère.

Non !

Rien dans les traits de la chose qui se tient devant nous n'a un quelconque lien avec celle qui m'a mise au monde.

Des pommettes saillantes, des joues creuses, des yeux agrandis par la maigreur de ses traits et un teint couleur de cendre. Mais le plus effrayant, ce sont ses iris. D'une couleur rouge vif, presque sanglante. Et sur sa peau, des traînées roses, empreintes de ses larmes encore fraîches.

Cette femme ne peut pas être ma mère. C'est impossible ! Mon cerveau réfute cette idée alors que mon regard reste fixé sur le visage aux multiples traces de sévices. On dirait qu'elle a été torturée, brûlée… jusqu'à ce qu'elle ne ressemble plus à rien d'autre qu'à une ombre cadavérique.

Elle est complètement ratatinée, comme une centenaire horriblement décatie. Ses mains déformées et décharnées sont emprisonnées par de lourdes chaînes dorées. Et pourtant, malgré la faiblesse qui semble l'habiter, elle parvient à les lever vers nous. Instantanément, les démons reculent d'un même mouvement, comme s'ils craignaient une attaque.

Mais alors que son regard se pose sur moi, la femme pousse un cri qui ressemble plus à un sanglot. Elle hoquète et ses bras retombent mollement sur ses genoux. Ses épaules s'affaissent un peu plus, et la vision de ce corps qui tremble d'émotion me fait chavirer.

Poussée par mon instinct, je me précipite vers elle et m'agenouille à ses pieds. Elle semble beaucoup trop fragile pour se lever. Pourtant, à mon approche, elle réussit à se redresser et à poser ses doigts sales et maigres sur mon visage pendant que le cliquetis des chaînes résonne comme un bruit de torture.

— Kataline, souffle-t-elle d'une voix faible.

Mon cœur s'arrête lorsque je la regarde de plus près.

Ce sont ses yeux. Sa bouche en plus mince, sa petite fossette au coin… Et malgré les pommettes saillantes, les joues creuses et les cernes sombres, je distingue enfin ses traits.

Alors, une larme unique s'échappe de mes paupières et vient s'écraser sur ma joue.

Je la reconnais. Maman…

***

Mon Dieu ! Mais que lui ont-ils fait ?

Comment ont-ils pu faire d'une femme forte et fière cette créature frêle et rachitique ?

La colère se mélange à la douleur et forme cette boule de rage qui commence à m'étouffer. Je n'arrive pas à évaluer l'étendue de son calvaire !

Et à mesure que ma mère raconte son martyre, une soif de vengeance grossit dans mon ventre, aussi puissante que la cruauté dont la Ligue a fait preuve.

J'ai du mal à écouter son récit. Du mal à me représenter tout ce qu'ils leur ont fait subir, à elle et aux autres prisonniers, des démons, pour la plupart. Et je réalise avec horreur que les sévices psychologiques sont encore plus grands que les blessures physiques.

J'ai vu la peur se dessiner dans ses yeux à l'évocation des supplices. J'ai vu la douleur se peindre sur son visage lorsqu'elle a évoqué les coups, les tortures, les maltraitances.

Des larmes roses ont inondé ses yeux lorsqu'elle a raconté les sévices et les cris, qui, durant des heures, résonnaient entre les murs. Certains démons devenaient fous avant même de mourir. D'autres pleuraient comme des nouveau-nés, se faisant dessus en voyant approcher leur bourreau.

Comment peut-on faire ça à un être vivant ?

Le Boss est une pourriture, assoiffée de pouvoir, qui aime détruire ses victimes, tant physiquement que moralement. C'est lui le monstre !

Et lorsque ma mère termine ce conte horrifique, je n'ai qu'une envie : l'anéantir.

Rip prend ma main et la serre si fort que j'ai l'impression qu'il va me broyer les os. Lui aussi semble bouleversé par ce que nous venons d'entendre et le muscle qui tressaille méchamment sur sa joue montre toute la colère qui l'habite.

Je lui rends son geste, le remerciant de sa présence et de son soutien. Mon démon est un roc et je m'y accroche avec force, puisant mon énergie dans sa chaleur.

Il n'est pas le seul à être touché. Maxime, Royce, Marcus, Parker et les autres démons affichent des visages sombres, aux mâchoires crispées. Les démons connaissent la Ligue, et ils savent très bien de quoi sont capables le Boss et ses mercenaires. Pourtant, ils semblent découvrir que la cruauté humaine peut aller bien au-delà de ce qu'ils imaginaient.

J'avale péniblement ma salive.

— Pourquoi ?

Je me tourne vers ma mère, qui m'observe du coin de son œil fatigué.

— Pourquoi est-ce que tu es allée là-bas ?

Elle me regarde, comme si elle me voyait pour la première fois. Et les larmes que je vois perler au bord de ses cils menacent de faire couler les miennes.

— Tu es toute ma vie, Kataline. Ma chair, mon sang. Depuis que tu es née, je m'emploie à cacher ta nature aux yeux du monde. Dans le seul but de te protéger. Lorsqu'il y a quatre ans, j'ai compris que tes agresseurs étaient des mercenaires, j'ai tout fait pour te tenir à l'écart. Je ne voulais pas qu'ils puissent découvrir qui tu étais. Alors, j'ai fait la seule chose que j'ai crue juste à ce moment-là.

Elle marque une pause et je vois à son visage que se remémorer ces souvenirs lui pèse. À moi aussi, d'ailleurs…

— J'ai dû trouver un moyen. Mais te faire interner n'a pas été la meilleure idée que j'ai eue dans ma vie. Ceux qui t'ont agressée savaient déjà qui tu étais. J'ai donc tenté de les mener sur une autre piste. C'est dans ce but que je suis allée me livrer à la Ligue.

Merde ! Je lui en ai tellement voulu d'être partie, comme ça. En me laissant seule face à l'incompréhension de sa fuite. Et même si je le savais, l'entendre dire de vive voix qu'elle s'est sacrifiée pour moi… C'est comme un coup en pleine poitrine.

Elle se redresse péniblement comme si son corps avait pris des dizaines d'années en quelques mois.

Bizarrement, je ne lui en veux pas. Je ne lui en veux plus.

— J'ai fait tellement d'erreurs dans ma vie, Kataline. Je voudrais pouvoir remonter le temps pour tout recommencer différemment.

Ses regrets me rapprochent un peu plus d'elle.

— Nous ne pouvons pas changer le passé, dis-je, alors qu'elle me prend la main.

— Mais nous pouvons changer l'avenir. Tu peux changer l'avenir.

C'est ce moment que choisit Molly pour intervenir.

— Il faut que tu poursuives ta mission, Muse.

Les yeux de ma mère flamboient et s'animent soudain d'une lueur rageuse.

— Sinon quoi, Molly ? Tu nous extermineras pour que la Ligue ne puisse plus nous atteindre ?

La jeune femme ne répond pas à l'accusation. Pourtant, je vois à l'attitude des disciples présents dans la pièce que ma mère a raison. Les démons chassent les muses pour les exterminer afin qu'elles ne puissent plus servir le Boss et la Ligue. Et je sais pertinemment que si je ne fais pas ce que Molly souhaite, ils me traqueront comme un animal.

— Tu sais aussi bien que moi que nous n'avons pas d'autre choix, Morana. Et c'est pour cette raison que ta fille doit mener à bien ce combat.

Elle se tourne alors vers moi et son regard me glace le sang.

— Tu dois t'allier aux démons et affronter le Boss pour nous libérer de l'emprise de la Ligue.

J'en ai marre d'entendre toujours le même refrain. Je me redresse pour l'envoyer paître, mais ma mère soupire et me retient de sa main frêle.

— Cela me fend le cœur de devoir l'admettre, mais la mère des démons a raison.

Je fronce les sourcils, étonnée de la voir s'allier à celle qui l'a enfermée pour mieux se servir d'elle.

— Mais pourquoi je réussirais ? Moi ?

— Parce que c'est écrit, Kataline. Chérie, je n'aurais jamais dû te laisser dans l'ignorance. Et j'en suis désolée. J'ai voulu te garder à l'écart de tout ça. Mais j'ai eu tort. On ne peut pas aller à l'encontre du Destin. Ashley avait pourtant essayé de me mettre en garde pendant toutes ces années. Mais la Prophétie existe vraiment… Et elle est en train de s'accomplir.

Mon Dieu ! Elle semble complètement anéantie par ses propres paroles. Comme si elle se faisait un devoir d'annoncer ces choses, en dépit de la douleur qu'elle ressent…

— Accomplis ce pour quoi tu existes. Tu dois mettre un terme au règne de la Ligue. Pour notre bien à tous.

Elle attrape mes mains et les serre dans les siennes.

— Lorsque j'étais prisonnière du Boss, j'ai appris beaucoup de choses sur lui et sur la Ligue. J'ai compris ce contre quoi Ashley voulait me mettre en garde sans pouvoir me le dire de façon explicite. L'Élixir donne à ce monstre la puissance et l'immortalité, et lui permet de contrôler les démons. Mais son pouvoir est limité. S'il met la main sur la Dernière Muse…

Sa voix se brise dans sa gorge.

La Dernière Muse… Moi.

Ma mère déglutit avec difficulté avant de reprendre ses explications, la voix cassée par l'émotion.

— Quand il a découvert ton existence, il s'est lancé dans des recherches antiques sur la lignée des Muses. Et la Dernière à être citée est un hybride, un être exceptionnel qui peut lui donner la puissance éternelle. Ton essence est plus forte que tout ce qui a jamais existé, Kataline. Si le Boss met la main sur toi, s'il absorbe l'Élixir qui émane de ton corps, il peut devenir le Maître de toute la communauté démoniaque, sans restriction. Et si par malheur ça arrive, son armée sera la plus puissante qui soit. Il pourra s'attaquer à n'importe qui sur cette planète, et ce sera le début de son règne sur ce monde. Nous devons à tout prix éviter cela.

— Et comment ? dis-je, abasourdie par ses paroles.

— La Prophétie, intervient Molly. Tu dois affronter la Ligue pour la faire disparaître.

Ma mère acquiesce.

— La seule solution pour que tu ne passes pas le reste de ta vie à fuir les mercenaires, c'est d'éliminer le Maître. Tu dois anéantir la Ligue.

Elle place tant d'espoirs dans ses paroles que cela me serre le cœur de devoir la contredire. Mais comment le pourrais-je d'ailleurs alors que je n'ai qu'une envie : détruire la Ligue et son Boss !

— Je suis avec toi, bébé, déclare Rip avec détermination en s'approchant un peu plus de moi. Nous sommes tous avec toi. Mes frères et moi, nous te sommes dévoués. À jamais.

Alors qu'il prononce ces paroles, le clan Saveli lève le poing dans ma direction, signifiant par ce geste qu'ils me prêtent allégeance. Et presque aussitôt, ils sont rejoints par tous les autres présents dans la pièce.

Le petit croissant de lune dans ma paume se met à chauffer.

Voir ces démons placer leur sort et leur espoir entre mes mains… Sentir leur engagement et savoir qu'ils seraient capables de mourir pour m'aider m'émeut au plus haut point. Je ne peux pas, je ne dois pas les décevoir.

Molly se joint à ma mère.

— Ces horreurs ne doivent plus être… Jamais.

Les doigts de Rip enserrent un peu plus ma main, comme pour me signifier qu'il est avec moi, quelle que soit ma décision.

Il est temps pour nous d'endosser pleinement notre rôle… et de libérer les démons.

— Jamais, répété-je, alors qu'au fond de moi, une flamme nouvelle s'accroît jusqu'à prendre toute la place.

42
Pardon

Phaenna.

Elle est la clé. Celle qui me permettra de comprendre cette Prophétie et qui pourra m'aider à choisir le chemin.

Le Livre de la Destinée renferme des secrets qu'il me faut découvrir si je veux remplir la mission qu'on m'a confiée, et la Sibylle saura m'aider à décrypter les symboles mystérieux.

Je me souviens parfaitement qu'elle a évoqué ce manuscrit lors de notre première rencontre. Mais tout ce que dit la Sibylle se fonde sur des paroles énigmatiques et obscures. Et à l'époque, je n'ai pas vraiment prêté une grande attention au Livre…

Comment croire que toute notre vie est consignée dans les pages d'un bouquin ?

Franchement, j'ai déjà du mal à me remettre du changement de paradigme que j'ai vécu avec la découverte des démons ! Alors, imaginer un univers entier avec des prophètes, des messies et tout le reste, c'est trop pour la partie rationnelle de mon esprit.

Ta rationalité est morte le jour où Maxime est apparu pour te sauver… Est-ce le moment de remettre en question tous les possibles ?

Je fais la moue. Je dois admettre que depuis que j'ai rencontré les Saveli, il n'y a plus rien de normal dans ma vie…

En tout cas, j'espère que Phaenna pourra m'aider à y voir plus clair dans ce qui m'attend.

D'après ma mère et Molly, le Grand Livre parle de la Prophétie. Et seule la Sibylle est capable de la lire. Notre réussite repose sur son interprétation des textes anciens. Alors, je n'ai pas d'autre choix que d'entrer en contact avec Phaenna.

Mais pour cela, je dois d'abord la retrouver. Et apparemment, ce n'est pas chose facile…

Les Sibylles sont presque impossibles à localiser. Rip m'a expliqué que, généralement, elles se terrent dans des lieux qu'elles camouflent à grand renfort de barrières magiques et de boucliers. Ce sont elles, et elles seulement, qui décident de vous rencontrer.

— Les prêtresses sont victimes de leur condition. Certains les harcèlent pour connaître leur avenir. D'autres pour les forcer à interférer sur leur destin… Elles n'ont d'autre choix que de se cacher pour se protéger.

Il est vrai que la première fois que j'ai vu Phaenna, c'est elle qui m'avait conviée. Quant à Ashley, eh bien, ma mère m'a expliqué que c'était son amie qui planifiait nos rencontres et qu'elle intervenait toujours à notre domicile, parfois même sans prévenir.

Repenser à ces souvenirs me ramène à l'image de ma mère, et mon cœur se serre instantanément. Elle est si mal en point que j'ai du mal à imaginer qu'elle puisse reprendre des forces.

Morana Suchet du Verneuil n'est plus que l'ombre d'elle-même. C'est horrible ! J'ai cru défaillir lorsque je l'ai vue si fragile, si décharnée… dans sa prison de pierre. Et pourtant, elle était enchaînée comme si elle représentait la pire menace pour les démons. Avec des anneaux d'or. Je ne comprends toujours pas pourquoi Molly avait pris une telle précaution.

Mes poings se serrent alors que je repense au mal que le Boss et la Ligue ont fait à ma mère, et l'envie de la venger revient habiter mon être avec tellement de force que mes ongles s'enfoncent méchamment dans mes paumes, faisant apparaître des gouttelettes de sang.

Je suis certaine d'une chose. Je vais faire mon possible pour détruire la Ligue et l'empêcher de nuire à tout jamais. Voir ma mère dans cet état de délabrement a éveillé en moi une envie de justice. Il faut que cela cesse. Et même si j'en veux encore à Molly d'avoir menti et d'avoir essayé de m'utiliser à des fins purement personnelles, j'ai décidé de me rallier à sa cause et à celle des démons.

Marcus avait raison. Les créatures de la nuit ne sont pas les pires créatures dans ce monde. Non, ce sont les hommes et leur cupidité qui sont les monstres !

Comme à chaque fois que je suis en colère, mes yeux se colorent de rouge.

— Je vais les massacrer, murmuré-je pour moi-même.

Mais alors que je m'enferme dans cette spirale vengeresse, Rip entre dans le salon. Aussitôt, mes doigts se desserrent et mes pupilles reprennent une couleur normale. Je frotte mes mains l'une contre l'autre rapidement afin d'effacer les traces de sang.

— C'est bon. Molly et ses hommes vont nous aider à trouver la Sibylle. David nous a assuré qu'il pouvait entrer en contact avec elle pour demander une audience.

Mais alors qu'il s'avance dans la pièce, mon démon change d'attitude. Il a senti que quelque chose n'allait pas et il se précipite vers moi. Quand ses yeux se posent sur l'intérieur de mes mains, sa mâchoire se crispe.

— Tout va bien, bébé ? demande-t-il avec inquiétude.

Je hoche la tête sans répondre. Mais il voit bien que je suis loin d'en être persuadée. Il approche mes paumes de sa bouche, l'une après l'autre. Et lentement, il aspire le sang qui s'écoule des petites blessures. Une lueur argentée traverse ses pupilles dilatées. Ma gorge s'assèche alors que je l'observe procéder méticuleusement au nettoyage de mes plaies.

Lorsqu'il a terminé, il m'attire contre lui. Mon cœur s'emballe.

— Je t'ai juré fidélité, bébé. Et j'affronterai quiconque envisagera de te faire du mal. Tu le sais, ça ?

Nouveau hochement de tête, mais qui, cette fois, est sincère. Je sais bien que mon démon fera tout pour me protéger.

Rip m'embrasse les cheveux, puis s'écarte légèrement.

— Ta mère ? demande-t-il alors avec une préoccupation non feinte.

Je désigne la porte attenante d'un geste de la tête.

— Elle se repose dans la chambre. Avec ce qu'elle a subi, elle a besoin de temps pour récupérer. Je… J'espère qu'elle va pouvoir reprendre des forces rapidement… Parce que si papa la voit comme ça…

— Les muses sont fortes. Je suis sûr qu'elle va se remettre. Tu as pu parler avec elle ?

Je soupire longuement.

— Oui. Un peu. Mais je suppose que nous devrons avoir beaucoup d'autres conversations pour que l'on puisse récupérer après tout ça et commencer à construire une relation mère-fille normale.

— Tu lui en veux encore ?

J'acquiesce en me mordant la lèvre. Inutile de nier, il le verrait dans mes yeux. Oui, je lui en veux encore. De tout un tas de choses. Mais je préfère ne pas en parler, alors j'esquive en changeant de sujet.

— Est-ce que tu y crois, toi, à cette Prophétie ?

Rip fronce les sourcils.

— Dans ce monde, il y a beaucoup d'événements qui nous dépassent. Ce Livre en fait partie. Je ne sais pas ce qu'il renferme exactement, mais je pense qu'il est important pour nous de revoir Phaenna.

— Revoir ? demandé-je, interpellée.

Il me semblait qu'au Triptyque, j'étais la seule à avoir été convoquée par la Sibylle.

— J'ai vu la prêtresse érythréenne peu de temps après t'avoir rencontrée. C'est elle qui nous a confirmé ce que nous avions déjà soupçonné lorsque nous avons fait connaissance. Elle nous a dit que tu étais la Dernière Muse et qu'il nous suffisait de t'aider à révéler ta vraie nature…

Je fronce les sourcils.

— Tu veux dire que vous êtes pour quelque chose dans ma transformation ?

À voir sa tête, il semblerait que oui.

— Pas nous. Moi. Phaenna m'a convoqué pour me dire que j'étais celui qui devait te libérer de ta prison psychique, que je devais t'aider à faire ressortir ta vraie personnalité. Et que tes émotions, bonnes ou mauvaises, permettraient à ta muse de se manifester. Elle m'a aussi parlé de la Prophétie. Mais je n'ai jamais su exactement ce qu'il y avait à l'intérieur du Grand Livre, à part quelques citations…

— Quelques citations ?

— « C'est en voguant dans les tréfonds de notre âme que notre vraie nature se révèle. Passer de la lumière aux ténèbres pour renaître. » « L'amour est le commencement et la haine est l'issue. Le plaisir trouve l'équilibre dans la souffrance », récite Rip d'une voix monocorde.

Bordel ! Il connaît des phrases de ce bouquin diabolique par cœur ! Incrédule, je l'écoute poursuivre.

— « Le démon guidera la Muse. Vers le pire et le meilleur. » « Quand la Muse aura pris ton cœur, tu devras la laisser s'envoler avec l'Archer pour qu'elle achève sa fusion. »

Je reste quelques secondes à le regarder tant j'ai du mal à comprendre ce que j'entends. Pourtant, il y a cette phrase qui retient toute mon attention.

— Quand la Muse aura pris ton cœur…, répété-je dans un souffle.

— Le Livre ne s'était pas trompé, apparemment… répond-il, les yeux plongés dans les miens.

Mon cœur fait un bond dans ma poitrine alors que je tente de ralentir ses battements affolés.

— Et notre avenir y est inscrit ?

— J'ai du mal à me faire à l'idée que nos vies dépendent d'un manuscrit. Et si l'interprétation du texte n'était pas la bonne ? Si Phaenna se trompait en le traduisant ? Je ne peux croire que nos actes soient régis par une force supérieure qui nous dirige comme des marionnettes. Je refuse même d'imaginer que nous deux…

Je n'arrive pas à terminer ma phrase. Rip me caresse la joue et instinctivement, je pose ma tête sur sa main.

— Nous deux, ça va bien au-delà de l'histoire, bébé. Ce n'est ni ta Muse ni la Destinée qui font que nous sommes attirés l'un par l'autre. Peut-être que notre rencontre était écrite. Peut-être même que notre relation était prévue bien avant cette soirée d'octobre où je t'ai vue pour la première fois. Mais peu importe ! Ce que je ressens pour toi dépasse largement les lignes du destin. Personne ne peut mesurer l'ampleur des sentiments que tu provoques en moi.

Cette déclaration me va droit au cœur. Et comme à chaque fois que mon démon tombe dans le romantisme, je suis subjuguée par l'amour que je vois poindre dans son regard.

Je dois avouer que le côté fusionnel de notre relation m'effraie. Non parce que j'ai peur de ses sentiments ou des miens, mais parce que je sais que cet amour peut nous nuire. À l'un comme à l'autre.

— Tu es ma faiblesse, Kataline. Avec toi, je deviens vulnérable.

Les paroles de Rip répétées par ma petite voix sont comme une mise en garde. Et si la Sibylle avait raison ? Si l'un de nous périssait dans cette aventure ?

Est-ce que l'autre y survivrait ?

***

— Phaenna a accepté de vous voir, dit David en s'installant sur l'un des canapés de l'appartement. Elle vous attend dans un lieu qu'elle a appelé… le Blue Bird, je crois.

Royce jette un coup d'œil rapide à Rip avant de répondre en tendant un verre à David.

— C'est à côté de chez nous. Dans la région parisienne.

— Est-ce qu'elle a dit quand ? demandé-je d'une voix mal assurée.

— Elle y sera demain dans la nuit. À une heure du matin, précisément.

J'écarquille les yeux. Je ne pensais pas que la Sibylle répondrait si rapidement à notre demande.

— Comment as-tu fait pour la convaincre ? demande alors Rip en lançant un œil suspicieux au démon.

David soutient son regard.

— Je n'ai pas eu besoin de faire quoi que ce soit. C'est elle qui nous a contactés. Elle était déjà au courant de tout.

Bordel ! Cela signifie donc que cette histoire de destin est vraie et que les Sibylles savent à l'avance ce qui va se passer ? Ça me fait froid dans le dos.

— Le pouvoir des Prêtresses va bien au-delà de ce que nous pouvons imaginer, poursuit David, comme s'il avait lu ma question dans mes yeux. D'ailleurs, elle n'est pas la seule à demander audience.

Rip fronce les sourcils. On dirait qu'il se méfie de David… Tu m'étonnes ! Après ce qu'il lui a fait !

— Silène, la Sibylle du signe de la Vierge, a sollicité une rencontre avec ta mère, Kataline.

Je ne connais pas cette Silène. Alors, je ne vois pas ce que je pourrais répondre.

— Qui est-elle ? Et pourquoi veut-elle la voir ?

David lève les épaules.

— On ne demande pas à une Prêtresse les raisons de sa consultation. Si elle a demandé à voir ta mère, c'est qu'elle estime que c'est important.

O.K… Mais je doute que ma mère accepte de recevoir quelqu'un à son chevet avant plusieurs jours. Elle est toujours endormie dans la pièce d'à côté, et ça fait maintenant dix bonnes heures qu'elle n'a pas ouvert l'œil.

— Je pense que tu devrais accepter, souffle alors Marcus à côté de moi. David a raison. Les Sibylles ne se déplacent pas pour rien. Et il est toujours bon d'avoir ces femmes de son côté…

Le gardien sait certainement des choses que j'ignore, alors je me fie à lui.

— Entendu ! Tu peux la faire venir. Mais ma mère est encore faible… et je doute qu'elle puisse la voir tout de suite.

Le démon avale une gorgée de rhum brun.

— O.K. Je vais lui dire. Ah, et j'oubliais ! La Ligue a appris que nous détenions la Muse, Morana. Apparemment, notre petite… intervention a fait pas mal de bruit. Et d'après nos fureteurs, cela n'a pas plu au Boss. On peut s'attendre à ce que les mercenaires réagissent dans les jours qui viennent.

Tout le monde accuse le coup. Marcus et Royce échangent un regard dans lequel danse une flamme meurtrière. Parker bombe le torse pour montrer qu'il est déjà prêt à se battre, et Maxime me fixe avec l'inquiétude presque paternelle qu'il a pris l'habitude d'avoir à mon égard. Rip, lui, se contente d'attraper ma main pour la porter à ses lèvres, d'un mouvement calme et serein.

— Nous serons là pour les accueillir. Ne t'en fais pas, dit-il froidement.

La détermination qui pointe dans sa voix est des plus menaçantes.

— Je n'ai aucun doute là-dessus, Raphaël. Je sais très bien que vous saurez parfaitement tenir ces vauriens à l'écart. Je voulais simplement vous prévenir.

Rip hoche la tête d'un air entendu. Ce qui incite David à poursuivre.

— Je sais qu'il y a énormément de différends entre nous. Mais nous ne sommes pas vos ennemis. Nous faisons partie de la même race et nous sommes du même sang. Alors, nous ferons ce qu'il est possible pour vous aider.

Rip ricane méchamment à mes côtés.

— Notre ennemi est commun, David. Et nous nous battrons sans restriction pour nous libérer des griffes de la Ligue. Mais jamais, tu m'entends ? Jamais nous ne nous considérerons comme de la même espèce que vous. Vous vous dites nos frères ? Mais les frères de sang sont ceux sur qui on peut compter. Ceux en qui on a une confiance sans limites. Et ceux pour qui on pourrait donner notre vie…

353

L'atmosphère se charge soudain d'électricité et, sous la pression des paroles de Rip, David se lève tout d'un coup.

— Regarde ce clan, David. Mon clan. Ce sont mes frères et mes amis. Et je pourrais sans aucune hésitation me sacrifier pour eux, comme ils le feraient pour moi. Alors que vous… Toi, Molly… Vous n'êtes que des rapaces abjects prêts à vendre père et mère pour votre intérêt personnel. Vous manipulez les vôtres pour arriver à vos fins.

David pince les lèvres, vexé par les paroles de son ancien ami. Droit comme un I, il se dirige vers la porte, sans mot dire. Il a compris que, quoi qu'il dise, rien ne pourrait justifier ce qu'ils ont fait. Au moment où il attrape la poignée, Rip l'interpelle une dernière fois.

— David !

Le démon s'arrête et tourne légèrement la tête vers nous.

— Passe un message à Molly de ma part. Dis-lui que lorsque tout sera fini, si jamais nos chemins se croisent de nouveau, je me ferai un plaisir de briser ce cou dont elle est si fière !

Sans demander son reste, David sort de la pièce et claque la porte avec violence, faisant trembler les gonds.

Rip s'approche alors de Maxime et pose sa main sur son épaule.

— Mon frère, je sais que nous avons perdu de nombreuses années à nous terrer dans nos rancœurs, mais nous étions tous deux dans l'erreur. Sache que je ne t'ai jamais reproché notre situation. Pour moi, tu en étais victime et j'étais le seul coupable de ce qui nous arrivait. J'ai toujours cru que tu m'en voulais de vous avoir tous entraînés dans ce merdier… Et cela me mettait constamment en colère de voir que vous subissiez tout ça à cause de moi.

Je n'ai jamais vu mon démon parler à son frère avec autant d'émotion. Maxime non plus, d'ailleurs, parce qu'il le fixe comme s'il le découvrait pour la première fois. Mais, malgré sa stupéfaction, on sent bien que l'ange accueille les paroles de Rip avec soulagement.

Rip se passe nerveusement la main dans les cheveux avant de continuer.

— Maintenant, je sais que tout ce qui nous est arrivé est la faute de Molly et de cette putain de Destinée. Cela ne m'ôte pas la culpabilité d'être à l'origine de ce qui est advenu, mais je ne veux plus de non-dits ou de querelles entre nous. Tu es mon frère, Max. Mon sang…

Les paroles de Rip sont tellement chargées d'intensité que mon cœur se comprime dans ma poitrine. Le démon, mon démon, d'ordinaire si froid, si sarcastique et si cruel, fait preuve d'une sensibilité telle qu'elle m'arracherait des larmes. Maxime semble tout aussi ému que moi. Il attrape le bras de son frère et l'attire violemment vers lui pour le serrer dans ses bras.

— Toutes ces années à ne pas comprendre, dit l'ange, la voix chargée d'émotion. Moi qui pensais être le seul responsable de notre sort et qui vivais en permanence dans le remords. Je prenais ta colère pour de la rancœur. Si j'avais su ! Tout aurait été différent. Je regrette d'avoir douté de toi, mon frère. Si seulement nous pouvions remonter le temps.

Rip se recule pour fixer Maxime dans les yeux, la mâchoire crispée.

— On ne peut pas corriger le passé. Mais on peut changer l'avenir...

Maxime hoche la tête d'un air entendu et la lueur que je vois briller dans ses yeux me fait chaud au cœur. Les deux frères semblent enfin enterrer une hache de guerre depuis trop longtemps brandie.

Ils se donnent une nouvelle accolade, et c'est le moment que choisit Parker pour leur sauter dessus en chouinant comme un bébé.

— Putain, je vous aime, tellement les gars que vous allez me faire chialer !

Il bondit en les tenant par le cou comme s'il voulait les étrangler. Mais Rip et Maxime le rabrouent sans ménagement.

— Dégage, Parker, ou je t'en colle une ! le menace mon démon en souriant.

Il est tellement beau lorsqu'il sourit...

— Mais, moi aussi, je veux un câlin ! crie Parker de plus belle.

— Oh, quelle plaie, celui-là ! Viens donc au bar pour te consoler, le taquine Max en lui donnant un coup d'épaule. Avec ce qui nous attend, on a bien besoin de distraction.

Il entraîne Parker en me lançant un regard brillant d'émotion. Je lui adresse une ébauche de sourire, qui doit ressembler plus à une grimace, étant donné la boule d'émotion qui prend toute la place dans ma gorge.

Les deux hommes sont bientôt rejoints par les autres membres du groupe qui rivalisent d'accolades et de tapes dans le dos. Leur complicité fait plaisir à voir, et je me réjouis de faire partie de ce clan soudé où la loyauté prime.

Le cœur gonflé d'émotion, je me colle au dos de mon démon et entoure sa taille de mes bras.

— Je t'aime, Raphaël, soufflé-je à son oreille.

Avec une vivacité qui me surprend, Rip se retourne vers moi. Une flamme dangereuse danse dans ses iris argentés lorsqu'il attrape mes cheveux pour me tirer la tête en arrière.

— Il ne faut pas te leurrer, bébé. Ne crois pas que je serai moins cruel après ça.

— Oh, mais je te l'interdis ! dis-je en me levant sur la pointe des pieds pour atteindre sa bouche.

43
Sous le signe de la Vierge

— Maman…

Ce mot est resté synonyme de douleur pendant longtemps et le prononcer à voix haute me procure une sensation étrange. J'avance dans la pièce sombre en observant la silhouette allongée sur le lit, au centre de la chambre.

Ma mère dort encore. Et voir son corps si menu au milieu de ce grand matelas renforce encore son côté chétif. Elle est passée par tellement d'épreuves…

Et moi qui lui en voulais d'être partie. Alors qu'elle s'était sacrifiée pour me préserver.

Je me mords la lèvre comme à chaque fois que la culpabilité vient assaillir mes entrailles.

Je me pose encore énormément de questions sur elle. Parce que j'ai l'impression que la femme que j'ai connue dans mon enfance n'était qu'une imposture. Cette matrone froide et enfermée dans des principes d'un autre temps… Tellement différente de la personne que j'ai aperçue lorsqu'elle s'est confiée à moi, quelques heures plus tôt.

Cette femme-là semblait tellement plus humaine, sensible et même maternelle.

Finalement, je me rends compte que je ne connais même pas celle qui m'a mise au monde.

Pourtant, lorsque je repense à mes conversations avec Jess, je me dis que j'aurais dû me douter de quelque chose. Lorsqu'elle tentait vainement de me convaincre que ma mère avait certainement des raisons d'agir ainsi. Ma tante se faisait l'avocate du diable, et moi, je m'obstinais à ne pas entendre son plaidoyer.

Je m'approche lentement et m'assieds sur le lit, en essayant de faire le moins de bruit possible. Mais la silhouette se met à bouger au moment où je pose mes fesses sur l'édredon.

— Kataline ? demande-t-elle d'une voix endormie.

— Oui, maman. C'est moi.

Elle s'étire péniblement et se redresse sur l'oreiller.

— Qu'y a-t-il ? Quelque chose ne va pas ?

— Non, non. Ne t'inquiète pas, ça va. Je suis juste venue te prévenir que nous partirons demain matin pour la résidence des Saveli. À Paris.

Alors que ma mère se frotte les yeux, le drap glisse de ses épaules et dévoile le haut de son corps. Je ne peux m'empêcher de fixer les os saillants que je vois poindre sous sa peau fine et blanche. Je suis de nouveau choquée de voir son état de maigreur et je me demande si elle arrivera à se remettre de ce traumatisme.

Mais une question reste surtout à éclaircir. Sera-t-elle capable de nous suivre à Paris ? Supportera-t-elle la téléportation encore une fois ?

J'avoue avoir des doutes lorsque je la vois peiner à se redresser pour s'asseoir.

— Attends, je vais t'aider, dis-je en me précipitant pour la soutenir.

— Merci, soupire-t-elle. Ces ordures ne m'ont pas ménagée. J'espère bien que tu leur feras payer leur cruauté.

Malgré sa faiblesse, on sent une farouche envie de vengeance dans le ton qu'elle emploie. Mes poings se serrent instinctivement alors que la petite voix se manifeste dans ma tête avec force.

Oh oui, pour sûr ! On va leur faire regretter.

À ce moment-là, ma mère me lance un regard étonné.

— Elle est là, n'est-ce pas ? Avec toi…

Merde ! De quoi parle-t-elle ? De la petite voix qui me harcèle sans cesse ? Est-ce qu'elle l'entend, elle aussi ? Est-ce qu'elle a également une autre conscience qui habite dans sa tête ?

Tellement de questions se bousculent tandis que je hoche la tête d'un air hébété.

Ma mère m'adresse un sourire entendu, qui se veut rassurant.

— C'est une bonne chose. Tu seras plus forte avec elle. Tu es la seule parmi nous à avoir cette particularité de pouvoir communiquer avec ton côté muse. C'est d'ailleurs tout ce qui fait ta valeur aux yeux de la Ligue… Tu es unique et extraordinaire.

Je soupire en prenant un air résigné.

— Oui. Il y a beaucoup de trucs qui clochent chez moi. Et cette voix dans ma tête en fait partie. C'est assez incroyable de se sentir habitée par une autre conscience. Je t'avoue que je ne comprends pas toujours tout ce qui se passe. Mais ce qui est sûr, c'est qu'effectivement elle m'aide à être plus forte. Alors, rien que pour ça, je ne veux pas la voir disparaître.

— Tu t'es entraînée avec le démon, n'est-ce pas ?

Mais comment sait-elle tout ça ?

— Oui. Il m'a appris à me battre. Avec Marcus.

— C'est bien.

Lentement, elle approche sa main de mon cou et écarte le col de ma combinaison. Un malaise s'installe dans la pièce.

— La marque du démon…, souffle-t-elle en passant un doigt anguleux et froid sur les lignes du sphinx. Tu l'aimes, n'est-ce pas ?

Je sens le rouge me monter aux joues, stupéfaite par cette question soudaine. Ma mère ! Celle qui m'a élevée en m'éloignant le plus possible des hommes… me demande si je suis amoureuse !

Je hoche la tête, en soutenant son regard devenu perçant.

Mais contre toute attente, je ne perçois aucune animosité dans sa voix, aucun jugement lorsqu'elle dit simplement.

— Tu as choisi un démon… Et moi qui pensais pouvoir contrer le destin et empêcher que cela n'arrive… Je n'avais aucune idée du chemin qui t'attendait. Aucune idée de l'existence de la Prophétie… Je me suis trompée, Kataline. Tellement trompée.

Elle se repose sur l'oreiller, comme si les quelques mots qu'elle venait de prononcer l'avaient vidée de toute son énergie. Et moi, je la regarde, essayant de ne pas me laisser miner par ses paroles. Elle est trop faible pour que nous ayons une discussion.

— Maman… Je ne sais pas… Enfin, je ne suis pas sûre que tu puisses venir avec nous à Paris.

Ma mère m'adresse un petit sourire ironique et je retrouve, pendant une fraction de seconde, celle qui a forgé mon éducation.

— Je vais venir avec vous. Il est hors de question que je reste ici. Et puis je me languis de revoir ton père.

Mon Dieu ! Papa ! Avec tous ces événements, j'ai complètement oublié de l'informer que nous avions retrouvé ma mère !

— Je… Il… Il ne sait pas encore.

359

Ma mère me sourit en fermant les yeux.

— Si, il sait… Maintenant, laisse-moi, je dois encore me reposer avant l'arrivée de la Sibylle.

— Mais comment ?

— Chutttt.... Elle m'a avertie de sa venue.

Je reste quelques secondes à l'observer, me demandant comment elle peut être au courant de tout ça. Sa respiration ralentit et lorsque je me redresse pour prendre congé, je constate qu'elle s'est déjà rendormie.

***

— Silène, Sibylle du signe de la Vierge, prêtresse du monde de la nuit est arrivée.

La voix de David résonne dans l'appartement avec une telle solennité que j'ai l'impression d'être plongée en plein péplum.

Et pour accentuer encore le côté cérémonial de la chose, tout le monde se lève d'un même mouvement pour saluer la nouvelle venue. Posant précipitamment ma tasse de thé sur la table, je me hisse sur la pointe des pieds, poussée par la curiosité de découvrir l'identité de cette Sibylle.

Mais je retombe instantanément sur le canapé, les jambes coupées par la stupéfaction.

Ashley se tient dans l'embrasure de la porte et me fixe, un sourire éblouissant aux lèvres. Alors que mes yeux s'écarquillent, l'amie de ma mère s'avance vers moi, les bras grands ouverts.

Instinctivement, je m'enfonce dans les coussins du canapé. Et lorsqu'elle arrive devant moi, Rip s'interpose, comme s'il avait senti que je n'étais pas disposée à accueillir la Sibylle.

Cette dernière s'arrête et plisse les yeux en m'observant.

— Je vois que tu ne t'attendais pas à me voir, jeune Muse, dit-elle.

— C'est vous ? Silène ?

Elle m'adresse un clin d'œil.

— Comme tu peux le constater, oui, je suis Silène, la Sibylle du signe de la Vierge. Mais je suis aussi Ashley, l'amie de ta mère et ta psychiatre. L'un n'empêche pas l'autre. Je suis les deux à la fois.

À mon tour de plisser les yeux. Encore une qui m'a menti pendant toutes ces années.

— Un vaste canular, sifflai-je entre mes dents serrées. Je pensais être soignée alors que j'étais manipulée.

Un éclair passe dans son regard et ses épaules se redressent légèrement.

— Je sais qu'il faudra du temps pour que tu puisses comprendre et accepter les décisions que nous avons prises, ta mère et moi. Mais c'était…

— Pour mon bien, ouais, je sais déjà tout ça. Mais j'aurais préféré être au courant de tout plutôt que d'être celle à qui vous cachiez la vérité en essayant de lui retourner le cerveau !

Je me redresse pour lui faire face, les poings serrés. Mais Rip me retient par le bras, craignant certainement que je me laisse emporter par ma colère.

Silène fronce les sourcils, et son regard passe de Rip à moi.

— Oui, peut-être que cela aurait été plus simple, en effet. Mais peut-être pas ? Quoi qu'il en soit, regretter ne changera rien au passé. Nous devons nous concentrer sur l'avenir désormais. Peut-être finiras-tu par nous pardonner nos erreurs ?

Ses paroles sont pleines de sagesse. Pourtant, je ne peux me résigner à lui donner raison. Je soutiens son regard lorsque la Sibylle reprend la parole.

— Tu as beaucoup évolué depuis ta dernière… consultation. À ce que je vois, ton côté muse est plus puissant que je ne l'imaginais. Mes pouvoirs n'ont pas réussi à le canaliser complètement et il a suffi que tu rencontres le démon pour qu'il se révèle encore plus fort.

J'ai du mal à accepter qu'Ashley ait utilisé les séances d'hypnose pour camoufler ma vraie nature. Moi qui pensais qu'elle m'aidait à gérer mes pertes de contrôle… Ces souvenirs ravivent mon amertume et je le lui fais savoir en la foudroyant du regard.

— Phaenna avait raison…, termine-t-elle, ignorant ma bravade muette.

Puis elle se tourne vers Rip.

— Alors, c'est toi le fameux démon ?

Il lève un sourcil et s'apprête à répondre, mais Marcus intervient à ce moment-là.

— Tu dois certainement connaître la Prophétie du Livre de la Destinée, Silène. Tu peux peut-être nous dire ce qu'elle cache.

Loin de nous éclairer sur le sujet, Ashley se ferme comme une huître.

— Phaenna est la seule à pouvoir traduire les runes. Elle seule saura vous éclairer. Quant à moi, je suis venue pour soigner ta mère, Kataline.

Je lève un sourcil alors qu'elle se tourne vers le gardien.

— Comment est-elle ?

— Mal en point, répond-il avec un geste fataliste. Elle a subi de nombreux sévices et les téléportations n'ont pas arrangé son état. Nous devons retourner en France demain. Et je ne sais pas si elle pourra supporter un nouveau voyage.

Le visage de la Sibylle se voile d'inquiétude.

— Je vais voir ce que je peux faire.

Puis, brusquement, comme si elle se rappelait sa présence, elle se tourne vers David et le fustige des yeux.

— Vous méritez d'être châtié pour votre stupidité. Enlever Morana a attiré l'attention de la Ligue sur vous, et vous en subirez les conséquences, pauvres fous. Sans compter que votre petite intervention l'a certainement affaiblie un peu plus. Si elle avait été dans son état normal, vous ne seriez déjà plus de ce monde.

Sans laisser au démon le temps de répondre, elle m'interpelle.

— Emmène-moi auprès d'elle, Kataline, veux-tu ?

Je ne peux refuser. Et pourtant, je guette l'approbation de Rip avant de répondre. Ce dernier observe la Sibylle comme pour évaluer sa bonne foi. Puis il m'adresse un petit signe d'encouragement auquel je réponds par un hochement de tête.

Si Ashley/Silène peut soulager, ne serait-ce que de manière infime, ma mère, je lui en serai reconnaissante. Je me redresse et l'accompagne jusqu'à la chambre où ma mère se repose.

Lorsque la Sibylle constate son état de faiblesse, elle pousse un soupir.

— Ces ordures méritent les pires peines, dit-elle en auscultant le corps émacié de son amie.

Ma mère ouvre difficilement les paupières au contact des mains qui parcourent sa peau.

— Silène…, soupire-t-elle.

— Morana, répond la Sibylle en retour. Tu as été brave et exemplaire. Comme toujours.

— Oui, mais la résistance m'a manqué, répond ma mère en toussotant.

— Ton enveloppe charnelle n'est pas faite pour supporter autant de supplices. Tu as résisté bien plus que beaucoup ne l'auraient fait.

Ma mère lui adresse un faible sourire, puis elle me désigne du regard.

— Kataline…

La Sibylle hoche la tête en m'observant silencieusement. Et lorsque je vois briller des larmes dans les yeux de ma mère, je m'interroge sur leur raison d'être.

— Nous ne pouvons pas changer le destin, Morana. Et sans le savoir, nous l'avons aidé à s'accomplir. Phaenna a toujours su ce qui allait arriver. Mais nous avons refusé de l'écouter. Je le regrette amèrement lorsque je vois ce que toi et ta fille avez subi.

Ses yeux sont emplis d'une réelle affection lorsqu'elle passe ses doigts dans la chevelure emmêlée de ma mère. Mais l'entendre encore ressasser les erreurs du passé me pousse à la presser.

— Nous n'avons pas de temps à perdre à donner des explications. Est-ce que vous pensez pouvoir faire quelque chose pour elle, Ashl... Euh... Silène ?

Merde ! Je ne sais même plus comment l'appeler maintenant.

— Tu peux continuer de m'appeler Ashley. Oui, je vais aider ta mère. Mais je vais avoir besoin de toi. Parce qu'il me faut l'essence d'une autre Muse.

Sans plus attendre, elle commence à vider le contenu de son sac sur la table de chevet. Des fioles, des sachets, des récipients de différentes formes et de différentes tailles viennent bientôt recouvrir la tablette du petit meuble. J'observe avec curiosité les mixtions de poudres et de liquides préparées par la Sibylle.

Ma mère, elle, a reposé sa tête sur son oreiller, trop faible pour garder les yeux ouverts. L'inquiétude me gagne de nouveau et je reporte mon attention sur Ashley pour m'assurer que tout se passera bien.

Elle procède avec précision, mesurant parfaitement les doses des différents produits, comme si elle suivait une recette qu'elle seule semble connaître.

Puis, lorsqu'une fumée blanchâtre s'échappe du petit pot qu'elle agite sous son nez, elle se tourne vers moi.

— Le sang de Muse, à présent.

Oh non ! J'ai toujours détesté les prises de sang ! Alors, lorsque je la vois sortir un petit scalpel d'un emballage stérile, je frissonne malgré moi.

— Ne t'inquiète pas ! Seules quelques gouttes suffisent, dit-elle en attrapant ma main.

Je grimace lorsqu'elle incise le bout de mon index pour en faire sortir le liquide sombre et chaud qui s'écoule dans le petit pot.

Aussitôt, une brume pourpre s'échappe du mélange et une forte odeur métallique se répand dans la pièce. Mais alors qu'Ashley approche le récipient de ma mère, une bourrasque balaie la chambre.

Rip apparaît brusquement à mes côtés, la mine déconfite et les yeux fous.

Il m'attrape vivement par le bras pour me placer derrière lui.

— Qu'est-ce que tu lui as fait ? hurle-t-il à l'attention de la Sibylle.

Ashley recule instinctivement devant cette agression verbale alors que Rip lève ma main devant son visage pour examiner ma blessure.

— Doucement, Démon ! Je ne lui ai rien fait de mal. J'ai simplement emprunté un peu de son sang pour fabriquer le remède.

Mon démon se renfrogne, peu convaincu de l'honnêteté de la Sibylle, et il me faut le rassurer par un hochement de tête afin qu'il se détende.

— Hum… Désolé, dit-il à mon intention, la voix radoucie. J'ai senti l'odeur de ton sang… et j'ai paniqué.

Ouah ! Rien que ça…

Ashley le fixe avec un intérêt nouveau.

— Tu sembles très protecteur envers ta Muse, dis-moi ?

Le regard que Rip pose sur moi est une réponse à elle seule. Il me couve comme si j'étais une figurine faite de cristal Swarovski.

— Phaenna n'avait pas exagéré la puissance de votre lien.

Je me sens presque gênée qu'elle évoque ce sujet alors que ma mère nous observe à travers ses paupières mi-closes. Même si elle est trop fébrile pour réagir, je sais qu'elle ne perd pas une miette de la situation.

— Bien. Maintenant, à moi de jouer, dit subitement Ashley après avoir fait boire la potion à ma mère.

Elle se redresse et nous tourne le dos pendant quelques secondes. Lorsqu'elle fait volte-face, ce n'est plus l'Ashley que je connais qui se trouve devant nous. C'est une superbe créature sortie tout droit d'un conte pour enfants. Elle est d'une beauté à couper le souffle, avec sa peau blanche et ses longs cheveux couleur des blés. Ses grands yeux bleus, avec de petits reflets pailletés, magnifiques, nous fixent, et sa bouche, aussi rouge qu'une framboise est une invitation aux baisers.

Mais ce qui est le plus étonnant, ce sont les arabesques colorées qui ornent son visage.

— La Muse du Signe de la Vierge, souffle Rip à mes côtés.

Bordel ! C'est ça ! Je me souviens de l'apparence de Phaenna, Muse du signe du Bélier, avec les splendides cornes qui venaient orner sa chevelure. De la même manière que sa sœur, Silène, elle, incarne la beauté et la magnificence du signe de la Vierge. J'en suis bouche bée.

Mais alors que je m'extasie devant son apparence de déesse, Silène nous incite à quitter les lieux.

— Maintenant, allez ! Sortez de cette pièce afin que je puisse faire ce pour quoi je suis venue…

44
Retrouvailles

C'est incroyable !

Alors que je jette de petits coups d'œil à ma mère qui échange tranquillement avec Marcus, je suis encore abasourdie.

Je ne sais toujours pas ce qu'Ashley a fait ni comment elle a procédé, mais en à peine quinze minutes, elle a redonné à ma mère son apparence originelle. Lorsque cette dernière est ressortie de la chambre, elle m'est apparue telle qu'elle m'avait abandonnée, plus de quatre ans auparavant.

Elle n'avait plus aucune trace de coups, plus aucune séquelle physique de ces années d'emprisonnement et de torture.

Comme si elle n'était jamais allée au sanctuaire de la Ligue !

Et pourtant, je sais que les blessures subsistent. À l'intérieur. Il reste en elle quelque chose de son passage dans ce temple de l'horreur… Un vide dans son regard, comme une petite ombre qui ternit l'éclat de ses iris mordorés.

Les souvenirs la hantent. Et ça, aucune potion ni aucune formule magique ne pourront l'effacer.

Pourtant, la Sibylle a fait un véritable miracle.

— Jouer avec le Destin n'est pas sans danger. Et nous limitons au maximum nos interventions dans l'histoire. Mais laisser Morana dans cet état m'était inconcevable… Je lui devais une vie. J'ai payé ma dette.

Encore des propos auxquels je n'ai rien compris ! Mais lorsque j'ai vu le regard échangé entre ma mère et la Sibylle, j'ai su que le lien qui les unissait était bien plus fort qu'une simple amitié.

Et quand Ashley a pris congé, leur étreinte semblait sceller un accord tacite dont elles seules détenaient le secret.

— Tout le monde est prêt ? demande Rip en me sortant de ma rêverie.

Il m'attrape par la taille pour m'attirer contre lui. Parker, Maxime et Royce hochent la tête pendant que Marcus saisit ma mère à son tour. Je croise son regard, et elle m'adresse un petit signe de la main.

Toute cette histoire a le mérite de nous avoir rapprochées. Et même si j'ai le sentiment amer d'être passée à côté d'une enfance normale et heureuse, je suis contente d'avoir pu découvrir qui est vraiment Morana Novaski, épouse Suchet du Verneuil.

Toute la soirée et une bonne partie de la nuit ont été consacrées à faire la connaissance de la personne qui a joué un rôle majeur dans ma vie pendant toutes ces années. Et après avoir fait l'effort de surmonter ma rancœur, j'ai apprécié de pouvoir échanger avec elle.

Elle a pu m'expliquer – enfin – toutes les zones d'ombre qui subsistaient dans mon esprit. À propos des Muses, de notre Lignée, des démons, et des raisons qui ont motivé ses propres choix. Elle m'a raconté l'amour inconditionnel qu'elle porte à mon père. Sa lutte contre sa propre mère face à ce choix et l'obligation de fuir avec son amant pour pouvoir vivre librement son amour.

Elle m'a expliqué sa surprise lorsqu'elle a appris qu'elle attendait l'enfant d'un humain. Elle qui n'aurait jamais dû pouvoir procréer avec un autre être que le démon auquel elle était promise.

Elle m'a dit sa joie lorsque je suis venue au monde.

Elle m'a enfin confié ses doutes, ses déceptions et sa crainte de me perdre. C'est cette peur incontrôlable qui l'a guidée toutes ces années. Mais c'est aussi celle-là qui nous a tenues écartées l'une de l'autre.

Ce moment restera à jamais gravé dans ma mémoire. Ce moment où j'ai rencontré ma mère pour la première fois…

— Et toi, bébé ?

Le regard de mon démon descend sur moi.

— Je suis prête, soufflé-je en me serrant contre lui.

— Que la chance soit avec le clan Saveli !

La voix de Molly résonne alors dans la pièce.

Obiwan ! Sors de ce corps !

Je me retiens de cacher mon visage dans mes mains. Pourquoi la petite voix choisit des moments si sérieux pour faire ce genre de sortie ?

La démone se tient dans l'embrasure de la porte, accompagnée de David et de quelques autres démons. Elle est venue assister à notre départ.

Je sens Rip se crisper à mes côtés. Il se tourne vers celle qui fut son amante et lui répond d'un ton froid.

— Si j'étais toi, je prierais pour que la chance reste entre ces murs. Les mercenaires sont en chasse.

Molly se renfrogne et je vois son corps se raidir.

— Rassure-toi, nous sommes assez forts pour assurer notre propre sécurité.

— Je ne m'en fais pas pour toi, Molly. Mais pour tous ces démons qui vont devoir subir les attaques de la Ligue à cause de tes erreurs.

Molly accuse le coup en pinçant les lèvres, et David nous lance un regard noir.

— L'avenir nous donnera raison, dit-il d'une voix sourde.

Les ailes de Maxime viennent alors effleurer la démone, qui se recule avec un air offusqué.

— Si je croise de nouveau ton chemin, tu es morte, dit-il d'une voix froide avant de disparaître.

Rip sourit méchamment en adressant un signe de tête à la démone.

— Tu m'as enlevé les mots de la bouche, frère, murmure-t-il, pour lui-même.

Sans plus attendre, mon démon nous propulse dans le tunnel spatiotemporel qui nous emporte directement vers le domaine des Saveli.

Je pousse un cri lorsque, quelques minutes plus tard, nous atterrissons dans le salon de la grande demeure parisienne. À chaque nouvelle téléportation, je suis subjuguée par la rapidité avec laquelle nous naviguons dans cette dimension parallèle.

À peine ai-je le pied posé par terre que Jess se jette dans mes bras en sautillant.

— Kataline ! hurle-t-elle, en me serrant si fort que j'ai l'impression qu'elle va m'étouffer.

Mais je ne m'en plains pas et lui rends son étreinte avec force, le cœur serré en découvrant que tous m'attendaient impatiemment. Mon père, Kris, Rosa, mais aussi Justine et Sam, Mat et Marco.

Putain, ce qu'ils m'ont manqué !

— Oh, Jess…

— Mon Dieu, ma chérie, dit-elle en dégageant mes cheveux de mon visage pour mieux m'observer. Je suis tellement contente de te voir. Est-ce que tout va bien ?

Je n'ai même pas le temps de répondre que Kris m'attrape dans ses bras.

— La vache, Kat ! Il paraît que tu as fait de la pâtée de mercenaires ? dit-il avec une sorte de respect dans la voix.

Je me recule et jette un rapide regard à Rip.

— Les nouvelles vont vite à ce que je vois…

À son tour, mon père s'avance vers moi, l'air un peu plus inquiet. Sans mot dire, il me serre contre lui et il frémit à mon contact.

— Je suis content de te voir en un seul morceau, petite.

Il marque une pause avant de demander, si doucement que j'ai l'impression que le simple fait de poser la question lui fait peur :

— Et ta mère ? Comment va-t-elle ?

Sa voix tremble légèrement et je perçois facilement son appréhension.

— Tu lui demanderas toi-même, papa, dis-je en m'effaçant devant Marcus qui apparaît, ma mère pendue à lui.

Un silence ému s'abat sur la pièce alors que ma mère s'écarte du gardien pour faire face à mon père, qui la fixe maintenant avec un mélange d'incrédulité et d'adoration.

Le temps s'arrête. Autour d'eux. Sur eux. Sur l'amour qui transpire de leur être et qui embaume la pièce d'une émotion insoutenable. L'intensité de l'instant m'arrache des larmes pendant que je les regarde s'approcher l'un de l'autre, oubliant tout le reste, focalisant leurs pensées et toute leur attention sur ce seul être aimé et chéri.

Cela fait plus de quatre ans qu'ils ne se sont vus. Quatre longues années où ils se sont demandé s'ils allaient se revoir un jour. Je ne peux m'empêcher de me projeter dans la même situation. Si je devais être séparée aussi longtemps de Rip, je n'ose croire que j'y survivrais.

Ma mère tombe dans les bras de mon père avec un sanglot. Et nous nous écartons pudiquement du couple afin de respecter l'intimité de leurs retrouvailles.

***

— Alors, raconte, Kat… Comment c'était ce passage chez la mère des démons, en Italie ? demande Marco en se retournant sur son siège alors que le fourgon de Royce nous emmène tous au Triptyque.

— Mais pourquoi est-ce que tout le monde l'appelle comme ça ?

— Molly ? Mais parce qu'elle en est une ! intervient Royce en me jetant un coup d'œil dans le rétroviseur.

J'avoue avoir tiqué lorsque j'ai entendu ce nom. Elle semble avoir un lien particulier avec les démons, c'est évident. Pour autant, je n'arrive pas à voir quelle relation elle entretient réellement avec eux.

— Une mère de démons… Vraiment ?

— Ben oui ! C'est elle qui les recrute.

— Attends. Tu veux dire que c'est elle qui choisit les futurs démons ?

— Pas tous, mais beaucoup… C'est pour ça qu'on lui a donné ce surnom.

O.K. ! Je comprends mieux pourquoi les démons semblent faire corps avec elle. Ils réagissent à son état d'esprit comme s'ils étaient une projection d'elle-même. C'est dingue ! Mais alors, pourquoi est-ce que cela ne fonctionne pas avec les Saveli ?

— Bébé, tu te poses trop de questions. Arrête de froncer les sourcils ! souffle Rip à mon oreille, provoquant au passage un frisson.

Je grimace et balaie l'air de la main.

— Tu as raison. Je crois que je n'aurais jamais toutes les réponses, alors, à quoi bon ?

— Le monde qui nous entoure est complexe. Et celui de la nuit l'est encore plus. Il ne faut pas chercher à tout expliquer.

Ouais ! N'empêche que les Saveli sont différents, ironise la petite voix dans ma tête.

Jennifer, assise devant moi, se retourne et m'adresse un petit signe de tête amical alors que Rip pose machinalement sa main sur ma cuisse.

— Le processus était un peu différent pour nous, dit-il comme s'il avait entendu la petite voix. Nous sommes parmi les rares démons à être à l'origine de notre condition. Enfin, disons que ça s'est fait… presque volontairement.

Maxime m'avait expliqué que c'étaient son désespoir et sa prière qui avaient ramené son frère à la vie. Donc, on peut considérer que c'était bien un acte volontaire, même si le jeu manipulateur de Molly en était à l'origine.

Mes yeux se posent sur les doigts de Rip qui se mettent à dessiner des arabesques sur le haut de ma jambe. La chaleur qui accompagne son geste commence à me perturber dangereusement. Alors, je focalise mon attention sur Justine et ses frères.

— Et maintenant ? C'est quoi la prochaine étape ? demande mon amie en frappant dans ses mains.

— On voit Phaenna et on essaie de comprendre ce que cache ce maudit bouquin, dit Parker d'un ton enjoué.

— Ben, dis donc ! On dirait que cette aventure te plaît à toi ! lui lance Marco en lui claquant amicalement l'épaule.

— Ouaip ! Je n'ai qu'une envie, c'est que la Sibylle nous dise d'aller éclater le Boss et de bouffer du mercenaire !

L'enthousiasme de Parker est palpable, et j'ai l'impression que les autres membres du clan sont tout aussi impatients d'en découdre avec la Ligue.

— Ce Livre est la clé, c'est certain, dit Marcus solennellement. C'est lui qui nous guidera.

— Ouais… Et j'espère qu'il nous en apprendra plus que ce qu'on sait déjà, dit Rip d'une voix amère. J'ai l'impression qu'on perd du temps et plus on attend, plus il y aura de victimes.

Je tourne la tête vers lui pour qu'il s'explique.

— Plusieurs combats sont prévus cette semaine. Ce sont tous des combats à mort.

Mon cœur se serre à l'idée que d'autres personnes vont périr dans le simple but d'enrichir davantage la Ligue.

— Pas de Saveli dans la liste des combattants ? demandé-je avec inquiétude.

— Non. Pas cette fois.

Je sais que c'est égoïste, mais je suis soulagée de l'entendre. Même si je perçois une once de regret dans la voix de Rip. Mais je n'ai pas le temps de vérifier pourquoi parce que ma tante m'interpelle à son tour.

— Et toi, Kat ? Qu'est-ce que tu penses de ce Livre ? demande-t-elle avec intérêt.

Je ne réfléchis pas une seconde avant de répondre.

— Je pense qu'il nous donnera des indications sur la manière de vaincre la Ligue. Enfin, je l'espère. Parce que je n'ai pas envie de laisser ces monstres continuer à martyriser tout le monde pour le plaisir ! Et moi aussi, j'ai hâte de mettre un terme à leur trafic.

Je serre instinctivement les poings alors que grandit en moi une volonté farouche de faire justice. Aussitôt, Parker réagit et enchaîne sur les techniques de combat qu'il utiliserait en cas de bataille. S'ensuit un échange animé sur la manière de tuer les mercenaires, chacun y allant de son avis.

J'en profite pour tenter de calmer les battements de mon cœur. Mais Rip vient perturber mes plans.

— J'adore cette âme combative, bébé…

Ses doigts remontent maintenant sur le haut de ma jambe, provoquant sur leur passage des myriades de frissons.

Il se penche vers moi et sa bouche qui frôle mon oreille cause une douce brûlure sur ma peau fraîche.

— J'ai hâte que cette soirée se termine… Je me languis de ton corps et j'ai une furieuse envie de te dévorer.

Oh, bordel ! Il me tue…

Je déglutis difficilement alors que mon ventre se serre en entendant la promesse de ses paroles. Et le coup de langue qu'il passe sur la peau de mon cou finit de m'achever. Je commence à me tortiller sur mon siège, bien contente que le peu de lumière présent dans l'habitacle empêche les autres de voir mes joues cramoisies de désir.

Rip passe sa main derrière ma nuque pour m'attirer à lui, les yeux comme deux billes argentées qui m'emprisonnent dans leur halo luisant. Puis, lentement, la noirceur du désir éclipse la brillance. Mon démon cède à l'intensité de l'instant. Celui où tout reste possible. Fait de désir impérieux, d'envie irrépressible et d'attente douloureuse. Ce moment où nos lèvres s'attirent, se convoitent et se défient. Jusqu'à se retrouver comme deux amants éperdus que la vie a trop longtemps séparés.

Chaque fois que ma bouche rencontre celle de Rip, c'est comme une première fois. Une explosion de sensations qui me fait chavirer. J'oublie tout et me consacre à la découverte de sa saveur, à la douceur de ses lèvres et à la pression de ses doigts sur le haut de ma cuisse.

Un grondement sourd s'échappe de sa poitrine lorsque je pose ma main sur son torse et commence à le caresser à travers le tissu de sa chemise. Il me rapproche de lui avec force et sa langue s'enroule à la mienne, l'entraînant dans une danse des plus sensuelles.

Comment fait-il pour me faire oublier tout le reste d'un simple baiser ? J'en arrive à occulter l'endroit et les personnes qui m'entourent. C'est comme s'il n'existait plus que cet homme et la magie de ses gestes. Rip n'est pas un démon. Non ! C'est un dieu… qui joue de ses pouvoirs pour m'envoûter.

Je m'abandonne avec délice à ce tourbillon de volupté jusqu'à ce que la voiture s'arrête et me ramène brusquement à l'instant présent. Avec un grognement, Rip s'écarte de moi et je découvre avec stupeur que nous sommes déjà arrivés sur le parking du Triptyque.

Mon démon semble énervé à présent et il ouvre la porte de la voiture un peu trop fort. En jetant sur moi un regard sombre et brûlant, il me tend la main pour m'aider à descendre.

— Tu ne perds rien pour attendre, bébé.

45
Prophétie

— Danse avec moi, beauté ! dit Jess en m'attrapant par la main pour me soulever de mon siège.

Je bougonne. Je n'ai pas franchement la tête à ça pour l'instant.

— Allez ! insiste ma tante en me tirant par le bras. S'il te plaît. C'est peut-être la dernière occasion de nous amuser avant longtemps.

Oui, ça, c'est sûr...

Elle me fait ses yeux de poupée Kawaii en sachant très bien que je ne pourrai pas résister.

— Il est encore tôt et ton rendez-vous avec Phaenna n'est prévu que dans une heure. Alors, pourquoi ne pas profiter de cette petite heure pour te détendre un peu ? Et puis ta mère n'en saura rien...

Je ne peux me retenir de rire. Ma tante a toujours su tourner les pires situations en dérision.

Comment refuser ? Malgré l'appréhension qui m'enserre la poitrine à l'idée de revoir la Sibylle érythréenne, je la laisse m'entraîner sur la piste de danse.

Cela fait tellement longtemps que je n'ai pas pu me laisser aller à un moment comme celui-ci.

Convaincue par le sourire éblouissant de Jess, je me faufile entre les danseurs et commence à bouger lentement sur le rythme de Rita Ora. Et au bout de quelques accords, la musique de *Ritual* m'entraîne dans un monde d'insouciance qui me procure une sensation fabuleuse de liberté. Plus de muse, de Ligue, de mercenaires ou de Boss. Il n'y a que le son rythmé de la chanson qui me fait vibrer à l'intérieur.

— Je suis heureuse de te voir comme ça, me crie ma tante par-dessus la musique.

Je lève un sourcil.

— Comme quoi ? demandé-je, interloquée.

— Comme ça, répond Jess en s'approchant de moi. Plus forte. Plus femme. Plus déterminée… Et plus accro à ton démon.

Je ne peux m'empêcher de rire en la voyant mimer un câlin avec un partenaire imaginaire.

— Nan, mais sérieusement, vous êtes tellement fusionnels. On dirait que vous êtes nés pour vous rencontrer. J'ai toujours su qu'il y avait un truc entre vous. Et que ce mec t'irait comme un gant. Même s'il est un être démoniaque.

Je lève les yeux au ciel alors qu'elle forme deux cornes sur son front avec ses index. Elle n'est pas croyable.

— Sincèrement, chérie, tu sembles plus… apaisée maintenant.

Sans nous en rendre compte, nous nous sommes éloignées des autres, dans un endroit où la musique est moins forte, ce qui nous permet d'échanger plus facilement.

— Oui, j'ai l'impression d'être un peu plus sereine depuis… les dernières vingt-quatre heures.

Difficile d'évoquer ce sentiment sans faire allusion à Miguel, et ma tante se rend compte de mon changement d'humeur.

— Tu as fait ce qu'il fallait, Kat. Ce salaud méritait plus que la mort.

— Oui. Mais quelquefois, je culpabilise de ne ressentir aucun remords. Pourtant, si c'était à refaire, je recommencerais sans aucune hésitation… Suis-je une mauvaise personne pour autant ?

La musique s'arrête, et ma tante attrape mon bras.

— Si tu ne l'avais pas fait, ton démon se serait chargé de lui faire vivre un enfer. Et crois-moi, il vaut mieux que Miguel soit mort de ta main.

À cette évocation, mes yeux cherchent le démon en question dans la salle. Je finis par le trouver, accoudé au comptoir, en train de tourner le liquide dans son verre pour faire fondre le glaçon. Mais je me renfrogne en voyant trois filles, beaucoup trop dénudées, se coller à lui sans aucune pudeur.

— Bordel ! soufflé-je.

Ma tante suit mon regard et s'exclame en tapant du pied :

— Putain, mais ce n'est pas croyable, ça ! Tu ne peux pas le laisser seul cinq minutes sans que toutes les greluches du coin se jettent sur lui comme des abeilles sur du miel.

Je ne réponds rien, observant la scène d'un œil noir. Mais alors que j'hésite entre partir et me jeter sur lui comme une furie, Rip se retourne.

Il vide son verre d'un trait et le repose sur le comptoir, ignorant superbement les trois filles qui rivalisent d'ingéniosité pour attirer son attention. Ses yeux scrutent la salle, comme s'il cherchait quelque chose.

Ou quelqu'un, tête de linotte... raille la petite voix dans ma tête.

Je lui décoche une droite alors que mon attention se focalise sur mon démon. Oui, il cherche quelqu'un. Je me concentre sur lui et lie mes pensées aux siennes. Je l'appelle. Et lorsque ses yeux se posent sur moi avec un mélange de soulagement et de désir, je sais que c'est moi qu'il cherchait.

Mon ventre se serre et je me redresse pour lui faire face.

— Ce démon n'est apparemment plus le même, dit ma tante avec un petit rire dans la voix avant de s'éclipser.

Sans répondre, je m'avance à la rencontre de celui qui fait battre mon cœur plus vite que la normale. Mes jambes me portent vers lui, sans même que j'aie à les commander. C'est comme si un aimant nous attirait l'un vers l'autre.

Je peux lire la déception sur le visage de ses admiratrices et je m'enorgueillis de le voir les ignorer pour venir à moi.

À mesure qu'il s'approche, la tension grandit dans ma poitrine. Ce mec sexy, superbe, sauvage, qui transpire le danger et la sensualité... Ce mec est le mien ! Et je me languis de lui. De sa peau. De son odeur.

La musique de Rita Ora a fait place à celle, plus sensuelle, de Trampoline. Mais je l'entends à peine, concentrée sur la silhouette qui approche.

Lorsque, enfin, Rip se trouve face à moi, nous nous mesurons du regard pendant plusieurs secondes, nous délectant de cette contemplation mutuelle. Puis, poussée par une pulsion soudaine, je lui prends la main et la place sur ma poitrine, désireuse de lui montrer l'effet qu'il produit sur moi.

Ses doigts ressentent les battements affolés de mon cœur, sensibles à la moindre pulsation.

Lentement, ils remontent sur ma gorge pour dessiner les contours du sphinx, symbole de son clan, et redescendent ensuite sur la ligne entre mes seins. Son index dévale le sillon de mon ventre et se glisse sous ma ceinture. Je cesse de respirer lorsque d'un coup sec, Rip m'attire violemment contre lui.

Je me mords la lèvre inférieure, les yeux rivés aux siens, impatiente de sentir sa bouche sur la mienne.

— Viens…, dis-je mentalement provoquant une étincelle de désir dans son regard.

Et alors que ses lèvres s'apprêtent à fondre sur les miennes, Royce rompt brusquement la magie.

— C'est l'heure…

***

Phaenna est comme dans mon souvenir. Une magnifique femme à l'apparence féerique et à la prestance de reine.

Elle nous accueille dans un petit salon privé, avec un air énigmatique, qui ajoute à ma curiosité.

— Phaenna, dit Marcus en se penchant en avant en signe de respect.

— Marcus. Je suis ravie de te revoir, mon ami.

Elle se tourne vers Rip et lui adresse un léger signe de la tête.

— Raphaël Saveli. Quel plaisir ! Tu as été parfait et je t'en félicite.

Rip se penche à son tour, sans pour autant quitter la Sibylle des yeux.

— J'ai horreur de me sentir comme une marionnette, grommelle-t-il à voix basse.

La bouche de Phaenna s'étire en un léger sourire, signe qu'elle a entendu la remarque du démon.

— Nous sommes tous les jouets du destin. C'est un fait.

La Sibylle se penche ensuite vers moi en faisant briller ses cornes à la lueur des lanternes qui éclairent la pièce.

— Jeune Muse. Te revoilà auprès de moi. Mais tu es bien différente. Tes démons intérieurs se sont envolés et ta vengeance a apaisé tes maux.

Je pince les lèvres. Cette femme sait tout sur tout ! C'est affreusement pénible. Mais je ne me laisse pas impressionner pour autant.

— Je ne serai apaisée que lorsque la Ligue aura cessé d'exister.

Ma détermination est toujours aussi présente, et une lueur de satisfaction traverse les pupilles de la Sibylle.

— Je n'en attendais pas moins de celle qui libérera les êtres de l'ombre. Tu es une battante et une assoiffée de justice. C'est ce qui fera ta réussite. Et c'est pour cette raison que j'ai décidé de t'apporter mon aide. Encore une fois.

377

Je lève un sourcil. Elle me fait une faveur et elle s'attend certainement à ce que je la remercie. Mais j'ai du mal à accepter que quelqu'un ait les moyens d'aider les autres, mais refuse de leur faire profiter de son savoir.

— Donc, vous voulez m'aider simplement parce que vous êtes persuadée que je vais réussir, c'est ça ?

La Sibylle m'adresse un petit sourire amusé. À croire que mon agacement la ravit.

— Exactement. L'issue de ce combat est encore floue dans les écritures. Les pages du Livre de la Destinée se noircissent parfois au fur et à mesure des événements. Et en ce moment, les runes n'arrêtent pas de changer.

— Mais je pensais que le Destin était tout tracé et qu'on n'y pouvait rien changer ?

— Le Destin et la Prophétie sont deux choses différentes. L'un est figé. L'autre nous guide pour l'accomplir. Il arrive parfois que nos décisions interfèrent. C'est ce qu'on appelle l'anti-destin. L'ensemble des forces et des actions qui réfutent le sort…

Elle marque une pause puis, d'un geste ample et aérien, commence à tracer des arabesques dans les airs. Des étoiles se mettent à briller sur son passage et, à mesure qu'elle dessine sur une toile invisible, un manuscrit se matérialise sous ses doigts.

Lorsqu'elle a terminé son œuvre, un immense livre à la couverture de cuir brun s'ouvre sur des pages complètement blanches. C'est une blague ?

— Le Livre parle de la Prophétie, poursuit la Sibylle en tournant les feuilles d'une main assurée. Et par définition, c'est l'interprétation d'un message divin. Je vais t'aider à la comprendre pour que tu puisses accomplir le Destin.

Marcus ouvre la bouche pour parler, puis se ravise, comme s'il avait peur que son intervention ne remette en question l'aide de la Sibylle.

— Tu as raison, Gardien. C'est quelque chose que je ne fais jamais. Mais la communauté de l'Ombre est en danger et la Ligue des hommes menace. Si elle supprime les démons, l'équilibre entre le bien et le mal sera rompu. Il n'y aura plus personne pour purger notre monde des âmes perdues.

Ses cornes se mettent à luire en même temps que ses yeux, et ça lui donne une apparence magnifiquement effrayante.

— Mais n'as-tu pas peur de changer le cours des choses en nous donnant ces informations ? Je pensais que la Sibylle, gardienne du Livre, n'avait pas le droit d'agir sur l'avenir…

Phaenna sourit.

— Oh ! Je n'ai pas dit que j'allais tout dire. Je ne vous dévoilerai que quelques éléments qui vous permettront de mener votre quête.

Et voilà ! Encore des énigmes !

— Voyons voir… continue-t-elle en scrutant les symboles inscrits sur les pages jaunies. Vous connaissez déjà beaucoup de choses sur la transformation de la Dernière Muse. Alors, concentrons-nous maintenant sur la quête. Je vais vous dire quels sont les quatre indispensables mentionnés dans la Prophétie.

Je jette un coup d'œil paniqué à Marcus et à Rip. Je ne comprends rien à ce qu'elle raconte. Et voir ce livre aux pages complètement vierges m'intrigue. Je commence à me demander si nous n'avons pas affaire à une illuminée qui se prend pour une magicienne.

Le gardien m'adresse un petit signe de la tête pour m'encourager à écouter la Sibylle.

— Ah, c'est ici ! dit-elle en pointant une feuille blanche. Voici la Prophétie. La Dernière Muse réunira…

À peine a-t-elle prononcé ces mots que quatre faisceaux lumineux jaillissent du Livre pour former une boule d'énergie dorée. La sphère laisse apparaître l'image d'un immense château en proie aux flammes. Puis des ombres surgissent, des combats entre mercenaires et démons. Et enfin, le visage d'un être qui ne ressemble plus à un humain, déformé par la peur.

Brusquement, la boule éclate et la poudre dorée se répand sur le livre et se transforme en runes qui se fixent sur les pages ouvertes.

D'un même mouvement, nous nous avançons au-dessus de la page pour voir les écritures. Mais alors que Phaenna nous désigne un symbole, ce dernier prend vie et redevient poussière. Comme par magie, nous voyons se matérialiser l'ombre dorée d'une jeune femme, un bâton à la main duquel jaillit un immense arc électrique.

Je recule instinctivement, choquée par cette vision stupéfiante de réalisme.

— Le bâton de Muso ensorcelé…

Indifférente à notre réaction, la Sibylle efface la vision et reproduit le même geste avec une autre rune. Un bouclier miniature apparaît devant elle, au bras d'un archer qui, avec de grands gestes, propulse une bulle imaginaire dans les airs.

— Le bouclier protecteur d'un Gardien. Les foudres de l'Enfer engendrées par un Démon de feu…

L'image d'un démon ailé vient remplacer celle de l'archer. La forme sombre se jette dans un immense gouffre de feu, les mains embrasées par la fureur qui semble l'animer.

La Sibylle efface rapidement la vision et plonge ses yeux dans les miens en animant la dernière rune.

La silhouette d'un ange apparaît, majestueux avec ses ailes immaculées et portant sur lui le symbole de la Muse et celui du démon. Il virevolte quelques secondes sous nos yeux avant de se dématérialiser en un million de particules volantes qui disparaissent peu à peu pour laisser place au néant.

— … et enfin, le sacrifice d'un Ange.

***

Bon sang ! Comment rester normale après ça ? Comment faire semblant après avoir découvert ce que cachaient les runes du Livre de la Destinée ?

Le sacrifice d'un Ange… Ces mots tournent en boucle dans ma tête, et je n'arrive pas à effacer l'image de Maxime de mon esprit. Son image qui se désintègre dans le néant comme la vision provoquée par Phaenna.

L'annonce de la Sibylle a enveloppé la pièce d'une atmosphère glacée. Marcus, Rip et moi avons été abasourdis en entendant ses paroles, la fixant bêtement en espérant qu'elle démente l'angoisse qui serrait notre poitrine. Mais elle est restée de marbre, attendant patiemment que nous réagissions à ses propos.

Je n'oublierai jamais la tête que Rip a faite en entendant cette phrase fatidique ni son visage anéanti par la panique.

J'ai toujours cru que mon démon ne connaissait pas la peur. Mais là, j'ai eu la preuve du contraire. Il avait l'air complètement perdu à l'idée de perdre son frère.

Et moi, j'avais le cœur en mille morceaux en imaginant la mort de mon ami. J'ai cherché du regard le soutien de Phaenna, mais je n'ai lu dans ses traits qu'un fatalisme implacable. J'ai failli éclater en sanglots…

C'est la réaction soudaine de Rip qui m'en a empêchée. Son regard s'est assombri et son expression s'est brusquement fermée.

— Ce Livre n'est qu'une vaste fumisterie ! a-t-il crié en direction de la Sibylle.

Mais face à la colère soudaine de Rip, Phaenna est restée stoïque, refermant lentement son volume. Avec précaution, elle l'a fait disparaître d'un geste de la main avant de se tourner vers mon démon.

— Le Livre se trompe rarement, Raphaël. Chaque don exige une contrepartie, Démon. C'est l'équilibre des choses.

— Ce sont des conneries tout ça ! Mon frère s'est déjà sacrifié pour me ramener à la vie. Je ne le laisserai pas faire la même erreur une seconde fois.

La Sibylle a croisé ses mains devant elle et a dit d'une voix pleine de sagesse.

— L'apparente vérité peut être différente de la réalité. Tout est question d'interprétation.

Nous sommes restés un moment à la regarder, cherchant dans ses propos une explication qui nous satisfasse. Mais Rip a serré les poings.

— Je refuse, s'est-il écrié. Je refuse que mon frère risque sa vie !

À cet instant, ses mains se sont embrasées et il s'est mis à projeter des flammes en direction de la Sibylle. Mais d'un simple geste de la main, celle-ci a transformé les jets de feu en gouttelettes d'eau, qui, mêlées aux flammes, ont provoqué de petits arcs-en-ciel multicolores.

— Raphaël, arrête ! Il ne sert à rien de t'en prendre à elle…

La colère de Rip était encore palpable lorsque j'ai posé ma main sur son bras.

— Marcus a raison. Cela ne te soulagera pas… Nous devons trouver un moyen pour éviter que cette partie de la Prophétie ne se réalise. Je tiens énormément à Maxime. Et moi non plus, je ne veux pas le voir partir. Nous trouverons une solution. Ensemble. Phaenna l'a dit elle-même. Nos actes peuvent parfois changer le cours des choses. Alors, faisons en sorte que cette tragédie n'arrive jamais.

Rip m'a regardée pendant de longues secondes, durant lesquelles je l'ai vu passer par tout un tas d'émotions. Puis son visage s'est détendu et sa colère s'en est allée.

— Merci, a-t-il dit tout simplement.

Lorsque nous avons pris congé de la Sibylle, celle-ci a interpellé Rip une dernière fois.

— Ta colère n'a d'égal que ton amour, démon… Souviens-toi de cela.

J'espère qu'il ne s'agit pas d'un autre mauvais présage. Toujours est-il qu'en approchant du groupe qui nous attend patiemment autour d'une table, mon malaise grandit. Ils ont l'air de se détendre et j'envie secrètement leur insouciance.

Devons-nous les informer des paroles de la Sibylle ? Devons-nous informer Maxime de l'épée de Damoclès qui pèse au-dessus de sa tête ?

Mes yeux tombent naturellement sur lui, et mon cœur se serre. Il est en pleine discussion avec Mat, Marco et Parker. Et à voir leur enthousiasme, je les imagine parler de belles mécaniques, leur sujet favori.

Je jette un œil à Rip et Marcus, qui semblent être dans le même état d'esprit que moi. Mon démon prend ma main et la serre quelques secondes.

— On ne dit rien à Max, dit-il d'un ton sec.

Je fronce les sourcils. Car même si je comprends les raisons qui font qu'il n'a pas envie de lui dire la vérité, je n'accepte pas forcément le mensonge.

Pourtant, malgré mes réticences, je hoche la tête, me pliant à sa décision.

— Alors ? demande immédiatement Royce en nous voyant arriver à la table.

— La Sibylle nous a dit ce que nous voulions savoir.

Le démon regarde Rip, une ride barrant soudain son front.

— Et ? C'est tout ce que ça vous fait ?

— Y a quelque chose qui cloche ? demande alors Parker, interrompant sa conversation avec Maxime. Parce qu'avec la tête d'enterrement que vous faites, on dirait qu'on vous a annoncé la mort de quelqu'un !

Je manque de m'étouffer et je sens Rip se crisper à mes côtés. Parker ne croit pas si bien dire ! Mais pour masquer son mal-être, Rip se met à rire. Un rire faux, que seuls Marcus et moi savons forcé.

— Exactement, mon pote ! La mort du Boss et de sa putain de Ligue ! dit mon démon en s'asseyant près de Royce. Allez, file-moi la bouteille de Jack, j'ai besoin de fêter ça !

Je me place à ses côtés, mais mon regard croise celui de Jess, et je ne peux masquer plus longtemps l'angoisse qui m'habite. Ma tante plisse les yeux, comme si elle avait détecté ma peur. Elle a toujours lu en moi comme à livre ouvert. Et cette fois encore, elle a compris que quelque chose n'allait pas.

46

Secret nocturne

Raphaël :

Je n'arrive pas à y croire. Il doit y avoir une erreur. Maxime ne peut pas mourir. C'est impossible. Je ne le permettrai pas.

Mon frère. Mon sang. Il s'est sacrifié pour me ramener à la vie. Il a enduré mes conneries pendant toutes ces années sans jamais se plaindre. Et croyez-moi, je lui en ai fait voir, enchaînant les esclandres à mesure que ma rancœur me bouffait.

Pourtant, pendant tout ce temps, il n'a cessé de m'être fidèle. Même lorsque je lui ai pris Kataline…

La Sibylle s'est trompée. Il doit y avoir une erreur dans son interprétation des runes.

Mais je ne peux effacer l'image de l'ange qui plane dans les airs avant d'éclater en un million de putains de paillettes.

Je frappe le mur à côté de moi. Si violemment qu'un trou béant se forme dans le Placoplâtre.

Je n'en ai rien à foutre ! Max ne se sacrifiera pas pour cette putain de quête !

Je tourne en rond comme un lion en cage, en essayant de me remémorer les paroles exactes de Phaenna la première fois que je l'ai rencontrée.

« Tu dois faire naître la Muse endormie. La pousser dans ses limites pour libérer son esprit de ses chaînes. C'est elle la clé de notre libération. Elle est la Dernière Muse. Celle qui mettra fin à cette ère de soumission. »

Je ne pensais pas à l'époque que je me lançais dans une telle aventure. Je croyais simplement avoir trouvé le moyen de nous libérer de cette saloperie de Ligue en manipulant une pauvre fille perdue. Mais cette rencontre a complètement changé ma vie. Et pas seulement la mienne. Celle de mon clan et de la communauté démoniaque tout entière.

Mes plans si bien échafaudés ne se sont pas déroulés comme prévu.

C'est moi qui ai succombé devant la Muse. Cette jeune femme, à l'apparence si insignifiante, s'est avérée bien plus forte que n'importe qui. Elle m'a pris mon corps, mon cœur et mon âme.

Moi qui étais dans l'ombre depuis toutes ces années, elle a éclairé ma vie de sa lumière. Telle une déesse, elle a entrouvert les portes du paradis. Et maintenant, je ne désire plus que forcer l'entrée pour me noyer avec elle dans la promesse de cet éden inexploré.

Je suis complètement accro à Kataline, emprisonné dans une dépendance dont je ne veux plus sortir. Elle est ma drogue. Et je ne laisserai personne m'éloigner d'elle. Et si quelqu'un cherche à lui faire du mal, je le tuerai avant qu'il ait pu simplement l'effleurer.

La Sibylle m'avait mis en garde contre le danger de cet amour. Mais je n'ai pas su résister à la puissance de mes sentiments. Le souvenir de ses paroles hante encore mon esprit, aussi clairement que l'eau de roche. Comme si je venais de l'entendre :

« "La félicité demande des sacrifices, Raphaël. Et tu n'échappes pas à cette règle. Si tu prends le cœur de la Muse, tu devras en payer le prix. Chaque don exige une contrepartie. C'est l'équilibre des choses. »"

Ce soir, la Sibylle m'a rappelé ce que me coûterait l'amour de ma Muse. Comme si j'avais choisi…

Comme si j'avais choisi de succomber comme un puceau devant sa première conquête.

Mais il n'y avait même pas de choix à faire, putain !

Je passe rapidement la main dans mes cheveux, comme si ce simple geste allait apaiser ma colère.

Mais l'image de Kataline revient s'imposer.

L'amour que je porte à ma Muse est incontrôlable, plus puissant que tout le reste. Je ne peux lutter contre cette force qui me pousse vers elle. Elle a pris possession de mon cœur, sans que je n'j'aie mon mot à dire.

Malgré tout, je ne pensais pas que le prix à payer pour cet aperçu du bonheur serait aussi élevé.

Le Puissant m'en veut-il tellement qu'il veut désire me forcer à choisir entre mon frère et ma Muse ? Entre mon sang et mon cœur ?

C'est tout simplement impossible. Et à présent, je me suis dans une impasse…...

***

Kataline :

Je n'arrive pas à dormir.

Comment le pourrais-je ?

J'ai appris la mort prochaine de mon ami. Et je sais au fond de moi que nous avons très peu de chances de changer le cours des choses. Je voudrais croire que ce qu'affirme la Sibylle est possible. Que nous avons le pouvoir d'interférer sur notre destinée... Mais même si je l'appelle de mes vœux, au fond de moi, je suis persuadée que la Prophétie s'accomplira. Peu importent nos choix ou nos actes !

Je fixe le plafond, les yeux grands ouverts sur cette vérité qui me ronge, cherchant une solution qui pourrait inverser le cours du Destin. Je dois trouver un stratagème pour empêcher la prédiction de se réaliser, un moyen pour que Maxime ne vienne pas avec nous dans le sanctuaire de la Ligue.

Il me faut inventer un prétexte.

Mais j'ai beau me creuser la tête, je ne vois rien d'assez important qui forcerait Max à ne pas nous accompagner dans cette maudite quête.

Ou alors, peut-être que je devrais carrément renoncer pour sauver mon ami ? Argh, non ! Je ne peux pas faire ça. Je ne peux pas sacrifier tous ces gens pour une seule personne. Et si Maxime l'apprenait, il s'en voudrait d'être la raison de cet échec.

Je prends ma tête entre mes mains, en espérant que cela m'aide à trouver une idée.

Pourquoi faut-il que notre Destin soit lié à cette maudite Prophétie ? Pourquoi nous ?

La Prophétie n'est que l'interprétation d'un message divin... souffle la petite voix dans ma tête.

Mais oui, c'est vrai ! Peut-être que la Sibylle s'est trompée en interprétant les textes ? Peut-être que la Prophétie ne parle pas de nous ? Il n'est fait référence qu'à des rôles et non des personnes dans les textes.

Nous ne sommes peut-être même pas concernés par ce que disent les runes ! Après tout, les apparitions n'étaient que des silhouettes de sable doré, qui ne représentaient personne en particulier. Les quatre éléments pourraient être n'importe qui.

Bon, je sais que je me raccroche aux branches et que cette hypothèse n'est pas crédible. Il y a trop de coïncidences. Mais je ne peux me faire à l'idée de perdre Maxime. Mon Maxime. Le premier ami que j'ai trouvé en m'installant ici. Celui avec qui j'ai partagé tant de choses.

Celui qui m'a sauvée et qui m'a fait rencontrer Rip…

Les souvenirs de nos moments de complicité me reviennent en pleine face comme un boomerang. Nos fous rires, nos taquineries, notre passion partagée pour l'art… Tous ces instants où je pensais commencer une nouvelle vie, paisible, normale.

L'image de Maxime qui se penche au-dessus de moi s'impose naturellement. Ses yeux qui me caressent. Ses lèvres qui se posent sur les miennes dans ce baiser unique que nous avons échangé. Un baiser à son image. Doux, léger… paisible.

Il ne m'en a même pas voulu de ne pas partager ses sentiments. Alors que moi-même, j'étais rongée par la culpabilité de succomber à son frère. J'avais tellement honte de lui faire du mal. Parce que je savais qu'il souffrait de ma relation avec Rip. Et que j'en étais responsable. Pour autant, il ne m'en a jamais tenu rigueur et n'a jamais remis en cause notre amitié.

Le cliquetis de la poignée me tire de ces mornes pensées. Rip entre dans la pièce, l'air encore plus sombre que d'habitude. Malgré ses efforts pour ne pas avoir l'air abattu, je sais, moi, quel tourment l'habite. Car je partage cette même douleur.

Mon démon s'avance dans la chambre, et la tristesse qui voile son regard me brise le cœur.

— Est-ce que tu comptes lui parler ? demandé-je, alors qu'il s'assied sur le lit à mes côtés.

Ses épaules affaissées et la mèche noire qui lui cache les yeux montrent son abattement.

— Je ne sais pas…

— Mais nous ne pouvons pas lui cacher la vérité. Ce serait injuste.

— Et comment faire, hein ? Je vais lui dire demain matin au petit déj' entre deux croissants ? Au fait, Max, faut que je te dise : tu vas mourir !

Je soupire et pose ma main sur la sienne.

— Je comprends que c'est difficile. Moi-même, je cherche un moyen pour éviter que cette Prophétie ne se réalise. Mais je n'en trouve pas. Et je suis tout autant en colère que toi de me retrouver si démunie.

Rip me fixe quelques secondes, les sourcils froncés. Puis il soupire à son tour et s'allonge à côté de moi, les yeux levés vers le plafond.

— Excuse-moi, bébé. Je sais que c'est difficile pour toi aussi. Mais j'ai du mal à accepter…

Il tourne la tête vers moi et sa souffrance ravive mon envie de le rassurer.

— Nous trouverons une solution. Il le faut, dis-je en espérant de toutes mes forces que mes paroles seront prémonitoires. La Sibylle s'est peut-être trompée en interprétant les runes. Peut-être qu'il ne s'agit pas de Maxime ?

Mon démon m'attire vers lui et pose son front sur le mien. Je le vois déglutir avant de plonger ses prunelles argentées dans les miennes.

— Je t'aime, Kataline. Tu ne peux pas imaginer à quel point.

Mon cœur se gonfle d'amour alors que des larmes perlent à mes cils.

— Je t'aim…

Rip pose sa bouche sur la mienne, avant même que je termine ma phrase. Le goût de ses lèvres est différent, plus prononcé, plus fort. Comme si son désespoir transpirait à travers les pores de sa peau.

Et moi, instinctivement, j'ai envie d'atténuer sa peine. De lui apporter la force de surmonter cette épreuve. Et pour quelques heures, lui faire oublier.

Timidement, ma langue vient forcer les barrières de sa bouche pour venir caresser la sienne. Et alors que mes mains se posent sur sa chemise, ôtant fébrilement les boutons, je sens sa respiration s'accélérer.

Lorsque mes doigts rencontrent la chaleur de sa peau, Rip pousse un gémissement dans ma bouche.

Il m'écarte en tirant sur ma natte et ses yeux plongent dans les miens, brûlants. Puis il ôte rapidement ses vêtements et se place sur moi en m'écartant les jambes d'un geste brutal.

Il me scrute quelques secondes, suspendu au-dessus de moi, comme pour graver cet instant dans sa mémoire. Puis, avec un grognement désespéré, il s'invite dans ma chaleur.

Mon cœur manque d'exploser tant l'intensité de notre étreinte est puissante. C'est comme un tourbillon d'émotions. Et ma poitrine se serre face à la tempête dévastatrice qui s'abat sur nous et nous entraîne dans des contrées inexplorées.

Rip s'accroche à moi comme à la vie. Comme s'il voulait faire passer ses ressentis dans ses gestes. L'amour, le désir, la colère, la rage, le désespoir.

Tous ces sentiments se mêlent pour former un séisme foudroyant qui me balaie.

Avec une puissance insoutenable, il me pousse et m'attire dans un va-et-vient perpétuel qui n'en finit pas. M'invitant et me rejetant sans cesse jusqu'à me faire oublier mon propre corps.

Mon démon nous transporte, loin, très loin. Jusqu'à ce que nous flottions, telles des poussières d'étoiles, dans un univers parallèle où la raison n'est plus.

Cette nuit-là, Rip me fait l'amour avec toute l'intensité de sa douleur.

***

Enroulée dans mon peignoir, je pousse la porte de la salle de bains avec précaution. Rip dort encore et c'est avec un regard troublé que je l'observe quelques instants respirer. Ce démon est tout pour moi et, plus le temps passe, plus mon amour pour lui grandit. C'est presque effrayant de se dire qu'on pourrait donner sa vie pour quelqu'un. Et pourtant, si cela devait arriver, je le ferais sans hésiter…

Il semble presque apaisé dans la quiétude du sommeil, la tête posée sur mon oreiller. Comme si Morphée lui-même veillait à la sérénité de son repos.

Alors que je m'éclipse de la pièce, à son insu, je ne peux empêcher les remords d'assombrir mon esprit. Mais je sais que je dois le faire. Je serai de retour avant qu'il se réveille. Et il ne saura rien…

Je quitte précipitamment l'appartement et me dirige vers la porte au fond à gauche de l'étage.

Le bruit de mes pas sur le parquet sonne comme une musique lugubre, parfaite pour ce que je m'apprête à faire.

Lorsque je cogne doucement sur le bois de la porte, je constate le tremblement qui agite mes mains. Alors, je serre les poings et attends que quelqu'un ouvre.

Au bout de quelques secondes seulement, Maxime apparaît dans l'entrebâillement, les cheveux défaits, le pyjama à moitié ouvert.

— Kat ? s'étonne-t-il d'une voix endormie en resserrant les pans de sa veste. J'ai senti que c'était toi… Mais qu'est-ce que tu fais là ?

Je lui fais signe de se taire avec mon index et le pousse pour pénétrer dans sa chambre.

— Quelque chose ne va pas ? reprend mon ami, inquiet.

Sans répondre, je me laisse tomber sur le fauteuil le plus proche, celui sur lequel j'aimais me vautrer lorsque nous travaillions sur notre projet artistique.

Mon Dieu, cette époque me manque tellement !

J'inspire profondément et je me lance.

— Je suis venue te parler, Maxime, dis-je d'une voix serrée par l'émotion. Mais avant que je ne commence, je veux te dire que j'ai pris seule l'initiative de le faire. Rip n'est pas au courant. Et je voudrais que cette conversation reste strictement entre nous…

Mon ami lève les sourcils. Naturellement, il ne doit pas comprendre la raison de ma venue, et toutes ces cachotteries.

— Je… C'est à propos de la Prophétie. Et de ce que nous a dit la Sibylle, commencé-je d'une voix sourde.

Maxime fronce les sourcils avant de répondre, de la manière la plus banale qui soit.

— Tu vas m'annoncer que je vais mourir, c'est ça ?

Mon cœur tressaille.

— Hein ? Quoi ?

— Inutile de taire la vérité, Kat. Tu mens très mal et je sais parfaitement quand tu me caches des choses.

— Mais… Mais non !

Maxime s'assied à son tour et me prend la main.

— Alors, pourquoi ta voix est si peu assurée ? Pourquoi tes mains tremblent de la sorte ? Et pourquoi t'enfuis-tu en pleine nuit pour venir me parler en cachette de mon frère ?

Oh, bordel ! Comment me sortir de ce pétrin alors que je me trouve au pied du mur ? Je choisis la carte de la sincérité. Et même si ça me fait mal de prononcer ces mots, je sais que je dois le faire. Pour lui. Je prends une grande inspiration avant de me lancer.

— O.K., tu as raison. Je suis venue te révéler ce que nous a dit Phaenna à propos de la Prophétie…

Mais Maxime lève brusquement sa main devant lui.

— Ne te donne pas cette peine ! Je suis déjà au courant de ce que dit cette putain de Prophétie, Kataline.

Merde ! Comment c'est possible ?

— Mais… Mais comment ?

Maxime me fixe avec un air résigné.

— Phaenna m'a convoqué. Juste après vous.

Il me faut un temps de réflexion pour faire appel à ma mémoire. Oui, je me souviens à présent qu'après que nous sommes sortis de la loge de la Sibylle, Maxime a été absent de notre table pendant plusieurs minutes. Il devait être avec elle à ce moment-là.

— Je suis désolée, dis-je simplement, avec un regard d'excuse.

Mon ami reste silencieux quelques instants, le visage impassible. Puis il lève la tête vers moi, résigné.

— Les autres sont au courant ? demande-t-il, le regard sombre.

— Non. Seulement Marcus… et Rip.

Il se renfrogne.

— Oui, bien sûr. Il était distant avec moi, ce soir.

Je hoche la tête en pinçant les lèvres. Mon démon a effectivement évité son frère toute la soirée. Et dire que Maxime était déjà au courant…

— Il a peur de te perdre, Max.. Et moi aussi. Mais je ne voulais pas rester à ne rien faire. C'est pour ça que je suis venue. Pour te prévenir. Cela me semblait trop injuste…

Mon ami se rapproche de moi, et je m'empresse de poursuivre autant pour le rassurer, lui, que moi.

— Phaenna dit que nous pouvons peut-être changer le cours des choses. Que nos choix peuvent interférer sur le Destin... Il faut qu'on trouve un moyen de changer l'histoire, Maxime.

Il me regarde pendant plusieurs secondes, assimilant mes paroles d'un air concentré. Puis son visage se détend.

— Pour l'instant, je n'ai pas l'intention de me sacrifier, Kat. Et puis, même si je décidais de le faire, ne dit-on pas que les anges sont éternels ?

J'ai la triste impression que Max cherche à dédramatiser la situation. Mais son optimisme exagéré est signe d'inquiétude et provoque en moi l'effet inverse. Les larmes pointent à mes cils et j'ai énormément de mal à les dissimuler.

— Ne t'inquiète pas, petite Muse ! dit mon ami en caressant ma joue. Je suis certain qu'il ne va rien m'arriver.

Pourquoi ces mots sonnent faux à mes oreilles ? Pourquoi ai-je l'impression qu'il pense tout le contraire de ce qu'il dit ? Sans attendre de réponse de ma part, il me prend dans ses bras et me serre fort contre sa poitrine. Lorsqu'il me libère, mes yeux sont toujours humides.

— Je maudis cette guerre… Et je maudis la Ligue et le Boss de nous infliger tout ça.

— Raison de plus pour les annihiler. Lorsque tout cela sera fini, il n'y aura plus de conflits, plus de combats… et nous pourrons vivre sans craindre que la Ligue nous exploite. Nous serons libres.

— J'espère être assez forte.

— Tu es la personne la plus forte que je connaisse, Kataline. Beaucoup de gens croient en toi. Et tu pourras bientôt réunir les quatre éléments. Le bâton de Muso ensorcelé, le bouclier du Gardien, les foudres de l'Enfer engendrées par un Démon de feu…

— Et le sacrifice de l'Ange, terminé-je d'un air lugubre.

— L'ange sera toujours là pour te protéger. Quel que soit son état. Vivant ou… mort.

Je me mords la lèvre et cette fois-ci, je laisse les larmes couler sur mes joues. Parce que ses paroles sonnent comme un aveu. Je sais que, malgré ce qu'il affirme, Maxime suivra la Prophétie. Il se sacrifiera pour notre réussite. Et cette révélation me brise le cœur…

***

Lorsque je me glisse entre les draps, à côté de Rip, je frisonne encore d'avoir pleuré. Sentant ma présence dans son sommeil, mon démon m'attrape pour m'attirer contre lui, comme s'il cherchait du réconfort auprès de moi.

Je me colle contre lui, en laissant sa chaleur m'envelopper.

Je ne lui parlerai pas de ma conversation avec Maxime. Je ne lui raconterai pas non plus que son frère est au courant de la Prophétie.

Non. Je trouverai un moyen de sauver Maxime. Quoi qu'il en coûte. Et j'empêcherai cette maudite Prophétie de se réaliser.

Le Boss et la Ligue seront anéantis. Même si les quatre éléments ne sont pas réunis. Je me battrai pour que ça marche.

Je cherche en vain à trouver le sommeil, ressassant ces pensées dans ma tête comme un mantra.

Et pour m'apaiser, je me concentre sur Rip, espérant trouver dans les battements de son cœur la cadence régulière qui m'emportera dans les limbes du sommeil. Mais alors que je commence à sombrer, un bruit dans le couloir attire mon attention.

Rip se redresse tout d'un coup, avant même que la personne frappe violemment à la porte de l'appartement. La voix paniquée de Parker résonne alors dans tout l'étage.

— Rip ! Kat ! Max ! Réveillez-vous ! La Casa Nera a été prise d'assaut par les mercenaires !

47
Stratégie

Je m'habille en quatrième vitesse, le cœur battant.

Ni Rip ni moi ne prononçons le moindre mot, chacun plongé dans nos sombres pensées. Et lorsqu'il m'attrape par la main pour me téléporter à l'étage inférieur, nous n'avons pas besoin de nous parler pour nous comprendre. Nous sommes habités par la même détermination. Il est temps d'en finir avec tout ça.

Pourtant, je sais que mon démon est rongé par la Prophétie et le risque de perdre son frère… Moi-même, je n'arrive pas à m'enlever cette fatalité de la tête. Elle me ronge. Et je sais qu'elle influencera toutes nos décisions. Les rendant encore plus difficiles.

Nous arrivons dans le salon où tout le monde s'est regroupé : le clan Saveli au complet, ma famille et mes amis. Lorsque nous y pénétrons, la tension qui règne dans la pièce me prend à la gorge. Tous semblent être dans le même état de stress que nous.

À peine entrée, je cherche Maxime du regard, mais rapidement, l'ange se détourne, le visage fermé.

— Qu'est-ce qui s'est passé ? demande Rip avant même de saluer.

La surprise de découvrir Isis, aux côtés de Marcus, évince le pincement qui serre mon cœur. La jeune femme semble blessée à la poitrine et l'archer la tient par les épaules pour la soutenir.

— Nous savions que la Ligue interviendrait à la suite de l'enlèvement de Morena. Mais nous ne pensions pas que les mercenaires s'attaqueraient directement à la Casa Nera. Ils sont venus dans la nuit et ont tué la garde de Molly pendant son sommeil. Elle n'a pas pu alerter les autres de l'invasion.

Le masque de la mort passe sur son visage.

— Ils n'ont même pas eu le temps de se défendre…

La voix de la fureteuse se brise, et Marcus lui caresse le dos pour la réconforter.

— C'est une expédition punitive, dit Royce en tapant du poing sur la table. Ils sont venus les punir d'avoir enlevé la mère de Kat. Et ils les ont attaqués par surprise pendant leur sommeil pour mieux les exterminer ! Les ordures ! Ils les ont tués au moment où ils étaient le plus vulnérables !

Rip se redresse et la colère déforme ses traits.

— Les lâches ! Ils méritent de subir le même sort ! Préparez-vous ! ordonne-t-il. On va leur faire payer.

— Non ! intervient Marcus en posant la main sur le bras de son ami. Le Boss a déjà pris le contrôle du clan.

Cette précision a l'effet d'une bombe et jette un froid sur l'assistance.

Je vois le visage de mon démon se décomposer et ses poings se serrer.

— Mais on ne peut pas rester à ne rien faire, dit Jess, visiblement rongé par l'inquiétude. Il faut aller les secourir…

Kris se renfrogne à ses côtés. Et je vois dans son regard une lueur si douloureuse qu'elle me fait frissonner.

— Impossible ! Le Boss manipule leur esprit, dit-il d'une voix glaciale. Ce ne sont plus que des pantins maintenant. Il peut leur faire faire ce qu'il veut. Croyez-moi, personne ne peut lutter contre l'emprise mentale du Maître de la Ligue.

Je comprends à présent que Kris a déjà dû vivre cette situation. Lui aussi était un démon disciple auparavant, mais pour une raison qui m'était jusqu'alors inconnue, il a cessé de l'être. À présent, je commence à comprendre…

— Il a raison. Le Boss manipule les démons qu'il a asservis comme des marionnettes, intervient Isis d'un air sinistre. Il les oblige à s'entretuer. Et Molly est complètement impuissante.

Sa voix s'étrangle. Cette fois, elle ne peut retenir les sanglots qui secouent son corps violemment. Les paroles de la fureteuse plongent la pièce dans une atmosphère électrique.

Je savais que le Boss pouvait contrôler les démons, mais je ne savais pas qu'il le faisait en prenant possession de leur esprit.

— Comment c'est possible ? demandé-je.

— L'Élixir, souffle ma mère, le regard dans le vague. C'est l'Élixir qui lui permet de faire ça. Il l'a amélioré avec mon sang. Grâce à lui, il peut prendre possession de dizaines de démons pendant plusieurs heures.

395

Puis, comme si elle s'éveillait d'un songe lointain, elle lève la tête vers moi. Elle attrape ma main et la serre si fort que je réprime une grimace. Ses yeux reflètent sa peur lorsqu'elle ajoute :

— S'il met la main sur toi, Kataline, il pourra contrôler tous les démons de cette planète en même temps.

Elle marque une pause, le visage défait par la crainte.

— Nous devons absolument l'empêcher d'agir.

Au fond de moi, une bouffée de rage grandit à mesure que je prends conscience de ma responsabilité dans tout ça.

— C'est ma faute, dis-je en fronçant les sourcils. C'est à cause de moi s'ils sont venus chez Molly. Je ne peux pas rester ici à ne rien faire. Je dois agir.

— Et te jeter dans la gueule du loup ? intervient Isis, coupant court à mon élan. Je suis sûr que le Boss n'attend que ça ! Il te pousse à intervenir pour mieux t'entraîner dans ses filets ! Tu feras quoi quand il t'aura mis la main dessus ? Et vous, vous ferez quoi quand il vous contrôlera tous comme des jouets ?

— Il n'a jamais réussi à contrôler notre clan… dit Marcus d'une voix sourde. Nous avons feint la soumission.

La fureteuse écarquille les yeux, incrédule.

— Rip est l'un des rares démons à avoir ressuscité grâce à un pacte passé par un humain, poursuit l'archer. Ce clan est plus puissant que les autres. Parce que c'est l'union de ses membres qui a ramené le démon originel des enfers.

Waouh…

Je sais maintenant pourquoi ces démons sont si spéciaux, si soudés. Et je comprends aussi pourquoi Rip est celui qui anéantira la Ligue à mes côtés.

L'archer plonge ses yeux dans les miens, comme pour appuyer ma réflexion intérieure.

— Alors, il n'y a aucune raison pour que nous n'allions pas aider la Casa Nera, déclare Rip d'un air décidé.

***

Tandis que nous nous préparons à partir au combat, Isis nous tourne autour avec un air soudain inquiet.

— Je vous préviens, ce ne sera pas une partie de plaisir ! s'écrie-t-elle. Les mercenaires sont très nombreux et le Boss contrôle au moins la moitié du clan de Molly.

Le visage de Rip se ferme et il revêt le masque froid du guerrier qui définit sa stratégie.

— C'est pour cette raison qu'on doit réfléchir… Il faut qu'on soit plus malins qu'eux. Marcus, dit-il en allumant un ordinateur portable, trouve-moi les plans de la Casa Nera. Parker, rassemble nos armes. Royce, il nous faut des renforts.

— Les disciples sont déjà en territoire ennemi, répond le démon. Impossible de les contacter d'ici. La Ligue a criblé la zone de sortilèges. Il n'est même pas sûr qu'on puisse se téléporter jusqu'à eux.

— Il faudrait que quelqu'un aille les retrouver pour les prévenir, ajoute Maxime.

— Oui, mais nous ne pouvons pas attendre jusque-là. Le clan de Molly sera mort avant que l'on intervienne, dit Marcus d'une voix défaite.

— Moi, j'irai, dit Kris. Je connais tous les pièges tendus par la Ligue et je saurai déjouer les sorts.

Le visage de ma tante se décompose, mais elle ne proteste pas.

— Et comment vas-tu parcourir plus de mille kilomètres en si peu de temps ? demande Royce. Tu ne peux pas te téléporter. Et si quelqu'un de nous t'emmène, tu perdras la vie pendant le voyage.

— Je peux facilement remédier à ça… Enfin, si tu es d'accord, Kris, propose Rip.

L'ami de ma tante plisse les yeux, attentif aux paroles du démon.

— Sans te transformer complètement, je peux faire en sorte que tu puisses glisser sans prendre le moindre risque.

Kris le fixe pendant quelques secondes, puis finit par hocher la tête.

— Je te fais confiance, dit-il en serrant la main de Rip.

— Bien.

Chacun est sur le pied de guerre. Et moi, j'observe l'effervescence qui a pris possession de mes amis avec un certain détachement. J'ai l'impression d'être dans une scène de film sans vraiment faire partie du casting.

Bizarrement, je n'ai pas l'impression de partir au combat. Je me sens presque sereine. Comme si ce qui allait suivre était le fruit de la fatalité.

Est-ce cela le destin ? Le sentiment de ne pas maîtriser ce qu'il se passe ? De subir les actions sans vraiment y prendre part ? En se laissant porter par les événements ?

La main qui se pose sur mon bras me tire de mes réflexions.

— Kataline, me souffle ma mère d'une voix douce.

Son visage est empreint d'une douleur indicible.

— Ma chérie, je voulais te dire que, quoi que tu penses de moi, tout ce que j'ai fait, je l'ai fait pour toi.

Je me renfrogne. Ce discours me paraît tellement inopportun.

— Je t'aime. Tu es la chair de ma chair. Le sang de mon sang. Et ce qui m'est arrivé de mieux en ce monde. J'ai tellement peur de te perdre... au moment où je te retrouve enfin.

— Je sais, maman. Toutes ces choses, la Prophétie, le Livre du Destin, La Ligue. Toutes ces choses ont pris nos vies sans que l'on ait notre mot à dire. C'est injuste. Mais nous devons faire face. Parce que l'avenir est en jeu. Je me lance dans un combat dont seules deux issues sont possibles. Il me sera salutaire ou il me sera fatal. J'accepte de prendre le risque. Car ce que je sais, c'est que je ferai tout ce qui est en mon pouvoir pour anéantir ces pourritures ! La Ligue ne sera bientôt plus.

Ma mère me fixe pendant quelques secondes, puis elle m'attire vers elle pour me serrer dans ses bras.

— Le monde ne pouvait pas avoir meilleure défenseure que toi, ma chérie.

Je lui rends son étreinte, en priant pour que mes paroles se transforment en présage. Alors que nous restons serrées l'une contre l'autre, la voix de Rip interrompt notre effusion.

— Parker ? demande-t-il avec une froideur toute militaire.

— Tout est prêt, répond le démon en désignant les nombreuses armes blanches qu'il a étalées sur une grande table. Vous pouvez vous servir.

Chacun s'approche pour s'emparer du maximum d'armes que lui permet son équipement. Et alors que mes yeux parcourent la table à la recherche de l'arme parfaite, Parker me lance un bâton de Muso que j'attrape en plein vol.

— Tiens, Kat ! J'ai pensé que tu aimerais avoir ça avec toi.

— Je n'avais pas l'intention de partir sans, dis-je en lui adressant un clin d'œil.

— Ce n'est pas un jō habituel, princesse, ajoute Marcus en regardant mon bâton. Celui-ci a été béni par une enchanteresse.

Je caresse lentement le bois de chêne blanc recouvert de runes. C'est le bâton de Muso ensorcelé… Celui de la Prophétie.

À ce moment-là, je croise le regard de Rip, sombre et inquiet. Il m'adresse un léger signe de tête en direction de Maxime. Et mon cœur se serre instantanément. L'ange est en train de ranger des armes blanches dans leur étui, concentré. Sans se soucier qu'il est la cible de notre attention.

Les yeux de Rip reviennent sur moi. Je sais à quoi il pense.

— Max, tu resteras avec Kat et moi, dit-il d'une voix sans appel. Marcus, Royce et Parker, vous formerez l'autre groupe. On va attaquer la Casa Nera à deux endroits différents. Royce ! Apporte-moi la carte.

Rip étale le document sur la table désormais vide. Et alors qu'il commence à expliquer son plan, mon esprit s'échappe vers de nouvelles incertitudes.

***

Mon cœur bat la chamade. Pendant que je m'accroche à mon démon, l'appréhension est méchamment en train de prendre possession de mon corps.

Je pars au combat. Un combat dont l'issue peut changer la face du monde. Mais malgré tout ce qui s'est passé, malgré ma conviction à vouloir faire le bien, j'ai du mal à m'y résoudre. Parce que je suis persuadée que l'attaque de la Casa Nera n'est qu'une étape. La première de la guerre que je viens de déclarer à la Ligue et au Boss.

Et à cette idée, le doute commence à s'installer sournoisement dans ma poitrine.

C'est comme si on m'avait recrutée dans un rôle que je ne pourrai pas tenir. Comme si on m'avait taillé un costume trop grand pour moi. Est-ce que je vais être à la hauteur de ce que l'on attend ?

Comment le savoir ? Comment être certaine que je ne fais pas erreur ?

Tu es la Muse… Suis ton instinct.

Ma petite voix n'est qu'un souffle, mais je l'entends parfaitement m'encourager à affronter mon destin.

Oui, je sais. On me serine la même chose depuis que j'ai appris que je faisais partie de la lignée des Muses. Depuis que je sais que le sang qui coule dans mes veines est un fléau. Mais c'est facile de dire ça ! Est-ce qu'on me demande ce que je veux, à moi ? Est-ce que quelqu'un s'est au moins posé la question de ce que j'ambitionne dans l'avenir ?

Alors, dis-le ! Qu'est-ce que tu veux, Kataline Anastacia Suchet du Verneuil ?

Mes yeux se posent sur mon démon, qui m'enveloppe de la chaleur protectrice de ses bras. Puis, lentement, mon regard se déplace vers ma mère, ma tante et le reste du groupe qui attend qu'on lui donne le feu vert.

Mon regard croise celui de Jess, et à cet instant, je suis persuadée qu'elle sait parfaitement quel combat se mène dans mon esprit. Et comme pour apaiser mes doutes, elle s'approche de moi et me serre contre elle.

— Aie confiance en toi ! susurre-t-elle. Tu es la Muse et tu es plus forte que tu ne le penses…

À cet instant précis, je sais ce que je veux le plus au monde. Je veux que ces personnes puissent vivre libres. Je veux qu'elles se libèrent de leurs chaînes… Je veux que la Ligue disparaisse de ce monde !

Machinalement, je serre mon jō contre moi.

— On y va, bébé, souffle Rip à mon oreille. Prépare-toi.

Je hoche la tête, avec une assurance retrouvée, juste avant qu'il nous propulse dans le tunnel multicolore de la téléportation.

***

Je n'étais pas prête.

Non, je n'étais pas prête à voir ça.

Parce que personne sur cette maudite planète ne pouvait se préparer à la vision d'horreur qui nous accueille lorsque nous atterrissons dans le hall de la Casa Nera.

Le marbre noir, qui fait la fierté de cette maison, est maculé de chair et de sang.

Des corps sans vie. Partout. Des membres déchiquetés qui jonchent le sol. Des morceaux de viande qui ornent les murs.

Des dizaines de démons gisent dans une mare écarlate, disloqués, démembrés… comme si on s'était acharnés sur leur dépouille.

La volonté des mercenaires n'était pas seulement de tuer.

Non. Un simple coup mortel aurait suffi pour ça.

Là, ils s'étaient littéralement déchaînés sur eux, les réduisant en une bouillie répugnante, qui transforme la scène en étal de boucherie.

Des flashs surgissent dans ma tête. Je peux presque voir les visages des mercenaires, qui s'amusent à dépecer leurs victimes. Je peux entendre leurs rires étouffer les cris de douleur…

Comment peut-on en arriver là ? Comment peut-on faire subir ça à un être vivant ?

Ce spectacle effroyable me rappelle combien la Ligue et les mercenaires sont cruels… Inhumains. Ils ne méritent pas de vivre.

L'odeur de l'hémoglobine m'agresse les sinus et un goût de bile remonte méchamment dans ma gorge.

Je porte la main à ma bouche, refoulant la nausée qui me soulève le cœur. Rip m'attrape pour cacher mon visage dans son tee-shirt. Je sens son cœur qui s'affole à mesure que son corps se tend comme un arc prêt à décocher une flèche.

— Les salauds… Ils vont payer !

48
Champ de bataille

Dans chaque pièce, chaque recoin du rez-de-chaussée, nous découvrons des cadavres, tout aussi mutilés.

C'est un vrai carnage.

J'ai l'horrible pressentiment que l'armée de Molly ne se compte plus qu'en nombre de morts…

Et je me mets à prier intérieurement pour que notre autre groupe ait plus de chance que nous et qu'il n'ait pas découvert les mêmes scènes d'horreur. Conformément aux directives de Rip, ils ont dû atterrir directement dans les combles, à l'endroit même où j'ai ôté la vie à Miguel. Le plan est simple. Nous investissons les lieux, étage par étage. Eux par le haut, et nous par le bas.

Je cherche machinalement Isis du regard. La fureteuse a insisté pour venir avec nous afin de nous guider dans la grande demeure. La pauvre ! Elle est complètement livide et je me demande comment elle arrive à ne pas craquer.

Après tout, le clan de Molly était un peu sa famille…

Nous arpentons la zone à la manière des commandos. Impossible pour les démons d'utiliser leurs facultés sans risquer de nous faire repérer. Alors, nous parcourons prudemment les couloirs à la recherche de survivants. En vain.

Tandis que nous nous apprêtons à entrer dans une nouvelle pièce, je commence sérieusement à douter, rongée par le découragement. Peut-être arrivons-nous trop tard ? Peut-être que les démons sont tous morts à l'heure qu'il est ?

Isis arrête Rip à l'instant même où il tourne la poignée d'une porte.

— Attends… souffle-t-elle.

La fureteuse tend l'oreille, puis elle nous intime l'ordre de nous taire avant de s'éloigner en ôtant ses vêtements.

L'apparence de la jeune femme devient floue. Et elle revient quelques secondes plus tard sous son aspect animal, miaulant pour nous enjoindre de la laisser faire. La petite chatte noire se faufile à travers l'entrebâillement de la porte et pénètre dans la pièce, aussi silencieusement que possible.

Lorsqu'elle revient, quelques instants plus tard, c'est sous sa forme humaine. Mais ses yeux sont empreints de désolation quand elle attrape les habits que lui tend Maxime.

— Vous pouvez venir… J'ai trouvé un survivant, dit-elle d'une voix sourde en enfilant son tee-shirt.

Nous nous précipitons à l'intérieur de la pièce pour découvrir un démon, agenouillé sur le sol.

Je mets quelques secondes à comprendre qu'il est en train de pleurer, balançant le haut de son corps d'avant en arrière et psalmodiant des paroles dans une langue inconnue. Les épaules voûtées, secouées de tremblements, il caresse les cheveux bruns d'une femme, dont la tête repose sur ses genoux.

Je m'approche lentement, gênée à l'idée d'interrompre ce qui semble être une prière. Mais lorsque je découvre la dépouille qu'il cache, j'étouffe un cri d'horreur.

La jeune femme est littéralement coupée en deux, à hauteur de la taille, les entrailles déversées sur le sol. Le démon continue de caresser le visage sans vie, indifférent au sang qui macule les joues de la défunte.

J'ai du mal à supporter la vision horrifique de cette scène sortie tout droit d'un film de Tobe Hooper. Alors je me détourne, incapable de soutenir plus longtemps la vue de ce spectacle.

Rip s'approche du démon et l'attrape par les épaules. Mais au moment même où ses mains le touchent, l'homme se redresse d'un bond et se met à feuler dans notre direction, protégeant de son corps celui sans vie de sa compagne.

À cet instant, mon cœur se contracte. Je le reconnais… C'est Roberto, le démon que j'avais rencontré dans la salle qui avait l'allure d'un bar à chicha. Celui qui ressemble à George Clooney.

Et la victime… n'est autre que la démone qu'il avait nommée Giulia.

— Eh… doucement ! Nous sommes là pour t'aider, dit Maxime d'une voix douce, mais ferme.

Il tend les mains en avant et je ressens une onde de quiétude me balayer. L'ange est en train d'utiliser son pouvoir d'apaisement pour calmer le démon, qui nous fixe avec des yeux fous.

Son regard passe sur chacun de nous, puis finit par revenir sur moi. Il tend son bras dans ma direction.

— Toi ! La Muse !

Je hoche la tête, en tentant de lui montrer mes bonnes intentions. Malgré la main de Rip qui me retient, je risque un pas vers lui.

— Oui, c'est moi. Nous sommes venus pour vous aider…, commencé-je en tentant de le rassurer.

Les yeux du démon passent de Rip à moi, puis à Maxime, pour ensuite se poser sur Isis.

— Est-ce que c'est vrai ? demande-t-il à son intention.

La fureteuse hoche la tête d'un geste rassurant.

— Oui. Tu peux leur faire confiance. Ils sont avec moi, dit-elle en l'entraînant vers l'extérieur de la pièce. Viens, ne reste pas là.

Roberto la suit comme un automate, mais alors qu'il s'apprête à franchir le pas de la porte, ses yeux retombent sur la dépouille disloquée de Giulia. Son corps se remet à trembler et il s'appuie sur le mur pour glisser lentement sur le sol.

— Ils… Ils m'ont… Je l'ai tuée… bafouille-t-il en se prenant la tête dans les mains.

Ses épaules s'affaissent et il se remet à sangloter comme un enfant.

J'échange un regard entendu avec mes compagnons et nous nous mettons aussitôt sur la défensive. Le démon a été manipulé. Il est peut-être encore sous le contrôle du Boss et nous devons rester sur nos gardes.

Rip se place devant moi, prêt à intervenir au moindre geste menaçant. Pourtant, lorsque je vois l'attitude de Roberto, je ne peux m'empêcher de penser que le démon ne représente aucun danger. Il semble plutôt abasourdi par ce qui vient de lui arriver.

Tu m'étonnes… ! Qui ne le serait pas après avoir découpé sa petite amie comme une vulgaire carcasse de gibier ?

Une fois tout le monde sorti, Rip s'apprête à questionner Roberto lorsque son frère s'interpose.

— Laisse ! C'est une problématique d'ange…

— O.K., répond mon démon en s'effaçant devant lui.

Maxime se baisse vers Roberto et pose doucement sa main sur son épaule en fermant les yeux. Aussitôt, je ressens son aura envahir tout l'espace, libérant l'atmosphère de son funeste parfum.

— Explique-nous ce qui s'est passé, demande-t-il d'une voix douce.

Le démon lève la tête vers lui, les yeux vitreux. On dirait qu'il est au bord de la folie. Ce qu'il a vécu a dû être terrible et j'ai du mal à imaginer comment il pourra se remettre d'un tel traumatisme.

— J'ai tué Giulia, l'amour de ma vie…

Je suis surprise de l'entendre dire ça. Parce que, dans mes souvenirs, ils n'avaient pas l'air si proches l'un de l'autre.

— Oui, je sais. Je suis désolé, répond l'ange. Mais tu dois nous expliquer comment c'est arrivé. Dis-nous ce qui s'est passé.

Le regard du démon plonge dans le néant, et c'est comme s'il ne nous voyait plus.

— Nous étions en train de nous entraîner. Tout se passait bien quand...

Il s'arrête, les yeux écarquillés sur une scène imaginaire qui semble terrifiante.

— Quand ? insiste Rip.

— Quand j'ai senti que quelque chose forçait mon esprit. C'est entré dans ma tête et c'est devenu complètement incontrôlable. Et puis, tout d'un coup, c'est comme si mon corps ne me répondait plus… Comme si quelque chose dirigeait ma volonté.

Ses yeux partent dans le vague, à la recherche des souvenirs douloureux.

— Ils m'ont obligé à lui faire du mal. Ils m'ont forcé… Je ne voulais pas. Mais c'était impossible. Je devais la tuer.

— Ça a dû être terrible, dit Maxime avec empathie, en tentant de l'apaiser.

— Non. Vous ne comprenez pas. Il y avait ce truc dans mon cerveau qui me poussait à frapper. Et pourtant, au fond de moi, tout au fond, je ne voulais pas le faire. Je luttais. Mais c'était plus fort… C'était bien trop fort ! hurle-t-il, les yeux exorbités.

Le démon baisse la tête et sa douleur me touche en plein cœur.

— Je l'ai éventrée à mains nues…, dit-il en regardant ses mains pleines de sang avec effroi, comme s'il découvrait seulement maintenant les armes de son crime.

Roberto s'accroche aux épaules de Maxime comme un forcené, et l'ange est obligé d'user de la force pour le faire lâcher prise.

— Calme-toi, frère. C'est fini.

405

— Non, ce n'est pas fini…

Il lève soudain les yeux vers moi avant de terminer d'une voix transformée :

— Ça ne fait que commencer.

À cet instant, il devient méconnaissable. Ses yeux jusqu'alors larmoyants se révulsent pour revenir habités par une lueur assassine, qui me fait reculer.

Sans crier gare, Roberto se jette sur moi en hurlant.

— La Dernière Muse servira le Maître !

Un déclic se produit dans ma tête alors que je le vois s'approcher dangereusement, les mains tendues. En un quart de seconde, je comprends qu'il ne veut pas me tuer, mais qu'il veut m'emmener, probablement au sanctuaire de la Ligue. Il est toujours sous l'emprise du Maître et il nous a tendu un piège pour qu'on baisse notre garde !

Il veut m'enlever et me téléporter avec lui.

Ensuite, tout se passe très vite. Au moment où il est sur le point de m'atteindre, Roberto se fige.

La lame argentée d'un sabre fend l'air à la vitesse de la lumière et illumine la scène d'un éclair lumineux.

Le visage de Roberto reste quelques secondes figé dans un rictus improbable. Puis, lentement, sa tête se détache de son corps et roule sur le sol.

Le sang gicle, éclaboussant mes joues de taches poisseuses. Et tandis que je regarde, horrifiée, le corps de Roberto tomber, Isis se redresse, une épée sanglante à la main.

***

— Je crois que nous avons une partie de nos réponses, dit Rip avec fatalisme alors que nous nous dirigeons vers l'un des escaliers qui mènent au premier étage. J'ai bien peur que les seuls démons survivants dans cette maison soient ceux qui sont sous l'emprise de la Ligue…

Je suis toujours sous le choc de ce qui vient de se passer, essayant d'effacer les traces de sang de mon visage. Et dire que j'ai failli me faire avoir !

Je pensais sincèrement que Roberto regrettait ce qu'il avait fait. Il semblait avoir tellement de remords. Et son discours sur l'ascendant de la Ligue était on ne peut plus crédible. Disait-il la vérité lorsqu'il expliquait qu'il luttait intérieurement contre la manipulation mentale du Boss ? Je ne le saurai jamais.

Rip a dû mettre fin à la vie du démon en terminant le processus : un couteau planté dans le cœur, un coup de griffe dans la gorge et un bûcher en guise de tombeau. J'ai presque eu pitié de Roberto en voyant sa dépouille se transformer en un tas de cendres.

Mais maintenant, je n'ai plus le temps de m'apitoyer sur son sort. Alors, je repousse mes émotions et décide de me murer dans une tour d'insensibilité. Je dois laisser mes sentiments de côté si je veux sortir indemne de cette histoire. Et surtout victorieuse.

Si Rip dit vrai, nous allons devoir tuer tous les démons encore vivants dans cette maudite baraque ! Et mon empathie en prendra un sacré coup dans la figure. Par conséquent, autant me préparer psychologiquement à ce qui va suivre…

Au moment où nous nous apprêtons à monter les marches, Rip se fige. Il reste quelques secondes, plongé dans ses pensées. Et lorsque, enfin, il revient parmi nous, son visage est décomposé.

— C'est Marcus ! dit-il en nous regardant. Ils ont retrouvé Molly !

Je n'aurais jamais pensé être un jour soulagée en entendant ce genre de chose. Je ne porte pas la démone dans mon cœur, bien au contraire. Mais à cet instant, elle est notre seul espoir de mettre un terme à ce carnage.

— Vite, nous devons les rejoindre, dit Isis, avec un optimisme non feint.

Elle se précipite en direction de l'escalier. Mais Rip la retient.

— Minute ! dit le démon. Ils sont dans un salon privé, à l'avant-dernier étage. Et le bâtiment en compte cinq. Impossible de monter sans tomber sur des possédés.

La fureteuse lui adresse un petit sourire en coin.

— Je sais par où passer sans nous faire repérer. Venez avec moi !

Rip et Maxime échangent un regard, puis mon démon finit par hocher la tête.

— O.K., on te suit.

La fureteuse prend une petite porte, cachée derrière un gros rideau, et nous entraîne dans un petit couloir parallèle qui longe le corridor. Au bout se trouve une sorte d'ascenseur qui mène aux étages. Incroyable ! C'est un système dernier cri, fait de verre et d'aluminium qui nous conduit directement au quatrième étage sans que personne ne nous voie.

Lorsque la porte dérobée s'ouvre sur le couloir parallèle, identique à celui du rez-de-chaussée, nous sommes assaillis par des cris, de l'autre côté de la cloison.

Rip nous empêche de sortir, les bras en croix.

— Attendez !

À ce moment-là, la voix de Parker hurle dans nos têtes.

— Dépêchez-vous, les mecs ! On a besoin de vous !

À peine a-t-il terminé sa phrase que Rip se transforme, et, d'un simple geste de la main, explose le mur en face de nous.

Alors, nous nous retrouvons brusquement propulsés en pleine bataille. Il y a des dizaines de démons qui s'affrontent de toutes parts, se jetant les uns sur les autres avec une violence incroyable. Des hommes, des femmes, qui se livrent un combat sans merci, d'une violence rare. Maxime et Isis se jettent immédiatement dans la bataille avec ardeur.

— Oh, bordel ! dis-je pour moi-même en découvrant cette scène de chaos.

Je reste quelques secondes à côté de Rip, à observer le spectacle qui se déroule sous mes yeux, sans vraiment comprendre la raison d'une telle barbarie.

Je ne sais plus où donner de la tête et j'ai du mal à distinguer les bons des méchants. Ce sont tous des démons et rien, dans leur manière d'être, ne laisse présager de leur appartenance à tel ou tel camp.

Il y a des affrontements de tous côtés, et au fur et à mesure que les démons tombent, d'autres surgissent d'on ne sait où.

J'attrape mon jō d'une main ferme et adresse un regard à mon démon.

— Il faut qu'on retrouve Molly. Elle seule peut mettre un terme à tout ce bordel ! dit-il.

— Ouais, mais ça ne va pas être facile. On ne sait même pas où elle est…

Rip lève la tête quelques secondes, juste à temps pour intercepter une hache qui arrivait tout droit sur nous. Il saisit l'arme et la plante dans le torse d'un démon qui s'apprêtait à se jeter sur moi.

Waouh… Je suis bien contente qu'il soit de mon côté quand même !

Puis, sans aucun signe d'émotion, mon démon m'attrape par la main et m'entraîne derrière lui.

— Viens, bébé, suis-moi. Et surtout, tu ne me quittes pas d'une semelle…

Oui, papa ! dit mentalement la petite voix.

49
Bouclier

Rip me guide dans la cohue des combats, veillant à ce que personne ne puisse m'atteindre. Je n'ai même pas l'occasion de me défendre. Mon démon me sert de bouclier humain, multipliant les victimes sur son passage.

Je n'arrive même plus à compter le nombre de démons qui périssent sous sa main. Et lorsque nous atteignons enfin le salon privé de Molly, nous laissons sur nos traces une allée de cadavres.

Il tue aussi froidement qu'une machine. Méthodique, précis, implacable. Et même si je le sais cruel et impitoyable, ça me fait froid dans le dos.

Je crois que je ne me ferai jamais à toute cette violence, et les images de cette bataille viendront certainement hanter mes nuits pendant longtemps.

Mais ce qui m'émeut le plus, c'est que ces êtres qui se battent les uns contre les autres avec tant de hargne… Tous ces démons qui s'entretuent… Ce sont tous des frères. Les membres d'un même clan qui s'étripent comme s'ils étaient les pires ennemis.

C'est la Ligue qui est à l'origine de cette tuerie. La Ligue et son salopard de Boss qui provoquent toutes ces morts.

Nous continuons d'avancer et, bientôt, les mercenaires se mêlent aux combattants, aussi puissants que parfaitement insensibles. Il n'y a presque plus rien d'humain dans leur comportement. Ils sont plus cruels que les démons eux-mêmes, tuant sans répit avec une sauvagerie bestiale.

Mes poings se serrent lorsque mes yeux tombent sur l'un d'eux, aux prises avec une jeune démone qui semble dépassée par les attaques de son assaillant. Elle est à genoux et empêche avec peine son sang de couler d'une méchante blessure à l'abdomen.

Le mien ne fait qu'un tour, et, sans réfléchir, je lâche la main de Rip pour venir à son aide.

J'entends le démon m'appeler de loin, mais je ne l'écoute pas. Je suis focalisée sur le monstre qui s'en prend à une cible trop faible pour lui avec la veulerie d'une hyène. Quelle lâcheté !

Arrivée à quelques mètres d'eux, je l'interpelle :

— Hé ! Connard ! Tu ne crois pas que c'est un peu facile de s'attaquer à une femme blessée ?

Le mercenaire s'arrête au moment où sa dague s'enfonce dans le bras levé de sa victime. La jeune démone hurle de douleur avant de se recroqueviller sur elle-même.

Mais son agresseur l'ignore et la repousse violemment du pied pour se tourner vers moi, une lueur mauvaise dans le regard.

— Qu'est-ce qu'elle a Catwoman ?

Eh bien ! Ta combinaison noire semble l'inspirer, ronronne ma petite voix.

Mais je n'ai pas vraiment le cœur à plaisanter avec elle. Alors, j'ignore son intervention et me place en position de combat, incitant le mercenaire à venir faire connaissance avec mon bâton.

Le visage du mercenaire est maintenant déformé par la rage et n'a quasiment plus rien du beau jeune homme qu'il devait être auparavant. Il semble rongé par la haine et par quelque chose d'autre que je ne saurais qualifier. On dirait un mort-vivant, les yeux empreints d'une folie meurtrière à la limite du fanatisme.

L'homme fait tourner sa dague entre ses doigts et s'approche de moi, tel un loup affamé. Lorsqu'il voit mon arme, une lueur mauvaise passe dans ses iris noirs.

— Ah, ah ! Je suis impatient de voir ce que tu vas me faire avec un simple bout de bois, ricane-t-il, bêtement.

Je ne me fais pas prier plus longtemps pour le lui montrer et me jette sur lui avec tout le mépris qu'il m'inspire.

La lutte est brève, mais violente, et je remercie mentalement Rip et Marcus pour leurs nombreuses leçons.

Mon jō fuse dans les airs avec un sifflement strident et, malgré sa force et sa rapidité, le mercenaire ne fait pas le poids. Il perd rapidement du terrain, subissant les coups les uns après les autres. Après seulement quelques parades, mon bâton vient s'enfoncer dans son ventre, perforant son abdomen comme du beurre trop mou.

— Un simple bout de bois, hein ? dis-je, les yeux plantés dans les siens.

Les pupilles de ma victime se voilent, puis se fixent sur le trou sombre qui apparaît lorsque je retire d'un coup sec mon arme de ses tripes.

Ses yeux remontent ensuite vers moi et s'écarquillent de surprise. Je vois dans ses prunelles qu'il a compris à qui il avait affaire.

— Rouge… Tu es…, bégaye-t-il en me fixant avec crainte. La Muse…

Il n'a pas le temps d'en dire davantage. Rip lui sectionne la gorge d'un coup de griffes, et le mercenaire s'écroule lourdement à mes pieds.

Sans me laisser le temps de réagir, mon démon claque des doigts en direction de sa victime qui s'enflamme aussitôt. Puis il m'attrape la main pour m'entraîner à l'écart.

— Je t'avais dit de rester avec moi…, dit-il avec un air de reproche.

Je hausse les épaules.

— Tu m'as appris à tuer mes ennemis, Rip. C'est ce que je fais !

Il m'adresse un regard noir, mais même si ma réponse ne le satisfait pas, je lui fais comprendre qu'il n'a pas le choix. Je ne vais pas laisser les autres se battre pendant que je reste à les regarder les bras croisés !

— Ouais, excepté que maintenant, tous les mercenaires présents ici savent que tu es parmi nous ! ajoute-t-il en contenant sa colère.

Merde ! Je n'avais pas pensé à ça !

***

Rip avait raison. Cette ordure a eu le temps de donner l'alarme et plus nous avançons, plus le nombre de mercenaires augmente.

C'est comme s'ils s'étaient passé le mot. À chaque fois que nous en croisons, ils se jettent sur nous avec hargne, sans aucune hésitation. Comme s'ils savaient exactement qui ils devaient attaquer.

Malgré sa tendance à me surprotéger, Rip finit par accepter que je me défende aussi. Et nous progressons maintenant côte à côte, tuant tous ceux qui se mettent en travers de notre chemin.

Je n'aurais jamais pensé donner la mort, un jour… Et maintenant, c'est en train de devenir une triste habitude.

— Rip ! Kat ! Par ici !

La voix de Marcus nous parvient alors que nous arrivons près du salon de Molly. Nous nous précipitons vers lui, écartant au passage un démon qui tente de nous arrêter.

Lorsque nous pénétrons dans l'appartement de la propriétaire des lieux, nous découvrons le même chaos que dans le reste de l'étage.

Partout des combats. Partout des corps sans vie… et du sang. Beaucoup de sang.

Nous retrouvons Royce et Parker dans une grande chambre au décor baroque partiellement détruit. Ils sont en plein affrontement avec une bonne dizaine de démons acharnés. Les assauts s'enchaînent à une vitesse vertigineuse, rendant leurs gestes presque flous. Les attaquants veulent forcer le barrage créé par mes amis.

Je comprends rapidement que les démons en ont après quelque chose que mes amis protègent. Ou plutôt quelqu'un. Et ce quelqu'un n'est autre que Molly !

La démone est recroquevillée sur elle-même, à même le sol, et semble blessée à la poitrine.

— Reste là, bébé, dit Rip en me maintenant derrière lui.

Il se jette dans le combat avec Marcus, et, bientôt, le clan finit par venir à bout des assaillants. Les corps tombent les uns après les autres, et, quelques minutes plus tard, seuls des tas de cendres nous entourent.

Alors que les combats continuent de faire rage dans la maison, un étrange silence s'abat brusquement sur la pièce. C'est comme si nous nous retrouvions dans une bulle insonorisée.

— Merci, dit Parker à l'attention de Marcus. Ces salauds nous ont donné du fil à retordre !

Il est essoufflé et lorsqu'il pose ses mains sur ses genoux, j'aperçois de nombreuses blessures se refermer lentement sur ses bras nus.

— Molly ? demande Rip d'une voix sourde.

— Elle est mal en point, dit Royce en fronçant les sourcils. Nous ne pouvons pas la laisser comme ça. S'il lui arrive quelque chose, plus rien n'empêchera la Ligue de contrôler l'armée tout entière.

— Ça va aller, dit l'intéressée en se tenant les côtes à travers sa robe ensanglantée. Mais nous devons agir. Sinon, bientôt, tous les mercenaires de la Ligue se précipiteront ici…

— Mais pourquoi ? demandé-je, interloquée.

— Ils savent que tu es là.

Ouais, bien sûr ! Et ils ont certainement l'ordre de me capturer pour me ramener auprès du Boss… Oh, merde ! Je ne peux empêcher cette petite pointe de culpabilité de s'enfoncer dans mon cœur. Tous ces morts à cause de moi.

— Mais les disciples sont en route, dit Parker avec entrain. Et bientôt nous serons aussi nombreux qu'eux…

Rip échange un regard avec Marcus, puis il fronce les sourcils. Mon sang se glace d'appréhension, et mon sixième sens me souffle qu'il se passe quelque chose d'anormal.

— Ils devraient déjà être ici…, dit mon démon d'une voix dans laquelle je perçois une légère inquiétude.

Il tourne la tête vers la porte, comme s'il s'attendait à voir débarquer la troupe. Mais c'est Maxime et Isis qui apparaissent dans l'embrasure, le visage paniqué. Aussitôt, Marcus forme une boucle imaginaire avec ses mains et les nouveaux venus se précipitent vers nous.

L'archer reproduit les mêmes gestes dans le sens inverse, juste avant que plusieurs mercenaires ne se pressent à leur tour dans l'appartement. Au moment de franchir le seuil de la porte, les membres de la Ligue sont subitement projetés en arrière. Comme si quelque chose les avait empêchés de pénétrer dans la pièce.

Je comprends alors que ce que je pensais être une bulle n'est autre qu'un bouclier magnétique. Créé par le gardien lui-même.

— Il faut qu'on trouve un moyen de joindre Kris pour savoir ce qui se passe, dit-il en se redressant.

Mon cœur se serre à l'idée que Kris soit en danger.

— Vous pensez qu'il leur est arrivé quelque chose ?

Le regard de Royce s'assombrit.

— Ils étaient près du sanctuaire de la Ligue. Le risque de se faire repérer par le Boss était réel.

Oh, bordel ! Et il pensait me rassurer en me disant ça ?

— Alors, il faut absolument aller voir ce qu'il se passe. S'ils sont en danger, on ne peut pas les laisser là-bas tout seuls, sans aide, dis-je, envahie par l'inquiétude.

— Je crois que je peux essayer quelque chose, dit alors Molly.

— Toi ? demande Rip avec un léger mépris.

414

— Je suis la mère des démons, je te rappelle ! rétorque la démone en lui lançant un regard noir.

Elle se redresse avec difficulté et, aussitôt, Isis se précipite vers elle pour la soutenir. Je suis de nouveau frappée par la loyauté sans faille de la fureteuse. Elle est entièrement dévouée à la démone.

— Je peux entrer en contact avec n'importe quel disciple sur cette planète. Même ceux que je n'ai pas créés, poursuit la jeune femme en inspirant.

Isis l'aide à s'allonger sur le lit, au milieu des coussins maculés de sang. Sans attendre, Molly ferme les yeux et se concentre pour tenter de se connecter à l'esprit de Kris. Au bout de quelques secondes seulement, elle rouvre les paupières et son visage s'assombrit.

— Ils sont coincés. Par un bouclier. Et ils ne parviennent pas à en sortir.

Son désespoir est palpable et finit par me gagner lorsqu'elle nous lance un regard désolé.

— Il n'y a rien à faire, je suis désolée…

Rip lève un sourcil.

— Un bouclier ? répète-t-il avec scepticisme.

— Oui. Un bouclier. Renforcé par des sortilèges d'enchanteresse. Tes disciples ne peuvent rien faire. Ils sont pris au piège.

— Putain ! dit Royce en tapant dans le mur à côté de lui, qui s'effrite sous son poing. S'ils sont coincés et qu'ils ne peuvent pas venir nous aider, on est grave dans la merde ! La Ligue va rameuter toute son armée ici pour capturer Kat ! Et même si j'adore casser du mercenaire, ils seront bientôt trop nombreux pour qu'on puisse tenir la distance !

— Sans compter que plus Molly s'affaiblit, plus le Boss contrôle de démons…, continue Rip d'une voix sourde.

Molly me tend alors la main pour m'inviter à la rejoindre. Elle respire difficilement maintenant et je dois m'approcher pour pouvoir l'entendre.

— Kataline, il faut que tu ailles au sanctuaire de la Ligue. C'est le seul moyen d'arrêter tout ça. Il faut accomplir la Prophétie… Tu as fait un pacte.

Je me renfrogne alors que la petite lune sur ma paume me brûle. Je ne m'attendais pas à ce qu'elle ramène ce sujet sur le tapis. Et ce n'est franchement pas le moment de se prendre de nouveau la tête avec ça !

— L'urgence, c'est de rapatrier les disciples ici et de libérer votre clan, dis-je d'une voix que je veux douce.

La mère des démons secoue la tête.

— Non, tu ne comprends pas… La Ligue est indestructible. Tant que le Boss sera en vie. Tant qu'il sera alimenté par l'Élixir, rien ne pourra détruire les mercenaires. Mais si vous accomplissez le Destin… alors, nous serons libres ! Libres et vivants.

Je me mords la lèvre en croisant le regard de Maxime. La Prophétie… Hors de question !

— Ta gueule, Molly ! la rabroue Rip. Ce n'est pas le moment !

— Si justement ! C'est le moment ! Tu ne vois pas ce qui se passe, Rip ? C'est la guerre ! La guerre que nous avons déclenchée entre les démons et la Ligue ! Et il faudra un vainqueur pour que cela cesse....

Elle s'est redressée et cela lui déclenche une quinte de toux.

Elle a raison. Ces combats qui font rage dans toute la maison, ce ne sont que les prémices d'une guerre qui risque de durer longtemps… Jusqu'à ce que l'un des deux camps périsse. Mais Rip ne l'entend pas de cette oreille.

— Il nous faut un moyen de libérer les disciples pour contrebalancer les forces, reprend-il froidement.

— Mais personne ne peut briser un bouclier ensorcelé, s'exclame Parker, en écartant les bras d'un geste impuissant.

Marcus réfléchit en se frottant le menton. Puis ses yeux se plissent et se posent sur moi.

— Si ! Je connais quelqu'un capable de faire ça !

Maxime !

Tout le monde est suspendu à ses lèvres lorsque le gardien s'approche de l'ange.

— C'était quasiment impossible que tu puisses y arriver. Alors, je suis sûr que tu peux recommencer, dit Marcus en posant sa main sur l'épaule de Maxime.

Les yeux de Max passent de Marcus à moi, et je hoche la tête d'un air entendu. Je sais que mon ami est capable d'accomplir de nouveau cette prouesse. Mais je sais aussi dans quel état il était après avoir explosé le bouclier de Marcus. Il avait mis plusieurs heures à s'en remettre…

— Max, tu as percé mon bouclier pour venir rejoindre Kataline. Et pourtant, j'avais pris soin de le renforcer avec plusieurs sortilèges pour le rendre impénétrable.

— Quoi ? demande Rip en fronçant les sourcils.

— Ouais…, poursuit le gardien. Ton frère a trouvé le moyen de faire exploser un véritable chef-d'œuvre ! Et s'il l'a fait une fois, je suis certain qu'il peut recommencer…

Maxime réfléchit et finit par hocher la tête.

— Oui, je pense. Je pense que je peux le refaire et les libérer.

— Alors, il faut faire vite, dit Parker en désignant la porte. Parce qu'on ne va pas rester seuls ici encore longtemps.

Effectivement, les démons possédés et les mercenaires commencent à s'agglutiner dangereusement à l'entrée du boudoir.

— Le bouclier ne va pas tenir encore bien longtemps… Je vais le détruire pour que Maxime puisse se téléporter vers les disciples.

Je m'approche de mon ami et attrape ses mains.

— Tu vas réussir, Max. J'ai confiance…

L'ange me fixe comme s'il me voyait pour la première fois, avec des yeux pleins d'émotion. Sans mot dire, il pose un rapide baiser sur mes lèvres et se tourne vers Marcus avec un air déterminé.

Mes joues s'enflamment. Autant à cause de ce baiser qu'en raison du regard noir que Rip pose sur moi.

Pourquoi ai-je l'impression que Maxime s'en va… pour toujours ? Pourquoi cette peur soudaine qui me vrille l'abdomen ?

Marcus commence ses arabesques aériennes pour effacer le bouclier et moi, je me retiens de me jeter sur mon ami pour l'empêcher de partir…

— Préparez-vous à une invasion, dit l'archer.

Lorsque le voile magnétique s'estompe, nos ennemis affluent et l'ange disparaît brusquement.

50
L'antre du monstre

Combien de morts faut-il pour mettre fin à une bataille ? Est-ce qu'il y a un degré d'horreur à atteindre ? Un nombre de victimes à comptabiliser pour enfin décider d'arrêter le combat ?

À quel moment le Tout-Puissant décide que c'en est assez ?

Je ne sais pas. Mais ce que je sais à cet instant, c'est qu'on ne va plus tenir très longtemps face à ces hordes de mercenaires qui affluent sans cesse dans la maison de Molly.

Nous devons absolument protéger la mère des démons si nous ne voulons pas nous retrouver submergés. Mais Molly est faible et ses enfants sont de plus en plus nombreux à passer « de l'autre côté ». Ils se retournent contre leurs frères, impuissants face à l'intrusion psychique du Maître de la Ligue.

Et nous, nous luttons, avec toute la hargne qui nous habite, avec toute l'envie de vivre qui nous pousse sans cesse à nous relever. Nous repoussons, comme nous pouvons, nos ennemis en dehors de l'appartement.

J'ai arrêté de compter mes victimes, me murant dans un carcan d'insensibilité. Et je continue à tuer. Froidement. Systématiquement. Sans ressentir la moindre émotion. Comme si trancher la tête de quelqu'un était devenu un acte presque banal.

L'odeur de la mort plane sur la Casa Nera. Mêlée à celle du sang et du feu de tous ces êtres réduits en cendres.

Entre deux assauts, mes yeux tombent sur mes partenaires. Marcus, Parker, Royce, et même Isis. J'aimerais tellement leur épargner toute cette souffrance…

Et alors que je m'enfonce dans ces pensées pleines de désespoir, Rip arrive soudain dans mon dos et me fait sursauter.

— Bébé, attention !

Il attrape brusquement un mercenaire qui allait se jeter sur moi et broie sa gorge entre ses mains avant de le balancer au sol, sans vie. Mais il n'est pas le seul. D'autres sont déjà là pour le remplacer.

Rip attrape mes mains et, instinctivement, nous nous plaçons dos à dos pour faire face à nos ennemis. Une dizaine de combattants nous tournent autour, comme des chiens excités par la curée. Leurs regards fous me glacent le sang. Ils semblent prêts à tout. Se moquant même de mourir. Comme s'ils savaient déjà que cette fin était inéluctable.

Je me prépare à l'assaut lorsqu'un bruit tonitruant retentit dans toute la demeure. Tout le monde s'arrête subitement et mon regard croise celui de Marcus, qui s'éclaire d'une lueur nouvelle.

— Les voilà ! dit-il avec des étoiles plein les yeux.

À peine a-t-il terminé sa phrase que des dizaines de disciples apparaissent. Dans toutes les pièces. Le soulagement m'envahit en apercevant parmi eux Justine, Mat, Marco, Sam et Kris… Leur vision ravive l'espoir que je pensais perdu.

Nous avons une chance de nous en sortir !

Les mercenaires commencent à reculer, comme si notre foi les rendait plus faibles.

Si seulement Molly pouvait tenir encore quelque temps… La victoire nous serait assurée. Je jette un œil sur la mère des démons, toujours allongée sur le lit, le visage blême, les yeux fermés.

Isis est à son chevet et empêche avec férocité quiconque de s'approcher d'elle. Je crois que la fureteuse défendra sa maîtresse jusqu'à la mort.

Mais au moment où je m'apprête à repartir au combat, une idée traverse mon esprit… Maxime… Maxime a réussi. Alors, pourquoi ai-je ce pincement au cœur ?

Tandis que je m'éloigne dans la pièce attenante, à la recherche de mon ami, je suis percutée de plein fouet par un démon qui apparaît à mes côtés. La douleur fuse dans mon bras, et je m'apprête à riposter lorsque je constate qu'il s'agit de David, le visage décomposé par l'inquiétude.

— Où est-elle ?

J'écarquille les yeux et, voyant mon air hébété, il m'attrape par les épaules.

— Molly, putain ! Où est-ce qu'elle est ?

Je désigne de la tête la porte de la chambre. Et reste surprise lorsque le démon disparaît sous mes yeux. Il réapparaît presque aussitôt. Avec Ashley dans les bras.

Merde ! Mais qu'est-ce qu'il fait avec la Sibylle ?

Il la traîne par le bras jusqu'au chevet de Molly. Et je m'empresse de le suivre pour voir ce qu'il a l'intention de faire à l'amie de ma mère.

— Vas-y ! Fais ton job, sorcière ! dit-il en la secouant sans ménagement.

Ashley, ou plutôt Silène, puisqu'elle a revêtu son apparence d'enchanteresse, le toise d'un regard froid en défroissant sa tenue.

— On n'oblige pas une Sibylle à user de ses pouvoirs, démon !

David passe une main fébrile dans ses cheveux.

— Mais si on ne fait rien, elle va mourir, putain ! Il ne faut pas qu'elle meure…

Sa voix se brise. Il a l'air vraiment attaché à la démone. Mais malgré sa supplique, la Sybille reste de marbre.

— Je vais l'aider. Ne t'en fais pas ! Mais pas parce que tu me l'as demandé. Je vais le faire parce que je le dois. Cette bataille a déjà trop duré…

Aussitôt, elle commence à préparer la potion qu'elle avait donnée à ma mère. Et bientôt, Molly reprend des couleurs après que la Sibylle a chanté sa prière et administré sa médecine empirique.

Lorsqu'elle se redresse sur son lit, le regard de la mère des démons devient métallique. Elle semble plus déterminée que jamais à en finir.

— La Ligue m'a volé mon clan… Je vais le lui reprendre en lui faisant payer au centuple.

Mais alors qu'elle s'apprête à mettre à exécution un plan dont j'ignore la stratégie, nous sommes surpris de constater que les mercenaires se replient et disparaissent les uns après les autres, comme aspirés par des tourbillons mystérieux aux allures psychédéliques.

— Les chacals… Ils s'enfuient.

Rip, Marcus et les autres surgissent alors dans la chambre, l'air aussi interloqué que nous.

— Mais qu'est-ce qu'il se passe ? Pourquoi partent-ils tous ? demande Royce avec un ton presque déçu.

Nous nous regardons les uns après les autres, sans comprendre la raison de cette fuite soudaine. Seule la Sybille reste d'un calme olympien, les deux mains croisées devant elle, un petit sourire sur le visage.

Je sens la présence de Rip à mes côtés alors qu'une boule se forme dans ma gorge. L'appréhension que j'avais ressentie quelques minutes plus tôt est en train de m'étouffer.

— Que se passe-t-il, Silène ? insiste Rip, avec agacement.

— La Prophétie est en marche…

Mon sang se glace tandis que Rip hurle à faire trembler les murs.

— Maxime ! Maxime ? Où est mon frère ?

Mais sa question reste sans réponse pendant que, dans ma tête, les mots tournent en boucle.

« Le sacrifice d'un ange… »

Maxime n'est nulle part !

— Il n'est pas venu avec nous ! explique Kris qui arrive en trombe dans la chambre, le visage en panique. Il a dit qu'il devait faire un truc important et qu'il nous rejoindrait plus tard.

Ses paroles restent en suspens dans les airs pendant plusieurs secondes avant que quelqu'un ne réagisse.

— Merde ! Il est parti au temple de la Ligue ! Tout seul ! souffle Marcus.

Rip ne réagit pas. Il reste droit comme un I, le visage complètement figé dans une douleur que je ne parviens même pas à qualifier. Il sait ce que son frère est allé faire.

Et moi aussi. Et ça me bouffe de l'intérieur de me dire qu'il est peut-être déjà trop tard…

— Pourquoi vous faites cette tête-là ? demande Royce, inquiet. Et pourquoi Max est allé tout seul au sanctuaire du Boss ? C'est du suicide !

Je baisse la tête, incapable de répondre à sa question. C'est trop dur. Je ne peux pas.

Alors, Marcus répond à ma place.

— Il est allé accomplir la Prophétie… Il est parti se sacrifier.

***

Rip me serre la main si fort que j'ai l'impression qu'il va me broyer les os. Pourtant, je ne fais rien pour la retirer. J'ai tellement besoin de sentir qu'il est là, avec moi.

Et je pense ne pas me tromper en disant qu'il a autant besoin de ma présence que moi de la sienne.

Marcus, Royce, Parker et les autres disciples sont à nos côtés, prêts à repartir au combat pour libérer Maxime.

J'ai le cœur qui bat à deux cents à l'heure et les oreilles qui bourdonnent. C'est trop. Beaucoup trop à supporter en une seule fois. Mais je ne dois pas lâcher. Pas maintenant.

— Nous glissons beaucoup plus vite que les mercenaires. Nous avons des chances d'arriver avant eux à la Ligue, dit Royce d'un air grave.

— O.K., alors, ne perdons pas de temps !

— On vient avec vous, intervient alors David, Isis sur les talons.

Rip les regarde pendant quelques secondes, puis ses yeux se posent sur Molly.

— Vous nous avez secourus. Alors à nous de vous rendre la pareille. Mon clan vous est acquis.

Sans répondre, mon démon hoche la tête en signe d'assentiment. Puis il pose ses yeux sur moi et le tourment que je vois dans ses iris me transperce de part en part. Je presse ses doigts pour lui signifier que je suis prête.

Après un dernier regard aux nombreux cadavres qui jonchent le sol, nous nous téléportons à plusieurs milliers de kilomètres de là.

Le sanctuaire de la Ligue est comme je l'avais imaginé : sombre, froid, humide et morbide… Il ne pouvait en être qu'ainsi pour la demeure d'un monstre tel que le Boss.

Les boucliers qui protégeaient le château ont disparu, signe que Maxime est passé par là, et nous atterrissons directement dans une grande pièce qui semble être une ancienne salle de réception. Bizarrement, il n'y a pas âme qui vive. Comme si ce lieu était abandonné depuis des dizaines d'années.

— Mais comment allons-nous trouver Max dans cet immense château ? demande Parker avec inquiétude. Nous ne pouvons pas entrer en contact avec lui à cause de tous ces sorts…

— S'il est venu accomplir son destin, alors il doit être en train de chercher le Boss, réplique Marcus.

Reste à savoir où il se cache, celui-là !

— Je sais où il est… Je peux vous y conduire, intervient alors Isis. Mais je dois vous prévenir, une fois dans l'antre du Maître, vous n'aurez plus toutes vos facultés.

Encore une fois, la fureteuse est pleine de ressources. Avec un hochement de tête, Rip marche sur ses talons, bientôt suivi par toute son armée de disciples et de démons.

Nous progressons rapidement à travers le dédale de couloirs sans voir personne, et je commence à me demander si cet endroit n'est pas tout simplement abandonné. Mais je reprends espoir lorsque nous sommes attaqués par les premiers mercenaires.

Et plus on avance, plus ils sont nombreux et puissants. Mais l'armée de Rip l'est tout autant et nous continuons à nous déployer dans les différentes pièces du château, laissant sur notre passage des corps sans vie.

— Nous y sommes presque, dit Isis en nous invitant à la suivre dans une grande galerie, pleine d'armures anciennes.

Un silence étrange règne dans l'immense pièce dont le haut plafond est soutenu par de grandes colonnes de marbre sali par la suie. L'atmosphère est lourde, le temps, suspendu. Comme si nous nous attendions à tomber dans un piège.

Et il ne met pas longtemps à se refermer sur nous. Au moment où nous nous retrouvons au centre de la pièce, les portes se ferment brusquement de part et d'autre. Et des dizaines de mercenaires fondent sur nous, comme venus du ciel.

Passé l'instant de surprise, nous nous lançons dans une nouvelle bataille contre nos ennemis. Tuant, éventrant, égorgeant tout ce qui passe à notre portée. Mais lorsqu'un cri de douleur résonne brusquement dans mon esprit, je me fige, incapable de faire le moindre geste.

Je me demande quelques secondes si je n'ai pas rêvé… Pourtant, quand je vois mes amis réagir de la même façon que moi, je sais que c'est vraiment arrivé.

— *Maxime !* crie alors Rip dans ma tête.

Oh non ! Mon cœur se brise alors que la peur enserre ma poitrine. Sans plus prêter attention aux mercenaires, qui continuent de nous attaquer, je me précipite comme je peux vers la porte de sortie, Marcus et Rip sur les talons.

— Max a besoin d'aide ! s'écrie l'archer, avec émoi.

Mais alors que nous atteignons la porte, d'autres mercenaires surgissent de nulle part pour nous barrer la route.

Merde ! Ce n'est pas le moment, là !

Je me jette sur le premier qui passe à ma portée et déchaîne sur lui toute ma colère. Mais il est bientôt remplacé par un autre, et encore un autre. Je commence à perdre espoir. Rip et Marcus sont aussi assaillis que moi. Nous ne rejoindrons jamais Maxime à temps...

— Laissez-nous faire ! Allez secourir l'ange ! dit brusquement David dans mon dos.

Je me retourne, surprise de le voir aux prises avec plusieurs mercenaires. Il m'adresse un sourire encourageant alors qu'il déchiquète brutalement une victime.

— On s'occupe de ceux-là ! Allez... Dégagez ! nous ordonne le démon.

Avec un signe de remerciement Rip explose la porte d'un geste de la main et nous nous précipitons à l'extérieur de la pièce à la recherche de Maxime.

***

Une lumière rouge vif, dont la couleur est certainement accentuée par le voile qui couvre mes yeux, apparaît au bout du long couloir sombre dans lequel nous aboutissons.

D'instinct, nous nous dirigeons vers elle, persuadés qu'elle nous guidera jusqu'à l'antre du monstre.

Mais au moment d'atteindre le passage, quelque chose attire mon regard, sur le côté. Des cellules, auxquelles je n'avais prêté qu'une légère attention, émaillent le corridor. Mais dans celle qui se situe juste à côté de la porte, il y a quelqu'un. Une femme squelettique au visage émacié et aux yeux luisant d'un rouge grenat...

Une sœur... Muse.

La jeune femme nous regarde passer en s'agrippant aux barreaux de sa prison, les yeux pleins d'espoir. Elle reste silencieuse comme si elle savait d'instinct qu'elle ne devait pas intervenir.

Je ralentis, luttant pour ne pas me précipiter vers elle.

On la sauvera en anéantissant la Ligue, me souffle ma petite voix.

Bon sang ! Je l'espère tellement ! Je m'oblige à détourner les yeux tandis que Rip m'attrape par les épaules pour m'encourager à continuer.

Mon démon se place devant moi au moment où nous franchissons la grande porte double, en fer martelé.

Mon cœur se contracte violemment alors que nous pénétrons non pas dans une pièce, mais dans une immense grotte en pierres sombres.

— Baisse-toi, souffle Rip. On ne doit pas se faire repérer. Pas tout de suite…

Plusieurs mercenaires montent la garde autour de ce qui ressemble à un trône, perché sur un monticule de pierres. Nous sommes trop loin pour que je puisse distinguer autre chose que des ombres.

Je cherche la trace de Maxime. En vain.

Et lorsque mes yeux balaient la pièce, ils s'arrêtent sur une croix en bois. Certainement celle sur laquelle ma mère avait été attachée pendant bien trop longtemps. Les perfusions sont encore pendues et mènent vers des réservoirs emplis d'un liquide couleur de sang.

Rip nous entraîne plus près, en prenant soin de ne pas nous faire repérer par les mercenaires qui patrouillent dans tous les coins. Quand nous atteignons enfin un rocher plus proche du trône, Marcus murmure à côté de moi.

— Le voilà… Le Boss…

51
Le sacrifice de l'Ange

Je me suis toujours demandé à quoi pouvait bien ressembler le Maître de la Ligue, imaginant une sorte de demi-dieu avec plusieurs bras ou encore un immense bonhomme en costard et lunettes noires.

J'étais loin du compte.

Parce que quand je regarde la masse informe qui se tient sur le trône en face de nous, je n'ai qu'un mot à l'esprit : abomination. C'est un vieillard, à l'âge indéfinissable et au visage si ridé qu'on a du mal à distinguer les deux trous qui lui servent d'yeux. Sa bouche a quasiment disparu sous sa peau flétrie et ses longs cheveux jaunis se mélangent avec sa barbe pour venir s'étaler sur le sol.

Quant à son corps… Je n'ai jamais vu une chose pareille. Seuls ses bras semblent pouvoir se mouvoir librement. Le reste est complètement fossilisé et semble ne faire plus qu'un avec le trône. Comme s'il avait été trop longtemps assis et qu'il faisait maintenant partie de la pierre qui compose le siège royal.

— Il doit être vieux de plusieurs siècles pour se retrouver comme ça ! murmuré-je. Il s'est littéralement transformé en pierre.

— Ce n'est pas de la pierre, souffle Rip d'une voix sourde.

Oh, putain ! Non, ce n'est pas de la pierre. En y regardant de plus près, je constate avec horreur que ce que j'ai pris pour de gros cailloux est en fait une multitude de crânes humains, assemblés les uns aux autres. Et le Boss ne fait qu'un avec cet amas d'os.

C'est encore plus répugnant que ce que je pensais.

Alors que je reste focalisée sur cette horreur, mon démon me tourne vers lui et prend ma tête entre ses mains pour plonger dans mes yeux.

— Kataline, bébé…, chuchote-t-il. Tu vas rester ici pendant que Marcus et moi, on va chercher Max. O.K. ?

Euh… non ! Non, je n'ai pas envie de rester sans rien faire… C'est hors de question !

Voyant mon désaccord dans mes prunelles, Rip tente de me convaincre.

— Il vaut mieux que l'un de nous reste à l'écart, au cas où… Pour prévenir les autres.

Trop facile !

Je grimace en croisant mes bras sur ma poitrine d'un air déterminé.

— Kataline, s'ils t'attrapent, plus rien n'arrêtera le Boss…

Je soupire. Cette fois, son argument a fait mouche. Je sais que si le Maître de la Ligue met la main sur moi, c'en est fini.

— D'accord. Mais si je vois que ça tourne mal, je n'hésiterai pas !

Sans répondre, Rip m'embrasse avec force.

— Je n'en doute pas une minute.

Mon démon m'adresse un dernier regard avant de se lever.

— On va l'avoir, ce salaud !

Puis il s'éloigne avec Marcus, me laissant seule derrière le rocher.

Je profite de ma position stratégique pour chercher un signe qui me permettrait de localiser mon ami. Malheureusement, je ne trouve rien. Les mercenaires continuent leur ronde calmement, comme si de rien n'était. Et j'en arrive à douter que Max soit venu ici… jusqu'à…

Jusqu'à ce que mes yeux tombent sur une silhouette blanche posée sur une stèle, dans un renfoncement formé par la roche.

Oh non !

Au moment où je me précipite dans sa direction, une épée me barre le passage en s'abattant lourdement juste au-dessus de ma tête.

— La Muse ! Tu es enfin là !

Le mercenaire qui vient de donner l'alerte me fixe comme s'il avait trouvé un trésor. Mais il s'effondre aussitôt sous le coup de mon jō qui s'enfonce directement dans sa gorge.

Merde ! C'est trop tard, l'alerte est donnée.

Au même instant, Rip et Marcus sortent de leur cachette en hurlant, faisant diversion. Ils attirent l'attention des gardes qui affluent sur eux comme des colonies de fourmis.

— Mercenaires, venez à moi !

La voix lugubre du Boss résonne dans la grotte, mais je l'entends à peine, obnubilée par la silhouette blanche qui se détache sur la noirceur de la dalle.

Je me dirige vers elle, et à mesure que je m'en approche, ma peur grandit. Cette peur indescriptible que l'on ressent lorsque notre inconscient sait déjà ce que l'on va découvrir.

Je tombe à genoux devant le corps de Maxime qui gît sur son lit de pierre, les ailes déployées. Son corps décharné est lacéré et ses plumes complètement souillées par le sang de ses blessures. Mais ce n'est pas ce qui m'inquiète. Non. Ce qui m'effraie, c'est le trou béant dans sa poitrine… Gros comme le poing et duquel s'échappe un sang noir et épais.

Je n'ose même pas le toucher, de peur de découvrir que la vie l'a déjà quitté.

— Maxime…, murmuré-je enfin, sortant de ma léthargie. Pitié, dis-moi que tu es en vie…

Il bouge en entendant ma voix, et le soulagement que je ressens à cet instant fait couler les larmes que je tentais de retenir.

Oh, mon Dieu ! Il est vivant !

Je m'approche et souffle près de son visage.

— Max ! Tu m'entends ?

Il ouvre péniblement les yeux. Et lorsqu'il m'aperçoit, une petite flamme s'allume dans ses pupilles voilées.

— Kataline…

— Oui, c'est moi, dis-je en attrapant sa main pour la porter à mes lèvres.

— Tu es venue… La Prophétie…

Il ne peut pas en dire plus, pris par une quinte de toux qui le fait grimacer de douleur.

— Chut ! Ne dis rien.

Mais il essaie de se redresser, malgré sa blessure qui laisse échapper un nouveau flot de sang.

— Il le faut, Kat. Il faut accomplir le Destin. Sinon le Boss vous tuera tous. Toi. Rip. Et tous les autres…

Je hoquète.

— Je vais mourir, poursuit-il avec émotion en désignant sa blessure. Mais c'était mon choix. À moi seul… J'ai rempli ma part du contrat. Alors, à vous de remplir la vôtre.

Je secoue la tête.

— Non, Max.. Je ne veux pas. Je ne veux pas que tu meures. C'est trop injuste…

Il tend la main pour essuyer les larmes qui coulent sur mes joues.

— On savait que ça finirait comme ça, princesse. Il faut l'accepter. C'est le Destin qui en a décidé ainsi.

Je comprends alors qu'il est perdu. Il s'est sacrifié pour nous sauver. Ainsi que le disait la Prophétie.

À cet instant, comme pour exorciser le sort, je me couche près de lui et reste à ses côtés, à lui caresser le visage, les yeux plongés dans les siens. Je ne veux pas que ça s'arrête. Je veux rester comme ça, tout le temps. À le regarder vivre. Respirer. À sentir son cœur battre sous mes doigts… Ne serait-ce qu'un peu.

Maxime fait un dernier effort pour s'approcher un peu plus de moi et pose son front contre le mien.

— Je veux que tu me fasses une promesse, mon amour, articule-t-il péniblement en caressant ma joue.

Mon cœur se brise et les larmes redoublent.

— Je veux que tu prennes soin de mon frère. Il est ce que j'ai de plus cher au monde, et il a besoin de toi. Tu seras sa lumière, mon ange… et il sera libre. Prends soin de lui… Je te le confie.

Je hoche la tête, incapable de prononcer le moindre mot. Alors, il arrache l'une de ses plumes et la place dans ma main en pressant mon poing contre sa bouche. Une larme unique roule sur sa joue.

— Je t'aime…, murmure-t-il faiblement alors qu'un filet de sang s'échappe de ses lèvres.

Le voile qui s'installe devant ses yeux m'arrache un sanglot. Ses doigts deviennent mous et glissent lentement sur le sol. Et alors que son torse se soulève dans une inspiration ultime, je murmure à mon tour, la gorge nouée :

— Je t'aime, Maxime…

***

Non… Ce n'est pas possible. Un ange ne peut pas mourir… Pas comme ça. On est censé leur planter un poignard dans le cœur, leur trancher la gorge et les brûler. Sinon, ils sont indestructibles…

Alors, pourquoi ?

Je caresse le visage de mon ami pour tenter de ramener des couleurs sur ses joues. Mais son âme a déjà quitté son corps et ses traits sont figés dans le masque froid de la mort.

J'enfonce la plume dans ma poche en avalant péniblement ma salive. Puis je pose ma tête sur sa poitrine, indifférente à l'idée de révéler ma présence à tous les mercenaires présents dans la grotte.

Maxime est mort.

Paix à son âme.

Je ne sais pas combien de temps je reste là, à chercher des explications à cette tragédie… Pourquoi un ange en vient à mourir pour délivrer des démons ? Pourquoi un ange meurt ?

Pour la Prophétie ! Pour qu'elle puisse s'accomplir et pour que nous menions à bien ce combat contre la Ligue.

La petite voix me met un coup de pied au derrière que je sèche aussitôt mes larmes du revers de la main. Je me redresse et balaie la pièce des yeux, complètement hébétée par ce qui vient de se passer. Le Boss a rameuté ses troupes et les disciples commencent à arriver en renfort. Le combat n'est pas terminé. Loin de là.

Mais je ne peux pas laisser le clan Saveli se battre sans agir… Et je sais ce qu'il faut faire pour mettre enfin un terme à tout ça. Je dois réagir. Pour eux, pour moi… pour la mémoire de Maxime.

Je retourne dans la grotte à la recherche le Boss. Mais je sursaute quand Rip apparaît subitement devant moi.

— Ça va, bébé ?

La voix de Rip est inquiète. Ses yeux courent sur mon visage et, en une fraction de seconde, ils changent de couleur. Il sent que quelque chose cloche.

— Oui, ça va…

Mon démon grimace, mais alors qu'il tente de m'entraîner à l'abri, j'arrête son geste.

— Raphaël ! Il faut trouver Marcus !

Il me fixe, interpellé par mon air affligé et ma demande si soudaine. Devant son air interdit, je décide d'être directe. Il n'y a pas de temps à perdre…

— La Prophétie ! Il faut qu'on termine ce qui a été commencé, insisté-je, incapable de contenir mes tremblements.

Rip se renfrogne et son visage prend un masque d'une froideur qui me glace le sang.

— Hors de question ! dit-il d'une voix tranchante. On trouve Max et on s'arrache d'ici !

Mais lorsque mon démon tente de m'entraîner à sa suite, je résiste.

— *Raphaël… J'ai retrouvé Maxime !*

Ma voix n'est qu'un cri dans sa tête. Parce que je n'ai plus la force de parler. Je suis trop abattue pour évoquer la mort de Maxime. C'est trop me demander.

Rip se tourne vers moi et ses yeux se voilent en croisant les miens. Son visage se décompose subitement et la douleur qui traverse ses iris ravive la mienne.

Je secoue lentement la tête pour répondre à sa question muette alors qu'une larme s'échappe de mes cils et roule sur ma joue.

Je sais que Rip a déjà compris.

Il sait que Maxime n'est plus. Et je m'en veux terriblement qu'il le découvre comme ça. De cette façon. À cet instant. Car lorsqu'une dizaine de mercenaires, plus grands et plus forts que les autres, lancent une nouvelle attaque, mon démon ne peut les éviter.

La hache d'un combattant s'abat lourdement sur son bras, se plantant profondément dans sa chair. Raphaël hurle, laissant éclater sa colère en même temps que sa douleur. Ce cri me broie les tympans et le cœur. Et j'ai mal avec lui…

Les mains de mon démon se mettent à crépiter et, avant que les mercenaires ne puissent réagir, il les transforme en morceaux de charbon fumant.

Merde !

Sans un instant de répit, Rip m'attrape pour m'emporter à l'écart du champ de bataille. Mais lorsqu'il s'apprête à repartir au combat, je le retiens fermement de la main.

— Raphaël, écoute-moi ! On ne peut pas en rester là ! Il faut qu'on aille jusqu'au bout. Parce que je lui ai fait la promesse…

Il s'arrête et tourne légèrement la tête vers moi, juste assez pour croiser mes yeux suppliants. Je déglutis péniblement avant de poursuivre :

— Tu ne peux pas me demander d'y renoncer, Raphaël. Je lui ai promis.

J'ai du mal à dire le nom de mon ami alors qu'il n'est plus de ce monde… Et c'est encore plus difficile quand je vois la souffrance indicible qui s'abat sur Rip à l'évocation de son frère défunt.

431

— Il est parti pour notre cause… Il s'est sacrifié comme le voulait la Prophétie. Et si nous abandonnons, il sera mort pour rien.

Ma voix se brise. Je ne peux pas en dire plus au risque d'éclater en sanglots.

Mon démon fronce les sourcils, partagé entre la colère, l'envie de vengeance et la douleur. Mais bientôt, ses yeux reprennent une couleur normale. Ma main lâche la sienne pour plonger dans ma poche de jean et en ressortir une petite plume blanche, toute froissée.

Il l'observe pendant quelques secondes, puis il revient près de moi. Et avant que je ne puisse réagir, il m'embrasse. Un baiser violent. Rapide et douloureux. Comme s'il venait chercher dans notre amour la force qui était sur le point de l'abandonner.

Lorsqu'il s'écarte de moi, une détermination nouvelle brille dans ses pupilles. Il me prend par les épaules pour capter toute mon attention.

Comme s'il avait besoin de ça…

— Bébé, je vais tuer cette ordure. Pour lui… Pour nous !

Mais alors que je pensais que ce serait facile, que nous pourrions accomplir aisément les derniers éléments de la Prophétie, un tremblement de terre secoue la grotte. Une secousse si violente que je dois m'accrocher à Rip pour ne pas tomber.

Il ne manquait plus que ça !

— Qu'est-ce que… ?

C'est incroyable ! Le Maître de la Ligue, que je croyais réduit à l'état de fossile sur son trône de crânes, se lève de son siège. Tout le monticule sur lequel il était assis est en train de s'effondrer, laissant apparaître à la place un énorme trou duquel jaillissent des jets de lave en fusion.

Le Boss arrache un crâne encore accroché à sa cuisse et le réduit en poussière d'une seule main. Puis il se redresse de toute sa hauteur, aussi facilement qu'un homme dans la force de l'âge, comme si le poids de ses centaines d'années s'était envolé d'un seul coup.

Il surplombe alors la grotte, tel un monarque, nous toisant de tout son mépris.

— Comment osez-vous venir me défier sur mon territoire ? Vous n'êtes que des monstres créés par le Malin ! Et vous ne méritez que de retourner dans l'antre de votre Créateur… Par la main du Tout-Puissant, vous vous repentirez de votre sort pour l'éternité !

À peine a-t-il terminé sa phrase qu'il s'envole pour atterrir près d'un groupe de disciples, en plein combat. Et comme s'il s'agissait de vulgaires pantins, il les capture les uns après les autres pour les balancer tout droit dans la bouche des enfers.

La chaleur qui sort du puits est si intense que certains se désintègrent avant même de tomber dans le trou. Leurs cris résonnent dans toute la grotte ravivant la hargne des mercenaires et anéantissant l'espoir des disciples.

Ce spectacle me fait l'effet d'une gifle.

— Raphaël ! Vite !

Rip fait craquer ses doigts, une lueur meurtrière dans le regard. Et après un dernier regard, il déploie ses ailes et part affronter le Boss.

52
Les foudres de l'Enfer

— Marcus ! hurlé-je quelques secondes plus tard.

Je dois absolument trouver le gardien. C'est d'une urgence vitale. Mais au milieu de ce chaos, je n'arrive pas à mettre la main sur l'archer.

Les disciples perdent du terrain et les mercenaires semblent de plus en plus nombreux.

Je sens la peur monter en moi à mesure que l'espoir me quitte à mon tour. Et je commence à me demander si cette quête n'était pas trop grande pour nous.

Rip est en train d'affronter le Boss… et je n'ai aucune idée de la manière dont se déroule le combat.

Lui et le Maître de la Ligue se livrent une lutte sans merci apparaissant et disparaissant, comme s'ils étaient éclairés par des stroboscopes. J'ignore en faveur de qui penche la balance.

Mais je sais que je dois trouver le gardien pour que mon démon en sorte vainqueur.

Au moment où je pense apercevoir Marcus, je me sens subitement prise d'un malaise. Furtif, mais bien réel. Comme une petite douleur fulgurante à l'arrière du crâne…

Merde ! Ce n'est pas le moment de flancher, Kat !

Alors que je m'interroge sur la raison de ce trouble, le gardien apparaît soudain à mes côtés.

— Kat ! Enfin, je te trouve ! Comment est-ce que tu vas ?

Je secoue la tête et n'ai même pas le temps de répondre qu'il enchaîne déjà d'un air inquiet.

— Je n'ai pas retrouvé Maxime…

Je me sens blêmir, la poitrine serrée par l'angoisse, comme à chaque fois qu'on évoque mon ami disparu.

— Kat ? Ça va ? demande de nouveau le gardien, voyant que je ne réponds pas.

— Il… Il est…

Le visage de Marcus change subitement de couleur.

— La Prophétie est en marche, Marcus, annoncé-je d'une voix sombre.

Je m'accroche machinalement à la petite plume que je garde précieusement. Et le gardien s'adosse à un rocher, digérant la nouvelle avec difficulté. Lorsqu'il redresse la tête, au bout de plusieurs minutes, il a les yeux brillants.

— Alors, il est temps pour nous de terminer ce qu'il a commencé. Et vite ! Le Boss a ouvert une brèche dans les enfers…

Bordel ! Vraiment ? Le trou béant qui remplace le trône de crânes est réellement un puits vers les abîmes ?

Non… Ce n'est pas possible !

Je me tourne vers l'archer, l'air complètement éberlué.

— Il en est le geôlier…

Pendant quelques secondes, cette information tourne dans ma tête, mettant mon cerveau en ébullition. Les éléments se recoupent. Comme si les pièces d'un puzzle géant se mettaient en place. Le bâton enchanté de la Muse, le bouclier protecteur du Gardien, le sacrifice de l'Ange… et les foudres du Démon de feu ! Les foudres de l'Enfer !

— Rip doit tuer le Boss dans la bouche des Enfers ! m'écrié-je.

Le gardien m'observe, comme si j'avais dit une bêtise. Alors, je m'empresse de lui expliquer.

— Les foudres de l'Enfer engendrées par un Démon de feu ! Rappelle-toi la Prophétie, Marcus.

Il écarquille les yeux, comprenant enfin où je voulais en venir.

— Tu as raison, Kataline, dit alors Marcus d'une voix sourde. Seuls les Enfers tueront le Boss.

L'archer m'attrape par la main et m'entraîne au centre de la grotte, tuant au passage plusieurs mercenaires. Et lorsque nous arrivons en face de ce qui était un peu plus tôt le trône du Maître, le gardien se tourne vers moi.

— Tu dois empêcher les mercenaires de m'interrompre, Kat.

Je hoche la tête, serrant mon jō dans mes mains.

Il se met aussitôt à reproduire les mouvements qui lui permettent de créer un bouclier. Et moi, je me tiens prête à affronter quiconque viendrait le déranger.

Bientôt, je sens autour de moi cette sensation étrange de pénétrer dans une bulle. Mais cette fois, j'arrive à la visualiser. Je la vois, fine membrane aux couleurs acidulées, qui grossit, grossit… jusqu'à devenir aussi grande que la grotte.

Malheureusement, les mercenaires sont plus forts que ceux de la Casa Nera. Car la bulle ne les empêche pas de venir nous attaquer.

Et quand Marcus a terminé, nous surveillons tous les deux le toit de la grotte, attendant que Rip et le Boss refassent une apparition.

Mais au bout de plusieurs minutes, je commence à m'inquiéter sérieusement de ne pas les voir revenir. Alors, n'y tenant plus, je m'avance vers le trou d'où s'échappe une chaleur infernale.

Et alors que je m'approche prudemment, le Boss revient brusquement, tel un mort-vivant sorti tout droit d'un film d'horreur.

***

— La Dernière Muse…, murmure une voix horrible, toute proche de mon oreille.

L'haleine fétide du Boss vient balayer mon visage tandis qu'il m'attire vers lui en me tirant le bras d'un coup sec. Cet être immonde me donne envie de gerber. Et plus fort encore est mon désir de lui arracher la tête.

Pourtant, bizarrement, je ne peux rien faire. C'est comme si j'étais paralysée et que mes membres ne répondaient plus à ma volonté.

Le monstre approche mon visage du sien et inspire longuement, comme s'il me reniflait.

— Hummmm… Un fumet excellent ! Je ne pensais pas qu'une bâtarde serait d'une si grande qualité.

— Va te faire foutre, espèce d'ordure.

Mon intervention ne semble pas trop lui plaire parce qu'il m'assène à ce moment-là une énorme gifle qui vient heurter ma pommette. Je suis littéralement sonnée et je m'étonne qu'un vieillard de cet âge puisse avoir une telle force. Ses doigts s'enfoncent méchamment dans mon cou pour me faire taire.

Rip… souffle la petite voix dans ma tête.

Mais je l'ignore volontairement et redresse la tête avec fierté.

— Vous êtes un monstre ! Et je vais prendre du plaisir à danser sur votre cadavre…

Le Boss éclate de rire, comme si j'avais sorti une énormité. Puis son visage redevient sérieux et les deux fentes qui lui servent d'yeux me transpercent de toute leur haine.

Lorsque Marcus se jette brusquement sur nous, le Maître de la Ligue n'a qu'à lever la main pour arrêter sa course et le paralyser. L'archer tombe lourdement sur le sol, incapable de bouger.

Le Boss m'attrape alors par les cheveux pour me ramener plus près de lui et me glisser à l'oreille, comme si de rien n'était :

— Sais-tu quel âge j'ai, petite fille ?

— Si j'en crois votre haleine, au moins mille ans ! Vous puez la mort !

O.K., je sais ! Je ne suis pas vraiment en position de faire la maligne. Mais je déteste tellement cet être que je ferais n'importe quoi pour le blesser, même lancer de pauvres blagues toutes pourries.

— J'ai l'âge de la plus âgée de tes ancêtres…, dit-il en ignorant ma réponse. Et tu sais pourquoi ?

Je tente de m'écarter de lui, ne supportant plus sa proximité.

— Parce que de gentilles filles comme toi me donnent ce qu'elles ont de plus précieux… J'aspire leur substance jusqu'à ce qu'elles soient sèches comme de la paille.

Le salaud !

Je me débats, mais ne parviens qu'à lui faire resserrer sa prise. Avec un regard sadique, il approche un doigt à l'ongle crochu de ma gorge et commence à caresser mon cou, en suivant ma carotide.

Je ferme les yeux.

— Tu sais que le sang de Muse est un mets délicieux… Et mêlé au liquide qui coule dans leur crâne, c'est encore meilleur.

Il fait un bruit de succion avec sa bouche, qui m'écœure un peu plus. Son doigt remonte derrière ma nuque et pointe un endroit, à la base de mes cheveux.

— Les muses ont la particularité d'avoir une petite poche supplémentaire à la base de la tête. Une sorte de réservoir relié au quatrième ventricule du cerveau. Elles produisent plus de liquide cérébro-spinal que les autres êtres humains. C'est ce qui les rend si spéciales. Parce que ces substances vitales, mêlées les unes aux autres forment un nectar divin source d'immortalité.

Son ongle s'enfonce dans ma nuque, m'arrachant un cri.

— Et je me nourris de ce précieux breuvage depuis plus de huit cents ans.

Il marque une pause, puis recommence à caresser ma peau de son ongle crasseux.

— Mais toi… Toi, tu es spéciale… Encore plus particulière que les autres…

Appelle ton démon…, répète ma muse avec une sorte d'urgence.

À cet instant, le Boss enfonce sa griffe dans ma nuque, m'arrachant un cri.

— Raphaël !

Mon hurlement résonne comme dans un haut-parleur, se répercutant à plusieurs endroits à la fois. Et tout le monde se fige lorsque mon démon atterrit à seulement quelques mètres de nous.

Le Maître de la Ligue me place devant lui, comme pour se faire un rempart de mon corps.

— Relâche-la ! siffle Rip entre ses dents serrées, le visage déformé par la rage.

— Sinon quoi ? riposte le Boss avec une voix un peu moins assurée.

— Je vais te faire bouffer tes entrailles…

Les paroles de Rip sonnent comme une prémonition et je sens le Boss se tendre légèrement sous le coup de la menace.

— *Je suis avec toi, bébé… Je veux que tu te concentres pour briser le sortilège qui t'empêche de te défendre…*

Mes yeux s'écarquillent. Rip a réussi à rompre le sort qui l'empêchait d'utiliser complètement ses dons. Je dois pouvoir faire pareil.

Je ferme les yeux en essayant de faire abstraction de mon entourage.

— Regarde-toi, poursuit Rip à l'attention du Maître. Tu n'es qu'un pauvre vieillard bouffé par la cupidité et la peur de la mort !

Mais alors qu'il provoque volontairement le Boss, sa voix continue de me prodiguer ses conseils dans ma tête.

— *Écoute ma voix, bébé. Concentre-toi sur moi. Et fais le vide…*

Deux mercenaires reviennent à la charge. Mais d'un mouvement rapide de la main, Rip les grille sur place comme deux poulets rôtis.

— Tu n'es qu'un zombie obligé de saigner des femmes pour survivre dans ses propres déjections... Tu es une abomination de la nature. Et tu ne mérites pas de vivre.

— *Ressens les choses qui t'entourent... Visualise le filet qui t'emprisonne. C'est bien...*

— J'aurais dû te tuer. Toi et tous les autres ! s'écrie le Boss en envoyant trois autres sbires à la charge.

Mais Rip les neutralise aussi facilement que les deux précédents.

— *Prends le fil. Défais-le... Lentement. À présent, tu peux détricoter la moindre maille de ce filet qui t'empêche de bouger.*

Je suis ses conseils, m'appliquant à me libérer consciencieusement de mes chaînes... alors que le Boss hurle toujours sa colère.

— J'aurais dû tous vous tuer..., s'écrie-t-il avec une colère à peine contenue. Vous êtes des monstres... Juste bons à nous divertir en vous entretuant !

Rip voulait faire diversion. Il a réussi. Le Maître de la Ligue semble hors de lui. Et plus il s'énerve, moins il fait attention à moi.

Et bientôt, je me sens complètement libre. Alors, sans crier gare, je le repousse violemment pour me libérer de son emprise. Mes mains crépitent et mon jō s'allume subitement d'une énergie bleutée. Avec une pirouette, je virevolte devant lui et lui plante mon bâton en pleine poitrine.

Il hurle, crachant au passage une gerbe sanglante.

Touché !

Mon jō a laissé un trou sanglant dans l'abdomen du Maître de la Ligue. Mais pas assez pour l'affaiblir.

Malgré cette blessure, il semble quasi intact. Et je ne peux m'empêcher de crier en le voyant se jeter sur moi comme un oiseau de proie.

— Tu vas crever, ordure ! Tu vas crever pour l'avoir touchée !

Le hurlement de Rip est à la hauteur de sa colère. Il attrape le Boss au moment où il allait m'atteindre et l'élève dans le ciel avant de le laisser tomber lourdement par terre.

Mais à peine a-t-il touché le sol que le Maître se relève, presque indemne.

Attirés par le bruit, les mercenaires se ruent sur nous. Et lorsque je vois leur nombre, j'ai du mal à croire qu'on va arriver à les retenir.

Mais tandis que je commence à me dire que tout est perdu, un flash surgit dans ma tête.

Je me retrouve de nouveau propulsée dans un monde parallèle où tout est blanc, immaculé. Phaenna apparaît au milieu de cette infinité, telle une déesse. Et sa voix venue d'ailleurs caresse ma conscience, aussi légère qu'une plume.

— *Le démon fusionnera avec la Muse. Les éléments seront alors réunis et la Prophétie pourra s'accomplir. Chacun sait ce qu'il a à faire.*

***

Je me retrouve de nouveau dans la grotte. Et je sais ce que je dois faire : planter mon jō dans le cœur du Boss.

Alors, tout se passe très vite.

Après avoir jeté un rapide coup d'œil à Rip, je m'invite dans sa tête.

— Rip ! Maintenant.

Mon démon répond à mon appel et attrape le Boss par-derrière pour me présenter son torse.

Avec un cri de guerre, je me jette sur lui et enfonce profondément mon jō dans sa poitrine, avec toute la force dont je suis capable. Surpris par cette attaque, le Boss hurle tandis que je pousse un peu plus mon bâton pour être sûre d'atteindre son cœur.

Un faisceau lumineux s'échappe alors de sa poitrine, m'éblouissant de sa clarté.

On l'a eu ! chante ma petite voix dans ma tête.

Je me redresse, soulagée. Mais ce n'est pas encore terminé. Il faut le bouclier, à présent.

Je me tourne vers Marcus qui, en transe, effectue une danse qui ne ressemble à aucune autre. Ses bras virevoltent, créant dans les airs des formes aux contours inconnus. Ses mouvements amples et aériens forment un bouclier puissant qui agit comme un poison sur nos ennemis. Le Boss et les mercenaires semblent paralysés lorsqu'ils sont touchés par la barrière invisible. Rip se précipite vers moi, profitant de ce moment d'accalmie.

— Bébé, commence-t-il.

Sa voix est étrange. Pas comme d'habitude, et je n'aime pas la façon dont il me regarde.

440

— Je vais devoir terminer la Prophétie. Et j'ai besoin de toi pour l'accomplir…

Je hoche la tête. Oui, je sais ça.

— Les foudres de l'Enfer engendrées par un Démon de feu…, soufflé-je. Il doit brûler en enfer pour mourir.

J'ai raison, non ? Il n'y a plus que ça à faire… Alors, pourquoi le visage de Rip me dit le contraire ? Pourquoi ses yeux sont si froids tout d'un coup ? Il secoue la tête, lentement.

— C'est moi qui dois l'emmener dans les abîmes, bébé… Je dois brûler avec lui. Je suis le Démon de feu et je dois créer les foudres de l'Enfer pour y brûler le Maître.

Quoi ? Non !

Je secoue la tête, lentement, alors que mon cerveau réfute cette idée.

— Non. Non, ce n'est pas possible !

Rip me prend par les épaules.

— Il le faut, mon cœur… Si on veut être libres. Il faut le détruire. Et tu dois m'aider à y parvenir. Rappelle-toi. Pour que la mort de Maxime ne soit pas vaine…

— Mais pas comme ça ! crié-je. Pas en te sacrifiant toi aussi !

Je me mets à tambouriner sur sa poitrine, incapable de retenir les larmes qui jaillissent de mes yeux alors que je comprends que c'est le seul moyen. Rip me serre contre lui, à me broyer les os. Il pose ses lèvres sur mon front avant de me lever la tête vers lui.

— Je reviendrai, mon amour. Je te le promets…

Non… Je ne peux pas le croire. Pas Rip. J'ai déjà perdu Maxime… Je ne veux pas qu'on m'enlève l'amour de ma vie.

— Mais avant, tu dois me confier une partie de ton âme…

Sa phrase reste en suspens pendant quelques secondes, le temps que mon cerveau assimile ses paroles. Mes larmes se tarissent tandis qu'il reprend.

— Tu dois me laisser prendre ta Muse, bébé. C'est avec elle que je pourrai vaincre le monstre. C'est la seule façon d'affaiblir le Maître et de libérer les démons qui sont sous son emprise. Tu me fais confiance ?

Oh…

Oui. C'est bien ce qu'a évoqué la Sibylle lorsqu'elle m'est apparue. *« Le démon fusionnera avec la Muse. »*

441

Les yeux de Rip cherchent une approbation dans les miens. Et pour écourter son attente, j'acquiesce sans tergiverser et lui offre une part de mon âme.

Alors, sombrement, Rip se penche vers moi. Sa bouche se pose sur la mienne aussi doucement qu'une aile de papillon. Mes lèvres tremblent et s'écartent pour lui laisser le passage. Je m'offre à lui comme si... Comme si c'était la dernière fois que je l'embrassais.

J'étouffe un cri tandis qu'une douleur fulgurante me transperce. Mais bientôt, elle est remplacée par une étrange sensation de vide. Comme si on venait de m'arracher une partie de moi-même. Je dois m'accrocher à Rip pour ne pas vaciller.

Lorsqu'il s'écarte de moi, les yeux de Rip ont pris une teinte surnaturelle, unique. Ses pupilles couleur mercure sont encerclées par des iris aux reflets rouge vif.

La Muse est avec lui. En lui. Et ensemble ils forment un être exceptionnel. Capable de changer l'histoire.

Rip semble ailleurs. Comme parti dans une dimension parallèle d'où il dirigerait les opérations. Et lorsqu'il reprend connaissance, son apparence redevient normale.

Mon démon caresse alors mon visage, comme pour imprimer mes traits dans sa mémoire.

— Les démons sont libres, dit-il d'une voix mêlant la sienne et celle de la Muse.

Je n'arrive pas à me réjouir. Je me sens seule. Abandonnée. Et la peur de le perdre reprend le dessus. J'ai envie de le retenir, mais au moment où je m'agrippe à ses bras, un éclair fuse dans la grotte, nous inondant d'une lumière bleutée.

Marcus termine son enchaînement. Ses mouvements provoquent maintenant des lumières féeriques. Il semble envahi par une puissance extraordinaire. Comme si tous les arcs électriques venaient charger une batterie invisible à l'intérieur de lui. Et lorsqu'il s'accroupit en écartant les bras, une onde de choc balaie les alentours et propulse tous les mercenaires en dehors de la grotte.

Ne reste plus que Rip, Marcus, le Boss et moi...

Mon démon se redresse et pose un dernier regard sur moi.

— Je te le promets, répète-t-il en m'envoyant un baiser avec son index.

Puis il s'éloigne en direction de son destin.

53
Absolution

Je me laisse glisser sur le sol… Lentement. Alors que Rip se dirige vers le Boss pour en finir.

Je suis seule. La muse ne fait plus partie de moi. Elle est partie se sacrifier avec mon démon.

Ma vue devient floue. Brouillée par les larmes qui inondent mes yeux. Bientôt, je ne vois plus rien.

Mais ai-je vraiment besoin de voir ?

Ai-je besoin de regarder l'homme que j'aime se jeter dans la bouche des enfers pour brûler ?

Le moment que je redoutais tant est arrivé.

Et la peur que je ressens à cet instant est pire que tout. La colère aussi. Contre cette maudite quête bien trop lourde de conséquences. Pourquoi faut-il que des personnes meurent pour en sauver d'autres ?

J'ai perdu Maxime. Mon ami.

Et maintenant, je vais perdre Rip. Raphaël. Mon amour. Ma raison de vivre.

Et je suis rongée par la douleur.

J'essuie mes yeux d'un revers de main, avec rage, pour voir mon démon s'approcher du Boss. Mais lorsqu'il arrive à sa hauteur, le Maître de la Ligue se remet à bouger.

Merde ! Le bouclier de Marcus n'a plus d'effet sur lui.

Avec un cri de rage, le Boss saisit mon jō et le retire de sa poitrine, laissant à la place un trou sanglant. Puis il le brise, comme s'il s'agissait d'une vulgaire brindille et se jette sur Rip, en hurlant toute sa haine.

— Comment osez-vous venir me prendre mes démons ? hurle-t-il d'une voix tonitruante. Comment pouvez-vous imaginer que vous, rebuts des enfers, vous puissiez les contrôler pour me renverser ?

Je me redresse, le cœur battant.

Mais le Maître de la Ligue est affaibli par sa blessure et Rip, plus rapide. Il attrape le Boss par la taille et l'entraîne vers le trou incandescent.

Et même s'il se débat, griffant, frappant de toutes ses forces, mon démon ne flanche pas. Il est comme le roc, solide, résistant, inébranlable.

Et j'admire la force avec laquelle il parvient à pousser son ennemi jusqu'au cratère fumant. Il s'en approche, inexorablement. Et quand enfin il arrive au bord, il lève la tête vers moi.

Ses yeux capturent les miens et me disent, peut-être pour la dernière fois, combien mon démon m'aime. J'aimerais lui répondre. Lui dire qu'il est tout pour moi et encore plus. Mais je n'y arrive pas. Je suis paralysée par la peur de le perdre. Elle me laboure les entrailles. Me transperce le cœur.

— Je t'aime, bébé…

Oh, merde ! Moi aussi, je t'aime !

Je ferme les yeux, percutée de plein fouet par cette voix rauque que j'aime tant. Et je reste comme ça, pendant quelques secondes, profitant de ce dernier moment de félicité.

Lorsque je rouvre les paupières, mon démon m'adresse ce petit sourire en coin qui me fait tant craquer. Puis il s'enflamme, comme une allumette et se jette dans la bouche des enfers, entraînant avec lui celui par qui tout est arrivé.

Il n'y a pas de cris. Pas de bruit. Pas de craquement… Rien.

Que le silence qui tombe sur moi comme un linceul !

Je reste immobile. Le cerveau complètement paralysé par ce qui vient de se passer. J'ai du mal à me rendre compte.

Ou plutôt non. Je ne veux pas admettre que mon démon est parti. Et qu'il ne reviendra peut-être jamais.

Mes yeux se posent sur Marcus, cherchant son soutien. Mais le gardien m'adresse un petit signe de tête désolé.

Le froid s'abat sur moi.

J'attends. Les yeux fixés sur ce trou béant qu'est la bouche des enfers. J'attends de longues minutes en espérant que Rip réapparaisse. Qu'il me revienne sain et sauf…

Mais non. Il ne revient pas.

Et au bout de ce qui me semble une éternité, Marcus finit par me secouer le bras.

— C'est fini, Kat…, dit-il d'une voix triste.

Non. Je ne peux pas le croire. Je ne veux pas croire que tout ça se termine de cette façon.

La douleur irradie dans mon corps. Comme si on venait de me couper en deux. Comme si on venait de m'enlever la moitié de mon être. Et je sais que ce trou béant dans ma poitrine ne pourra plus jamais être comblé.

J'ai perdu le seul homme que j'aie jamais aimé. Mon démon. Et je ne sais pas comment je vais pouvoir vivre sans lui.

C'est impossible…

Ma petite voix n'est plus dans ma tête pour pleurer avec moi . Et sa douleur ne se mêle plus à la mienne.

C'est trop dur.

Mais alors que Marcus m'aide à me relever, je sais que je ne pourrai pas supporter la disparition de Rip. Je n'y arriverai pas. Mon cœur est déjà froid… Mort.

À quoi bon vivre ?

À quoi bon rester sur cette Terre si c'est pour souffrir tous les jours de son absence ?

— *Tu ne me perdras pas. Je suis à toi, Kataline. Rien qu'à toi… Pour toujours et à jamais.*

J'entends sa voix dans ma tête. Et je n'arrive pas à savoir si c'est un souvenir ou si c'est lui qui m'appelle.

Je choisis la seconde option. Et je n'ai qu'une envie, celle de le rejoindre.

Je me redresse et serre la petite plume dans ma main. Je m'avance lentement, inexorablement, en direction de la cavité qui laisse échapper des flammes incandescentes.

— Kataline ! Qu'est-ce que tu fais ?

La voix de Marcus m'apparaît lointaine… Je ne l'écoute plus. Je suis attirée par la lave qui bouillonne sous mes pieds. C'est tellement profond qu'on ne voit pas où ça se termine. Infini. Comme l'amour que je porte à mon démon.

Il n'y a plus aucune trace de Rip. Nulle part. Et pourtant, je sais qu'il est là. Quelque part. Dans ce désert ardent.

Je veux qu'il revienne. Je pourrai donner ma vie pour ça. Me sacrifier pour lui. Échanger mon existence contre la sienne.

Peut-être que c'est ça, la solution ? Peut-être que si je me donne aux enfers, Rip ressuscitera ? C'est de cette manière que Maxime a réussi à le ramener… Alors, pourquoi ne ferais-je pas la même chose ?

Je m'avance et mes pieds ne sont plus qu'à quelques centimètres du trou. La chaleur du gouffre me brûle le visage. Mais je l'ignore. Je vais offrir ma vie et libérer mon démon.

— Kataline !

Je fais un pas dans le vide alors qu'une étrange brûlure irradie dans mon dos.

Le gardien s'élance vers moi. Il veut me rattraper. Mais il est trop tard.

Je suis déjà en train de tomber…

Dans ma tête, une petite voix murmure.

Pour toujours et à jamais.

***

Est-ce cela la mort ? Cette sensation de planer dans un néant blanc, immaculé et éblouissant ?

Ce lieu étonnant où on ne ressent plus rien ? Ni la douleur ni la peur… Rien…

Non, je ne pense pas… Parce que j'ai toujours aussi mal.

Alors, où suis-je ? Ne devrais-je pas me retrouver en enfer à cet instant ?

Je bouge mes mains devant moi, puis me touche le visage pour vérifier que je suis toujours vivante. La sensation de mes doigts sur ma peau est bien réelle. Pourtant, je ne comprends pas ce que je fais dans cet océan laiteux dans lequel on ne distingue ni le sol ni le ciel.

— La Prophétie est accomplie, Kataline.

Je me retourne et me retrouve face à Phaenna et Silène, les Sibylles, qui me regardent d'un air bienveillant. J'écarquille les yeux, troublée de me retrouver face à elles.

— Vous avez réuni les quatre éléments qui ont détruit le Maître de la Ligue, ajoute Silène. À présent, les démons sont libres.

Waouh ! J'ai du mal à prendre conscience qu'on a réussi. Mais cette victoire me laisse un goût amer.

— Où suis-je ? demandé-je en regardant autour de moi. Et pourquoi me dites-vous cela alors que je suis censée être morte ?

Phaenna sourit.

— Tu n'es pas morte, Kataline. Et pour répondre à ta deuxième question, tu te trouves dans les limbes.

Et ? Je devrais m'en réjouir ?

— Mais comment ?

— Tu es un ange, à présent…

…

— Un ange ?

— Oui, un ange, répond Silène. Lorsqu'il est parti, Maxime t'a donné sa plume. Il t'a choisie.

— Quoi ?

— C'est assez incroyable, je l'admets, reprend Phaenna. Car peu d'anges décident de mourir pour laisser leur place. Mais Maxime l'a fait. Pour toi. Et son frère.

Mon cœur se serre au souvenir des derniers instants de mon ami. Je cherche la petite plume dans ma poche. Mais elle n'y est plus.

— Si c'est une plume que tu cherches, tu peux prendre celles qui sont sur tes ailes, poursuit Phaenna d'un air malicieux en désignant un point derrière moi.

Je tourne la tête et constate avec un certain effroi que deux grandes ailes blanches s'étalent dans mon dos. Avec incrédulité, je les déploie pour les faire battre, avant de les rabattre délicatement.

Oh, mon Dieu ! C'est carrément hallucinant !

— Vous voulez dire que Maxime m'a laissé sa place ? demandé-je d'une voix peu assurée.

— Exactement.

Je soupçonne les Sibylles d'y être pour quelque chose.

— C'est vous qui lui avez dit de faire ça ?

— Il fallait que tu accomplisses la Prophétie, Kataline. Et Maxime le savait. Il croyait en toi. Nous lui avons dit d'écouter son cœur.

— Mais il est mort ! Il s'est sacrifié pour nous ! m'écrié-je, complètement perdue.

Silène secoue la tête et la voir démentir mes propos me met en colère.

— Vous mentez ! La Prophétie…

448

— La Prophétie prédisait le sacrifice d'un ange, précise Phaenna. C'est ce qui était mentionné dans les runes. Le bâton pour le pouvoir, le bouclier pour la protection, le sacrifice pour l'amour et le feu pour la purification. Tous ces éléments devaient être réunis pour anéantir la Ligue. Mais l'ange sacrifié devait être particulier. Le seul être réunissant en son sein les humains, les muses et les déchus. Et tu étais les trois à la fois, Kataline.

Oh, bordel !

— Ce n'est pas le sacrifice de Maxime qui a permis au Destin de s'accomplir. C'est le tien. Et en te donnant au Créateur, tu as permis de détruire la Ligue et le Boss, reprend Silène. Et maintenant, il est parti suivre son propre chemin.

Oh, bon sang ! Je n'arrive pas à y croire.

Je ferme les yeux pendant quelques secondes afin de me remettre les idées en place. C'est inimaginable.

Maxime est donc peut-être là… quelque part ? Dans un autre monde ?

Lorsque je rouvre les paupières, mes yeux tombent machinalement sur l'intérieur de ma paume. Le petit croissant de lune qui témoignait de mon pacte avec Molly a disparu. J'ai rempli ma part du contrat.

Mais au lieu de me rassurer, cette information me panique et je reporte aussitôt mon attention sur ma poitrine. Un soupir de soulagement m'échappe lorsque je constate que l'emblème de Rip est toujours présent sur ma peau, fièrement ancré.

La question que je redoute depuis le début s'échappe alors de mes lèvres.

— Et Rip ? demandé-je à Silène.

— Pour chaque démon originel, il y a un ange. Et pour chaque ange, il y a un démon originel…, répond alors la Sibylle en souriant d'un air énigmatique.

Mon cœur se contracte… Et tandis que je commence à comprendre la portée de ses paroles, je sens sur moi la chaleur d'un regard.

Son regard. Sombre, hypnotique. Dans lequel je lis l'immensité de son amour... J'ai envie de me noyer dans ces yeux métalliques qui me promettent l'éternité. Envie de me blottir contre ce corps que je chéris.

Rip me fait face à présent, ses grandes ailes déployées derrière lui et j'ai envie de pleurer et de rire en même temps. Mais je suis incapable de la moindre réaction.

Mon démon tend la main et caresse doucement ma joue. Puis il replace ma mèche de cheveux derrière mon oreille. J'ai du mal à croire qu'il est là juste devant moi. Vivant.

Il lève la tête, puis ses ailes viennent épouser les miennes, les caressant de leurs plumes sombres et douces.

Je ferme les yeux pour goûter cette sensation nouvelle, attentive aux battements de mon cœur qui s'affole.

Et lorsqu'il m'attire contre lui, j'ouvre les yeux pour voir sa bouche s'étirer sur un petit sourire en coin.

— J'espère que tu vas pouvoir supporter le connard que je suis, bébé… Parce que l'éternité, c'est long.

Le bonheur explose dans ma poitrine, et sans répondre, je me jette sur lui avec avidité.

Pour toujours et à jamais, souffle une petite voix dans ma tête.

***

Plusieurs mois plus tard…

Le torse de Rip se soulève au rythme de sa respiration, lente et régulière, tandis que je dessine du bout de l'index les contours de mon visage sur sa peau.

Jess a terminé le tatouage la semaine dernière. Et mon démon arbore maintenant mon portrait sur son flan. Avec deux grandes ailes d'ange.

Demain, cela fera exactement vingt-quatre mois que nous nous sommes rencontrés. Deux ans qui m'ont semblé rapides et lents à la fois.

Il s'est passé tant de choses. Depuis le jour où j'ai pénétré pour la première fois dans la maison de Vincennes. La soirée durant laquelle j'ai entendu le premier son de sa voix et où il a pris possession de mon cœur sans jamais le lâcher.

J'ai changé, grandi, évolué avec lui. Il m'a fait découvrir ma vraie nature. Il m'a révélé mon côté sombre et fait accepter ce que je tentais désespérément de cacher depuis tellement d'années.

J'ai appris énormément à ses côtés et j'ai découvert tout un univers dont j'étais loin de soupçonner l'existence.

450

Nous avons vécu des déceptions, des peines… Et un deuil, avec la perte douloureuse de Maxime.

Je ressens une légère démangeaison dans mon dos à chaque fois que je pense à ce qui s'est passé. Le cadeau que m'a laissé l'ange en se sacrifiant, m'a rapprochée encore de lui. Et je sais que mon ami est un peu avec moi, à chaque fois que je déploie mes ailes. Je me mords la lèvre au souvenir de ce passage dans les limbes, pendant lequel j'ai découvert que Maxime m'avait confié sa mission divine.

Toutes ces épreuves m'ont rendue plus forte et m'ont permis de sortir vainqueur de ce combat. J'espère qu'elles sont derrière nous désormais.

Nous avons vaincu la Ligue. Ensemble. En accomplissant la Prophétie.

Quand nous sommes rentrés parmi les vivants, le calme était revenu. Un calme apaisant, bienfaiteur, qui nous a enveloppés dans une bulle d'abnégation.

Rip et moi avons retrouvé notre famille, nos amis et notre clan. Nous avons fait nos deuils et enterré nos morts, à la manière des démons.

Et pour toutes ces victimes qui se sont battues avec nous, chaque jour, nous célébrons la paix retrouvée.

Car, depuis ce jour, la Ligue n'est plus. Et les mercenaires sont redevenus de simples mortels. Le monde de la nuit a changé. Il n'y a plus de combats. Plus de paris. Et les démons ne sont plus exploités par les hommes.

Ils jouent seulement leur rôle. Purifiant l'espèce humaine des âmes perdues. Ça peut paraître cruel. Mais ça ne l'est pas.

La cruauté des hommes n'a d'égal que leur soif de pouvoir. Et quand on sait de quoi ils sont capables, les purifications démoniaques peuvent sembler bien fades…

Molly a réussi à relever la Casa Nera de ses cendres avec l'aide de David. Et elle a recréé un nouveau clan, choisissant précautionneusement ses membres parmi les vivants.

J'ai une pensée émue pour ceux de mon entourage qui coulent maintenant des jours heureux dans la grande maison de Vincennes. Mes parents ont décidé de s'y installer définitivement. Tout comme Jess, Kris et mes amis. Et nous formons désormais une grande et belle famille.

Mais ce que je garderai de cette aventure, c'est l'émotion que j'ai ressentie lorsque, dans 'antichambre du paradis, j'ai senti sur moi le regard de Rip. Ce bouleversement à l'intérieur quand il a posé ses mains sur ma peau.

Je croyais l'avoir perdu. Et on m'offrait la chance de passer l'éternité avec lui Comme un cadeau pour avoir sauvé les êtres de la nuit.

Rip remue dans son sommeil et tourne la tête vers moi. Je ne peux m'empêcher de passer la main dans ses cheveux en bataille.

J'aime tellement ce démon que parfois ça me fait peur.

Et je me demande tous les jours comment il est possible de l'aimer plus encore. Oui. Parce que chaque jour que Dieu fait, j'aime cet homme un peu plus. Aussi incroyable que cela puisse être.

Avec ses qualités et ses défauts. Son côté protecteur et parfois cruel, sa passion dévorante et sa possessivité excessive... Je l'aime. D'un amour inconditionnel.

Et bientôt, cet amour verra son accomplissement. Avec l'arrivée de ce petit être qui vient d'élire domicile en mon sein.

Mon démon ne le sait pas encore. Mais ce cadeau du ciel qui grandit en moi viendra bientôt nous combler de bonheur.

Il s'appellera Maxime.

À cet instant, Rip ouvre les yeux et les plonge dans les miens. Son regard me fait peur, tant il est intense et sombre. Je suis prise au piège, incapable de m'extraire de son magnétisme.

Il fronce les sourcils et lentement, pose sa main sur mon ventre pour le caresser, comme s'il s'agissait d'un écrin abritant un précieux trésor.

L'émotion que je perçois dans ses prunelles me gonfle le cœur. Je me mors la lèvre.

Maxime, murmure-t-il dans ma tête. Son visage change d'expression et ce que je vois dans ses yeux me bouleverse au plus profond de mon être.

Je me suis toujours demandé si les démons pouvaient pleurer...

Et lorsque j'aperçois la petite perle salée qui s'échappe des cils de Rip, je me dis que oui, dans ce monde insoupçonné, tout est possible !

FIN

Ma Muse, mon Ange,
Tu es l'incandescente flamme, qui brûle la noirceur de mon âme,
Pour la libérer.
Tu es la délivrance de mon éternelle errance,
Pour m'en délivrer.
Tu es la lumière de mes ténèbres, et moi, le gardien funèbre,
Pour chanter tes louanges.
Tu es ma force, ma faiblesse, mon Tout et tout le reste.
Dans ce monde étrange.
Tu es ma Muse, mon Ange, ma Reine,
Pour toujours et à jamais, je t'aime.

Rip

Remerciements

Et voilà... C'est terminé. Le mot fin vient d'être posé et j'ai envie de pleurer. Parce que l'émotion est trop forte. Parce que je suis partagée entre le soulagement, l'euphorie, l'appréhension et cette sensation de vide que je ne saurais expliquer.

C'est l'heure des remerciements.

Remerciements envers ma maison d'édition, Cherry Publishing et plus particulièrement Pauline pour avoir cru en ma plume. Tu es le ciment de cette superbe maison d'édition. Merci aussi à Apolline pour m'avoir accompagnée ces dernières semaines.

Je tiens à remercier chaleureusement Emeline, blogueuse chez Virtuellement Vôtre. Tu as été la première à chroniquer le tome 1 et je te remercie pour m'avoir suivie tout au long de l'écriture de ce tome 2.

J'ai une pensée particulière pour Lisa et Amélie, auteures chez Cherry, qui ont bien voulu jouer les bêtas et qui ont poussé mon imagination un peu plus loin. Et toutes les filles du groupe qui sont là quand on en a besoin. Je vous aime mes petites cerises.

Et bien sûr, mention spéciale pour ma famille et mes amis qui m'ont portée et supportée, surtout. Vous avez toujours été là et sans vous, cette histoire ne serait pas aussi belle.

Mais la question que je me pose en écrivant ces lignes, c'est comment remercier les centaines de personnes qui m'ont suivie dans cette folle aventure depuis mes débuts sur Wattpad ? Comment vous remercier, vous, lecteurs, qui par vos commentaires, vos encouragements et parfois votre impatience m'ont incitée à continuer ? Cette histoire est la vôtre, je vous la dédie. Et j'espère que j'en aurai beaucoup d'autres à partager avec vous dans l'avenir.

À bientôt pour de nouvelles aventures livresques !

Vous avez aimé La Dernière Muse, Tome 2 ?

Laissez 5 étoiles et un joli commentaire pour motiver d'autres lecteurs !

Vous n'avez pas aimé ?

♠

Écrivez-nous pour nous proposer le scénario que vous rêveriez de lire !
https://cherry-publishing.com/contact

Pour recevoir une nouvelle gratuite et toutes nos parutions, inscrivez-vous à
notre Newsletter !
https://mailchi.mp/cherry-publishing/newsletter

Printed in Great Britain
by Amazon